KB162420

을 유 세 계 문 학 전 집 · 7 4

파우스트

을유세계문학전집 · 74

파우스트

FAUST

요한 볼프강 폰 괴테 지음 · 장희창 옮김

❖ 을유문화사

옮긴이 **장희창**

서울대학교 언어학과를 졸업하고, 동 대학원 독어독문과를 졸업하였다(문학 박사). 현재 동의
대 독어독문과 교수로 재직 중이며, 독일 고전 번역과 고전 연구에 종사하고 있다.
지은 책으로 독서평론집 『춘향이는 그래도 운이 좋았다』가 있고, 번역한 책으로 괴테 『색채
론』, 에커만 『괴테와의 대화』, 니체 『차라투스트라는 이렇게 말했다』, 귄터 그라스 『양철북』,
『게걸음으로 가다』, 후고 프리드리히 『현대시의 구조』, 안나 제거스 『약자들의 힘』, 카타리나
하커 『빈털터리들』, 베르너 융 『미메시스에서 시뮬라시옹까지』, 크빈트 부흐홀츠 『책그림책』,
레마르크 『개선문』, 『사랑할 때와 죽을 때』 등이 있다.

을유세계문학전집 74
파우스트

발행일·2015년 3월 30일 초판 1쇄 | 2023년 11월 15일 초판 13쇄
지은이·요한 볼프강 폰 괴테 | 옮긴이·장희창
펴낸이·정무영, 정상준 | 펴낸곳·(주)을유문화사
창립일·1945년 12월 1일 | 주소·서울시 마포구 서교동 469-48
전화·02-733-8153 | FAX·02-732-9154 | 홈페이지·www.eulyoo.co.kr
ISBN 978-89-324-0436-3 04850 978-89-324-0330-4(세트)

• 이 번역본은 2012학년도 동의대학교 연구년 지원에 의해 연구되었음.

차례

헌사

너희들 다시 다가오는구나, 가물거리는 형상들아!
그 옛날 내 흐릿한 눈길에 나타났던 것들아,
이번엔 너희들을 단단히 붙들 수 있을까?
내 마음 아직도 그 당돌한 착상[1]에 애착을 느끼는 걸까?
너희들 마구 밀쳐 오는구나! 좋다, 마음대로 해 보렴,   (5)
자욱한 연기와 안개를 뚫고 나타나 나를 에워싸거라.
내 가슴은 젊은이답게 마구 뒤흔들리고,
줄지어 다가오는 너희들을 둘러싼 마법의 입김에 취하노라.

너희들과 더불어 즐거웠던 날들의 영상이 되살아나고,
사랑스러운 많은 그림자들도 절로 떠오른다.   (10)
반쯤 잊힌 그 옛날의 전설과도 같이
첫사랑과 우정이 솟아오른다.

---

1 파우스트 전설을 작품으로 만들겠다는 구상.

고통은 새로워지고, 삶의 탄식은 미로를 더듬거리며
다시 반복된다.
그리하여 착한 사람들의 이름을 불러 보노라. 아름다운 시절, (15)
행운에 헛되이 속아 나보다 앞서 사라진 사람들을.

그들은 내가 부를 노래를 듣지 못한다.
나의 첫 노래를 들었던 그들**2**이건만.
산산이 흩어졌도다, 그 정겨웠던 모임,
사라져 버렸도다, 아아! 그 첫 울림도. (20)
나의 노래 낯선 이들 사이로 울려 퍼지지만,
그들의 갈채에도 내 마음은 편치 않다.
일찍이 내 노래를 흥겹게 들었던 이들도,
아직 살아 있다 한들, 세상에 흩어져 방황하고 다닐 테지.

잊은 지 오래인 그리움이 다시 나를 사로잡는다, (25)
고요하고 엄숙한 저 정령들의 나라를 그리워한다.
알 길 없는 음조로 허공을 떠도는
나의 노래, 이제 아이올로스**3**의 하프처럼 속삭이는구나.
전율에 몸을 떨고, 눈물은 방울방울 솟구친다.
굳었던 마음 부드러워지며 사르르 풀리는구나. (30)
내가 지금 가진 것, 아득하게 멀어져 보이고,
사라져 버렸던 것, 이제 다시 현실이 된다.

---

2 그의 여동생 코르넬리아, 그리고 메르크, 렌츠 등의 친구를 가리킨다.
3 그리스 신화의 바람의 신.

무대에서의 서막

단장, 전속 시인, 어릿광대.

단장

    자네들 두 사람은 힘들 때나 괴로울 때나,

    그렇게 자주 나를 도왔으니,

    말 좀 해 보게, 독일 땅에서 우리의 공연이   (35)

    그 어떤 희망을 가질 수 있겠나?

    내가 바라고 또 바라는 건 대중을 즐겁게 해 주는 거네.

    무엇보다도 그들은 살고 있고 또 사는 재미를 느껴야 하니까.

    기둥도 세워지고, 마루판도 깔리고,

    이제 모두들 한바탕 축제를 기대하고 있네.   (40)

    그들은 벌써 자리에 앉아 눈썹을 추어올리고는,

    놀랄 만한 일이 벌어지기를 침착하게 기다리고 있네.

    대중의 성향을 따르는 것 정도야 아무것도 아니지만,

이번만은 전에 없이 당황스럽네.

그들이 최상의 작품에 익숙한 건 아니라 해도,   (45)

놀랄 정도로 많이 읽은 것도 사실이거든.

그러니 어떻게 해야 모든 걸 산뜻하고 새롭게 만들어,

의미도 찾고 또 관객의 마음에도 들 수 있겠나?[4]

물론 관객이 잔뜩 몰려오는 걸 보고 싶어서 그런 거네.

인파가 물밀듯이 우리의 간이 무대로 몰려와,   (50)

서로 몸을 부딪치고 있는 힘을 다해

좁은 은총의 문으로 들어서겠다고,

밝은 대낮에, 그것도 네 시도 되기 전에

밀고 밀리며 매표구 쪽으로 돌진하면서,

흉년 때 빵 가게들 문 앞에서 난장판이 벌어지듯   (55)

입장권 때문에 머리를 들이박고 싸운다면 얼마나 좋겠나.

각양각색의 사람들에게 그런 기적을 행할 자는

오직 시인뿐일세. 그러니 친구야, 오늘 멋지게 좀 해 봐!

시인

젠장, 잡다한 대중에 대해선 그만 말씀하시지요.

그 꼴은 보기만 해도 정신이 멍멍해집니다.   (60)

저 넘실대는 인파가 보이지 않게 가려 주십시오.

자칫하면 우리마저 소용돌이 속으로 빨려 들어가니까요.

차라리, 나를 고요한 천상의 한 모퉁이로 데려가 주세요.

시인에게서만 순수한 기쁨이 꽃피어나고,

---

4 바이마르 무대의 총감독으로서 괴테는 "우리 연극의 주요 목표는 일주일에 세 번씩 의미도 있고, 관객의 마음에도 드는 공연을 하는 걸세"라고 말한 적이 있다(1808년 12월 9일 포이크트에게).

사랑과 우정이 고결한 손길로   (65)
마음의 행복을 심어 주고 가꾸어 주는 그곳으로 말입니다.

아아! 우리의 가슴 깊은 곳에서 솟아 나왔던 것,
입술이 더듬거리며 수줍게 말했던 것,
때로는 실패하고 때로는 성공했지만,
순간이라는 거친 힘은 언제나 그것들을 삼켜 버리지요.   (70)
하지만 그것들은 종종 오랜 세월 서서히 차오르다
마침내 완성된 모습으로 나타납니다.
번쩍이는 것은 순간을 위해 태어나지만,
진정한 것은 후세까지 사라지지 않는 법이지요.

어릿광대

그 후세라는 말은 정말이지 듣고 싶지 않아요.   (75)
내가 훗날에 대해서나 이야기하려 든다면,
누가 이 시대 사람들에게 즐거움을 준단 말입니까?
사람들은 즐거움을 원하고 또 마땅히 누려야 합니다.
젊은 재주꾼 하나를 바로 눈앞에서 본다는 건
그 자체로 이미 값어치가 있는 거지요.   (80)
유쾌한 방식으로 보여 줄 줄 아는 자는
대중의 일시적인 변덕 때문에 속상해하지도 않아요.
그래서 그는 더 많은 관객을 원하는 겁니다.
그래야 더욱더 흥이 날 테니까요.
그러니 당신도 군소리 말고 모범적인 작품이나 보여 주세요.(85)
상상력을 발휘하세요, 온갖 것들을 다 곁들여.

이성, 지성, 감성, 열정, 다 좋아요.

하지만 명심하시지요! 익살만은 빠뜨리지 마시기를.

단장

뭐니 뭐니 해도 볼거리가 풍성해야 해!

사람들은 구경하러 오고, 무엇보다도 구경을 가장 좋아하니까. (90)

많은 사건들이 눈앞에서 술술 펼쳐지고

대중이 놀라 입을 다물지 못한다면,

자네의 명성은 즉시에 널리 퍼지고,

자네는 인기 만점의 작가가 되는 걸세.

대중을 상대하려면 오로지 물량 공세야.   (95)

모두들 결국은 무언가를 얻고 싶어 하니까.

많은 것을 보여 주어야, 무언가를 주게 되는 걸세.

그러면 제각기 만족하여 극장 문을 나서는 거지.

그러니 작품 하나를 내놓더라도, 즉시에 여러 편으로 쪼개도록 하게!

그 정도 잡탕쯤이야 쉽게 만들어 낼 테지.   (100)

내놓기 쉽다는 건, 생각하기도 쉽다는 걸세.

자네가 온전한 전체를 내놓는다 한들 무슨 소용이겠나.

관객이 그걸 조각조각 뜯어 갈 게 뻔한데.

시인

당신은 못 느끼는군요, 그런 손장난이 얼마나 나쁜 건지!

진정한 예술가에게 그게 얼마나 가당치도 않은지!   (105)

날라리 작가들의 속임수가

알고 보니, 당신 극단의 잣대군요.

단장

그 정도 비난에 속이 상할 내가 아니지.

제대로 영향을 발휘하려는 자라면,

가장 적합한 연장을 사용해야 하는 법이야.　　　　　(110)

잘 생각해 보게, 자네는 물렁물렁한 나무를 쪼개야 하는 거네.

그리고 자네가 누구를 위해 쓰는 건지도 유의하게!

어떤 자는 심심해서 오고,

또 어떤 자는 잔뜩 먹고 배를 두드리며 온단 말일세.

그중에서도 최악은　　　　　　　　　　　　　　(115)

상당수의 사람들이 신문을 읽다 온다는 거네.

이리도 산만하게 그들은 우리를 찾아오는 거야, 가장무도회

라도 가듯이,

그저 호기심에 이끌려 발걸음을 한 거지.

게다가 여인네들은 화려하게 꾸미고 과시하면서,

보수도 안 받고 우리의 공연을 도와준단 말이야.　　　(120)

자네는 그런데도 시인이라는 고고한 높이에서 무슨 꿈을 꾼

단 말인가?

극장에 가득한 관객이 자네에게 어떤 기쁨이라도 준단 말

인가?

우선 가까이에 있는 스폰서들이라도 유심히 살피게!

그들은 반쯤은 냉담하고, 반쯤은 상스럽네.

어떤 자는 공연 후에 카드놀이를 할 예정이고,　　　(125)

또 다른 자는 창녀 품에 안겨 질펀하게 밤을 보낼 생각이네.

그런데도 시인들은, 너희 가련한 멍청이들은 그런 목적이나

이루어 주려고

사랑스러운 뮤즈의 여신들을 그리도 괴롭힌단 말인가?

내 말하지만, 더 많이, 그리고 더욱더 많이 쏟아 놓게.

그러면 목표에서 크게 벗어나지는 않을 걸세.　　　　　(130)

사람들을 그저 어안이 벙벙하도록 만들게,

어차피 만족시키기는 어려우니 - -

그런데 왜 그러나? 감동이라도 먹은 거야 아니면 괴로운 거야?

시인

딴 데 가서 다른 종놈이나 구해 보시지요!

시인이라는 자가 최고의 권리를,　　　　　(135)

천부자연의 인간 권리를

당신 때문에 방자하게 내다 버리란 말이오!

시인은 무엇으로 만인의 마음을 움직이는 걸까요?

시인은 무엇으로 모든 원초적 요소를 이겨 내는 걸까요?[5]

그건 바로 조화가 아닐까요, 가슴에서 솟아 나와,　　　　　(140)

세상을 자신의 가슴속으로 다시 껴안는 조화의 힘이 아닐까요?

저 자연이 끝도 없이 긴 실타래를

무심히 물레에 감아 돌릴 때,

모든 존재의 조화롭지 못한 많은 것들이

뒤죽박죽 역겨운 소리를 내며 울릴 때,　　　　　(145)

그 누가 단조롭게 흘러가는 그 행렬에다

---

5 괴테가 프리츠 야코비에게 보낸 편지(1774년 8월 21일) 참조. "보게나, 친구, 모든 글쓰기의 시작과 끝은 나를 둘러싼 세상을 재생산하는 것이고, 내면의 세계를 통해 모든 것을 포착하고, 결합하고, 새로 창조하고, 자신의 형식과 방식에 따로 반죽하는 걸세……"

생기를 불어넣고, 리듬에 맞추어 약동케 하나요?

그 누가 개별적인 것을 보편의 성소(聖所)로,

장엄한 조화만이 지배하는 그곳으로 불러내나요?

그 누가 폭풍우를 뜨거운 열정으로 승화시키나요?　　　(150)

그 누가 저녁놀을 의미심장하게 타오르게 하나요?

그 누가 아름다운 봄꽃을

사랑하는 이의 가는 길에 흩뿌리나요?

그 누가 이름 모를 푸른 잎을 엮어

온갖 공적을 기리는 영예의 화관으로 만드나요?　　　(155)

그 누가 올림포스 산을 지키고, 그 누가 신들을 하나로 화합케

하나요?**6**

그것은 바로, 시인을 통해 계시(啓示)되는 인간의 힘이지요.

어릿광대

그렇다면 그 멋진 힘을 사용해

시인다운 사업이라도 한바탕 벌여 봅시다.

사랑의 모험에라도 빠져들듯 말입니다.　　　(160)

사람들은 우연히 만나 서로를 느끼고 시간이 흐르다 보면

점점 빠져들어 얽혀 버리지요.

날로 행복해지는가 했더니, 이내 싸움질이고요.

황홀해하다간 금방 괴롭다고 난리네요.

그렇게 하여 어느새 소설 한 권이 태어나는 거지요.　　　(165)

이런 실감 나는 연극 우리도 해 봐요!

인간의 적나라한 삶 속으로 곧장 들어가는 겁니다!

---

6 올림포스 산을 신들의 공동 거주지로 만든 것은 호메로스의 작품이었다는 암시이다.

다들 인생을 살긴 해도, 제대로 의식하며 사는 사람은 많지 않
아요.

그러니 당신이 그걸 붙들기만 한다면, 흥미로운 게 태어나는
거지요.

다채로운 영상들 가운데서 약간의 명료함을 얻어 내고,   (170)

수많은 오류 속에 한 점 진리의 불꽃을 지핀다면,

그것으로 최고의 음료가 빚어지는 겁니다.

세상에 생기도 불어넣고, 각성도 시켜 주는 음료 말이오.

그러면 꽃처럼 아름다운 젊은이들 모여들어

당신의 연극을 보며 계시에 귀를 기울이겠지요.   (175)

정감이 섬세한 자라면 당신의 작품에서

감성 어린 자양분을 제각각 빨아들이겠지요.

때론 이런 자극도 받고, 때론 저런 자극도 받아

모두들 자기 가슴에 간직한 걸 제대로 보게 됩니다.

여차하면 금방 울었다 금방 웃기도 하지요.   (180)

내면의 약동을 높이 사는가 싶더니, 가상의 세계를 즐기기도
하지요.

이미 굳어 버린 자에겐 아무리 좋은 걸 줘도 소용없지만,

성장하고 있는 자라면 감사의 마음을 가지게 마련이지요.

시인

그렇다면 내게도 그 시절을 돌려주오,

나 자신이 아직도 성장하던 때를 말이오.   (185)

숨 가쁘게 쏟아지는 노래의 샘이

끊임없이 새로운 것을 낳았던 시절,

안개가 세상을 감싸고
꽃봉오리가 아직도 기적을 약속했던 시절,
천 송이의 꽃을, 골짜기마다 가득했던   (190)
그 꽃들을 꺾던 시절 말이오.
그땐 가진 것 없어도 마음만은 넉넉했지요.
진리에 목말라하고, 상상의 세계도 마음껏 누렸으니까요.
돌려주오, 매인 데 없었던 저 충동을,
고통에 찬 깊은 행복을,   (195)
증오의 어두운 힘을, 사랑의 밝은 힘을,
나의 젊음을 돌려주오!

어릿광대

이봐요, 당신에게 젊음이 필요할 때란 기껏,
전쟁터에서 적군이 당신을 향해 덤빌 때라든지,
당신의 목에 너무도 사랑스러운 아가씨가   (200)
와락 매달릴 때라든지,
달리기 경주의 월계관이 저 멀리
도달하기 어려운 결승점에서 손짓할 때라든지,
아니면 빙글빙글 격렬하게 춤을 춘 후
며칠 밤을 지새우며 먹고 퍼마실 때뿐이란 말이오.   (205)
하지만 손에 익은 하프의 줄을
당차면서도 우아하게 튕기고,
자신이 정한 목표를 향해
애교스럽게 방황하는 것,
그것이, 나이 지긋한 신사들이여, 당신들의 의무랍니다.   (210)

그렇다고 우리가 당신들을 덜 존경하는 건 결코 아니지요.

나이 들면 흔히 말하듯 아이가 되는 게 아니라,

자신을 진정한 아이로 다시 발견하니까요.

단장

말은 충분히 주거니 받거니 했으니,

이제 그만 행동으로 보이게.   (215)

자네들이 겉치레 말로 이러쿵저러쿵하는 동안이면

무언가 유익한 일을 할 수도 있어.

기분이 어떻다 정감이 어떻다 말만 자꾸 늘어놓으면 뭐 하나?

망설이고 있는 자에겐 그런 게 결코 나타나지 않는 법일세.

그리고 자네는 시인을 자처했으니,   (220)

그 시라는 걸 한번 불러내 보게.

자네도 알다시피 우리가 바라는 건,

독한 술을 한번 음미하고 싶다는 거네.

당장, 그 술을 빚어 주게!

오늘 안 된다면, 내일도 안 되는 거야.   (225)

단 하루도 허비하지 말게.

가능성만 보이면 대담하게 결단하고

즉시에 기회를 붙들도록 하게.

일단 그렇게 되면 그걸 놓치지 않으려고

계속 앞으로 나아가게 되는 거네, 저절로.   (230)

자네들도 보다시피, 우리 독일의 무대에서는

모두들 하고 싶은 걸 나름대로 시도하고 있어.

그러니 오늘은 아무것도 아끼지 말게.

배경 그림이든 무대장치든.

하늘의 커다란 등도 작은 등7도 사용하고,   (235)

별들도 마음껏 사용하게.

물도 불도 암벽도,

동물도 새도 빠뜨리지 말게.

그리하여 비좁은 가설무대 위에서

창조의 전 영역을 활기차게 누비는 거야.   (240)

신중하게 속도를 재어 거닐도록 하세,

천상으로부터 지상을 거쳐 지옥에 이르기까지.

---

7 해와 달을 가리킨다.

천상의 서곡

주님,

천사의 무리,

나중에 메피스토펠레스 등장.

(대천사 셋이 앞으로 나선다.)

라파엘

태양은 옛날 그대로[8]

형제 별들과 앞다투어 노래하며,

자신에게 주어진 여행길을   (245)

우레의 걸음으로 달려가도다.

그 광경 천사들에게 힘을 주지만,

누구도 그 이치를 알아낼 순 없으리.

---

8 프톨레마이오스의 천동설도, 갈릴레오의 지동설도 아닌, 피타고라스의 천문 체계를 따르고 있다.

헤아릴 수 없이 드높은 창조의 업적은

천지창조의 그날처럼 장엄하도다. (250)

가브리엘

또한 빠르게 헤아릴 수도 없이 빠르게

지구는 찬란한 모습으로 돌고 돌며,

천국의 밝음은 깊고 무시무시한 밤과

번갈아서 찾아오도다.

연이어 몰려가는 광대한 바다는 (255)

암벽의 깊은 바닥에 부딪쳐 거품을 토하며,

암벽도 바위도 영원토록 신속한

천체의 운행 속에서 휩쓸려 가도다.

미카엘

또한 폭풍우는 경쟁하듯 몰아치도다.

바다에서 육지로, 육지에서 바다로. (260)

그렇게 광란하며 사방팔방으로

깊고 깊은 인과의 사슬을 엮노라.

파괴의 번쩍이는 불꽃이,

천둥의 길을 앞질러 일어나도다.

하지만, 주여, 당신의 전령[9]들은 (265)

당신의 나날의 온화한 운행을 찬미하나이다.

셋이서

그 광경 천사들에게 힘을 주지만,

누구도 그 이치를 알아낼 순 없으리.

---

9 『파우스트』 제2부의 마지막 두 장면에 나오는 천사들을 가리킨다.

헤아릴 수 없이 드높은 창조의 업적은

천지창조의 그날처럼 장엄하도다.　　　　　　　　　　(270)

메피스토펠레스[10]

아이고, 주님이시네요, 이렇게 다시 한 번 가까이 오시어,

우리에게 안부도 물어 주시는군요.

이전에도 소생을 기꺼이 만나 주시더니,

이번에도 하인들 사이에 낀 나를 만나 주시네요.

죄송하지만, 나는 고상한 말 같은 건 모르옵니다.　　　　(275)

여기 모인 분들이 죄다 비웃어도 할 수 없지만요.

내가 격정을 토로해 봤자 당신에겐 웃음거리밖에 더 되겠나이까.

그동안 웃음이나 잃지 않으셨다면 말입니다.

태양이니 세계니 하는 것에 대해선 할 말이 없고,

그저 인간들이 괴로워하는 모습만은 보이는군요.　　　　(280)

세상의 꼬마 신(神)은 언제 봐도 판에 박은 듯 그대로고,

천지창조의 그날처럼 괴상하기만 하옵니다.

그놈들이 조금은 더 잘살 수 있었을 테지요.

당신이 놈들에게 천상의 빛을 비춰 주지만 않았더라면 말입니다.

그놈들은 그걸 이성(理性)이라 부르지만,　　　　　　　　(285)

모든 짐승보다 더 짐승이 되기 위해서만 그걸 써먹지요.

내가 보기에, 외람된 말씀이지만,

그놈들은 다리가 긴 메뚜기들 같사옵니다.

10　메피스토펠레스의 어원에 대해서는 괴테도 확신하지 못하고 있다. 어원상으로 빛을 싫어하는 자, 선(善)의 파괴자 정도이다.

때론 날기도 하고, 때론 나는 듯 펄쩍 뛰기도 하지요,

이내 풀밭에 앉아 케케묵은 노래나 불러 대지요.　　　　(290)

차라리 풀밭에나 처박혀 있다면 다행이겠건만!

그저 오물 더미만 보면 코를 쑤셔 대네요.

주님

더 할 말이 없는 거냐?

늘 투덜대기만 하려고 오는 거냐?

이 지상에서 네 마음에 드는 건 영원히 없단 말이냐?　　　(295)

메피스토펠레스

없고말고요! 아무리 봐도, 여기는 참으로 몹쓸 곳입니다.

비참한 꼴로 사는 인간들이 딱해요.

나 같은 놈마저도 그 불쌍한 자들을 괴롭히고 싶진 않다니까요.

주님

자네, 파우스트란 자를 아느냐?

메피스토펠레스

　　　　　　　그 박사 말입니까?

주님

　　　　　　　　　　나의 종일세!

메피스토펠레스

옳거니! 그자는 유별난 방식으로 당신을 섬깁니다.　　　(300)

그 바보의 음료수도 빵도 이 지상의 것은 아닌 게지요.

들끓어 오르는 무언가가 그를 아득한 곳으로 몰아가지만,

그자도 자신의 멍청함을 반쯤은 의식하는 것 같사옵니다.

하늘로부턴 가장 아름다운 별들을 요구하고,

땅에서는 최고의 쾌락을 바라지만,   (305)

가까이 있는 것이나 멀리 있는 것이나

깊숙이 울렁이는 그자의 마음을 채워 주지는 못하지요.

주님

그가 지금은 혼미한 가운데 나를 섬기지만

나는 머지않아 그를 청명(淸明)한 곳으로 인도할 거네.

정원사는 아는 법이야. 나무가 푸르러지면,   (310)

장차 꽃이 피고 열매가 열릴 것임을.

메피스토펠레스

내기라도 할까요? 당신이 그자를 잃을 건 뻔해요.

허락만 하신다면 그자를

나의 길로 서서히 끌어들이겠나이다!

주님

그가 지상에 살고 있는 동안에,   (315)

한번 그렇게 해 보시든가.

인간은 노력하는 동안엔 방황하는 법이니까.

메피스토펠레스

아이고, 고맙사옵니다. 실은 내가 죽은 자들한테

관심을 가진 적은 단 한 번도 없어요.

가장 마음에 드는 건 통통하고 싱싱한 뺨이옵니다.   (320)

송장 같은 건 거들떠보지도 않아요.

고양이가 죽은 쥐를 싫어하듯 말이옵니다.

주님

좋아, 자네한테 맡겨 보겠네!

그의 영혼을 그 원천[11]에서 끌어내게.

그리하여 붙들 수만 있다면 그 영혼을   (325)

자네의 길로 끌어내려 보게나.

하지만 언젠가는 부끄러워하며 고백하게 될 거네.

착한 인간은 어두운 욕망 한가운데서도,

올바른 길을 잘 알고 있더군요.

메피스토펠레스

아무튼 좋습니다. 그리 오래 걸리진 않을 겝니다.   (330)

내기는 전혀 걱정 안 해요.

내가 목적을 이룬다면,

목청껏 승리를 외치도록 허락이나 해 주시지요.

그놈은 먼지를 처먹게 될 겁니다, 그것도 게걸스럽게.

나의 아주머니인 저 유명한 뱀[12]이 그랬듯이 말이지요.   (335)

주님

자네가 혹 이기는 일이 있더라도 주저 말고 나를 찾아오게.

내가 너희 같은 무리를 미워한 적은 단 한 번도 없어.

부정(否定)하기만 하는 모든 정령들 중에서

자네같이 익살맞은 악당은 조금도 부담이 되지 않아.

인간의 활동이란 너무도 쉽사리 축 늘어지게 마련이고,   (340)

여차하면 무조건 쉬려고만 들지.

그러니 내가 그자에게 동무를 붙여 주는 게 좋겠어.

---

11 "신이 모든 사물의 원천(Urquell)이듯이, 모든 근원적인 인식은 신에 대한 인식으로부터 나온다 (『독일인의 저작』 2장 35절)"는 라이프니츠의 말에서 따온 것이다.

12 인간을 유혹하여 인식의 나무 열매를 먹도록 유혹한 뱀에 대해 신이 "평생 배로 기고 흙이나 먹 게 될 것이다"라고 저주를 내렸던 것을 역인용하고 있다.

자극도 주고 일깨워 주기도 하고, 악마[13]로서 제 역할을 하도
록 말이야.

하지만 너희 진정한 신의 아들들[14]은,

생생하고 풍요로운 아름다움을 누리도록 하라! (345)

영원히 작용하며 살아 있는 생성의 힘[15]은

사랑의 친근한 울타리로 너희를 감싸리라.

다만 가물거리는 형상으로 떠도는 것을[16]

일관된 생각으로 붙들어 매도록 하라.

(하늘이 닫히고, 대천사들 제각각 흩어진다.)

메피스토펠레스 (혼자서)

이따금 저 영감을 만나는 것도 괜찮군. (350)

사이는 안 나빠지도록 해야지.

위대한 주님치곤 꽤나 친절한 편 아닌가.

악마와도 이렇게 인간적으로 말을 나누다니.

---

13 이처럼 『파우스트』에서는 악마가 신약성경에서처럼 신의 적대자로 등장하는 게 아니라, 구약성
경에서처럼 신의 과제를 수행하는 하인들 중의 하나로 등장한다.
14 신의 편에 선 천사들을 가리킨다.
15 "신성은 살아 있는 것, 생성하는 것, 변형하는 것 속에 있다네."(『괴테와의 대화』 1829년 2월 13일)
16 '헌사'의 장면을 반복하고 있다.

비극 제1부

밤

높다란 아치형 천장의 비좁은 고딕식 방.
파우스트, 불안한 모습으로 책상 앞 의자에 앉아 있다.

파우스트

아아, 나는 철학도
법학도, 의학도,   (355)
유감스럽게 신학마저도!**17**
속속들이 공부했다, 죽을힘을 다해.
그런데도 난 여전히 가련한 바보!
이전보다 나아진 게 없어.
석사니 박사니 소릴 들으며   (360)
벌써 십 년이란 세월 동안

---

17 전통적으로 의과대학에서 가르쳐 온 네 과목. 중세 봉건사회의 어둠에서 벗어나, 철저한 회의주의에 근거를 둔 '잃어버린 자아'의 근대가 역사의 무대로 들어서는 장면.

학생들의 코를 위로 아래로
비스듬히 비틀기도 하며 끌고 다녔건만 –
우리가 아무것도 알 수 없다는 것만 확인하다니!
참말이지 속이 다 타 버릴 것만 같다.   (365)
하긴 내가 이런저런 헛똑똑이들, 그래
박사들, 석사들, 문필가들 그리고 목사들보다야 현명하지.
양심의 가책이니 의심이니 하는 것에 시달리지 않고,
지옥 앞에서도 악마 앞에서도 두려워하지 않으니까.
하지만 그 대신 모든 기쁨은 사라졌어,   (370)
무언가 제대로 안다는 자부심도,
무언가 제대로 가르친다는 생각도,
인간을 개선하고 교화한다는 자신감도 없어.
게다가 재산도 돈도 없지,
이 세상의 명예도 영화도 누리지 못하지,   (375)
젠장, 개라도 더 이상은 살고 싶지 않을 거야!
그래서 나는 마법에 몸을 맡겼지.
정령의 힘과 입이라도 빌어
이런저런 비밀을 알 수 있을까 싶어서 말이다.
더 이상 비지땀 흘리며   (380)
내가 모르는 걸 말할 필요도 없고,
이 세계를 가장 내밀한 곳에서 하나로 묶어 주는 힘을
혹시라도 꿰뚫어 볼 수 있을까 싶어서,
모든 작용력과 그 원천에 대해
더 이상 말로 이러쿵저러쿵 안 하고 싶어서 말이다.   (385)

아아, 누리에 가득한 달빛아,
네가 내 고통을 내려다보는 것도 이제 마지막이면 좋겠다.
그렇게도 자주 한밤중까지
이 책상에 앉아 너를 지켜보았구나.
애수에 젖은 친구여, 그럴 때면 (390)
너도 나의 책들과 종이 너머로 나를 비추어 주었지!
아아! 다정한 네 빛을 받으며
이 산 저 산 위로 걷고 싶구나.
산속 동굴 앞에선 정령들과 떠돌고,
초원에선 너의 어슴푸레한 빛 아래 거닐며, (395)
모든 지식의 희뿌연 안개에서 벗어나
네 이슬에 상쾌하게 젖고 싶어라!

제기랄! 내가 아직도 이 감옥에 처박혀 있단 말인가?
빌어먹을 칙칙한 골방,
하늘의 다정한 빛조차도 (400)
여기 채색 유리창을 통하면 흐릿해진다!
나를 둘러싼 책 더미는
좀에 갉아먹히고 먼지로 뒤덮이고,
빛바랜 종이들이 여기저기 꽂힌 채
높다랗고 둥근 천장까지 닿았구나. (405)
유리 용기와 상자들이 사방에 널려 있고,
실험 기구들은 가득하고,

조상 대대로 물려받은 가재도구도 자리 잡고 있는 곳,
이것이 너의 세계다! 이것이 너의 세계란 말이다!

그런데도 넌 아직도 할 말이 있는 건가,   (410)
어찌하여 너의 가슴은 불안하게 조여드는가?
무엇 때문에 정체 모를 고통이
네 모든 삶의 활력을 가로막는가?
생동하는 자연 대신에,
신이 인간을 창조하여 살게 한 곳 대신에,   (415)
너는 연기와 곰팡이 가득한 곳에서
동물 뼈다귀와 죽은 자의 해골에 둘러싸여 있구나.

     달아나라! 일어서라! 드넓은 세계로 나가자!
이 비밀스러운 책,
노스트라다무스가 직접 쓴 이 책 정도면,   (420)
너의 동반자로 충분치 않을까?
별들의 운행도 알게 되고,
자연이 가르침을 준다면,
네 영혼의 힘도 깨어나 정령이 또 다른 정령에게
어떻게 말을 건네는지 알게 될 거다.   (425)
하지만 허사로다, 여기서 메마른 생각만으로
이 성스러운 부적**18**들을 설명한다는 건 부질없는 일이다.

---

18 독일어 Zeichen을 번역한 것. 대우주의 비밀을 기호나 상징으로 나타낸 것으로, 상징 그림, 기
호, 표지 등으로도 해석할 수 있겠다.

정령들아, 너희들은 내 주위를 맴돌고 있으니,
대답해 보거라, 내 말이 들린다면!

(그가 책을 펼치고 대우주[19]의 부적을 들여다본다.)

아아! 이걸 들여다보자니 순식간에 찌릿찌릿   (430)
환희의 전율이 온몸으로 퍼지는구나!
싱싱하고 성스러운 삶의 행복이
새롭게 달아오르며 신경으로 혈관으로 흘러드는구나.
이 부적을 그린 자, 신이 아니었을까?
내 마음속 광란을 잠재우고,   (435)
가련한 가슴을 기쁨으로 채워 주며,
신비에 가득한 충동으로
나를 둘러싼 자연의 힘을 드러내어 주는구나.
내가 신이라도 된단 말인가? 이렇게 마음이 환해지다니!
이 부적의 순수한 필적들에서   (440)
생생한 자연이 내 영혼 앞에 펼쳐져 있음을 본다.
이제야 저 현자의 말을 이해하겠구나.
"정령들의 세계는 닫혀 있지 않다.
너의 오관이 닫힌 것이고, 너의 마음이 죽은 것이다!
일어나라, 생도들이여, 잠시도 쉬지 말고   (445)
세속에 찌든 가슴을 아침놀에 씻도록 하라!"[20]

(파우스트가 부적을 들여다본다.)

---

19 마크로코스모스(Makrokosmos)는 그리스 어로 거대한 질서, 만유를 의미한다. 괴테도 젊은 시
절부터 대우주의 원리를 상징하는 간결한 그림이나 공식을 찾아보려고 시도를 했다.
20 신플라톤 철학과 범지학적 세계관을 요약한 것이다.

모든 것이 짜여 들어 전체를 이루고,

하나는 다른 하나 속에서 작용하며 살아 있도다!

천상의 힘들은 오르락내리락하며

황금의 두레박을 서로 주고받는다!   (450)

축복의 향기와 더불어 진동하며

이 모든 것 하늘로부터 지상으로 내려와

삼라만상 위로 조화롭게 울려 퍼진다!

장관이로다! 하지만 아아! 그래 봤자 그건 만화경(萬華鏡)에

불과한 것!

너의 어디를 붙들어야 하는가, 무한한 자연이여?   (455)

너의 젖가슴들은, 어디에 있는가? 그것들은 모든 생명의 원천,

하늘도 땅도 거기에 매달려 있고,

메마른 가슴도 그곳으로 달려가지 않는가 –

너희들은 샘솟아 오르고 목을 축여 주건만, 나는 헛되이 애만

태운단 말인가?

(그가 언짢은 듯 책장을 넘기다가 지령(地靈)[21]의 부적을 들여다본다.)

이 부적은 참으로 영험하다!   (460)

대지의 정령아, 너가 내게 더 가깝게 느껴진다.

---

21 괴테가 자주 이용했던 신화학 사전(헤데리히 지음)에서 지령은 대지의 내부에 살면서 영원 그리
고 혼돈과 벗하는 존재로 묘사되어 있다. 근본적으로 인간들이 '자연'이라고 부르는 바로 그것이라
고 설명되어 있다.

어느새 힘이 불끈 솟는 것 같고,

새로운 포도주[22]라도 마신 듯 몸이 달아오른다.

자신감이 솟는다, 과감히 세상으로 뛰어들어,

지상의 고통도 지상의 행복도 짊어지고,　　　　　　　　(465)

밀려드는 폭풍우에도 감연히 맞서며,

난파선의 삐걱거리는 소리에도 겁먹지 않을 것 같다.

그런데 내 머리 위로 웬 구름인가 -

달빛이 가려진다 -

등불도 꺼진다!　　　　　　　　(470)

연기가 피어오르고! - 붉은 광선들이 번쩍거린다,

내 머리 위로 - 싸늘한 바람이

둥근 천장으로부터 불어와

나를 덮친다!

느껴진다, 내 주위를 떠도는구나, 내가 간절히 불렀던 정령이여.(475)

모습을 보여라!

아아! 가슴이 찢어질 것 같다!

새로운 느낌을 맛보려고

내 모든 오관이 들썩거린다!

내 마음 온통 그대에게 바쳐진 느낌이다!　　　　　　　　(480)

나타나거라! 나타나거라! 내 목숨이라도 걸겠다!

(그가 책을 집어 들고 지령의 부적을 신비스럽게 소리 내어 읽는다.

---

22 '페더바이서'라고 알려진 포도주 즙. 알코올 함량은 적지만, 탄산과 고농도의 비타민이 들어 도취 효과를 주는 포도주 즙이다.

그러자 불그레한 불꽃이 번쩍이더니, 지령이 불꽃 속에서 나타난다.)

지령

　누가 나를 부르는가?

파우스트 (얼굴을 돌리며)

　　　　　무시무시한 얼굴이다!

지령

　너는 그동안 나를 세차게 끌어당겼고,

　나의 영역에서 오랫동안 젖을 빨았다.

　그런데 지금은 ―

파우스트

　　　　　어이쿠! 그대를 견디지 못하겠다!　　　　(485)

지령

　너는 나를 보려 심호흡해 대며 간절히 빌었다.

　내 목소리를 듣고, 내 얼굴을 보려 했다.

　네 영혼의 소망이 그렇게도 간절하기에

　나 여기 온 것이다! ― 그런데 그 무슨 초라한 공포가

　초인[23]이라는 너를 사로잡은 게냐! 영혼의 외침은 어디로 갔

　느냐?　　　　　　　　　　　　　　　　　　　　　(490)

　그 가슴은 어디로 갔는가? 자신 속에 하나의 세계를 창조하고,

　그것을 내내 품었던 가슴, 기쁨에 부르르 떨며

　우리 정령들과 같아지도록 부풀어 올랐던 가슴 말이다.

　너는 어디 있느냐, 파우스트? 그 목소리 내게까지 울렸고,

---

23 니체에 의해 유행된 말이지만, 여기서는 반어적, 경멸적으로 사용되었다.

젖 먹던 힘까지 다해 내게로 내달려 왔던 그자는 어디 있느냐?(495)

네가 바로 그자인가? 내 입김이 닿자마자

오장육부까지 오들오들 떨고

공포에 질려 잔뜩 움츠린 벌레가 바로 너란 말인가!

파우스트

불꽃 덩어리여, 내가 너를 피할 것 같으냐?

바로 나다, 파우스트다, 너와 대등한 존재다! (500)

지령

생명의 범람 속에서, 활동의 폭풍우 속에서

나는 오르락내리락 물결치며,

이리저리 존재의 직물을 짠다!

탄생과 무덤

영원한 바다 (505)

변화무쌍한 직조(織造)

타오르는 생명

그렇게 나는 시간이라는 쏴쏴거리는 베틀에서

신성(神性)의 살아 있는 옷을 짠다.

파우스트

드넓은 세계를 넘나드는, (510)

부지런한 정령이여, 나는 너와 아주 닮았다고 느낀다!

지령

너는 네가 생각하는 정령을 닮았을 뿐,

나를 닮은 건 아니다!

(사라진다.)

파우스트 (주저앉으며)

　　너를 닮지 않았다고?

　　그럼 누굴 닮았단 말인가?　　　　　　　　　　　　　(515)

　　신성과 동일한 내가,

　　결코 너를 닮지 않았다니!

　　　　　　　　　　　　(누군가 노크를 한다.)

　　제기랄! 누군지 알겠어 - 조교 녀석이군 -

　　나의 최고의 행운이 망가지는구나!

　　이 충만한 환상의 순간을　　　　　　　　　　　　　(520)

　　저 무미건조한 염탐꾼이 방해하는구나!

(바그너, 잠옷 바람에 취침 모자를 쓴 채, 손에는 등불을 들고 있다.
파우스트가 마지못해 돌아본다.) **24**

바그너

　　죄송합니다만! 선생님의 낭송**25** 소리가 들리기에 와 봤습니다.

　　물론 그리스 비극을 읽고 계셨겠죠?

　　저도 그런 기술을 배워 뭔가 이득을 보고 싶네요.

　　요즘에는 그 분야가 좀 잘나가거든요.　　　　　　　(525)

　　종종 이렇게 권장하는 소리도 들었어요.

　　배우가 목사를 가르칠 수도 있다고 말입니다.**26**

---

24 파라켈수스의 연금술적 분위기에서 에라스무스의 인문주의적 분위기로 바뀌는 장면.
25 18세기에는 혼자서 운문 텍스트를, 특히 시를 큰 소리로 낭송하는 것이 아주 일상적인 일이었다.
26 계몽주의 신학자 카를 프리드리히 바르트는 1773년에 목사 예비생들이 연극배우들로부터 설교
술을 배워야 한다고 촉구했다.

파우스트

그래, 목사가 배우라도 된다면 말이다.

하긴, 요즘엔 가끔 있는 일이기도 하지.

바그너

어쩌죠! 이렇게 연구실에나 틀어박혀 있다가,   (530)

세상 구경이라곤 휴일에나 겨우 해 봅니다요.

그것도 망원경을 통해 멀찌감치에서나 바라보는 정도니,

어떻게 설득[27]을 통해 대중을 인도할 수 있을까요?

파우스트

진정으로 느끼지 못한다면 효과도 얻을 수 없네.

영혼에서 곧장 쏟아져 나와   (535)

용솟음치는 자신감으로

청중의 심금을 울리지 못한다면 말이야.

죽치고 앉아 있는 꼴들 보게! 아교풀로 붙이기나 하고,

다른 이의 잔칫상 찌꺼기로 잡탕이나 끓이고,

입김이나 호호 불며 자네들의 작은 잿더미에서   (540)

미지근한 불길이나마 살리려 들다니!

그래 봤자 어린애와 원숭이 정도는 감탄하겠지.

물론 그 정도가 자네들 입맛이라면 나도 할 말 없네.

하지만 진심에서 우러나온 것이 아니라면

결코 다른 이의 마음을 사로잡진 못하네.   (545)

바그너

하지만 웅변술만이 연설가의 성공을 보장합니다.

---

27 웅변술의 핵심 개념.

저는 그렇게 알고 있지만, 막상 몸은 따라가지 못하고 있어요.

파우스트

정직한 이득을 챙기도록 하게!

방울 소리만 요란한 바보는 되지 말고!²⁸

분별력과 올바른 마음만 있다면 (550)

별다른 기교 없이도 연설은 절로 되는 법일세.

하는 말에 진심이 담겼다면야,

말을 꾸밀 필요가 어디 있을까?

그래, 자네들의 연설이 제아무리 번쩍여도,

케케묵은 상투어나 꼬물꼬물 모은 거라면 (555)

그건 습기 찬 바람처럼 불쾌하기만 하지.

가을날 마른 나뭇잎 사이로 맴도는 축축한 바람 말일세!

바그너

아아, 그렇습니다! 예술은 길고!

인생은 짧습니다.

비평 작업²⁹에 몰두하고 있으려니, (560)

종종 머리도 띵하고 마음도 답답합니다.

그 방법을 터득하기가 너무나 어려워서요.

원천³⁰까지 거슬러 올라가는 기술 말입니다!

그 길을 채 절반도 못 갔는데,

불쌍한 이 몸은 벌써 죽을 것 같습니다. (565)

---

28 방울 달린 모자를 쓰고 자신의 존재를 알렸던 중세의 어릿광대.

29 문헌학자인 바그너는 르네상스 인문주의자들의 전통을 이어받은, 고대 필사본의 텍스트 비평 작업을 말하고 있다.

30 원전(原典)이란 의미이다. 파우스트가 앞에서 말한 원천과 완전히 다르다.

파우스트

그런 양피지가 그 무슨 신성한 샘물이라도 되는가,

거기서 갈증을 영원히 풀어 주는 음료수라도 나온단 말인가?

상쾌함이란 자네 자신의 영혼으로부터 샘솟지 않는다면

결코 얻을 수 없는 거네.

바그너

죄송합니다만! 저의 커다란 즐거움은   (570)

이 시대 저 시대의 정신 속으로 들어가,[31]

우리에 앞서 현자가 무엇을 생각했는지,

또 우리가 그것을 얼마나 훌륭하게 발전시켰는가를 조망하는

겁니다.

파우스트

아, 그래, 별들이 있는 저 아득한 곳까지 발전시켰을 테지.

이 친구야, 과거의 시대들이란   (575)

일곱 겹으로 봉인한 책과 같은 거네.

자네들이 시대정신이라 부르는 것도

알고 보면 그 작가들 자신의 정신인 거고,

거기에 시대가 투영된 걸세.

그래서 딱한 일도 종종 생기게 되는 걸세!   (580)

사람들이 자네들을 척 보고는 대번에 달아나지 않는가.

쓰레기통이나 헛간에 불과한 것을 내놓는가 하면,

---

31 이 시대 저 시대의 정신으로 들어간다고 말하는 장면에서 바그너의 말은 고대의 알렉산드리아
율격으로 넘어간다. 번역으로는 전달하기 힘든 이런 곳들이 수두룩하다. 그것은 번역의 한계이며 또
타자와 타 문화 앞에서 겸손해야 하는 이유이기도 하다. 그렇다고 기죽을 필요는 없을 것이다. 우리
의 『춘향전』을 외국어로 옮기는 것 또한 같은 이유에서 힘드니까.

기껏해야 과장된 신파극이나 벌이는 게 고작이야.

또 그럴수록 꼭 일류급의 실용적인 처세훈을 늘어놓는단 말이야.

꼭두각시 입에나 어울릴 그런 것들을!   (585)

바그너

어쨌거나 이 세계! 인간의 마음과 정신!

누구나 그런 것에 대해선 알고 싶어 하는 법이지요.

파우스트

그래, 그런 것도 앎에 속한다면 속하겠지!

하지만 누가 곧이곧대로 말할 수 있단 말인가?

무언가를 알았던 소수의 사람들이 어리석게도   (590)

넘쳐흐르는 자신의 마음을 숨기지 못하고,

천민들에게 자신의 느낌을, 자신의 직관을 공개함으로써,

십자가에 못 박히기도 하고, 화형에 처해지지도 않았던가.

이보게, 친구, 이제 밤도 깊었으니,

오늘은 이쯤에서 끝내기로 하세.   (595)

바그너

저야, 언제까지라도 자지 않고

선생님과 더불어 이렇게 유익한 말씀을 나누고 싶습니다만.

내일, 그러니까 부활절 첫날에

또 다른 질문 한두 가지를 하도록 허락해 주시지요.

열성적으로 연구에 힘써 온 덕분에   (600)

상당히 알기는 합니다만, 모든 걸 알고 싶어요.

(퇴장한다.)

파우스트 (혼자서)

어째서 저 녀석의 머리에선 희망이란 게 사라지지 않는 건가.

별것도 아닌 일에 끈덕지게 들러붙어

탐욕스러운 손으로 보물을 캐는 것 같더니,

젠장, 지렁이를 발견하고도 기뻐 날뛰는 꼴이라니!   (605)

저런 인간의 목소리가 여기,

정령의 기운이 온통 나를 감싸고 있는 곳에서 울려도 되는 것일까?

하지만 아아! 이번만은 네가 고맙구나.

대지의 아들들 중에서 가장 가련한 네가 고맙구나.

나를 절망의 구덩이에서 빼내어 주었구나.   (610)

나의 감각을 모조리 파괴할 뻔했던 저 절망에서 말이다.

아아! 그 정령의 모습은 너무도 거대했기에,

정말이지 내가 난쟁이처럼 느껴졌다.

나, 신성(神性)과 대등했던 나는 이미

영원한 진리의 거울 가까이에 있다고 자부했고,   (615)

천상의 빛과 밝음 속에서 자신을 누리며

세속의 아들이란 탈을 벗어 버렸다고 감히 생각했다.

나는, 천사 케루브**32**를 뛰어넘어, 자유로운 힘을

자연의 혈관을 통해 흐르게 하고,

창조하면서, 신들의 삶을 누리노라고   (620)

---

32 중세의 종교 체계에서, 천사들의 서열을 볼 때 케루브(가톨릭에서 말하는 지품천사)는 신의 본성을 알지 못하는 대천사들보다 더 상위에 있었다.

제멋대로 공상했으니, 어떤 대가를 치러도 마땅하리라!
벼락같은 호통에 혼비백산한 것은 너무도 당연했다.

내가 감히 너와 같아지려 하다니.
내게 너를 끌어당길 힘은 있었으나,
너를 붙잡아 둘 힘은 없었다.   (625)
저 복된 순간에 나는 느꼈다.
나란 존재는 참으로 왜소하며, 참으로 위대하다고.
허나, 너는 무자비하게 나를 밀쳐 버렸다.
알 길 없는 인간의 운명 속으로.
누가 나를 가르치는가? 무엇을 하지 말아야 하는가?   (630)
나는 저 욕구에 따라야 하는가?
아아! 우리의 활동 자체도 우리의 견딤과 마찬가지로**33**
우리 인생의 길을 가로막는 것이다.
　　　정신이 획득한 가장 뛰어난 것에도**34**
점차 낯설고 낯선 물질이 달라붙는 법이니,   (635)
우리가 이 세상의 선(善)에 도달하는 순간,
우리는 더 나은 선(善)을 거짓이며 망상이라고 부른다.
우리에게 생명을 부여한 아름다운 감정들은

---

33 『색채론』에서 '색채는 빛의 활동이자 견딤'이라고 괴테는 말한다.
34 『파우스트』의 주요 테마인 근심에 대해 성찰하는 장면으로, 학문적, 정신적 동지였던 프리드리히 실러의 『심미적 교육론』의 핵심 주제를 의도적으로 반복하고 있다. 실러는 『심미적 교육론』에서 이렇게 말한다. "상상력의 날개를 타고 인간은 현실이라는 좁은 한계를 벗어나며, 무한한 것을 상상하고, 절대적인 것을 추구한다. 하지만 그의 노력이 단지 물질적인 것과 시대적인 것으로만 향하고, 개인에만 갇혀 있다면, 다시 말해 우주적인 소재를 포착하기 위한 형식을 추구하는 대신에, 그러한 충동이 다름 아닌 무제한의 요구, 절대적인 욕구에 불과하게 된다면, 그자는 곧 근심과 공포의 노예로 떨어지고 말 것이다."

세속의 어지러움 속에서 마비되어 버린다.

상상력은 엊그제만 해도 대담하게 날개를 펼쳤다.　　　(640)
희망에 넘쳐 영원한 것에 이르기까지 날아올랐다.
그러더니 어느새 비좁은 공간에 만족하고 만다.
기대했던 행운은 하나하나 시대의 소용돌이 속에 스러진다.[35]
근심은 곧장 마음속 깊이 둥지를 틀고,
지속적으로 남모를 고통을 준다.　　　(645)
불안스레 흔들거리며 기쁨과 안식을 방해한다.
근심은 항상 새로운 가면을 쓰는 법,
때로는 집과 농장으로 때로는 아내와 아이들로,
때로는 불과 물, 비수와 독약의 모습으로 나타난다.
그리하여 너는 닥치지도 않은 모든 것 앞에서 벌벌 떨고, (650)
결코 잃어버리지도 않을 것에 대해 눈물을 흘려 대는 것이다.

나는 결코 신들과 대등하지 않다! 뼈저리게 그것을 느낀다.
차라리 흙먼지를 파헤치는 벌레에 가깝다.
흙더미에서 양분을 빨아먹고 살다가
지나가는 행인의 발에 밟혀 파묻히고 마는 벌레 말이다. (655)

이 높다란 벽도 마찬가지로 흙먼지가 아닌가,
수많은 칸막이들로 나를 둘러싸고 있는 이 벽 말이다.
또한 잡동사니로 가득한 저 고물 상자,

---

35 프랑스 혁명 당시의 독일 지식인의 정신적 상황으로 해석할 수 있다.

이 좀의 공간에서 나를 압박하는 저 상자도 흙먼지가 아닐까?
이런 곳에서 내게 없는 그 무엇을 찾아야 한단 말인가?　(660)
또한 천 권의 책은 왜 읽어야 하는가,
인간들이 도처에서 고통받고 있고,
간혹 행운아가 있다는 정도를 알려고 읽어 댄단 말인가? －
퀭한 해골바가지야, 너는 왜 나를 보고 씩 웃는가?
너의 골수도 한때는 내 것과 마찬가지로 헤매었을 거다.　(665)
밝은 양지를 찾는다고, 어스름 속에서 무거운 발길로
진리를 찾는다며 처량맞게 돌아다녔을 게 뻔하다.
기구들아, 바퀴와 톱니, 실린더와 손잡이가 달린 것들아,
너희들도 나를 조롱하는 거냐.
내가 문 앞에 섰을 때, 너희들은 옳은 열쇠가 되어야 마땅했다.(670)
열쇠의 옆구리가 오돌토돌하긴 했지만, 빗장을 열지는 못했어.
밝은 대낮에도 비밀을 지키며
자연은 그 베일을 벗지 않으니,
자연이 너의 정신에 드러내지 않으려는 것을,
너는 지렛대나 나사 따위로 강제로 얻으려 한단 말인가.　(675)

오래된 기구들아, 내가 사용도 안 해 본 것들아,
너희들이 여기 있는 건 내 선친께서 사용했기 때문이다.
낡은 양피지 두루마리야, 이 책상의 흐릿한 등불 아래에 있는 한
너는 계속해서 연기에 그을리겠구나.
차라리 조금 있는 것마저 탕진해 버렸다면 훨씬 나았을 것을,(680)
얼마 되지도 않는 이것들을 짊어지고 여기서 진땀이나 빼다니!

조상에게서 물려받은 건 그저,

소유를 위한 소유에 지나지 않는 것.

사용치 않는 것은 무거운 짐만 될 뿐이니,

오로지 순간이 만들어 내는 것, 그것만을 이용할 수 있는 법

이다.   (685)

그런데 내 시선이 왜 저곳으로만 끌리는가?

저기에 있는 작은 병이 내 눈을 잡아끄는 자석이라도 된단 말인가?

왜 나의 주위가 갑자기 환해지는 걸까?

어두운 숲 속에서 달빛이 우리를 환하게 비추기라도 하는 걸까?

반갑구나, 둘도 없는 플라스크야!   (690)

경건한 마음으로 이제 너를 끄집어 내린다.

네 속에 들어 있는 인간의 지혜와 기술을 경배하노라.

너, 고이 잠들게 하는 액체들의 화신(化身)이여!

너, 죽음을 가져다주는 섬세한 힘들의 정수(精髓)여!

이제 네 주인에게 은혜를 베풀어 다오!   (695)

너를 보는 순간, 고통은 누그러지고,

너를 잡는 순간, 고된 열망도 사그라진다.

정신의 조류가 차츰차츰 썰물처럼 빠져나간다.

망망대해로 떠내려가는구나,

거울 같은 물결이 내 발치에서 반짝인다.   (700)

새로운 그날이 새로운 해안가로 나를 유혹한다.

불 수레[36] 하나가 가벼이 흔들거리며

내게로 다가온다! 기꺼이 나서리라,

새로운 길을 따라 저 푸르른 창공을 지나

순수 활동의 신천지로 나아가리라.   (705)

이 숭고한 삶, 신들이나 누리는 이 환희!

네가, 아직도 벌레에 불과한 네가 이것을 누릴 자격이 있단 말

인가?

그래, 저 다정한 지상의 태양으로부터

결연히 등을 돌리자!

저 문들을, 모두들 살금살금 피하며 지나가는 문들을   (710)

과감히 열어젖히자.

이제 행동으로 보여 줄 때다.

인간의 존엄이 신들의 권위 앞에서도 물러서지 않고,

저 어두운 동굴, 상상만 해도 고통받도록 저주받은

저 지옥문 앞에서도 벌벌 떨지 않는다는 걸 보여 주는 거다. (715)

그 입구로 과감히 들어가는 거다.

그 좁은 입구에서 지옥불이 활활 타오르더라도.

이 발걸음, 쾌활하게 내디딜 수 있다는 걸 보여 주리라.

허무 속으로 휩쓸려 버릴 위험이 있다 할지라도.

자, 이리 내려오라, 투명한 수정의 술잔이여!   (720)

오랜 세월 잊고 있었던

---

36 구약성서에 나오는 예언자 엘리야의 승천 장면을 암시한다. 성서에 따르면 엘리야는 살아 있는 채로 하늘에 도달한 유일한 인간이다.

너의 낡은 상자에서 나오너라.

너는 조상들의 즐거운 축제 때마다 빛을 발했고,

한 사람이 다른 사람에게 건넬 때마다

굳어 있는 손님들의 흥을 돋우어 주었다.　　　　　　　(725)

기교를 다해 화려하게 새긴 그림들을,

운율에 맞춰 설명하는 건 음주자의 의무였고,

그는 또한 술잔도 단숨에 비워야 했으니,

그것들은 내 청춘 시절의 수많은 밤을 기억케 하는구나.

그러나 이제는 너를 어떤 이웃에도 권하지 않고,　　　(730)

너의 아름다운 그림을 소재로 재담을 선보이지도 않을 것이다.

여기, 신속하게 취하도록 하는 액즙[37]이 있으니,

갈색으로 흘러들어 너의 빈속을 채우리라.

내가 마련한 것이고, 내가 선택한 것이다.

마지막 술잔이여, 내 영혼을 다 바쳐,　　　　　　　　(735)

엄숙하게 인사하노라, 새 아침을 위해 건배!

　　　　　　　　　　　(술잔을 입에 갖다 댄다.)[38]

　　　　　　　　(종소리와 합창)

천사들의 합창

　　　그리스도께서 부활하셨다!

---

37 플라스크에 보관해 두었던 독약.

38 괴테 시대에 정신착란이 아닌, 자유의지에 의한 자살은 공공질서에 대한 범죄적 공격으로 간주되었고, 자신의 생명에 대한 처분권이 없다는 당시의 윤리관에 대한 정면 도전이었다. 문면에 명시적으로 드러나 있진 않으나, 당시의 독자들은 이 점을 잘 알고 있었다.

기뻐하라, 인간들아.

은밀히 파고들어 타락시키는,

타고난 결함들로 　　　　　　　　　　　　　　(740)

에워싸인 인간들아.[39]

파우스트

저 깊은 윙윙거림, 저 밝은 노랫소리,

내 입술에서 술잔을 저절로 내려놓게 하는가?

둔탁하게 울리는 저 종소리,

부활절 축제가 막 시작되었음을 알리는가? 　　　(745)

너희 합창단은 어느새 위안의 노래를,

그 옛날 어두웠던 무덤가,[40] 천사들의 입술에서 울려 퍼지며,

새로운 결속[41]을 확신시켜 주었던 그 노래를 부르는가?

여자들의 합창

향기로운 기름을

그분의 몸에 발라 드렸어요. 　　　　　　　　(750)

우리 충직한 여자들은

그분의 몸을 눕혀 드렸어요.

흰 천과 끈으로

정결하게 염하여 드렸어요.

---

39 기독교의 원죄설에 대한 괴테의 해석. 괴테는 인간 존재가 스스로의 힘으로 구원받기는 불가능하므로 전적으로 은총에 의지해야 한다는 아우구스티누스 학파의 이론을 부정하고, 인간 본성 속에 그 어떤 구원 가능성의 씨앗이 들어 있고, 그것이 신적인 은총에 의해 발아된다는 견해를 지지한다(괴테 『시와 진실』 제15권 참조).

40 예수의 수난 다음 주 첫째 날을 가리킨다. 막달라 마리아가 새벽에 예수의 무덤에 갔을 때 천사가 나타나 예수의 부활을 알려 주었다(「마태복음」 제28장 6절).

41 유대신과 선택받은 민족의 '옛' 결속과는 다른, 예수 그리스도가 주도하는 신과의 '새로운' 결합 공동체의 탄생을 가리킨다.

아아! 그리스도는 이제 (755)
이곳에 계시지 않아요.

천사들의 합창

그리스도께서 부활하셨다!
사랑의 주님 복되도다.
슬픔 속에서도 구원받으시고
닥쳐온 수난을 (760)
이겨 내셨도다.

파우스트

너희들은 힘차게 부드럽게 울리며 무엇을 찾는가?
천상의 노래들아, 먼지 구덩이에 처박힌 나를 찾는가?
저기, 마음씨 고운 사람들이 있는 데서나 울려 퍼지거라.
복음 소리 귀에 들리긴 해도, 내겐 믿음이 없어. (765)
기적이란 믿음이 낳은 가장 사랑스러운 자식이 아니던가.
기쁜 소식 그곳에서 울려오건만
그 영역으로 나는 감히 다가가지 못한다.
하나, 어린 시절부터 익숙했던 저 음조는
나를 다시 삶 속으로 불러들이는구나. (770)
예전엔 엄숙하고 고요한 안식일이면
하늘의 사랑을 알리는 키스가 내게로 내려왔었지.
그때 종소리는 예감 가득 울려 퍼졌고,
내 기도는 간절하고 열렬했지.
말할 수 없이 친근한 그리움에 이끌려 (775)
나는 숲과 초원으로 내달았고,

거기서 뜨거운 눈물 한도 없이 흘리며,
하나의 세계가 열리는 것을 느꼈었지.
저 노래는 젊은이에게 즐거운 유희를,
봄날 축제의 흥겨운 행복을 알려 주지 않았던가.　　　　　(780)
아아, 추억이 나를 붙든다, 동심을 불러일으키며,
엄숙한 최후의 발걸음을 되돌리게 하는구나.
아아, 계속 울리거라, 감미로운 천상의 노래여!
눈물이 솟는다, 대지가 나를 다시 받아들인다!

사도들의 합창

　　　무덤에 묻히신 분　　　　　　　　　　　　　　　(785)
　　　어느새 드높이 오르셨네.
　　　살았을 때도 이미 고귀했던 분,
　　　거룩하게 승천하셨네.
　　　그리하여 생성**42**의 기쁨 속에서
　　　창조의 환희에 다가가시네.　　　　　　　　　　　(790)
　　　아아! 하지만 슬프게도 우리는
　　　대지의 품에 그대로 남아 있네.
　　　그분의 종들을, 애타게 사모하는
　　　우리를 여기 남겨 두셨네.
　　　아아! 주님의 운명과 함께하지 못한 우리는　　　　(795)
　　　애통하게 웁니다.

천사들의 합창

---

42 독일어 Werden을 번역한 것이다. 머물거나 사라지는 것이 아니라 더 높은 형태로 상승, 발전해 간다는 의미.

그리스도께서 부활하셨다,
사멸의 골짜기를 벗어나셨다.
너희도 세속의 끈을
즐겁게 끊을지어다! (800)
행동으로 그분을 찬미하고
사랑을 증명하고
우애롭게 식사를 나누는 자,
전도의 길에 나서는 자,
기쁨을 약속하는 자, (805)
너희에게 주님은 가까이 있고,
너희를 위해 거기 계시도다!

성문 앞에서

온갖 유형의 산보객들이 걸어간다.

젊은 직공 몇 사람

　왜 그쪽으로 가니?

다른 직공들

　우린 사냥꾼 집 쪽으로 가는 거야.

처음의 젊은 직공들

　우린 물레방앗간 쪽으로 산보할래. (810)

직공 한 사람

　주막집에나 가는 게 나을 걸.

두 번째 직공

　그리로 가는 길은 별로야.

두 번째 직공들

　넌 뭐할 거니?

세 번째 직공

　　다른 사람들 따라갈 거야.

네 번째 직공

　　산성 마을로 올라가는 건 어때,

　　거기 예쁜 아가씨들과 최고의 맥주가 있어.　　　　　　(815)

　　멋지게 한번 수작을 걸 수도 있고.

다섯 번째 직공

　　힘이 남아도는군.

　　벌써 세 번쨌데 맞고 싶어 근질거리냐?

　　나는 안 갈래, 거긴 무서워.

하녀

　　싫어, 싫어! 난 시내로 돌아갈 거야.　　　　　　　　　(820)

다른 하녀

　　저 포플러 옆에 틀림없이 그 남자애가 서 있을 거야.

첫 번째 하녀

　　나하고는 별 볼일도 없어.

　　너 옆에만 붙어 있잖아.

　　무도장에서도 너하고만 춤추고.

　　너 재미 보는 게 나하고 무슨 상관이야!　　　　　　　(825)

다른 하녀

　　오늘은 절대로 혼자 오지 않을 거야.

　　그 곱슬머리도 같이 올 거라고 했다니까.

학생

　　저기 봐, 말괄량이 하녀들 지나간다!

이봐, 이리 와! 저것들 따라가자.

독한 맥주에 짜릿한 담배, (830)

거기다 야하게 꾸민 하녀, 이런 게 요새 내 취향이거든.

양갓집 처녀

저 잘생긴 학생들 봐!

창피해 죽겠어.

집안 좋은 애들과 얼마든지 사귈 수 있는데,

저런 하녀들 꽁무니나 따라다니고! (835)

두 번째 학생 (첫 번째 학생에게)

너무 서둘지 말아! 저 뒤에 둘이 오고 있잖아.

아주 근사하게 차려입었네.

하나는 우리 동네 사는 애야.

내가 홀딱 빠져 있거든.

저렇게 얌전하게 걷지만 (840)

결국엔 우리하고 같이 갈 거야.

첫 번째 학생

이봐, 그건 아냐! 훼방 놓지 마.

얼른! 꾸물거리다 사냥감 놓쳐.

토요일에 빗자루를 잡았던 손이라

일요일엔 화끈하게 만져 줄 거야. (845)

시민

제기랄, 이번 시장은 마음에 안 들어요!

시장이 되고 나더니 갈수록 거만해져요.

우리 시를 위해 도대체 무얼 한다는 거지요?

나날이 형편은 더 나빠지고,

예전보다 더 고분고분해야 하고, (850)

세금도 더 늘었다니까요.

거지 (노래한다.)

착한 신사들이여, 아름다운 숙녀들이여,

옷도 멋지고 혈색도 좋군요.

부디 한번 돌아보시고

제 어려움을 살펴 적선하시기를! (855)

제 연주가 헛되지 않게 해 주시기를!

베풀어야 마음도 즐겁답니다.

모두들 함께 즐기는 이날이

저에겐 수확의 날이 되도록 해 주시기를.

다른 시민

일요일이나 축제일엔 (860)

전쟁과 전쟁 통의 아수라장 이야기보다 나은 건 없지요.

저 낯설고 머나먼 터키 땅에선

부대들 간에 전투가 치열한데,

우린 창가에 서서 맥주잔이나 비우며,

온갖 배들이 강을 따라 미끄러져 가는 걸 보네요. (865)

그러고는 저녁이면 즐거이 집으로 돌아가

평화와 평화의 시대를 고마워하는 겁니다.

세 번째 시민

이웃 양반, 공감이오! 나 역시도 그렇소!

남들이야 대가리를 깨든 말든

모든 게 뒤죽박죽이 되든 말든   (870)

우리 집만 무사하면 그만이지요.

늙은 여자 (양갓집 처녀들에게)

아이고! 잘도 꾸몄네! 요 젊고 예쁜 것들!

누군들 너희한테 홀딱 안 빠지겠니? ―

너무 시치미만 떼지 말아! 그만하면 됐어!

아가씨들 소원쯤이야 나도 들어줄 수 있거든.   (875)

양갓집 처녀

가자, 아가테야! 조심하는 게 좋아,

저런 마귀할멈과 남 보는 데서 같이 다니면 안 돼.

하긴 할멈이 성 안드레아의 밤**43**에

미래의 남자를 생생하게 보여 주긴 했어.

다른 양갓집 처녀

내게도 할멈이 수정으로 남자를 보여 주었어.   (880)

병사 같았는데, 여러 명의 당찬 남자들과 같이 있었어.

그래서 사방을 둘러보고, 여기저기 찾아보기도 했지만,

아직 그런 사람은 못 만났어.

병사들

성곽이라면 높다란

담벼락과 첨탑을 갖추고,   (885)

아가씨라면 콧대 높고

새침해야지.

---

43 11월 29일의 성 안드레아 축제일 밤에, 미혼 여성이 수정을 앞에 두고 기도하면, 그 속에서 미래의 애인을 볼 수 있다는 속설이 있음.

난, 그런 여자 얻을 거야!
대담하게 밀어붙여야
그 대가도 빛나는 법! (890)

나팔 소리 우렁차게
우리는 돌진한다.
즐거움을 향해서든,
멸망을 향해서든.
이것이 돌격이다! (895)
이것이 인생이다!
아가씨든 성벽이든
함락하고 볼 일이다.
대담하게 밀어붙여야
그 대가도 빛나는 법! (900)
이렇게 병사들은
전진 또 전진.

(파우스트와 바그너 등장)

파우스트

강물도 시냇물도 봄의 다정하고 생기 있는 눈길에
얼음에서 풀렸구나.⁴⁴

---

44 강은 또한 당시 주민들의 일용품, 곡식, 목재, 원료 등을 공급하는 주요 운송 수단이었다. 강이
얼어붙으면 예컨대 물레방아가 돌아갈 수 없고, 그러면 곡식도 빻을 수 없다. 식수도 부족하고 심지

골짜기는 희망 찬 행복으로 푸르러지고,   (905)

노쇠한 겨울은 기운이 다해

저 거친 산속으로 물러갔다.

도망쳐 가면서도 뒤돌아보며

얼음 알갱이를 맥없이 흩뿌려,

푸르러지는 들판에 줄무늬를 남겼구나.   (910)

그러나 태양은 그 어떤 흰색도 용납하지 않는 법.

온 천지에 형성과 노력의 기운이 꿈틀거릴 때,

태양은 색깔을 주어 만물을 생동케 하는 거지.

하지만 근처에 꽃들은 없고,[45]

그 대신 잘 차려입은 사람들만 모여드는군.   (915)

자네, 몸을 돌려 이 높은 언덕에서

시내 쪽을 되돌아보게.

어둡고 텅 빈 성문으로부터

각양각색의 인파가 우르르 몰려나오는 걸 보게.

오늘은 저마다 햇볕을 쬐고 싶은 거지.   (920)

그들은 주님의 부활을 축하하고 있네만,

실은 자기들이 부활한 걸세.

나지막한 집의 곰팡내 풍기는 방으로부터

직공의 일이나 장사꾼의 일로부터

박공과 지붕들의 중압감으로부터   (925)

어 불이 나도 불을 끌 물도 없는 상황.

45 부활절 시기까지 꽃이 피지 않았던 것은, 18세기 말경이 소위 소빙하기였기 때문에 봄의 도래가 늦었다는 역사적 사실을 반영한다는 설도 있다.

짓눌릴 듯 비좁은 골목으로부터

교회당의 엄숙한 밤으로부터

그들 모두가 빛을 찾아 나온 걸세.**46**

자, 보게! 정말로 많은 사람들이 종종걸음으로

정원으로 들판으로 누비고 다니지 않는가.　　　　　　　　(930)

또한 강물이 길이로 너비로 가득,

놀잇배들을 띄워 놓고 흔들어 주는 걸 보게나.

저런, 가라앉을 듯 가득 태운 채

마지막 나룻배가 멀어져 가는군.

산 저쪽 편의 먼 오솔길에서도　　　　　　　　　　　　　(935)

알록달록한 옷들이 아른거리는 걸 보게.

벌써, 마을로부터 와자지껄하는 소리가 들려오는군.

여기야말로 민중의 참된 천국이 아닌가.

어른 아이 할 것 없이**47** 모두들 기쁨의 환호성을 지른다.

여기에선 나도 인간이다, 여기에선 나도 인간이고 싶다!　(940)

바그너

박사님, 박사님과 함께 산책을 하니

영광이기도 하고, 이득도 많습니다.

하지만 저라면 혼자서 이런 곳을 헤매 다니지는 않을 겁니다.

저는 거친 거라면 모두 원수로 보니까요.

---

46 중세로부터 근대 초기까지 변함없이 지속되었던 삶의 일상.

47 당시까지만 해도 대부분의 도시에서, 거리에서 소리를 지르거나 뛰는 행위는 금지되어 있었다. 다만 가족 단위의 나들이 때는 예외였다. 혹은 귀족과 평민의 계급적 차이를 암시하는 구절로 해석하기도 한다. 그러므로 940행은 파우스트 개인의 발언이라기보다 평민의 억압된 목소리로 해석할 수도 있을 것이다.

깽깽이 켜는 소리, 고함 소리, 볼링 놀이,　　　　　　　(945)
이런 것들이 내는 소리는 정말이지 역겨워요.
마치 악령에 쫓기듯이 미쳐 날뛰면서,
그것을 즐거움이라 하고, 노래라고 하다니요.

(농부들, 보리수나무 아래에서 춤추고 노래한다.)

농부들

목동이 멋지게 차려입고 춤추러 갔네.
알록달록 저고리, 댕기와 화관,　　　　　　　　　　　(950)
거기에 장신구까지 달고.
보리수나무 주위는 벌써 사람들이 가득,
모두가 미친 듯이 춤을 추었네.
얼씨구! 절씨구!
어얼씨구! 앗싸! 좋다!　　　　　　　　　　　　　　(955)
깽깽이 소리 그렇게 울려 퍼지네.

목동이 헐레벌떡 뛰어들었고,
옆에서 춤추던 아가씨
그의 팔꿈치에 찔렸네.
팔팔한 아가씨 돌아보며　　　　　　　　　　　　　(960)
이렇게 말하네. 아니, 웬 수작이람!
얼씨구! 절씨구!
어얼씨구! 앗싸! 좋다!

그렇게 버릇없이 굴진 말아요.

그러나 어느새 재빠르게 원을 그리며,　　　　　(965)
둘은 춤을 추네, 오른쪽으로 빙글 왼쪽으로 빙글,
옷자락이란 옷자락은 모두 펄럭펄럭.
얼굴은 붉어지고, 몸은 화끈화끈
팔에 팔을 끼고 둘은 숨을 돌리네.
얼씨구! 절씨구!　　　　　(970)
어얼씨구! 앗싸! 좋다!
어느새 팔이 허리를 감싸고 있네.

다정한 척 말아요!
수많은 남자들, 그렇게 색시를 홀려 놓곤
잘도 속이고 잘도 도망가지요!　　　　　(975)
하지만 목동은 아가씨를 잘도 꾀어 데려갔네.
이제 보리수나무로부터 무슨 소리 아득히 들려오네.[48]
얼씨구! 절씨구!
어얼씨구! 앗싸! 좋다!
고함 소리 깽깽이 소리.　　　　　(980)

늙은 농부

박사님, 정말 인정도 많으시네요.
오늘 우리를 업신여기지 않으시고,
천한 것들 이렇게 우글거리는데,

---

48 목동이 아가씨를 꾀어 딴 곳으로 데려갔다는 것을 암시한다.

고명한 학자의 몸으로 왕림해 주시다니요.

최고로 멋진 이 술잔을 받으시지요.   (985)

신선한 술을 가득 채웠습니다.

잔을 올리며 큰 소리로 소망하옵니다.

박사님의 갈증도 풀어 드리고,

이 술에 담긴 방울 수만큼이나

박사님 사시는 날도 더해지기를 비옵나이다.   (990)

파우스트

그럼 원기 돋우는 이 술을 들며,

여러분 모두에게 축복과 감사의 말씀을 드립니다.

(군중들이 주위로 둥그렇게 모여든다.)

늙은 농부

정말이지, 이보다 더 좋을 순 없어요.

이 즐거운 날에 박사님이 와 주시다니요.

당신께서는 그 옛날 힘들었던 때도   (995)

우리를 잘 보살펴 주셨어요!

많은 사람들이 지금 여기 살아 있는 것도,

당신의 선친께서 마지막 순간에

무서운 고열로부터 그들을 구해 주셨기 때문이지요.

선친께서 역병을 막아 주셨던 겁니다.   (1000)

그때도 박사님은, 아직 젊었던 시절이지만,

환자들의 집을 일일이 방문하셨지요.

시체들이 수도 없이 실려 나왔지만
박사님은 건강하게 지내셨지요.
혹독한 시련들을 이겨 내셨는데,   (1005)
그건 저 하늘이 도움을 베푼 분을 도와주신 거지요.

모두 함께

우리의 보호자에게 건강을 내려 주시어,
우리를 오래도록 돕게 하소서!

파우스트

저 하늘에 계신 분께 경배합시다.
그분이 돕는 법을 가르쳐 주시고, 또 도와주시니까요.   (1010)
(파우스트, 바그너와 함께 계속 걸어간다.)

바그너

정말 좋으시겠어요, 아, 위대하신 선생님!
이렇게 군중의 존경을 받으시다니요!
아! 자신의 재능으로부터
그런 이득을 이끌어 내는 사람은 얼마나 행복한가요!
아버지가 아들에게 선생님을 보라고 가리키고,   (1015)
모두들 물어보고 서로 밀치며 서둘러 달려옵니다.
깽깽이는 연주를 멈추고, 춤추던 사람은 동작을 멈춥니다.
선생님이 지나가시면 사람들이 줄을 지어 늘어서고,
모자들이 공중으로 날아오릅니다.
이러다간 성체(聖體)가 지날 때처럼   (1020)
사람들이 무릎을 꿇을지도 모르겠어요.

파우스트

이제 저 바위까지 몇 걸음 안 남았군.

저기서 산책을 잠시 쉬도록 하세.

여기서 나는 홀로 앉아 생각에 잠겨,

기도도 하고 단식도 하며 괴로워했었네.[49]   (1025)

넘치는 희망과 굳은 믿음으로,

눈물도 흘리고 한숨도 쉬고 두 손도 모아,

하늘에 계신 주님께 간청하고 또 간청하면,

흑사병도 끝장낼 수 있다고 생각했었지.

그러니 저 군중의 찬사가 내겐 조롱처럼 들려.   (1030)

아, 자네가 내 속마음을 헤아려야 하는데.

실은 아버님도 나도

이런 명예를 누릴 자격이 없는 걸세!

나의 선친은 몽매하면서도 정직한 분이셨네.

자연과 그 성스러운 영역에 대해   (1035)

정직하긴 하지만, 나름의 방식대로

기발한 착상[50]에 근거하여 연구에 매진하셨지.

연금술사들[51]과 함께 어울려

어두운 실험실에서 문을 걸어 잠그곤,

---

49 특히 14세기에서 18세기까지 창궐했던 페스트가 유럽의 인구를 대폭 감소시켰을 때, 사람들은 의학적 수단뿐만 아니라, 기도나 참회 그리고 고행을 통해 역병을 극복하려고 시도했다.

50 체계적인 연구가 아니었다는 비판.

51 근대 화학의 토대가 되었던 연금술은 헬레니즘 시대 이집트의 성직자들에게서 시작되었고, 이후에 아랍 사람들이 그것을 발전시켰으며 스페인을 거쳐 유럽으로 전파되었다. 그리고 중세에는 영지주의와 신플라톤주의의 영향하에 끈질기게 이어졌다. 16세기에 연금술은 점차로 금 제련 기술로 변질되었고, 특히 제후들의 궁정에서는 18세기까지 그 전통이 이어졌다.

수없이 많은 처방에 따라 (1040)

서로 상극 관계에 있는 것을 뒤섞곤 하셨지.

용감한 구혼자인 붉은 사자[52]를

미지근한 욕탕에서 백합[53]과 결혼시키고,

그 둘을 다시 뜨거운 불꽃에 달구어

이 신방[54]에서 저 신방으로 몰아넣곤 하셨네. (1045)

그러고 나면 오색찬란한 빛깔을 띤

젊은 여왕님[55]이 유리그릇 속에 나타났어.

바로 그게 약이었지만, 환자들은 죽고 말았던 걸세.

그러나 아무도 묻지 않았네. 누가 완치되었냐고?

그래서 우리는 그 저주받을 탕약을 가지고 (1050)

이 골짜기로 저 산으로

흑사병보다 훨씬 더 흉악하게 날뛰었던 거네.

나 자신도 그 독약을 수많은 사람들에게 건네주었는데,

결국 그들은 말라죽고, 나는 살아남아

뻔뻔한 살인마들을 칭송하는 소리를 듣고 있는 걸세. (1055)

바그너

그런 일로 상심하시다니요!

선량한 인간으로선 자신에게 전수된 의술을

양심껏 그리고 정확한 부위에 시행하기만 해도

---

52 붉은색의 산화수은(Ⅱ)을 가리킨다. 백합으로 불리는 흰색의 염산과 결합하면 아름다운 공주님
이 탄생한다는 연금술의 이야기.
53 염산을 가리킨다.
54 증류기, 즉 실험용 플라스크를 가리킨다.
55 소위 '현자의 돌'이라고 불리는 연금술의 만능 촉매제.

할 일을 다한 게 아닐까요?

젊어서부터 아버님을 존경하셨으니,   (1060)

그분의 의술을 물려받는 건 당연한 일이지요.

그리고 선생님이 장성한 어른으로서 의술을 더욱 발전시킨다면,

선생님의 아드님도 더 높은 경지에 이를 수가 있는 거죠.

파우스트

아아, 행복하겠구나! 이 미혹의 바다에서

벗어날 수 있다고 아직도 희망하는 자라면.   (1065)

알지도 못하는 것을 우리는 필요로 했지만,

정작 알고 나니 써먹을 수 없구나.

하지만 황금과도 같은 이 아름다운 시간을

우울한 생각으로 망치지는 말자!

저길 좀 보게, 타오르는 저녁놀 속에서   (1070)

오두막들이 녹색으로 휩싸여 빛나는 것을.[56]

석양이 기울어 하루가 생명을 다하면

태양은 서둘러 가면서도 한편으론 새로운 삶을 재촉하지.

아아, 날개라도 있다면 땅에서 솟구쳐 올라

태양을 따라 언제까지라도 날아갈 수 있으련만!   (1075)

영원한 석양빛을 받으며

발아래로 고요한 세계를 내려다본다면,

모든 봉우리는 불타오르고, 모든 골짜기는 서늘하며

---

56 괴테의 『색채론』에서 말하는 소위 유색음영(有色陰影) 현상 중의 하나다. 저녁놀을 바라보다,
갑자기 눈을 돌려 오두막 쪽을 보면, 눈 속에 태양빛과 대립색인 녹색이 유도되고, 그 녹색이 오두막
의 어두운 색 위에 투영되어, 오두막이 녹색으로 빛나게 되는 것이다.

은빛 시냇물은 황금의 빛으로 흘러가리라.

신과도 같은 나의 비상(飛翔)을   (1080)

수많은 골짜기가 있는 거친 산도 가로막진 못하리라.

어느새 드넓은 바다가, 따뜻하게 데워진 만(灣)들과 함께

놀란 내 눈앞에 펼쳐지리라.

하지만 태양의 여신도 마침내 가라앉으리라.

그럼에도 새로운 충동은 오히려 깨어나고,   (1085)

나는 태양의 영원한 빛을 마시기 위해 걸음을 서두를 것이다.

내 앞으로는 낮, 내 뒤로는 밤,

하늘은 내 위에 있고, 파도는 내 밑에서 넘실거리니,

이것은 아름다운 꿈, 하지만 그사이에 태양은 모습을 감춘다.

아아! 정신의 날개는 이처럼 가벼운데,   (1090)

그 어떤 육신의 날개도 그 짝이 되지 못하는구나.

그러나 우리의 마음이 저 하늘로 치솟아 앞으로 나아가는 건

모든 생명에게 주어진 천성.

우리들 머리 위로, 저 푸르른 창공으로

종다리의 노랫소리 낭랑하게 울려 퍼지지 않느냐,   (1095)

가파르게 치솟은 전나무 숲 위로

독수리가 활짝 날개를 펴고 선회하는 걸 보라,

들판 위로 호수 위로

두루미는 고향을 찾아 날아가지 않느냐.

바그너

제 자신도 이따금 변덕스러운 기분이 들 때가 있습니다만,(1100)

그런 충동은 단 한 번도 느낀 적이 없습니다.

숲이고 들판이고 금방 싫증 나기 마련이고,

새들의 날개 또한 결코 부럽지 않아요.

그러나 정신의 즐거움은 정말 다른 방식으로 우리를 이끌고

다닌답니다.

이 책에서 저 책으로, 이 페이지에서 저 페이지로!　　　　　(1105)

그때엔 기나긴 밤들도 사랑스럽기만 해요.

환희에 찬 생기가 온몸을 데워 주니까요.

아아! 소중한 양피지 책이라도 펼쳐 놓으면

하늘이 온통 내게로 내려오는 기분이랍니다.

파우스트

자네는 하나의 충동밖에 모르는군.　　　　　(1110)

아아, 다른 하나의 충동은 알려고도 하지 말게.

내 가슴속에는, 아아! 두 개의 영혼이 깃들어 있어.

하나는 다른 하나와 서로 떨어지려고 하네.

하나는 거친 관능의 욕구에 빠져

빨판 같은 기관들을 앞세우고 세상에 집착하고,　　　　　(1115)

다른 하나는 세속의 티끌로부터 과감하게 벗어나

드높은 예감의 영역으로 오르려고 하네.

아아, 대기의 정령들이여,

대지와 하늘 사이를 지배하며 떠도는 정령들이여,

황금빛 안개를 뚫고 나와　　　　　(1120)

나를 데려가 다오, 저 새롭고 다채로운 삶에로!

그래, 나를 낯선 세계로 데려다줄

마법의 외투라도 있다면 좋겠구나!

내겐 그것이 그 어떤 값비싼 옷보다도,

왕의 외투보다도 더 소중한 것이리라. (1125)

바그너

부디, 잘 알려진 그런 악귀들을 부르지 마세요.

안개 속에서 흘러들어 와 온 세상으로 번져 나가며,

사람들에게 온갖 위험을 주는 놈들이니까요.

사방팔방에서 도사리고 있으면서 말입니다.

북쪽으로부터는 날카로운 이빨의 악귀가 (1130)

화살처럼 뾰족한 혀를 가지고 덤벼들지요.

동쪽에서 오는 마귀는 만물을 바싹 말리며 다가와서는

우리의 허파를 먹고사는 놈입니다.

남쪽 사막의 한낮으로부터 오는 악귀는

우리의 정수리에다가 끊임없이 불길을 퍼붓는 놈입니다. (1135)

서쪽에서 오는 무리는 처음에는 생기를 주다가

결국에는 인간들과 논밭과 초원을 물에 푹 잠기게 합니다.

놈들은 순종적인가 하면, 심술궂은 짓도 곧잘 하지요.

복종도 잘하지만, 그건 우리를 잘도 속인다는 말이지요.

놈들은 마치 하늘에서 내려온 양하면서, (1140)

거짓말할 때도 천사처럼 속삭이지요.

이제 돌아가시지요! 벌써 사방이 어둑어둑합니다.

공기는 차갑고, 안개마저 내리는군요!

저녁이 오면 비로소 집의 고마움을 아는 법입니다. ─

그런데 왜 그렇게 서서 놀란 듯 쳐다보십니까? (1145)

어스름 속에서 무엇이 선생님을 그렇게 사로잡습니까?

파우스트

　　겨울 종자와 그루터기 사이로 돌아다니는 검은 개[57]가 보이느냐?

바그너

　　오래전에 봤지만, 대수롭지 않게 여겼습니다.

파우스트

　　잘 좀 보게! 저 짐승이 뭐로 보이나?

바그너

　　삽살개네요. 평소 습관대로　　　　　　　　　　　　　　(1150)

　　주인의 발자취를 따라 킁킁대고 있군요.

파우스트

　　자네 모르겠는가, 놈이 커다랗게 나선형으로

　　우리 둘레를 돌며 점점 다가오고 있는 게 안 보이는가?

　　착각인지도 모르겠지만, 그놈이 달리고 있는 뒤로

　　불꽃의 소용돌이가 일고 있네.　　　　　　　　　　　(1155)

바그너

　　제 눈에는 검은 삽살개만 보입니다.

　　아마도 헛것을 보신 모양입니다.

파우스트

　　내가 보기엔 녀석이 마법으로 슬그머니 올가미를 치고 있는

　　것 같네.

　　장차 우리 발을 묶으려고 말이야.

바그너

　　제가 보기에 녀석이 불안하게 겁먹은 듯 우리 주위를 뛰어다

---

57 악령의 출현을 예고하는 현상으로 널리 알려져 있었음.

니는 것은   (1160)

주인 대신에 낯선 사람 둘을 만난 때문입니다.

파우스트

원이 좁아졌어, 어느새 가까이 왔어!

바그너

보시다시피! 한 마리 개일 뿐, 유령은 아닙니다.

으르렁거리고 두리번거리고 배를 깔고 엎드리는군요.

꼬리도 흔드네요. 모든 게 개의 습성 그대로입니다.   (1165)

파우스트

자, 우리한테로 와라! 이리 오너라!

바그너

삽살개치고는 익살맞은 놈이네요.

선생님이 발걸음을 멈추면, 놈도 기다리고,

선생님이 말을 걸면, 기어오르려고 합니다.

무언가를 떨어뜨리면 주어 오기도 하겠는걸요.   (1170)

선생님의 지팡이를 찾아 물속에라도 뛰어들 것 같네요.

파우스트

자네 말이 맞아. 정령의 흔적은 보이지 않는군.

모든 게 훈련 덕분일세.

바그너

잘 길들었다면, 개한테라도

현명하신 분의 마음이 기울 것입니다.   (1175)

그렇습니다, 저야말로 선생님의 은혜를 입고도 남음이 있습니다.

학생들 중에서도 뛰어난 학생이니까요.

(둘은 성문 안으로 들어간다.)

서재(I)

파우스트 (삽살개와 함께 들어서며)

> 들판과 초원을 지나왔다.
> 깊은 밤이 천지를 덮었다.
> 밤은 예감 가득, 성스러운 두려움으로 (1180)
> 우리 마음속 더 선한 영혼을 일깨운다.
> 이제 거친 충동은 잠들었고,
> 온갖 격한 행위도 잦아들었다.
> 인간을 사랑하는 마음이 꿈틀거리고,
> 신을 사랑하는 마음도 이제 살아난다. (1185)

> 가만가만, 삽살개야! 이리저리 뛰지 말아라!
> 여기 문지방에 코를 들이대고 왜 킁킁거리느냐?[58]
> 저 난로 뒤로 가서 가만 있거라.

---

[58] 거기에 붙은 부적 때문에 바깥으로 못 나간다.

네게 최고로 좋은 방석을 주마.
네가 바깥 산길에선 　　　　　　　　　　　　　　　　(1190)
달리고 뛰고 우리를 즐겁게 해 주었으니,
이제는 내가 너를 대접해 주마,
환영받는 얌전한 손님이 되거라.

　　아아, 우리의 좁은 방에
　　다정한 등불이 다시 켜지면, 　　　　　　　　　(1195)
　　우리의 가슴도 환하게 밝아진다.
　　스스로를 알아보는 마음도 환해진다.
　　이성(理性)이 다시 말문을 열고,
　　희망도 다시 꽃피어 난다.
　　우리는 삶의 실개천을, 　　　　　　　　　　　(1200)
　　아아! 삶의 원천을 그리워하는 것이다.

으르렁대지 말아라, 삽살개야! 지금,
나의 영혼을 감싸는 저 성스러운 음향에
짐승의 소리라니, 어림도 없다.
하긴 우리도 잘 알아, 인간들이란, 　　　　　　　(1205)
자신이 잘 모르는 일이라면 비웃기 마련이지.
선하고 아름다운 것을 보아도
조금 성가시다 싶으면, 불평만 늘어놓는 법이야.
너희들 개도 인간처럼 그렇게 으르렁거리고 싶은 거냐?

그러나 아아! 또 느낌이 온다, 아무리 잘하려 해도,　　　(1210)
이 가슴에서 더 이상 만족감이 솟지 않는다.
강물은 어쩌자고 그렇게 빨리 말라 버리고,
우리는 다시 목마름에 시달려야 하는가?
이것은 내가 너무도 자주 경험해 왔던 것.
하지만 이러한 결핍은 달리 메꿀 수가 있으니,　　　(1215)
그리하여 우리는 초지상적인 것을 소중히 여기고,
간절한 마음으로 계시를 찾는 것이다.
그 어느 곳에서보다도 더 위엄 있고 더 아름답게
신약성서 속에서 타오르는 계시를.[59]
이제 그 원전을 앞에 펼쳐 놓고,　　　(1220)
허심탄회한 느낌으로 다시 한 번
거룩한 원문(原文)을
나의 사랑하는 독일어로 옮기고 싶구나.

(책 한 권을 펼치고 번역할 필기구를 갖춘다.)

이렇게 씌어 있군. "태초에 '말씀'[60]이 있었노라!"
여기서 벌써 막히는구나! 누가 나를 계속 도와줄까?　　　(1225)
말씀이란 말을 그렇게 높이 평가할 수는 없어,
다른 식으로 옮겨야겠다.

---

59 괴테가 친구인 첼터에게 보낸 편지(1816년 11월 14일) 참조. 루터는 "구약성서와 신약성서 속에서 끊임없이 반복되는 거대한 세계 존재의 상징을 보고 있는 거네. 그리하여 루터의 교리는 교황의 권위와 결코 합일할 수 없었지. 성서를 세계의 거울로 간주하는 순수이성을 부정하지 않았으니까."
60 루터가 다양한 의미를 가진 그리스 어 '로고스'를 말씀으로 옮긴 것이다.

정령으로부터 제대로 깨우침을 받은 자로서 말이야.

이렇게 하면 어떨까. 태초에 '의미'가 있었노라.

첫 번째 줄을 깊이 생각해야 돼,   (1230)

너의 펜대가 너무 앞서 나가서는 안 돼!

만물을 움직이게 하고 창조하는 것을 그저 의미라 할 수 있을까?

그러면 이건 어떨까. 태초에 '힘'이 있었노라.

하지만 이렇게 쓰는 동안에 벌써

그 정도에 머물러선 안 된다는 경고의 소리가 들리는군. (1235)

정령의 도움이다! 갑자기 좋은 생각이 떠오른다.

이제 마음 놓고 쓴다. 태초에 '행위'가 있었노라!

내 방에 같이 있고 싶거든,

삽살개야, 그렇게 컹컹대지 말아라,

그렇게 짖지 말아라!   (1240)

그렇게 방해나 하는 친구를

가까이에 둘 수는 없는 일이다.

우리 둘 중 하나는

방을 떠나야겠구나.

내키진 않지만 손님의 권리를 거두어야겠다.   (1245)

방문이 열렸으니, 마음대로 나가거라.

그런데 이게 뭔가!

저게 있을 수 있는 일인가?

허깨비를 보는 건가? 아니면 현실인가?

나의 삽살개가 가로로 세로로 늘어난다!   (1250)

터질듯이 부풀어 오르는 너는,

그래, 보니까, 너는 개가 아니구나!

내가 어떤 도깨비를 집으로 데려왔단 말인가?

어느새 하마처럼 보이는구나,

두 눈은 이글거리고, 이빨은 무시무시하다. (1255)

옳거니! 잘도 걸려들었다!

반 다리만 지옥에 걸친 저런 녀석에겐

솔로몬의 열쇠[61]가 안성맞춤이다.

정령들 (복도에서)

저 안에 한 놈이 갇혔다!

밖에 있어라, 따라 들어가지 말고! (1260)

쇠덫에 걸린 여우처럼

지옥의 늙은 살쾡이가 겁에 질려 있다.

하지만 조심!

이쪽으로 두둥실, 저쪽으로 두둥실,

아래로 위로 오락가락하며, (1265)

지금까지는 잘도 빠져나왔지.

너희도 저놈을 돕고 싶다면

그대로 갇혀 있게 내버려 두지는 말아라!

우리 모두에게 저놈이

그래도 이래저래 잘해 주지 않았느냐. (1270)

---

61 영지주의와 신비주의의 전통에서 비롯되고 나중에 기독교 심령주의의 범지학에 의해 변형되어 16세기 이래로 수많은 사본들이 생겨났던, 정령들을 불러내는 주문서.

파우스트

　그래, 저런 짐승을 처리하려면

　4대 원소의 주문이 필요하다.

　　　잘라만더[62]여, 불타올라라.

　　　운디네[63]여, 굽이쳐 흘러라.

　　　질페[64]여, 사라져라.　　　　　　　　(1275)

　　　코볼트[65]여, 애를 써 다오.

　그것들을, 4대 원소를

　모르는 자는

　그 힘을

　그 성질을 모르는 자는　　　　　　　　(1280)

　정령을 부리는

　대가일 수 없는 법.

　　　불꽃 속에서 사라져라.

　　　잘라만더여!

　　　콸콸거리며 흘러내려라.　　　　　　(1285)

　　　운디네여!

　　　아름다운 유성처럼 빛나거라.

---

62 불의 정령.

63 물의 정령.

64 바람의 정령.

65 흙의 정령.

질페여!

가정일을 돌봐 다오.

인쿠부스![66] 인쿠부스!　　　　　　　　　　　(1290)

모습을 보이고 끝을 맺어라.

4대 원소 중 어느 것도

이 짐승 속에는 들어 있지 않구나.

아주 차분하게 앉아 나를 보고 히죽거리다니,

놈이 아직 따끔한 맛을 보지 못했다.　　　　　(1295)

이놈아 한번 들어 보거라.

더 강력한 주문을 들려주겠다.

　　　네놈은

　　　지옥의 도망자?

　　　그렇다면 이 십자가상을 보거라!　　　　(1300)

　　　이 앞에선 검은 무리들도

　　　머리를 팍 수그린다.

까칠까칠 털로 뒤덮인 이놈이 어느새 부풀어 오르는구나.

　　　저주받은 놈아!

　　　이분을 알겠는가?　　　　　　　　　　(1305)

　　　세상의 처음부터 계셨던 분,

---

66 앞서 나온 흙의 정령 코볼트를 가리킨다. 주로 동물들 속에 숨어 있다가 그 정체를 드러낸다.

말로 표현할 수 없는 분,

온 우주에 가득한 분,

무도하게 십자가에 못 박히신 분을?

난로와 벽 사이에 끼여 (1310)

놈은 코끼리처럼 부풀어 오른다.

방 안을 가득 메우며

안개라도 되어 흩어질 기세다.

하지만 천장까지 올라가지는 말라!

차라리 이 대가의 발아래 엎드려라! (1315)

빈말로 겁만 주는 게 아니다.

네놈을 신성한 불길로 그을려 버리고 말겠다!

삼중으로 타오르는 불길,[67]

그 정도는 아무것도 아니야!

나의 술법 중 가장 강력한 것, (1320)

그 정도는 아무것도 아니야!

메피스토펠레스

(안개가 걷히고, 방랑하는 대학생의 옷차림으로 난로 뒤에서 등장한다.)

왜 이리 요란하지요? 무슨 분부라도 있으신지요?

파우스트

그래, 이게 삽살개의 정체였구나!

떠돌이 대학생[68]이라! 그거 참, 꼴이 우습게 되었군.

---

67 기독교의 삼위일체설을 가리킨다. 괴테는 삼위일체설을 기독교의 도그마 중에서 가장 대표적인 것으로 비판한다.

68 당시에 이 대학에서 저 대학으로 옮겨 다니며 공부하던 대학생들.

메피스토펠레스

학식 높은 선생님께 문안 드립니다! (1325)

저를 꽤나 몰아붙이는 바람에 땀깨나 흘렸습니다.

파우스트

네 이름이 뭐냐?

메피스토펠레스

질문치고는 참 시시하네요.

말을 그토록 경멸하시고,

모든 껍데기에서 벗어나

오로지 본질의 깊숙한 곳을 보는 분이 아니던가요. (1330)

파우스트

너희들 같은 족속은 대개

이름만 들어도 그 본질을 알 수가 있어.

너희들을 파리대왕,[69] 파괴자, 사기꾼으로 부르는 데서

너희들 정체는 너무도 분명히 드러나는 거야.

그건 그렇고, 자네는 누구란 말인가? (1335)

메피스토펠레스

언제나 악을 원하면서도,

언제나 선을 이루는 힘의 일부지요.

파우스트

이 수수께끼 같은 말은 또 무슨 의미인가?

메피스토펠레스

나는 끊임없이 부정(否定)만 하는 정령이올시다!

---

69 구약성서 「열왕기 상」 1장에 나오는 히브리 어 바알세불을 독일어로 직역한 것.

그것도 그럴밖에, 태어나는 모든 것은

소멸하게 마련이니까요. (1340)

차라리 아무것도 태어나지 않는 편이 더 낫지요.

어쨌든 당신들이 죄라느니, 파괴라느니,

간단히 말해 악이라고 부르는 것,

그게 나의 원래 본성이올시다.

파우스트

자네는 자신을 부분이라 일컫지만, 내 앞에 서 있는 건 전체가

아닌가? (1345)

메피스토펠레스

자그마한 진리를 하나 말씀드려야겠군요.

작은 바보의 세계[70]에 불과한 인간이

보통은 자신을 전체라고 생각하지요.

하지만 소생은 처음에는 전체였던 부분의 또 부분이올시다.

저 빛을 낳았던 암흑의 부분인 것이지요.[71] (1350)

저 오만한 빛은 어머니인 밤을 상대로

오래된 지위와 영역을 빼앗으려 싸워 왔지만,

끝내 성공하지 못하지요. 아무리 애써 봤자,

빛은 결국 물질에 달라붙어 있기 때문이지요.[72]

---

70 인간이 자신을 소우주라 부르는 것을 빈정대고 있다.

71 고대의 우주 생성설에서 창조의 시초는 무질서하고 빛이 없는 카오스의 상태였고, 그 혼돈으로부터 모든 사물과 신들, 그리고 암흑과 밤이 태어났다. 그리고 헤시오도스에 따르면 암흑과 밤으로부터 다시 에테르와 낮이 태어났던 것이다. 이는 헤시오도스, 호메로스, 오르페우스 그리고 모세가 공유하는 우주관이다. 암흑을 만물의 시초로 보는, 메피스토펠레스가 대변하는 이러한 우주관은 그러므로 파우스트가 번역하려고 애를 쓰는 「요한복음」의 '태초에 ……가 있었다'는 우주관과는 정반대의 입장이다.

72 괴테는 『색채론』에서 이렇게 말한다. "암흑을 우리는 대상이 없는 부정적인 것으로, 다시 말해

빛은 물질에서 흘러나오고, 물질을 아름답게 만들지만,　(1355)

그 물질은 또한 빛의 진로를 가로막기도 하지요.

그리하여 머지않아, 제가 바라는 바이지만,

물질과 더불어 빛은 소멸하고 말 거외다.

파우스트

이제야 자네의 고귀한 임무를 알았네그려!

자네가 대규모로는 아무것도 파괴할 수 없으니　　(1360)

이제 작은 것부터 시작하겠다는 게 아닌가.

메피스토펠레스

물론 많은 일을 해내지는 못했소이다.

무(無)에 맞서고 있는 그 무엇을,

이 볼품없는 세계를 없애 버리려

이것저것 다 시도해 보았지만,　　(1365)

도저히 어쩔 도리가 없었지요.

파도와 폭풍을 부르고, 지진과 화재를 일으켜도

바다며 육지는 끝내 멀쩡하기만 하더라고요!

더군다나 빌어먹을 족속들인, 동물과 인간들은

질기고 질겨 아무 짓도 소용이 없어요.　　(1370)

헤아릴 수도 없이 많은 놈들을 이미 파묻었지요!

하지만 여전히 새롭고 신선한 피가 순환하는 겁니다.

계속 그런 식이니, 정말 환장하겠어요!

공기와 물, 그리고 땅에서

추상적으로 생각할 수 있다. (……) 반면에 우리는 빛을 결코 추상적인 것으로 생각할 수 없고, 공간 속에 있는 특정한 물질의 작용과 더불어 그것을 지각하게 된다."

수많은 싹들이 쑥쑥 솟아나는 겁니다.   (1375)

메마른 곳, 축축한 곳, 따뜻한 곳, 추운 곳 가리지 않아요!

지옥의 불꽃이나마 내 몫으로 잡아 두지 않았더라면,

정말이지 알거지 신세가 될 뻔했소이다.

파우스트

자네가 영원히 활동하는,

자비로운 창조의 힘에 맞서   (1380)

악마의 차가운 주먹을 휘둘러 본다 한들,

그건 심술 맞고 헛된 주먹질에 불과한 걸세!

다른 일거리나 찾아보게,

혼돈의 기이한 아들아!

메피스토펠레스

정말 생각하고 또 생각할 문제지만,   (1385)

다음번에 더 자세히 알아보기로 하지요!

소생, 이제 물러나도 될까요?

파우스트

왜 그렇게 묻는지 모르겠구나.

이제 너와 아는 사이가 되었으니

마음 내키면 언제든 오너라.   (1390)

여기가 창문이고, 여기가 출입문일세.

하긴 굴뚝도 자네에겐 익숙할 테지.

메피스토펠레스

실토 안 할 수 없군요! 밖으로 나가려는데

쪼그만 방해물이 가로막고 있어서요.

저기 문지방에 붙은 별 모양의 부적[73] 말이오. –   (1395)

파우스트

저 오각형의 별이 자네를 괴롭힌다고?

어디, 말해 보아라, 지옥의 아들아,

그게 방해가 된다면서 여긴 어떻게 들어왔다는 거냐?

너 같은 정령이 속을 수도 있단 말인가?

메피스토펠레스

꼼꼼히 들여다보시지요! 그건 잘 그려진 게 아니외다.   (1400)

집 바깥쪽으로 향해 있는 한쪽 모퉁이가

보시다시피, 살짝 벌어져 있어요.[74]

파우스트

그거 참 우연히 잘도 걸려들었다!

그렇다면 자네는 내 포로가 아닌가?

이거, 어쩌다가 대박 났구나!   (1405)

메피스토펠레스

삽살개가 멋도 모르고 뛰어들었는데,

이제 사정이 달라졌어요.

악마는 집 밖으로 나갈 수가 없소이다.

파우스트

그렇다면 왜 창문으로는 나가지 않는 거냐?

---

73 오각형의 별은 만유의 신비스러운 상징으로, 또는 인간 오관(五官)의 상징으로 여겨졌다. 오각의 끝은 각각 신비주의 마술의 가장 중요한 문자인 A 모양을 하고 있고, 예수라는 이름, 즉 Jesus의 다섯 글자를 의미한다.

74 부적의 약간 벌어진 틈새로 메피스토펠레스가 미끄러져 들어올 수 있었으나, 막상 나가려고 보니 벌어진 틈새에 그려진 선들이 역방향으로 악마를 찌르는 형상이어서 나갈 수 없다는 것이 이 책의 편집자 알브레히트 쇠네의 해석이다.

메피스토펠레스

악마와 도깨비들에게도 법칙이 있지요. (1410)

숨어들어 온 곳으로 다시 나가야 한다는 것이올시다.

첫 번째 법칙이야 마음대로지만, 두 번째에서 우린 노예가 되

는 거지요.

파우스트

지옥에도 법이 있단 말인가?

그거 참 반갑네, 그렇다면 너희 같은 무리하고도

마음 놓고 계약할 수 있다는 게 아니냐? (1415)

메피스토펠레스

약속한 건, 안심하고 믿으셔도 됩니다.

약속을 깎아 먹는 일도 없을 거외다.

하지만 약속한다는 게 그리 간단한 일은 아니올시다.

그런 일은 나중에 의논하기로 하지요.

하지만 이렇게 싹싹 비오니, (1420)

이번만은 저를 좀 놓아주시지요.

파우스트

하지만 잠시 더 기다리게,

내게 재미난 이야기나 들려주면서 말이야.

메피스토펠레스

제발, 지금은 놓아주시지요! 곧 다시 오겠소이다.

그때 마음껏 물어보시오. (1425)

파우스트

내가 자넬 잡으려고 덫을 놓은 건 아니었네.

자네 스스로가 함정에 빠진 거야.

암, 한번 잡은 악마는 붙들어 놓아야지!

다음번엔 쉽사리 안 잡힐 테니까.

메피스토펠레스

정 그러시다면 기꺼이 머물겠소이다. (1430)

여기 남아서 친구나 되어 드리지요.

단 하나 조건은 있습니다만,

제 요술을 보며 시간을 알차게 보내셔야 한다는 거외다.

파우스트

그래, 기꺼이 보도록 하마. 자네 마음대로 해 보게.

다만, 요술은 재미있어야 하네! (1435)

메피스토펠레스

친구여, 잠깐이면 된다오.

순식간에 일 년 치보다 더 많은 쾌락을 얻을 것이오니,

따분했던 한 해를 날려 버리시지요.

귀여운 정령들이 노래로 불러 주는 것,

그들이 보여 주는 아름다운 형상들, (1440)

그것들은 결코 공허한 마술 놀이가 아니지요.

당신의 후각이 즐거워하고,

입맛도 달콤하게 살아나면서,

당신의 감각은 황홀경을 누릴 거외다.

미리 준비할 것도 없소. (1445)

우리 놀이패들 다 모였으니, 자 시작이다!

정령들

사라져라, 저 위의
어두운 천장들아!
더 매력적이고 다정한 눈길로
들여다보거라.   (1450)
푸르른 창공아!
검은 구름들은
산산이 흩어져라!
작은 별들은 반짝이고,
부드러운 햇빛은   (1455)
안으로 비쳐 든다.
하늘의 아들들,
영혼이 아름다워
흔들흔들 인사하며
두둥실 지나간다.   (1460)
그리움에 못 이겨
마음은 그들을 따라나선다.
형형색색 옷들은
자락을 나부끼며
들판 위로 날아간다.   (1465)
정자 위로 날아간다.
그곳은 연인들이 평생을 거는 곳,
깊이 생각에 잠겨
언약을 주고받는다.

정자들은 늘어섰고! (1470)

넝쿨들은 싹튼다!

알찬 포도송이

통 속으로 쏟아지고

압착기가 짓누른다.

개울처럼 철철 (1475)

거품 내며 포도주 쏟아진다.

졸졸 흘러간다.

해맑고 잘생긴 바위들 사이로.

높다란 산들

뒤로 두고 흘러와 (1480)

드넓게 호수를 이룬다.

푸름을 더해 가는 언덕

너무나 행복해한다.

새들은 무리 지어

환희를 들이마시며, (1485)

태양을 향해 날아가고

밝게 반짝이는

섬들을 향해 날아간다.

섬들은 파도 위에서

흔들거리며 떠다닌다. (1490)

환호하는 합창 소리

온 섬에 울려 퍼진다.

풀밭에선

사람들이 춤을 춘다.

모두들 야외에서 (1495)

휴식을 즐긴다.

어떤 이들은

높은 산을 오르고,

다른 이들은

바다에서 헤엄친다. (1500)

또 다른 이들은 이리저리 떠돈다.

모두들 삶을 위해 그러는 것이다.

모두들 저 먼 곳,

사랑스러운 별들의

은총을 받으려 그러는 것이다. (1505)

메피스토펠레스

놈이 잠들었다! 잘했어, 대기의 사랑스러운 꼬마 정령들아!

열심히 노래 불러 이놈을 재웠구나!

이번 연주로 너희들에게 빚을 졌다.

어림도 없다, 이놈아, 감히 악마를 잡으려 들다니!

나풀나풀 꿈속의 달콤한 그림들이나 보여 주며, (1510)

이놈을 망상의 바다에 빠뜨려 버려라.

하지만 여기 문지방의 부적을 찢으려면

쥐의 이빨이 필요하다.

주문을 외우자마자, 근처에서 한 마리가 바스락거리는구나.

쪼르르 달려와 내 말을 들을 것이다. (1515)

쥐와 생쥐를 호령하고,

파리와 개구리, 빈대와 이를 다스리는 나리께서

너에게 명령하노니, 얼른 기어 나와

이 문지방을 갉아 버려라.

그곳에다 맛좋은 기름도 발라 놓았으니 −   (1520)

저기 한 놈이 벌써 달려오는구나!

그래, 곧장 시작하거라! 나를 가두어 놓은 뾰족한 끝은

모서리의 가장 앞쪽에 있다.

한 입만 더 갉아라, 그래 이제 됐다. −

자, 파우스트여, 꿈이나 계속 꾸게, 다시 만날 때까지.   (1525)

파우스트 (깨어나면서)

내가 또다시 속았단 말인가?

우르르 몰려왔던 정령들은 어디로 갔는가,

꿈속에서 악마를 만난 것처럼 나를 속이고는,

삽살개가 달아났단 말인가?

서재(Ⅱ)

파우스트. 메피스토펠레스.

파우스트

　문 두드리는 소리? 들어와요! 누가 또 나를 귀찮게 하려나? (1530)

메피스토펠레스

　접니다.

파우스트

　　　들어오라니까!

메피스토펠레스

　　　　세 번 말씀하셔야 합니다.

파우스트

　그럼, 들어오시오!

메피스토펠레스

　　　　하시는 게 마음에 드네요.

　앞으로 우리 잘 지내도록 하지요.

　실은 당신의 근심 걱정을 몰아내 주려고

소생이, 고상한 귀족 복장[75]으로 여기 왔소이다.　　　　(1535)

금박으로 장식한 붉은 옷을 입고,

사각거리는 비단 외투를 걸치고,

수탉 깃을 꽂은 모자를 쓰고,

기다랗고 뾰족한 칼도 차고 왔지요.

단도직입적으로 말씀드리오니,　　　　(1540)

얼른 나와 같은 차림을 하십시다.

그러면 속박에서 벗어나, 자유롭게,

인생이 무언지 경험하게 될 거외다.

파우스트

무슨 옷을 입더라도, 옹색한 지상의 삶에서

내가 고통을 느끼는 건 마찬가지네.　　　　(1545)

놀기만 하기엔 너무 늙었고,

아무런 소망도 없기엔 너무 젊었어.

세상이 내게 무엇을 줄 수 있단 말인가?

체념하고 살아라! 체념하고 살아라!

이것이 영원한 노래가 아니던가.　　　　(1550)

누구의 귀에나 그렇게 울리고,

평생 동안 지겹도록

시시각각 쉰 목소리로 들려오지 않던가.

깜짝 놀라 아침마다 잠에서 깨어나면

쓰디쓴 눈물 흘리며 울고 싶다네.　　　　(1555)

---

75 전형적인 궁정 귀족의 복장이다. 하지만 붉은 옷에다 수탉 깃을 꽂은 모자는 또한 사탄의 표지이기도 하다.

이 하루를 또 보아야 하는가, 단 하나의
단 하나의 소망도 이루어지지 않는 이 하루를.
그 모든 환희의 예감조차도
완고한 트집 앞에서 쪼그라들고,
가슴속에서 꿈틀대는 창조의 열정도   (1560)
역겨운 세상일로 방해받고 마는 이 하루를.
아아, 밤이 내려 깔리더라도
전전긍긍하며 자리에 누워야 하고,
그곳에서조차도 안식을 얻지 못하니,
사나운 꿈 때문에 소스라쳐 깨어나지 않는가.   (1565)
내 가슴속에 살아 있는 신은
내 마음을 깊이 뒤흔들어 놓을 수 있지만,
나의 모든 힘들 위에 군림하는 그 신이
정작 바깥세상을 향해선 아무것도 할 수 없구나.
그리하여 내겐 존재한다는 자체가 버거운 짐이니,   (1570)
죽음은 바람직하며, 삶은 증오스럽도다.[76]

메피스토펠레스

그래도 죽음이란 열렬히 환영받는 손님은 결코 아니올시다.

파우스트

아아, 복되도다, 승리의 영광을 누리며
피 묻은 월계관을 머리에 두르고 죽은 자,
미친 듯이 춤추고 난 후,   (1575)
소녀의 팔에 안겨 있는 자신을 발견하는 자.

---

[76] 파우스트의 비탄 장면은 「욥기」 7장 13절~16절, 욥의 비탄과 매우 비슷하다.

아아, 나도 저 숭고한 지령의 힘 앞에서

황홀하게, 정신을 잃고 쓰러져 버렸더라면!

메피스토펠레스

하지만 그 누군가는 갈색의 액즙을,

그날 밤에, 들이마시지는 않더군요.　　　　　　　　　(1580)

파우스트

염탐질이나 하는 게 자네의 취미인 모양이구나.

메피스토펠레스

모든 걸 알지는 못해도, 제법 많이는 알고 있지요.

파우스트

무시무시한 마음의 혼란으로부터

달콤하고 귀에 익은 음조[77]가 나를 끌어내 준 건 사실이고,

아직도 남아 있는 어린 시절의 감정을　　　　　　　　　(1585)

즐거웠던 시절의 음향으로 꾀여 낸 것도 사실이네.

하지만 나는 그 모든 것을 저주하노라,

내 영혼을 유혹하고 속여,

이 슬픔의 동굴 속에

현란한 눈속임과 달콤한 말로 가두어 놓는 모든 것을!　(1590)

무엇보다도 우리의 정신을 옭아매는

드높은 목적을 저주하노라!

우리의 감각에로 몰려드는

현상들의 현란한 눈속임을 저주하노라!

갖가지 꿈속에서 우리를 기만하는　　　　　　　　　(1595)

---

77 부활절의 종소리와 합창 소리를 가리킨다.

명예니, 불멸의 명성이니 하는 거짓을 저주하노라!

소유물이 아내와 자식, 하인과 쟁기의 얼굴을 하고,

우리에게 아양 떠는 것을 저주하노라!

황금의 신 마몬을 저주하노라,

갖가지 재물로써 무모한 행동을 부추기고,   (1600)

빈둥거리며 즐기라고

편안한 방석을 마련해 주지 않는가!

저주하노라, 포도의 향기로운 즙을!

저주하노라, 저 지고한 사랑의 은총을!

저주하노라, 소망을! 저주하노라, 믿음을,[78]   (1605)

저주하노라, 그 무엇보다도 인내심을!

정령들의 합창 (모습은 보이지 않는다.)

> 슬프도다! 슬프도다!
>
> 그대는 아름다운 세상을
>
> 억센 주먹으로
>
> 파괴해 버렸다.   (1610)
>
> 세상이 뒤집힌다, 세상이 무너진다!
>
> 반신(半神)[79]이 세상을 박살 내고 말았다!
>
> 우리는 부서진 파편들을
>
> 무(無)의 영역으로 나르며,
>
> 잃어버린 아름다움을   (1615)
>
> 슬퍼하노라.
>
> 지상의 아들들 가운데서도

---

78 「고린도 전서」의 믿음, 소망, 사랑을 역순으로 나열하고 있다.
79 파우스트를 가리킨다.

강력한 그대여,

더욱 장엄하게

세상을 다시 세워라.   (1620)

그대의 가슴속에 일으켜 세워라!

새로운 삶의 역정을

시작하라,

밝고 환한 마음으로.

새로운 노랫소리도 따라서   (1625)

울려 퍼지리라!

메피스토펠레스

이것들은 내 부하들 중에서도

졸개들이지요.

들어 보세요, 얼마나 현명하게

쾌락과 행동을 권하고 있습니까!   (1630)

드넓은 세상으로 들어가라고,

감각도 혈기도 막힌

고독에서 벗어나라고

당신을 유혹하는 것이외다.

이런저런 번민일랑 걷어차 버리세요.   (1635)

독수리처럼 당신의 생명을 쪼아 먹으니까요.[80]

아무리 하찮은 인간들과 어울리더라도

인간들과 더불어 비로소 인간이 된다는 걸 느끼게 될 거요.

---

80 신들에 대항했다가, 독수리에게 간을 쪼이는 형벌을 당했던 프로메테우스를 암시하고 있다.

그렇다고 당신을 천민들 사이로

밀어 넣자는 건 아니올시다.   (1640)

소생은 뭐 별다른 존재는 아닙니다만,

만약 당신이 나와 하나가 되어

세상 속으로 발을 들여놓으려 하신다면,

소생은 지금 당장에라도

기꺼이 당신의 것이오.   (1645)

일단 당신의 동반자가 될 테니,

내가 마음에 드신다면,

하인으로 삼든 종으로 삼든 마음대로 하시오!

파우스트

그 대신에 나는 네게 무엇을 주어야 하느냐?

메피스토펠레스

아직도 시간은 넉넉하외다.   (1650)

파우스트

아니다, 아니다! 악마는 이기주의자가 아니던가.

다른 사람에게 그렇게 쉽사리

이로운 일을 할 리가 없어.

조건을 분명히 말하게.

그런 하인은 대개 집안에 화를 부르기 마련이니까.   (1655)

메피스토펠레스

이 세상에서는 당신의 하인이 되지요.

당신의 손짓에 따라 쉬지 않고 봉사하리다.

하지만 저세상에서 우리가 다시 만나면,

당신은 내게 같은 식으로 해 주어야 합니다.

파우스트

저세상 따위엔 관심도 없네.   (1660)

자네가 이 세상을 박살 낸다 하더라도

다른 세상은 연이어 생겨날 걸세.

이 대지에서만 나의 기쁨이 샘솟아 나고,

이 태양만이 나의 고통을 비추어 준다네.

내가 이것들과 일단 헤어진다면,   (1665)

그다음엔 무슨 일이 일어나더라도 상관없어.

더 이상 듣고 싶지도 않네.

미래에도 사람들이 증오하고 사랑하는지,

그 세상에서도 마찬가지로

위와 아래의 구분이 존재하는지.   (1670)

메피스토펠레스

그러시다면 모험해 볼 만도 하군요.

계약을 맺읍시다. 당신은 며칠 내로

희희낙락, 소생의 재주를 보시게 될 거외다.

어떤 인간도 경험하지 못한 걸 보여 드리지요.

파우스트

자네 같은 가련한 악마가 무얼 보여 준다는 건가?   (1675)

고귀한 노력을 기울이는 인간의 정신을

자네 같은 존재가 이해한 적이나 있었던가?

기껏해야 질리지 않는 음식 정도는 가졌겠지.

수은처럼 끊임없이 손가락 사이로 흘러내리는

붉은 금덩이를 가졌을지도 모르고.   (1680)

아니면 결코 이길 수 없는 노름[81]이라든지,

내 품에 안겼으면서도

이웃 남자에게 추파를 던지는 소녀라든지,

혹은 유성처럼 사라져 버리는,

신의 쾌락과도 같은 명예 정도는 가지고 있을 테지.   (1685)

따기도 전에 썩는 과일이 있다든지,

날마다 새롭게 푸르러지는 나무라도 있다면 보여 주게!

메피스토펠레스

그 정도 주문이야 놀랄 일도 아니올시다.

그런 보물 정도는 언제든 대령합지요.

하지만, 여보세요, 만사를 잊고 뭔가 괜찮은 걸   (1690)

느긋하게 즐기고 싶을 때도 있는 법이지요.

파우스트

그래, 한가롭게 침대에나 누워 뒹굴뒹굴한다면,

그 길로 나는 끝장이네!

자네가 알랑거리고 잘도 속여

내 스스로 자신에 만족한다든지,   (1695)

자네가 향락으로 내 눈을 멀게 할 수 있다면,

그것이 나의 최후의 날이네!

그래, 내기를 하자!

---

81 해석의 논란이 많은 구절이다. 늘 이기는 노름이야 누구나 가져 볼 만한 소망이지만, 너무나 구태의연한 표현이다. 그래서 늘 지는 노름으로 살짝 바꾸어 말하고 있다. 늘 이기는 노름이나 늘 지는 노름이나, 둘 다 있을 수 없는 일이다. 그러므로 늘 이기는 노름이라는 망상에 빠진 인간들에 대한 역설적 조롱이라고 하겠다.

메피스토펠레스

　　　　　　좋습니다!

파우스트

　　　　　　약속은 약속이다!

내가 순간을 향하여

멈추어라! 너 정말 아름답구나! 하고 말한다면,　　　　　(1700)

그땐 나를 사슬에 묶어도 좋아.

기꺼이 파멸의 길을 갈 것이네!

그땐 조종(弔鐘)이 울려도 좋고,

자네는 내 종살이에서 벗어나는 거다.

시계는 멈추고 바늘은 떨어지고,　　　　　　　　　　(1705)

나의 시간은 그걸로 끝이다!

메피스토펠레스

신중히 생각하시지요. 우린 그 말을 잊지 않을 거외다.

파우스트

염려 말게, 자네에게 모든 권리를 넘기겠네.

나는 경거망동하는 사람이 아닐세.

내가 어디든 집착하게 된다면, 나는 그 길로 종이 되는 거네. (1710)

자네의 종이든, 그 누구의 종이든 상관없네.

메피스토펠레스

그렇다면 소생이 오늘 당장이라도 박사 학위 축하연에서

하인의 의무를 다하겠소이다.

단 하나! ― 꼭 해 주셔야 할 게 있습니다만,

몇 줄 기록을 남겨 주시지요.　　　　　　　　　　　(1715)

파우스트

꽁생원처럼 문자로 된 보증서나 요구하다니?

자네는 대장부(大丈夫)도, 대장부의 일언중천금도 모른단 말인가?

내가 한번 뱉은 말이 영원히, 내가 살아 있는 동안,

나와 함께하리라는 걸로 충분치 않은가?

세상만사 수천 갈래로 미친 듯이 흘러가는데,　　　　　　(1720)

약속 하나 따위에 걸음을 멈추란 말인가?

하긴 이러한 망상은 우리 마음속 깊이 뿌리내린 것이라,

그 누구도 쉽게 떨쳐 버릴 순 없는 것이지.

복받을지어다, 가슴속에 꼿꼿하게 신의를 품은 자,

그자는 그 어떤 희생에도 후회하지 않으리라!　　　　　(1725)

하나 문자로 기록하고 밀랍으로 봉인한 양피지는

모두들 꺼리는 도깨비 같은 걸세.

말은 펜대 끝에서 이미 시들고,

밀랍 봉인과 가죽끈이 행세하지 않는가.

사악한 정령아, 네놈은 내게서 무얼 원하는가?　　　　　(1730)

동판(銅版)인가, 대리석인가, 양피지인가, 종이인가?

철필로 써 줄까, 끌로 새겨 줄까, 아니면 펜으로?

네 마음대로 정하거라.

메피스토펠레스

어찌하여 그렇게 핏대를 세우며

장광설을 늘어놓으십니까?　　　　　　　　　　　　　(1735)

종이 쪼가리나 아무거라도 좋아요.

그저 피 한 방울로 서명해 주시면 되는뎁쇼.[82]

파우스트

군이 이래야 자네 직성이 풀린다면

역겹더라도 그렇게 해 주겠네.

메피스토펠레스

피는 아주 특별한 액체입지요. (1740)

파우스트

걱정 붙들어 매게, 내가 이 계약을 깨뜨릴 리 없으니까!

젖 먹던 힘까지 다해

이 약속만은 지키도록 하겠네.

그동안 내가 고고한 척해 왔지만,

알고 보면 자네 정도밖에 안 되는 존재야. (1745)

위대한 정령은 나를 내쳐 버렸고,

자연은 내 앞에서 문을 닫고 있네.

생각의 실마리도 끊어졌고,

온갖 지식 앞에 구역질을 느낀 지도 오래야.

차라리 관능의 깊은 늪에 빠져 (1750)

이글거리는 욕구나 충족했으면 싶네!

속이 안 보이는 마술 보따리에

온갖 기적이나 당장 마련해 놓게!

쏴쏴거리는 시간의 여울 속으로,

넘실거리는 사건 속으로 뛰어들도록 하세! (1755)

거기선 고통도 쾌락도,

---

82 악마와의 계약에서 피의 서명은 「출애굽기」 24장 7절에 나오는 서명의 변질된 형태이다.

성공도 불만도

서로 뒤엉켜 엎치락뒤치락할 테지.

어쨌거나 대장부란 끊임없이 활동하는 자가 아니던가.

메피스토펠레스

당신이란 사람에겐 기준도 목표도 없군요. (1760)

내키는 대로 이것저것 맛도 보시고,

서둘러 지나가면서도 무언가 낚아채고,

마음에 드는 건 반드시 손아귀에 넣으시구려.

어쨌든 나를 단단히 붙들기만 하시오, 겁먹지 말고!

파우스트

잘 듣게, 단순한 쾌락을 말하는 게 아닐세. (1765)

어찔어찔한 도취경에 몸을 맡기겠다는 거네. 고통스럽기 그지없는 향락,

사랑에 눈먼 증오, 후련한 분노에 말이네.

내 가슴은 이제 지식에의 욕망에서 치유되었으니,

다가올 어떤 고통도 피하지 않을 것이고,

인류 전체에 주어진 것을 (1770)

나 자신의 내면으로 느껴 보려 하네.

나의 정신으로 가장 높고 가장 깊은 것을 붙들고,

그들의 기쁨과 슬픔을 내 가슴에 쌓으면서,

나 자신의 자아를 인류의 자아로 확대하며,

마침내 인류와 마찬가지로 파멸하려고 하네. (1775)

메피스토펠레스

부디, 소생을 믿어 주시오. 소생이야말로 수천 년 동안

그 딱딱한 음식을 씹고 있소이다.

단언하지만, 요람에서 무덤까지

그 어떤 인간도 이 묵은 효모를 소화하지 못해요!

우리 같은 무리의 말을 믿으세요. 그 전체라는 건   (1780)

오로지 신만을 위해 만들어진 거올시다!

신 자신은 영원한 광휘 속에 있으면서

우리를 암흑 속으로 밀쳐 넣어 버리고,[83]

당신들에겐 낮과 밤만을 주었을 뿐이지요.

파우스트

어쨌거나, 나는 해 보겠네!   (1785)

메피스토펠레스

　　　　그거 듣던 중 반가운 소린데요!

하지만 단 하나 걱정은 있습지요.

시간은 짧고 예술은 길다는 겁니다.

내 생각에, 당신은 언제든 배울 자세가 되어 있으니,

시인과 한번 사귀도록 해 보시지요.

그자로 하여금 생각에 생각을 짜내게 하여   (1790)

이런저런 고귀한 자질들이

당신의 자랑스러운 정수리에 잔뜩 쌓이도록 하시지요.

사자의 용기,

사슴의 날램,

이탈리아 사람들의 불같은 기질,   (1795)

북구인의 끈기 같은 것 말이오.

---

83 신이 아닌 루시퍼의 편에 섰던 천사들의 몰락을 암시.

무엇보다도 시인에게 비책을 알려 달라 하시오.
관대함과 간교함을 동시에 갖추고,
뜨거운 청춘의 충동을 지니면서도
계획에 따라 사랑에 빠질 수 있는 비책 말입지요.　　(1800)
소생이라도 그런 자라면 사귀고 싶고,
그를 소우주(小宇宙) 선생이라 부르겠소이다.

파우스트

나라는 존재는, 인류의 왕관을 획득지 못한다면,
도대체 무어란 말인가?
나의 오관이 그렇게 열망하는데도 말이다.　　(1805)

메피스토펠레스

당신은 결국 – 지금 그대로의 당신일 뿐이오.
몇 백만 오라기의 꼬불꼬불한 털 가발을 쓴다 해도,
희극배우의 굽 높은 신발을 신는다 해도,
당신은 여전히 당신일 뿐이오.

파우스트

나도 그렇게 느끼네. 부질없이 인간 정신의　　(1810)
이런저런 재보들을 끌어 모으기만 한 꼴이야.
결국 이렇게 퍼질러 앉아 있어도
내면에선 아무 힘도 샘솟지 않는군.
머리카락 한 올만큼도 더 나아지지 않았고,
무한한 것에 조금도 다가서지 못했어.　　(1815)

메피스토펠레스

순진한 양반, 당신은 세상만사를

다른 사람들이 보는 그대로 보는군요.
삶의 즐거움이 다 달아나 버리기 전에
우리는 보다 영리하게 행동해야 합니다.
제기랄! 손과 발,   (1820)
머리와 엉덩이는 물론 당신의 것이지요.
하지만 내가 새롭게 즐기는 모든 것이라고 해서
내 것이 되지 말란 법이 있나요?
가령 내가 여섯 마리 수말의 값을 치를 수 있다면,
그것들의 힘은 내 것이 아닐까요?   (1825)
나는 힘차게 내달리는 멋진 남자가 되는 거지요.
스물네 개의 다리라도 가진 듯이 말이오.
그러니 씩씩하게! 모든 잡념은 떨쳐 버리고,
곧장 세상 속으로 뛰어듭시다!
말씀드립니다만, 이 궁리 저 궁리나 하는 놈은   (1830)
황량한 들판에서 악령에 이리저리 끌려다니는
짐승과도 같지요.
주변에 아름답고 푸른 풀밭이 널렸는데도 말이외다.

파우스트

어떻게 시작하겠다는 건가?

메피스토펠레스

　　　　　　곧장 이곳을 떠나는 겁니다.
고문실이 따로 있나요?   (1835)
자신과 학생들까지 따분하게 만들면서
어떻게 인생을 산다고 할 수 있을까요?

그런 일일랑 이웃의 배불뚝이 선생한테 맡겨 버리세요!

왜 알갱이도 없는 짚단을 터느라 생고생이시오?

물론 당신이 알게 된 최고의 진리를 　　　　　　　　　(1840)

학생 놈들한테 들려주지는 마시오.

마침, 한 녀석이 복도에 나타나는군요!

파우스트

그 학생을 만나고 싶진 않아.

메피스토펠레스

불쌍한 녀석이 오래 기다렸으니,

위로의 말 한마디 정도는 해 주고 돌려보내야지요. 　　(1845)

자, 당신의 상의와 모자를 좀 빌립시다.

이 정도로 변장은 해야 그럴듯해 보일 테지요.

　　　　　　(옷을 갈아입는다.)

이제 모든 일은 소생의 말솜씨에 맡기면 됩니다!

십오 분 정도면 될 테니,

당신은 그동안 신바람 나는 여행, 준비나 하시지요! 　(1850)

　　　　　　(파우스트가 퇴장한다.)

메피스토펠레스 (파우스트의 긴 옷을 입고)

이성이니 학문이니 하는,

인간 최고의 힘을 마음껏 경멸해 주자.

오로지 눈속임과 마법의 힘을 빌려

악마의 힘을 잔뜩 불어넣어 주자.

그러면 놈은 무조건 내 손아귀에 들어오는 거다. － 　(1855)

운명이 놈에게 거침없이

내달리기만 하는 정신을 주었으니,

성급하게 굴면서

지상의 쾌락에도 여기저기 마구 달려들겠지.

반드시 놈을 거친 삶 속으로,   (1860)

무미건조하고 시시한 일상 속으로 질질 끌고 다닐 거다.

놈은 버둥거리다 기진맥진해서 매달리리라.

채울 수 없는 탐욕의 입술 앞에

산해진미와 음료수가 어른거리게 할 것이고,**84**

놈은 갈증을 풀어 달라 헛되이 애걸복걸할 거다.   (1865)

그리하여 악마에게 자신을 맡기지 않는다 해도

제풀에 파멸하고 말 것이다!

(학생 하나가 등장한다.)

학생

저는 이곳에 온 지 얼마 되지 않았지만,

흠모의 마음으로 이렇게 찾아뵈었습니다.

인사도 드리고 또 말씀도 들으려고요.   (1870)

모두들 경외하는 선생님이시니까요.

메피스토펠레스

자네의 공손한 태도가 아주 마음에 드네!

보다시피 나도 다른 이들과 같은 사람일세.

---

84 그리스 신화의 탄탈루스를 연상시킨다. 신들에게 죄를 지은 탄탈루스는 목까지 물에 잠기는 형벌을 받았다. 목이 타 물을 마시려 하면 그 물이 입에서 멀어지고, 사과와 과일나무 가지도 입 앞에까지 왔다가 멀어졌다.

그런데 자네는 다른 곳도 이미 찾아가 보았을 테지?

학생

부탁드리오니, 저를 받아 주십시오! (1875)

크게 용기 내어 찾아왔습니다.

학비도 충분하고 혈기도 왕성합니다.

어머니가 저를 떼어 놓으려 하지 않았지만,

저는 여기 낯선 땅에서 올바른 것을 배우고 싶습니다.

메피스토펠레스

그렇다면 제대로 찾아왔네. (1880)

학생

솔직히 말씀드리자면, 벌써 떠나고 싶습니다.

이 담장들, 이 강당들

조금도 마음에 안 들어요.

공간도 아주 좁고,

풀 한 포기, 나무 한 그루 찾아볼 수 없으니, (1885)

강의실로 들어가 의자에 앉으면,

듣고 보고 생각하는 게 모두 다 멍하게 될 것 같아요.

메피스토펠레스

그런 건 다 습관에 달린 거네.

갓난아기도 엄마의 젖가슴을

처음부터 얼씨구나 하고 받아들이는 건 아니고, (1890)

조금 익숙해져야 게걸스럽게 빨아 대는 걸세.

마찬가지로 자네도 날이 가면 갈수록

지혜의 젖가슴을 더욱더 탐닉하게 될 거네.

학생

저는 지혜의 목에 기꺼이 매달리겠습니다.

제가 어떻게 거기에 도달할 수 있는지만 말씀해 주십시오.(1895)

메피스토펠레스

이야기를 더 하기 전에 말해 보게.

자네는 무슨 학과를 택할 건가?

학생

저의 꿈은 아주 박식한 사람이 되는 것입니다.

지상의 일은 물론이고

천상의 일도 두루 공부하여   (1900)

학문과 자연에 통달하고 싶습니다.

메피스토펠레스

그렇다면 제대로 찾아온 걸세.

하지만 방심은 절대 금물이야.

학생

몸과 마음을 다 바칠 생각입니다.

물론 상쾌한 기분을 위해   (1905)

약간의 자유와 여가 시간을 누릴 수는 있을 테지요.

여름방학 동안에 말입니다.

메피스토펠레스

시간을 잘 활용하게, 아주 빨리 지나가니까.

하지만 규칙적인 생활은 시간을 벌어 줄 걸세.

나의 충실한 제자여, 우선   (1910)

논리학 강의[85]부터 듣게나.

그러면 자네의 정신은 잘 길들여질 거야.

스페인식 장화[86]를 신은 듯 꼭 죄어들면서,

더욱더 신중하게 살금살금

생각의 길을 찾아가게 되니까,   (1915)

도깨비불이 그러는 것처럼

이리저리 헤매어 다니지는 않을 걸세.

그리고 나서는 여러 날에 걸쳐,

지금까지는 먹고 마시는 일처럼

예사롭게 단숨에 처리하던 일도   (1920)

하나! 둘! 셋! 순서가 필요하다는 걸 배워야 하네.

하지만 사유의 공장(工場)이라는 건

직조공이 만든 명품과도 같은 거네.

한번 밟으면 팽팽하게 대기하던 수많은 실들이 움직이고,

북들이 이리로 저리로 넘나드는 가운데   (1925)

실들이 어느새 흘러나오니,

단 한 번 만에 수천의 결합이 이루어지는 걸세.

그런데 철학 교수라는 자는 강의실로 들어와

이건 이래야 하고 저건 저래야 한다고 논증할걸세.

첫째가 이러하고, 둘째가 이러한즉,   (1930)

---

85 괴테는 라이프치히 대학생 시절에 접했던 논리학 강의에 대해 『시와 진실』 제6권에서 이렇게 말한다. "나는 처음에는 강의를 부지런하게 그리고 충실하게 들었다. 하지만 철학 강의는 아무런 도움도 되지 않았다. 그리고 논리학 강의는 기이하기만 했다. 내가 어릴 때부터 아주 편안하게 수행했던 그러한 정신의 작용들을 서로 간에 떼어 놓고, 개별적으로 분리시켜 그것들을 마치 파괴해 버리려는 것 같았다. 그렇게 하여 올바른 사용법을 들여다본다는 명분에서 말이다."

86 정강이뼈를 압착하는 고문 기구. 종교재판에서 고문의 제2단계에 해당한다.

셋째와 넷째는 당연히 이러하며,

첫째와 둘째가 그러하지 않다면,

셋째와 넷째도 결코 그러하지 않다고 말이야.

어디서든 학생들은 이런 이론을 찬양하지만,

그 누구도 사유의 직조공이 되지는 못했네.[87]　　　　(1935)

생동하는 것을 인식하고 기술하려 하면서,

우선 정신을 몰아내어 버리려 하니,

결국 손에는 부분들만 남는 거네.

유감천만이야! 정신적인 결속은 없는 거지.

화학은 이것을 자연의 손잡이[88]라고 부르지만,　　　　(1940)

그 이치를 제대로 몰라, 스스로를 조롱하는 꼴이라네.

학생

선생님의 말씀이 잘 이해가 안 됩니다.

메피스토펠레스

조금만 지나면 나아질 걸세.

자네가 모든 것을 환원시키고,

적절하게 분류하는 법을 배운다면 말이야.　　　　(1945)

학생

그 모든 게 무슨 말씀인지 그저 멍합니다.

머릿속에서 물레방아가 윙윙 돌아가는 것 같아요.

메피스토펠레스

---

87 합리적인 가정과 결론을 추구하는 당시 대학에서의 논리학에 반해, 무의식과 연상 작용까지 포괄하는 생동감 넘치는 생산적인 사유 과정을 강조하고 있다.

88 Encheireisin naturae. 괴테의 슈트라스부르크 대학 시절 선생이었던 야콥 라인홀트 슈팔만 교수가 사용했던 용어. 괴테는 이로써 자연과학의 해체적 사유 방식을 비판하고 있다.

그다음엔 다른 무엇보다도

형이상학에 발을 들여놓아야 하네!

그러면 자네는 인간 두뇌에 어울리지 않는 것을 (1950)

의미심장하게 파악하게 되는 거야.

두뇌야 이해를 하든 말든

현란한 용어가 수고를 다해 주지.

그러나 처음 반년 동안은

시간을 어김없이 지키도록 하게. (1955)

날마다 다섯 시간씩 강의가 있으니,

종소리가 울리자마자 강의실로 들어가게!

철저한 예습은 물론

강의도 한 구절 한 구절 새기도록 하게.

그러면 자네는 나중에 더 잘 알게 될 거야. (1960)

교수란 자는 책에 나오는 거 말곤 할 말이 없다는 걸 말일세.

하지만 필기만은 열심히 해 두게.

성령 말씀이라도 받아쓰듯이!

학생

두 번 말씀 안 하셔도 됩니다!

그게 얼마나 유용한지 알고 있으니까요. (1965)

흰 종이 위에 검게 써 놓은 것이라야

마음 놓고 집으로 가져갈 수 있으니까요.

메피스토펠레스

그런데 자네는 무슨 과를 택할 건가?

학생

법학은 왠지 끌리지 않아요.

메피스토펠레스

그걸 나무랄 수야 없지.   (1970)

그 학문의 성격이 어떤지 내가 알고 있어.

법이니 권리니 하는 것은

영원한 질병처럼 유전되는 거네.

세대에서 세대로 질질 끌며 이어지고,

이곳에서 저곳으로 슬그머니 옮겨 가는 거야.   (1975)

이성은 불합리가 되고, 선행은 재앙이 되니,

참으로 슬퍼, 자네가 이런 시대에 태어나다니!

타고난 우리의 권리[89]에 대해선

통탄스럽게! 아무도 묻지 않아.

학생

선생님 말씀을 듣고 보니 법학이 더욱 싫어집니다.   (1980)

정말, 복도 많아요! 선생님의 가르침을 받는 사람은요.

그렇다면 신학을 공부하는 건 어떨까요.

메피스토펠레스

으음, 자네를 그릇된 길로 인도하고 싶진 않네.

그 학문으로 말할 것 같으면,

잘못된 길로 빠지지 않기가 너무 어려워.   (1985)

거기엔 몸에 좋은 약과 거의 구분되지도 않는

숨겨진 독이 너무 많아.

가장 좋은 길이란 역시 한 분만의 말씀을 듣고,

---

89 18세기에 들어와 본격적으로 대두된 자연법을 말한다.

그 대가의 말씀을 신봉하는 걸세.

요컨대 – 말을 존중하게! (1990)

그러면 자네는 안전한 문을 통해

확신의 사원(寺院)으로 들어가는 걸세.

학생

하지만 말에는 그 어떤 개념이 있어야겠지요.

메피스토펠레스

옳거니! 하지만 지나친 염려는 붙들어 매게.

개념이 없는 경우엔 (1995)

말이 보란 듯이 나타나니까.

말로써 얼마든지 논쟁할 수 있고,

말로써 하나의 체계를 이룰 수도 있어.

말이란 얼마든지 믿을 수 있는 것이니까.

그러니 한마디 말에서 단 하나의 획도 빠뜨려선 안 되는 걸세.(2000)

학생

이거, 죄송해서 어쩌지요. 질문이 너무 많네요.

그래도 한두 가지만 더 물어볼게요.

의학에 대해서도

한마디 화끈한 말씀 없으세요?

삼 년[90]이란 세월은 짧은데, (2005)

아이고! 그 분야는 너무나 넓으니까요.

방향이라도 대충 정해 주신다면,

알아서 더듬어 갈 텐데요.

---

90 19세기 말까지의 일반적인 수업 기간.

메피스토펠레스 (혼잣말로)

이 따위 메마른 어투, 이제 신물 난다.

다시 악마 노릇이나 제대로 해야겠다.　　　　　　　(2010)

　　　　　　(큰 소리로)

의학의 정신이란 별거 아니야.

커다란 세계와 작은 세계를 두루 탐구하다가,

결국엔 신의 뜻대로

되는대로 내버려 두는 거야.

자네가 학문을 합네, 하고 싸돌아다녀도 헛짓이야.　　(2015)

누구든 자기가 배울 수 있는 것만 배우는 법이니까.

하지만 기회를 제대로 움켜쥐는 자만이,

진정한 남자라고 할 수 있네.

자네는 몸매도 그런대로 잘 빠졌고,

배짱도 없는 것 같진 않으니,　　　　　　　　　　(2020)

스스로 자신감만 갖는다면,

다른 사람도 자네를 믿을 걸세.

특히나 여자 다루는 법을 잘 배우게.

여자들이란 줄곧 여기가 아파요,

저기가 괴로워요, 하소연하지만,　　　　　　　　　(2025)

딱 한 군데만 치료하면 끝이네.

자네가 그런대로 예의 바르게 군다면,

계집이란 계집은 모조리 자네 거야.

우선은 학위[91]를 따야, 여자들이 두말없이 믿을 거네.

---

91 박사 학위뿐만 아니라, 당시 돌팔이 의사들에게도 관습상으로 주어졌던 과장된 칭호들을 가

자네 솜씨가 다른 자들보다 뛰어나다고 말이야. (2030)

그러고 나선 환영의 기분으로 이곳저곳 꾹꾹 주물러 주는 거지.

다른 자가 오랜 세월 겉핥기로 쓰다듬던 데를 말이야.

무엇보다도 꿈질거리는 맥을 잘 짚어야 하네.

그러고는 이글거리면서도 꿰뚫어 보는 눈빛으로

날씬한 허리 근처를 이리저리 더듬으며, (2035)

허리띠가 얼마나 단단히 매어져 있는지 알아보는 거지.**92**

학생

들어 보니 척 알겠어요! 어디를 어떻게 해야 할지 말입니다.

메피스토펠레스

여보게, 모든 이론은 잿빛이고,

생명의 황금 나무는 영원히 푸르다네.

학생

솔직히 말씀드리자면, 저는 꿈속을 헤매는 것 같습니다. (2040)

다음에 다시 한 번 찾아뵙고,

선생님 말씀의 깊은 뜻을 들어도 될까요?

메피스토펠레스

내가 할 수 있는 일이라면, 당연히 돕겠네.

학생

그냥 돌아가기는 그렇고요.

여기 저의 기념첩**93**에 (2045)

리킨다.

92 18세기까지만 해도 의학적 검진은 남자들의 몫이었고, 여자들은 옷을 입은 채로 검진을 받았다.

93 16세기 중엽 이래로 주로 대학생들이 자신의 수업 시대와 방랑 시대, 대학 시절과 여행을 기념하기 위해 가지고 다니던 앨범을 가리킨다. 거기다가 명사들에게 생의 금언이나 교훈적인 말들을 적

선생님의 은혜로운 말씀 한마디만 남겨 주시지요!

메피스토펠레스

좋아. 그렇게 하지.

(글을 쓴 후 돌려준다.)

학생 (읽는다.)

너희들, 신과 같이 되어 선과 악을 알리라.[94]

(기념첩을 공손히 접고 작별 인사를 한다.)

메피스토펠레스

옛사람의 말씀과 나의 아주머니인 뱀의 말을 따르라.

언젠가는 네가 신을 닮았다는 게 두려워지리라!　　　　(2050)

파우스트 (등장한다.)

이제 어디로 갈 건가?

메피스토펠레스

당신이 가고 싶은 데로.

우선은 작은 세계[95]를, 이어서 커다란 세계[96]를 볼 겁니다.

신바람 나게 꿀도 먹고 알도 먹으면서

당신은 이 여행을 공짜로 즐기는 겁니다!

파우스트

하지만 이 기다란 수염[97]을 달고서야　　　　(2055)

어찌 그런 발랄한 생활을 할 수 있겠나.

어 달라고 요구했다. 괴테 자신도 종종 그런 요구를 받았고, 아들에게도 그런 기념첩을 선사한다.

94　Eritis sicut Deus, scientes bonum et malum. 라틴어로 번역된 구약성서 「창세기」 3장 5절의 말

95　「파우스트」 제1부의 협소한 시민 사회를 가리킨다.

96　「파우스트」 제2부의 궁정 사회를 비롯한 광대한 세계를 가리킨다.

97　실제의 수염이라기보다는, 세상과 떨어져 고지식하게 살아온 생활 방식을 가리킨다.

이 시도는 성공하지 못할 거네.

세상 속으로 단 한 번도 들어가 보지 않아,

다른 사람 앞에 서면 움츠러들고,

당황하기만 할 거야. (2060)

메피스토펠레스

여보세요, 모든 건 저절로 해결됩니다.

자신감만 가진다면, 살아가는 건 문제도 아니지요.

파우스트

그렇다면 이 집에서는 어떻게 떠나나?

말과 하인과 마차는 어디 있나?

메피스토펠레스

이 외투는, 활짝 펼치기만 하면, (2065)

우리를 공중으로 날라다 주지요.

대담한 발걸음을 내딛는 마당에

커다란 짐 보따릴랑은 가져가지 마시오.

내가 마련할 약간의 뜨거운 바람[98]이

우리를 잽싸게 지상에서 들어올릴 겝니다. (2070)

우리가 가벼우면,[99] 그만큼 더 빨리 위로 떠오르겠지요.

자, 당신의 새로운 인생길에 축하를 드립니다.

---

[98] 괴테는 1782~1783년에 몽골피에 형제가 열기구를 띄웠던 것을 알고 있었다. 괴테도 그러한 시도에 적극적으로 참여하였고, 1784년에는 바이마르에서 몽골피에 형제의 방식으로 열기구를 띄우는 실험을 하기도 했다.
[99] 기구를 띄우는 기술의 일종인 밸러스트 문제까지 알고 있다.

라이프치히의 아우어바흐 지하 술집

유쾌한 패거리의 떠들썩한 술자리.

프로쉬[100]

　아무도 안 마시나? 웃는 놈도 없나?

　험상궂은 꼴을 기어이 볼 텐가!

　오늘은 왜들 푹 젖은 짚단 꼴인가.　　　　　　(2075)

　전에는 활활 잘도 타오르더니.

브란더[101]

　네놈 때문이다. 네놈이 아무 짓도 안 벌이니까.

　바보짓도 안 하고, 추잡한 장난도 안 치니까.

프로쉬 (브란더의 머리 위에 포도주를 붓는다.)

　그렇다면 둘 다 해 주지!

100　희극 오페라의 사중창에서 테너가 부르는 젊은 학생의 역할.
101　2학기에 재학 중인 대학생. 테너.

브란더

이 상놈의 돼지 새끼!

프로쉬

네놈이 원했잖아. 당연한 거야!   (2080)

지벨[102]

싸우는 놈들은 퇴장!

툭 트인 가슴으로 건배가(乾杯歌)를 불러라, 퍼마시고 악을 써라!

일어서라! 힘차게! 야호!

알트마이어[103]

아이고, 정신없어!

솜 좀 가져와! 저 녀석 때문에 내 귀청 터진다.

지벨

저 둥근 천장이 우르릉거려야,   (2085)

베이스의 위력을 제대로 맛보는 거다.

프로쉬

좋았어, 불평하는 놈은 밖으로 꺼져라!

얼씨구! 어라 차차 차!

알트마이어

얼씨구! 어라 차차 차!

프로쉬

이제 목청이 맞는다.

(노래한다.)

---

102 늙수그레한 학생의 역할. 베이스.
103 노인의 역할. 베이스.

사랑하는 신성로마제국[104]이여,   (2090)

어이하여 아직도 합쳐져 있는고?

브란더

역겨운 노래! 제기랄! 정치적인 노래!

불쾌한 노래! 매일 아침 하느님께 감사나 드려라.

네놈들은 로마제국을 걱정하지 않아도 되니까!

생각해 보면 황제도 재상도 아니어서   (2095)

난 행운아란 말이다.

그래도 앞세울 대장이 없으면 섭섭하니까,

우리도 교황[105]을 뽑기는 하나 뽑자.

어떤 재주가 있어야 추대되어 권좌에 오르는지

너희들은 잘 알지 않느냐.   (2100)

프로쉬 (노래 부른다.)

꾀꼬리 아가씨야, 훨훨 날아,

천 번 만 번 님에게 안부 전해 다오.

지벨

님에게 안부라니! 듣기도 싫다!

프로쉬

님에게 안부도 키스도 전해 다오! 이놈아 훼방 놓지 말아라!

(노래 부른다.)

빗장을 풀어라! 고요한 밤에.   (2105)

---

104 962년 독일 왕 오토 1세가 로마 교황으로부터 왕관을 받은 후, 1806년 프란츠 2세가 나폴레옹
에게 패배할 때까지 존속되었다.
105 일종의 룰렛 게임을 하여 한 사람의 의자를 식탁 위에 올려놓고, 그 사람으로 하여금 노래를
부르게 하는 대학생들의 습관.

빗장을 풀어라! 님이 오신다.

빗장을 걸어라! 이른 아침에.

지벨

그래, 부르고 또 불러라, 그년을 찬양하고 자랑해라!

때가 오면 큰 소리로 비웃어 주마.

그년이 날 속였고, 네놈도 년에게 당할 거다.　　　　(2110)

그년의 서방으론 도깨비가 제격이다!

그놈이라면 네거리에서도 년과 농탕질 할 거다.

블록스 산[106]에서 돌아오던 늙은 염소도,

달음질하며 년에게 저녁 인사 할 거다, 매매!

순수한 혈통의 착한 총각이라면　　　　(2115)

그따위 갈보에겐 과분한 거야.

흥, 안부 인사라니,

년의 창문에다 돌팔매질이나 해야겠다!

브란더 (식탁을 두드리며)

주목! 주목! 내 말 좀 들어봐!

여보게들, 나도 세상 물정 좀 안다고.　　　　(2120)

여기 사랑에 빠진 자도 있고 하니,

저녁 인사도 할 겸 신분에 걸맞는

멋진 노래 하나 대접하리라.

주목! 최신 유행의 노래다!

후렴은 다 같이 힘차게!　　　　(2125)

---

106 브로켄 산의 다른 이름. 발푸르기스의 밤에 마녀들은 염소를 타고 하르츠 산맥의 가장 높은 브로켄 산에 모여 음란한 무도회를 즐긴다. 염소는 호색한을 상징한다.

(그가 노래한다.)

지하실 쥐구멍에 쥐가 한 마리,

지방과 버터만 먹고 살았네.

먹고 또 먹고 배때기가 불룩,

영락없이 루터 박사님을 닮았네.

식모가 놓아둔 쥐약을 먹고는,   (2130)

온 세상이 답답하다, 난리를 떨어요.

마치 상사병에라도 걸린 듯.

합창 (환호성을 지르며)

마치 상사병에라도 걸린 듯.

브란더

이리로 달려가고, 저리로 달려가고,

시궁창 물마다 코를 박고 벌컥벌컥,   (2135)

온 집 안을 갉아 대고 할퀴어 대고

지랄에 발광을 떨어도 헛일이네요.

두려움에 펄쩍펄쩍 뛰기도 하지만,

불쌍한 쥐새끼 이내 지쳐 버려요.

마치 상사병에라도 걸린 듯.   (2140)

합창

마치 상사병에라도 걸린 듯.

브란더

두려움에 떨며 밝은 대낮에

쪼르르 부엌으로 달려가지만,

부뚜막 옆에 자빠져 버둥버둥,

가련하게 헐떡헐떡. (2145)

독약을 놓은 식모가 통쾌하게 웃네요.

아하! 저게 똥줄 타는 소리구나.

마치 상사병에라도 걸린 듯이.

합창

마치 상사병에라도 걸린 듯이.

지벨

저 속물들 희희낙락하는 꼴 좀 봐라! (2150)

그래, 네놈들의 얄량한 재주라는 게,

불쌍한 쥐새끼한테 쥐약이나 뿌리는 거구나!

브란더

쥐새끼를 꽤나 좋아하시는군요?

알트마이어

저 대머리 까진 배불뚝이 녀석!

실연당해 기도 죽고 얌전하구나. (2155)

퉁퉁 부어오른 쥐새끼를 보고,

바로 자기 꼴이라 생각하는 모양이네.

(파우스트와 메피스토펠레스 등장)

메피스토펠레스

우선 당신을

유쾌한 패거리가 노는 데로 데려가겠소.

그들이 인생을 얼마나 가볍게 사는지 보시지요. (2160)

놈들한텐 하루하루가 축제올시다.

머리는 별로라도 신나게 즐기고,

제각각, 새끼 고양이들이 제 꼬리 잡으려 뱅뱅 돌듯

비좁은 동그라미 안에서 춤을 추지요.

머리도 안 아프고,   (2165)

외상술만 계속 나오면

근심 없이 만족하며 살지요.

브란더

저 친구들 여행 중이군.

두리번거리는 꼬락서니만 봐도 금방 알지.

여기 온 지 한 시간도 채 안 됐어.   (2170)

프로쉬

그래, 네 말이 맞아! 우리 라이프치히는 멋진 곳이야!

작은 파리[107]라고 하잖아. 사람들도 세련되고.

지벨

저 낯선 자들 뭐하는 놈들 같은가?

프로쉬

나한테 맡겨! 술 한잔 가득 먹여놓고,

어린애들 이 뽑듯이   (2175)

놈들의 정체를 알아내겠네.

집안은 양반인 것 같은데,

하는 꼴이 영 시건방지고 불퉁하군.

브란더

---

107 18세기에 라이프치히를 흔히 가리키던 별칭.

틀림없는 사기꾼들이야. 내기하자!

알트마이어

아마도.

프로쉬

　　　　　잘 보라고. 내가 손 좀 봐 줄 테니!　　　　(2180)

메피스토펠레스 (파우스트에게)

이놈들은 악마가 와도 모르는뎁쇼.

멱살까지 잡혀도 마찬가질 거요.

파우스트

안녕들 하시오!

지벨

　　　　　인사 고맙소이다.

(메피스토펠레스를 옆 눈길로 보며 작은 목소리로)

저 녀석은 한쪽 다리[108]를 저는구나?

메피스토펠레스

합석 좀 해도 될까요?　　　　　　　　　　(2185)

좋은 술도 없어 보이니,

어울려 놀기라도 합시다.

알트마이어

꽤나 고급으로 노시는 양반들 같은데요.

프로쉬

느지막하게 리파흐[109]를 떠나신 모양이지요?

_____

108 악마는 한쪽 발이 말의 발굽이라는 속설이 있다.
109 라이프치히 근교의 이름.

한스**110** 녀석하고 저녁 식사라도 하셨소? (2190)

메피스토펠레스

> 오늘은 그 녀석 집을 그냥 지나왔지요!
>
> 지난번엔 많은 이야기를 나누긴 했지만요.
>
> 사촌들**111**에 대해 꽤나 할 말이 많습디다.
>
> 여러분을 만나거든 안부나 전해 달라더군요.
>
> (프로쉬를 향해 고개를 숙인다.)

알트마이어 (나지막하게)

> 네가 한 방 먹었다! 제법인데!

지벨

> 능청맞은 놈이군! (2195)

프로쉬

> 좋아, 기다려라, 혼쭐을 내줄 테니!

메피스토펠레스

> 내가 헛것을 들은 게 아니라면,
>
> 숙달된 솜씨로 합창을 부르지 않았던가요?
>
> 옳거니, 여기선 노랫소리가 멋지게 메아리치며
>
> 천장에서 울려 퍼지겠구나! (2200)

프로쉬

> 혹시 명가수라도 되시오?

메피스토펠레스

---

110 리파흐의 한스(아르쉬)는 18세기에 욕설로 널리 쓰였던 이름. 아르쉬는 엉덩이라는 뜻이기도 하다.

111 욕을 하기 위해 한스라는 이름을 꺼냈는데, 오히려 너희들이야말로 한스의 사촌이 아니냐는 식으로 역공을 한 셈이다.

아니, 아니올시다! 능력은 별로지만, 열정만은 대단하지요.

알트마이어

한 곡 뽑아 보시오!

메피스토펠레스

모두들 원하신다면야.

지벨

최신 유행곡이라야 하오!

메피스토펠레스

우리는 막 스페인에서 오는 길이오.   (2205)

포도주와 노래의 나라, 멋진 나라 말이오.

(노래한다.)

옛날옛날에 임금님이 살았네.

커다란 벼룩이[112] 한 마리를 길렀더래요.

프로쉬

들었지! 벼룩이라잖아! 알아들었어?

벼룩이라, 무척이나 깨끗한 손님이군.   (2210)

메피스토펠레스 (노래한다.)

옛날옛날에 임금님이 살았네.

커다란 벼룩이 한 마리를 길렀더래요.

적지 않게 벼룩이를 사랑하셨더래요.

마치 친아들이라도 되는 양.

임금님은 재단사를 불렀고,   (2215)

재단사 즉시 대령했더래요.

---

112 보통은 봉건귀족들에 대한 풍자로 해석된다. 또한 괴테의 궁정 생활과 대공의 괴테에 대한 총
애를 반어적으로 풍자하고 있다고 해석하기도 한다.

자, 도련님의 옷을 지어라.

바지 치수도 재거라!

브란더

재단사에게 엄히 일러라.

한 치도 틀림없이 내 옷을 재단하라고 하라.　　　　　(2220)

모가지가 성하려면,

바지에 주름 한 줄 없도록 하라!

메피스토펠레스

벨벳에 비단으로

도련님은 멋지게 차려입었네.

옷에는 온갖 리본이 주렁주렁,　　　　　(2225)

십자가도 하나 달았더래요.

그러자 곧바로 장관이 되고,

커다란 별 훈장도 받았더래요.

덩달아 벼룩이의 일가친척도

궁중의 높은 벼슬을 받았더래요.　　　　　(2230)

궁중의 신사분도 숙녀분도

모두들 시달렸더래요.

왕비님도 시녀들도

쏘이고 물어 뜯겼더래요.

하지만 으깨어 죽이지도 못하고,　　　　　(2235)

긁을 수도 없었더래요.

우리야, 물기만 물어라,

사정없이 으깨고 짓눌러 버린다.

합창 (환호성을 지르며)

    우리야, 물기만 물어라,

    사정없이 으깨고 짓눌러 버린다.   (2240)

프로쉬

    브라보! 브라보! 정말 멋지다!

지벨

    벼룩이는 모조리 그렇게 해치우자!

브란더

    손가락으로 잘 겨누어 야무지게 잡아라!

알트마이어

    자유 만세! 포도주 만세!**113**

메피스토펠레스

    소생도 자유를 찬양하며 기꺼이 한잔하고 싶소만.   (2245)

    당신네들의 포도주가 좀 별로라서.

지벨

    같잖은 소리!

메피스토펠레스

    주인장이 불평만 안 하신다면야,

    여기 귀한 손님들께 소생이

    우리 지하실 최고의 술을 대접하겠소만.   (2250)

지벨

    내놓기만 하시오! 내가 책임질 테니.

프로쉬

---

113 라이프치히의 좁은 술집에서 프랑스 대혁명의 번쩍이는 조짐을 보고 있는 장면.

좋은 술 한 잔만 낸다면, 당신들을 인정하리다.

물론, 감질나게 맛만 보여선 안 되오.

술맛 제대로 보려면,

한입 가득 마셔야 하니까.   (2255)

알트마이어 (낮은 목소리로)

놈들은 라인 지방 출신인 것 같군.

메피스토펠레스

송곳이나 하나 대령하시오!

브란더

　　그걸로 무얼 하시게?

문밖에 술통을 가져다 놓은 건 아닐 테고?

알트마이어

저 뒤쪽에 주인의 연장통이 있소.

메피스토펠레스 (송곳을 들고 프로쉬에게 말한다.)

자, 주문들 하시오. 어떤 술을 맛보고 싶은지.   (2260)

프로쉬

그게 무슨 말이오? 그렇게 여러 가지 술이 있단 말이오?

메피스토펠레스

각자 원하는 대로 드리리다.

알트마이어 (프로쉬에게)

저런, 네놈은 벌써 입술부터 핥고 있군.

프로쉬

좋소! 나보고 고르라면, 라인 포도주를 택하겠소.

우리 조국이 선사하는 최고의 선물이지요.   (2265)

메피스토펠레스 (프로쉬가 앉은 식탁의 가장자리에 구멍을 뚫으면서)

　　밀랍을 조금 가져오시오. 곧 마개를 만들어야 하니까!

알트마이어

　　어라, 이건 요술이구나.

메피스토펠레스 (브란더에게)

　　당신은요?

브란더

　　　　　　　나는 샴페인으로 하겠소.

　　거품이 풍성하게 이는 걸로 말이오!

메피스토펠레스

　　(구멍을 뚫는다. 한 사람이 그동안에 밀랍 마개를 만들어 구멍을 막는다.)

브란더

　　외국산이라고 마다할 필요는 없지요.　　　　　　　　　(2270)

　　고급은 여기서 아주 먼 곳에도 종종 있는 법이니까.

　　진정한 독일인이라면 프랑스 놈들을 참아 내기 어렵지만,

　　놈들의 포도주야 즐겨 마시지 않소.

지벨 (메피스토펠레스가 그의 자리 쪽으로 접근하는 동안에)

　　내 고백하지만, 신맛은 딱 질색이니,

　　진짜 달달한 걸로 한잔 주시오!　　　　　　　　　　　(2275)

메피스토펠레스 (구멍을 뚫는다.)

　　당장에 토카이[114] 주가 콸콸 흘러나올 거요!

알트마이어

　　아니, 이 양반아, 내 얼굴을 쳐다보시오!

---

[114] 헝가리의 토카이 지방에서 나오는 달달한 포도주.

당신은 우리를 놀려 먹고 있는 거요.

메피스토펠레스

천부당! 만부당하오! 이런 점잖은 손님들을 놀리다니,

그건 막돼먹은 일이지요. (2280)

어서! 속 시원히 말해요!

무슨 포도주를 대령하오리까?

알트마이어

아무거나! 자꾸 조르지 말고.

(구멍을 모두 뚫고, 그 구멍을 막은 후에)

메피스토펠레스 (괴상한 몸짓을 하며)

포도송이 포도나무에 열렸다!

뿔 두 개는 숫염소에 달렸다. (2285)

포도주는 액체, 넝쿨은 나무,

나무 식탁에서도 포도주가 나온다.

깊은 눈길로 자연을 응시한다!

여기에 기적이 일어나니 믿을지어다!

자, 이제 마개를 뽑고 마음껏 즐기시오! (2290)

모두들 (마개를 뽑자, 원했던 술이 각자의 잔으로 흘러든다.)

우와, 멋진 샘물이다. 철철 넘친다!

메피스토펠레스

조심들 하시오. 한 방울도 흐르지 않게!

(모두들 연거푸 마신다.)

모두들 (노래한다.)

잔치가 따로 있나,

오백 마리 돼지[115]처럼 꿀꿀 꿀꿀!

메피스토펠레스

백성은 자유롭군요. 보세요, 저렇게 잘도 노는걸!   (2295)

파우스트

이제 그만 떠나고 싶다.

메피스토펠레스

잠깐만 보시지요. 저들의 야수성이

눈부시게 드러날 거외다.

지벨

(조심 없이 마신다. 포도주가 바닥에 쏟아지면서 불길로 변한다.)

사람 살려! 불이야! 사람 살려! 지옥 불이다!

메피스토펠레스 (불꽃을 향해 주문을 왼다.)

진정하라, 친애하는 원소여!   (2300)

(패거리에게)

이번에는 연옥(煉獄) 불을 맛보기만 보여 준 거였소.

지벨

이게 무슨 짓이냐? 기다려라! 대가를 치르게 하겠다!

네놈이 우리를 잘 모르는구나!

프로쉬

다시 이런 짓 하면 가만 안 놔둘 테다!

알트마이어

내 생각으론, 저놈을 가만히 내버려 두는 게 나을 것 같은데.(2305)

---

115 「마태복음」 8장 28절 이하. 악령에 들린 돼지들이 바다에 빠져 죽는 장면.

지벨

　　이봐, 뭐야? 여기서 감히

　　요술이라도 부리겠다는 건가?

메피스토펠레스

　　입 다물어, 이 늙다리 술고래 녀석!

지벨

　　　　　　　빗자루 몽둥이 같은 녀석!

　　한번 붙어 보자는 거냐?

브란더

　　이놈의 자식이! 흠씬 두들겨 줄 테다!　　　　　　(2310)

알트마이어

　　(식탁에서 마개를 뽑자, 그에게 불길이 치솟는다.)

　　앗, 뜨거! 앗, 뜨거!

지벨

　　　　　　　마술이다!

　　찔러라! 저놈은 무법자다!

　　(그들이 칼을 빼들고 메피스토펠레스에게 달려든다.)

메피스토펠레스 (엄숙한 몸짓으로)

　　　　거짓 형상과 말(言)이여

　　　　의미와 장소를 바꾸어라!

　　　　여기에도 있고 저기에도 있어라!　　　　　　(2315)

　　(그들이 놀라 동작을 멈추고 서로를 쳐다본다.)

알트마이어

　　여기가 어딘가? 정말 아름다운 곳이다!

프로쉬

포도밭이다! 이게 꿈인가 생신가?

지벨

포도송이가 바로 손에 잡히네!

브란더

여기 푸른 잎사귀 아래,

이 넝쿨 좀 봐라! 이 포도송이 좀 봐라!

(그가 지벨의 코를 잡는다. 다른 사람들도 상대방의 코를 잡고 칼을 치켜든다.)

메피스토펠레스 (이전과 같은 몸짓을 하며)

미혹(迷惑)이여, 눈의 속박을 풀어라!　　　　　　(2320)

이놈들아, 악마의 장난질이 어떤지 맛 좀 보았을 거다.

(파우스트와 함께 사라진다. 다른 사람들은 상대의 코를 놓고 뒤로 물러선다.)

지벨

무슨 일이 일어난 거지?

알트마이어

어떻게 된 거야?

프로쉬

그게 자네 코였나?

브란더 (지벨에게)

내가 잡은 건 자네 코였군!

알트마이어

한 방 크게 먹었다. 온몸이 후들거린다!

의자 좀 주게. 쓰러진다!　　　　　　(2325)

프로쉬

젠장, 말 좀 해 보게. 어찌 된 건가?

지벨

그놈은 어디 갔나? 잡히기만 해 봐라.

살려 두지 않을 거다!

알트마이어

난 그놈이 술집 밖으로 나가는 걸 봤어 −

술통을 타고[116] 가던걸 − − (2330)

그런데 내 다리가 납덩이처럼 무겁다.

　　　(식탁 쪽으로 몸을 돌리면서)

맙소사! 이제 술이 안 나온단 말인가?

지벨

몽땅 사기였어. 속임수고 허깨비였어.

프로쉬

나는 진짜로 술을 마신 기분이다.

브란더

그런데 그 포도송이는 어디 간 거야? (2335)

알트마이어

이래도, 기적을 믿으면 안 된다는 놈 나와 봐라!

---

116 1589년 이후 파우스트를 소재로 한 책들에서는 흑마술사 자신이 술 창고에서 포도주 통을 타고 나와, 포도주를 라이프치히의 대학생들에게 제공한다. 괴테의 대학생 시절에 아우어바흐 지하 술집의 벽에 메피스토펠레스가 술통을 타고 있는 그림이 걸려 있었다. 당시의 아우어바흐 지하 술집은 지금은 고급 레스토랑으로 변해 있다.

마녀의 부엌

나지막한 아궁이의 불 위에 커다란 솥 하나가 걸려 있다. 허공으로 피어오르는 김 속에 여러 형상들이 나타난다. 긴 꼬리 암원숭이[117] 한 마리가 솥 옆에 앉아 거품을 호호 불어내며 솥이 넘치지 않도록 한다. 수원숭이는 새끼들과 그 옆에 앉아서 불을 쬔다. 사방의 벽과 천장은 마녀들의 기이한 가구들로 장식되어 있다.

파우스트. 메피스토펠레스.

파우스트

이 미치광이 같은 마술 장난이 역겹다.

자네는 이 따위 광란의 쓰레기통 속에서

내가 치유될 수 있다고 생각하는가?

늙은 노파의 조언을 들어야 한다고?   (2340)

이 지저분한 요리가

---

117 마르틴 루터도 원숭이 안에는 악마가 살고 있으므로 같이 놀면 안 된다고 말한다.

내 몸을 삼십 년 더 젊게 해 준다고?

자네가 더 나은 방법을 모른다니, 슬픈 일이다!

희망은 저 멀리로 사라졌다.

자연도 고귀한 정령도 (2345)

그 어떤 영약을 아직 찾아내지 못했단 말인가?

메피스토펠레스

여봐요, 잘난 잔소리 또 늘어놓는군요!

당신을 젊게 만드는 자연요법도 있소이다.

다른 책[118]에 있는 것이지만,

놀라운 비방(秘方)이지요. (2350)

파우스트

그거라면 알고 싶구나.

메피스토펠레스

좋소이다! 돈도 안 들고,

의사도 마술도 필요 없는 요법이올시다.

그래요, 지금 당장 들판으로 나가,

밭을 갈고 땅을 파시오.

당신의 몸과 당신의 마음을 (2355)

아주 좁은 범위 내로 국한하고

순수한 자연식으로 보신하며,

가축과 더불어 가축으로 살며, 추수한 밭에다가

직접 거름을 준다고 부끄러워하지 마시오.

---

118 1790년에 나온 크리스토프 빌헬름 후펠란트의 『인간의 삶을 연장시키는 기술』 중의 '시골 생활과 정원 생활'을 가리킨다.

소생이 보기에 이게 최선의 요법이니,   (2360)

팔십까지 당신의 젊음을 팔팔하게 지켜 주리다!

파우스트

난 그런 일엔 익숙지 않아. 서투른 솜씨로,

삽을 쥐고 싶지도 않아.

그런 답답한 생활은 내게 안 맞아.

메피스토펠레스

그렇다면야 마녀의 신세를 질 수밖에요.   (2365)

파우스트

하필이면 늙은 할망군가?

자네가 그 물약을 지을 순 없는가?

메피스토펠레스

시간깨나 잡아먹는 일이지요!

소생이라면 그동안 여기저기 다리(橋)나 놓겠소이다.

영약을 제조하는 덴 기술과 학문 말고도   (2370)

인내심이 필요하다는 겝니다.

정성 들여 차분하게 몇 년은 매달려야 합지요.

시간을 두고 기다려야 농익은 발효가 가능하니까요.

물론 이 과정에 필요한 모든 것들은

아주 놀라운 물건들이지요!   (2375)

한데, 악마가 마녀에게 비법을 가르쳐 주긴 했어도,

악마 스스로는 그걸 만들 수 없소이다.

(짐승들을 바라보며)

보시지요, 얼마나 귀여운 것들입니까!

이놈은 하녀고, 저놈은 머슴이올시다!

(짐승들에게)

주인마님은 집에 안 계시는가? (2380)

짐승들

잔칫집에 간다고

외출하셨어요.

굴뚝 밖으로!

메피스토펠레스

한번 나가면 얼마나 싸돌아다니다 오는가?

짐승들

우리가 앞발을 쬐는 동안에요. (2385)

메피스토펠레스 (파우스트에게)

저 귀여운 짐승들 어때요?

파우스트

내가 본 것들 중에서 최고로 흉측하다!

메피스토펠레스

그럴 리가요. 어쨌거나 소생은 이런 식의 대화가

가장 즐겁소이다!

(짐승들에게)

말해 보거라, 이 빌어먹을 허깨비들아! (2390)

너희들이 휘젓고 있는 그 죽은 도대체 뭐냐?

짐승들

거지들에게 줄 묽은 죽[119]을 쑤고 있지요.

---

119 인기에 영합하는 당대의 대중 문학 또는 오락 문학을 가리킨다는 것이 일반적인 해석이다.

메피스토펠레스

받아먹을 놈들이 꽤나 많은 모양이구나.

수원숭이

(가까이 다가와 메피스토펠레스에게 아양을 떤다.)

얼른, 주사위 좀 던져 주실래요,

날 부자로 만들어 주세요,   (2395)

내가 이기게 해 주세요!

형편이 아주 안 좋거든요.

돈만 있다면야,

정신 차리고 살 텐데.

메피스토펠레스

원숭이란 놈도 로또에 돈만 걸 수 있다면   (2400)

행복하다며 우쭐거리겠지!

(그동안에 새끼 원숭이들이 커다란 공을 가지고 놀다 그걸 굴리며 다
가온다.)

수원숭이

이것이 세상이다.

오르락내리락[120]

쉬지 않고 굴러간다.

유리 공처럼 쨍그랑거린다.   (2405)

하지만 금방 깨질려나?

---

120 운명의 여신이 돌리는 물레바퀴를 가리킨다.

속은 텅 비었다.

여기서 반짝,

저기서 더욱 반짝,

나는 살아 있다! 소리친다. (2410)

사랑하는 내 아들아,

멀찌감치 물러서라!

깔리면 죽는다!

이 공은 흙으로 빚었으니,

산산조각 나기 마련이다. (2415)

메피스토펠레스

저기 걸린 체[121]는 무언가?

수원숭이 (체를 끄집어 내리며)

나리가 도둑이라면

이걸로 금방 알아내지요.

(암원숭이에게로 달려가 체를 들여다보게 한다.)

체 속을 들여다보아라!

도둑이 누군지는 알겠는데, (2420)

이름을 밝힐 순 없다고?

메피스토펠레스 (불 가까이로 다가가면서)

그러면 이 냄비는 무언가?

수원숭이와 암원숭이

이 멍청한 바보!

---

121 벽에 걸린 체는 옛날부터 범죄 수사의 마법 도구로 사용되었다. 범인 이름이 나오면 체가 돌아가기 시작한다.

냄비도 모르고,

가마솥도 모르네! (2425)

메피스토펠레스

버르장머리 없는 놈들!

수원숭이

이 총채를 들고,

의자에 앉으시지요!

(메피스토펠레스를 억지로 의자에 앉힌다.)

파우스트 (그동안 거울 앞에서 다가갔다 물러섰다를 반복한다.)

저게 뭔가? 웬 천상의 선녀가

마법의 거울 안에 보이는구나! (2430)

아아, 사랑이여, 너의 날개 중에 가장 빠른 것을 빌려 다오,

그녀가 있는 곳으로 나를 데려가 다오!

아아, 내가 발걸음을 옮겨

가까이 다가가면,

그 모습 안개 속에서처럼 희미하게 보인다! − (2435)

더 없이 아름다운 여성의 자태!

이럴 수 있을까, 여성이란 저토록 아름다운 걸까?

늘씬하게 쭉 뻗은 저 육신에서

나는 하늘이 낳은 최고의 정수(精髓)를 보고 있는가?

이 지상에도 저런 게 있단 말인가? (2440)

메피스토펠레스

물론입지요. 신이 엿새 동안이나 생고생하고,

마침내 옳거니, 하고 말했으니,

무언가 괜찮은 게 생겨났을 건 분명해요.

하지만 이번엔 눈요기나 실컷 하시지요.

내가 아들아들 귀여운 걸로 하나 물색해 보리다.   (2445)

혹 운수 대통으로 저런 계집을 낚아,

집으로 데려간다면 그 신랑은 복 터진 거요!

(파우스트는 정신없이 거울을 들여다보고 있고, 메피스토펠레스는
의자에 뒤로 기대앉아 총채를 흔들어 대며 말을 계속한다.)

나 여기 옥좌에 앉았으니 왕이 된 기분이다.

왕홀(王笏)은 들고 있지만, 왕관은 없구나.

짐승들 (지금까지 뒤죽박죽 온갖 기묘한 동작을 하다가,

메피스토펠레스에게 큰 소리를 지르며 왕관을 가져다준다.)

아아, 바라옵건대,   (2450)

땀과 피로써,

이 왕관을 붙이옵소서!**122**

(짐승들이 서투르게 만지다 왕관이 두 조각으로 깨어진다. 짐승들이
그것을 들고 이리저리 뛰어다닌다.)

마침내 일이 터졌다!

우리는 떠들며 구경하고,

소문도 듣고, 시도 짓는다.   (2455)

파우스트 (거울을 보며)

슬프다! 미치고 환장하겠다.

---

122 프랑스 혁명 초기의 왕위를 둘러싼 추문, 즉 1785~1786년에 걸친 '목걸이 사건'으로 파탄이 난
왕권을 암시한다.

메피스토펠레스 (짐승들을 가리키며)

이제는 나도 머리가 어찔어찔하다.

짐승들

우리에게 행운이 따르고,

일도 술술 풀린다면,

거기서 곧장 사상(思想)이란 게 생겨나지요!   (2460)

파우스트 (위와 같은 동작을 하며)

내 가슴에 불이 붙는다!

얼른 여기를 떠나자!

메피스토펠레스 (전과 같은 자세로)

그래, 최소한 인정은 해야겠군.

이놈들이 정직한 시인들[123]이라는 건 사실이야.

(암원숭이가 소홀히 다루었던 가마솥이 끓어 넘치기 시작한다. 커다란 불꽃이 일어나 굴뚝으로 빨려든다. 마녀가 무시무시한 고함을 지르며 불꽃을 헤치고 나타난다.)

마녀

이런! 이런! 이런! 이런!   (2465)

이 망할 놈의 짐승! 저주받을 암퇘지 년!

가마솥은 안 돌보고, 마님을 태우다니!

이 망할 놈의 짐승!

     (파우스트와 메피스토펠레스를 쳐다보며)

여기 이것들은 뭐야?

---

[123] 시적인 재능 없이, 사상만을, 다시 말해 정치적인 알레고리만을 늘어놓는 시인들에 대한 풍자.

네놈들은 누구냐?   (2470)

여기서 뭐하려는 거야?

몰래 기어들어 온 거야?

불벼락이나 안겨 주마.

뼛골까지 뜨겁게!

(마녀가 거품 걷는 국자를 가마솥에 집어넣었다가 파우스트, 메피스
토펠레스 그리고 짐승들을 향해 휙 하고 뿌린다. 짐승들이 킹킹거리
며 신음한다.)

메피스토펠레스 (손에 쥐고 있던 총채를 거꾸로 돌려 잡고, 유리그릇과 냄
비들을 두드리면서)

쪼개져라! 쪼개져!   (2475)

이건 죽 냄비!

저건 유리그릇!

장난질이나 벌이자.

망할 년아, 이건

네 노래에 어울리는 장단이니라.   (2480)

        (마녀가 노여움과 놀라움에 뒷걸음질한다.)

나를 모르겠나? 이 해골바가지야! 요괴 년아!

너의 주인이자 스승도 모른단 말인가?

날 방해하는 것들은 모조리 혼내 주겠다.

네년도, 저 요괴 원숭이들도 박살 낼 테다!

네년은 이 붉은 재킷이 두렵지도 않은가?   (2485)

이 수탉 깃털도 못 알아보나?

내가 얼굴을 감추기라도 했나?

나더러 이름을 밝히란 말인가?

마녀

아이코, 주인님, 거친 인사를 용서하세요!

말발굽을 미처 못 보았사옵니다.　　　　　　　　(2490)

까마귀 두 마리는 어디에 있나요?

메피스토펠레스

이번만은 그 정도로 하겠다.

서로 본 지도

꽤나 오래됐으니 말이다.

온 세상을 핥고 다니는 문화[124]란 게　　　　　　(2495)

악마한테까지 영향을 미치니 말이다.

북방 도깨비도 요즘엔 더 이상 눈에 안 보여.

뿔이며, 꼬리며, 발톱 같은 걸 본 적이나 있는가?

이 발굽만 하더라도, 내겐 없어선 안 되는 건데,

사람들 눈에 띄면 낭패란 말이다.　　　　　　　(2500)

그래서 요즘 젊은 놈들처럼

가짜 장딴지[125]를 달고 다닌 지 오래야.

마녀 (덩실덩실 춤추며)

아이고, 신난다, 너무 신나 기절하겠네.

귀공자[126] 사탄님을 여기서 다시 뵙는구나!

메피스토펠레스

---

124 독일의 민속 문화가 아닌 수입된 외래 문화를 가리킨다.
125 양말 속에 천이나 톱밥을 넣어, 각선미를 보완한 가짜 장딴지가 18세기에 유행하였다.
126 융커(Junker)를 옮긴 것이다. 융커는 토지 귀족을 가리킨다.

이년아, 그 이름은 입에 담지도 마라! (2505)

마녀

왜요? 그 이름이 어때서요?

메피스토펠레스

오래전부터 이야기책에 나오던 이름이긴 해도,

인간들이 그것 때문에 더 나아진 건 조금도 없어.

인간들이 악마한테서 벗어나 버렸단 말이다.

악마야 아직 남아 있긴 하지만.

어쨌거나 나도 다른 기사들 못지않은 의젓한 기사니까, (2510)

나를 남작님이라 부르는 게 무난하겠다.

물론 나의 고귀한 혈통을 의심하진 않을 테지.

이걸 봐라, 이게 내가 달고 다니는 문장(紋章)이다!

    (그러면서 음탕한 몸짓[127]을 한다.)

마녀 (호들갑스럽게 웃는다.)

호호호! 주인님다워요!

당신은 장난꾸러기, 늘 그랬어요! (2515)

메피스토펠레스 (파우스트에게)

여봐요, 이걸 잘 배워 두라고요!

마녀는 이런 식으로 다루는 거요.

마녀

그럼, 두 분께서는 뭐든 분부만 내리시지요.

---

127 대개는 (이탈리아의) 호색한이 남근을 들이대는 몸짓으로 해석하지만, 또 다른 해석도 있다.
'마녀의 부엌' 장면에서 메피스토펠레스가 혁명 초기 프랑스 왕의 역할을 하고 있다는 관점에서 보
자면, 이 몸짓은 부르봉 왕가의 상징 문양인 백합의 형상을 만들기 위해 주먹을 쥔 상태에서 집게손
가락과 가운뎃손가락 사이로 엄지손가락을 불쑥 내미는 것으로 해석하기도 한다.

메피스토펠레스

그 유명한 탕약을 한잔 가득 바치거라!

그중에서도 가장 오래된 걸로 말이다.   (2520)

묵은 것일수록 효과도 곱일 테니까.

마녀

기꺼이 드리죠! 여기 한 병 있는데,

저도 이따금 핥아 먹곤 해요.

이제는 냄새도 전혀 안 나요.

기꺼이 한잔 올리겠나이다.   (2525)

　　　　　(나지막하게)

하지만 이 양반이 아무 준비 없이 마셨다간,

한 시간도 못 살아요. 아시잖아요.

메피스토펠레스

좋은 친구니까, 앞으로 일이 술술 풀릴 거야.

그러니 너의 부엌에서 가장 좋은 걸로 주고 싶다.

동그라미를 그려 놓고, 주문을 외우거라.   (2530)

그리고 그분에게 한잔 가득 올려라!

마녀

(요상한 몸짓을 하며 동그라미를 그리고 그 안에 기이한 물건들을 세워 놓는다. 그동안에 유리그릇들이 쨍그랑거리고, 솥이 소리를 내며 음악이 시작된다. 마지막으로 마녀가 커다란 책을 가져오고, 꼬리 긴 원숭이들을 동그라미 안으로 들어오게 한다. 원숭이들로 하여금 허리를 굽혀 책상 역할을 하게 하거나 아니면 횃불을 들고 있게 한다. 그러고는 파우스트에게 가까이 오라고 손짓을 한다.)[128]

---

[128] 가톨릭의 미사 의식에 빗대어 묘사하고 있다.

파우스트 (메피스토펠레스에게)

아니, 이봐, 도대체 뭐 하자는 건가?

저 엉뚱한 물건들, 저 미치광이 몸짓,

황당무계한 속임수고,

나도 다 아는 수작들이야. 가증스러운 짓이지.　　　　　(2535)

메피스토펠레스

허 참, 장난입지요! 그냥 웃자고 하는 짓이올시다.

그렇게 꼬장꼬장하게 굴지는 말아 주시오!

저년이 의사로서 마술도 좀 부려야,

탕약이 당신 몸에 잘 맞을 게요.

　　　　(파우스트를 동그라미 안으로 억지로 밀어 넣는다.)

마녀 (격정적인 몸짓으로 책을 낭송하기 시작한다.)

　　너는 알아야 한다!　　　　　　　　　　(2540)

　　하나로부터 열을 만들고,

　　둘은 없애 버리고,

　　즉시에 셋을 만들면

　　너는 부자가 된다.

　　넷은 잃도록 하라!　　　　　　　　　　(2545)

　　다섯과 여섯으로부터,

　　마녀는 그렇게 명한다,

　　일곱과 여덟을 만들지어다.

　　그러면 완성이다.

　　아홉은 하나이고,　　　　　　　　　　(2550)

　　열은 무(無)로다.

이것이 마녀의 구구단**129**이다!

파우스트

저 할망구가 열에 들떠 헛소리를 나불대는군.

메피스토펠레스

저게 끝나려면 한참이나 멀었소.

소생이 알기로, 저 책은 온통 저런 소리뿐이지요. (2555)

나도 저 책 때문에 시간깨나 허비했는데,

완전한 모순이란 현자에게도 바보에게도

똑같이 신비로운 것이기 때문이지요.

이봐요, 학문이란 낡으면서도 새로운 게 아닐까요.

어느 시대든 변함없이, (2560)

셋은 하나이고, 하나는 셋이라고 하면서,

진리 대신에 오류를 퍼뜨리고 있으니까요.**130**

이렇게 지껄여 대고 제멋대로 가르치는데

누가 그런 바보들과 어울리려 할까요?

사람들이란 대개 무슨 말을 듣기만 해도, (2565)

거기에 뭔가가 있다며 빠져들기 마련이지요.

마녀 (계속해서 낭송한다.)

거룩한 힘은

---

129 이와 관련하여 괴테는 첼터에게 이런 내용의 편지를 보낸다(1827년 4월 12일). "독일의 독자들은 마녀의 구구단이라든지 인간의 순수한 오성에 내재해 있다고 여겨지는 그 밖의 많은 불합리한 점을 가지고 나와 자신들을 닮달하며 괴롭혔네. 하지만 그러면서도 그들은 나의 작품들에 풍성하게 흩뿌려져 있는 정신적-윤리적-심미적 수수께끼들을 자신의 것으로 만들고 그들의 삶의 수수께끼를 그것들을 통해 해명하기 위한 노력을 계속했네."
130 마녀의 요술 주문을 메피스토펠레스는 기독교의 삼위일체설을 비방하는 데 사용한다. 괴테는 기독교의 삼위일체설을 도그마의 대표적인 사례로 자주 인용한다.

학문에도

온 세상에도 감추어져 있거늘!

생각하지 않는 자, (2570)

그자에게 선물로 주어지리라.

근심 없이 그 힘을 갖게 되리라.

파우스트

저 여자 도대체 무슨 헛소리를 지껄이는 겐가?

당장 머리가 깨질 것 같다.

십만 명의 바보 멍청이들이 한꺼번에 (2575)

와글거리는 소리를 듣는 것 같다.

메피스토펠레스

됐다, 됐어, 솜씨 좋은 무당아!

너의 탕약을 얼른 가져와라.

이 잔에 넘치도록 가득 부어라.

내 친구한테는 이 약이 해롭지 않을 거다. (2580)

관록이 대단한 분이고,

몸에 좋은 이런저런 약은 다 마셔 본 분이니까.

마녀

(여러 가지 의식을 곁들이며 탕약을 잔에 따른다. 파우스트가 잔을

입에 대자 가벼운 불꽃이 일어난다.)

메피스토펠레스

쭉 들이켜시오! 그대로 쭉!

당장에 기분이 상쾌해질 겁니다.

악마하고도 너나들이하는 사인데, (2585)

이까짓 불꽃이 두렵단 말이오?

> (마녀가 동그라미를 푼다. 파우스트가 밖으로 나온다.)

메피스토펠레스

얼른 나와요! 꾸물거릴 필요 없어요.

마녀

탕약이 좋은 효험이 있기를 바라옵니다!

메피스토펠레스 (마녀에게)

무엇이든 네 청을 들어줄 테니,

그날, 발푸르기스의 밤[131]에 말하도록 하라.   (2590)

마녀

노래 한 곡 소개해 드리죠! 가끔 부르시면,

약의 효험도 더욱 각별할 겁니다.

메피스토펠레스 (파우스트에게)

얼른 갑시다. 길은 소생이 안내하리다.

우선 땀을 뻘뻘 흘리세요.

약효가 안팎으로 팍팍 스며들게 말이오.   (2595)

그러고 나서 유들유들 즐기는 법을 가르쳐 드리리다.

당신은 마음속 깊이 인생의 즐거움을 느끼게 될 겁니다.

큐피드[132]가 발동하여 이리저리 뛰어놀 듯 말이오.

파우스트

잠깐만이라도 거울을 다시 한 번 들여다보게 해 다오!

그 여자의 자태가 너무도 아름다웠다!   (2600)

---

131 4월 30일에서 5월 1일로 넘어가는 밤, 브로켄 산에서 마녀들이 모여 집단으로 마시고 춤을 춘다.
132 사랑의 신.

메피스토펠레스

안 돼요! 안 돼! 여자 중의 여자를

이제 눈앞에서 생생하게 보게 될 거요.

(나지막하게)

이 탕약을 삼킨 이상,

네놈은 곧 모든 여자를 헬레네[133]로 보게 될 거다.

---

133 그리스 신화에 나오는 절세 미녀. 스파르타의 왕 메넬라오스의 왕비였다가, 트로이의 왕자 파리스에게 잡혀가 트로이 전쟁의 빌미가 되었다.

거리

파우스트, 마르가레테[134] 곁을 지나가면서.[135]

파우스트

> 아름다운 아가씨, 제가 감히   (2605)
>
> 팔을 내밀어 댁까지 모셔다 드려도 될까요?

마르가레테

> 저는 아가씨도 아니고, 아름답지도 않고,
>
> 데려다주지 않아도 집에 갈 수 있어요.
>
> > (뿌리치고 퇴장한다.)

파우스트

> 이럴 수가, 저 처녀는 정말 예쁘다!

---

134 그레트헨을 가리킨다. 마르가레테는 혼전의 자식인 영아를 살해한 죄로, 1772년 1월 14일 사형을 받은 실제 인물 수잔나 마르가레타 브란트에서 가져온 이름이다. 당시 22세로 변호사 신분이었던 괴테는 이 여성의 재판 과정을 소상히 알고 있었고, 대공에게 그녀의 처벌 수준을 경감하도록 청원하기도 하였다.

135 파우스트는 마녀의 부엌에서, 그레트헨은 교회에서 나오다 마주치도록 메피스토펠레스가 미리 조정해 놓은 것이다.

저런 여자애는 본 적이 없다. (2610)

예의 바르고 정숙하고,

조금 새침하기까지 하구나.

빨간 입술, 해맑게 빛나는 뺨,

이 세상 다하는 날까지, 그 애를 잊지 못하리라!

살포시 내려감은 두 눈은 (2615)

내 마음 깊이 아로새겨졌다.

살짝 뿌리치는 그 모습,

황홀해서 까무러치고 싶다!

(메피스토펠레스가 등장한다.)

파우스트

이봐, 저 처녀를 당장 내게 데려와라!

메피스토펠레스

뭐라고요, 어떤 애를 말하시는가요? (2620)

파우스트

방금 지나간 처녀 말이다.

메피스토펠레스

저 애 말인가요? 방금 신부한테서 오는 길이죠.

그놈이 여자애의 모든 죄를 사해 주었지요.

고해석 옆을 지나며 몰래 엿들었는데,

순진무구함 그 자체더군요.

고백할 게 아무것도 없는 그런 애지요. (2625)

소생도 그런 애한테는 아무 힘도 쓸 수 없소이다.

파우스트

그래도 열네 살[136]은 넘었겠지.

메피스토펠레스

바람둥이 한스가 따로 없네요.

그놈은 사랑스러운 꽃이라면 모조리 갈망하면서,

순결이든 호의든 제 놈이 꺾지 못할 (2630)

그런 게 어딨냐고 생각하지요.

하지만 늘 그렇게 되는 건 아니올시다.

파우스트

친애하는 도덕군자 양반,

법률 같은 걸로 날 괴롭히지 말게!

딱 잘라 말하겠네만, (2635)

저 달콤한 여자애를

오늘 밤 안으로 내 품에 안기지 않는다면,

우리는 자정을 기해서 결별이네.

메피스토펠레스

될 일, 안 될 일, 분간 좀 하시구려!

적게 잡아도 이 주는 걸릴 거요. (2640)

기회를 엿보는 데만도 말이오.

파우스트

내게 일곱 시간만 있다면,

저 따위 계집을 유혹할 수 있네.

악마의 도움 따위는 필요도 없어.

메피스토펠레스

---

136 당시에 법적으로 열네 살이 되어야, 결혼할 수 있는 성인으로서 성적인 성숙함을 인정받았다.

마치 프랑스의 오입쟁이처럼 떠벌리시는구려.　　　　(2645)

하지만, 부디, 화는 가라앉히시오.

그렇게 후다닥 즐길 필요야 뭐 있겠소이까?

이렇게 하면 재미가 더 쏠쏠할 겝니다.

우선은 이리저리, 주물럭주물럭

온갖 장난질을 치며,　　　　(2650)

예쁜 인형으로 반죽하여 제대로 요리하는 거지요.

남쪽 나라 연애 이야기들[137]이 가르쳐 주는 그런 식으로 말이오.

파우스트

그런 짓 안 해도 식욕이 넘친다.

메피스토펠레스

이제 농담 따먹기는 그만 둡시다.

말씀드리지만, 저 예쁜 계집을　　　　(2655)

단번에 손에 넣긴 어렵소이다.

마구 달려들었다간 아무것도 못 얻을 거요.

느긋하게 계책을 세워야 하오.

파우스트

저 천사의 물건 중에 아무 거라도 가져와라!

그 애의 안식처로 날 데려다주게!　　　　(2660)

그 애의 가슴에 걸었던 목도리라도 괜찮고,

아니면 양말 끈이라도 가져다 다오. 사랑의 환희를 맛보고 싶다!

메피스토펠레스

보시면 알겠지만, 당신의 고통을 덜어 주도록,

---

137 이탈리아와 프랑스의 연애 이야기들, 예컨대 보카치오의 『데카메론』 같은 걸 들 수 있겠다.

소생은 신속히 그리고 기꺼이 돕겠소이다.

잠시도 꾸물대지 않고, (2665)

오늘 당장 그 애의 방으로 당신을 안내하리다.

파우스트

그 애를 보게 되는 거야? 안아 보는 거야?

메피스토펠레스

아니올시다!

그 애는 이웃집 여자의 집에 있을 게요.

그동안 당신은 혼자서 마음껏,

다가올 온갖 쾌락을 꿈꾸며 즐기도록 하시오. (2670)

그 애의 향기가 그윽하게 배어 있는 곳에서 말입죠.

파우스트

지금 가는 건가?

메피스토펠레스

아직은 너무 이른뎁쇼.

파우스트

그 애에게 줄 선물이나 마련토록 하게.

(퇴장한다.)

메피스토펠레스

곧장 선물 공세라? 멋진 아이디어다! 성공은 보나마나!

멋진 장소도 여기저기 있고, (2675)

오래전에 파묻어 둔 보물들도 꽤나 있지.

어디 좀 알아보기로 하자.

(퇴장한다.)

저녁

자그마하고 정결한[138] 방.

마르가레테 (머리를 땋아 올리고 묶으면서)

    궁금해 죽겠어. 무어든 다 주고라도 알고 싶어.

    오늘 만났던 그분은 누굴까?

    정말이지 늠름해 보이는 게,   (2680)

    귀한 가문의 출신 같았어.

    그런 건 이마만 보고도 알 수 있거든 –

    그렇지 않다면 그렇게 대담할 수도 없었을 거야.

    (퇴장한다.)

    (메피스토펠레스와 파우스트가 등장한다.)

---

138 괴테에게 있어서 정결한(reinlich)이라는 말은 깨끗하다라는 일상적인 의미를 넘어 종교와 신성의 영역으로까지 확대되는 상징적인 의미를 가진다. 『파우스트』의 754, 3830, 8298, 8574, 9560, 11920, 11957, 12052행 참조.

메피스토펠레스

들어와요, 아주 살짝, 얼른!

파우스트 (잠시 침묵하다가)

부탁인데, 날 혼자 있게 해 다오! (2685)

메피스토펠레스 (주위를 살피면서)

처녀라고 해서 다 이렇게 깔끔한 건 아니올시다.

(퇴장한다.)

파우스트 (주위를 둘러보며)

안녕, 감미로운 저녁놀아!

이 성스러운 곳을 가득 채워 주는구나.

내 마음 사로잡는구나, 달콤한 사랑의 고통이여!

희망의 이슬로 연명하며 애타게 살아가는 고통이여. (2690)

살아 숨 쉬는 듯한 이 고요함의 느낌,

질서와 만족의 느낌!

이 가난 속에 깃든 충만감!

감방처럼 좁은 이곳에 감도는 행복감!

(침대 옆의 가죽 의자에 털썩 앉는다.)

아아, 나를 받아 다오! 기쁠 때나 슬플 때나 (2695)

두 손 활짝 펼쳐 그녀의 조상들을 받아들였던 의자여!

아아, 그 얼마나 자주! 조상들의 이 의자 주위로

아이들의 무리가 모여들곤 했을까!

아마도 성탄절 선물에 감사드리며,

나의 사랑스러운 그 애도 여기에서, 통통한 뺨을 한 채, (2700)

할아버지의 시든 손에 천진난만하게 입맞춤했을 테지.

아아, 소녀여, 나는 너를 느낀다.

알뜰살뜰하고 단정한 네 마음이 주위에서 살랑거린다.

어머니와도 같은 그 마음으로,

너는 날마다 이리도 정결하게 식탁보를 깔고,　　　　　　(2705)

발밑에도 고운 모래를 흩뿌려 두었구나.[139]

아아, 사랑스러운 손이여! 신과도 같은 손길이여!

너로 인해 오두막도 천국이 되는구나.

그리고 여기는!

　　　　　　　　　(침대의 커튼을 들어 올린다.)

너무도 행복해 오싹 소름이 돋는다!

여기 언제까지나 머물고 싶어라.　　　　　　　　　　(2710)

자연이여! 그대는 스치듯 꿈결에

타고난 천사를 만들었구나.

여기에 그 애가 누워 있었겠지!

부드러운 가슴을 따뜻한 생명으로 가득 채우며,

여기에서 성스럽고 순수한 힘이 작용하여　　　　　　(2715)

신과도 같은 자태가 빚어진 것이다!

그런데 너는 무언가? 무엇이 너를 이곳으로 데려왔는가?

아아, 마음속 깊은 곳이 일렁거린다!

너는 여기서 무얼 원하는가? 네 가슴은 왜 그리 무거워지는가?

가련한 파우스트야! 나는 네가 누군지 더 이상 모르겠다.(2720)

---

139 오물이 바닥에 들러붙지 않도록 바닥에 젖은 모래를 뿌려 둔 것을 말한다.

여기, 자욱한 마법의 안개가 나를 에워싸고 있는 것인가?

지금 당장 즐기고 싶은 마음이 몰아친다.

아아, 사랑의 꿈속에서 녹아 버리고 싶다!

우리는 이처럼 바람에 맡겨진 존재인가?

이 순간에 그녀가 들어오기라도 한다면,   (2725)

너는 그 무례함을 어떻게 갚을 것인가!

그토록 대단한 바람둥이가, 아아, 이렇게 소심할 수가!

애간장이 녹아 그냥 그녀의 발아래 엎드릴 것 같다.

메피스토펠레스 (다가온다.)

서둘러요! 그 애가 저 아래에서 오고 있어요.

파우스트

가자! 떠나자! 다시는 돌아오지 않겠다!   (2730)

메피스토펠레스

여기 이 보석 상자[140]는 제법 묵직합니다.

그렇고 그런 데서 구해 온 것이니,

여기 함에 넣어 두시지요.

장담컨대, 그 애가 보면 까무러칠 거요.

당신을 위해 예쁘장한 장신구들을 넣어 두었으니까요.   (2735)

계집들이 그런 걸 걸치는 건 또 다른 걸 얻기 위해서이니,

세상만사 뻔할 뻔 자지요.

파우스트

---

140 상자와 열쇠의 모티브는 일반적으로 성(性)을 상징한다. 『빌헬름 마이스터의 편력시대』를 비롯
하여 괴테의 작품 곳곳에 이 모티브가 산재해 있다.

어떻게 하란 말인가?

메피스토펠레스

웬 말이 그리 많아요?

설마 저 보물을 당신이 가지겠다는 건가요?

그렇다면 충고하리다. 방탕한 짓거리에 (2740)

귀중한 시간을 허비하지 마시오.

나도 더 이상 헛수고 않겠소이다.

당신이 이처럼 쩨쩨하게 나올 줄이야!

소생은 머리를 쥐어뜯고, 손을 비비고 오만 짓을 다하는데 –

(보석 상자를 함 속에 넣고 다시 자물쇠를 잠근다.)

자, 갑시다! 얼른! – (2745)

저 달콤하고 어린것이

당신 소원대로 입맛대로 되기를 바라서 이러는 거요.

그런데도 당신의 낯짝은

마치 강의실에라도 들어가는 것 같소이다.

물리학과 형이상학이 잿빛으로 생생하게 살아서 (2750)

당신 앞에 있기라도 한 것 같군요!

자, 얼른 갑시다! –

(퇴장한다.)

마르가레테 (등불을 들고)

여기는 왜 이리 무덥고 답답할까.

(창문을 연다.)

밖은 그리 덥지도 않은데.

내 기분 때문인가 봐. 왜 그런지는 모르겠지만 – (2755)

어머니라도 집에 빨리 오시면 좋을 텐데.

왠지 온몸이 오싹해 –

난 바보 겁쟁이인가 봐!

(옷을 벗으며 노래[141] 부르기 시작한다.)

옛날옛날 툴레[142]에 왕이 살았는데,

무덤에 들 때까지 언약을 지키셨네. (2760)

그의 애첩이 숨을 거두며

황금 술잔 하나를 남겨 주었네.

왕에겐 이보다 더 소중한 것 없어,

잔치 때마다 그 잔으로 술을 비우니,

두 눈엔 눈물 그렁그렁, (2765)

마시고 또 마시며 옆에 두셨네.

마침내 왕도 떠날 때가 되었네.

나라 안의 도시는 모두 헤아려

남김없이 왕자에게 물려주었어도,

그 술잔만은 넘기지 않으셨네. (2770)

왕은 마지막으로 잔치를 베풀었고,

기사들도 그의 주위에 둘러앉았네.

---

[141] 괴테가 1774년 경에 라인 지방을 여행하면서 지은 것으로 추정되는 담시(Ballade).
[142] 고대인들이 북쪽 끝에 있다고 믿었던 바다에 있는 섬.

선조 대대의 드높은 망루,
저기 바닷가 성벽의 우뚝한 곳.

늙은 술꾼 용맹하게 일어나   (2775)
마지막 생명의 불꽃을 들이켰네.
그러고는 성스러운 술잔을
일렁이는 바다로 던지셨네.

술잔은 기우뚱, 물을 마시곤
깊은 바닷속으로 가라앉았네.   (2780)
왕은 스르르 두 눈을 감았고,
이후론 단 한 방울도 마시지 않으셨네.

(옷가지를 정리하려고 함을 연다. 그러다가 자그마한 보석 상자를 발견한다.)
이런 예쁜 상자가 어떻게 여기 있을까?
함을 틀림없이 잠가 두었는데.
이상하기도 해라! 안에 뭐가 들어 있을까?   (2785)
누군가가 이걸 담보 잡히고,
어머니께 돈을 빌려 간 모양이구나.
어머, 이 끈에는 열쇠까지 달려 있네.
한번 열어 보기나 할까!
이게 뭐야? 어머나! 이걸 봐,   (2790)
내 생전 처음 보는 거야!
패물이구나! 이 정도면 어떤 귀부인도

화려한 축제날에 달고 나갈 수 있을 거야.**143**

이 목걸이가 나한테도 어울릴까?

이 화려한 것들은 도대체 누구의 것일까?   (2795)

　　　　(그것들을 달고 거울 앞으로 간다.)

아아, 이 귀고리만이라도 내 거라면!

이걸 달면 완전히 달라 보일 텐데.

예쁘기만 하면 뭐해, 젊기만 하면 뭐해?

그런 것도 다 좋긴 하지만,

사람들은 그래 봤자 그게 그거지 하고 말아.   (2800)

칭찬은 해도 반쯤은 동정심이야.

모두들 돈을 보고 달려들고,

돈에 매달리고,

그게 전부야. 아아, 우리 가난한 사람들!

---

143 18세기까지 시의 '의복 질서' 조례는 신분에 따라 장신구를 제한하였다. 그렇게 하여 귀족 부인을 평민 처녀와 구분하고(2883행 이후), 평민 처녀를 다시 창녀와 구분하였다(3756행 이후).

산책길

파우스트, 생각에 잠겨 이리저리 거닌다. 메피스토펠레스가 그에게 다가
온다.

메피스토펠레스

연애할 때마다 차여 버려라! 지옥의 불길에나 떨어져라! (2805)

좀 더 악랄한 저주의 말은 없단 말인가!

파우스트

무슨 일인가? 무엇 때문에 그렇게 열 받은 거냐?

그런 얼굴은 내 생전 처음 본다!

메피스토펠레스

당장에라도 나를 악마에게 넘겨 버리고 싶소이다.

내가 악마만 아니라면 말이오! (2810)

파우스트

네 골통 속이 뒤집어진 건 아닌가?

미친놈처럼 날뛰는 게 네게 어울리긴 한다만!

메피스토펠레스

생각 좀 해 보시오. 그레트헨한테 줄려던 보석을,

어떤 목사 놈이 가로챘단 말이오! —

그 애의 어미가 물건을 보고는, (2815)

당장에 오들오들 떨기 시작했지 뭡니까.

그 여편네의 코는 아주 개코라,

날이면 날마다 기도서에 코를 박고 살고,

가구란 가구는 모조리 킁킁대며 냄새 맡으면서,

그게 성스러운 건지 부정(不淨)한 건지 알아내지요. (2820)

우리의 보석을 보고도,

별로 축복받지 못한 물건이라는 걸 알아차렸지 뭡니까.

어미가 큰 소리로 말했지요. 얘야, 부정(不正)한 재물은

영혼도 빼앗고 피도 빨아 버린단다.

이 물건을 성모님께 바치는 게 어떻겠니. (2825)

그러면 하늘의 양식[144]으로 우리를 기쁘게 해 주실 거야!

귀여운 마르가레테는 입을 비죽이며 생각했지요.

한번 선물은 선물인데, 왜 이것저것 자꾸 따지는 걸까.

정말이야! 이런 걸 정성스럽게 가져다 놓는 분이

하느님을 믿지 않을 리 없어. (2830)

어미가 기어이 목사 놈을 불렀지요.

놈은 말 같지도 않은 소리를 다 듣기도 전에,

물건을 보곤 홀라당 눈깔이 뒤집혔지 뭡니까.

---

144 '만나'를 가리킨다. 이스라엘 민족이 사막을 방황하던 중 신으로부터 받은 음식.

놈이 말했지요. 참말로 잘 생각하셨습니다!

욕심을 이기는 사람만이 복을 얻는 법입니다. (2835)

친애하는 여인네들이여, 오직 교회만이

부정한 재물을 소화시킬 수 있답니다.

교회라는 건 참으로 위장도 튼튼하지요.[145]

젠장, 온 나라를 다 삼키고도

단 한 번 체하지 않았으니. (2840)

파우스트

그건 흔히들 있는 관습이네.

유대인이나 왕[146]도 그런 짓을 하니까.

메피스토펠레스

그리고 나서 놈은 팔찌며 목걸이며 반지를

보잘것없는 물건인 양 쓸어 담더군요.

인사말도 하는 둥 마는 둥, (2845)

그저 호도 한 바구니쯤 얻어 가듯 말이오.

그리고는 갖가지 하늘의 보답만을 약속하더군요 –

모녀는 감격에 겨워 어쩔 줄 모르고요.

파우스트

그레트헨은?

메피스토펠레스

갈피를 못 잡고 앉아서

---

145 이하는 목사가 아니라 메피스토펠레스의 발언이다.
146 고리대금업의 횡포를 가리킨다. 기독교의 교리에 따라 신자들에게 금지된 고리대금업은 유대인에게만 허용되어 있었고, 당국도 그 점을 용인하였다.

무엇을 하고 싶은 건지, 무엇을 해야 하는지도 모른 채 　(2850)

밤이고 낮이고 그 보석만 생각하고 있지요.

그걸 가져다준 사람을 더 생각하는 건 물론이올시다.

파우스트

그처럼 사랑스러운 애가 괴로워하다니 마음 아프다.

당장에 새 보석을 마련해 주게!

처음 것은 뭐, 대단치도 않았어. 　(2855)

메피스토펠레스

아아, 그렇지요. 주인 나리껜 모든 게 어린애 장난일 테지요!

파우스트

자자, 얼른 서두르게. 내 말대로 하게!

그 애의 이웃집 여자한테 매달려 봐라.

악마란 녀석이 죽처럼 뜨뜻미지근해서야 되겠나.

당장에 새 보석을 마련하란 말이다! 　(2860)

메피스토펠레스

물론입지요, 주인 나리, 기꺼이 따르겠나이다.

　　　　　(파우스트 퇴장)

메피스토펠레스

저런 식으로 사랑에 빠진 얼간이는

해도 달도 온갖 별도 다 태워 날려 버리면서

애인을 재미있게 만들어 주려고 안달이지.

　　　　　(퇴장)

이웃 여자의 집

마르테 (혼자서)

하느님, 제 남편을 용서해 주세요.　　　　　　　　　　(2865)

저에게 잘해 준 게 아무것도 없거든요!

무작정 세상으로 달려 나가 버리고는,

지푸라기 침대 위에 저를 홀로 내버려 두었어요.

정말이지 저는 그이를 화나게 한 적도 없고,

하느님도 아시듯이, 그이를 진정으로 사랑했답니다.　　(2870)

　　　　(마르테, 울음을 터뜨린다.)

그이가 죽은 건 아닐까요! — 아이고, 애통해라! — —

사망 증명서[147]라도 얻었으면!

　　　　(마르가르테가 들어온다.)

마르가르테

마르테 아주머니!

---

147 법률상의 증서가 없을 경우에, 교회의 권위 있는 성직자가 사망 증명서를 대신 발행하여 과부가 재혼할 수 있도록 해 주었다.

마르테

　　　　　그레트헨, 웬일이냐?

마르가르테

　　너무 놀라 주저앉을 뻔했어요!

　　보석 상자가 또 들어 있지 뭐예요.　　　　　　　　(2875)

　　그 흑단(黑檀) 상자가 제 함 속에 말예요.

　　화려하게 반짝이는 것들이

　　저번보다 훨씬 더 많아요.

마르테

　　어머니한텐 말씀드리지 말거라.

　　당장에 고해하러 다시 가져가실 테니까.　　　　　　(2880)

마르가레테

　　아아, 보세요, 이걸 한번 보세요!

마르테 (마르가레테에게 달아 주며)

　　어머머, 복도 많은 애구나!

마르가레테

　　하지만 속상해요. 거리에서도 교회에서도

　　이걸 달고 다닐 순 없어요.

마르테

　　우리 집에나마 자주 놀러오렴.　　　　　　　　　　(2885)

　　여기서 남모르게 보석을 달고는,

　　한 시간쯤 거울 앞에서 이리저리 거닐어 보는 거야.

　　그러면서 함께 즐겨 보자꾸나.

　　그러다가 틈을 보아, 축제일 같은 때,

차츰차츰 사람들 눈에 띄게 하는 거야.   (2890)

처음에는 목걸이를 해 보고, 다음엔 귀에 진주를 달아 보는 거야.

어머니도 눈치를 잘 못 채실 거야. 이런저런 핑계도 댈 수 있고.

마르가레테

그런데 누가 보석 상자를 둘씩이나 가져다 놓았을까요?

정말이지 보통 일은 아닌 것 같아요!

(노크 소리가 들린다.)

마르가레테

어쩌나! 혹시 엄마가 아닐까요?   (2895)

마르테 (문에 달린 작은 창을 통해 내다본다.)

낯선 분인걸 ― 들어오세요!

(메피스토펠레스가 등장한다.)

메피스토펠레스

이렇게 불쑥 찾아뵙게 되어,

두 숙녀분께 죄송하군요.

(마르가르테에게 정중하게 예의를 표하고 뒤로 물러선다.)

마르테 슈베르트라인 부인에게 드릴 말씀이 있어서 왔습니다만!

마르테

전데요. 무슨 일이신가요?   (2900)

메피스토펠레스 (그녀에게 나지막하게)

얼굴이라도 뵙게 되었으니 그걸로 충분합니다.

아주 귀한 손님이 와 계시는데,

멋모르고 결례했군요.

오후에 다시 찾아뵙도록 하지요.

마르테 (큰 소리로)

　　들었지, 애야, 원 세상에! 　　　　　　　　　　　　　　　　　　(2905)

　　신사분이 너를 귀한 집 아가씨로 여기시는구나.

마르가레테

　　저는 가난한 집 아이랍니다.

　　어쩜 좋아요! 신사분께서 너무 좋게 보아 주시네요.

　　보석도 패물도 제게 아니거든요.

메피스토펠레스

　　아니올시다. 보석만 보고 드린 말씀은 아닙니다. 　　　　　　　(2910)

　　기품도 있으시고, 눈매도 선명하시니까요!

　　제가 여기 머물러도 된다면 정말 기쁘겠습니다만.

마르테

　　그런데 무슨 일로 오신 건가요? 몹시 궁금해요 –

메피스토펠레스

　　기쁜 소식은 아닙니다만!

　　저를 원망은 마시고요. 　　　　　　　　　　　　　　　　　　(2915)

　　댁의 남편이 돌아가셨다는 소식을 전해 드립니다.

마르테

　　죽었다고요? 그 착실한 양반이! 아이고 애통해라!

　　남편이 죽다니! 아이고, 나 죽네!

마르가레테

　　아아, 아주머니, 너무 낙심 마세요!

메피스토펠레스

　　슬픈 이야기인즉 이렇습니다! 　　　　　　　　　　　　　　(2920)

마르가레테

그래서 저는 평생 사랑 같은 건 안 하려고 해요.

사랑하는 사람을 잃으면 죽도록 슬플 테니까요.

메피스토펠레스

기쁨에는 슬픔이, 슬픔에는 기쁨이 따르기 마련이지요.

마르테

그이의 마지막 모습은요!

메피스토펠레스

남편은 파도바[148]에 묻혔습니다.   (2925)

성 안토니우스 묘지에 말입니다.

분위기도 엄숙하고,

영원토록 서늘한 안식처지요.

마르테

저에게 전해 줄 건 아무것도 없나요?

메피스토펠레스

그래요, 있었습니다. 아주 크고 어려운 부탁이긴 합니다만.(2930)

그를 위해 삼백 번만 미사를 올려 달라고 하더군요!

그 밖엔 제 주머니가 텅텅 비었습니다.

마르테

뭐라고요? 기념 동전 하나도 없던가요? 금붙이 하나도?

하찮은 직공들도 전대 바닥에다

하나쯤, 기념으로 숨겨 놓잖아요.   (2935)

굶주리고 구걸하더라도 말예요!

---

148 이탈리아 북부의 도시.

메피스토펠레스

　　부인, 정말 안된 일입니다.

　　하지만 남편이 돈을 헛되이 낭비한 건 결코 아니었어요.

　　그는 자신의 잘못을 크게 후회했고,

　　그래요, 그보다는 자기 불행을 더욱더 한탄하곤 했지요.　(2940)

마르가레테

　　아아! 사람들은 그렇게 불행하군요!

　　정말이지 저는 그분을 위해 몇 번이고 진혼 미사를 올리겠어요.

메피스토펠레스

　　그대는 당장에 결혼식을 올려도 되겠어요.

　　정말 사랑스러운 아가씨입니다.

마르가레테

　　아, 아니에요. 아직은 그럴 처지가 아니에요.　(2945)

메피스토펠레스

　　남편은 아니더라도, 연인 정도는 필요한 법이지요.

　　하늘이 내려준 가장 커다란 선물 중 하나는

　　사랑하는 사람을 얻는 것이지요.

마르가레테

　　그런 건 이 고장 풍습이 아니에요.

메피스토펠레스

　　풍습이든 아니든! 그런 건 흔한 일이오.　(2950)

마르테

　　이야기를 더 듣고 싶어요!

메피스토펠레스

저는 그 사람의 임종을 지켜보았습니다.

거름 더미보다야 좀 낫긴 했지만,

반쯤 썩은 지푸라기 침대 위에서였어요. 하지만 기독교 신자
로 죽었지요.

아직도 갚아야 할 빚이 많다며 이렇게 소리치더군요.

나 자신이 정말로 원망스럽다.   (2955)

내 사업도 내 아내도 이렇게 저버리고 가다니!

아아! 지난 일을 생각하니 죽고만 싶다!

내가 살아 있는 동안에 아내의 용서를 받고 싶다! ―

마르테 (울면서)

착한 양반! 나는 그이를 벌써 용서했어요.

메피스토펠레스

하지만 하느님도 아시다시피, 마누라가 나보다 잘못이 더
많아.   (2960)

마르테

거짓말이에요! 뭐라고요! 다 죽어 가면서도 거짓말하다니!

메피스토펠레스

마지막 숨을 헐떡이는 순간이라 헛소리했을 게 분명해요.

사정을 잘은 모르지만 말입니다.

이런 말도 하더군요. 나는 잠시나마 긴장을 풀고 편히 쉴 틈도
없었어.

아이들이 생기자마자 그것들을 위해 빵을 벌어야 했어. (2965)

이런저런 생계비도 마련해야 했고.

그러면서도 내 몫은 단 한 번도 마음 놓고 삼키지 못했지.

마르테

그렇게 정성을 다하고, 그렇게 사랑을 쏟고,

밤낮으로 개고생했는데도 다 잊어버리다니!

메피스토펠레스

그렇지 않아요. 그 점만은 진심으로 생각하던데요.　　　(2970)

이렇게 말하더군요. 몰타 섬을 떠나올 때 나는

아내와 아이들을 위해 열렬히 기도를 올렸어.

그래서 그랬는지 하늘도 무심치 않아,

우리는 터키 배 한 척을 나포하게 되었던 거야.

터키 황제의 보물을 운반하는 배였지.　　　(2975)

나는 용감하게 싸운 공로를 인정받았어.

당연한 보상이었고,

적당한 몫을 받았던 거야.

마르테

그걸 어떻게 했을까요? 어디에 두었을까요? 땅속에 파묻은

걸까요?

메피스토펠레스

누가 알겠어요. 사방에서 부는 바람이 그걸 어디로 날려 버렸

는지?　　　(2980)

하지만 한 예쁜 아가씨[149]가 그를 돌봐 주었지요.

그가 낯선 나폴리 땅에서 방황하고 있었을 때 말이오.

어찌나 알뜰살뜰 보살펴 주었는지,

마지막 숨을 거둘 때까지 그리워하더군요.

---

[149] 창녀를 가리킨다.

마르테

악당 같으니! 자식들마저 등친 도둑놈!　　　　　　　　(2985)

그렇게 비참하고 그렇게 궁색했으면서도

제 버릇 개한테 주지 못했군요!

메피스토펠레스

바로 그겁니다! 그 때문에 저세상으로 간 거지요.

내가 당신이라면,

일 년 정도 조신하게 애도의 표정을 짓고 다니다,　　　(2990)

그다음엔 슬슬 새 남자를 물색해 볼 겁니다.

마르테

어머머, 별말씀을! 나의 첫 남자 같은 사람은

이 세상에서 찾아보기 어려울 거예요!

그렇게 마음씨 착한 바보가 어디 있겠어요.

굳이 흠을 잡자면 떠돌아다니길 너무 좋아하고,　　　　(2995)

낯선 여자나 낯선 땅의 술,

그리고 빌어먹을 노름을 좋아했던 거죠.

메피스토펠레스

자자, 그렇다면 장군 멍군이군요.

그 친구 쪽에서도 당신을

너그럽게 보아주었지요.　　　　　　　　　　　　　(3000)

맹세컨대, 그 정도 조건이라면

저도 당신과 반지를 교환하고 싶습니다만!

마르테

어머나, 신사분께서 농담도 잘하시네요!

메피스토펠레스 (혼잣말로)

　이제 슬슬 꽁무니 빼자!

　보아하니 이년은 악마하고 한판 붙고도 남겠다.　　　　　(3005)

　　　　　　(그레트헨에게)

　아가씨의 기분은 어떠신지?

마르가레테

　무슨 말씀이신지요?

메피스토펠레스 (혼잣말로)

　　　　착하고 순진한 애로구나!

　　　　(큰 소리로)

　안녕히들 계십시오!

마르가레테

　　　　　안녕히 가세요!

마르테

　　　　　잠깐, 한마디만 해 주세요!

　증명서를 한 장 얻고 싶은데요.

　제 남편이 언제 어디서 어떻게 죽어 매장되었는지 말입니다. (3010)

　저는 원래 일을 꼼꼼하게 정리하는 편이라,

　남편의 죽음을 교회 주보에라도 신고 싶어요.

메피스토펠레스

　그러고 말고요, 부인. 두 사람 증인의 입만 있으면

　어디서나 사실이 입증되는 겁니다.

　제게 아주 괜찮은 친구가 있으니,　　　　　　　　　　(3015)

　당신을 위해 그 사람을 판사 앞에 세우도록 하지요.

그 사람을 여기로 데려오겠습니다.

마르테

네, 꼭 그렇게 해 주세요!

메피스토펠레스

여기 아가씨도 같이 있을 거지요? –

멋진 총각입니다! 여행도 많이 했고,

아가씨들에 대한 예의도 그저 그만이지요. (3020)

마르가레테

그런 분 앞이라면 얼굴이 빨개지겠네요.

메피스토펠레스

세상의 어떤 왕 앞이라도 그러실 필요가 없습니다.

마르테

그럼 저희 집 뒤 정원에서

오늘 저녁 두 분을 기다릴게요.

거리

파우스트와 메피스토.

파우스트

　어떤가? 잘돼 가는가? 곧 될 것 같은가?　　　　　(3025)

메피스토펠레스

　이런, 멋지군요! 불덩이처럼 타오르시는 모양이네요?

　머잖아 그레트헨은 당신 거올시다.

　오늘 저녁 그 애를 이웃 여자 마르테의 집에서 보게 될 거요.

　그 여편네는 정말이지 타고났어요.

　뚜쟁이에 집시 그 자체더군요.　　　　　(3030)

파우스트

　그거 잘됐군!

메피스토펠레스

　　　　하지만 우리한테 바라는 게 있더라고요.

파우스트

봉사했으면 대가는 물론 있어야지.

메피스토펠레스

법적으로 유효한 증언만 해 주면 됩지요.

그 여자 남편의 죽어 자빠진 몸뚱이가

파도바의 성스러운 묘지에 잠들어 있다고 말이오.　　　　(3035)

파우스트

자네 아주 똑똑해! 그럼 우선 길을 떠나야겠군!

메피스토펠레스

고지식한 양반![150] 그럴 필요까진 없어요.

증언만 하면 됐지 이런저런 사실은 알 필요도 없소이다.

파우스트

더 좋은 방법을 찾게. 이 계획은 없던 걸로 하겠네.

메피스토펠레스

아아, 성스러운 양반! 참으로 의연하신 분!　　　　(3040)

거짓 증언이

난생처음이라고요?

당신은 신과 세계, 그리고 그 안에서 움직이는 것에 대해

또한 인간과, 인간의 머리와 가슴속에서 꿈틀거리는 것에 대해

대담무쌍하게 정의를 내려 오지 않았던가요?　　　　(3045)

뻔뻔한 이마에 오만한 가슴으로 말이오.

---

150 Sancta Simplicitas는 성스러운 단순함이라는 뜻으로, 여기서는 고지식한 양반! 정도의 뜻
으로 쓰였다. 원래는 보헤미아의 종교개혁가인 얀 후스에 의해 유명하게 된 말이다. 장작더미 위에 선
후스는 장작을 가져온 농부를 향해 "아아, 성스러운 단순함이여"라고 소리쳤다.

하지만 자신의 마음속을 찬찬히 들여다보세요.

그러면 금방 인정하게 될 거외다. 그런 것들에 대해서나

슈베르트라인 씨의 죽음에 대해서나 잘 모르기는 마찬가지라

는 거지요!

파우스트

자네는 영락없는 거짓말쟁이에다 궤변가야.　(3050)

메피스토펠레스

좀 더 깊이 못 들여다보니 그런 말이 나오는 거지요.

머지않아, 점잔이란 점잔은 다 빼며,

불쌍한 그레트헨을 유혹하려고

영혼의 사랑을 맹세하고 또 맹세할 사람은 누구일까요?

파우스트

그건 진심에서 우러나온 거다.　(3055)

메피스토펠레스

　　　좋아요, 좋아요!

그러니까 영원한 충실이니 영원한 사랑이니 하는 것도,

유일하게 전능한 충동이니 하는 것도 –

결국 진심에서 우러나온 거라는 말씀인가요?

파우스트

그만두게! 그건 필연이네! – 내가 느끼는,

이 감정, 이 들끓는 마음,　(3060)

내가 그 이름을 찾아 헤매지만, 찾지 못하고,

마침내 모든 감각을 곤두세워 세상을 두루 다니며,

최상의 말로 기필코 표현하려는,

불타는 이 열정을

무한이라고, 영원의 영원이라고 부르는 게 (3065)

어찌하여 악마의 거짓말 놀음이란 말인가?

메피스토펠레스

어쨌든 내 말이 옳소이다!

파우스트

이봐! 이것만은 명심하게 —

부디, 내가 너무 지껄이지 않도록 해 주게 —

옳다고 우기며 한 가지 말만 고집하는 자가

이기기 마련인 거네. (3070)

그만 가세. 나불대기도 넌더리 나네.

자네 말이 옳다고 해 두세. 우선은 발등에 불부터 꺼야 하니까.

정원

마르가레테는 파우스트의 팔짱을 끼고,
마르테는 메피스토펠레스와 함께
이리저리 거닌다.

마르가레테

전 알아요. 절 위해 주시느라 겸손해하시잖아요.

그래서 더 부끄러워요.

여행을 많이 하신 분이라 마음도 넓어   (3075)

상대를 너그럽게 받아 주시는 거죠.

그처럼 경험 많으신 분이니

보잘것없는 제 얘기가 흥미로울 리 없겠죠.

파우스트

당신의 눈길, 당신의 한마디가

이 세상의 모든 지혜보다도 더 즐겁습니다.   (3080)

(그녀의 손에 키스한다.)

마르가레테

어머머, 왜 이러세요! 어찌 키스까지?

제 손은 이렇게 추하고, 이렇게 거칠어요!

일이란 일은 다해야 했거든요!

저의 어머니가 무척 엄하세요.

(둘이 지나간다.)

마르테

그런데 선생님은 늘 그렇게 떠돌아다니세요? (3085)

메피스토펠레스

글쎄 말이오. 직업상 의무 때문에 늘 쫓기느라!

마음 아프게 떠나온 곳도 여럿 있었지만,

마냥 한곳에 머물 수는 없는 형편이지요!

마르테

팔팔하고 젊을 때야,

이곳저곳 자유로이 돌아다녀도 좋겠죠. (3090)

하지만 호시절 다 보내고,

홀아비 신세로 발을 질질 끌며 무덤으로 향하는 건

누구도 원치 않아요.

메피스토펠레스

훗날 일이긴 하지만 생각만 해도 오싹하군요.

마르테

그러니 선생님도 늦기 전에 결심하세요. (3095)

(둘이 지나간다.)

마르가레테

그래요, 눈에 안 보이면 마음도 멀어질 테죠![151]

당신은 예의 바른 태도가 몸에 배었어요.

친구 분들도 많으실 테고,

모두 다 저보다는 똑똑한 사람들이겠죠.

파우스트

아아, 착한 사람! 그런 똑똑함이라는 게   (3100)

알고 보면 허영심이고 좁은 소견일 수도 있어요.

마르가레테

어째서요?

파우스트

아아, 이처럼 소박하고 순진무구한 이가

자신의 모습과 자신의 귀중한 가치를 까맣게 모르다니!

겸손하게 자신을 낮추는 미덕이야말로

다정하게 베풀어 주는 자연의 가장 귀한 선물이라는 것을 — (3105)

마르가레테

당신은 저를 잠시만 생각하겠지만,

저는 당신을 생각하고 또 생각할 거예요.

파우스트

당신은 혼자 있을 때가 많은 모양이오?

마르가레테

그래요. 우리 집 살림이 보잘것없긴 해도,

돌보아야 할 일은 많답니다.   (3110)

---

151 신분 차이를 알기 때문에 헤어지지 않겠는가 하는 불안감을 미리 토로하고 있다.

하녀가 없어, 요리하고 청소하고 뜨개질하고
바느질도 하며 새벽부터 저녁까지 바삐 움직여야 해요.
게다가 우리 어머니는 매사에
너무나 꼼꼼하세요!
너무 그렇게 아끼며 살 필요가 없는데도요. (3115)
어쩌면 다른 집보다 훨씬 여유롭게 살아도 될 거예요.
아버님이 상당한 재산은 물론이고,
교외에 자그마한 집과 정원도 남겨 주셨거든요.
하지만 요즈음엔 아주 조용히 지내는 편이에요.
오빠는 군대에 가고, (3120)
여동생은 어린 나이에 죽었거든요.
전 그 아이 때문에 달가운 고생도 많이 했어요.
하지만 그런 고생이라면 또 하고 싶어요.
그 애는 정말 귀여웠어요.

파우스트

당신을 닮았다면 천사요.

마르가레테

제가 그 애를 키웠고, 그 애도 저를 무척이나 좋아했어요. (3125)
그 애는 제 아버지가 돌아가시고 난 후 태어났답니다.
우리는 어머니도 돌아가실 줄 알았어요.
너무도 몸이 약해 누워 계셨으니까요.
다행히도 어머니는 아주 느리게, 차츰차츰 회복하셨어요.
하지만 어머니는 가련한 젖먹이에게 (3130)
젖을 빨릴 생각조차 할 수 없었답니다.

그래서 우유와 물을 먹이며 저 혼자 키우게 되었던 거죠.

그 앤 그러니까 제 아이가 되었던 거예요.

제 팔에, 제 품에 안겨

재롱 부리고 버둥거리며 자라났답니다.   (3135)

파우스트

정말이지 가장 순수한 행복을 맛보았군요.

마르가레테

하지만 어려운 일도 많던 시절이었어요.

밤이면 아기 요람을 제 침대 곁에 두었고,

애가 조금이라도 움직거리면

저는 이내 잠을 깨곤 했어요.   (3140)

우유를 먹이기도 하고, 옆에 눕히기도 하고,

그래도 울음을 안 그치면 침대에서 일어나,

아기를 어르며 방 안을 이리저리 서성였어요.

그런데도 날이 새자마자 빨래통 앞에 있어야 했어요.

그러고는 장에도 가고 부엌일도 도맡아 했죠.   (3145)

그날도 다음 날도 늘 그런 식이었어요.

그러자니 하루하루가 늘 즐거운 건 아니었어요.

하지만 그 덕분에 입맛은 좋았고, 휴식도 달았답니다.

(둘이 함께 지나간다.)

마르테

불쌍한 여자들은 그런 점에서 사정이 어렵답니다.

홀아비의 마음을 돌린다는 게 여간 어렵지 않거든요.   (3150)

메피스토펠레스

나를 더 나은 길로 이끌어 줄 사람은

바로 당신 같은 여인이겠지요.

마르테

솔직히 말씀해 보세요. 선생님 곁에 아직 아무도 없는 건가요?

마음을 정한 곳은 없나요?

메피스토펠레스

이런 속담을 아시오. 자기 집의 아궁이와   (3155)

착한 아내는 황금이나 진주와 같다.

마르테

그러실 생각이 단 한 번도 없으셨던 게 아닐까요?

메피스토펠레스

저야 가는 곳마다 꽤나 정중하게 대접받곤 했지요.

마르테

제 말은 이거예요. 진심 어린 애정을 느껴 본 적은 단 한 번도

없었나요?

메피스토펠레스

여인네들과 농담이나 지껄여선 결코 안 되지요.   (3160)

마르테

아아, 제 말을 못 알아들으시네요!

메피스토펠레스

그거 참 유감이오!

하지만 이것만은 알겠어요 – 당신은 내게 너무도 호의적이오.

(둘이 지나간다.)

파우스트

아아, 작은 천사여, 내가 정원에 들어서자마자
나를 금방 알아보았군요?

마르가레테

보지 못하셨어요? 제가 눈을 내리깔고 있었잖아요.　　　(3165)

파우스트

그렇다면 나의 무례함도 용서해 주는 거지요?
저번에 당신이 성당에서 나왔을 때
내가 함부로 굴었던 행동 말이오.

마르가레테

깜짝 놀랐어요. 그런 일이 한 번도 없었거든요.
전 누군가에게 욕먹을 짓을 한 적은 없다고 자부하니까요.(3170)
저는 생각했어요. 아아, 저분이 내 행동에서
무언가 뻔뻔하고 단정치 못한 걸 본 게 아닐까?
그래서 당장 이 계집에게 수작을 걸어야겠다는
생각이 든 건 아닐까 하고 말예요.
하지만 이제 고백할게요! 그땐 몰랐어요.　　　(3175)
가슴속에서 당신을 좋게 생각하는 마음이 그때 생겨난 거예요.
다만 저한테 정말 화가 나는 점이 있긴 있었어요.
그때 당신에게 더 쌀쌀맞게 굴어야 했어요.

파우스트

이 귀염둥이!

마르가레테

　　　　　잠깐만요!
(별꽃 한 송이를 꺾어 꽃잎을 하나씩 떼어 낸다.)

파우스트

뭐하는 거지요? 꽃다발을 만들려나?

마르가레테

아녜요. 그저 장난으로요.   (3180)

파우스트

어떻게?

마르가레테

저리 비켜요! 비웃지 말고.

(꽃잎을 떼어 내며 중얼거린다.)

파우스트

무얼 중얼거리는 거요?

마르가레테 (소리를 조금 높여)

날 사랑한다 ─ 사랑하지 않는다.

파우스트

이 귀여운 것, 나의 천사!

마르가레테 (계속해서)

날 사랑한다 ─ 않는다 ─ 날 사랑한다 ─ 않는다 ─

(마지막 꽃잎을 뜯으며, 기쁨에 넘쳐 소리친다.)

날 사랑한다!

파우스트

그래요, 내 사랑! 이 꽃점을
신탁의 말씀으로 받아들입시다. 그가 너를 사랑한다!   (3185)
이게 무슨 말인지 알겠소? 그가 너를 사랑한다!

(그녀의 두 손을 마주 잡는다.)

마르가레테

　　왠지 두려워요!

파우스트

　　아니오, 두려워 마시오! 이 눈길로,

　　마주 잡은 이 두 손으로 그대에게

　　말할 수 없는 걸 말하고 싶소.　　　　　　　　　(3190)

　　나의 모든 것을 바치는 이 기쁨,

　　그것은 영원하리다!

　　영원하리다! ― 그 끝이 있다면 그건 절망일 거요.

　　아니오, 끝은 있을 수 없어요! 끝은 있을 수 없어요!

마르가레테

　　(마르가레테는 그의 두 손을 꼭 잡았다가 뿌리치고 자리를 뜬다. 파
　　우스트는 잠시 생각에 잠겼다가, 그녀의 뒤를 따라간다.)

마르테 (등장하면서)

　　날이 저물어요.　　　　　　　　　　　　　　　(3195)

메피스토펠레스

　　　　　　　그렇군요. 우리는 이제 떠나야겠습니다.

마르테

　　저야 좀 더 계시라고 붙들고 싶지만,

　　이곳은 원체 말이 많은 곳이랍니다.

　　아무것도 할 필요가 없어서 그런지,

　　아무것도 할 일이 없어서 그런지,

　　그저 이웃 사람이 들락거리는 것만 지켜본답니다.　　(3200)

　　그래서 여차하면 동네방네 소문이 돌고 말아요.

그런데 우리의 젊은 한 쌍은?

메피스토펠레스

저쪽 길로 뛰어갔지요.

바람난 나비들처럼 말이오!

마르테

그분이 그 애한테 끌리는 모양이네요.

메피스토펠레스

그녀도 마찬가지요. 세상사 그렇게 돌아가는 거지요.

정자

마르가레테가 안으로 뛰어들어 와 문 뒤에 몸을 숨긴다. 그리고 손가락 끝을 입술에 대고 문틈 사이로 밖을 내다본다.

마르가레테

    그이가 오는구나!   (3205)

파우스트 (들어오면서)

             요 장난꾸러기, 나를 놀리다니!

이제 잡았다! (그녀에게 키스를 한다.)

마르가레테 (그를 마주 붙들고 키스하며)

         아, 좋아요! 당신을 진심으로 사랑해요!

        (메피스토펠레스가 문을 두드린다.)

파우스트 (발을 구르며)

    누구요?

메피스토펠레스

선량한 친구올시다!

파우스트

에잇, 짐승 같은 놈!

메피스토펠레스

이제 작별의 시간입니다.

마르테 (들어오면서)

그래요, 너무 늦었어요, 선생님.

파우스트

바래다주면 안 될까요?

마르가레테

어머니가 혹시 저를 볼지도 – 안녕히 가세요!

파우스트

꼭 가야 한다고?

그럼 안녕! (3210)

마르테

안녕!

마르가레테

곧 뵙도록 해요!

(파우스트와 메피스토펠레스가 퇴장한다.)

세상에나! 남자 중의 남자.

이것저것 다 배려하는 속 깊은 분이야!

그분 앞에 있으면 부끄럽기만 해.

무슨 일에든 네네 대답만 하고,

아무것도 모르는 가련한 철부진데, (3215)

왜 나를 좋아하시는 걸까.

(퇴장)

숲과 동굴

파우스트 (혼자서)

위대한 정령[152]이여, 그대는

내가 바랐던 모든 것을 주었다. 활활 타오르는 불길 속에서

그대가 얼굴을 보여 주었던 것도 헛되지 않았으니,

내게 광대한 자연을 왕국으로 주었고,   (3220)

그것을 느끼고 즐길 힘도 주었다.

그대는 냉철한 시선과 경탄의 마음으로 자연을 돌아보게 할

뿐 아니라,

친구의 가슴속이라도 되는 양 자연의 깊숙한 품을 들여다보

게 한다.

그대는 생명을 가진 존재들이 차례로 대열을 이루어[153]   (3225)

---

152 '밤' 장면에서 불길 속에 모습을 드러냈던 지령.
153 이 구절에는 1784년 골상학 분야에서의 괴테의 커다란 발견이 전제되어 있다. 당시에 그는 두
개골들을 관찰한 결과, 조류와 어류 그리고 수많은 포유동물들의 아래턱 상부에만 악간골이 있는
것이 아니며(이것들의 악간골은 괴테의 견해에 의하면 거북이의 악간골과 코끼리의 악간골 사이의
간격을 메워 주는 것들이다), 이 구절에서 말하듯이 '생명을 가진 존재들의 대열'은 인간에게까지 연

내 앞을 지나도록 인도하며, 고요한 숲과 대기와
물에서 사는 형제들을 알게 해 준다.
또한 폭풍우가 쏴쏴거리고 숲이 삐걱거리고,
거대한 가문비나무가 이웃 나무의 가지들과
둥치들 위로 우지끈 쓰러지고,   (3230)
둔탁한 굉음이 온 언덕을 뒤흔들어 놓을 때,
그대는 나를 안전한 동굴로 데려가, 나 자신을
나에게 보여 준다. 그러면 내 가슴속에서
근원 모를 깊은 경외심이 일렁거린다.
이윽고 해맑은 달이 내 눈앞으로   (3235)
부드럽게 솟아오르면, 암벽들 사이에서,
이슬 머금어 축축한 덤불숲 위로
태곳적 인물들의 모습[154]이 은빛으로 둥실 떠올라,
생각하고 생각하다 지쳐 버린 내 영혼을 달래 준다.

아아, 인간에게 완전함이란 결코 주어지지 않는다는 것을 (3240)
나는 이제 느낀다. 그대는 나를 신들의 영역으로 가까이
더욱 가까이 데려가는 이 환희에 덧붙여
이제 떼어 버릴 수도 없는 동반자 하나를 내게 주었다.
녀석은 냉혹하고 뻔뻔하고,

속적으로 이어진다고 주장했다. 말하자면 그 연속성에 있어서 인간에게도 악간골이 없을 수 없다
는 것이다. 그리고 그의 주장은 인간의 두개골에서 자신이 그러한 흔적을 발견함으로써 과학적으
로 입증되었던 것이다. 그는 이렇게 말한다. "인간은 동물들과 너무도 가까운 친척이다. 모든 생명체
는 하나의 거대한 조화 가운데 있는 하나의 음향이며 하나의 색조일 뿐이다(1784년 11월 17일 크네
벨에게 보낸 편지)."
154 고대의 신화 또는 거기에 등장하는 인물들.

나 자신을 바로 내 앞에서 굴복시키며,   (3245)

가벼운 말 한마디로 그대가 베푼 선물을 무(無)로 돌려 버린다.

녀석은 내 가슴에 부채질을 계속하여

저 아름다운 여인을 향한 거센 불길을 활활 타오르게 한다.

그리하여 나는 욕망에서 향락을 향해 비틀거리며**155** 걸어가고,

향락 속에선 다시 욕망의 길을 가고 싶어 안달한다.   (3250)

(메피스토펠레스가 등장한다.)

메피스토펠레스

그렇게 지내는 게 지겹지도 않으시오?

그렇게 질질 끌며 어떻게 재미를 본단 말이오?

이젠 한 번쯤 맛보는 것도 괜찮을 거외다.

하지만 그 후엔 또 새로운 누군가를 찾을 테지요!

파우스트

자네는 다른 일이나 찾아보게.   (3255)

이 좋은 날에 나를 괴롭히지 말란 말이다.

메피스토펠레스

좋아요, 좋아! 소생도 당신을 그냥 놔두고 싶으니,

그렇게 정색하며 말할 필요도 없소이다.

당신처럼 무뚝뚝하고 거칠고 광기마저 있는 친구는

잃어버린다 해도 별로 아까울 게 없어요.   (3260)

---

155 욕망이란 상대방의 입장을 고려하지 않고, 성적으로 소유하려는 것을 말하고, 향락이란 둘 사이의 연애 감정을 누리는 것을 말한다. 당시 평민 소녀가 결혼하지 않은 상태에서 남자와 성적으로 결합하여 임신하게 되면 그것은 자신과 그 집안의 파멸을 의미했다. 파우스트도 그 점을 이미 알고 있다. 말하자면 쾌락원칙과 현실원칙 사이에서 흔들리고 있다.

온종일 할 일은 태산 같으니까!

무얼 좋아하는지, 무얼 하게 내버려 두어야 할지,

주인 나리의 안색만 보곤 종잡을 수 있어야지 말이오.

파우스트

그게 바로 네놈다운 말투다!

나를 따분하게 만들어 놓고는 고맙다는 말을 들으려 하다니.(3265)

메피스토펠레스

당신처럼 가련한 지상의 아들이

내가 없었다면 어찌 지금까지 살아 있었겠소?**156**

뒤죽박죽 망상에 갇힌 당신을

소생이 잠시나마 빼내어 치유해 주었던 거지요.

내가 없었더라면 당신은 벌써   (3270)

이 지구를 떠나 버렸을 거란 말이오.

그런데도 어찌하여 당신은 이런 동굴에서, 바위틈에서

부엉이마냥 죽치고 앉아 있는 거지요?

무엇 때문에 당신은 두꺼비마냥 축축한 이끼와

물이 뚝뚝 떨어지는 바위로부터 양분을 빨아먹고 있단 말이오?(3275)

참으로 멋지고 달콤한 시간을 보내시는구려!

몸에서 아직도 먹물 냄새가 풀풀 나는구려.

파우스트

이렇게 황무지를 헤매고 다녀도

새로운 생명력이 내게 샘솟는 걸 네놈이 이해나 할까?

그래, 자네가 그런 걸 예감할 수 있다면야,   (3280)

---

156 파우스트가 자살하려고 했던 것을 암시한다.

악마인 자네가 내게 그런 행복을 허락할 리 없지.

메피스토펠레스

세속을 초월한 만족을 말하시는군요!

밤이면 이슬 내린 산 위에 누워

대지와 하늘을 환희에 차 껴안고,

신이라도 되려는 듯 자신을 한껏 부풀리지요.　　　　　　(3285)

몰아치는 예감의 힘으로 대지의 정수(精髓)를 파헤치고,

엿새 동안 이룬 신의 모든 공적을 가슴속 깊이 느끼며,

오만하게 넘쳐흐르는 힘으로 무엇인지도 모르는 걸 즐기지요.

때로는 사랑의 환희에 취해 만물 속으로 흘러들어 가면서,

이 지상의 아들은 완전히 종적을 감추어 버리지요.　　　　(3290)

그러고는 다시 고귀한 직관을 발휘하여 –

　　　　(음탕한 몸짓을 하며)¹⁵⁷

차마 입으로는 말 못하겠소이다 – 이렇게 끝장을 내고 말지요.

파우스트

이 못된 놈아!

메피스토펠레스

　　　　　마음에야 안 드실 겁니다.

이 못된 놈아, 하고 점잖게 욕하는 거야 물론 당신의 권리겠지요.

하지만 순결한 자라고 해도 피해 갈 수 없는 그 무엇을　(3295)

그 순결한 자의 귀에다 대고 말해서는 안 되는 걸까요.

단도직입적으로 말씀드리지요. 당신에게 이따금씩

자신을 속여 가며 얻는 그런 즐거움을 선사하리다.

---

157 실제 공연에서는 보통 자위하는 모습.

하지만 그때마다 만족은 잠시.

지금만 해도 벌써 싫증 나신 모양인데,

앞으로도 이런 식이라면, 완전히 녹초가 되어 (3300)

미쳐 버리거나, 아니면 불안과 공포에 빠지고 말 거외다.

이 정도로 하지요! 당신의 여자는 저기 저 너머에서,

집 안에 틀어박혀 답답해하고 우울해하고 있으니까요.

그녀의 머릿속엔 온통 당신 생각뿐, (3305)

너무도 당신을 사랑하는 모양이올시다.

처음엔 당신의 사랑도 뜨겁게 넘쳐흘렀지요.

눈 녹은 물이 개울 가득 넘실넘실 흘러가듯 말입니다.

당신의 뜨거운 사랑을 그녀의 가슴에 쏟아부었던 거지요.

그런데 이제, 당신의 개울은 다시 말라 버렸단 말이오. (3310)

소생의 생각에 위대한 주인님께 어울리는 건,

숲 속에서 홀로 왕관 놀이나 하기보다는

그 가련한 아이에게

사랑의 보답이나 하라는 것이올시다.

그 애는 시간이 너무도 느리다고 애처롭게 한탄하고 있
어요. (3315)

창가에 기대어, 오래된 성벽 위로 흘러가는 구름만

하염없이 바라보고 있어요.

그리고 이 몸이 새라면![158] 하고 노래만 부른답니다.

하루 종일, 그리고 한밤중까지.

가끔 명랑할 때도 있지만, 대개는 울적하지요. (3320)

---

158 헤르더의 『민요 모음집』(1778년)에 나오는 노래.

그러다가 마음껏 울고 나면,

다시 마음의 안정을 얻는 것 같기도 하고요.

어쨌든 사랑에 푹 빠져 있는 건 분명하외다.

파우스트

이 뱀 같은 놈! 뱀 같은 놈!

메피스토펠레스 (혼잣말로)

좋았어! 네놈은 제대로 걸려든 거야! (3325)

파우스트

이 악랄한 놈! 썩 물러가라.

그 아리따운 처자 얘기는 입에도 담지 마라!

그 달콤한 육체에 대한 욕망을 부추기지 마라.

반쯤 미쳐 버린 내 마음을 다시는 들쑤시지 마라!

메피스토펠레스

도대체 어쩌자는 거요? 그 애는 당신이 도망쳤다고 생각하고

있고, (3330)

사실 거의 그런 꼴이지요.

파우스트

마음만은 가까이에 있어. 몸은 멀리 있지만.

그 애를 잊을 수도 없고, 잃어서도 안 돼.

그래, 주님의 성체[159]한테도 질투가 날 지경이야.

그 애 입술이 거기에 닿으니까 말이다. (3335)

메피스토펠레스

어련하시겠어요! 소생도 종종 당신이 부럽다오.

---

159 신부, 목사 또는 신자들이 지니고 다니는, 그리스도가 십자가에 못 박혀 있는 십자가상.

장미꽃160 아래서 풀을 뜯고 있는 저 쌍둥이161를 생각하면 말이오.

파우스트

썩 꺼져라, 이 뚜쟁이 놈아!

메피스토펠레스

좋아요! 욕이나 실컷 하쇼. 웃음밖에 안 나오니까.

총각과 처녀를 창조하신 주님조차도

몸소 짝을 지어 주며 그 일을   (3340)

거룩하기 짝이 없는 귀한 임무로 알았단 말이오.

얼른 가 봐요. 보기에도 딱하니까!

그렇다고 뭐, 당신 애인의 방으로 가 보라는 거지,

죽으러 가라는 건 아니올시다.

파우스트

그 애의 품에 안겨 천상의 기쁨이라도 맛보았던가?   (3345)

그 애의 가슴에 기대어 온몸이 포근하게 녹아들었더란 말인가!

오히려 그 애의 고통만 느끼지 않았던가?

나는 도망자가 아닌가? 집도 절도 없는 자가 아닌가?

목적도 안정도 없는 비정한 인간이 아닌가?

바위에서 바위로 울부짖으며, 폭포처럼   (3350)

심연을 향해 탐욕스럽게 돌진하지 않는가?

반면에 그 애는 어린애처럼 무심하게

알프스 평원의 작은 오두막에서

---

160 유두를 가리킨다.
161 여성의 두 가슴을 가리킨다. 구약성서의 「아가서」 4장 5절을 에로틱하고, 파렴치하고 비꼬는 어투로 인용하고 있다.

작은 세계에 둘러싸인 채

집안일을 돌보고 있지 않은가.   (3355)

그런데 나는, 신의 저주를 받은 나는

죽을힘을 다해 살아도 만족하지 않았다.

바위들을 움켜잡아도,

그것들을 산산조각 내어도 시원치 않았다!

그런 내가 그 애를, 그 애의 평화마저 파괴하지 않았는가!(3360)

지옥도 아까운 놈, 이런 희생을 꼭 치러야 했단 말인가!

도와 다오, 악마야, 이 공포의 시간을 줄여 다오!

피할 수 없는 일이라면, 당장 일어나게 하라!

그녀의 운명이 내 머리 위로 쏟아져

나와 함께 멸망하더라도 말이다!**162**   (3365)

메피스토펠레스

다시 펄펄 끓고, 다시 활활 타오르는군요!

얼른 가서 계집이나 달래 주시오, 이 멍청이 양반!

작은 머리통이 탈출구를 찾지 못하면,

금방 끝장낼 생각만 하는 법이지요.

용감하게 버티는 자만이 살아남는 것이올시다!   (3370)

당신은 안 그래도 꽤나 악마다워졌어요.

세상에서 가장 밥맛 떨어지는 건,

절망에 빠진 악마를 보는 거지요.

---

162 그레트헨과 연애를 하면 결말이 어떻게 될지 파우스트도 이미 알고 있다. 그런데도 성욕은 그를 몰아댄다.

그레트헨의 방

그레트헨 (물레 옆에 혼자 앉아서)

평화는 사라지고,
마음은 답답하네.   (3375)
마음의 평화를 다시는,
다시는 찾지 못하리.

그이가 없는 곳,
그곳은 나의 무덤.
세상은 온통   (3380)
쓰디�쓴 고난.

가련한 내 머리
미쳐 버렸네.
가련한 내 마음

산산이 찢겼네.   (3385)

평화는 사라지고,
마음은 답답하네.
마음의 평화를 다시는,
다시는 찾지 못하리.

행여나 오실까   (3390)
창밖을 내다보네.
행여나 만날까
집 밖으로 나가 보네.

당당한 걸음걸음,
의젓한 그 모습,   (3395)
입가의 그 미소,
빛나는 그 눈길.

말씀은 강물처럼
마술처럼 유창하고
그윽하게 잡아 주는 그 손길,   (3400)
아, 그분의 입맞춤!

평화는 사라지고,
마음은 답답하네.

마음의 평화를 다시는,
다시는 찾지 못하리.   (3405)

아, 내 마음 언제나
그이를 향해 사무치네.
아, 그이를 꼭 붙들어
이제는 놓지 않으리!

그리고 입 맞추리라,   (3410)
영원히 언제까지나.
그이의 입맞춤에
온몸이 녹아 버릴지라도!

마르테의 정원

마르가레테와 파우스트.

마르가레테

약속해 주세요, 하인리히![163]

파우스트

내가 할 수 있는 일이라면 무엇이든!

마르가레테

그럼, 말씀해 주세요. 종교를 어떻게 생각하시나요?   (3415)

당신은 정말 좋은 분이에요.

그런데 종교만은 대수롭지 않게 여기는 것 같아요.

파우스트

그런 얘긴 그만! 내가 당신을 좋아한다는 걸 느끼지 않소.

---

163 파우스트의 이름. 전설상의 이름은 요한(네스)이지만, 여기서 괴테는 하인리히라는 이름을 택하였다. 요한이 괴테 자신의 이름이어서 거리를 두기 위해 다른 이름을 사용했다는 설도 있고, 또 파우스트가 자신의 신분을 숨기기 위해 처음부터 '하인리히'라는 익명을 썼다는 설도 있다.

내 사랑하는 이를 위해 피와 살을 다 바치겠지만,

그 누구도 내게 감정과 교회를 강요할 수는 없는 법이오. (3420)

마르가레테

그건 옳지 않아요. 우리는 믿음을 가져야 해요!

파우스트

꼭 그래야 하는 걸까?

마르가레테

아아! 당신에게 무언가 돕고 싶은데!

당신은 교회의 성사(聖事)도 존중하지 않으시죠.

파우스트

존중하고 있소.

마르가레테

하지만 진심은 아닌 것 같아요.

미사도 참석하지 않고, 고해도 오랫동안 하지 않은 것 같아요. (3425)

하느님을 믿으시나요?

파우스트

여봐요, 누가 감히 그런 말을 할 수 있겠소,

나는 하느님을 믿는다고, 말이오?

성직자든 현자에게든 한번 물어보시오.

그러면 그들의 대답은 마치 묻는 사람을

조롱하는 것처럼 여겨질 거요.

마르가레테

그럼 믿지 않으시는군요? (3430)

파우스트

오해는 마시오, 사랑하는 이여!

누가 그분의 이름을 함부로 부를 수 있겠소?

그분을 믿는다고

누가 감히 고백하겠소.

누가 감히 느낀다고 말하며, (3435)

누가 감히 그분을 믿지 않는다고

말할 수 있겠소?

만물을 감싸 안는 자,

만물을 기르는 자,

그분이 당신을, 나를, 자기 자신을 (3440)

감싸 안고 기르는 게 아닐까요?

하늘은 저 높은 곳에 둥글게 휘어져 있지 않소?

대지는 여기 아래에 굳건하게 놓여 있지 않소?

다정하게 눈짓을 나누며

영원한 별들은 저렇게 떠오르지 않소? (3445)

당신의 눈을 마주 보고 있노라면,

세상 만물이

당신의 머리와 가슴으로 밀려와

영원한 비밀을 안은 채

보일 듯 말 듯 당신 곁에서 떠돌고 있지 않소? (3450)

아무리 크더라도 그것으로 당신의 가슴을 가득 채우고,

그런 느낌으로 더없이 행복해진다면,

원하는 대로 이름을 붙이도록 하시오.

행복이라고! 마음이라고! 사랑이라고! 하느님이라고!

무슨 이름을 붙여야 할지,　　　　　　　　　　(3455)

나는 모르겠소! 느낌만이 전부니까요.

이름이란 울림이요, 연기요,

안개에 휩싸인 하늘의 불꽃일 뿐이니까요.

마르가레테

당신 말씀은 전부 아름답고 훌륭해요.

신부님도 대개 그런 뜻으로 말씀하세요.　　　(3460)

사용하는 말들이 조금 다르긴 해도요.

파우스트

어디에 사는 누구든,

밝은 하늘 아래 모든 이가

자신만의 방식으로 말을 하는데,

어찌하여 나만 내 식대로 말해선 안 되는 걸까요?　(3465)

마르가레테

그런 말을 들으면, 다 그럴듯해요.

하지만 그래도 이상하다는 생각이 드는 건,

당신이 기독교 신자가 아니라 그런가 봐요.

파우스트

아이고, 귀여워!

마르가레테

　　　　　　전 벌써부터 마음이 괴로웠어요.

당신과 같이 있는 사람 때문에요.　　　　　　(3470)

파우스트

어째서 그럴까?

마르가레테

　　　　당신과 같이 다니는 그 사람이

왠지 마음속 깊이 싫어요.

내 평생 동안

가슴이 그처럼 찔리는 느낌은 처음이에요.

그 사람의 얼굴은 보기만 해도 역겨워요. (3475)

파우스트

이 귀염둥이, 그 사람은 두려워할 것 없소!

마르가레테

그 사람이 나타나기만 하면 피가 끓어오르는 것 같아요.

전 다른 사람들한텐 늘 친절한 편이거든요.

하지만 당신이 몹시 그립다가도,

그 사람 생각만 하면 오싹 소름이 돋아요. (3480)

왠지 그 사람은 악당 같아요!

그 사람을 잘못 보았다면, 하느님, 저를 용서해 주세요!

파우스트

물론 그런 괴짜 같은 사람도 있는 법이오.

마르가레테

그런 사람하고는 같이 있고 싶지 않아요!

그 사람은 문을 들어설 때마다 (3485)

조롱기 섞인 얼굴로 바라보고,

반쯤은 늘 화가 나 있어요.

세상 아무 일에도 관심 없는 듯하고,

이마에도 다른 인간을 사랑하지 않는다고

보란 듯이 쓰여 있어요.   (3490)

당신 팔에 안겨 있으면 그렇게도 행복하고,

자유롭고, 모든 것을 내맡긴 듯 따스한데,

그 사람만 있으면 가슴이 죄어들어요.

파우스트

아아, 당신은 지나치게 예민한 천사요!

마르가레테

그런 감정에 너무 짓눌려   (3495)

그 사람이 우리가 있는 곳에 나타나기만 하면,

더 이상 당신을 사랑할 수 없다는 생각마저 들어요.

게다가 그 사람이 옆에 있을 때면 기도조차 할 수 없어서,

제 심장이 쪼이는 것 같아요.

하인리히, 당신도 틀림없이 그럴 거예요.   (3500)

파우스트

단순한 혐오감이요!

마르가레테

이제 가 봐야겠어요.

파우스트

　　　　　　　　아아, 단 한 시간만이라도

당신 품에 편히 안겨

가슴과 가슴을, 마음과 마음을 맞대고 있을 수는 없을까?

마르가레테

아아, 제가 혼자 잘 수만 있다면 얼마나 좋을까요!   (3505)

오늘 밤엔 기꺼이 빗장을 열어 놓고 싶어요.

하지만 어머니는 잠귀가 밝아요.

우리가 어머니한테 들키기라도 한다면

저는 그 자리에서 죽음이에요!

파우스트

천사 같은 당신, 그런 거라면 걱정 마시오.   (3510)

여기에 조그만 약병이 있으니까! 단 세 방울만

어머니의 음료수에 타면,

세상모르고 푹 주무실 거요.

마르가레테

당신을 위해서라면 무슨 일인들 못하겠어요?

물론 어머니한테 해롭진 않겠죠!   (3515)

파우스트

해롭다면야 어찌 당신에게 권할 수 있겠소?

마르가레테

당신 얼굴만 봐도, 당신 뜻대로 하게 돼요.

나도 이유를 모르겠어요.

당신을 위해 벌써 너무 많은 걸 해 버렸기 때문에

이제 해 드릴 게 아무것도 없어요.   (3520)

(퇴장한다.)

(메피스토펠레스가 등장한다.)

메피스토펠레스

애송이 년! 가 버렸나요?

파우스트

　　　　　또 엿들었는가?

메피스토펠레스

미주알고주알 다 들었소이다.

박사님께서 교리문답 공부를 하시던데요.

아무쪼록 잘되기 바랍니다.

계집애들이란 원래 그런 일에 관심이 많지요. (3525)

자기 남자가 옛날 관습대로 신앙심이 돈독하고 단순했으면

하는 거지요.

그런 일에 고분고분하다면 자기 말도 잘 따를 거니까요.

파우스트

너 같은 괴물이야 알 리 없지.

이 진실하고 사랑스러운 아이가,

신앙심에 가득한 그 아이가, (3530)

신앙만이 유일한 행복인 그 아이가,

사랑하는 사람이 행여나 길을 잃을까 봐

얼마나 전전긍긍하는지를 말이야.

메피스토펠레스

색(色)을 초월한 듯 색에 빠진 구혼자여,

계집 하나 때문에 갈피 못 잡고 끌려다니시는구려. (3535)

파우스트

똥물로 튀겨 만든 잡놈아!

메피스토펠레스

그런데 그년은 관상도 제법 보는 것 같소이다.

소생이 있으면 왠지 모르게 기분이 이상해진다니 말이오.

내 낯짝에 그 무슨 숨겨진 비밀이라도 있는 모양이올시다.

소생이 아주 대단한 천재거나,   (3540)

아니면 악마일지도 모른다고 느끼니 말이오.

그건 그렇고 오늘 밤 일은? –

파우스트

그게 자네와 무슨 상관인가?

메피스토펠레스

하지만 그게 내 일인 것처럼 기쁜뎁쇼!

우물가에서

그레트헨과 리스헨, 물동이를 든 채 이야기를 나눈다.

리스헨

베르벨헨 이야기 못 들었니?

그레트헨

전혀 못 들었어. 난 사람들 많은 덴 잘 안 가니까.   (3545)

리스헨

이건 사실인데, 지빌레[164]가 오늘 말해 주었어!

그 애도 결국 속아 넘어갔대.

그렇게 얌전한 척하더니!

그레트헨

어떻게 된 건데?

---

164 고대 예언녀의 이름이기도 하다. 그러므로 지빌레의 발언은 그레트헨의 미래를 예견하고 있기
도 하다.

리스헨

                                                                               껌새가 안 좋아!

이제 2인분을 먹고 마셔야 한대.

그레트헨

맙소사!   (3550)

리스헨

결국 올 게 온 거야.

그 애가 그 녀석을 얼마나 졸졸 따라다녔니!

산보 간다는 둥,

읍내 무도장으로 안내한다는 둥,

가는 곳마다 그 애가 최고라고 치켜세우고,   (3555)

만두와 포도주를 사 주며 알랑거렸지.

그 애도 자기가 무슨 미인인 양 착각하고,

염치없게도

이런저런 선물을 받았어.

그렇게 서로 만지고 핥고 빨고 하는 사이에   (3560)

그만 꽃송이가 떨어진 거야!

그레트헨

불쌍한 것!

리스헨

                                                  그런 계집애를 가엽게 여기다니!

우리 같은 애들은 물레 곁에 죽치고 있어야 하고,

밤이면 엄마가 문밖으로 내보내 주지도 않는데,

그 계집앤 애인과 달콤한 시간을 보내며   (3565)

문 앞 벤치나 어두컴컴한 복도에서

시간 가는 줄도 몰랐잖아.

그러니 이젠 어디를 가나 고개 푹 숙이고,

죄수복을 입은 채 교회에 나가 참회해야 마땅하다고!**165**

그레트헨

그 남자가 그 애를 틀림없이 아내로 맞아 줄 거야.　　　(3570)

리스헨

그 녀석이 멍청인가! 약삭빠른 남자들은

다른 곳에서도 놀아날 기회가 얼마든지 있는데.

그 녀석도 달아나 버렸대.

그레트헨

정말 안됐어!

리스헨

그 애가 그놈과 결혼한다고 해도, 혼쭐은 날 거야.

마을 사내들이 그 애의 화관(花冠)을 박살 낼 거고,　　(3575)

우리도 그 애의 집 앞에 지푸라기를 뿌릴 테니까. **166**

(퇴장한다.)

그레트헨 (집으로 돌아가면서)

나도 예전엔 열을 올리며 헐뜯어 대었지.

가련한 여자애가 부정을 저지르기라도 하면 말이야!

다른 사람의 죄에 대해서

---

165 괴테는 교회에서의 이러한 비인간적인 공개 참회를 비판했고, 그의 개입으로 바이마르에서는 1786년 이후로 이 관습이 폐지되었다.

166 순결을 지키지 못한 신부가 결혼식장에 나타나면, 신부가 쓴 화관을 빼앗아 뜯어 버리고, 문 앞에 꽃 대신에 지푸라기를 뿌리는 풍습이 있었다.

입에 게거품 물고 떠들어 대곤 했지!   (3580)

다른 이의 죄가 검어 보이면, 더욱 검게 칠했고,

그래도 그 검은 칠에 만족해하지 않았어.

그러고는 죄 없는 자신을 대견하게 여기며 잘난 척했지.

그런데 이젠 나 자신이 죄인이 되어 버렸어!

하지만 – 나를 이리로 몰아온 그 모든 것은,   (3585)

아아! 너무도 달콤했고! 너무도 사랑스러웠어!

성벽의 안쪽 길

성벽의 움푹 들어간 곳에 고난의 성모상[167]이 있고, 그 앞에 꽃병들이 놓여 있다.

그레트헨 (싱싱한 꽃을 꽃병에 꽂는다.)

　　아아, 저를 보아 주세요,

　　온갖 괴로움 겪으신 성모님,

　　자비의 얼굴로 제 고통을 돌보아 주세요!

　　가슴을 칼날에 찔리시고　　　　　　　　　　(3590)

　　헤아릴 수 없이 고통스럽게

　　아드님의 죽음을 바라보고 계시는군요.

　　하늘에 계신 아버지를 올려다보시며,

---

167 십자가형으로 죽어 가는 예수를 안은 채 고통스럽게 바라보는 성모상. 피에타 상.

아드님과 당신의 고난 때문에
애통의 한숨을 보내시는군요.   (3595)

그 누가 느낄까요,
뼈 마디마디
사무치는 저의 고통을?
가련한 제 마음이 이렇게 두려워하고,
온몸을 떨며, 무엇을 갈구하는지,   (3600)
오직 당신만이, 당신만이 아세요!

저는 어디를 가도,
아프고, 또 아프고, 또 아파요,
여기 이 가슴이 아파요!
아아, 혼자 있기만 하면,   (3605)
울고, 또 울고, 또 울어요,
가슴이 갈기갈기 찢어져요.

아아, 창문 앞의 화분을
눈물로 적시고 또 적셨어요!
이른 아침   (3610)
당신에게 드릴 이 꽃들을 꺾으면서요.

제 방을 환하게 비추며
이른 아침 태양이 떠오를 때면,

저는 벌써 일어나 수심 가득
침대 위에 앉아 있어요.   (3615)

도와주세요! 저를 치욕과 죽음에서 구해 주세요!
아아, 저를 보아 주세요,
온갖 괴로움 겪으신 성모님,
자비의 얼굴로 제 고통을 돌보아 주세요!

밤

그레트헨의 집 앞 거리.

발렌틴 (군인, 그레트헨의 오빠)

술자리에 앉아 있을라 치면   (3620)

누구나 제 자랑은 당연했어.

동료들은 내 앞에서 꽃다운 처녀들을

소리 높여 칭송하며

가득 찬 술잔을 호기롭게 비우곤 했지.

난 그럴 때면 팔꿈치를 괴고,   (3625)

여유만만하게 앉아

온갖 허풍을 다 들어 주었어.

그러다간 미소 띤 얼굴로 수염을 쓰다듬고

가득 찬 술잔을 들며 이렇게 말했지.

모두들 제 잘난 맛에 사는 거야!   (3630)

하지만 온 천지를 다 뒤져도
우리 그레트헨 같은 애는 없을 거야.
내 누이의 발치에라도 미칠 애가 어디 있겠어?
좋다! 좋아! 쨍그랑! 쨍그랑! 이렇게 잔을 부딪쳤지!
그러자 한 패거리가 소리쳤어. 그의 말이 옳아.   (3635)
그 애는 모든 여성의 자랑거리다!
그러면 앞서 칭송하던 자들은 벙어리가 되고 말았지.
그런데 지금은! – 머리를 쥐어뜯고 싶다,
담벼락에 머리통을 들이박고 싶다! –
빈정거리고, 코를 찡그리며   (3640)
온갖 잡놈들이 나를 씹어 대니 말이다!
잔뜩 빚을 진 놈 모양 힘없이 앉아,
별것 아닌 말 한마디에도 진땀 흘려야 하다니!
놈들을 실컷 두들겨 패 주고 싶지만,
놈들이 거짓말쟁이가 아니니 어쩌란 말인가.   (3645)

저기 오는 놈들이 누군가? 살금살금 다가오는 저놈들은 뭔가?
잘못 보지 않았다면, 바로 그 두 놈일 거다.
바로 그놈이라면, 당장에 멱살을 움켜쥐고,
살려서 보내지 않겠다!

(파우스트와 메피스테펠레스가 등장한다.)

파우스트

저기 성구실(聖具室)의 창문으로부터 (3650)

영원한 등불의 불빛이 위쪽으로 가물대며 비치고,

희미하게 옆으로 번져 나가며 차츰차츰 약해지더니,

마침내 사방에서 어둠이 밀어닥친다!

그처럼 내 가슴속도 칠흑같이 어둡구나.

메피스토펠레스

하지만 소생의 마음은 발정 난 고양이 같소이다. (3655)

소방용 사다리 곁을 지나

담벼락을 끼고 살금살금 기어가지요.

게다가 소생은 행실이 아주 단정한 편이어서

약간의 도둑놈 심보도, 약간의 교미 욕구도 함께 있지요.

벌써부터 온몸이 후끈 달아올라요. (3660)

저 멋진 발푸르기스의 밤을 생각하니 말입지요.

모레면 다시 그날인데,

가 보시면 왜 사람들이 밤을 홀딱 새우는지 알게 될 거요.

파우스트

저기 뒤편으로 불빛이 번쩍이는데,

땅속의 보물**168**이 밀고 올라오는 건가? (3665)

메피스토펠레스

당신도 머지않아

보물단지를 캐는 즐거움을 맛볼 거요.

---

168 당시의 미신에 따르면 땅속에 숨겨진 보물은 세월이 지나면 눈부신 빛을 발하며 솟아오른다고 한다. 그때 누군가가 그것을 발견하면 소유할 수 있지만, 발견되지 않은 보물은 다시 땅속으로 가라앉아 버린다고 한다.

얼마 전에 슬쩍 훔쳐보았는데,

번쩍거리는 사자 문양의 은화들이 잔뜩 들어 있습디다.

파우스트

보석은 없던가? 반지는?   (3670)

내 사랑하는 여자를 치장해 줄 것들 말이다.

메피스토펠레스

그런 게 하나 보이기는 했소이다.

실에다 진주를 꿰어 놓은 것 같았는데.

파우스트

그거 잘됐다! 선물도 없이

그 애한테 가는 게 마음에 걸렸는데.   (3675)

메피스토펠레스

공짜로 재미나 보는,

그런 역겨운 일은 없도록 해 드리겠소이다.

마침 하늘엔 별들도 총총 빛나니,

진짜로 예술적인 노래 한 곡 들려 드리지요.

도덕적인 노래로 골랐습죠.   (3680)

그 애를 더 확실하게 꼬이기 위해서올시다.

　　　　　(기타에 맞추어 노래를 한다.)

　　　　　　이렇게 이른 새벽

　　　　　　카타리나 아가씨여,

　　　　　　어쩌자고 애인 집 문 앞에서

　　　　　　서성대고 있는 거니?   (3685)

　　　　　　아서라, 그만두어라!

놈은 그대를
숫처녀로 불러들이지만,
숫처녀로 돌려보내진 않을 거야.

모두들 정신 차려라!   (3690)
일단 일만 치르고 나면
그다음은 안녕이란다.
가련하고 가련한 것들아!
자기 몸을 아껴라,
어떤 도둑놈한테도   (3695)
사랑만은 허락하지 말거라.
손가락에 반지 끼기까지는.

발렌틴 (앞으로 걸어 나오며)

여기서 누굴 감히 유혹하느냐? 이 악당 놈!
이 망할 놈의 쥐잡이**169**야!
우선 그놈의 깽깽이 통부터 박살 내 주마!   (3700)
그다음엔 노래하는 놈 차례다!

메피스토펠레스

기타가 동강 났어! 아무짝에도 쓸모 없어졌어.

발렌틴

이제 대갈통을 박살 낼 차례다!

메피스토펠레스 (파우스트에게)

---

169 피리를 불어 쥐를 잡았던 하멜른의 '쥐잡이'를 괴테는 여기서 '처녀잡이'로 바꾸어 사용하고 있다.

박사님, 물러서지 마시오! 기운을 내요!

내 쪽으로 바싹 붙어 시키는 대로만 하시오.　　　　　(3705)

먼지떨이[170]를 뽑으시오!

그냥 찌르기만 해요! 막는 건 내가 할 테니.

발렌틴

이걸 막아 봐라!

메피스토펠레스

　　　　　　　　그 정도도 못 막을까 보냐?

발렌틴

이것도!

메피스토펠레스

　　　　　　　물론이지!

발렌틴

　　　　　　　　　악마하고 싸우는 건가!

이게 웬일인가? 벌써 손이 마비되다니.　　　　　(3710)

메피스토펠레스 (파우스트에게)

찔러요!

발렌틴 (쓰러진다.)

아, 분하다!

메피스토펠레스

　　　　　　　　이 쌍놈이 이제야 얌전해졌군!

하지만 튀어요! 당장 줄행랑쳐요.

벌써 살인났다고 난리법석이잖소.

---

170 장식용의 짧은 단검을 장난스럽게 표현한 것.

경찰쯤이야 아무 문제도 아니지만,

형사재판에 걸리면 골치 아프니 말이오. (3715)

마르테 (창가에서)

나와 봐요! 나와 보세요!

그레트헨 (위와 마찬가지로)

등불을 가져오세요!

마르테 (위와 마찬가지로)

욕하고 쥐어뜯고 악을 쓰며 싸워요.

사람들

저기 하나가 벌써 죽어 있다!

마르테 (밖으로 나오면서)

살인자들은 벌써 달아났나요?

그레트헨 (밖으로 나오면서)

여기 쓰러져 있는 사람은 누구죠?

사람들

네 엄마의 아들이다. (3720)

그레트헨

하느님! 이 무슨 날벼락인가요!

발렌틴

나는 죽는다! 말하기도 쉽지만,

그 말보다 더 빨리 죽게 될 거다.

여인네들이여, 왜 울고불고 야단들인가?

이리로 와 내 말을 들어 보시오! (3725)

(모두들 그의 주위로 다가간다.)

애야, 그레트헨아! 넌 아직 어리고,

철도 전혀 들지 않았구나.

네 일을 이 지경으로 망치다니.

네게만 일러두는 말이지만,

넌 이제 창녀가 되었다.   (3730)

그게 당연한 일인지도 몰라.

그레트헨

오빠! 아, 하느님! 그게 무슨 말이에요?

발렌틴

농담으로도 주 하느님이란 말을 입에 담지 마라.

유감스럽지만 벌어진 일은 어쩔 수 없는 법.

앞으로도 될 대로 되겠지.   (3735)

넌 한 놈과 감쪽같이 시작했지만,

곧 놈들의 수가 불어나고,

한 다스쯤 되었다가,

끝내는 온 도시가 너를 가지게 될 거다.

치욕의 씨앗이라도 배게 되면,   (3740)

남몰래 낳을 수밖에 없을 거야.

그러고는 어둠의 베일로

그놈의 머리와 귀를 푹 덮어 놓을 테지.

그래, 그놈을 죽이고도 싶을 거야.

그러나 그놈은 자라서 크게 되고,   (3745)
대낮에도 얼굴을 내밀고 돌아다니겠지만,
그 꼴이 아름답진 않을 거야.
얼굴이 추하면 추할수록
더욱더 대낮의 햇빛을 찾는 법이니까.

정말이지 그 순간이 눈에 선하구나.   (3750)
이 도시의 선량한 사람들 모두가
역병에 죽은 시체라도 피하듯
너를, 갈보가 된 너!를 슬슬 피해갈 거다.
네 마음도 얼마나 처참하겠니.
사람들이 네 눈을 빤히 들여다보니까!   (3755)
금 목걸이도 하고 다닐 수 없지!**171**
교회에 가도 제단 앞에 설 수가 없어!
아름다운 레이스가 달린 칼라를 하고
춤추며 즐길 수도 없어!
캄캄하고 비참한 귀퉁이에 처박혀   (3760)
거지와 병신들 사이에서 숨어 지낼 테지.
하느님이 널 용서하신다고 해도
이 세상에서는 저주받은 몸이야!

마르테

당신의 영혼을 위해 하느님의 은총이나 구해요!

---

171 16세기의 프랑크푸르트 경찰령에 의하면, 천한 창녀와 공공연한 정부(情婦)는 금 목걸이나 도
금한 목걸이를 하고 다닐 수 없었고, 교회에서도 의자에 앉을 수 없었다.

남을 비방한 죄까지 더하려고 그래요? (3765)

발렌틴

말라깽이 네년을 요절내고 싶다.

이 치욕스러운 뚜쟁이 넌아!

그렇게라도 해서 내 모든 죄를

충분히 용서받고 싶다.

그레트헨

오빠! 지옥의 고통도 이보단 낫겠어요! (3770)

발렌틴

애야, 눈물을 거두어라!

네가 순결을 버렸기 때문에,

내 마음의 충격은 너무도 컸단다.

나는 이제 죽음이라는 잠을 통해

하느님께 가겠다. 군인답게 씩씩하게. (3775)

(죽는다.)

성당

장례미사, 오르간과 합창.

그레트헨이 많은 사람들 사이에 앉아 있고, 그 뒤엔 악령이 있다.

악령

그레트헨, 넌 몰라보게 변했구나.
네가 아직 천진난만했을 땐,
여기 제단 앞에 걸어 나와,
낡은 기도책을 펼쳐 들고,
웅얼거리며 기도를 올렸지.   (3780)
반은 어린애다운 장난으로,
반은 하느님을 생각하며!
그레트헨?
정신을 어디에 팔고 있느냐?

가슴속에   (3785)

그 무슨 악행을 품고 있느냐?

너로 인해 기나긴 고통의 잠[172]에 빠진

어머니의 영혼을 위해 기도하는가?

너의 집 문지방에는 누구의 피[173]가 흘렀는가?

- 그리고 너의 가슴 아래에선   (3790)

어느새 죄악의 씨가 꿈틀거리며 솟아올라

너와 자신의 운명[174]을 염려하며

불안에 떨고 있지 않은가?

그레트헨

괴롭다! 괴로워!

내 머릿속에서 오락가락   (3795)

제멋대로 날뛰는

이 생각에서 벗어나고 싶다!

합창

진노의 날, 그날이 오면

세상은 재가 되어 흩어지리라.[175]

(오르간 소리)

악령

하늘의 분노가 널 사로잡을 것이다!   (3800)

심판의 나팔 소리가 울려 퍼질 것이다!

---

172 고해도 못 하고 종부성사도 하지 못한 채 죽었기 때문에 연옥 불의 고통을 받아야 한다.
173 파우스트의 칼에 찔린 발렌틴의 피를 말한다.
174 뱃속의 아이가 자신과 그레트헨의 운명을 예감하고 있다.
175 최후의 심판 날에 대한 라틴어 찬송가.

무덤들이 진동할 것이다!

너의 영혼은

잿더미 속에 잠들어 있다

영원한 지옥의 불길로   (3805)

다시 깨어나

벌벌 떨게 될 것이다!

그레트헨

여기서 벗어나고 싶어!

오르간 소리가

내 숨통을 틀어막고   (3810)

노랫소리는 내 심장을

송두리째 녹여 버리는 것 같아.

합창

그리하여 심판관이 자리에 앉으면,

숨겨진 일은 백일하에 드러나고,

모든 것은 응분의 대가를 치르리라.   (3815)

그레트헨

아, 너무도 답답하다!

저 늘어선 기둥들이

나를 가로막는다!

저 둥근 천장이

나를 짓누른다! ‒ 숨이 막힌다!   (3820)

악령

숨을 테면 숨어 보라! 죄와 치욕은

그래도 감추어지지 않을 것이다.

숨이 막힌다고? 어둡다고?

가련한 것!

합창

가련한 나, 그때 나는 뭐라고 말해야 하나?   (3825)

누구에게 변명을 간청할까?

올곧은 사람들도 불안해하는 그때에.

악령

죄를 씻은 자들은

네게서 얼굴을 돌릴 것이다.

순결한 자들은 몸서리치며   (3830)

네게 손 내밀기를 꺼릴 것이다.

가련한 것!

합창

가련한 나, 그때 나는 뭐라고 말해야 하나?

그레트헨

여봐요, 아주머니! 향수병**176** 좀 주실래요! ─

          (기절해 쓰러진다.)

---

176 18세기 무렵엔 여인들이 오랜 시간의 미사를 견디기 위해 향수병을 들고 다녔다. 이 장면에서
그레트헨이 기절한 것이 임신 때문인지, 아니면 정신적 고통 때문인지는 불분명하다. 그래서 괴테는
1829년 바이마르 극장에서의 공연 때, 이 장면에선 그때마다 적절한 방식으로 공연하라고 지시한
다. 예컨대, "여봐요, 아주머니! 나 어지러워요!"라고 대본을 고쳐 공연하기도 했다.

발푸르기스의 밤

하르츠의 산중. 쉬르케와 엘렌트 지방.[177]

파우스트와 메피스토펠레스 등장.

메피스토펠레스

빗자루[178] 같은 거라도 필요하실 텐데요?   (3835)

소생은 아주 억센 숫염소라도 있었으면 합니다.

목적지까지는 아직도 멀었소이다.

---

177 남동쪽 방향에서 브로켄 산으로 오르는 길에 있는 마을들.

178 하르츠 지방의 전설에 의하면, 발푸르기스의 밤, 즉 4월 30일에서 5월 1일 사이의 밤에 브로켄 산 정상에서 마녀들이 모여 광란의 축제를 연다. 괴테도 원래는 거기에서 벌어지는 사탄 숭배, 사탄 의 연설, 남근 숭배, 마녀(즉, 그레트헨) 처형의 장면을 『파우스트』에 포함시켰으나, 독자들의 반응 을 고려하여 완성본에서는 그 장면을 빼버리고 말았다. 결국 '그레트헨의 피로 지옥 불을 끈다'는 괴 테의 의중은 완성본이 아니라 비공식적인 미출간 원고에서만 확인할 수 있다. 괴테의 지인들도, 예 컨대 괴테의 비서이자 괴테 작품의 편집자인 리머도 그 장면이야말로 '천상의 서곡'의 대척점을 이 루는 불후의 장면이라고 하면서, 그 장면이 빠진 것을 매우 애석하게 생각하였다. 그 발푸르기스의 밤에 참석하는 마녀들은 빗자루나 염소를 타고 산을 오른다. 빗자루는 844행에서도 보듯이, 남성 의 성기를 상징한다.

파우스트

　나의 두 다리가 아직도 팔팔하다고 느끼기에,

　울퉁불퉁 마디 많은 이 지팡이[179]로도 충분하다.

　길을 바삐 간다고 무슨 재미가 있겠느냐! —　　　　　　　(3840)

　미로와 같은 골짜기들을 천천히 걸어가고,

　끊임없이 샘물이 솟아나고 흘러내리는

　이 암벽을 타고 오르는 것이,

　흥겹게 길을 찾아가는 즐거움 아니겠느냐!

　봄은 자작나무 숲에서 이미 꿈틀거리고,　　　　　　　　(3845)

　전나무까지도 어느새 봄을 느끼고 있다.

　그러니 우리의 팔과 다리도 그 기운을 느끼지 않겠는가?

메피스토펠레스

　사실이지 소생은 아무 느낌도 없소이다!

　이 몸뚱이 속은 아직도 한겨울이어서,

　이 길에 차라리 눈과 서리라도 내렸으면 좋겠소이다.　　(3850)

　이지러진 저 붉은 달은 처량맞게도

　느지막이 빛을 발하며 떠오르는군요.

　하지만 그 빛도 신통찮아 걸음을 옮길 때마다

　나무에도 걸리고, 바위에도 걸리는군요![180]

　미안하지만 도깨비불을 좀 부를까 합니다!　　　　　　　(3855)

　저기 마침 활활 타오르는 놈이 하나 있군요.

---

179 또한 성기의 상징이다. 발기한 성기에 핏줄들이 울룩불룩 솟아 있는 모습을 은유적으로 표현하고 있다.

180 청춘의 힘이 다 빠져 힘차게 직진할 힘이 없음을 은유적으로 표현하고 있다.

어이! 친구! 우리한테로 좀 와 줄래?

아무 소용도 없이 타오르면 뭐하나?

인심 써서 우리가 올라가는 길을 좀 비춰 주게!

도깨비불[181]

받들어 모시지요. 경박하게 흔들거리는 제 천성을   (3860)

잘 조절하도록 애써 보겠습니다.

지그재그로 가는 게 보통 우리 발걸음이라서요.

메피스토펠레스

아이고! 이런! 이놈이 인간 흉내를 다 내는구나.

똑바로 걸어라, 악마의 이름으로 명한다!

안 그러면 깜박거리는 네 생명의 불꽃을 훅 불어서 꺼 버리겠다. (3865)

도깨비불

나리가 우리 문중의 어른이라는 건 잘 알고 있어요.

기꺼이 어른 말씀을 따르지요.

하지만 유념하세요! 오늘은 온 산이 난리법석입니다.

도깨비불이 그 와중에 어른의 길을 밝혀 주는 것이니

그렇게 까다롭게 굴지만 말아 주셨으면 합니다.   (3870)

파우스트, 메피스토펠레스, 도깨비불

(교대로 노래를 부른다.)

꿈의 나라로 마법의 나라로

어느새 우리 들어왔나 보다.

우리를 잘 모셔라. 영광스러운 마음으로!

그러면 우리들 곧 앞으로 내달아

---

181 소택지나 늪지대에서 땅 위로 여기저기서 출몰하며 흘러 다니는 불빛.

넓고 황량한 공간에 다다르리라.   (3875)

나무들 뒤에 또 나무들
연이어서 재빨리 스쳐 지나가고,
허리를 굽힌 암벽들,
기다란 바위의 콧날들,**182**
드르렁 코를 골고, 드르렁 숨을 쉰다!   (3880)

돌 사이로 풀밭 사이로
개천과 실개천은 바삐 흘러내린다.
철벅거리는 소리를 듣는 걸까? 노랫소리를 듣는 걸까?
달콤한 사랑의 탄식을,
저 천국 시절의 소리를 듣는 걸까?   (3885)
우리가 희망하고, 우리가 사랑하는 것!
태곳적의 전설처럼 메아리 되어
울려 퍼진다.

으윽! 쓰윽! 가까이서 들려오는
올빼미와 푸른 도요와 어치의 울음소리.   (3890)
너희들 모두 깨어 있느냐?
덤불 속을 기어가는 건 도롱뇽인가?
다리는 길고, 배는 볼록!**183**

---

182 엘렌트와 쉬르케 사이에 있는 화강암 절벽의 이름이 실제로도 '코골이 절벽'이며, 남서풍이 세
게 불면 코 고는 소리를 낸다. 여성 성기의 대음순, 소음순을 암시하는 것으로 보인다.
183 남성 성기의 모양.

암벽과 모래밭에서 뱀처럼

비비 꼬며 뻗은 나무뿌리들,   (3895)

이상한 띠를 내밀어

우리를 놀래키고 우리를 붙든다.

살아 있는 듯 거친 옹이 자리에서

해파리 같은 섬유질이 손을 내밀어

나그네를 붙든다.   (3900)

형형색색의 쥐들[184]은 떼를 지어

이끼와 풀밭 속을 들락날락!

반딧불도 이리저리

무리 지어 날며

나그네의 갈 길을 혼란케 한다.   (3905)

아아, 말해 다오. 우리는 서 있는 것이냐?

아니면 앞으로 나아가고 있는 것이냐?

모든 게 제자리에서 빙빙 도는 것 같다.

얼굴을 찡그린 암벽과 나무들,

점점 숫자가 늘어나고 부풀어 가는   (3910)

도깨비불들도.

메피스토펠레스

내 옷자락[185]을 꽉 잡으세요!

여기가 가운데 산[186]이올시다.

---

184 성기마다 가진 고유한 색깔과 형태.
185 독일어 Zipfel은 옷자락이면서 또한 남성의 성기를 가리킨다.
186 남성의 발기한 신체 부위를 암시한다.

이곳에선 모두들 놀란 눈으로,

산중에서 마몬 신이 번쩍이는 것을 바라보지요.[187] (3915)

파우스트

저 깊은 계곡에서 희미하게, 먼동이 틀 때처럼

연분홍빛[188]이 비쳐 나오는 게 놀랍기만 하다!

심연의 깊은 목구멍 속까지

그 빛은 은은히 스며드는구나.

한편에선 증기가 피어오르고, 다른 편에선 김이 모락모락, (3920)

이편에선 자욱한 안개 속에서 불꽃이 활활.

불꽃은 부드러운 실처럼 살살 기기도 하고,

샘물처럼 콸콸 솟구치기도 한다.[189]

여기선 수많은 광맥을 이루며

계곡을 온통 감아 돌기도 하고, (3925)

저기 좁다란 구석에서 막히면,

순식간에 뿔뿔이 흩어진다.

그러면 불꽃들은 황금빛 모래라도 흩뿌린 듯

바로 가까이서 튀어 오른다.

보라! 저 바위 절벽엔 온통 (3930)

불이 활활 타오르는구나.

메피스토펠레스

마몬 신께서 오늘의 축제를 위해

---

187 황금과 성욕의 분출은 밀접한 상관관계에 있다. 마몬 신은 황금을, (괴테의 자기 검열로 삭제
된) 사탄의 등장은 성욕의 자유로운 분출을 상징한다.
188 여성의 분홍빛 질구를 가리키는 것으로 보인다.
189 성행위의 쾌감이 전해지는 양상을 표현하고 있다.

궁전을 휘황찬란하게 밝혀 놓은 게 아닐까요?**190**

저런 걸 다 구경하다니, 당신은 복도 많소이다.

벌써 구경꾼들이 날뛰며 몰려드는 게 느껴지는군요.　(3935)

파우스트

회오리바람이 미친 듯이 몰아치는구나!

거센 힘으로 내 목덜미를 후려치는구나!

메피스토펠레스

암벽의 늙은 갈비뼈를 꼭 붙드시오.

안 그러면 저 깊은 나락으로 떨어지고 말 거요.

안개 때문에 밤이 더욱 어둡소이다.　(3940)

들어 보시오, 숲 속에서 우지끈 와지끈 난리가 났군요!

부엉이들이 혼비백산 날아가네요.

들어 보시오, 영원히 푸른 궁전들의

기둥들이 쪼개지고 무너지는 소리를.**191**

나뭇가지들은 빠지직 부러지고,　(3945)

나무둥치들도 꽈당 쓰러집니다!

뿌리도 뿌지직 아가리를 벌리네요!

무시무시하게 뒤엉켜 쓰러지고,

모든 것들이 엎치고 덮치며 비명을 질러 댑니다!**192**

---

190 황금에의 욕구와 성애의 탐닉으로 불야성을 이룬 발푸르기스의 밤.

191 영원히 푸른 궁전이란 생명의 탄생지인 자궁을 말하는 것이고, 그 기둥들이 무너진다는 것은 생명의 탄생을 위한 남성 성기의 진입과 그 파괴적 본성을 의미하는 것으로 보인다. 그 파괴적 본성을 자연은 생명으로 재탄생시킨다.

192 여성의 동굴 부위 안팎에서 벌어지는 성행위의 장면. 이렇듯 치밀한 묘사를 통해, 그레트헨을 죽음으로 몰고 간 힘의 정체를 추적하고 있다. 당대의 교회나 관습은 그 힘의 희생자를 마녀로 몰아 처벌했던 것이고, 괴테의 관점에서는 오히려 그레트헨의 피야말로 맹목적인 성욕의 도구였던 파우스트를 구원하는 힘이다. 그레트헨이 그런 마녀의 대표자로서 처형되는 장면이 발푸르기스의 밤

파편들로 가득한 골짜기엔 (3950)

바람 소리만 윙윙 울부짖는군요.

저 높은 곳에서 들려오는 소리가 들립니까?

먼 곳에서, 그리고 가까운 곳에서 들려오는 소리도?

그렇소이다. 온 산을 뒤흔들며

마법의 노래가 미친 듯이 울려 퍼지는군요! (3955)

마녀들 (합창)

마녀들 브로켄 산으로 모여드네.

그루터기는 노란색, 묘목은 초록색.[193]

거기에 엄청난 무리가 모여 있네.

우리안[194] 나리께서 상석에 오르시네.

돌부리 나무 부리에 걸리고 넘어지며 (3960)

마녀는 방귀를 끼고, 숫염소는 악취를 풍기네.

목소리

늙은 바우보[195] 할멈이 혼자 오신다.

어미 돼지를 타고 오신다.

합창

존경할 만한 분은 존경해야지!

바우보 할머니 앞장서서! 안내하신다! (3965)

의 장면에서 삭제된 것에 유의할 것. 구원자를 오히려 마녀로 몰아붙여 사냥하는 사회의 위선을 말하고 있다. 너희들은 마녀를 처형한다고 생각하지만, 사실은 천사를 처형하고 있는 거야, 라는 것이 괴테의 의중으로 보인다.

193 발푸르기스 무렵, 휴경지엔 그루터기만 남아 있고, 그 옆에선 겨울 종자들이 싹을 틔우고 있다.

194 마녀들이 친근하게 부르는 악마의 이름.

195 바우보(Baubo)는 여성의 외음부(Vulva)를 의인화한 것임. 그리스 신화에서는 딸을 잃고 비탄에 빠진 데메테르를 음탕한 재담으로 위로했던 유모의 이름. 여기서는 음탕한 마녀들의 우두머리.

튼튼한 어미 돼지를 타시고.

마녀들 모두 그 뒤를 따른다.

목소리

너는 어느 길로 왔느냐?

목소리

일젠슈타인[196]을 넘어왔지!

오면서 올빼미의 보금자리를 들여다봤더니

두 눈을 부릅뜨고 있더라!   (3970)

목소리

아이고, 망할 것!

넌 왜 그렇게 빨리 달리나!

목소리

그년이 빨리 달리느라 날 할퀴고 갔어.

이 상처를 좀 보라고!

마녀들 (합창)

길은 넓고, 또 길은 먼데

왜 그렇게 밀쳐 대며 야단인가?   (3975)

쇠스랑은 찌르고, 빗자루는 할퀸다.

애새끼는 질식하고, 어미는 배 터진다.[197]

남자 마귀 (절반의 합창)

우리는 껍질을 쓴 달팽이처럼 엉금엉금 가는데,

계집들은 모조리 앞서갔구나.

---

196 브로켄 산에서 북동쪽으로 6킬로미터쯤 떨어진 일제 계곡에 돌출해 있는 암벽들.
197 배가 불룩한 마녀들이 쇠스랑이나 빗자루를 타고 가다 인파에 밀려 사산(死産)을 한다.

계집들이란 악마의 집을 찾을 때면,   (3980)

천 걸음이나 앞서가니까.

나머지 절반

여자들이 천 걸음이나 앞서간다 해도,

우리는 개의치 않아.

그것들이 제아무리 서둘러도,

남자들은 한달음에 따라잡으니까.**198**   (3985)

목소리 (위쪽에서)

같이 가자, 같이 가, 바위틈에 고인 물**199**에서 나오너라!

목소리 (아래쪽에서)

우리도 공중 높이 오르고 싶어.

몸을 씻고 또 씻어 반짝반짝하지만,

우리는 영원히 임신을 못한다네.

양쪽의 합창200

바람은 입을 닫고, 별은 달아난다.   (3990)

흐릿한 달빛도 기꺼이 모습을 감춘다.

마법의 합창 소리 요란한 가운데

무수한 불꽃들이 튀어 오른다.

목소리 (아래쪽에서)

멈추어라! 멈추어라!

---

198 여자들이 천천히 악에 젖어 드는 것과 반대로 남자들은 한번 빠져들면 철저하게 빠져든다는
의미도 있고, 또 남자들은 한 번의 사정으로 성적인 쾌락에 도달한다는 의미일 수도 있다.
199 바위틈에 고인 물은, 청결하기는 하겠지만 생명의 탄생지로는 부적합하다. 관념적, 언어적 순결
주의자에 대한 비판으로 읽을 수 있다.
200 마녀들과 남자 마귀.

목소리 (위쪽에서)

　바위틈에서 누가 나를 부르는가?　　　　　　　　　(3995)

목소리 (아래쪽에서)

　날 데려가 다오! 날 데려가 다오!

　벌써 삼백 년 동안이나 기어오르는데도

　꼭대기에 도달할 수가 없다.

　우리 패거리와 꼭 어울리고 싶은데 말이다.

양쪽의 합창

　　빗자루가 태워 주고, 막대기가 태워 준다.　　　　(4000)

　　쇠스랑이 태워 주고, 숫염소도 태워 준다.

　　오늘 오를 수 없는 자는

　　영원한 낙오자가 된다.

반(半)마녀[201] (아래쪽에서)

　　나는 총총걸음으로 걸은 지 벌써 오랜데,[202]

　　남들은 벌써 저만치 앞서가 있군요!　　　　　　(4005)

　　집에 있자니 안절부절이고,

　　여기 오니 따라가기 힘들군요.

마녀들의 합창

　　연고(軟膏)[203]는 마녀들에게 용기를 준다.

　　넝마 한 조각이면 돛으로 달 수 있고,

　　어떤 통이든 좋은 배가 된다.　　　　　　　　　(4010)

---

201 몸과 마음을 반쯤만 악마에게 바친 마녀들.
202 3987행에서부터 올라오고 있었다.
203 괴테가 읽은 당시의 기록들에 의하면, 마녀들이 비행을 할 때 관자놀이, 겨드랑이, 음부에 연고를 바르는 것은 더욱 빨리 환상과 도취의 세계로 빠져들기 위해서이다.

오늘 날지 않았으면, 영원히 날지 못한다.

양쪽의 합창

우리는 산꼭대기 위를 날아가는데,
너희들은 땅바닥을 기는구나.
드넓고 아득한 들판을 뒤덮으며
너희 마녀들은 떼를 지어 몰려드는구나.　　　　　(4015)
(마녀들, 내려앉는다.)

메피스토펠레스

밀치고 부딪치고 사부작거리고 덜거덕거린다!
식식거리고 빙빙 돌고, 잡아당기고 종알거린다!
빛나고 불꽃을 튀기고 악취를 풍기고 뜨겁게 타오른다!
이런 게 진짜 마녀들의 본성이다!
날 꼭 잡아요! 안 그러면 금방 이별이외다.　　　　　(4020)
그런데 어디 있는 거요?

파우스트 (멀리 떨어진 곳에서)

여기다!

메피스토펠레스

저런! 벌써 거기까지 밀려갔나요?
이쯤 되면 문중 어른의 권한을 행사해야겠다.
비켜라! 폴란트[204] 공자께서 납셨다. 비켜라! 귀여운 것들아,
비켜라!
여기요, 박사님, 날 꼭 잡으시오! 이제 한걸음에 펄쩍 뛰어
이 혼잡한 곳을 벗어납시다.　　　　　(4025)

---

204 악마를 부르는 옛 이름.

여기선 나 같은 놈도 미치겠소이다.

저기 옆에 뭔가 아주 특별한 게 빛을 내고 있군요.

왠지 저 덤불 쪽으로 마음이 끌리는뎁쇼.

얼른, 얼른 오시오! 저 안으로 슬쩍 들어가 봅시다.

파우스트

이 모순 덩어리 같은 놈! 좋다! 어디든 가 보자.　　　　　(4030)

생각해 보니, 꽤나 약게 굴었구나.

발푸르기스의 밤에 브로켄 산으로 올라와서는,

제멋대로 이런 동떨어진 곳에나 있다니.

메피스토펠레스

저길 보시오, 불꽃들이 얼마나 현란합니까!

유쾌한 무리들이 모여 있군요.　　　　　(4035)

숫자가 적은 곳이라 해서 외로운 건 아니지요.

파우스트

하지만 나는 저 위쪽**205**으로 가고 싶네!

어느새 불꽃이 튀고 연기가 소용돌이치는구나.

수많은 무리가 악마가 있는 그곳으로 몰려가는 걸로 보아,

거기서 수수께끼들이 절로 풀리지 않겠느냐.　　　　　(4040)

메피스토펠레스

하지만 여러 수수께끼가 서로 얽힐 수도 있겠지요.

커다란 세계야 시끌벅적 그대로 내버려 두고,

우리는 여기 조용한 곳에 자리 잡읍시다.

오래된 관습대로,

---

205 사탄과 마녀들이 광란의 축제를 벌이고 있는 곳.

커다란 세계 속에서 작은 세계[206]를 만드는 거지요. (4045)

저기 홀라당 벗은 젊은 마녀들도 있고,

살짝 몸을 가린 늙은 마녀들도 보이질 않소.

소생의 체면을 봐서라도, 좀 친절하게 대해 주시지요.

조금만 공을 들여도, 재미는 엄청날 거요.

그런데 그 무슨 악기 소리가 들리는군요! (4050)

제기랄, 코를 고는군! 별 수 있나 익숙해져야지.

자, 갑시다! 함께 갑시다! 다른 도리가 없어요.

소생이 앞장서서 당신을 데리고 가

새로운 인연을 맺어 드리리다.

어때요, 친구? 결코 좁은 장소가 아니올시다. (4055)

자, 저 앞을 보시오! 끝이 보이질 않아요.

백 개나 되는 모닥불이 나란히 타오르고 있군요.

춤추고 지껄여 대고 요리하고 마시고, 사랑을 나누고.

이보다 더 좋은 곳이 있다면 말해 보실까요?

파우스트

그런데 우리가 여기에 끼어들려면, (4060)

자네는 마법사 노릇을 할 텐가, 악마 노릇을 할 텐가?

메피스토펠레스

소생은 신분을 감추고 다니는 일엔 이골이 났지만,

이런 축제일엔 나의 훈장을 내보이곤 하지요.

---

206 인간이 무언가를 만든다는 것은 생식을 의미하는 것이다. 따라서 이 구절은 마녀들과 성교를
하자는 의미로 해석할 수 있다.

양말대님 훈장[207] 정도로는 내세울 수도 없고,

여기 우리 문중에서는 아무래도 말발굽이 최고로 존경받지요. (4065)

저기 달팽이가 보이지요? 이쪽으로 슬슬 기어오네요.

놈이 더듬거리는 촉수로

나한테서 무슨 냄새를 맡은 것 같아요.

아무래도 여기서는 소생의 정체를 감추기 어렵소이다.

자, 갑시다! 이 불에서 저 불로 돌아다닙시다. (4070)

소생은 뚜쟁이고, 당신은 구혼자[208]올시다.

　　　　　　(식어 가는 숯불 주위에 앉은 몇 사람에게)

노인장들,[209] 여기 한쪽 구석에서 무얼 하시나요?

애교도 부리며 저 한가운데로 들어가

질탕하게 노는 젊은것들 사이에 끼는 게 어때요.[210]

외롭게 혼자 있는 건 집에서도 할 수 있으니까요. (4075)

장군[211]

국민들이란 믿을 게 못 되오!

그렇게 많은 일을 해 주었건만,

여자들이나 매한가지여서

늘 젊은것만 찾는단 말이오.

---

207 1350년 이후로 수여된 영국 최고의 훈장. 흑청색의 비로드 리본을 황금 죔쇠로 죄어 왼쪽 무릎 아래에 달고 다님.

208 Freier라는 독일어로 구혼자이면서 또한 창녀의 고객을 말한다.

209 다음 장면인 '발푸르기스 밤의 꿈'에 등장할 시대 비판적인 에피소드를 미리 보여 주고 있다. 노인장들이란 프랑스 혁명 이후 구체제에서 물러나온 구세력을 가리킨다.

210 사탄의 축제에 참여를 못하니, 발푸르기스의 홍등가라도 찾아가자는 말이라고 해석하는 이들도 있다. 위에서 Freier라는 말이 창녀의 고객을 뜻하므로.

211 장군, 장관, 졸부 등은 프랑스 혁명에서 추방되어 앙시앵레짐을 그리워하며, 새로운 세대로부터는 버림받아 불만에 찬 자들을 가리킨다.

장관

요즘 사람들은 정도(正道)에서 너무 벗어나 있어요.   (4080)

선량했던 옛사람들이야말로 칭송받아 마땅해요.

우리가 모든 일을 좌지우지했던

그때야말로 진짜 황금시대였지요.

졸부

정말이지 우리는 멍청하지 않았어요.

해서는 안 될 일도 쓱싹쓱싹 해치우곤 했으니까요.   (4085)

그런데 야무지게 한몫 챙기려는 찰나에

세상이 훌러덩 뒤집히고 말았지 뭡니까.

작가

요즘 사람들은 도대체 안 읽어요.

그럭저럭 유익한 내용이 든 책[212]이라면 말이오!

요즘의 젊은것들,   (4090)

그렇게 시건방질 수가 없어요.

메피스토펠레스 (갑자기 아주 늙은 꼴을 하고 나타난다.)

이 군중에게 최후의 심판날이 다가온 것 같소이다.

소생이 마지막으로 이 마녀의 산에 올라 보니[213] 말이오.

내 술통에서 탁한 게 흘러나오는 걸 보니,

---

212 고리타분한 계몽주의 작가들에 대한 조롱.

213 정치적 함의를 가진 말로 해석하는 경우가 많지만 너무 식상하다. '발푸르기스의 밤' 전체가 성
과 관련되어 있음을 생각하면, 메피스토펠레스가 산에 올랐다는 말은 절정에 도달했다는 말이다.
절정에 도달했으므로 탁한 술, 즉 정액이 흘러나왔고(젊은이처럼 분사하는 것이 아니라), 그렇게 사
정을 하고 나니 쪼그라들어 갑자기 늙은 꼴을 하고 나타난 것이다! 절정에 달해 정액이 나오는 장면
을 술통이 기울어 탁한 것이 나오는 것으로 슬쩍 바꿔치기하고, 그것을 또 프랑스 혁명 이후 세상이
기운 것과 결합시키는 괴테의 절묘한 상상력을 생각해 보라.

세상도 마찬가지로 기운 모양이오. (4095)

고물상 마녀

신사 양반들, 그냥 지나가지 마오!

기회는 한번 가면 안 와요!

우리 집 물건들을 잘 보오.

별의별 게 다 있어요.

우리 가게에 있는 것들은 하나하나가 (4100)

이 세상의 다른 물건하곤 달라요.

한 번이라도 인간과 세상에

커다란 해를 끼치지 않은 건 없으니까요.

비수라면 피를 보지 않은 건 여기에 없고,

술잔이라면, 생생한 육신에다 (4105)

생명을 갉아먹는 뜨거운 독약을 쏟아 넣지 않은 건 없다오.

패물이라면 사랑스러운 계집을 유혹하지 않은 건 없고,

칼이라면 맹약을 깨뜨리지 않았거나,

상대를 등 뒤에서 찌르지 않았던 건 없다오.

메피스토펠레스

여봐요, 아줌마! 세상 물정 잘 모르시네. (4110)

저지른 일은 이미 지난 일! 이미 지난 일은 저지른 일!

좀 더 새로운 걸 내놓도록 하시오!

새것만이 우리의 마음을 끄니까.

파우스트

이거 영 정신을 못 차리겠는걸!

시끌벅적한 장터에라도 온 거 같구나! (4115)

메피스토펠레스

온 무리가 소용돌이치며 위쪽으로만 올라가려 하는군요.

당신은 밀고 있다고 생각하지만, 실은 밀리고 있는 겁니다.**214**

파우스트

그런데 저건 누군가?

메피스토펠레스

잘 보세요!

저건 릴리트**215**올시다.

파우스트

누구라고?

메피스토펠레스

아담의 첫 번째 마누라올시다.

그 여자의 아름다운 머리카락을 조심하시오.   (4120)

유별스럽게 뽐내는 보물이올시다.

저걸로 젊은 놈을 한번 호리면,

다시는 놓아주질 않아요.

파우스트

저기 둘이 앉아 있구나. 늙은 것하고 젊은 게.

벌써들 어지간히 흔들어 댄 모양이다!   (4125)

메피스토펠레스

---

214 삭제를 하지 않은 원래의 판본대로라면, 파우스트와 메피스토펠레스가 사탄의 축제에 참석하고 있으므로, 이 장면이 적절하다. 하지만 완성본에 따르면 파우스트와 메피스토펠레스요 정상의 아래쪽에서 놀고 있다. 그러므로 밀고 밀리고 할 리가 없다는 것이 이 책의 편집자인 쇠네의 견해이다. 즉, 검열로 일부분을 빼버렸기 때문에 이런 모순이 생겼다는 것이다.

215 고대 랍비의 전설에 따르면, 릴리트는 아담의 첫 번째 부인이었으나, 남편과 싸운 후 헤어져 악마의 첩이 되었다.

오늘 같은 날엔 휴식이 없는 법이지요.

춤이 새로 시작되는군요. 자, 가시죠! 우리도 끼어듭시다.

파우스트 (젊은 마녀와 춤을 추며)

한때 나는 아름다운 꿈을 꾸었네.

사과나무 한 그루를 보았지.

예쁜 사과[216] 두 개가 반짝반짝.   (4130)

너무도 맘에 들어 그 위로 올라갔다네.

아름다운 마녀

당신네들은 사과를 무척이나 탐냈어요.

저 천국 시절부터 그랬어요.

너무나 좋아 가슴이 막 울렁거려요.

내 정원에도 그런 게 달렸잖아요.   (4135)

메피스토펠레스 (늙은 마녀와 함께)

언젠가 나는 거친 꿈을 꾸었네.

갈라진 나무 한 그루를 보았지.

거기에 무시무시한 구멍 하나가 있었네.

아주 크긴 했지만, 내 마음에 쏙 들었지.

늙은 마녀

두 팔 벌려 환영합니다,   (4140)

말발굽을 가진 기사님!

꼭 끼는 마개가 있다면 준비해 주시지요.

커다란 구멍이 싫지 않다면요.

---

216 여성의 젖가슴을 가리킨다.

엉덩이 퇴마술사[217]

빌어먹을 놈들아! 이 무슨 개수작이냐?

유령이 보통의 두 다리로 설 수 없다는 건   (4145)

오래전에 증명되지 않았더냐?

그런데도 우리 인간들처럼 춤을 춘단 말이냐!

아름다운 마녀 (춤을 추면서)

저 사람 우리 무도회에 와서 뭐하자는 거예요?

파우스트 (춤을 추면서)

내버려 둬! 저놈은 안 끼는 데가 없어.

다른 사람이 춤을 추면 꼭 씹어 대거든.   (4150)

제 놈이 잔소리를 해 대지 않은 스텝이라면,

밟아 보지도 않은 스텝이라는 식이지.

저 녀석이 질색하는 건 춤추면서 앞으로 나아가는 거야.

뱅글뱅글, 저놈의 낡아빠진 물레방아[218]처럼

그 자리에서 돌기만 하면,   (4155)

어쨌든 만족스럽다는 거야.

더군다나 비평이라도 요청할 양이면 좋아서 죽지.

엉덩이 퇴마술사

네놈들이 아직 여기에 있다니! 그건 있을 수 없는 일이다.

얼른 꺼져라! 그렇게 계몽을 시켰건만!

---

217 Proktophantasmist. '엉덩이'와 '정령을 보는 사람'의 합성어로 괴테가 만든 말. 괴테는 문예비
평지 『크세니엔』에서 『젊은 베르터의 고통』을 패러디한, 계몽주의자 프리드리히 니콜라이를 조롱
했다. 니콜라이는 유령이나 환각을 뇌의 울혈로 여기며 엉덩이에 거머리를 붙여 방혈하게 함으로
써 치료할 수 있다고 했는데, 괴테는 니콜라이의 이러한 무미건조하고 계몽적인 설교를 비판하였다.
218 니콜라이의 비평지 『일반 독일 도서목록』을 출간하던 뮐레('물레방아'라는 뜻) 출판사를 가
리킨다.

악마의 패거리는 규칙도 법도도 없느냐. (4160)

우리가 시퍼렇게 깨어 있는데도, 테겔 지방**219**에 유령이 나오다니.

그런 미신을 몰아내려 내 평생 얼마나 애를 썼던가.

그런데도 정화되지 않다니, 그건 있을 수 없는 일이다!**220**

아름다운 마녀

너무 지겨우니 그만 집어치우세요!

엉덩이 퇴마술사

너희 유령들에게 대놓고 말하지만, (4165)

나는 유령들이 판치는 걸 참을 수 없다.

내 멀쩡한 정신으론 그럴 수가 없다.

(모두들 계속 춤을 춘다.)

꼴을 보아하니 오늘은 글렀구나.

하지만 여행기**221**를 늘 지니고 있으니,

내가 마지막 발걸음을 다하기 전까지는 (4170)

기어코 악마와 시인 놈들을 혼내 주고 말 거다.

메피스토펠레스

저놈은 머지않아 더러운 웅덩이에 주저앉을 거외다.

놈이 분풀이를 하는 건 늘 그런 식이지요.

거머리가 놈의 엉덩이에 붙어 신나게 빨아 대면,

그때서야 놈은 유령과 정령으로부터 풀려나는 거지요. (4175)

---

219 니콜라이는 베를린 근교의 테겔 지방에 있는 홈볼트 가의 성에 마귀가 출현했다는 소문을 정식으로 반박했다.
220 4158행과 마찬가지로 다시 '그건 있을 수 없는 일이다'를 반복함으로써, 니콜라이의 정신이 그 자리에서 뱅뱅 돌고 있음을 보여 준다.
221 니콜라이가 출간한 『독일과 스위스 여행기』.

(그동안 춤추는 데서 빠져나온 파우스트에게)

그런데 그 예쁘장한 계집은 왜 그냥 보내주었소?

춤추고 노래도 썩 귀엽게 부르던데.

파우스트

제기랄! 한참 노래하는데

계집의 입에서 빨간 쥐새끼[222] 한 마리가 튀어나오지 뭔가.

메피스토펠레스

그런 일이! 하지만 심각하게 생각할 건 없소이다.   (4180)

그 쥐새끼가 회색이 아닌 것만 해도 다행 아니오.

한참 재미 보는 참에 그 정도야 뭐 별일이겠어요?

파우스트

그다음에 본 게 문젤세 –

메피스토펠레스

뭘 보셨나요?

파우스트

메피스토, 자네한테도 보이는가,

창백한 얼굴의 어여쁜 아이가 저기 멀리 혼자 있지 않나?

천천히 발을 끄는 걸로 보아,   (4185)

두 발이 묶인 채 걷는 것 같아.

솔직히 말하자면,

착한 그레트헨을 닮은 것 같아.

메피스토펠레스

---

222 「요한계시록」 16장 13절 이하에서 따온 것으로 보인다. 마녀와 정반대의 인물인 구원의 여성 그레트헨의 등장으로 파우스트에 대한 마녀의 관능적인 지배가 상실되었음을 의미한다.

그냥 내버려 둬요! 누구한테도 좋을 게 없소이다.

저건 마법이 만든 허깨비고, 생명 없는 환영에 불과해요. (4190)

저런 것과 부딪치면 안 좋아요.

뚫어져라 쳐다보는 저 눈길과 마주치면 인간의 피는 굳어 버리고,

자칫하면 그자는 돌로 변해 버리지요.

메두사 [223] 이야기는 물론 들어 보았을 테지요.

파우스트

정말이지 저건 죽은 여인의 눈이다. (4195)

사랑하는 사람의 손길로 감겨 주지 못한 눈이다.

저건 그레트헨이 내게 허락했던 가슴이고,

내가 즐겼던 달콤한 육신이다.

메피스토펠레스

그냥 마술이라니까요, 잘도 넘어가는 멍청이 양반!

저건 누구 눈에나 자기 애인처럼 보일 거요. (4200)

파우스트

참으로 기쁘다! 참으로 괴롭다!

저 눈길로부터 헤어날 수 없구나.

도대체 무슨 일일까. 저 아름다운 목이

단 하나의 붉은 끈 [224] 으로만 장식되어 있다니.

칼등보다 넓지 않은 끈으로 말이다! (4205)

메피스토펠레스

---

223 그리스 신화에 나오는 세 자매 괴물 중의 하나. 페르세우스에게 목이 잘렸는데, 그 눈과 마주친 사람은 공포 때문에 돌로 변한다.
224 그레트헨이 형장에서 목이 잘려 죽는 것을 미리 예견하는 장면.

정말 그렇군요! 소생의 눈에도 그렇게 보이는뎁쇼.

저 계집은 자기 머리를 겨드랑이에 끼고 다닐지도 모르오.

페르세우스가 그 목을 잘라 버렸으니까요. ─

늘 이런 식으로 공상을 즐기시는군요!

자, 이제는 저기 조그만 언덕으로 올라가 봅시다. (4210)

프라터[225] 광장만큼이나 즐거운 곳이외다.

소생이 잘못 안 게 아니라면,

연극도 구경할 수 있는 모양이올시다.

그런데 어떤 작품일까?

안내원

곧 다시 시작합니다.

새로운 것으로, 일곱 중의 마지막 작품이지요. (4215)

이렇게 곱빼기로 보여 드리는 게, 이곳 관습이지요.

아마추어가 쓴 작품이고,

역시 아마추어 배우들이 공연합니다.

여러분, 저도 이만 실례하겠습니다.

막 올리는 일을 맡고 있거든요. (4220)

메피스토펠레스

너희들을 브로켄 산에서 만나다니,

잘된 일이다. 너희들에게 어울리는 곳이니까.

---

225 요제프 2세가 "인류에게 바친다"라고 큰소리치며 만든 공원으로 빈 시내에 있는 오락 공원.

발푸르기스 밤의 꿈 혹은
오베론과 티타니아[226]의 금혼식

막간극

무대 주임

오늘은 좀 느긋하게 놀아 보자.

미딩[227]의 씩씩한 제자들아.

오래된 산과 축축한 골짜기,　　　　　　　　　　　(4225)

이것이 우리 무대의 전부다!

사회자

금혼식을 지내려면,

오십 년이라는 세월이 지나야지요.

하지만 부부 싸움을 겪고 나니,

금혼식이 더욱 값지군요.　　　　　　　　　　　(4230)

---

226 셰익스피어의 『한여름 밤의 꿈』에 나오는 요정 나라의 왕과 왕비의 이름. 인도에서 온 소년 때문에 부부 싸움을 하여 별거했으나, 나중에 다시 화해하여 금혼식을 올린다.
227 요한 마르틴 미딩. 바이마르 극장의 무대 장식을 맡았던 목수.

오베론

    정령들아, 너희들 가까이 있다면,

    이 순간에 모습을 보여라.

    왕과 왕비께서

    새롭게 가약을 맺은 날이 아니냐.

푸크[228]

    이 푸크가 등장해 한 바퀴 빙 돌며   (4235)

    미끄러지듯 원을 그립니다.

    그러면 백여 명이 내 뒤를 따라 나와,

    나와 함께 즐기지요.

아리엘[229]

    아리엘은 천상의 맑은 목소리로

    물결치듯 노래해요.   (4240)

    못난이들도 그 소리에 우르르 몰려들지만,

    아름다운 이들도 이끌리기 마련이지요.

오베론

    알콩달콩 사이좋은 부부가 되고 싶다면,

    우리 둘한테서 배워라!

    부부의 사랑을 위해서라면,   (4245)

    헤어져 살아 볼 필요도 있는 법이다.

티타니아

    남편이 인상 쓰고, 아내가 심통 부린다면,

---

228 『한여름 밤의 꿈』에 나오는 장난꾸러기 요정.
229 셰익스피어의 『폭풍우』에 나오는 공기의 요정.

두 사람을 얼른 붙들어다,

여자는 남쪽 끝으로,

남자는 북쪽 끝으로 보내 버리세요. (4250)

관현악 합주 (최강음으로)

파리 주둥이와 모기 코,

그리고 일가친척들,

나뭇잎 위의 개구리와 풀밭의 귀뚜라미,

이들이 우리의 연주자들이지요!

독창

보세요, 저기 가죽 피리[230]가 오는군요! (4255)

비눗방울을 만드네요.

납작코에서 나오는

개골개골 소리를 들어 보세요.

막 태어난 정령

거미 다리에 두꺼비 배때기,

저런 미물에도 작은 날개가 달렸구나![231] (4260)

이런 작은 동물이야 있을 리 없지만,

시의 세계에선 얼마든지 가능하지요.

젊은 한 쌍

종종걸음으로 껑충껑충 뛰고,

달콤한 이슬과 향기 속으로 걸어간다.

---

230 개구리를 가리키는 것으로 보인다.
231 높은 이상을 추구하지만, 결국엔 저속한 것에서 벗어나지 못하는 작가를 가리키는 것으로 보인다.

하지만 아무리 아장아장 바삐 걸어가도   (4265)

하늘 높이 날진 못하리라.**232**

호기심 많은 여행자

이건 사람을 놀려 대는 가장무도회가 아닌가?

내 눈을 믿어도 좋단 말인가?

아름다운 오베론 신을

오늘 이곳에서 보게 되다니!   (4270)

정통파 신자**233**

발톱도 없고, 꼬리도 없구나!

하지만 의심할 여지가 없어.

이 녀석도 그리스의 신들처럼

악마임이 분명해.

북방의 예술가

내가 지금까지 붙들고 있는 건   (4275)

한낱 스케치에 불과하지만,

언젠가는 기회를 보아

이탈리아로 여행할 거다.

순수파**234**

아아! 불행하게도 이런 곳엘 왔구나.

이 방탕한 곳으로 오지 말아야 했어!   (4280)

---

232 사소한 것들에 매여 높은 이상의 세계에 들지 못하는 작가들에 대한 묘사.

233 정통 기독교의 고루한 입장에서 프리드리히 실러의 『그리스의 신들』을 공격했던 레오폴트 폰 슈톨베르크 공작을 가리킨다.

234 인간의 방종한 본성을 있는 그대로 보지 않고, 덮어씌우고 위장하여 '얌전하게' 보이도록 만드는 비평가들.

우글대는 마녀들 중에서
화장을 한 건 단 둘뿐이로구나.

젊은 마녀

분칠과 옷치장은
호호백발 할멈이나 하는 짓이죠.
나는 홀랑 벗고 숫염소 등에 앉아 (4285)
탱탱한 내 몸뚱이를 자랑해요.

늙은 귀부인

예의범절을 속속들이 아는 우리는
너희 잡것들과 입씨름하기도 싫다.
다만 젊고 부드러운 그 몸뚱이만은
그대로 썩어 버렸으면 좋겠다. (4290)

악장(樂長)

파리 주둥이와 모기 코,
벌거벗은 여자에게 몰려들지 마라!
나뭇잎 위의 개구리와 풀밭의 귀뚜라미
박자 좀 맞추도록 하라!

풍향기[235] (한쪽을 향해)

정말 괜찮은 아가씨들이야. (4295)
신붓감으로 그저 그만일세.
총각들도 하나하나 뜯어 보니

---

235 브로켄 산에 모인 마녀와 마귀들의 음란한 축제에 대해 한편으로는 우호적으로, 다른 한편으로는 비판적으로 평가하고 있다. 여기저기 잘 보이려고 했던, 악장 겸 문필가인 라인하르트를 풍자한 것이라는 설도 있다.

앞날이 창창한 젊은이들이군.

풍향기 (다른 쪽을 향해)

이 땅이 아가리를 벌려

저것들을 몽땅 삼켜 버리지 않는다면, (4300)

차라리 내가 한달음에 달려가

지옥으로 뛰어들겠다.

크세니엔[236]

우리는 작고 날카로운 집게발을 가진

곤충의 모습으로 여기 왔어요.

우리의 어른이신 사탄님을 찾아뵙고, (4305)

정중하게 인사드리려고요.

헤닝스[237]

보라! 저놈들 우글우글 떼를 지어

순진한 척 낄낄대며 노는구나.

놈들도 마지막엔 이렇게 말할 거다.

우리는 선량한 놈들이라고. (4310)

무자게트[238]

나도 이 마녀들의 무리에 끼어

까무러치도록 놀아 보고 싶다.

뮤즈를 이끄는 것보다야

---

236 괴테와 실러가 합작으로 쓴 2행 시집. 동시대의 문인과 학자들을 풍자적으로 비판했다.

237 괴테와 실러의 『크세니엔』을 비기독교적이라며 『무자게트』를 통해서 비판했던 덴마크의 문필가 아우구스트 폰 헤닝스를 가리킨다.

238 헤닝스가 출간했던 잡지 『시대정신』의 부록으로 나왔던 시집. '무자게트'는 뮤즈의 지도자라는 뜻이다.

마녀들 다루는 법을 잘 알고 있지.

전(前) 시대정신[239]

단정한 사람들과 있어야 뭔가를 이룰 수 있는 법이다. (4315)

자, 이리 와서 내 옷자락을 잡아라!

브로켄 산은 독일의 파르나스[240]답게

그 산정이 꽤나 넓구나.

호기심 많은 여행자

저 뻣뻣한 남자[241]는 누구야?

걸음걸이가 아주 거만한데. (4320)

이곳저곳 쿵쿵거리며 다니잖아.

"예수회의 흔적을 찾아다니는 거라오."

두루미[242]

나는 맑은 물이 좋지만,

흐린 물에서도 고기를 잡는다네.

보다시피 경건한 사람이 (4325)

악마들하고도 어울리고 있지 않은가.

세속인[243]

---

239 헤닝스의 『시대정신』이 1801년부터는 그 잡지명이 『19세기 정신』으로 바뀌었으므로, 옛날의 제목에다가 프랑스어로 '이전'이라는 뜻을 가진 말을 붙인 것이다. 물론 프랑스 혁명 과정에서의 구세력을 가리킨다.

240 파르나스는 아폴로와 뮤즈의 여신들이 사는 그리스의 산. 여기서는 독일의 작가들이 패거리를 이루어 서로서로를 칭송해 주는 것을 비꼬고 있다.

241 악의적으로 예수회의 뒷조사를 하고 다녔던 계몽주의자 니콜라이를 가리킨다.

242 취리히 출신의 문필가 라바터(Lavater)를 가리킨다. 괴테는 그에 대해 이렇게 말한다. "아주 엄정한 진리는 그의 관심사가 아니었네. 그는 자신을 속이고 남도 속였지. 그래서 그와 나는 완전히 결별하게 되었던 거야. (……) 그의 걸음걸이는 마치 두루미와 같았어. 그래서 그는 브로켄 산에서 두루미의 모습으로 나타나는 걸세."

243 세속인(Weltkind)은 괴테 자신을 가리킨다. 괴테는 1774년 라인 지방을 여행하면서, 라바터와

그렇소, 경건한 사람들에겐

모든 일이 다 좋은 기회가 되는 거요.

그들은 여기 브로켄 산에서조차도

비밀리에 자주 종교 집회를 가지지요.　　　(4330)

춤추는 무리

저기 새로운 합창단이라도 오는가?

멀리서 북 치는 소리가 들려오는군.

내버려 두시오! 저건 갈대밭에서

한목소리로 울어 대는 해오라기[244]들이라오.

춤 선생

모두들 다리를 잘도 들어 올린다!　　　(4335)

저마다 돋보이려 용을 쓰는구나!

꼽추는 깡충깡충, 뚱뚱이는 뒤뚱뒤뚱,

꼴값을 하는구나.

바이올린주자

저 건달패[245]들은 서로 죽도록 미워하며

숨통 끊어질 때까지 싸우면서도,　　　(4340)

가죽 피리 소리에 하나가 되는구나.

오르페우스의 칠현금에 짐승들이 모여들듯이.

독단론자[246]

바제도우, 신학자와 교육자 사이에 앉아 "오른쪽에도 예언자, 왼쪽에도 예언자, 그리고 가운데에는 세속인"이라고 말한 바 있다.

244 한목소리를 내는 해오라기들은 악마의 존재에 대해 이러쿵저러쿵 사변을 늘어놓으면서 자기 주장만을 하는 철학자들을 가리킨다.

245 아래에 등장하는 철학자들을 가리킨다.

246 발푸르기스의 밤에 나타나는 마녀와 악마에 대해 독단론자는 엄연히 존재하는 현실로 간주

나는 결코 헷갈리지 않는다.

소리 높여 비판론을 외쳐도 회의론을 외쳐도.

악마란 그 무슨 존재임에 틀림없다.   (4345)

안 그러면 어찌 악마가 존재할 수 있겠는가?

이상주의자

내 마음속의 환상이

이번에는 너무도 찬란하구나.

참으로, 이 모든 것이 나의 자아라면,

이 어찌 엄청난 일이 아니겠는가.   (4350)

실재론자

눈앞에서 벌어지는 일을 보니 골치가 아프다.

정말이지 머리가 띵하다.

나 여기에 처음 오는데

발밑이 단단하지 않은 것 같다.

초자연주의자

여기에 있으니 참으로 즐겁고,   (4355)

이들과 있으니 흥겹기도 하다.

악마들을 눈앞에서 보니

착한 정령들도 있음을 알겠다.

회의론자

작은 불꽃을 뒤쫓아 가면서도

하고, 이상주의자는 자아의식의 반영으로 여기며, 실재론자는 자신의 경험적 토대에 불안감을 느낀다. 그리고 초자연주의자는 초자연계의 존재가 입증되었다고 보며, 회의론자는 악마라는 존재를 인식론의 차원에서 회의한다.

보물 가까이로 간다고 생각하는구나. (4360)

악마[247]와 의심은 서로 운이 맞으니

내가 오늘 제자리를 찾아온 거다.

악장

나뭇잎 위의 개구리, 풀밭의 귀뚜라미,

이 빌어먹을 아마추어 놈들!

파리 주둥이와 모기 코, (4365)

그래도 너희들은 연주자들이다!

처세에 능한 자들[248]

천하태평,[249] 이것이 우리들

즐거운 패거리의 이름이다.

이제는 더 이상 두 발로 걸을 수 없기에,

머리로 걸어 다닌다.[250] (4370)

궁지에 몰린 자들[251]

여태까지는 아첨 떨며 꽤나 얻어먹었지만,

이제는 만사 끝장이다!

신발은 춤을 추다 다 닳아버렸고,

이제는 맨발로 걸어 다니는 신세.

도깨비불[252]

---

247 악마(Teufel)와 의심(Zweifel)은 서로 운이 맞다.
248 푸크와 아리엘이 다시 나타나고 합창단이 피날레를 장식하기 전에, 프랑스 혁명 이후에 적응해 가는 유럽 사회의 여러 부류들을 풍자적으로 묘사하고 있다.
249 천하태평(Sanssouci)은 아무런 걱정 없이 기회주의적으로 적응하는 부류들을 가리킨다.
250 현실적인 힘을 상실하고, 머리만 굴려 기회주의적으로 살아간다는 의미이다.
251 프랑스 혁명 후 독일로 망명하여 궁핍하게 살아가던 궁정 귀족들.
252 프랑스 혁명기에 갑자기 출세했다가 반딧불처럼 사라져 버린 부류들.

우리는 늪에서 처음 태어나 (4375)
이곳으로 찾아왔다오.
하지만 빙글빙글 춤추는 대열에 끼자마자
제법 폼 나는 멋쟁이가 되었다오.

유성(遊星)[253]

별처럼 반짝이고 불처럼 환하게
나는 하늘 저 높은 곳에서 내려왔다오. (4380)
지금은 풀밭에 널브러져 누워 있으니,
누가 나를 좀 일으켜 주지 않겠소?

뚱뚱보들[254]

비켜라, 비켜! 썩 물러서라!
풀들도 납죽 엎드리지 않는가.
정령들이 납신다, 정령들도 (4385)
그분들도 팔다리가 뚱뚱하다.

푸크

그렇게 우둔하게 굴지 마라.
코끼리 새끼처럼 뒤뚱거리지 마라.
오늘 뚱보 중의 뚱보는
누가 뭐래도 야성의 사나이 푸크로다. (4390)

아리엘

자애로운 자연이 그리고 정령이
너희들에게 날개를 주었으니,

---

253 유성처럼 반짝했다 금방 사라지는 하루살이 명사들.
254 파괴적인 대중들을 가리킨다.

나의 가벼운 발걸음을 따라

장미의 언덕²⁵⁵으로 오너라!

관현악 (아주 약하게)

구름은 흘러가고 안개는 자욱한데   (4395)

하늘은 위로부터 환하게 밝아 온다.

나뭇잎에 일렁이는 대기, 갈대 사이의 바람,

모든 것은 흔적 없이 흩어졌도다.

---

255 빌란트의 서사시 「오베론」의 마지막 장면에 요정들은 백조가 이끄는 마차를 타고 장미 숲으로
둘러싸인 요정 왕의 궁전으로 간다.

흐린 날, 벌판[256]

파우스트, 메피스토펠레스.

파우스트

비참하다! 절망이다! 불쌍하게도 오랜 세월 세상을 방황하다 이제 사로잡힌 몸이 되다니! 착하면서도 불운한 그녀가 죄인의 몸으로 감옥에서 무시무시한 고통을 당하다니! 그렇게까지 되다니! 그렇게까지! - 이 배신자, 아무짝에 쓸모없는 악마 놈아, 그런 사실을 왜 숨겼더냐! - 그렇게 멍하게 서 있기만 할 거냐, 그러고만 있을 거냐! 원망스럽다는 듯이 악마의 두 눈깔을 대갈통 속에서 이리저리 굴리고만 있는 건가! 그 역겨운 모습으로 우두커니 서서 내게 반항하는 거냐! 그 애가 갇혀 있단 말이다! 돌이킬 수 없는 곤경에 빠진 거다! 악령들의

---

256 파우스트의 격정을 날것 그대로 드러내기 위해 이 장면은 운율을 쓰지 않고 산문으로 씌어졌다.

손에 그리고 피도 눈물도 없는 재판관 앞에 내맡겨져 있단 말이다! 그런데도 네놈은 나를 시시껄렁한 놀이[257]에나 몰아넣고는, 날로 더해 가는 그 애의 고통을 숨겼고, 그 애가 아무 도움도 받지 못한 채 파멸하도록 내버려 두었다!

메피스토펠레스

그 애가 그런 꼴을 당한 첫 번째 애[258]는 아니지요.

파우스트

이 개자식! 흉측한 짐승 놈아! — 전지전능한 정령[259]이여, 이 벌레를 다시 개의 모습으로 돌려 다오. 이놈은 밤이면 종종 개의 꼴로 내 앞을 어지러이 뛰어다녔고, 무심한 나그네의 발치에서 뒹굴다가 그 사람이 주저앉기라도 하면 어깨에 올라타곤[260] 했지. 제발, 이놈을 제놈이 좋아하는 원래 모습으로 다시 바꿔 다오. 그러면 내 앞의 모래밭에서 배를 깔고 기어갈 테지. 그때 놈을 이 두 발로 뭉개 버릴 테다, 이 망할 놈을! — 그 애가 처음은 아니라고! — 참담하다! 참담해! 인간의 마음으론 이해할 수 없구나. 이런 참혹한 구렁텅이에 빠진 게 한 사람만이 아니라는 게! 영원히 용서하시는 분의 눈앞에서 다른 모든 사람의 속죄를 위해 사무치는 죽음의 고통을 받았던 첫 번째 한 사람만의 고통으론 충분치 못했다니! 나는 한 여

---

257 얼핏 보면 발푸르기스의 밤을 가리키는 것으로 보이나, 알브레히트 쇠네는 파우스트의 성격상 발푸르기스 밤의 꿈 장면을 가리키는 것으로 해석한다. 발푸르기스의 관능적 세계를 파우스트가 시시껄렁하다고 평가할 리 없다는 것이다.

258 혼전에 임신하여 영아를 살해한 여성들 중에서.

259 '밤' 장면에 나타났던 지령을 가리킨다.

260 이글거리는 눈을 한 검은 개는 악마와 악령의 세계에 속하는 것으로, 민속신앙에 따르면 나그네를 기다리고 있다가 뒤쪽에서 나그네의 어깨에 올라타고 목적지로 간다.

인의 고통만으로도 뼈를 깎고 살을 베이는 것 같은데, 네놈은 수많은 사람의 운명 앞에서 태연하게 비웃음을 날리는구나!

메피스토펠레스

우리는 다시 정신력의 한계에 도달한 것이올시다. 이쯤까지 오면 당신네 인간들은 돌아 버릴 테지요. 끝까지 해 내지도 못할 거면서 왜 우리와 손을 잡은 거요? 날고는 싶지만 현기증 때문에 자신 없다는 거요? 우리가 당신에게 강요했던가요, 아니면 당신이 우리에게 강요라도 했단 말이오?

파우스트

내 앞에서 네놈의 탐욕스러운 이빨을 드러내지 마라! 역겹다! — 위대하고 장엄한 정령이여, 황송하게도 내게 그대의 모습을 보여 주었던 그대는 내 마음과 내 영혼을 잘 알고 있지 않은가. 그런데도 어찌하여 이런 치욕스러운 놈을 동반자로 붙여 주었단 말인가? 인간의 불행을, 인간의 파멸을 보고 즐기는 이런 놈을?

메피스토펠레스

말 다했소?

파우스트

그 애를 구해 주어라! 안 그러면 그냥 두지 않겠다! 몇 천 년이 걸리더라도 네놈에게 가장 악랄한 저주를 퍼붓겠다!

메피스토펠레스

소생은 재판관의 사슬을 풀 수도 없고, 감옥의 빗장을 열 수도 없소이다. — 그 애를 구하라고요! — 그 애를 파멸의 구렁텅이로 빠뜨린 건 누구였소? 나요, 아니면 당신이오?

파우스트 (거칠게 주변을 둘러본다.)

메피스토펠레스

벼락이라도 잡게요? 그런 게 당신네 가련한 인간에게 주어지지 않은 게 다행이올시다! 이처럼 순진무구하게 대해 주는 나를 박살 내려 하다니, 그런 건 당황한 나머지 화풀이를 해 대는 폭군의 방식이지요.

파우스트

날 그곳으로 데려가라! 그 애를 구해야겠다!

메피스토펠레스

당신이 처할 위험은 어쩌고요? 시내에는 당신의 손이 저지른 살인죄가 남아 있다는 걸 아셔야죠. 살해당한 놈의 무덤 위로 복수의 영들이 떠돌며 살인자가 다시 돌아오기만을 기다리고 있소이다.

파우스트

이놈아, 아직도 주둥이에서 그런 잔소리가 나오느냐? 세상의 온갖 살인과 죽음의 저주를 다 뒤집어써도 시원찮을 이 괴물 놈아! 어서 날 데려가, 그 애를 구하란 말이다!

메피스토펠레스

데려다드리지요. 하지만 잘 들어요. 소생이 뭘 할 수 있단 말이오! 내가 하늘과 땅의 모든 권능이라도 가지고 있다는 건가요?[261] 소생이 감옥지기의 정신을 몽롱하게 만들어 놓을 테니, 당신은 열쇠를 빼앗아 인간의 손으로 그 애를 데리고 나가도록 하시오! 망은 내가 보겠소이다! 마법의 말을 준비해

---

261 「마태복음」 28장 18절, 예수의 말을 뒤집은 것이다.

놓았다가, 당신들을 도망치게 하리다. 그 정도는 내가 할 수 있어요.

파우스트

자, 어서 가자!

밤, 드넓은 들판

파우스트, 메피스토펠레스.

검은 말들을 타고 거칠게 달려간다.

파우스트

저기 형장 근처에서 움직이고 있는 것들은 뭔가?

메피스토펠레스

무언가를 요리하고 만드는 것 같은데요.　　　　　　　　(4400)

파우스트

떠올랐다간 가라앉고, 고개를 숙였다간 허리를 굽히는구나.

메피스토펠레스

마녀들의 무리올시다.

파우스트

무언가를 뿌리며[262] 중얼거리는구나.

---

262 처형 후 흐른 피를 처리하기 위해 모래나 재를 뿌리는 장면.

메피스토펠레스

갑시다! 그냥 가요!

감옥

파우스트 (열쇠 꾸러미와 등불을 들고 작은 철문 앞에 서 있다.)

오랫동안 잊었던 두려움에 온몸이 떨리고, (4405)

인간의 모든 슬픔이 한꺼번에 나를 사로잡는구나.

이런 축축한 담벼락 뒤에 그 애가 갇혀 있다니,[263]

그 애의 죄란 그저 정신착란에 불과했는데 말이다!

그런데도 너란 놈은 그 애에게 가기를 망설이는구나!

그 애를 다시 볼까 겁내는구나! (4410)

얼른 가자! 네놈이 망설이면 죽음만 앞당긴다.

    (파우스트가 자물쇠를 잡는다. 안에서 노랫소리가 들려온다.)

우리 엄마는 갈보,[264]

---

[263] 영아를 살해한 죄로, 1771년 8월 프랑크푸르트에서 감옥에 갇혔다가, 1772년 1월에 공개 교수형을 당한 주잔나 마르가레타 브란트(Susanna Magaretha Brandt)를 모델로 하고 있다.

[264] 그레트헨이 죽은 아이의 입장에서 노래를 부르고 있다. 그러니까 갈보는 그레트헨이며, 악당은 파우스트를 가리킨다. 괴테가 노간주나무에 얽힌 구전동화에서 따온 것으로 필립 오토 룽에(Philipp Otto Runge)가 1806년에 저지(低地)독일어로 기록하기 전이며, 또한 그림 형제가 『그림 동화집』을 출간하기 전이다. 룽에의 기록에서 유의할 점은 아이의 친모가 노간주나무 열매를 먹고 나서, 아이를 낳는 과정에 죽는다는 것이며, 노간주나무 열매는 당시 민간의학에서 낙태제로 사용되

그 사람이 나를 죽였어요!

우리 아빠는 악당,

그 사람이 나를 먹었어요! (4415)

하지만 어린 여동생이

내 뼈를 주워 모아

시원한 곳에 묻어 주었어요.

그래 난 예쁜 산새가 되어

포르릉포르릉 날아다녀요! (4420)

파우스트 (자물쇠를 열면서)

저 애는 자기 남자가 귀를 기울이고 있는 걸 까맣게 모른다.

쇠사슬이 철거덕거리고, 지푸라기 바스락대는 소리만 듣고 있다.

(안으로 들어간다.)

마르가레테 (그 자리에서 몸을 가리며)

이런! 어쩌나! 그들이 온다. 비참하게 죽겠구나!

파우스트 (낮은 목소리로)

조용! 조용! 당신을 구하려고 내가 왔소.

마르가레테 (그의 앞에 엎드리며)

당신도 사람이라면, 저의 고통을 헤아려 주세요. (4425)

파우스트

그렇게 소리 지르면 간수들이 깨어날 거요!

(쇠사슬을 풀기 위해 손에 잡는다.)

마르가레테 (무릎을 꿇고)

<hr />

었다는 것이다. 그레트헨의 혼전 임신과 파멸을 생각하면 그 맥락을 알 수 있다. 『그림 동화집』의 줄거리에서는 계모가 의붓자식을 죽이고, 그 고기를 남편에게 먹인다. 아이의 영혼은 새가 되어 이 노래를 부른다. 나중에 사악한 계모가 죽자, 아이의 영혼은 다시 인간의 모습을 되찾는다.

감옥 293

그 누가 형리인 당신에게
절 마음대로 죽이라는 권한을 주었던가요!
한밤중인데도 벌써 저를 데리러 왔군요.
불쌍히 여겨 목숨만은 살려 주세요! (4430)
내일 아침이라도 시간은 충분하잖아요?

(일어선다.)

전 아직 어려요, 아직 어려요!
그런데도 벌써 죽어야 하다니요!
전 예뻤어요. 그게 화가 된 거예요.
그분이 다정하게 해 주었지만, 지금은 멀리 있어요. (4435)
화관은 찢겨지고, 꽃들은 흩어졌어요.**265**
그렇게 난폭하게 날 붙들지 말아요!
날 좀 봐 주세요! 제가 당신에게 무슨 짓이라도 했나요?
제 애원이 헛되지 않도록 해 주세요.
저하고는 한 번도 본 적 없는 사이잖아요! (4440)

파우스트

아아, 이런 비참한 꼴을 견뎌야 하다니!

마르가레테

제 목숨은 오로지 당신 손에 달렸어요.
아이에게 젖이라도 한 번 먹이게 해 주세요.
밤새도록 아이를 껴안고 있었는데,
절 괴롭히려고 사람들이 빼앗아 갔어요. (4445)
그리고는 제가 그 앨 죽였다고 말하네요.

---

265 혼전에 처녀성을 상실했을 때, 공개적으로 모욕을 당했다.

저한텐 이제 다시는 기쁜 일이 없을 거예요.

사람들이 저를 조롱하는 노래²⁶⁶를 부르네요! 나쁜 사람들!

옛날 동화 하나²⁶⁷가 그렇게 끝나는데,

누가 그걸 저한테 갖다 붙이는 거죠?   (4450)

파우스트 (털썩 엎드리면서)

사랑하는 사람이 당신 발아래 엎드려 있소.

이 비참한 옥살이에서 당신을 구하려고 왔소.

마르가레테 (그쪽으로 무릎을 꿇으며)

아아, 함께 무릎을 꿇고,²⁶⁸ 성자님들께 빌어요!

보세요! 이 계단 아래에,

저 문지방 아래에   (4455)

지옥이 부글부글 끓어요!

사악한 마귀가

무시무시하게 분노하며

마구 날뛰고 있어요!

파우스트 (큰 소리로)

그레트헨! 그레트헨!²⁶⁹   (4460)

마르가레테 (주의를 기울이며)

저건 그분의 목소리야!

　　　　　　　(벌떡 일어선다. 쇠사슬이 떨어진다.)

---

266 19세기까지 장터의 떠돌이 가수들이 영아 살해자를 조롱하는 노래를 부르며 그 소식을 널리 알렸다.
267 앞서 그레트헨 자신이 불렀던 노래.
268 파우스트가 쇠사슬을 풀려고 꿇어앉은 것을, 그레트헨은 기도하려는 것으로 착각한다.
269 작품 전체에서 파우스트는 그녀를 단 한 번 이 이름으로 부른다.

어디 계시나? 그이가 부르는 소리를 들었는데.

살았다!²⁷⁰ 이제 아무도 날 막지 못해.

그분의 목으로 날아가,

그분의 가슴에 안길 거야! (4465)

분명히 그레트헨! 하고 불렀어. 저 문지방 위에 서 있었어.

지옥이 울부짖고 지옥이 으르렁거려도²⁷¹

분노에 찬 마귀들이 조롱을 퍼부어도,

난 그분의 달콤하고 정다운 목소리를 알아들었어.

파우스트

나 여기 있소! (4470)

마르가레테

당신이군요! 아아, 다시 한 번 말해 주세요!

(그를 붙잡으며)

그이다! 그이야! 그 모든 괴로움 어디로 갔나?

감옥의 공포는, 쇠사슬의 공포는?

당신이군요! 절 구하러 오셨군요!

난 이제 살았다! —

벌써 그 거리가 눈앞에 선해요. (4475)

당신을 처음 만났던 거리 말예요.

마르테 아주머니랑 당신을 기다렸던,

저 즐거웠던 정원도 보여요.

파우스트 (데리고 나가려고 애를 쓰면서)

---

270 파우스트가 다시 나타나 그녀와 결혼을 하게 되면, 그레트헨은 자유의 몸이 된다! 16세기에
영아를 살해한 여성에게 남자가 나타나 형을 면하게 된 수많은 사례가 전해진다.
271 「마태복음」 8장 12절에서 따온 것이다.

같이 나갑시다! 같이!

마르가레테

　　　　　아아, 잠깐만요!

당신과 함께 있고 싶어요.　　　　　　　　　　　　　(4480)

　　　　(그를 애무한다.)

파우스트

서둘러요!

안 그러면,

우린 큰일을 당할 거요.

마르가레테

뭐라고요? 이제 키스할 줄도 모르나요?

여봐요, 잠시 떨어져 있었다고　　　　　　　　　　(4485)

키스하는 것도 잊어버리셨나요?

그런데 당신 목을 끌어안고 있어도 왜 이리 불안하죠?

전에는 당신 한마디에, 눈길 한 번에

온 하늘이 나를 맞아 주는 것 같았는데,

당신이 키스하면 숨 막혀 죽는 줄 알았는데 말예요.　(4490)

키스해 주세요!

아니면 제가 할게요!

　　　　　　　　(파우스트를 껴안는다.)

어머머! 당신 입술이 차가워요.

말씀도 없으시고.

당신의 사랑은　　　　　　　　　　　　　　　　　(4495)

어디로 갔나요?

누가 내 사랑을 앗아갔나요?

(그에게서 몸을 돌린다.)

파우스트

얼른! 날 따라와요! 제발, 용기를 내요!

나중에 천 배로 뜨겁게 안아 주겠소.

지금은 따라오기만 해요! 제발 부탁이오! (4500)

마르가레테 (그에게로 몸을 돌리며)

당신 맞아요? 틀림없이 당신인가요?

파우스트

그래, 나요! 얼른 갑시다!

마르가레테

당신은 사슬을 풀어 주고,

저를 다시 안아 주시는군요.

절 꺼리지 않으시니 어찌된 일이죠? –

여봐요, 당신이 지금 누구를 풀어 주는지 알기나 알아요? (4505)

파우스트

갑시다! 빨리! 벌써 먼동이 트고 있소.

마르가레테

전 어머니를 죽였고,

우리 아기를 물에 빠뜨렸어요.

그 애는 당신과 저에게 선물이 아니었던가요?

당신에게도요 – 정말 당신이군요! 믿을 수 없어요. (4510)

손을 이리 줘 봐요! 꿈은 아니군요!

당신의 사랑스러운 손! – 아아, 그런데 손이 축축해요!

얼른 닦아요! 내 생각엔

피가 묻은 거 같아요.[272]

아아, 맙소사! 당신 무슨 일을 저지른 거예요!   (4515)

칼을 집어넣어요.

제발 부탁이에요!

파우스트

지난 일은 지난 일로 합시다.

당신 말을 들으니 죽고만 싶소.

마르가레테

아녜요, 당신은 살아남아야 해요!   (4520)

당신에게 무덤 자리를 일러 드릴게요.[273]

당장 내일이라도

보살펴 주세요.

어머니는 제일 좋은 자리에 모시고,

오라버니는 바로 옆에,   (4525)

그리고 저는 조금 구석진 곳에 묻어 주세요.[274]

너무 떨어지지는 말고요!

아기는 제 오른쪽 가슴 쪽에 묻어 주고요.

그 밖엔 누구도 제 옆에 묻어선 안 돼요! —

당신 곁에 꼭 붙어 있었던 건,   (4530)

달콤하고 따스한 행복이었어요!

---

272 그레트헨의 오빠 발렌틴의 피를 암시한다.
273 어머니와 오빠가 아직 매장되지 않은 걸로 알고 있다.
274 죄를 짓고 처형된 시체는 정상적인 사람들과 멀리 떨어진 곳에 묻히거나, 아예 성 밖의 장소에 아무렇게나 묻었다.

앞으로 다시는 그럴 일이 없겠죠.

어쩐지 제가 당신에게 막 매달리는 것만 같고,

당신은 저를 밀어내는 것만 같아요.

하지만 정말 당신이군요. 눈빛도 여전히 선량하고 정직하세요. (4535)

파우스트

나라는 걸 알았다면, 얼른 나갑시다!

마르가레테

밖으로요?

파우스트

저 바깥으로.

마르가레테

무덤이 저 밖에 있고,

죽음이 기다리고 있으니,[275] 얼른 나가자고요!

차라리 여기서 영원한 잠자리에 들래요. (4540)

더 이상 한 발도 갈 수 없어요 –

당신은 이제 떠나시려고요? 아아, 하인리히, 함께 갈 수만 있다면!

파우스트

얼마든지 갈 수 있소. 마음만 먹으면! 문은 열려 있소.

마르가레테

저는 갈 수 없어요. 아무 희망도 없는 걸요.

도망쳐 봤자 무슨 소용예요?[276] 그들이 나를 노릴 텐데요. (4545)

---

275 그레트헨은 정확한 의미가 없는 말을 횡설수설하고 있다.

276 마르가레테의 탈옥 거부는 충분히 이해가 간다. 괴테 시대만 해도 그런 탈옥자에겐 지명수배
장과 현상금이 걸렸고, 거지 신세가 되거나 창녀 신세로 전락할 수밖에 없는 이런 여성들은 추적자
의 손에 넘어가기 일쑤였다. 일례로 영아 살해범이었던 주잔나 마르가레타 브란트의 체포엔 50제국

비참하게 빌어먹어야 하고,

또 양심의 가책은 어쩌고요!

너무도 비참하게 낯선 곳을 떠돌아다니다,

결국은 잡히고 말 텐데요!

파우스트

내가 당신 곁에 있겠소.   (4550)

마르가레테

얼른 가요! 얼른!

당신의 불쌍한 아기를 구해 주세요.

얼른 가요! 개울을 따라

계속 올라가요.

작은 다리를 건너고   (4555)

숲 속으로 들어가면

왼편에 널빤지가 서 있는데,

바로 그 연못이에요.

빨리 그 애를 붙들어요!

위로 떠오르려고   (4560)

아직도 버둥거리고 있어요!

구해 줘요! 구해 줘요!

파우스트

제발 정신 차려요!

한 걸음만 나가면, 당신은 자유란 말이오!

탈러의 현상금이 걸렸는데, 이 돈은 그녀가 하녀로 일 년 내내 일하여 벌 수 있는 임금의 네 배 이상에 해당하는 금액이다.

마르가레테

　　저 산만은 지나쳤으면! （4565）

　　거기 바위에 어머니가 앉아 있어요,

　　제 머리가 섬뜩해요!

　　거기 바위에 어머니가 앉아 있어요,

　　머리를 흔들거리고 계세요.

　　눈짓도 고갯짓도 안 하시니 머리가 무거운가 봐요. （4570）

　　주무신 지 아주 오래됐는데, 깨어나지 않아요.

　　우리가 즐겁게 지내라고 주무셨던 거예요.

　　그래요, 행복한 시간이었어요!

파우스트

　　빌어도 소용없고, 말해도 소용없으니,

　　당신을 들쳐 엎고라도 가겠소. （4575）

마르가레테

　　내버려 두세요! 싫어요, 억지로 그러는 건 싫어요!

　　그렇게 우악스럽게 붙잡지 말아요!

　　다른 일은 제가 다 기꺼이 해 드렸잖아요.

파우스트

　　날이 새요! 내 사랑! 내 사랑!

마르가레테

　　날이요! 그래요, 날이 새는군요! 마지막 날이 밝아 오네요. （4580）

　　저의 결혼식 날이겠군요!

　　그레트헨 옆에 있었다고 아무한테도 말씀하지 말아요.

　　제 화관은 찢겼어요!

일은 이미 저질러졌어요!

우린 다시 만날 거예요.   (4585)

하지만 춤추는 곳에서는 아닐 거예요.

사람들이 우르르 몰려와요. 소리는 들리지 않지만.[277]

광장에도 골목길에도

가득 들어차 있어요.

종이 울리고, 막대기가 부러져요.[278]   (4590)

그들이 나를 꽁꽁 동여매는군요!

전 어느새 처형대로 끌려왔어요.

사람들은 내 목을 획 지나갈 칼날을 느끼며,

벌써 목이 움찔하나 봐요.

세상이 무덤처럼 적막해요!   (4595)

파우스트

아아, 나란 놈이 차라리 태어나질 말았다면!

메피스토펠레스 (문밖에 나타난다.)

서두르시오! 안 그러면 당신들은 끝장이오.

쓸데없이 망설이고! 우물쭈물 잡담이나 늘어놓다니요!

내 말들이 떨고 있소이다.[279]

아침이 밝아 온단 말이오.   (4600)

마르가레테

땅에서 솟은 저게 뭐죠?

---

277 그레트헨은 자신이 처형장에 와 있다고 착각하고 있다.
278 종을 울려 처형식의 시작을 알린다. 그리고 재판관이 막대기를 부러뜨려 사형을 선언하면, 사형 집행 보조자들이 죄인을 처형 의자로 끌고 나와 앉힌 후 참수를 한다. 이러한 과정은 괴테 시대에 들어와 영아를 살해한 여인에 대한, 어느 정도 인간적으로 완화된 처형 방식이었다. 그 이전에는 산 채로 묻거나 말뚝에 꽂아 죽이거나, 아니면 자루에 넣어 봉한 채 익사시켰다.
279 마법의 말들은 날이 새면 몸을 떨며 공중으로 사라진다.

저자군요! 저자! 저자를 쫓아 버리세요!

이 성스러운 곳²⁸⁰에서 저자가 뭘 하겠다는 거죠?

저를 잡아가려는 거예요!

파우스트

당신은 살아야 해!

마르가레테

하느님, 심판을 내려 주세요! 당신에게 저를 맡기나이다!(4605)

메피스토펠레스 (파우스트에게)

갑시다! 가요! 안 그러면 저 계집과 함께 내버려 두겠소.

마르가레테

아버지시여, 저는 당신의 것입니다! 저를 구원하소서!

천사들이여! 성스러운 분들이여,

저를 에워싸고, 저를 지켜 주소서!

하인리히! 전 당신이 두려워요.   (4610)

메피스토펠레스

그 여자는 심판받았다!

목소리 (위에서)

구원받았노라!

메피스토펠레스 (파우스트에게)

이리로 나오시오.

(파우스트와 함께 사라진다.)

목소리 (안으로부터, 점점 작아지면서)

하인리히! 하인리히!

---

280 그레트헨의 피의 희생으로 감옥은 성소가 되었다.

비극 제2부

제1막

우아한 지방

파우스트, 꽃들이 만발한 풀밭에 누워 지치고 불안한 모습으로
잠을 자려 애쓴다.

황혼 무렵.

요정들의 무리, 앙증맞은 모습으로 둥실둥실 떠다닌다.

아리엘 (아이올로스의 하프에 맞추어 노래한다.)
꽃잎들이 봄비처럼
모두의 머리 위로 흩날리며 떨어질 때,
들판의 푸르른 축복이   (4615)
지상의 모든 생명체에게 빛처럼 주어질 때,
몸은 작으나 마음이 넓은 요정들
도움 줄 수 있는 곳으로 바삐 찾아간다네.
선한 자인가? 악한 자인가? 가리지도 않고
불운한 자라면 모두를 달래 준다네.   (4620)

바람결을 따라 이 사람의 머리 위를 감도는 요정들아,

너희 고귀한 요정들의 방식대로 여기서 힘을 보여 다오.

마음의 극심한 사투를 달래 주고,

불타듯 고통스러운 비난의 화살을 뽑아내어

지금까지 겪었던 공포로부터 그의 마음을 씻어 다오.　　(4625)

밤 동안의 시간은 넷으로 나눌 수 있으니,[281]

이제 서슴없이 그 시간들을 다정하게 채워 주어라.

우선 그의 머리를 시원한 베개 위에 누이고,

그다음엔 그의 온몸을 레테[282] 강의 이슬에 흠뻑 젖게 하라.[283]

그러면 경련으로 굳었던 사지도 이내 부드러워지고,　　(4630)

원기 얻어 새 아침을 평화롭게 맞이하리라.

요정들의 가장 아름다운 의무를 완수하여

그를 성스러운 빛의 세계로 되돌려 주어라.

합창 (혼자 혹은 둘이서 혹은 몇 사람이 교대로 혹은 함께)

　　　부드러운 산들바람

　　　푸른 풀밭 위로 불어오고,　　　　　(4635)

　　　달콤한 향기, 자욱한 안개,

　　　그 속으로 황혼이 깃든다.

---

281 로마 군대에서의 야간 경비는 밤을 3시간씩 4등분하였다. 여기서는 파우스트를 잠들게 하는 시간, 망각의 시간, 젊은 기운을 불어넣는 시간, 다시 새로운 생명으로 깨어나는 시간을 말한다.
282 그리스 신화에 나오는 망각의 강. 죽은 자들은 저승으로 가는 길에 레테 강을 건너는데, 그때 이 강물을 마시면 지난 일을 모두 잊게 된다.
283 파우스트는 죽은 자가 아니므로, 레테 강의 강물을 마시거나 그 물에 목욕을 하지는 않는다.

나직이 속삭이며 달콤한 평화를 내려 주고,
마음을 달래어 아이처럼 편히 잠들게 하라.
피곤에 찌든 자의 눈앞에서 (4640)
하루의 문을 닫아 주어라.

어느새 밤의 장막이 내렸다.
별들은 성스럽게 어울려,
커다란 불빛, 작은 불꽃으로
가까이서 반짝반짝, 멀리서 초롱초롱. (4645)
여기 호수에 비치어 반짝반짝
저기 청명한 밤하늘에서 초롱초롱.
더없이 깊은 휴식의 행복을 약속하며
달빛은 하늘 가득 찬란하게 빛난다.

어느덧 몇 시간이 흘러가고 (4650)
고통도 행복도 저 멀리 사라졌다.
벌써 느껴지지 않는가! 그대는 건강해진다.
밝아 오는 새 아침을 믿어라!
골짜기들은 푸르러지고, 언덕들은 굽이친다.
수풀은 그늘의 안식을 선사하고, (4655)
은빛 물결 속에 일렁이며
오곡은 추수를 향해 물결친다.

너의 소망을 하나하나 성취하려면, **284**

---

284 괴테가 1816년에 제2부의 계획을 기록한 미출간 원고 참조. "파우스트는 잠들어 있다. 정령들

저기 떠오르는 아침 해를 보아라!

그대는 가볍게 사로잡혔을 뿐,   (4660)

잠은 껍질이니, 과감하게 벗어던져라!

망설이지 말고, 힘차게 일어서라.

다른 사람들이야 머뭇거리며 헤매도록 내버려 두라.

고귀한 자는 무엇이든 이룰 수 있나니,

사리가 분명하고 재빨리 실천에 옮기지 않는가.   (4665)

(무시무시한 굉음이 태양이 가까이 다가옴을 알린다.)

아리엘

들어라! 들어라! 호렌[285]의 폭풍우 소리를,

요정들의 귀에 쟁쟁하게 울리며

어느새 새날이 밝아 온다.

암벽의 문들은 쩔렁거리고 삐걱거리며,

포이보스[286]의 수레바퀴 요란하게 굴러간다.   (4670)

아아, 광명의 소리는 이처럼 엄청나구나!

하나 작은 나팔, 큰 나팔 요란하게 울려도

눈은 깜박, 귀는 쫑긋,

엄청난 소리는 원래 들리지 않는 법.[287]

의 합창이 들려온다. 정령들은 선명한 상징들과 우아한 노래를 통해 명예와 명성, 권력과 지배의 기쁨을 눈앞에 보여 준다."

285 그리스 신화에서 계절과 시간을 관장하는 여신. 『일리아스』에서 태양신 아폴로가 전차를 몰고 나타나면 굉음을 내며 하늘의 문을 열어 준다.

286 아폴론 신의 다른 이름.

287 '천상의 서곡'에서도 피타고라스의 천체 체계가 내는 조화의 소리는 천사들만 들을 수 있었다.

꽃송이 안으로 살짝 숨어라. (4675)

조용히 살려거든, 깊이 더 깊이,

나뭇잎 아래로 바위틈 사이로 몸을 숨겨라.

그 소리에 부닥치면 귀먹게 되니까.

파우스트

생명의 맥박 펄떡펄떡 고동치며

밝아 오는 하늘을 향해 부드럽게 인사를 보낸다. (4680)

대지여, 그대는 지난밤에도 변함없이 의연하더니,

어느새 새로 기운 얻어 내 발아래 숨 쉬며,

나를 기쁨으로 감싸 주기 시작하는구나.

나를 뒤흔들고, 단호히 결심케 하여,

최고의 존재를 향해 끊임없이 노력하게 만드는구나. - (4685)

밝아 오는 여명 속에 세계는 어느새 열려 있다.

숲으로부터 뭇 생명의 소리 울려 퍼지고,

골짜기 밖으로, 골짜기 안으로 기다란 안개 자락이 쏟아진다.

하지만 하늘의 청명함은 심연까지 스며들고,

큰 가지 작은 가지들은 새로이 힘을 얻어, (4690)

그것들이 가라앉아 잠자던, 향기로운 심연으로부터 뻗어 나온다.

온갖 색깔들이 어두운 바닥으로부터 영롱하게 모습을 드러내고,

꽃과 꽃잎으로부터 부르르 떨며 진주 이슬들이 떨어지니,

지금 여기가 바로 천국이구나.

위를 올려다보라! - 거인처럼 솟은 산봉우리들이 (4695)

벌써 장엄하기 그지없는 시간을 알려 주지 않는가.

봉우리들은 영원의 빛을 먼저 즐기도록 허락받은 것이고,

그 빛은 뒤를 이어 우리를 비춰 준다.

그리고 이제 알프스의 푸르고 경사진 초원 위로

새로운 광휘와 밝음이 주어지고,　　　　　　　　　　　(4700)

그것이 차츰차츰 아래쪽으로 뻗어 가는가 했더니 –

아아, 태양이 솟는다! – 하지만 안타깝게도 벌써 눈이 부시구나.

눈으로 스며드는 고통 때문에 나는 몸을 돌리고 만다.[288]

그리움 가득 희망을 안고,

최고의 소망을 향해 뚜벅뚜벅 나아가다,　　　　　　　(4705)

성취의 문이 활짝 열렸음을 발견한 바로 그때,

저 영원의 밑바닥에서 거대한 불길이 터져 나와,

당황하며 걸음을 멈추게 되는 경우, 바로 이런 기분이리라.

생명의 횃불에다 불을 붙이려 했는데,

불바다가 우리를 휘감아 버리니, 이 어찌 된 불이란 말인가?(4710)

사랑인가? 증오인가? 이글거리며 우리를 휘감는 이것은?

고통과 기쁨이 번갈아 무시무시하게 엄습하니,

우리는 다시 지상으로 눈길을 돌려,

비단결 같은 베일[289] 속에 우리를 숨긴다.

그러니 태양이여, 그대는 내 등 뒤에 머물러라!　　　　(4715)

나는 바위틈으로 콸콸 쏟아지는 폭포를

---

288 제1부 지령의 등장 장면에서 파우스트가 그 빛을 감당하지 못한 것과 같은 맥락이다.
289 다른 시에서도 보듯이, 여기서 비단결 같은 베일은 이른 아침의, 하늘의 청명함이 스며든 안개
자락을 의미한다.

걷잡을 수 없이 커져 가는 황홀감으로 바라보노라.

줄지어 떨어지는 물줄기는 수천 갈래로 흩어지다,

다시 수만 갈래로 갈라지며 쏟아져 내리고,

드높이 허공 속으로 물보라를 일으키며 튀어 오른다.   (4720)

하지만 이 거센 물줄기에서 생겨나, 변화무쌍하면서도 지속
적으로

둥근 다리를 이루는 오색 무지개는 얼마나 찬란한가.

때로는 뚜렷하게, 때로는 허공으로 흩날리며

사방으로 향기롭고 시원한 소나기를 뿌려 준다.

아아, 무지개는 인간의 노력을 비추어 주는 것이니,   (4725)

그것을 보고 곰곰이 생각하면, 보다 정확히 알게 되리라.

다채로운 반사광(反射光)에서 우리 인생을 들여다볼 수 있다
는 사실을. **290**

---

290 삶의 실상을 그 자체로 직접 알 수는 없고, 무지개 같은 영상이나 상징 또는 비유의 형식으로
파악할 수 있다는 의미이다. 『기상학 시론』(1825년) 서두에서 괴테는 이렇게 말한다. "참된 것은 신
성한 것과 마찬가지로 우리가 결코 직접적으로 파악할 수는 없다. 우리는 그것을 다만 반사광 속에
서, 본보기와 상징 속에서, 개별적인 그리고 친근한 현상 속에서만 직관할 뿐이다. 우리는 그것을 파
악할 수 없는 삶으로서 인식하게 되지만, 그렇다고 해서 그것을 파악하려는 소망을 포기할 수는 없
다. 그리고 이러한 점은 이해 가능한 세계의 모든 현상들의 경우에도 마찬가지로 적용된다."

황제의 궁성

용상이 있는 어전(御殿)

황제를 기다리고 있는 신하들.

나팔 소리.

여러 신분의 신하들이 화려한 옷차림으로 등장한다.

황제가 용상에 오르고, 그의 오른편에는 천문박사가 서 있다.

황제

짐은 나의 충성스럽고 친애하는 경들을 충심으로 맞이하노라.

멀리서 가까이서 이렇게 모여 주었구려. ─

한데 점성술 박사[291]는 내 곁에 보이는데,   (4730)

---

291 16세기와 17세기의 궁정에서 점성술사는 보통 군주 옆에 대기하고 있었다.

바보 어릿광대 놈은 어디 가고 없는가?

귀공자

　폐하의 용포 자락 뒤를 바싹 따라오다

　계단에서 고꾸라졌나이다.

　누군가가 그 뚱뚱보를 떠메고 나갔습니다만,

　죽은 건지 취한 건지는 알 수 없나이다.　　　　　　　　(4735)

두 번째 귀공자

　바로 그때 놀라운 속도로[292]

　다른 놈 하나가 그 자리로 밀고 들어왔나이다.

　꽤나 값비싼 옷차림을 하고 있긴 해도,

　하는 짓이 괴상망측해 모두들 어리둥절하고 있나이다.

　문지기가 창극(槍戟)[293]을 열십자로 내밀어　　　　　　(4740)

　문턱에서 놈을 가로막았습니다만 −

　저런, 저 무엄한 광대 놈이 벌써 여기에 와 있사옵니다!

메피스토펠레스 (용상 앞에 무릎을 꿇으며)

　욕을 먹으면서도 늘 환영받는 게 무엇이겠습니까?[294]

　갈망의 대상이면서도 늘 내쫓기는 게 무엇이겠습니까?

　끊임없이 보호받고 있는 게 무엇이겠습니까?　　　　　(4745)

　심한 욕을 듣고 고발까지 당하는 게 무엇이겠습니까?

　폐하께서 불러들여선 안 될 자가 그 누구이겠습니까?

　누구나가 그 이름을 듣고 싶어 하는 자는 누구이겠습니까?

---

292 메피스토펠레스가 기존의 어릿광대를 대신하여 황제의 옆으로 잽싸게 다가가는 장면. 괴테가
1827년 10월 1일 그 장면을 에커만에게 묘사했다.
293 도끼가 달린 창. 왕의 근위병들이 주로 사용하였다.
294 악마이면서 동시에 광대인 자신의 모순적 속성을 토로하고 있다.

폐하의 용상 계단으로 다가오는 자가 누구이겠습니까?

스스로를 추방한 자가 누구이겠습니까? (4750)

황제

지금은 그런 말을 삼가도록 하라!

여기서 수수께끼 놀이는 가당치도 않다.

그것은 여기 이자들의 소관이니라. –

허나, 일단 풀어 보라! 짐은 기꺼이 듣겠노라.

이전의 어릿광대는 먼 곳으로 가 버린 듯하니, (4755)

그대가 그 자리를 맡아 짐의 곁에 있도록 하라.

(메피스토펠레스, 계단을 올라가 황제의 왼편에 선다.)

사람들의 중얼거리는 소리

새로운 어릿광대라 – 또 골치깨나 썩이겠군 –

어디서 온 놈인가? – 어떻게 들어왔지? –

먼젓번 놈은 고꾸라졌다지 – 그놈은 끝장난 거야 –

그놈은 오동통한 술통이었는데– 이놈은 비썩 마른 널빤지군– (4760)

황제

충성스러운 경들이여, 친애하는 경들이여,

멀리서 가까이서 이렇게 와 주었구려.

경들은 길운의 별 아래 모였으니,

저 하늘은 행운과 축복을 기약하는구려.

하나, 말해 보도록 하시오. (4765)

이토록 즐거운 날, 근심 걱정 다 떨쳐 버리고,

가장무도회처럼 가면을 쓰고

신명 나게 한판 놀아 볼 참이었는데,

어찌하여 회의니 뭐니 고생을 자초하는고?[295]

하나, 다른 도리가 없다는 게 경들의 견해인즉,　　　　　　　(4770)

기왕 이렇게 되었으니, 회의를 시작토록 하시오.

재상

최고의 성덕이 성자의 후광인 양

황제 폐하의 머리를 감싸고 있으니, 폐하께옵서만

그 성덕을 제대로 펼칠 수 있사옵니다.

그것은 바로 정의입니다! — 만백성이 사랑하고,　　　　　　(4775)

모두가 요구하고 소망하고, 없으면 괴로워하는 것으로,

이것을 백성에게 베푸는 건 오로지 폐하께 달렸사옵니다.

아아! 그러나 인간 정신에 분별력이 있은들 무슨 소용이며,

인간 마음에 선량함이, 솔선수범이 있어 봤자 무슨 소용이겠

나이까.

나라 안이 온통 열병에 걸린 듯 들끓고,　　　　　　　　　(4780)

악에서 또 악이 부화되고 있으니 말입니다.

누구라도 이 높은 곳에서 넓은 나라를 내려다보면

악몽을 꾸는 듯할 것이옵니다.

흉물들이 망칙한 꼴로 설쳐 대고,

불법이 합법적으로 군림하며,　　　　　　　　　　　　　(4785)

오류의 세상이 눈앞에 전개되고 있나이다.

---

295 이 장면에 대한 괴테의 설명에 의하면, 자기 자신에만 빠져 새로운 오락 거리나 추구함으로써, 나라를 잃어버릴 우려가 있는 모든 군주들의 속성을 말하고 있다(1827년 10월 1일 에커만에게). 자신의 군주인 카를 아우구스트 대공에 대한 경고의 시 「일메나우」(1783년)에서 괴테는 이렇게 말한다. "다른 이들을 잘 이끌어 가려고 노력하는 자는 / 많은 것 없이 지낼 수도 있어야 하는 법."

가축을 훔치고, 부녀자를 겁탈하고,

제단의 성배와 십자가와 촛대를 훔쳐 가고도

오히려 제가 한 짓을 두고두고 자랑까지 합니다.

그러면서도 털끝 하나 다치지 않아요.   (4790)

이제 고소인들이 법정으로 우르르 몰려오는데도,

재판관은 높다랗고 폭신한 의자에서 거드름만 피우고 있으니,

폭동의 소용돌이가 점점 거세지며

성난 파도처럼 물결치고 있나이다.

보란 듯이 더러운 짓과 무도한 짓을 일삼는 자는,   (4795)

권세 있는 공범자의 비호를 받고,

유죄! 언도를 받는 자는

죄가 없는데도 자신만을 의지하기에 유죄이옵니다.

이렇게 온 세상이 토막토막 절단되고,

당연한 것이 파멸의 위기에 처해 있는 터이니,   (4800)

이래서야 오직 정의의 길로 우리를 인도할

올바른 뜻이 펼쳐질 수 있겠나이까?

마침내 착한 뜻을 가진 사람들도

아첨이나 일삼고 뇌물이나 쓰는 인간으로 타락하고 말 것이
옵니다.

처벌 내리지 못하는 재판관은   (4805)

결국 범죄자와 한통속이 되는 것입니다.

소신이 검게만 그린 듯하오나,

오히려 더 두꺼운 천으로 그림을 덮어 버리고 싶사옵니다.

(잠시 후)

이제 결단을 내리심이 불가피하게 되었사오니,

모두가 가해자가 되고 모두가 피해자가 된다면,　　　　(4810)

폐하의 위엄마저도 도둑맞게 될 것이옵니다.

병무상

미쳐 날뛰는 꼴이 난세는 난세이옵니다!

저마다 때리고 얻어맞고 아수라장이라

상부의 명령 따위는 마이동풍이옵니다.

시민들은 성벽 뒤에서,　　　　(4815)

기사들은 암벽 소굴에서,

서로들 작당하여 우리에게 항거하며

그들의 세력을 공고히 하고 있나이다.

용병들은 안달복달 급료를 지불하라고

거칠게 요구하는데,　　　　(4820)

우리가 남김없이 다 지불한다면,

그들은 사정없이 이곳을 떠날 것이옵니다.

그렇다고 그들 모두가 원하는 걸 거절한다면

벌집을 건드린 꼴이 되고 말 것이옵니다.

그들이 지켜야 할 이 나라가　　　　(4825)

약탈당하고 황폐화된 채 버려져 있나이다.

미쳐 날뛰는 놈들의 횡포를 그대로 내버려 두고 있으니,

국토의 절반은 이미 잃은 것이나 다름없사오며,

국경 너머에 왕들이 있다고는 하나,

자기 일처럼 걱정해 주는 자는 아무도 없나이다.　　　　(4830)

재무상

동맹국의 왕후(王侯)들을 어찌 믿을 수 있겠나이까!

우리에게 약속했던 지원금마저

수돗물 끊기듯 중단되고 말았나이다.

더군다나, 폐하, 이 넓은 나라에서

토지 소유권은 누구의 손에 넘어가 버렸나이까? (4835)

어딜 가든 새로운 자들이 집을 짓고

제멋대로 살려고 하는데도,

우린 그냥 보고 있을 수밖에 없나이다.

너무도 많은 권리를 넘겨 버렸기에

조정에 그 어떤 권한도 남아 있질 않나이다. (4840)

소위 당파라는 것도

요즈음엔 믿을 수 없사옵니다.

그들은 비난도 하고 칭찬도 하지만

사랑도 증오도 마찬가지 것이 되고 말았나이다.

황제당도 교황당도 (4845)

몸을 사린 채 일신의 안일만 도모할 따름입니다.

이제 어느 누가 이웃을 도우려 하겠나이까?

모두들 자기 살길만 찾고 있을 뿐이옵니다.

금고들의 문은 굳게 닫혀 있건만,

저마다 긁어 대고 후벼 파고 끌어 모으는 바람에 (4850)

우리의 국고는 텅 비어 있나이다.

궁내상

소신도 곤경에 처해 있사옵니다.

날이면 날마다 절약하려 애쓰지만,

나날이 더 모자라기만 합니다.

그러니 신의 고통도 날마다 더해 갈 뿐입니다.   (4855)

요리사들만은 아직 궁핍을 모르고 있나이다.

산돼지, 사슴, 토끼, 노루,

칠면조, 닭, 거위와 오리 따위

현물로 바치는, 확실한 토지세는

아직도 상당히 들어오기 때문이옵니다.   (4860)

하지만 포도주는 끝내 바닥이 나고 말았나이다.

이전엔 지하실 가득 술통들이 쌓여 있었고,

산지와 연도도 최상의 것뿐이었는데,

지체 높으신 분들이 끝도 없이 퍼마시는 바람에

이젠 마지막 한 방울까지 동이 나게 되었나이다.   (4865)

관청에 남은 재고품까지 소매로 사들이지만,

큰 잔으로 들이켜고 큰 사발로 마셔 대는 바람에,

진수성찬이 상 아래에 즐비하게 떨어져 있는 지경이옵니다.

이제 소신이 계산하고 정당한 값을 치러야 합니다만,

유대인 대금업자들은 인정머리가 없어,   (4870)

세입(歲入)을 담보로만 돈을 꾸어 주기 때문에,

해마다 일 년을 앞당겨 먹고 있는 실정이옵니다.

돼지는 살찔 겨를도 없고,

침상의 이불마저도 저당 잡힌 채,

수라상의 빵도 외상으로 올리고 있나이다.   (4875)

황제 (잠시 생각에 잠겼다가 메피스토펠레스에게)

여봐라, 너 어릿광대에겐 아무 어려움이 없는가?

메피스토펠레스

소인 말씀인가요? 없나이다. 사방으로 이리저리

폐하와 높으신 분들의 광채만을 우러러 보고 있나이다! −

폐하께서 지엄한 명을 내리시는 마당에,

수중(手中)의 권능으로 적대적인 것을 물리치시고,   (4880)

지혜와 다양한 활동력으로 강력하게 뒷받침되는

선한 의지를 갖고 계시는 마당에, 어찌 믿음의 부족을 거론하

겠나이까?

이토록 귀하신 분들이 별처럼 빛나고 있는 터에,

그 무엇이 작당하여 재난과 어둠을 초래할 수 있겠나이까?

중얼거리는 소리

교활한 사기꾼 놈이구나 − 제법 주절거리는데 −   (4885)

교묘하게 알랑대는군 − 상당히 먹혀드는걸 −

척 보니 알겠어 − 녀석의 속셈을 −

도대체 앞으론 어떻게 나올까? − 어떤 꿍꿍이를 가진 거야 −

메피스토펠레스

이 세상에 결핍 없는 곳이 어디 있겠나이까?

여기엔 이게, 저기엔 저게 모자라지만, 이 나라엔 돈이 부족한

줄 아옵니다.   (4890)

물론 마룻바닥에서 돈을 긁어모을 수야 없지만,

지혜를 짜내면 아무리 깊은 곳에서도 파낼 수 있나이다.

산중의 광맥이나 성벽 아래에서도

주조한 금이든 그냥 금이든 찾아낼 수 있나이다.

그걸 누가 캐낼 것인가 물으신다면,   (4895)

재능을 가진 자의 본성과 정신의 힘[296]이라고 말씀드리겠나
이다.

재상

본성과 정신이라! 그건 기독교인에게 할 말은 아니다.

그 때문에 무신론자를 화형에 처하는 것이다.

그런 언사는 위험하기 짝이 없도다.

한마디로 본성은 죄악이요, 정신은 악마인 것이오.　　　　　(4900)

이 둘 사이에서 의심이라는,

기형적인 잡종이 태어나는 것이지.

하지만 여기선 천부당만부당한 일이오! ― 폐하의 유구한 나
라에서는

오직 두 명문거족만 존립하며

폐하의 용상을 당당하게 받드는 것이오.　　　　　(4905)

성직자와 기사[297]가 바로 그들이지요.

그들은 그 모든 폭풍우에 맞서며,

그 대가로 교회와 국가를 떠맡고 있는 것이오.

하지만 혼미한 정신의 천민 근성으로부터는

반역만 생겨나기 마련이니,　　　　　(4910)

그들이 바로 이단자요! 마법사들이로다!

그런 자들이 도성과 나라를 망치고 있느니라.

지금 네놈은 뻔뻔한 농담이나 지껄이며

---

296 대주교이기도 한 재상의 입장에서 보자면, 인간 본성은 범죄적인 것이고, 정신은 비판적인 것
이어서, 둘 다 왕좌와 교회에 해로운 것이다.
297 중세의 봉건 체제를 유지하는 두 기둥.

그런 작자들을 이 존엄한 궁성으로 슬그머니 끌어들이려 하
는 것이다.

폐하께옵서는 이 타락한 자를 경계하옵소서.　　　　　　(4915)

이 어릿광대는 그놈들과 친척 사이옵나이다.

메피스토펠레스

말씀을 듣자오니 고매한 학자시군요!

당신네들 손으로 더듬어 보지 않은 건 수십 리나 밖에 있고,

당신네들이 손에 넣지 않은 건 아예 존재하지도 않으며,

당신네들이 계산하지 않은 건 사실이 아니라 생각하고,　(4920)

당신네들이 달아 보지 않은 건 아예 무게가 없으며,

당신네들이 주조하지 않은 돈은 쓸 수 없다고 믿는 거지요.

황제

그런 말장난으로 우리의 결핍이 해결되는 건 아니다.

사순절 단식 설교 같은 걸로 뭘 어쩌겠다는 건가?

허구한 날 이러면 어떨까 저러면 어떨까, 신물 난다.　　(4925)

요컨대 돈이 없지 않은가, 그러니 돈을 만들도록 하라.

메피스토펠레스

원하시는 만큼, 아니 그 이상으로 만들어 올리겠나이다.

그건 쉬운 일이오나, 실은 쉬운 것이 어려운 법이지요.

돈은 이미 거기에 있사옵니다. 하지만 그것을 손아귀에 넣
는 것,

그것이 기술입지요. 누가 그 일을 시작할 수 있을까요?　(4930)

잘 생각해 보십시오. 저 공포의 시대[298]에,

---

298 민족 대이동, 전쟁, 도주, 추방의 시대를 가리킨다.

야만인들이 홍수처럼 밀려와 나라와 백성을 삼켜 버렸지요.

누구누구 할 것 없이 모두들 공포에 질렸지만,

가장 귀한 물건만은 여기저기 숨겨 놓았던 것이지요.

그런 일은 막강했던 로마 시대로부터 시작해 (4935)

어제까지, 아니 오늘까지도 계속되고 있나이다.

그 모든 것 땅속에 그대로 묻혀 있고,

땅은 폐하의 것이오니, 그 모든 것을 폐하께서 소유함이 지당

하옵니다.[299]

재무상

어릿광대의 말치고는 그럴 듯하옵니다.

사실 그 모든 것은 옛날부터 황제의 권리이옵니다. (4940)

재상

마귀가 경들에게 금실로 짠 올가미를 치고 있어요.

주님의 뜻에 맞는, 온당한 일은 아니옵니다.

궁내상

궁중에 필요한 재물만 만들어 준다면야,

어느 정도의 부정엔 눈을 감겠소이다.

병무상

저 어릿광대 녀석 똑똑한걸. 모두에게 이로운 걸 약속하

다니. (4945)

병사들이야 돈의 출처 따위는 묻지도 않을 거외다.

메피스토펠레스

제가 여러분을 속인다고 생각하신다면,

---

299 카를 4세의 '황금칙서'에 의하면, 땅속에 파묻힌 보물은 황제의 소유이다.

여기 훌륭한 분이 계십니다! 자, 이 천문박사님께 물어보시지요!

이분은 별들의 시간과 운행을 속속들이 알고 계십니다.

자, 말씀해 주시지요. 오늘의 천문은 어떻습니까?**300**　　　(4950)

중얼거리는 소리

두 놈 다 악당일세 ― 저희들끼린 벌써 통하는군 ―

어릿광대 놈과 몽상가가 ― 저렇게 용상 가까이에 있다니 ―

신물 나게 듣던 ― 낡아 빠진 가락이다 ―

광대 놈이 속삭이면 ― 박사가 떠들어 대는구나 ―

천문박사 (메피스토펠레스가 속삭이는 대로 떠들어 댄다.)

태양 자체는 바로 순금이옵니다.**301**　　　(4955)

그 사자(使者)인 수성은 총애와 급료 때문에 봉사를 하고,

금성은 여성이라, 여러분 모두에게 알랑거리며,

아침에도 저녁에도 사랑스러운 눈길을 보냅니다.

수줍은 달님은 이랬다저랬다 변덕이 심하지요.

화성은 화끈하게 불타지는 않아도, 그 힘은 우리를 위협합니다.(4960)

목성은 변함없이 가장 아름다운 빛을 내며,

토성은 크긴 해도, 우리 눈엔 멀고 작게 보이지요.

금속으로선 별로 환영받지 못하고,

값어치도 떨어지지만, 그 무게만큼은 대단하지요.

그렇습니다! 해와 달이 정겹게 어울린다면,　　　(4965)

300　16~17세기의 궁정 천문학자들은 행성들의 위치에 따라 특정한 과업에 이로운 시간을 계산하곤 했다.

301　고대 신들의 이름을 따랐던 혹성들의 이름은 점성술과 연금술에서는 특정한 금속들과 연관을 맺었다. 즉, 일곱 개의 혹성은 각각 하나의 금속을 대표한다. 태양은 금, 수성은 수은, 금성은 구리, 달은 은, 화성은 철, 목성은 주석, 토성은 납을 대표한다.

금과 은이 화합하는 것이니, 유쾌한 세상이 되고,

그 밖의 무엇이든 다 얻을 수 있지요.

궁궐이든, 정원이든, 귀여운 유방이든, 볼그레한 뺨이든

위대한 학자분[302]이라면 무엇이든 다 만들어 낼 수 있지요.

그분은 우리들 중 아무도 할 수 없는 일을 가뿐히 해 내니

까요.   (4970)

황제

그가 말하는 게 양쪽에서 들려[303]

무슨 소린지 도통 납득이 안 가는구나.

중얼거리는 소리

그게 우리와 무슨 상관인가? – 케케묵은 재담이야 –

책력으로 점치는 수작이거나 – 연금술 따위야 –

종종 듣긴 했지만 – 늘 기대에 어긋났지 –   (4975)

그자가 온다고 해도 – 사기꾼일 거야 –

메피스토펠레스

빙 둘러서서 탄복하면서도

놀라운 발견을 믿지는 않으시네요.

어떤 이는 알라우네[304]의 효험이라며 헛소리를 지껄이고,

또 어떤 이는 검정개를 들먹이는군요.   (4980)

---

302 4895행에서 암시했듯이, 파우스트를 가리킨다. 메피스토펠레스는 속삭이고 천문박사는 떠들
어 댐으로써 금을 조달할 파우스트의 출현을 예고하고 있다.
303 무대 연출상, 메피스토펠레스의 속삭임과 천문박사의 떠들어 대는 소리가 동시에 들리기 때
문이다.
304 가짓과(科)의 유독식물. 그 뿌리는 인간의 모습을 하고 있고, 그것을 지니고 있으면 건강, 재물
이 따라온다고 한다. 주로 교수대 밑에서 자라며, 뽑힐 때 무시무시한 소리를 지르기 때문에, 그것을
뽑을 땐 밀랍으로 귀를 막고, 검정개를 데려와 지켜보게 하며, 뿔피리로 커다란 소리를 내어 그 식물
이 내는 소리를 덮어 버린다고 한다.

어떤 이는 빈정대고,

또 어떤 이는 요술이라고 비난하지만, 다 같잖은 소리지요.

그 사람도 한 번쯤은 발바닥이 간질간질하거나,[305]

잘 걷던 걸음이 갑자기 말을 듣지 않을 때가 있었을 테지요.

여러분 모두는 영원히 지배하는 자연의   (4985)

비밀스러운 작용을 몸으로 느낍니다.

대지의 가장 깊은 밑바닥으로부터

꿈틀거리는 생명이 솟구쳐 오릅니다.

온몸이 꼬집히는 것 같거나,

서 있는 곳이 왠지 섬뜩하게 느껴진다면   (4990)

다짜고짜 그 자리를 파헤쳐 보십시오.

그곳에 악사나 아니면 보물이 파묻혀 있을 겁니다![306]

중얼거리는 소리

내 발이 납덩이처럼 무겁다 –

내 팔에 찌르르 경련이 인다 – 그런데 이건 통풍(痛風)

이다 –

나는 엄지발가락이 근질근질 –   (4995)

나는 온통 등이 쑤시는걸 –

이런 징조로 보아 여기는 –

엄청난 보물이 묻힌 구역이야.

---

305 19세기 초에 다시 유행했던 학설로, 민감한 사람은 발바닥으로 수맥을 발견하거나, 탄층이라든지 금속의 존재를 느낄 수 있다는 것이다. 정통 물리학과 마법적인 자연 관찰 사이의 경계선 상에 있는 이 '갈바니 전기 현상'에 괴테는 커다란 관심을 가지고 있었다.

306 악사나 개가 파묻혀 있는 곳에서는 걸음이 비틀거리게 된다는 속설(1809년 6월 6일 폰 슈타인 부인에게 보내는 편지).

황제

　　자, 서둘러라! 다시 빠져나갈 구멍은 없다.

　　네놈의 거품 같은 거짓말이 사실임을 입증하고,　　　　　(5000)

　　그 소중한 장소를 당장 우리에게 보여라.

　　짐도 검과 홀(笏)을 내려놓고,

　　몸소 이 귀한 손으로 그 일을 완성할 것이니라.

　　네놈의 말이 거짓이 아니라면 말이다.

　　하나 거짓이라면, 네놈은 그 길로 지옥행이니라!　　　　　(5005)

메피스토펠레스

　　지옥 가는 길이야 어쨌든 찾아갈 수 있겠사오나, ―

　　도처에 임자도 없이 묻혀 기다리는 보물들을

　　일일이 다 알려 드릴 수는 없나이다.

　　쟁기로 밭고랑을 갈던 농부가

　　흙덩이와 함께 황금 단지를 파낼 수도 있고,　　　　　(5010)

　　진흙 담벼락에서 초석(硝石)이나 파내려다

　　휘황찬란한 금화 꾸러미를 발견하고는,

　　기절초풍, 여윈 두 손에 그걸 움켜쥐고 기뻐하는 수도 있나이다.

　　아무리 멋진 아치형 건물이라도 폭파해야 하고,

　　어떤 바위틈이건 어떤 갱도건,　　　　　(5015)

　　보물을 추적하는 전문가라면 밀치고 들어가야 합니다.

　　지옥 근처까지라도 말입니다!

　　옛날부터 보존된, 널찍한 지하실로 들어서면,

　　황금제의 큰 잔과 대접과 접시들이

　　즐비하게 진열되어 있는 게 보일 겁니다.　　　　　(5020)

홍옥으로 만든 기다란 술잔들도 있어,

한잔하고픈 생각 절로 드는데,

그 옆을 보니 마침 천 년 묵은 술도 있군요.

하지만 – 이 전문가의 말을 믿으시길 바랍니다 –

술통의 판자는 썩어 버린 지 이미 오래라,   (5025)

단단하게 굳은 주석(酒石)이 술통 역할을 하며 술을 담고 있지요.

이처럼, 황금과 보석뿐만 아니라

고귀한 술의 정수(精髓)까지도

어두운 밤과 두려움에 휩싸여 있는 것입니다.

현자는 바로 이런 곳을 끊임없이 탐색하는 것이지요.   (5030)

밝은 대낮에 무언가를 인식한다는 건 어린애 장난,

신비스러운 것은 암흑 속에 깃들어 있는 법이지요.

황제

그런 건 네게 맡기겠노라! 어둠 따위가 무슨 소용이란 말인가!

무언가 값진 게 있다면, 밝은 곳으로 끌어내야 하는 법.

누가 깊은 밤에 악당을 제대로 구분하겠는가?   (5035)

검은 건 암소요, 고양이는 잿빛일 뿐인데.

저 아래 황금으로 가득한 묵직한 항아리들이 있으니,

쟁기를 써서 밝은 곳으로 파내도록 하라.

메피스토펠레스

괭이와 삽을 들고 친히 파내시옵소서.

농부의 일은 폐하를 부자로 만들어 줄 것이오니,   (5040)

금송아지들이 떼를 지어

땅에서 솟아 나올 것이옵니다.

그리 되면, 감격에 북받쳐, 마음 내키는 대로

폐하 자신은 물론 사랑하는 여인까지 치장할 수 있게 되옵니다.

빛깔도 광채도 찬란한 보석은 　　　　　　　　　　　　(5045)

아름다움과 더불어 제왕의 위엄을 더욱 높여 줄 것이옵나이다.

황제

당장 시행하라, 당장! 언제까지 질질 끌 작정인고!

천문박사 (앞에서와 같이)[307]

폐하! 그처럼 화급히 서두르지 마옵시고,

우선 이런저런 오락을 그만두소서.

마음이 산란하면 목적을 이루기 어렵나이다. 　　　　　(5050)

우선 마음을 차분히 하고 속죄해야 하옵니다.

지하의 것도 천상의 것을 통해서 얻어지니까요.

선을 원하는 자, 먼저 자신이 선해야 하며

기쁨을 원하는 자, 자신의 혈기를 달래야 하며,

술을 갈망하는 자, 잘 익은 포도송이를 짜야 하며, 　　(5055)

기적을 바라는 자, 먼저 자신의 믿음을 굳건히 해야 하옵니다.

황제

그렇다면 유쾌하게 시간을 보내도록 하라!

마침 고대해 마지않던 성회(聖灰) 수요일[308]도 다가오고 있지

않느냐.

아무튼 그동안에 우리는 더욱 신나게

---

307 메피스토펠레스가 속삭이고, 천문박사는 큰 소리로 반복하는 것을 말한다.

308 사순절의 첫날, 사육제의 이튿날이며, 가톨릭 신자들은 이날 참회의 뜻으로 이마에 성회를 바른다.

광란의 사육제를 보내면 될 일이다. (5060)

(나팔 소리와 더불어 퇴장)

메피스토펠레스

업적과 행복은 서로 연결되어 있다는 것을

저 바보 놈들은 꿈에도 깨닫지 못하는구나.

설혹 저들이 현자의 돌을 가졌다 할지라도,

그 돌엔 현자가 없지 않은가.[309]

작은 방들이 딸린 넓은 홀[310]

가장무도회를 위해 장식되어 있다.

의전관

여러분은 지금 악마 춤, 어릿광대 춤, 유령 춤이 난무하는 (5065)

독일 땅에 있다고 생각지 마십시오.

신바람 나는 축제가 여러분을 기다립니다.

폐하께서는 로마 원정길을 떠나,

자신의 필요로, 또 여러분의 즐거움을 위해

험준한 알프스를 넘어 (5070)

---

309 연금술사들이 금을 만드는 데 사용했다는 만능의 돌도 어리석은 자들에겐 아무 소용없다는 말. 관객에게 격언조의 이런 말을 던지면서 메피스토펠레스는 비로소 자신의 역할에서 벗어난다.
310 괴테가 안로마의 사육제 장면을 참조하여 쓴 것이다. 특히 피렌체의 메디치가를 중심으로 전개되었던 이탈리아의 르네상스 문화를 독일의 파우스트 문학이 재현하는 장면이라고 할 수 있다.

이 명랑한 나라를 손에 넣으셨지요.

황제, 그분께서는 교황의 성화(聖靴)에 입 맞추시며

우선 통치권을 간구하셨고,[311]

황제의 관을 받으러 행차하셨을 때는

우리에게 광대 모자까지 갖다 주셨지요.   (5075)

그리하여 우리 모두는 새로 태어나게 된 것입니다.

처세에 능하다면 누구든

이 모자를 머리에서 귀밑까지 푸근하게 눌러 써 보세요.

그러면 미친 얼간이처럼 보일 테지만,

모자 밑에선 무어든 가능하니 실은 똑똑해진 거지요.   (5080)

사람들이 벌써 떼 지어 몰려드는군요.

망설이며 서로 떨어지기도 하고, 정답게 짝을 짓기도 하는군요.

합창대들도 꼬리에 꼬리를 물고 밀려듭니다.

들락날락 쉼이 없군요.

하지만 세상이란 결국 예나 마찬가지,   (5085)

아무리 오두방정 떨어도,

유일무이한, 덩치 큰 바보에 불과한 것입니다.

여자 정원사들[312] (만돌린 반주에 맞추어 노래한다.)

　　　여러분의 갈채를 받고 싶어,

　　　오늘 밤 이처럼 예쁘게 꾸미고서,

　　　우리 피렌체의 아가씨들   (5090)

---

311 아우구스부르크 종교화의(1555년) 때까지 교황이 독일 황제의 대관식을 거행하였다.
312 오늘날의 정원사와는 달리, 괴테 시대의 여자 정원사는 유원지에서 이런저런 시중을 들어주며, 나중에 꽃을 건네 주고 팁을 받는 직업이었다.

화려한 독일 궁전에 찾아왔어요.

갈색으로 출렁이는 고수머리엔
활짝 핀 꽃 몇 송이를 꽂았어요.
비단실 비단 솜뭉치313도 여기에선
제 몫을 단단히 하지요.   (5095)

우린 그걸로 정성껏 단장했으니
칭송받아 마땅해요.
우리 손으로 만든, 화려한 꽃들314
사시사철 곱게 피어 있을 거예요.

오색 종이들을 곱게 잘라   (5100)
좌우가 똑같도록 맞추었어요.
조각조각 따로 보면 우습겠지만
전체를 보시면 반할 거예요.

우리 여자 정원사들 보시기만 해도
귀엽고 정이 갈 거예요.   (5105)
여인들의 천성이란 본래부터
예술과 무척 가까우니까요.

---

313 괴테 시대에 이탈리아에서 수입되었던 조화(造花).
314 크리스티아네 불피우스도 괴테의 아내가 되기 전에, 레이스와 벨벳, 화려한 색의 비단 천으로
그런 꽃들을 만드는 공장에서 재봉사로 일을 했다.

의전관

    너희들의 풍성한 꽃바구니를 보여 드리렴.

    머리에 이고, 팔에 건 꽃바구니,

    그 알록달록한 꽃들 중에서 (5110)

    누구나 원하는 대로 골라 드리렴.

    자, 서둘러라, 이 정자들 사이의 오솔길이,

    꽃밭이 되게 하라!

    꽃 파는 아가씨들도 꽃들도

    우르르 몰려와 볼 만하지 않은가. (5115)

여자 정원사들

    흥겨운 자리니 좋은 값에 드릴게요.

    하지만 너무 깎으려 들진 마세요!

    의미 깊게 짤막한 몇 마디로

    사시는 꽃의 꽃말을 알려 드릴게요.

열매 달린 올리브 나무 가지

    난 어떤 꽃송이도 질투하지 않고, (5120)

    싸움이라면 늘 피한답니다.

    그건 내 천성에 어울리지 않아요.

    이 몸은 땅의 정수[315]이며,

    확실한 증표가 되어 어느 곳에서나

    평화를 상징하지요. (5125)

    오늘은 바라건대 아름다운 머리를

    품위 있게 장식했으면 합니다.

---

315 올리브 열매와 거기서 짜낸 올리브유는 이탈리아인의 가장 중요한 음식 중의 하나이다.

이삭으로 만든 화환(황금빛)

　　　　체레스[316]의 선물로 치장하시면,

　　　　귀엽고 사랑스러울 거예요.

　　　　쓸모 있어서 가장 환영받는 이 이삭이　　　　　(5130)

　　　　여러분의 장식품으로도 좋을 거예요.

상상(想像)**의 화환**(花環)

　　　　당아욱을 닮은 알록달록한 꽃들,

　　　　이끼에서 피어나니 정말 신기하구나!

　　　　자연에선 흔한 일이 아니지만,

　　　　유행은 그런 것도 만들어 내지요.　　　　　　(5135)

상상의 꽃다발

　　　　내 이름을 여러분에게 말해 주는 건

　　　　테오프라스트[317] 선생이라도 못할 거예요.

　　　　모든 이의 마음에 들지야 못하겠지만,

　　　　일부 여성의 마음만은 사로잡아

　　　　그들의 소유가 되고 싶어요.　　　　　　　(5140)

　　　　나를 머리에 꽂아 주시거나,

　　　　마음을 정해 가슴 위에

　　　　나의 자리를 마련해 주세요.

　　　　　　　(도전적으로)[318]

---

316 고대 로마의 풍요의 여신. 농업과 곡물의 여신.
317 '테오프라스토스'라고도 한다. 기원전 4세기경의 그리스 철학자 및 생물학자. 식물학의 아버지라고 불리며, 아리스토텔레스의 제자, 친구이자 후계자였음. 상상 속의 꽃다발이므로 그의 식물학 체계로 분류할 수는 없다.
318 조화(造花)에 대한 자연산 장미꽃의 도전에 대응하여.

알록달록한 상상의 꽃들은

그날그날의 유행에 따라 피어나지요. (5145)

자연이 결코 보여 준 적 없는

경이로운 모습을 보여 준답니다.

초록빛 줄기도 황금빛 꽃망울도

풍성한 고수머리 사이로 얼굴을 내밀지요! −

장미꽃 봉오리

우린 몸을 숨기고 있겠어요. (5150)

싱싱한 우리를 찾아내는 자는 복도 많아요.

여름이 불붙듯 다가오고,

장미꽃 봉오리 나 여기 있노라 소식을 알리면,

누가 그런 행복을 마다할까요?

약속은, 반드시 지킨다고요! (5155)

꽃들의 나라에선 눈길도 생각도 마음도

그 원칙을 따르는 거랍니다.

(정자들 사이의 푸른 오솔길에서 여자 정원사들이

그들의 상품을 보기 좋게 정돈하고 있다.)

남자 정원사들 (테오르베[319]의 반주에 맞추어 노래한다.)

꽃들은 말없이 피어나

여러분의 머리를 곱게 단장합니다.

---

319 저음의 기타와 비슷한, 14현 내지 16현으로 된 목이 긴 이탈리아의 악기.

하지만 열매들은 먼저 유혹하는 법이 없으니,   (5160)
여러분 스스로 맛보며 즐기도록 하세요.**320**

노랗게 익은 얼굴 내밀며
버찌, 복숭아, 자두 열매들이 인사합니다.
사십시오! 혀와 입을 대신해
눈만으론 판단하기 어려워요.   (5165)

어서 오세요. 무르익은 이 과일들을
맛있게 냠냠 잡숴 보세요!
장미라면 시로 읊겠지만,
사과는 깨물어야 제 맛이지요.

당신네들 화사한 청춘의 꽃과   (5170)
우리가 짝을 짓도록 허락해 주세요.
그러면 우리도 이웃답게
농익은 열매들을 수북 쌓아 놓겠어요.

재미나게 엮어 놓은 나뭇가지 아래에서,
장식도 아름다운 정자의 칸막이 안에서,   (5175)
무엇이든 당장 발견할 수 있다오.
꽃봉오리도, 잎사귀도, 꽃도, 열매도.**321**

---

320 꽃들은 여자 정원사, 열매들은 남자 정원사를 우회적으로 가리키고 있음.
321 꽃봉오리는 여성의 유두를, 잎사귀는 남성의 유두 부분을, 꽃은 '여성의 생식기'를, 열매는 남성의 고환을 암시하고 있는 것으로 보인다. 괴테가 파우스트 1부에서 「발푸르기스의 밤」의 에로틱

(기타와 테오르베의 반주에 맞추어 교대로 노래하며, 두 패의 합창대
는 계속해서 상품을 차곡차곡 쌓아 올려 진열한다.)

(어머니와 딸, 등장)

어머니

> 애야, 네가 세상에 태어났을 때,
> 예쁜 고깔모자를 씌워 주었단다.
> 얼굴은 너무도 귀여웠고,   (5180)
> 몸뚱이도 정말 보들보들했지.
> 당장에 새색시나 된 것처럼,
> 방금 부잣집 신랑에게 시집간 것처럼,
> 벌써 새아씨가 된 것처럼 생각했단다.

> 아아! 어느덧 세월이   (5185)
> 헛되이 흘러가 버렸구나.
> 이런저런 구혼자들 떼 지어 오더니,
> 순식간에 다 사라졌구나.
> 한 남자와 날래게 춤추며,
> 다른 남자를   (5190)
> 팔꿈치로 슬쩍 찔러 보기도 했건만.

한 장면의 노골적인 부분을 미발간 원고 상태로 남겨 놓고, 2부는 자신의 사후에 발간토록 한 이유
를 미루어 짐작할 수 있다. 궁정 사회의 위선적인 분위기를 토로하는 괴테의 발언들과 같은 맥락.

온갖 잔치를 다 벌여 보았지만
아무 소용도 없었어.
벌금 놀이도 술래잡기도
별 도움이 못 되었어.　　　　　　　　　　(5195)
오늘은 모두가 바보 되어 노는 날이니
애야, 너도 사타구니를 살짝 벌리고 있으렴.
혹시 한 놈 걸려들지도 모르니까.

여자 친구들

(젊고 아름다운 여자 친구들이 몰려와 어울리고, 정다운 잡담 소리
점점 더 요란해진다.)

어부와 새 몰이꾼들

(그물, 낚싯대, 끈끈이 장대 그리고 그 밖의 도구들을 가지고 나타나
아름다운 소녀들 사이에 섞인다. 서로 관심을 끌고, 붙들고, 달아나
고, 잡아 두려 하면서 즐거운 대화의 장이 펼쳐진다.)

나무꾼 (사납고 거친 태도로 등장)

썩 비켜라! 썩 물러서라!
우린 공간이 필요하다.　　　　　　　　　　(5200)
우리가 나무를 찍으면,
우지끈 꽈당 쓰러진다.
짊어지고 갈 때도
여기저기 부딪치기 마련이다.

자랑 삼아 한마디 할 테니   (5205)
똑똑히 명심해라.
거칠게 일하는 일꾼들
이 나라에 없으면,
고상하신 양반네들
어떻게 살아갈까?   (5210)
똑똑한 척 고만하고,
이것만은 아시라!
우리가 땀 흘리지 않으면,
당신네는 얼어 죽소.

어릿광대 (더듬거리며, 거의 바보처럼)

너희들은 바보 멍청이.   (5215)
날 때부터 꾸부정.
우리들은 똑똑이.
짐 한번 져 본 적 없어.
우리들의 벙거지,
저고리도 누더기도   (5220)
날개처럼 가볍지.
느긋하게
날마다 빈둥빈둥.
슬리퍼 질질 끌며
장터로 인파 사이로   (5225)
어슬렁어슬렁.

멍하니 섰다가

욕바가지도 얻어먹고,

그런 소릴 들으면,

밀고 밀치는 사람들 사이로 (5230)

미꾸라지처럼 빠져나가지.

그러곤 우리 모두 껑충껑충

한데 어울려 미친 듯이 날뛴다네.

너희들이 칭찬하건

욕을 하건, (5235)

그게 우리와 무슨 상관인가.

식객들[322] (굽신거리며 탐난다는 듯이)

당신네 씩씩한 나무꾼들

그리고 의형제인

숯 굽는 사람들

우리에겐 모두 귀한 분이오. (5240)

우리야 언제나 굽신굽신

지당하오, 하며 끄덕대고

빙빙 돌려 빈말하고,

한입으로 두말하며

데워 주었다 식혀 주었다 (5245)

상대방의 기분을 맞추지만,

그게 다 무슨 소용이겠소?

---

[322] 고대의 희극에서 이탈리아의 희극으로 넘어온 인물의 부류. 부자들의 식사 시간에 식객으로 아첨을 떤다.

하기야 무시무시한 불길이

저 하늘에서

내려올지도 모르지만, (5250)

그래도 장작과

한 짐의 숯이 없다면

아궁이에 넘실넘실

불이 타오르지는 못할 거요.

굽지도 끓이지도 못하고 (5255)

지지고 볶지도 못할 거요.

진정한 식도락가,

접시까지 핥아 먹는 우리는

냄새만 맡고도 무슨 고긴지,

무슨 생선인지 알아내지요. (5260)

그렇게 실력 발휘라도 해야

주인 나리의 식탁에 꼽사리 낄 수 있지요.

술주정꾼 (정신이 몽롱한 상태로)

오늘은 어떤 놈도 날 건드리지 마라!

사방 천지가 툭 트인 기분이다.

싱싱한 쾌락과 유쾌한 노래들, (5265)

이 사람이 몸소 가져온 것이니라.

그래, 나는 마신다! 마시자고, 마셔.

술잔을 부딪쳐라! 쨍그랑, 쨍그랑!

저 뒤에 있는 양반[323] 이리 나오시오!

---

[323] 관람석에 앉은 관객을 향해 하는 말.

자, 건배, 옳지, 옳지.   (5270)

우리 마누라 화가 머리끝까지 치밀어,
이 색동옷을 보고 빈정거리더군.
아무리 폼 잡아 봤자
나란 놈은 무도회 가면 걸이 같다며 욕을 퍼붓더군.
그래도 나는 마신다! 마시자고, 마셔!   (5275)
잔을 부딪쳐라! 쨍그랑, 쨍그랑!
무도회 가면 걸이들아, 건배!
쨍그랑 울렸으니, 됐다 됐어.

나를 보고 길 잃은 놈이라고 말하지 마라.
마음 편한 곳에 와 있지 않느냐.   (5280)
주인이 안 주면, 안주인이 외상술 줄 거고,
마지막엔 색시가 줄 거다.
어쨌든 나는 마신다! 마시자고, 마셔!
다른 분들도 건배! 쨍그랑, 쨍그랑!
모두가 모두에게 건배! 계속 부딪쳐라!   (5285)
옳지, 잘 돌아간다.

어디서 어떻게 재미를 보든
그냥 내버려 두란 말이다.
누운 대로 그대로 두라고.
더 이상 서 있고 싶지 않으니까.   (5290)

합창

형제들이여, 마시자, 마셔!

힘차게 건배하세, 쨍그랑, 쨍그랑!

벤치든 빈 술통 위든 잘 앉아라!

식탁 밑으로 구르면 끝장이다.

의전관

(각종 시인들[324]의 등장을 알린다. 자연 시인, 궁정 시인, 기사 시인,
감상 시인 및 열광 시인들이다. 저마다 밀고 당기며 앞을 다투느라
다른 시인에게 낭독의 기회를 주지 않는다. 한 시인이 몇 줄씩 읊조
리다 슬그머니 사라진다.)

풍자 시인

그대들은 아는가, 시인인 나를   (5295)

진정으로 기쁘게 해 주는 게 무언가를?

나, 노래하고 말하련다.

아무도 듣고 싶어 하지 않는 것을.

(밤과 묘지의 시인들[325]이 오지 못한다고 소식을 보내온다. 그들은
새로 등장한 흡혈귀들과 흥미진진한 대화를 나누고 있는 중이며, 거

---

324 낭만주의 시기에 유행했던 풍조를 대변하는 시인들. 풍자 시인은 이들에게 간단히 몇 마디 하
면서 지나간다. 『크세니엔』에서 괴테와 실러가 그랬던 것처럼, 아무도 듣고 싶어 하지 않은 것을 말
해 주면서.
325 낭만주의 작가 호프만(E. T. A. Hoffman)을 비롯하여, 당시에 끔찍한 것들을 소재로 하여 쓰
던 최신 유행의 시인들을 가리킨다. 괴테는 그러한 소재들, 즉 밤의 교회, 교회 마당, 십자로, 추악한
흡혈귀 등을 가장 역겨운 것들이라고 비난했다.

기서 어쩌면 새로운 유형의 시가 생겨날지도 모른다는 것이다.[326] 의
전관은 그것을 인정하고, 그 대신에 그리스 신화의 인물들을 불러낸
다. 그들은 현대적인 가면을 쓰고 있기는 하나, 그 특성도 매력도 잃
지 않고 있다.)

(우미(優美)의 세 여신[327] 등장)

아글라이아

우리는 인생에 우아함[328]을 불어넣는 존재이니,

선물을 줄 때도 우아함이 함께 있도록 하라.   (5300)

헤게모네

받을 때도 우아함이 있어야 할지니,

소원을 성취하는 것은 즐거운 일이로다.

오이프로지네

평화로운 나날의 울타리 안에서 사는 동안엔,

감사의 마음도 진정 우아해야 하리라.

(운명의 세 여신[329] 등장)

---

326 영국의 존 폴리도리(John Polidori)가 쓴 소설 『흡혈귀』가 독일에서도 대유행이었는데, 괴테는 이런 음산한 분위기의 문학을 싫어하였다.
327 헤시오도스의 저작에서 처음으로 등장하는 우미의 여신들은 선행(아글라이아)과 수용(탈리아)과 감사(오이프로지네)의 여신들이다. 괴테는 이중에서 탈리아를 헤게모네로 바꾸어 등장시키고 있다.
328 독일어의 Anmut를 번역한 것이다.
329 헤시오도스에 의하면 인간의 수명을 좌우하는 운명의 세 여신 중 '실 잣는 이'라는 뜻의 클로토는 생명의 실을 잣고, 셋 중 가장 젊은 모습으로 나타나며, '제비뽑기'라는 뜻의 라케시스는 인간이 사는 생명의 길이만큼 방추에 실을 감는다. '불가피함'이라는 뜻의 아트로포스는 가차없이 가위로 실을 잘라 수명을 결정하는데, 가장 늙고 어두운 옷을 입은 모습으로 나타난다. 괴테는 여기서

아트로포스

이번엔 가장 늙은 이 몸에게   (5305)
실을 자으라고 초대하는구려.
이 생각 저 생각 궁리도 많이 하며
가느다란 생명의 실을 잣는다오.

나긋나긋 부드러운 실이 나오도록
가장 섬세한 아마(亞麻)를 골랐다오.   (5310)
매끈하고 가늘고 곧은 실이 되도록
손가락으로 능숙하게 매만지리라.

흥겹게 춤추다 보면,
정도에 지나치기 마련.
그때는 이 실오리의 한계를 생각하며   (5315)
조심하시라! 끊어지지 않게!

클로토

요 며칠간 이 가위가
내 손에 맡겨져 있다는 걸 알아 두시라.
사람들이 우리 언니가 하는 일을
못마땅하게 여겨 그렇게 된 거라오.   (5320)

클로토와 아트로포스의 역할을 뒤바꿔 놓았다.

아무짝에 쓸모없는 실오리들은
햇빛과 바람 속에 오래도록 잡아매 놓고,
찬연히 빛나는 희망의 실오리는
싹둑 잘라 무덤으로 끌고 간다오.[330]

그러나 나 또한 젊음의 혈기에 휘둘려   (5325)
벌써 몇 백 번이나 잘못을 저질렀다오.
오늘은 자신을 억제하려고
가위를 가위집 속에 넣어 두었어요.

이렇게 기꺼이 구속당하면서도
나는 다정한 시선으로 이 장소[331]를 바라본다오.   (5330)
당신들이 이 자유로운 시간[332]만이라도
한껏 열광하며 놀고 또 놀아 보라고요.

라케시스

분별력은 나 혼자만의 것이기에
질서 유지가 내 일이 되었다오.
나의 물레는 활기차게 돌고 또 돌지만,   (5335)
한 번도 서두르지는 않았어요.

실오리가 나오면 물레에 감고

---

330 언니인 아트로포스가 그랬다는 것이다. 쓸모없는 것은 오래 남고, 희망은 빨리 사라진다는 역설.
331 가장무도회가 열리고 있는 넓은 홀을 가리킨다.
332 운명의 여신이 생명의 실을 끊어 버리지 않겠노라고 보장하고 있는 동안.

한 가닥 한 가닥 제 길로 이끌어 주지요.
어느 한 가닥도 삐끗하지 않고,
빙글빙글 잘도 돌아간다오.   (5340)

이 몸이 여차하여 정신을 놓기라도 한다면,
세상이 어찌 될지 불안해요.
시간을 헤아리고, 세월을 저울질하며
직조공은 운명의 고삐를 쥐고 있는 거라오.

의전관

여러분은 지금 나오는 여신들을 알아보지 못할 거외다.   (5345)
제아무리 고문서에 통달한 분이라도 말입니다.
그토록 많은 악행을 부추겼던 여신들이지만,
반가운 손님으로 맞아 주시지요.

아무도 안 믿겠지만, 바로 복수의 여신들[333]입니다.
귀엽고 날씬하고 다정하고 나이도 젊네요.   (5350)
일단 사귀어 보시면, 저 순한 비둘기들이
뱀처럼 물어뜯는다는 걸 알게 될 겁니다.

음흉한 여신들이긴 하지만, 오늘만은
모두 바보가 되어 자신의 결점을 뽐내는 날이라,

---

333 고대 신화에선 무섭고 추악한 노파의 형상이었나, 이 무도회에선 젊고 아름다운 모습으로 나
타난다. 괴테의 견해에 따르면, 고대 이후로는 그렇게 무시무시한 요소들이 없어졌으므로, 이 여신
들은 성적으로 문란한 궁정 사회의 연애 관계를 보여 주는 데 적합하다고 본다.

그들도 천사의 명예까진 바라지 않고, (5355)

도시나 시골의 말썽꾸러기 정도를 자처하네요.

(복수의 세 여신[334] 등장)

알렉토

그래 봤자 무슨 소용? 결국 우리 말을 믿을 거야.

우린 귀엽고 젊고 고양이처럼 애교 넘치니까.

당신네들 가운데 누구든 사랑스러운 애인을 갖게 되면

우리는 그 귀에다 대고 아양 떨죠. (5360)

그러다가 마침내 눈과 눈을 마주 보며 말한다오.

그년은 이놈한테도 저놈한테도 추파를 던져요,

머리는 멍청하고, 허리는 구부정하고, 다리까지 절름대니

당신의 신붓감으론 빵점이라고요.

여자한테도 이렇게 말하며 괴롭힐 거라오. (5365)

보니까, 당신 남자 친구가 몇 주 전에

당신을 험담하데요, 어떤 여자한테!

그러면 서로 화해하더라도 뒷맛이 꺼림칙하지요.

메가이라

그 정도야 장난! 그들이 일단 맺어지면,

내가 나서서 제아무리 꿈같은 행복일지라도 (5370)

---

[334] 여기에서 증오의 여신인 알렉토는 애인들 사이를 이간질하고, 적의와 질투의 여신 메가이라는 부부간의 권태와 불만을 증대시키고, 원수를 갚는 여신 티시포네는 부정을 저지른 애인을 처벌한다.

망상을 불어넣어 망가뜨리겠어요.

사람이란 변덕스러운 존재고, 시간도 마찬가지니까요.

그 누구도 소망을 이루고 변함없이 간직할 순 없어요.

인간이란 어리석게도 더 탐나는 걸 바라게 되니까요.

최상의 행복이라도 익숙해지면 싫은 법.   (5375)

태양을 멀리하고, 차가운 서리로 몸을 데우려고 하는 꼴이

지요.

나는 이런 일이라면 식은 죽 먹기라,

내 친구 아스모데우스[335]를 데려오지요.

적당한 시기에 불화의 씨를 뿌려 놓고는,

짝을 지은 인간들이라면 모조리 파멸시킨답니다.   (5380)

티시포네

배신자에게 독설을 퍼붓는 대신

나는 독약을 타고, 단검을 날카롭게 갈리라.

다른 계집을 사랑하게 되면 이르든 늦든

쓰라린 파멸이 너를 덮치리라.

일순간의 달콤함은   (5385)

거품 부글대는 독약으로 변해야 마땅하리!

이 일엔 흥정도 담판도 없으니,

---

335 구약성서 외전 「토빗기」에 나오는 결혼을 파괴하는 악령. 기독교 7대죄의 하나인 '성욕'의 악마인 아스모데우스가 좋아하는 것은 주로 신혼부부의 첫날밤을 망치거나 남편이 바람을 피우게 만들거나, 술이나 도박이나 춤에 빠지게 만들고, 인간을 성적으로 음란하게 만든다.

저지른 만큼 죗값을 치르게 하겠다.

용서라는 말은 입 밖에도 내지 말라!
나, 바위를 향해 내 일을 고발하니,   (5390)
들어 보라! 산울림이 대답한다. 복수!
여자를 바꾼 자 살아남지 못하리라.

의전관

여러분, 옆으로 비키세요!
지금 등장하는 건 당신들 같은 부류가 아니올시다.
보시다시피 산이 하나 들이닥치고 있습니다.[336]   (5395)
옆구리엔 현란한 양탄자를 자랑스럽게 늘어뜨리고,
머리엔 기다란 이빨과 뱀처럼 생긴 코를 달고 있군요.
신비스럽긴 하지만, 소인이 그 정체를 풀 열쇠를 보여 드리지요.
그 목덜미엔 우아하면서도 사랑스러운 여인이 앉아
가늘고 섬세한 막대기로 그걸 정교하게 몰고 갑니다.   (5400)
그 위쪽에 또 다른 여인이 당당하고 기품 있게 서 있는데,
그녀를 둘러싼 광채가 내 눈을 부시게 하네요.
그 옆쪽에선 사슬에 묶인 귀부인들이 걸어가는데,
한 명은 불안하게 두리번거리고, 다른 한 명은 명랑하게 주위
를 바라보네요.
한 명[337]은 무언가를 원하고 있고, 다른 한 명[338]은 자유로운
것 같네요.   (5405)

---

336 코끼리는 잘 통치된 국가와 사회를 이루는 민중들의 강력한 힘을 상징한다.
337 공포를 가리킨다.
338 희망을 가리킨다.

자, 모두들 신분을 밝히시오!

공포

그을음을 내뿜는 횃불과 등불과 촛불이
혼란스러운 축제를 어스름하게 비춰 준다.
이 거짓의 가면들 사이에,
아아! 쇠사슬이 나를 꽁꽁 묶어 놓는구나.　　　　　(5410)

물러가라, 가소롭다, 너희 웃음 짓는 무리들아!
히죽거리는 너희들의 웃음은 수상쩍기만 하다.
나의 모든 적수들이
오늘 밤엔 한꺼번에 나를 향해 달려드는구나.

보라! 여기 친구 하나가 또 적이 되었다.　　　　　(5415)
그의 가면을 나는 벌써부터 알고 있지.
녀석은 날 죽이려 했다가,
들통 나자 이제 슬금슬금 꽁무니를 뺀다.

아아, 어느 쪽으로든
이 세상으로부터 달아날 수만 있다면!　　　　　(5420)
하지만 저쪽에서 파멸이 위협하며
나를 침침한 안개와 경악 속에 가두는구나.

희망

안녕, 정다운 자매들!
오늘도 어제도 여러분은

가면놀이에 흠뻑 빠져 있지만,   (5425)

내일이면 모두가 가면을 벗으리란 걸

난 너무도 잘 알아요.

우린 이런 어둑어둑한 횃불 아래에선

그렇게 즐겁지 않아요.

하지만 밝고 명랑한 대낮엔   (5430)

무어든 우리 뜻대로 할 수 있어요.

때로는 어울려 때로는 혼자

아름다운 들판을 자유롭게 거닌답니다.

마음 가는 대로 쉬기도 하고 일하기도 하고,

근심 모르고 생활하며   (5435)

아무 아쉬움도 없이 끊임없이 노력하지요.

어디서나 환영받는 손님 되어,

마음 놓고 살아간답니다.

그 어느 곳에선가 틀림없이

최상의 것을 찾을 수 있을 테니까요.   (5440)

지혜

인간 최대의 적(敵) 두 가지,

공포와 희망을 쇠사슬에 묶어,

사람들에게서 떼어 놓겠다.

썩 비켜라! 그대들은 구원되었다.

탑³³⁹을 실은 살아 있는 거상(巨象)을,   (5445)

---

339 전투 코끼리, 특히 이탈리아에서 전쟁에 승리한 사령관이나 군주를 싣고 가는 코끼리의 등에

보라, 나는 몰고 간다.
이놈은 가파른 길을 끈기 있게
한 걸음 한 걸음 걸어간다.

그러나 높은 뾰족탑 위에서
저 여신[340]은 민첩한 두 날개를   (5450)
활짝 편다.
승리를 위해 사방을 두루 살핀다.

여신을 에워싼 광채와 영광은
사방팔방 먼 곳까지 비추니,
승리자를 자칭하는 그녀는   (5455)
모든 활동을 지배하는 여신이로다.

초일로 – 테르시테스[341]

우와! 이런! 내가 마침 잘 왔군!
당신네들 모두 형편없는 자들이라고 욕해야겠소!
하지만 내가 목표로 삼았던 건
저 위쪽 승리의 여신이올시다.   (5460)
하얀 날개를 두 개씩이나 달고 있으니

는 방어용 탑이 실려 있었다.

340 일부 평자들은 이 고대의 군사적 승리의 여신 '빅토리아'를 현대사회의 상업적 이윤의 알레고리로 해석한다. 다시 말해 승리의 여신은 발흥하는 자본주의의 힘을 가리킨다는 것이다.

341 남을 헐뜯으며 쾌감을 느끼는 두 사람을 합친 형태의 인물로, 대부분의 해석자들은 이 인물을 꼽추의 가면을 쓴 메피스토펠레스로 본다. 초일로는 기원전 3세기 아테네의 수사학자로 호메로스 시의 잘못된 문법을 비판하였고, 테르시테스는 이 서사시의 등장인물인 트로이 전쟁의 영웅들을 비방하였다.

자기를 무슨 독수리라고 생각하는 모양이지요.³⁴²

아무 곳으로나 얼굴을 돌리면

백성이건 땅이건 모든 게 자기 것인 줄로 착각하니 말이오.

어쨌거나 이 몸은 무언가 명예로운 일이 이루어지면,　　(5465)

당장에 분통이 터진단 말이다.

낮은 건 높다 하고, 높은 건 낮다 하고,

굽은 건 곧다 하고, 곧은 건 굽었다 하고,

그렇게 말해야만 직성이 풀리니,

난 이 둥근 지구 어디서나 그렇게 하고 싶단 말이다.　　(5470)

의전관

너, 이 잡놈, 이 단단한 막대기로

오지게 한 번 맞아 보아라.³⁴³

당장 구부러지며 몸을 비트는구나 –

난쟁이 두 놈이 들어 있는 형상이

저렇게나 빨리 역겨운 덩어리로 둥글게 변하다니!　　(5475)

– 거참 놀랍다! – 덩어리가 계란으로 변하고,

점점 부풀어 오르더니 두 조각으로 갈라지네.

그 속에서 쌍둥이 같은 것이 밖으로 나오는데

하나는 살무사요, 하나는 박쥐로다.³⁴⁴

한 놈은 먼지 속을 계속 기고,　　(5480)

다른 놈은 시커멓게 천장으로 날아오른다.

---

342 일부 평가들은 이 장면을 절대군주 체제가 승리의 여신으로 상징되는 자본주의 체제로 넘어
가는 것으로 해석한다.
343 오디세우스도 『일리아스』에서 테르시테스에게 지휘봉으로 몽둥이질을 했다.
344 독약과 밤을 상징하는 동물들.

놈들은 서둘러 밖으로 나가 합치려 하지만
나는 놈들의 들러리가 되고 싶진 않아.

중얼거리는 소리

 기운 내! 저 안에선 벌써 춤판이야 –
 싫어! 나는 진작 떠나고 싶었어 –   (5485)
 느끼지? 유령 패거리가
 우릴 에워싸고 있어 –
 내 머리 위에선 쏴쏴 소리가 들리는걸 –
 난 발로 느끼겠는걸 –
 우리 중에 다친 사람은 아무도 없어 –   (5490)
 하지만 모두가 겁에 질려 있어 –
 재미 보기는 이제 다 틀렸어 –
 저 짐승 같은 놈들의 짓거리였어.

의전관

 저는 가장무도회가 열릴 때마다
 의전관의 임무를 부여받아,   (5495)
 엄숙하게 문간을 지켰지요.
 이런 즐거운 자리에
 해로운 게 끼어들지 못하도록 말입니다.
 저는 흔들리지도, 물러서지도 않아요.
 하지만 걱정은, 창문을 통해   (5500)
 유령들이 바람처럼 잠입하는 경웁니다.
 도깨비나 마법 앞에선
 여러분을 지켜 드릴 수 없군요.

그 난쟁이 놈도 수상쩍은 짓을 하지 않았습니까.

아, 그런데! 저 뒤편에서 무언가 거세게 닥쳐옵니다.　　　(5505)

저 형상이 무엇을 의미하는지

직책상 설명드리고 싶어도,

자신이 알지 못하는 걸

설명할 도리는 없지요.

여러분 모두의 지혜를 빌리고 싶네요! ─　　　(5510)

저 군중 속을 흔들거리며 다가오는 게 보이지요? ─

네 마리 용마(龍馬)가 이끄는 화려한 마차가

모든 걸 헤치고 달려옵니다.

하지만 마차는 사람들을 양편으로 가르지도 않고,

혼란의 기색은 어디서도 없습니다.[345]　　　(5515)

저 밀리신 형형색색의 빛들이 반짝이고,

오색찬란한 별들도 어지럽게 빛납니다.

마법의 등불[346]이 비추는 듯이 말입니다.

용마들이 콧김을 내뿜으며 질풍처럼 달려옵니다!

비키세요! 소름 끼칩니다!

마부 소년[347]

　　　　　멈춰라!　　　(5520)

---

[345] 공연의 도구인 마술환등(Phantasmagorie)이 빛을 비추어 마차의 모습을 재현하고 있으므로, 사람들이 그 영향을 받지 않는 것이다. 나중에 헬레네와 파리스의 등장 장면에서도 파우스트와 메피스토펠레스는 이 마술 환등을 사용한다.

[346] 공연의 도구인 마술환등을 가리킨다.

[347] 부(富)의 신 플루토스를 마차에 태우고 오는 소년은 제3막에서 오이포리온으로 태어나는 정령이다. 괴테는 마차를 모는 이 소년이 시간과 장소 그리고 특정한 인물을 초월하여, 시문학을 의인화한 알레고리적 존재인 오이포리온이라고 에커만에게 말하고 있다(1829년 12월 20일). 물론 오이포리온은 또한 영국 시인 바이런을 모델로 형상화했다.

용마들아, 날개를 접어라.

익숙한 고삐를 느끼며,

내가 이끄는 대로 따르도록 하라.

내가 박차를 가할 때만 힘차게 달려라 –

이곳에선 의젓하게 존경받아야 하니까.　　　　　　　(5525)

둘러봐라, 찬탄하는 사람들이 점점 늘어

몇 겹으로 우리를 에워싸고 있잖은가.

자, 의전관 나리!

우리가 여기를 떠나기 전에 당신 나름대로

우리를 묘사하고 이름을 불러 보시지요.　　　　　　　(5530)

우리는 알레고리라오.

이렇게 말해야 우리 정체를 아실 테지요.

의전관

자네 이름은 모르겠지만,

자네 모습이야 묘사할 수 있겠어.

마부 소년

그럼 해 보시죠!

의전관

　　　　　　　솔직히 말해,　　　　　　　(5535)

너는 우선 젊고 잘생겼어.

아직 덜 자란 소년이지만, 여인네들은

너를 완전히 성숙한 남자로 보고 싶어 할 거야.

내가 보기에 너는 미래의 바람둥이.

정말이지 타고난 난봉꾼이야.　　　　　　　(5540)

마부 소년

그거 듣기 좋네요! 계속해 보세요.

수수께끼 같은 명랑한 말을 생각해 봐요!

의전관

번쩍이는 두 눈의 검은 광채, 칠흑 같은 고수머리,

보석 박은 허리띠와 환하게 어울려!

우아한 옷자락은 어깨에서 발끝까지

물결치듯 흐르고,   (5545)

자줏빛 단에다 옷 전체엔 반짝이는 금을 흩뿌렸군.

너를 계집애 같다며 흠잡을 수도 있겠지.

하지만 이러쿵저러쿵해도 너는 어느새

처녀 애들의 인기를 독차지할 테고,   (5550)

또 그 애들도 사랑의 에이비시를 가르쳐 줄 거야.

마부 소년

그런데 여기 호화로운 차림으로

마차의 옥좌에 앉은 분은 누구일까요?

의전관

부유하고 인자한 임금님이신 것 같은데,

그분의 은혜를 입는 자는 복도 많겠어!   (5555)

더 이상 얻으려 애쓸 필요도 없을 테니.

그분의 눈길은 결핍이 있는 곳을 세밀하게 살피시니,

자비를 베푸는 순수한 기쁨은

재산이나 행복보다 더 큰 것이란다.

마부 소년

그 정도론 모자라요. (5560)

좀 더 자세히 설명해 보세요.

의전관

기품 있는 저 모습은 말로 설명할 수 없어.

달처럼 둥글고 건강한 얼굴,

두툼한 입술, 꽃처럼 활짝 피어난 두 뺨이

터번의 보석 장식 아래 빛나고 있지 않은가. (5565)

주름진 옷을 입고서도 아주 편안한 모습이야.

저 단정한 모습에 내가 무슨 말을 하겠니?

저분은 내가 알고 있는 군주 같아.

마부 소년

이분은 부귀의 신 플루토스**348**세요!

이렇게 화려한 차림으로 거동하신 건 (5570)

황제 폐하의 간청 때문이에요.

의전관

그렇다면 너는 누구이고 무얼 하는 자인가?

마부 소년

저는 아낌없이 뿌리는 자로서, 시(詩)라고 해요.

자신의 재보를 마음껏 뿌려

스스로를 완성시키는 시인이지요. (5575)

저 역시 헤아릴 수 없이 부유하기에

감히 플루토스와 동등하다고 자부한답니다.

저분의 무도회나 잔치를 장식하고 활기를 불어넣어

---

348 파우스트가 부귀의 신으로 가장하고 있다.

저분에게 없는 걸 제가 나누어 드리는 겁니다.

의전관

큰소리치는 모습도 네겐 꽤나 어울리는구나.   (5580)

그럼 네 솜씨를 보여 다오.

마부 소년

자, 보세요. 이렇게 손가락을 튀기기만 해도,

어느새 마차 주위가 반짝이고 번쩍거리죠.

여기 진주 목걸이도 튀어나와요!

       (연이어 손가락을 튀기며)

자, 황금 목걸이와 황금 귀고리를 받으세요.   (5585)

나무랄 데 없는 빗도 나오고 금관도 나오고,

반지에 박을 값비싼 보석도 있어요.

이따금 자그마한 불씨도 보내 드립니다.

어디 불붙일 데는 없나 기대하면서요.

의전관

사람들이 마구 몰려들어 움켜쥐고 잡아챕니다!   (5590)

저러다간 주는 사람이 치여 죽겠어요.

소년은 꿈속인 것처럼 보석을 튀겨 내고,

넓은 홀의 모든 사람은 그걸 주우려 난리법석입니다.

그런데 가만히 보니 신종(新種) 사기였군요.

한 사내가 그렇게 열심히 끌어모았지만,   (5595)

실은 허탕만 쳤어요.

보물은 훨훨 날아가 버립니다.

진주알을 꿴 줄이 툭하고 풀어지니,

사내 손엔 딱정벌레들만 우글우글.[349]

가련한 사내가 휙 뿌리치지만,   (5600)

벌레들은 녀석의 머리 주위를 윙윙 맴도네요.

다른 사람들도 돈 되는 줄 알고 낚아챘지만

알고 보니 쓸데없는 나방들이군요.

저 악당이 그렇게 호언장담하더니,

고작 내준 건 금빛으로 꾸민 것들뿐이었소이다!   (5605)

마부 소년

가만히 보니, 당신은 가면 놀이에 대해선 제대로 전달하시네요.

하지만 껍질 아래에서 본질을 캐내는 일은

의전관의 소임이 아닌 것 같아요.

그런 일엔 더 날카로운 안목이 필요하죠.

하지만 그런 일로 다투고 싶진 않으니,   (5610)

주인님, 당신에게 바로 물어볼게요.

                    (플루토스를 향해)

당신은 바람처럼 빠른 사두마차를

제게 신부(新婦)[350]로 맡겨 주셨지요?

분부대로 기꺼이 마차를 몰지 않았나요?

당신이 원하는 곳으로 가지 않은 적이 있었던가요?   (5615)

나는 듯이 대담하게 말을 달려

당신에게 승리의 영광을 바치지 않았나요?

여차하면 주인님을 위해 싸웠고,

---

349 시문학에 대한 속물 대중의 천박한 이해를 조롱하고 있는 장면으로 보인다. 가령, 파우스트 문학을 대학 입시용으로 변형시켜 문제를 낸다고 생각해 보라.

350 아직 소년이라, 여자가 아닌 마차를 신붓감으로 주었다는 표현이다.

그때마다 승리를 거두었죠.

주인님의 이마를 장식한 월계관도 (5620)

제가 마음과 손을 다 바쳐 엮어 드린 게 아닌가요?

플루토스

나더러 네 말을 증명하라니,

기꺼이 말하겠노라. 너는 내 정신의 정신이다.

너는 언제나 내 뜻에 따라 행동하고,

나 자신보다 더 부유하다. (5625)

네 공로에 보답하려고 어느 왕관보다도

이 푸른 나뭇가지를 더 소중히 여기노라.

모든 사람에게 진실로 고하노니,

사랑하는 아들아, 너는 진정으로 내 맘에 드는구나.[351]

마부 소년 (사람들을 향해)

제 손의 가장 큰 선물들을 (5630)

보세요! 여기저기 사방으로 뿌렸어요.

제가 뿌린 불꽃이

한 사람의 머리 위에서 빛나는가 했더니,[352]

이 사람한테서 저 사람한테로 튀기도 하고,

어떤 사람한테선 머물고, 다른 사람한테선 달아나네요. (5635)

아주 드물게 불길이 치솟으며

순식간에 환히 빛나기도 해요.

하지만 많은 경우엔 사람들이 알아차리기도 전에 꺼져 버려요.

---

351 「마가복음」 1장 1절의 어조와 동일하다.
352 시심의 혼이 전달되는 양상.

슬프게도 금방 타 버려요.

여인들의 재잘거림

저기 사두마차에 앉은 놈은   (5640)

보나마나 사기꾼이야.

그 바로 뒤에 쪼그려 앉은 광대 놈은

굶주리고 목이 말라 바싹 말라붙었군.

저런 꼴은 내 평생 본 적이 없어.

저놈은 꼬집어 뜯어도 못 느낄 거야.   (5645)

말라깽이 남자[353]

가까이 오지 마라, 역겨운 계집들아!

너희들이 단 한 번도 날 좋아한 적 없다는 걸 알아. ─

여자들이 아직 부엌일을 돌보고 있었을 때,

난 알뜰한 구두쇠 소리를 들었지.

그땐 우리 집 형편도 괜찮았어.   (5650)

수입은 많았고, 지출은 하나도 없었으니까!

상자며 장롱을 지극정성 보살폈기에,

자칫 악독한 놈 소리까지 들을 뻔했지.

하지만 요즈음 들어

계집들은 절약하는 습관을 버리고 말았어.   (5655)

모두들 펑펑 써 대며

가진 돈보다 말도 안 되게 욕심을 부려.

남편은 끙끙거리며 절약해야 하는데,

사방 천지를 둘러봐도 온통 빚이기 때문이야.

───────────────

353 메피스토펠레스가 분장한 인물.

그런데도 계집들은 박박 긁어내어 (5660)

몸치장하고, 샛서방한테도 갖다 바치지.

치근대는 역겨운 사내놈들과

먹기도 더 잘 처먹고, 마시기도 더 처마셔.

그러기에 나도 이판사판 돈이나 벌겠다는 욕심만 더 커져,

마침내 남자 중의 남자, 탐욕이 되어 버린 거란 말이다! (5665)

여인들 중의 대표

용하고 용이 욕심을 다투는 꼴이네요.[354]

하지만 결국 남는 건 거짓과 속임수뿐!

저자는 남자들을 부추기러 온 거라고요.

안 그래도 사내들이란 귀찮은 물건인데 말예요.

여인들의 무리

저 허수아비 같은 놈! 따귀나 한 대 갈겨 줘라! (5670)

바싹 마른 십자가 같은 놈이 우릴 위협하겠다고?

저 따위 낯짝을 우리가 두려워할까 보냐!

용이라 해 봤자 나무 쪼가리와 마분지로 만든 것이니,

자, 다들 기운을 차려 놈을 박살 내 버리자고![355]

의전관

이 지팡이에 걸고 명합니다! 조용하세요! ― (5675)

하지만 제가 군이 나설 필요도 없겠군요.

자, 보십시오, 저 성난 괴물들이

날쌔게 밀고 들어와서는 그 자리에서

---

354 말라깽이 남자가 마차에 실은 돈 상자에 앉아 있는 모습과 보물을 지키는 용을 비교한 것임.
355 격분한 여성들이 가장무도회의 허구를 깨뜨리는 장면이다.

한 쌍의 이중 날개를 활짝 펼치네요.

분노한 듯 용들은 몸을 부르르 떨며 (5680)

비늘 덮인 아가리로 불을 뿜어댑니다.

사람들은 다 도망치고, 자리는 텅텅 비었군요.

(플루토스가 마차에서 내려온다.)

의전관

마차에서 내리는 모습, 제왕처럼 당당합니다!

눈짓 한 번에 용들이 움직이며,

상자를 마차에서 내려놓는군요. (5685)

황금과 탐욕으로 가득한 상자 말입니다.

이제 상자는 그분 발치에 놓여 있습니다.

정말이지 기적과도 같은 일이 벌어졌습니다.

플루토스 (마부 소년에게)

이제 너는 번거롭기만 한 일에서 벗어나

자유의 몸이 되었으니, 힘차게 너의 영역으로 가거라.[356] (5690)

여긴 네가 있을 곳이 아니다! 여기선 온갖 잡다한 것들이

얽히고설켜 사납게 몰려온다.

네가 사랑스럽고 해맑은 세계를 또렷이 볼 수 있는 곳,

네가 너 자신의 것이 되며 너 자신만을 믿을 수 있는 곳,

아름다움과 착함만이 환영받는 곳, (5695)

그 고독의 영역으로 가거라! – 거기서 너의 세계를 창조하라!

---

356 고독의 세계를 말한다. '무대에서의 서막' 59행 이하 참조.

마부 소년

저는 자신을 당신의 소중한 심부름꾼으로 여기며,

당신을 가장 가까운 친척으로서 사랑한답니다.

당신이 계시는 곳엔 충만함이 깃들고,

제가 있는 곳에선 누구나 화사한 이득을 얻었다고 느끼죠. (5700)

때로는 부조리한 삶의 한가운데서 갈피 못 잡고,

당신을 따를까? 저를 따를까? 헤매는 자도 있을 거예요.

당신을 따르는 자, 물론 여유롭게 지내겠지만,

저를 따르는 자, 언제나 할 일이 많답니다.

저는 남몰래 일하는 법이 없어, (5705)

숨만 살짝 쉬어도 정체가 드러나지요.

그럼 안녕! 정말이지, 당신은 절 행복하게 해 주셨어요.

하지만 나직이 속삭이기만 하셔도 곧장 돌아올게요.

　　　(등장할 때와 같은 모습으로 퇴장)

플루토스

이제 보화를 풀어 볼 시간이다!

의전관의 지팡이로 자물쇠를 치겠다. (5710)

자, 열렸다! 보시오! 청동 가마솥[357]에서

무언가 번져 나가며 황금색 피처럼 끓어오르더니,

왕관, 목걸이, 반지 같은 장신구를 쏟아 낸다.

솥이 부글부글 끓어올라 그것들을 녹여 삼켜 버릴 기세다.

사람들이 서로 고함치는 소리

　　　우와, 저것 좀 봐! 엄청나게 솟는다. (5715)

---

[357] 상자 안의 청동 가마솥을 가리킨다.

상자의 가장자리까지 흘러넘친다. –

황금 그릇들이 녹아내리고,

동전 꾸러미들이 마구 구른다. –

지금 막 찍은 듯한 금화들이 튕겨 나온다.

아, 가슴이 두근두근 – (5720)

탐내던 것들을 여기서 다 보는구나!

저기 땅바닥으로 굴러떨어진다. –

너희들한테 온 기회니 잽싸게 서둘러라.

허리만 굽혀 부자가 되어라. –

우리 패거리는 번개처럼 날렵하게 (5725)

상자를 통째로 들고 가자.

의전관

이 멍청한 양반들, 뭐 하는 짓이오? 대체 어쩌자는 거요?

이건 그저 가장무도회 장난이란 말이오.

오늘 밤엔 더 이상 욕심 부리지 마시오.

여러분에게 황금이나 보물을 정말로 주었다고 믿는 거요?(5730)

이런 놀이에서 당신들에겐

장난감 돈도 과분하단 말이오.

답답한 양반들! 장난 삼아 보여 준 허깨비를

곧장 졸렬한 사실로 만들어 버리다니.

여러분에게 사실이란 무언가요? – 막연한 망상, (5735)

여러분은 그 자락을 잔뜩 붙들고 있소이다. –

가면 쓴 플루토스, 무도회의 주인공**358**이시여,

---

358 여기서 일부 비평가들은 이것을 『파우스트』 2부 전체에 적용되는 알레고리적 인물로 해석한

이 무리들을 이곳에서 물리쳐 주시오.

플루토스

그대의 지팡이는 이럴 때 쓰는 걸세.

잠시만 빌려주게. –   (5740)

그걸 벌겋게 끓는 솥 속에 재빨리 집어넣겠다. –

자! 가면 쓴 양반들, 조심하시라.

번쩍번쩍 타닥타닥 불똥이 튀어 오른다!

지팡이가 벌써 벌겋게 달아올랐다.

누구든 가까이로 몰려드는 자,   (5745)

사정없이 그을려 버리겠다. –

이제 한 바퀴 빙 돌아보기로 할까.

비명과 혼란

아이고! 이러다 다 죽는다. –

도망칠 수 있으면 도망쳐! –

뒤에 있는 양반, 물러서요, 어서 –   (5750)

뜨거운 불똥이 얼굴에 튄다. –

벌겋게 단 지팡이가 나를 묵직하게 밀어붙인다 –

우리 모두 끝장이다. –

가면 쓴 양반들, 물러서요 물러서!

정신 나간 양반들, 물러서요, 물러서 –   (5755)

다. 개인들의 경제적 정체성이라는 것은 다만 경제적 관계들의 의인화일 뿐이라는 마르크스의 명제. "마르크스가 경제와 그 주체의 관계를 알레고리적인 표현과 형상들로써 보여 주고 있고, 괴테의 알레고리가 다시 역할극의 경제적 조건들을 테마로 삼은 것이라면,『자본론』과『파우스트』2부는 서로에 대한 주석본이 되는 셈이다(슐라퍼Schlaffer, 1981년)." 그러므로 가면무도회는 몰락해 가는 봉건 시대가 다가오는 부르주아–자본주의 시대를 꿈꾸고 있는 장면이 된다.

아이고, 날개라도 있다면, 훌쩍 날아갈 텐데! ─

플루토스

무리들은 이제 물러났다.

불에 그슬린 자는 아무도 없을 거다.

무리들은 물러갔다.

쫓아내 버렸다. ─ (5760)

이제부터는 질서 유지를 위해

눈에 보이지 않는 끈을 쳐 놓겠다.

의전관

멋지게 해 내셨습니다.

현명한 처리에 진심으로 감사드립니다.

플루토스

이 친구야, 좀 더 참고 기다리게. (5765)

별의별 소동이 더 벌어질 거야.

탐욕[359]

이젠 하고 싶은 대로

마음 놓고 이 무리들을 둘러볼 수 있겠구나.

언제든 먼저 덤벼드는 건 여자들,

구경거리와 먹을 게 있는 곳이라면 우르르 몰려들지. (5770)

나도 완전히 녹슬지는 않았어!

예쁜 계집은 언제 봐도 끌린다니까.

오늘은 돈도 안 드니,

마음 놓고 사냥하는 거다.

---

359 메피스토펠레스가 분장한 것이다.

하지만 이렇게 사람들이 우글거리는 곳에선   (5775)
무슨 말을 해도 귀에 들리지 않아.
똑똑하게 굴어 한 건 하자면,
몸짓으로 분명하게 내 뜻을 전하는 거다.
손짓 발짓 몸짓만으로도 충분치 않다면,
한바탕 익살극이라도 벌이는 거다.   (5780)
황금을 젖은 진흙인 양 주물러 보는 거다.
이 금속은 그 어떤 모습으로도 바뀔 수 있으니 말이다.[360]

의전관

무슨 짓을 벌일 속셈인가, 저 말라깽이 바보 녀석!
저렇게 굶주린 놈에게도 유머가 있을까요?
모든 금을 반죽으로 만드네요.   (5785)
저놈 손에 들어가니 모든 금이 물렁물렁해집니다.
아무리 짓이기고 아무리 둥글게 뭉쳐도
흉측한 모양 그대로네요.[361]
놈이 여자들 쪽으로 몸을 돌리자,
모두들 비명을 지르며 달아나려는군요.   (5790)
역겨워서 참을 수 없다는 몸짓입니다.
저 악당 놈이 흉측한 짓을 해 댑니다.
놈은 풍기를 어지럽혀 놓고는,
흥겹다고 낄낄대는군요.
제가 잠자코 그냥 있어서는 안 되겠습니다.   (5795)

---

360 자본주의 세상에서는 모든 것을 돈으로 사들일 수 있다는 은유.
361 미출간 원고에서는 금을 남자의 성기 모양으로 빚는다.

저놈을 몰아내야겠으니, 지팡이를 돌려주시지요.

플루토스

밖에서 무슨 일이 닥쳐오는지, 놈은 짐작도 하지 못하고 있네.[362]

바보짓이나 하도록 내버려 두어라!

장난질할 여지도 곧 없어질 테니.   (5800)

율법도 강력하지만, 필연의 힘은 더욱 강력한 것이네.[363]

야단법석, 어지러운 노랫소리

사나운 무리들이 몰려온다.

높은 산에서, 수풀 우거진 계곡에서

거침없이 밀려와

위대한 판 신을 경배하도다.

그들은 아무도 모르는 것을 알며,[364]   (5805)

텅 비어 있는 구역[365]으로 몰려간다.

플루토스

나는 너희들과 너희들의 위대한 신 판[366]을 잘 알아.

너희들 함께 어울려 대담한 발걸음을 했구나.

나는 누구도 모르는 걸 잘 알고 있으니,

엄하게 통제된 이 구역을 그대들에게 열어 주겠노라.   (5810)

그대들에게 행운이 따르기를!

---

362 메피스토펠레스가 탐욕으로 분장하여 장난질하는 장면은 곧이어 들이닥칠 판 신의 거창한 등장을 예고하는 것이다.

363 탐욕의 장난질을 몰아내는 데는 의전관의 율법보다는 거친 무리들의 등장이 더 효과적이다.

364 위대한 판 신의 가면 뒤에 황제가 있다는 것을 말한다.

365 플루토스로 가장한 파우스트가 상자 주변에 쳐 놓은 마법의 선.

366 원래는 목축과 수렵의 신. 그리스어로 '판'은 전체를 뜻하고, 여기서는 만물의 신으로서 요정들을 거느리고 다닌다.

놀라운 일이 벌어질지도 모르지.

그런데도 그들은 자기들이 어디로 가는지도 모르고,

조심성이라곤 조금도 없군.

거친 노랫소리

이봐, 곱게 꾸민 친구들, 행색은 빤질빤질한데!   (5815)

상스럽게 달리고 난폭하게 달리는군.

껑충껑충 뛰어오르고 잽싸게 내달리고,

거칠게 쾅쾅 발을 구르는군.

숲의 신 파운들

파운의 무리들

즐겁게 춤을 춘다.   (5820)

떡갈나무 관(冠)을

곱슬머리 위에 얹었네.

가늘고 뾰족한 귀

곱슬머리에서 오똑 솟았네.

납작코에 얼굴은 넓적하지만,   (5825)

여자들에겐 조금도 흉이 아니야.

파운이 손 내밀어 춤을 청하면,

제아무리 절세미인도 쉽게 거절하진 못하지요.

사티로스

이제 사티로스가 껑충 뛰어나옵니다.

염소 발에 가느다란 다리,   (5830)

다리는 말랐어도 근육은 억세다오.

산양처럼 높은 산 위에서

두루 살피기 좋아하지요.

자유로운 공기로 힘을 내며,

아이들이든 여자든 남자든 비웃어 준다오. (5835)

저 깊은 골짜기의 안개와 연기에 쌓인 채

그런 것도 삶이라고 만족해하니 말이지요.

더없이 맑고 아무도 방해하지 않는 곳,

저 높은 산만이 우리의 세계라오.

흙의 요정 그놈(Gnom)들

여기 난쟁이 무리가 아장아장 걸어 나갑니다. (5840)

우린 짝 짓는 걸 싫어해요.

이끼 옷 입고 초롱불 밝혀 들곤,

혼잡한 가운데서도 날쌔게 움직여요.

저마다 알아서 자기 일을 하며,

빛을 내는 개미들처럼 우글거리지요. (5845)

이리저리 부지런히 오가고,

종으로 횡으로 달리며 바쁘기만 하네요.

마음씨 좋은 꼬마 요정들과 가까운 친척이며,

암벽 외과의[367]로도 잘 알려져 있지요.

우린 높은 산에서 피를 뽑고, (5850)

풍성한 광맥에서도 피를 빨아내지요.

광물을 산더미처럼 파내지요.

복 나와라! 복 나와라! 힘찬 환영 인사와 함께 말입니다.

---

[367] 의사가 사람의 몸을 잘 아는 것처럼, 땅의 요정들은 광맥을 잘 알고, 그 보물을 캐내는 일을 잘한다.

이건 원래 좋은 뜻에서 하는 일이니,

우린 착한 사람들의 친구라오.   (5855)

그런데 우리가 금을 파 놓으니,

도둑도 생기고, 뚜쟁이도 생기고,

대량 학살을 꿈꾸었던 오만한 자의 손엔

쇠붙이가 주어지는군요.

세 가지 계율**368**을 어기는 자,   (5860)

다른 계율도 지키지 않는 법.

이 모든 게 우리의 죄는 아니니까,

여러분도 우리처럼 참고 견디세요.

거인들

우리 이름은 난폭한 사내들,**369**

하르츠 산중에선 알아주지.   (5865)

원래부터 벌거숭이고, 힘은 장사,

모두들 거인답게 걸어 나온다.

오른손엔 전나무 몽둥이,

허리엔 울퉁불퉁한 동아줄,

우악스러운 앞치마는 가지와 잎으로 엮었으니,   (5870)

교황님도 갖지 못한 호위병들이다.

물의 요정 님프들의 합창 (위대한 목신 판을 에워싸고)

---

368 훔치지 말라, 간음하지 말라, 살인하지 말라.

369 민간 전설과 중세의 서사시에 나오는 전형적인 숲 속의 거인들. 그들로 구성된, 판 신-황제의 근위병들은 5954행 이하에서 저주를 받는데, 그들이 황제로 하여금 전반적인 몰락의 길로 가도록 잘못 인도하기 때문이다. 프로이센 왕국의 문장(紋章)을 호위하고 있는 두 명의 난폭한 사내들을 통해 괴테는 프로이센의 군사적 야망과, 자칫 바이마르 공국의 멸망을 초래할 수 있었던 예나 전투를 암시하고 있다.

마침내 그분이 오셨다! –

이 세상 만물을

구현하시는

위대한 판.**370**   (5875)

명랑한 요정들아, 저분을 에워싸고

하늘하늘 춤추며 놀아 보자.

엄격한 분이지만, 마음씨 착해

모두가 즐겁기를 바라신다.

푸르른 창공 아래서도   (5880)

늘 깨어 계시지만,

시냇물 졸졸 흐르고,

산들바람 솔솔 불면 평화로이 잠드신다.

한낮에 그분이 잠드시면,

나뭇가지의 이파리들 꼼짝도 않고,   (5885)

싱싱한 초목들의 그윽한 향기는

잠잠한 대기를 말없이 채운다.

요정들도 활동할 수 없으니,

서 있던 자리에서 곧바로 잠든다.

그러다가 갑자기 우렁차게,   (5890)

그분 목소리가

천둥처럼 노도처럼 울려 퍼지면

모두들 허둥댄다.

---

370 판 앞에는 고대부터 '위대한'이라는 수식어가 붙어 있었다. 원래는 자연 전체의 현상을 가리키지만, 여기에서는 판의 가면을 쓰고 있는 황제, 즉 젊은 시절의 카를 아우구스트 대공을 가리킨다.

전쟁터의 용맹한 군사들도 산산이 흩어지고,

영웅도 혼란 속에서 벌벌 떤다. (5895)

그러니 존경받아 마땅한 분께 존경을 보내고,

우릴 이끌어 주시는 분께 영광을 바치자!

흙의 요정 그놈들의 대표 (위대한 판 신을 향해)

　　　저렇게 번쩍이는 풍성한 보화가

　　　실오라기처럼 바위틈에 스며 있어도,

　　　신통한 마술 지팡이만이 (5900)

　　　그 꼬불꼬불한 미로를 안내해 주지요.

　　　우리가 습기 찬 굴속을 집으로 삼아

　　　혈거(穴居)족처럼 사는 동안,

　　　당신은 지상의 맑은 대기 속에서

　　　보화들을 자비롭게 나누어 주시는군요. (5905)

　　　안 그래도 바로 근처에서

　　　놀라운 샘**371** 하나를 찾았는데,

　　　참으로 얻기 어려운 것들을 내어 주겠노라고

　　　그 샘은 기꺼이 약속하네요.

　　　이 일은 당신만이 이룰 수 있사오니 (5910)

　　　당신의 보호 아래 두게 하옵소서.

　　　어떤 보물이든 당신 손에 있어야

---

371 플루토스로 가장한 파우스트가 마차에 싣고 온 보물 상자.

온 세상을 이롭게 하니까요.

플루토스 (의전관에게)

마음을 차분하게 다지고,

일어난 일은 일어난 그대로 받아들여야 하네.　　　　　(5915)

자네는 늘 용기백배하던 인물 아닌가.

이제 곧 무시무시한 일이 눈앞에서 벌어질 거고,

현세와 후세 사람들이 그것을 한사코 부인할 것이니,

그대는 충실하게 기록으로 남기도록 하게.

의전관 (플루토스가 쥐고 있던 지팡이를 꼭 붙들며)

난쟁이들이 위대한 판 신을　　　　　(5920)

불 뿜는 샘[372]으로 조심스럽게 모셔 갑니다.

샘은 깊숙한 구멍으로부터 끓어올랐다

다시 밑바닥으로 가라앉으니,

딱 벌어진 아가리 속은 더욱 캄캄합니다.

다시 이글거리며 불길이 솟아오르자,　　　　　(5925)

위대한 판 신은 기분 좋게 서서

그 신기한 물건을 바라봅니다.

진주 거품이 좌로 우로 마구 튀는군요.

저분이 어찌하여 저런 걸 믿을까요?

허리를 굽혀 깊숙한 곳을 들여다봅니다. −　　　　　(5930)

그런데 그분의 수염[373]이 그만 안으로 떨어집니다! −

---

372 보물 상자, 즉 황금이 부글거리고 있는 솥을 가리킨다. 상자는 괴테의 다른 작품들에서도 자주
나오듯이 여성의 성기를 상징한다. 이런 식으로 성과 황금과 쾌락은 일심동체를 이루고 있다. '발푸
르기스의 밤'에서 절정에 달한 바대로.
373 분장으로 달고 있던 수염이 떨어지고, 목양신으로 분장한 황제의 맨얼굴이 드러난다. 황제의

저 매끈한 턱을 가진 사람은 누구란 말인가요?
우리가 못 보게 손으로 가리네요. −
하지만 이제 커다란 재앙이 닥쳐옵니다.
수염에 불이 붙고 그것이 다시 날아와   (5935)
그분의 관과 머리와 가슴에 불을 붙이네요.
환락이 변하여 고통이 되었군요. −
불을 끄러 사람들이 우르르 달려오지만,
누구도 불길에서 벗어나질 못하네요.
아무리 손으로 치고 두들겨도,   (5940)
불꽃만 새로 치솟아 오릅니다.
온통 화염에 휩싸여
가장한 무리 전체가 몽땅 불타 버립니다.

하지만 귀에서 귀로, 입에서 입으로
우리에게 전해지는 것은 무엇입니까?   (5945)
아아, 영원토록 불행한 밤이여,
어찌 이런 고통을 우리에게 안겨 주었는가.
다음 날이면 누구도 듣고 싶어 하지 않는 소식이
모두에게 들려오겠지.
곳곳에서 외치는 소리 벌써 들리는 듯하군요.   (5950)
'황제께서 그런 변을 당하셨다'고 말입니다.
아아, 정말이지 두 눈 뜨고 믿을 순 없군요!
황제도 그분의 신하들도 타고 있어요.

우매한 모습을 희화화하고 있는 장면.

그분을 유혹하여

송진 바른 나뭇가지를 몸에 치렁치렁 두르게 하고,   (5955)

울부짖듯 노래하고 미쳐 날뛰게 만들어,

모든 것을 몰락케 한 그놈은 저주를 받아라.

아아, 청춘이여, 청춘이여, 그대는 결코

쾌락의 절도를 올곧게 지킬 수 없는가?

아아, 폐하여, 폐하여, 당신은   (5960)

전능하신 만큼이나 현명하게 행동하실 순 결코 없나요?

어느새 숲[374]도 불길에 휩싸입니다.

불길은 뾰족한 혀를 날름날름

목재들을 얽어 만든 지붕까지 치솟아 오릅니다.

온통 사방으로 번져 나갈 기세군요.   (5965)

너무도 큰 재난이라

누가 우리를 구해 줄지 모르겠습니다.

호사스러운 황제의 영화도 내일이면,

하룻밤 사이에 잿더미가 되는 겁니다.[375]

플루토스

이 정도면 혼쭐 났을 테니,   (5970)

이제 도움의 손길을 주도록 하자! –

---

[374] 앞서 등장한 난폭한 사나이들이 전나무 둥치들을 들고, 나뭇가지와 잎으로 엮은 앞치마를 두르고 왔었다. 혹은 가장무도회장의 통로가 숲처럼 꾸며져 있다고도 볼 수 있다.

[375] 동전 경제에서 지폐 경제와 신용 경제로의 이행이 초래할, 인플레이션을 비롯한 경제 위기, 중단 없는 발전과 연속적인 성장을 약속하는 현대 경제, 그리고 그것이 인간의 정신에 미치는 영향에 대한 비판적 관점이 『파우스트』 2부 전체에 깔려 있다. 지폐, 여자 정원사들의 조화(造花), 기사들의 방 장면에서의 헬레네의 인위적인 출현 등은 그러므로 모두 같은 맥락에 있다.

신성한 지팡이를 힘껏 내리쳐,
대지가 부르르 떨며 울리도록 하자.
너, 광활한 공간의 대기여,
서늘한 안개로 그대를 가득 채워라!   (5975)
이리로 다가와, 여기서 떠돌라,
자욱한 안개여, 물기 머금은 구름이여,
불길에 휩싸인 혼잡한 무리를 덮어 버려라!
보슬보슬 내리고 살랑살랑 뿌리고, 고불고불 연기 일으키고,
부글거리며 스며들고, 지그시 가라앉혀   (5980)
불길이란 불길은 다 잡아 다오.
너희들, 불길을 다스리는 촉촉한 기운이여,
저토록 허무한 불꽃의 장난질을
한 줄기 번갯불로 변하게 하라! —
영들이 우리를 위협하면,   (5985)
마법의 위력을 보여 주리라.

유원지

아침해.

황제와 남녀 신하들. 파우스트와 메피스토펠레스,
두 사람은 수수하지만 예법에 맞는 단정한 옷을 입은 채 무릎 꿇고 있다.

파우스트

　　폐하, 어젯밤의 어지러웠던 불꽃놀이를 용서해 주시겠나이까? **376**

황제 (일어나라고 손짓하며)

　　짐은 안 그래도 그런 장난질을 몹시 해 보고 싶었다. ─

　　갑작스레 불길에 휩싸인 내 모습을 보니,

　　명부(冥府)의 신 플루토가 된 기분이었노라. 　　　　　　(5990)

　　석탄으로 이루어진 칠흑 같은 암석 바닥이

　　불길 속에서 벌겋게 달아오르고, 여기저기 뚫린 틈에서

　　수천 갈래 거친 불길이 소용돌이치며 올라와,

　　날름거리며 둥근 천장 모양을 이루었지.

　　불길은 높다란 지붕을 만들며 훨훨 타올랐고, 　　　　　(5995)

　　그 지붕은 금방 생겨났다 금방 사라지기를 반복하였노라.

　　그런데 휘청거리는 불기둥들 사이로 보이는 널찍한 공간에서

　　백성들이 기다랗게 줄을 지어 가고 있는 게 아니냐.**377**

　　그들은 커다란 원을 그리며 몰려오더니

　　늘 그랬듯이 짐에게 충성을 표했어. 　　　　　　　　　(6000)

　　그중엔 궁중의 내 신하도 한둘 눈에 띄었지.

　　그래, 짐은 수많은 잘라만더들의 왕이 된 기분이었도다.

메피스토펠레스

　　말씀 그대롭니다, 폐하! 모든 원소(元素)가

　　폐하의 권위를 무조건 인정하기 때문이옵니다.

　　불의 충성심은 시험해 보셨으니, 　　　　　　　　　(6005)

376　파우스트는 가장무도회 장면에서는 플루토스로 변장하였지만, 이번 장면에서는 실제의 마술사로 등장한다.

377　불기둥이 이스라엘의 백성을 이집트로부터 이끌었다는 「출애굽기」 13장 21절 등 참조.

이제는 사납게 날뛰는 바다 속에 옥체를 던져 보소서.

폐하께서 진주들이 즐비하게 깔린 바닥에 닿자마자,

물이 부글부글 끓으며 둥글고 호화로운 거처가 마련될 것입니다.

보랏빛 자락을 한 연초록색 파도[378]가 위아래로 출렁대다

팽창하여 참으로 아름다운 궁전이 되는 것이지요.　　(6010)

폐하를 중심으로 말입니다. 그리하여 폐하께서 옥보(玉步)를 옮기실 때마다

그 궁전들도 따라다닐 것이옵니다.

물로 된 벽들 자체도 생명들을 보며 기뻐할 것입니다.[379]

화살처럼 빠르게 떼를 지어, 이리저리 몰려다니는 것들을[380]

보고 말입니다.

바다의 괴물들이 새로 생겨난 그 부드러운 빛을 향해 몰려들고,(6015)

쏜살같이 돌진도 하지만 아무도 그 안으로 들어올 순 없나이다.

그곳엔 오색찬란한 금빛 비늘로 뒤덮인 용들이 노닐고,

상어란 놈도 아가리를 쩍 벌리지만, 폐하께선 그 입속을 보고

웃음을 터뜨리실 것이옵니다.

지금도 폐하를 모시고 온 궁전이 흥겨운 시간을 보내긴 하오나,

저렇듯 붐비는 바다 속 모습은 보신 적이 없을 줄 아옵니다.(6020)

거기엔 아주 사랑스러운 것들도 없지 않습니다.

호기심 많은 네레우스[381]의 딸들이

---

378 괴테의 『색채론』 § 78. "잠수부들이 바닷속에 들어가 있고, 그들의 종(鐘) 모양의 잠수기를 비추게 되면, 그 잠수기를 에워싸고 있는 모든 것은 자색이 된다. 반면에 그림자들은 녹색으로 보인다……."
379 거대한 투명 수족관의 유리벽들을 통해서 바다 속을 보는 장면.
380 바다 속의 물고기들을 가리킨다.
381 바다의 신 네레우스에게는 50명의 딸이 있다. 그중 테티스가 맏딸이며, 펠레우스가 그녀의 남편이다.

언제까지나 싱싱한 호화 궁전으로 접근할 것이옵니다.

젊은것들은 물고기처럼 수줍어하면서도 욕정에 넘치고,

나이 든 것들은 영리하지요, 어느새 테티스가 낌새를 알아차리고 (6025)

제2의 펠레우스인 폐하께 손과 입을 내밀 것이다. ─ 382

그리고 나서는 옥좌를 올림포스 산으로 옮기는 것이지요! ─

황제

허공에 떠 있는 세계라면 그대에게 맡기겠노라.

그런 옥좌 정도야383 언제든지 오를 수 있으니 말이다.

메피스토펠레스

폐하! 지상은 이미 폐하의 것이옵니다. (6030)

황제

어떤 좋은 인연으로 그대가 여기에 온 것일까?

『천일야화』에서 툭 튀어나오기라도 했느냐.

그대의 재간이 셰에라자드384만큼 풍성하다면,

짐은 최고의 은총을 그대에게 보장하리라.

그러니 늘 대기하고 있거라. (6035)

종종 그렇듯 세상사가 역겨워지면 그대를 부르겠노라.

궁내상 (급히 등장한다.)

황제 폐하, 소신은 살아생전에

---

382 테살리아의 왕 펠레우스는 신들의 도움을 받아 아름다운 요정 테티스와 결혼한다. 결혼식에 불화의 여신 에리스를 제외한 모든 신들이 초대를 받았다. 분노한 에리스는 연회석의 한가운데 '가장 아름다운 여신에게'라고 적힌 황금 사과를 던졌고, 헤라와 아프로디테와 아테나는 그 사과가 자기 것이라고 다투게 되었는데, 이것이 트로이 전쟁의 발단이 되었다.
383 죽음을 의미한다. 죽어서 올림포스 신들의 반열에 오르는 것이 달갑지 않다는 의미.
384 『천일야화』에 나오는 재상의 딸. 터키 황제의 포로가 되었으나, 재미있는 이야기를 계속 이어감으로써 목숨을 건진다.

이런 커다란 행운을 고할 수 있으리라 생각지 못하였나이다.

소신은 너무 행복해,

어전에서 그저 황홀해할 따름이옵니다. (6040)

부채란 부채는 모조리 정리되었으며,

고리대금업자의 성화도 잠잠해졌나이다.

그런 생지옥의 고통에서 벗어나고 보니,

천국도 이보다는 더 즐거울 것 같진 않사옵니다.

병무상 (황급히 뒤따라 들어온다.)

군인들의 봉급은 선불로 지불되었고, (6045)

군대 전체가 새로 계약을 맺었나이다.

사병들은 싱싱한 피를 새로이 느끼고,

술집 주인과 작부들도 좋아서 난립니다.

황제

경들도 가슴 활짝 펴고 숨 쉬는구려!

주름진 얼굴에도 화색이 도는구려! (6050)

그런데 경들은 어찌하여 황망히 달려오는가!

재무상 (등장한다.)

이 사업을 완수한 저 두 사람에게 하문하옵소서.

파우스트

이 일은 재상께서 아뢰는 것이 좋겠습니다.

재상 (천천히 다가오며)

오래 살다 보니 이렇게 행복한 날도 다 있군요. ─

이 문서를, 모든 고통을 행운으로 바꾸어 놓은, (6055)

이 역사적인 문서를 보시고 또 들어 주시옵소서.

(낭독한다.)

"알고자 하는 모든 이에게 알리노라.

여기 이 지폐는 일천 크로네로 통용된다.

그 확실한 담보는 황제 폐하의 영토에

무진장으로 매장된 보화이다. (6060)

이 풍부한 보물을 즉시에 캐내어

태환용으로 사용토록 조치하였노라."

황제

뻔뻔한 일이다. 엄청난 사기극을 벌인 것 같구나!

누가 여기에 황제의 서명을 위조했단 말인가?

이런 죄를 짓고도 처벌되지 않는단 말인가? (6065)

재무상

기억을 더듬어 보시옵소서! 폐하께서 직접 서명하셨나이다.

바로 어젯밤입니다. 폐하께서 위대한 판 신으로 계실 적에,

재상께서 신들과 함께 나아가 아뢰었지요.

"이 성대한 잔치를 위해, 백성들의 행복을 위해

몇 자 적어 주옵소서" 하고 말입니다. (6070)

폐하께서 쾌히 적어 주셨고, 이날 밤 즉시

만능 마술사를 시켜 신속하게 수천 장을 찍어 내었지요.

은혜가 만백성에게 골고루 미치도록

소신들도 즉시에 연명으로 서명하였은즉,

이에 십, 삼십, 오십, 일백 크로네짜리 지폐가 마련된 것입니다.(6075)

그 일이 백성들을 얼마나 행복하게 만들었는지 상상도 못하

실 것이옵니다.

시내를 한번 돌아보옵소서. 반쯤 죽은 듯 곰팡이가 슬어 있었는데,

이제 모든 것이 살아나 기쁨을 누리며 들끓고 있나이다!

폐하의 존명(尊名)이 세상을 복되게 한 지는 오래지만,

이번만큼 만백성이 그 이름을 친근하게 대한 적은 없나이다. (6080)

다른 글자들은 이제 무용지물이 되었고,

모두들 폐하의 서명에서만 행복을 느끼나이다.

황제

그럼 그것이 짐의 백성들 사이에서 금화 대신 통용되고 있단
말이오?

군대와 궁중의 급료로도 별 탈 없이 지불된단 말이오?

몹시 놀라운 일이긴 하나, 사실을 인정치 않을 수 없구나. (6085)

궁내상

순식간에 퍼져 버린 걸 회수하기는 불가능하옵니다.

번개처럼 흩어져 유통되고 있으니까요.

환금(換金) 은행들도 활짝 문을 열고,

모든 지폐를 한 장 한 장

금화나 은화로 바꾸어 줍니다. 물론 할인은 합니다만.　　(6090)

그러면 사람들은 푸줏간으로 빵집으로 술집으로 달려갑니다.

세상 사람 절반은 먹고 마시는 것만 생각하고,

나머지 절반은 새 옷 해 입고 뽐내려는 것 같사옵니다.

소매상은 옷감을 끊어 주고, 재단사는 바느질을 합니다.

지하 술집에선 '황제 만세!' 소리가 터져 나오며,　　(6095)

지지고 굽고 접시 달그락거리는 소리가 요란합니다.

메피스토펠레스

발코니를 고독하게 거닐다 보면,

화사하게 단장한 절세미인을 만납니다.

우아한 공작(孔雀) 부채로 한쪽 눈을 살짝 가린 채,

웃음을 보내고, 다시 지폐 쪽으로[385] 눈짓 하네요.　　　　(6100)

그러면 위트나 말재간을 부리는 것보다 더욱 신속하게

풍성한 사랑의 향락이 성사되는 것이지요.

지갑이나 돈주머니처럼 거추장스럽지도 않고,

지폐 한 장쯤이야 가슴에 편히 지닐 수 있는지라

연애편지와 나란히 넣어 두기도 편하단 말입니다.　　　　(6105)

신부는 경건하게 기도책 사이에 넣어 다니고,

병사들은 허리춤 전대가 가벼워

더 빨리 방향 전환을 할 수 있사옵니다.

폐하, 너그러이 용서하소서.

너무 자잘한 것까지 아뢰어 위대한 업적을 천하게 만든 것 같

나이다.　　　　(6110)

파우스트

무진장한 보화가 이용되지 않은 채,

폐하의 영토, 깊은 땅속에서 때를 기다리며

그대로 묻혀 있나이다. 더없이 원대한 사상도

이러한 재보에 비하면 옹색하고 보잘것없는 것이옵니다.

상상력 또한 제아무리 높게 날아오르고,　　　　(6115)

안간힘을 다한다 해도 만족스러운 성취에 도달하지는 못합니다.

하오나 깊이 통찰하는 고귀한 정신은

---

385 미녀 자신이 손에 들고 있는.

무한한 것을 무한히 신뢰하는 법이옵니다.

메피스토펠레스

    황금이나 진주를 대신하는 이 지폐는

    너무나 편해, 자신의 주머니 사정을 알게 하지요.   (6120)

    흥정도 필요 없고 환전도 필요 없어

    마음먹은 대로 사랑과 술에 취할 수 있지요.

    금속을 원한다면, 환전소가 준비되어 있고,

    그곳에도 금이 없다면, 잠시 시간 내어 파내기만 하면 됩니다.

    술잔과 목걸이를 경매에 붙이고,   (6125)

    이런 현물을 지폐로 즉시 상환해 준다면,

    건방지게 비웃으며 의심하던 자들도 부끄러워할 테지요.

    백성들은 다른 건 원치 않고 지폐에만 익숙해질 것이니,

    이제부터는 제국의 영토 어디를 가나

    보석과 황금과 지폐가 얼마든지 넘쳐 날 것이옵니다.   (6130)

황제

    그대들 덕분에 우리나라가 크게 번영하게 되었도다.

    가능하다면 공로에 맞는 상을 내리고 싶구나.

    제국의 땅속을 그대들에게 맡기노니,

    가장 유능한 보물 관리자가 되도록 하라.

    보물이 간직된 드넓은 장소를 잘 알 터이니,   (6135)

    그것을 캐낼 땐 그대들의 말을 따르게 하겠노라.

    나라의 보물을 관장하는 두 사람은 이제 하나가 되어

    맡은 바 임무를 즐거이 완수토록 하라.

    지상 세계와 지하 세계가

기꺼이 한마음 되어 협력토록 하라. (6140)

재무상

소신들 사이에도 털끝만큼 불화도 없도록 하겠나이다.

마술사를 동료로 얻게 되어 신도 기쁘옵니다.

(파우스트와 함께 퇴장)

황제

궁중의 한 사람 한 사람에게 돈을 나누어 줄 테니,

어디에 쓸지 말해 보도록 하라.

시동 (돈을 받으며)

즐겁게 명랑하게 신나게 살겠나이다. (6145)

다른 시동 (마찬가지로 돈을 받으며)

애인한테 당장 목걸이와 반지를 사 주겠어요.

시종 (돈을 받으며)

지금부터는 갑절로 좋은 술을 마시겠나이다.

다른 시종 (마찬가지로 돈을 받으며)

주머니 속의 주사위가 벌써 안달이옵니다.

방기 기사(方旗騎士)[386] (신중하게)

성과 전답을 담보로 잡힌 빚을 갚겠나이다.

다른 방기 기사 (마찬가지로 신중하게)

이 보물을 다른 보물 옆에 놓아두겠나이다. (6150)

황제

짐은 새로운 활동을 위한 흥미와 용기를 기대했건만,

어쩌면 그렇게도 뻔할 뻔 자인가.

---

386 방기를 들고 출진할 수 있고 형사재판권을 위임받은, 남작 이상의 지위를 가진 중세의 기사.

짐은 알겠노라. 제아무리 금은보화가 넘친다 한들,

너희들 모습은 예나 지금이나 그게 그거로구나.

어릿광대 (앞으로 다가오며)

은혜를 베푸시려거든, 소인에게도 베풀어 주시옵소서!　　(6155)

황제

네놈은 다시 깨어난다 해도, 그걸로 술이나 퍼마셔 버리겠지.

어릿광대

마술 – 지폐라! 소인은 그게 무언지 모르옵니다.

황제

아마 그럴 게다. 네놈은 그걸 제대로 쓸 줄도 모를 테니.

어릿광대

여기 지폐가 또 떨어졌군요. 소인은 어찌해야 할지 모르겠나이다.

황제

잔말 말고 받아 두어라. 네 몫으로 던져 준 거니까.　　(6160)

　　　　　　(퇴장)

어릿광대

오천 크로네가 내 손에 있다니!

메피스토펠레스

두 발 달린 술통아, 다시 살아났는가?

어릿광대

가끔 이런 일이 있었지만, 지금처럼 좋지는 않았소이다.

메피스토펠레스

너무 좋아서 땀에 흠뻑 젖었구나.

어릿광대

이것 좀 봐요. 이걸 돈으로 쓸 수 있단 말이오? (6165)

메피스토펠레스

그걸로 목구멍과 배때기가 원하는 걸 살 수 있지.

어릿광대

밭이나 집이나 가축도 살 수 있단 말이오?

메피스토펠레스

물론이지! 그걸 주기만 하면, 못 사는 게 없어.

어릿광대

숲이랑 사냥터랑 양어장이 딸린 성도 살 수 있단 말이오?

메피스토펠레스

물론이다!

네놈이 지엄하신 성주가 된 꼴을 얼른 보고 싶구나! (6170)

어릿광대

오늘 밤엔 땅 주인이 된 꿈이나 꾸어 보자꾸나! ─

(퇴장)

메피스토펠레스 (혼자서)

이 정도라면 우리 어릿광대의 재치를 의심하는 자는 없으렷다.

어두운 복도

파우스트와 메피스토펠레스 등장.

메피스토펠레스

무슨 일로 소생을 이 음침한 복도로 끌어내시는지요?

저 안에선 별로 재미가 없소이까?

별의별 궁중 사람들이 빽빽이 모인 곳에선   (6175)

장난질이나 눈속임으로 재미 볼 기회가 없단 말인가요?

파우스트

그런 말 말게. 자네도 그 따위 짓이야 오래전부터

마르고 닳도록 해 보지 않았나.

자네가 지금 요리조리 피하는 건

내게 확실한 말을 하지 않으려는 수작일 테지.   (6180)

하지만 난 싫어도 해야 할 형편이네.

궁내상과 시종이 줄곧 나를 몰아세운단 말이야.

황제가 지금 당장에 보고 싶다면서

헬레네와 파리스를 불러내라는 거야.

남자와 여자의 이상적인 전형을   (6185)

뚜렷한 형상으로 보고 싶다는 거지.

당장 시작하게! 약속을 어길 순 없어.

메피스토펠레스

그렇게 경솔하게 약속하다니 정신 나갔군요.[387]

파우스트

이봐, 자네 요술이 우리를 어디까지 끌고 갈지

자네도 미처 생각 못했던 거야.   (6190)

일단 그를 부자로 만들어 주었으니,

---

[387] 중세 기독교 세계의 범위 안에 있는 메피스토펠레스에게 고대 그리스는 힘이 닿지 않는 영역일 것이다.

이제는 즐겁게 해 주어야 하네.

메피스토펠레스

그런 일이 당장 이루어지리라 헛생각하는군요.

이제 우리 앞은 가파른 절벽이외다.

캄캄하고 낯선 영역으로 손을 내밀었으니,　　　　(6195)

결국 새로운 빚이나 잔뜩 짊어지게 생겼소이다.

헬레네를, 금화 대신 쓰는 종이 도깨비**388** 정도로

손쉽게 불러올 수 있다고 생각하다니요. —

멍청이 마녀나 가짜 도깨비,

혹 달린 난쟁이 정도야 즉각 대령합지요.　　　　(6200)

하지만 악마의 계집들을, 나무랄 데 없는 여자들이긴 하지만,

그 여주인공**389**들 대신에 내세울 순 없는 노릇이외다.

파우스트

또 옛 가락을 읊어 대는군!

자네하고 부딪치기만 하면 만사가 늘 알쏭달쏭해져.

모든 방해꾼들의 왕초답게　　　　(6205)

수단을 하나 강구할 때마다 새로운 대가를 요구하잖는가.

주문 몇 마디만 지껄이면 다 된다는 걸 알고 있네.

잠시 돌아보는 사이에 그들을 이곳으로 데려올 수 있지 않은가.

메피스토펠레스

소생은 이교도들하곤 아무 상관도 없소이다.

그들은 자기들 나름대로의 지옥에 살고 있으니까요.　　　　(6210)

---

388 지폐를 가리킨다.
389 헬레네를 비롯하여 고대 신화에 나오는 반신(半神)의 여주인공들.

하긴, 방법이 하나 있긴 있습니다만.

파우스트

　　　　　　　말하라, 꾸물거리지 말고!

메피스토펠레스

소중한 비밀을 털어놓고 싶진 않습니다만. ―

고독한 곳에서 여신들은 도도히 좌정하고 있는데,

그 주위로 공간은 물론이고 시간조차도 없지요.

그들에 대해 언급하는 것조차 당황스러운 일이올시다. (6215)

그건 바로 어머니들이지요!

파우스트 (깜짝 놀라며)

　　어머니들이라!

메피스토펠레스

　　　오싹 소름이 끼칩니까?

파우스트

어머니들! ― 어머니들이라! ― 정말 이상하게 들리는걸!

메피스토펠레스

사실이 그렇소이다. 죽을 운명의 인간들에겐

알려지지도 않았고, 우리도 부르기를 꺼리는 여신들이지요.

그들의 처소로 가려면 깊고 깊은 곳으로 숨어들어 가야 합니다.(6220)

이제 그런 여신들이 필요하게 되었으니, 당신 탓이올시다.

파우스트

그 길이 어디냐?

메피스토펠레스

　　　길은 없소! 가 본 적도 없고,

발을 들여놓을 수도 없는 길이지요. 부탁받은 적도 없고,
부탁할 수도 없는 길이지요. 마음의 준비는 되셨나이까? –
열어야 할 자물쇠도 빗장도 없고, (6225)
그저 적막 속에서 이리저리 헤매게 될 거요.
혹 황량함과 적막함의 뜻이라도 아시는지요?

파우스트

그 따위 케케묵은 소리일랑 집어치우게.
벌써 그 옛날에 사라진
마녀의 부엌 같은 냄새가 난단 말이다. (6230)
여태껏 나도 세상과 더불어 살며,
공허(空虛)를 배우고 공허를 가르쳐야 하지 않았던가? –
그러나 내가 보았던 대로 꾸밈없이 말할라치면
반대의 소리가 곱절이나 요란하게 울려왔지.
그래서 번거로운 세상사를 피해 (6235)
고독 속으로, 황량한 곳으로 달아나야만 했던 거네.
그러면서도 완전히 버림받은 채 혼자 살고 싶지는 않아
결국엔 악마에게 몸을 맡겼던 거야.

메피스토펠레스

당신이 만일 망망대해를 헤엄쳐 다닌다면,
눈앞에 아득한 광경만 펼쳐지겠지만, (6240)
그래도 밀려오고 또 밀려오는 파도는 볼 수 있을 겝니다.
물에 빠져 죽을까 두려움에 떨면서도,
아무튼 무언가를 볼 수는 있지요. 고요한 바다,
푸른 물속을 유유히 지나가는 돌고래,

흘러가는 구름이나, 해와 달과 별을 말입니다. (6245)

하지만 영원토록 공허한 저 먼 곳에선 아무것도 볼 수 없소이다.

당신의 발자국 소리도 안 들리고,

쉬어 갈 만한 단단한 자리도 없을 겝니다.

파우스트

자네는 밀교 교주들 중 제일가는 놈처럼 말하는군.

새로 들어온 충직한 신자들을 속여 먹는 놈들 말이다. (6250)

나야 물론 속을 리는 없지. 자넨 날 공허 속으로 보내어,

거기서 나의 기술과 힘을 증진시키려는 거네.

나를 저 뜨거운 불 속에서 알밤이나 꺼내다 주는

암고양이처럼 다루려 하는 걸세.**390**

그럼, 계속해 보자고! 철저히 파헤쳐 보자꾸나. (6255)

네놈이 말하는 무(無) 속에서 나는 삼라만상을 찾아내리라.

메피스토펠레스

길을 떠나시기 전에 칭찬이나 한마디 올리지요.

당신이란 사람은 정말이지 악마의 본성을 너무도 잘 아는군요.

자, 이 열쇠**391**를 받으시지요.

파우스트

이런 조그만 걸!

메피스토펠레스

---

390 고대 후기의 동물우화에서 원숭이는 고양이의 앞발을 이용하여 익은 알밤을 불 속에서 꺼낸다. 혹은 그렇게 하도록 고양이를 설득한다.
391 흔히는 자연의 법칙. 여기서는 어머니들의 세계를 직관하는 파우스트의 통찰력에 대한 시적 상징으로 해석한다. 혹은 나중에 나오는 번쩍이는 삼발이 향로와 연관하여 남성의 성기로 해석되기도 한다.

우선 손에 받으시고, 과소평가는 마시기를.　　　　(6260)

파우스트

내 손안에서 점점 커지는구나! 번쩍번쩍 빛나는구나!

메피스토펠레스

손에 든 게 무슨 물건인지 이제 알아차렸소이까?

열쇠가 올바른 장소를 더듬어 찾아갈 겁니다.

그놈을 따라 아래로 내려가세요. 그러면 어머니들에게 데려

다줄 거외다.

파우스트 (몸서리를 치며)

어머니들이라! 들을 때마다 한 방씩 얻어맞는 기분이다! (6265)

도대체 무슨 말이길래 이렇게 듣고 싶지 않은가?

메피스토펠레스

새로운 말이 성가실 정도로 그렇게 옹졸하신가요?

언제나 듣던 말만 듣기를 바라시는가요?

앞으로 어떤 소리가 들리더라도 귀찮아하진 마시오.

이상한 일들에 익숙해진 건 벌써 오래전부터 아닙니까. (6270)

파우스트

물론 나는 경직된 것에서 행복을 찾지는 않아.

전율이야말로 인간이 지닌 최상의 것이 아닌가.

세상이 인간에게 그런 감정을 쉽게 주지는 않을지라도,

그런 감정에 사로잡혀 보아야, 비로소 거대한 것을 깊이 느끼

게 되는 거네.

메피스토펠레스

그렇다면 내려가시오! 아니, 올라가시오! 하고 말해도 무방하

지요. (6275)

둘 다 마찬가지니까요. 이미 생성된 것에서 벗어나,

매인 데 없는, 형상들의 영역으로 가시오.

이미 오래전부터 존재하지 않는 것을 마음껏 즐겨 보시오.

떠도는 구름처럼 휘감기는 게 있을 테니

이 열쇠를 휘둘러 몸에 달라붙지 못하게 하시오! (6280)

파우스트 (신이 나서)

좋다! 열쇠를 움켜쥐니 새로 힘이 솟는구나.

가슴을 활짝 펴고 위대한 일을 향해 나아가련다.

메피스토펠레스

활활 타오르는 삼발이 향로가 보이면,

당신은 마침내 깊고 깊은 바닥에 도달한 것이올시다.

향로의 불빛에 어머니들의 모습이 보일 게요. (6285)

일부는 앉아 있고, 다른 일부는 서 있기도 하고, 또 방금 온 것처럼

걸어가기도 할 것입니다.[392] 형성하고, 또 재형성하면서,

영원한 의미를 영원히 살아 있게 하는 것이지요.[393]

온갖 피조물의 영상들이 주위에서 떠돌겠지만,

그들이 당신을 보지는 못합니다. 그들은 그림자만 보니까요. (6290)

마음을 굳게 먹으세요. 무척이나 위험한 일이올시다.

삼발이 향로 쪽으로 곧장 걸어가,

열쇠로 그것을 건드리시오!

---

392 이들 행동의 삼박자(앉아 있고, 서 있고, 걸어가는 것)는 로마이어(D. Rohmeyer)(1975)의 해석에 따르면 자연 영역에서의 존재 원리이다. 즉, 광물은 앉아 있고, 식물은 서 있고, 동물은 걸어간다.

393 자연의 깊숙한 자궁, 생명 탄생의 근원으로 들어가는 여정.

파우스트

(열쇠를 들고서 단호히 명령하는 태도를 취한다.)

메피스토펠레스 (그를 바라보며)

그 정도면 됐고요!⋯⋯

향로가 당신에게 붙어 충직한 하인처럼 따를 거외다.

침착하게 위로 올라가면 행운이 당신을 끌어올릴 것이니,(6295)

어머니들이 알아차리기 전에 향로와 함께 돌아오시오.

일단 그것을 이리로 가져오기만 하면,

남녀 주인공**394**을 밤의 세계로부터 불러낼 수 있게 되는 거지요.

당신은 이 일을 감행한 최초의 사람이 되는 것이고,

일이 성취된다면, 그건 곧 당신의 업적이 되는 것이올시다.(6300)

그다음엔 마술을 써서 조작하면,

향로 연기가 틀림없이 신들의 모습으로 변하는 것이지요.

파우스트

그럼, 이젠 어떻게 한다?

메피스토펠레스

있는 힘을 다해 밑으로 내려가는 겁니다.

발을 구르며 내려가고, 올라올 때도 발을 구르시오.

파우스트 (발을 구르며 아래로 내려간다.)

메피스토펠레스

열쇠가 제발 말을 들어야 할 텐데!   (6305)

궁금한걸. 놈이 다시 돌아올 수 있으려나?

---

394 파리스와 헬레네를 가리킨다.

밝게 불 켜진 홀들[395]

황제와 제후들, 그리고 부산하게 움직이는 신하들.

시종 (메피스토펠레스에게)

유령들이 나오는 장면을 보여 준다고 하지 않았소.

빨리 시작하시오! 폐하께서 안달하고 계시오.

궁내상

방금도 폐하께서 어찌 됐냐고 물으셨소.

여봐요! 우물거리다 폐하의 체면이 상하는 일이 없도록 하시오. (6310)

메피스토펠레스

안 그래도 내 동료가 그 일 때문에 떠났소이다.

일머리를 그 친구가 잘 알아요.

혼자 틀어박혀 실험하고 있는데,

아마도 혼신의 힘을 다하고 있을 거외다.

아름다움이라는 보물을 끌어오려는 자에겐, (6315)

최고의 기술, 말하자면 현자의 마술이 필요한 거요.

궁내상

당신들이야 무슨 기술을 부리든,

황제께선 모든 게 빨리 이루어지기만을 바라고 계시오.

금발의 여인 (메피스토펠레스에게)

여기 좀, 한 말씀만! 제 얼굴이 이렇게 깨끗하지만,

---

395 파우스트가 어머니들에게로 가는 중요한 사건에 앞서 긴장을 풀기 위해 푹 쉬었다 가는 장면.

지긋지긋한 여름이 오면 그렇지 않아요!   (6320)

불그스레한 반점이 수도 없이 돋아나,

하얀 피부를 흉하게 덮어 버리지 뭐예요.

어디 좋은 약이라도!

메피스토펠레스

　　　　　　　　저런, 저런! 당신처럼 빛나는 미인한테

오월이 되면 얼룩 고양이 같은 반점이 돋다니.

개구리 알³⁹⁶과 두꺼비 혓바닥으로 맑은 즙을 내고,   (6325)

보름달 아래 정성스레 증류³⁹⁷시켰다가

달이 다시 기울걸랑 깨끗이 바르도록 하시오.

그럼 봄이 다시 오더라도 반점이 돋지는 않을 거요.

갈색 머리의 여자

모두들 당신 주위로 몰려들어 알랑거리네요.

제게도 처방 좀! 발이 동상에 걸려   (6330)

걷기도, 춤추기도 힘들어요.

인사할 때도 움직이기 거북하고요.

메피스토펠레스

실례지만 내 발로 한번 밟아 드리지요.

갈색 머리의 여자

그건 애인들 사이에서나 그러는 거잖아요.

메피스토펠레스

아가씨, 내가 밟는 데는 더 큰 의미가 있어요.   (6335)

---

396 당시에 기미, 주근깨 치료 등에 민간 처방으로 널리 쓰였다.
397 kohobieren은 연금술의 용어로 반복해서 증류를 계속하는 것을 말한다.

어떤 병이든, 같은 건 같은 걸로 다스리는 법이죠. [398]

발은 발로 고치고, 모든 사지가 다 그런 거라오.

이리 와요! 조심! 그렇다고 내 발을 다시 밟을 필요는 없지요.

갈색 머리의 여자 (소리를 지르며)

아야! 아야! 앗, 뜨거! 심하게 밟으시네.

말발굽에 밟힌 것 같아요! (6340)

메피스토펠레스

치료가 다 됐소.

이제부턴 춤도 마음껏 추시구려.

밥 먹다가 식탁 밑으로 애인의 발도 간질이시오.

귀부인 (밀고 들어오며)

나 좀 들어갑시다! 너무도 고통스러워요.

가슴 깊은 곳이 부글부글 끓어요.

어제까지만 해도 그이가 내 눈길에서 행복을 찾았건만, (6345)

그새 다른 년과 속닥거리며 등을 돌리고 말았어요.

메피스토펠레스

그거 심각하네. 하지만 내 말 들어 보시오.

어떻게 해서든 그에게 살그머니 다가가시오.

그러고는 이 숯으로 줄을 하나 긋는 거요.

그 사람의 소매든 외투든 어깨든 다 좋아요. (6350)

그러면 그의 마음속에 은근한 후회의 정이 생겨날 거요.

하지만 숯덩이는 곧장 삼켜야 합니다.

---

398 동종요법(同種療法)을 말한다. 당시에 인기를 끌었던, 사무엘 하네만의 동종요법을 풍자하고 있다. 괴테는 이 사람을 '새로운 파라켈수스'라고 부르기도 했다.

술도 물도 입에 대지 말고 말이오.

그렇게 되면 바로 오늘 밤 그가 당신 집 문 앞에서 한숨을 쉴 거요.

귀부인

그게 독약은 아니겠죠? (6355)

메피스토펠레스 (격분하며)

존경할 만한 것은 존경하시오!

이런 숯을 구하자면 온 천지를 헤매야 할 거요.

이건 화형장의 장작더미[399]에서 가져온 거란 말이오.

예전에 우리가 거기다가 열심히 불을 질렀지요.

시동

저는 사랑에 빠졌는데, 사람들이 저를 어른 취급 해 주지 않아요.

메피스토펠레스 (옆을 향해 혼잣말로)

누구 말을 먼저 들어야 할지 모르겠구나. (6360)

(시동에게)

너무 어린 계집과는 놀지 말게.

나잇살이나 든 여자들이 자네를 제대로 알아줄 거야. ─

(다른 사람들이 몰려온다.)

사람들이 또 몰려오는구나! 이거 장난 아닌걸!

결국은 본 걸 보여 주고 곤경에서 벗어나는 수밖에.

아주 졸렬한 방책이긴 하지만! 부담이 너무 크니 어쩔 수 없지. ─ (6365)

아아, 어머니들이여, 어머니들이여! 부디 파우스트를 놓아주시오!

(주위를 둘러보며)

홀 안의 불빛이 어느새 흐릿해지고,

---

399 종교재판에서 이단자나 마녀를 화형에 처했을 때.

온 궁중이 갑자기 술렁거린다.

모두들 얌전하게 줄을 지어,

기다란 복도와 멀리까지 뻗은 회랑을 지나간다.　　　　　(6370)

그래! 모두들 그 옛날 기사들의 드넓은 홀로 모이고 있지만,

그 안에 다 들어갈 것 같진 않아.

넓은 벽에는 양탄자들이 드리워져 있고,

구석과 벽감(壁龕)엔 갑옷과 투구들이 진열되어 있군.

거기선 마법의 주문(呪文)도 필요 없겠어.　　　　　(6375)

유령들이 저절로 나올 테니 말이다.

기사(騎士)들의 방

어둑어둑한 조명. 황제와 신하들이 등장해 있다.

의전관

연극의 시작을 알리는 저의 오랜 소임도

유령들의 은밀한 작용 때문에 어렵게 되었습니다.

그토록 얽히고설킨 사건을 이치에 맞게

설명한다는 건 아무래도 헛된 일인 듯싶군요.　　　　　(6380)

의자나 걸상은 이미 준비돼 있습니다.

황제 폐하는 바로 벽 앞쪽에 모셨으니,

벽걸이 양탄자에 그려진 위대한 시대의 전쟁을

아주 편안히 구경하실 수 있을 것이옵니다.

이쪽엔 폐하와 만조백관이 둘러앉아 계시고,   (6385)

그 뒤쪽으론 긴 의자들이 빼곡하게 들어차 있습니다.

이렇듯 유령들이 출몰하는 음산한 시간에도

연인들은 연인들 곁에 정답게 자리 잡았고,

모두들 제자리에 앉았으니,

준비는 끝났습니다. 자, 유령들아, 나타나거라!   (6390)

(나팔 소리)

천문박사

당장에 연극을 시작토록 하라!

폐하께서 분부하신다. 벽들아, 열려라!

아무것도 거칠 게 없다. 여기는 마술의 세상이다.

양탄자는 불길에 휘말린 듯 사라지고,

벽이 갈라지며, 제자리에서 빙글 돌아간다.   (6395)

깊숙한 곳에서 무대가 세워져

신비스럽게 불빛을 발하는 것 같다.

나는 무대 앞쪽으로 올라가야겠다.

메피스토펠레스 (프롬프터가 앉아 있는 구멍에서 모습을 드러내며)

나는 여기서 관객들의 인기나 끌어야겠소.

대사를 속삭여 주는 게 악마의 화술이니 말이오.   (6400)

(천문박사에게)

당신은 별들이 운행하는 박자까지 알고 있으니,

나의 속삭임 정도야 가볍게 알아들을 테지요.

천문박사

기적의 힘으로 여기 모습을 드러내는 것은,

너무도 장엄한 고대의 신전.

그 옛날 하늘을 떠받쳤던 아틀라스**400**처럼   (6405)

수많은 기둥들이 줄지어 서 있구나.

저것들이라면 거대한 바위산이라도 지탱하겠다.

두 개만으로도 커다란 건물을 떠받치겠다.

건축가401

저런 게 고대 양식이군! 뭐 그렇게 칭찬할 것도 없네요.

조야한데다가 너무 육중해요.   (6410)

거친 것을 고상하다 하고, 졸렬한 것을 위대하다 하는군요.

내가 좋아하는 건 한없이 솟아오르려고 하는 좁다란 기둥들**402**

이지요.

뾰족한 아치형 지붕은 우리의 정신을 드높여 주지요.

그런 건물은 우리를 진정으로 기쁘게 해 준답니다.

천문박사

별들의 운세가 좋은 이 시간을 경건하게 맞으시오.   (6415)

마법의 주문으로 이성(理性) 같은 것은 묶어 놓고,

그 대신 찬란하고 대담한 상상력을

마음껏 펼치도록 하세요.

여러분이 대담하게 갈구하던 것을 이제 눈으로 확인하십시오.

---

400 그리스 신화에서 어깨로 하늘을 떠받치고 있도록 벌을 받은 거인.
401 낭만주의 시대에 고딕 양식을 본받으려고 애쓰는 건축가.
402 중세 고딕 양식의 기둥을 말한다.

그건 불가능한 것이고, 바로 그 때문에 믿을 가치가 있는 것입니다. **403**

(6420)

(파우스트가 무대 앞쪽의 다른 편에서 솟아오른다.)

천문박사

사제복을 걸치고 화관을 쓴 기인이 등장하여

자신이 야심차게 시작했던 일을 이제 완수하려 하는군요.

삼발이 향로가 그와 함께 텅 빈 무덤에서 올라와,

어느새 향(香) 냄새를 풍기는 것 같군요.

그가 이 커다란 과업을 축복코자 만반의 준비를 갖추었으니, (6425)

이제는 신나는 일만 일어날 것입니다.

파우스트 (장중하게)

저는 그대 어머니들의 이름으로 행하옵니다.

무한한 곳에 계시며 영원히 외롭게, 하지만 정답게 모여 사는

어머니들이여, 그대들의 머리 위로

생명의 형상들이 생명도 없이 활기차게 떠돌고 있나이다. (6430)

한때 가득한 광명과 가상 속에서 존재했던 것이

이제 거기서 움직이니, 영원을 바라기 때문입니다.

전능의 힘을 가진 그대들은 그것을 나누어서

일부는 낮의 천막 속으로 일부는 밤의 지붕 아래로 보내옵니다.

어떤 자들은 복 많은 인생행로를 택할 것이요, (6435)

또 다른 자들은 대담한 마술사를 만나게 될 것입니다.

그리하여 마술사는 자신감에 넘쳐 모두가 원하는 것을,

---

403 교부인 테르툴리안이 예수의 죽음과 부활을 놓고 한 말을 빈정거리고 있다.

경이로운 것을 마음껏 보여 줄 것입니다.

천문박사

벌겋게 달아오른 열쇠가 향로에 닿자마자,

자욱한 안개가 방 안을 가득 채우는구나.　　　　　　　　　(6440)

안개는 살며시 스며들어 구름처럼 일렁거리고,

늘어나고, 뭉치고, 서로 엉키고, 서로 나뉘어졌다 다시 짝을 이룬다.

자, 정령들이 만든 걸작을 보라!

정령들이 떠다니는 곳마다 음악이 울려 퍼진다.

허공을 울리는 음향들로부터 알 수 없는 무엇이 솟아나고, (6445)

정령들이 움직이면 그 모든 것이 멜로디가 된다.

원주(圓柱)들이 울리고, 세 줄 장식**404**까지 울리니,

신전 전체가 노래하는 것 같구나.**405**

자욱한 안개가 가라앉자, 연한 베일로부터

아름다운 젊은이 하나가 사뿐하게 걸어 나온다.　　　　　　(6450)

자, 이것으로 저의 임무는 끝났습니다. 그의 이름을 군이 댈 필
요도 없지요.

어느 누가 사랑스러운 파리스를 모를까요?

(파리스가 걸어 나온다.)

귀부인

어머나! 피어나는 청춘의 힘은 저리도 눈부시네요!

---

404 도리아식 원주의 돌림띠에 새겨진 세 줄기의 오목하게 팬 자국.
405 괴테는 건축을 "침묵하고 있는 음악"이라고 불렀다. 이제 마법으로 그 음악이 다시 살아나게
되는 것이다.

둘째 귀부인

즙이 뚝뚝 흐르는 싱싱한 복숭아네요!

셋째 귀부인

저 또렷하고, 달콤하고 도톰한 입술!   (6455)

넷째 귀부인

저런 술잔을 맛있게 빨고 싶은 게지?

다섯째 귀부인

기품은 없어 보여도 너무 귀여워.

여섯째 귀부인

행동이 조금만 더 민첩했으면.

기사

꼴을 보아하니 양치기 목동 같아.[406]

왕자 냄새도 안 나고, 궁중 예법도 전혀 모르는 것 같군.   (6460)

다른 기사

그래! 반벌거숭이라 괜찮아 보이지만,

일단은 갑옷을 입혀 놓고 봐야 되는 거야!

귀부인

자리에 앉는군요. 사뿐하게, 편안하게.

기사

그의 품에 안기면 기분 좋겠단 말이오?

귀부인

머리에 팔을 받치는 모습도 정말 우아해.   (6465)

시종

---

406 트로이의 왕 프리아모스의 아들로 어린 시절 목동들 사이에서 자랐다.

버르장머리 없는 녀석! 저건 아니지!

귀부인

당신네 남자들은 매사에 흠만 잡는군요.

시종

폐하의 면전에서 기지개를 켜다니!

귀부인

저건 그냥 연기라고요! 저 사람은 혼자 있다고 믿거든요.

시종

아무리 연극이라도 여기선 예의범절을 지켜야지.　　　　(6470)

귀부인

저 귀염둥이 고이 잠들었네요.

시종

금방 코를 고는군. 당연하지. 생긴 대로 노는 법!

젊은 귀부인 (황홀해하며)

자욱한 향의 연기에 뭐가 섞인 걸까요?

가슴 깊숙한 곳까지 시원해져.

중년의 귀부인

정말이야! 한 줄기 향기가 마음속 깊이 스며들어.　　　　(6475)

저 젊은이한테서 나오는 거야!

가장 늙은 귀부인

　　　　　그건 불사(不死)의 영약이라오.

청춘의 몸속에서 영약으로 만들어져,

주변의 대기 속으로 퍼져 나가는 거지.

(헬레네 등장)

메피스토펠레스

바로 저 여자군! 저 정도라면 별거 아닌걸.

예쁘긴 해도 끌리지는 않아.   (6480)

천문박사

이번에야말로 두 손 들었다.

명예를 존중하는 사람으로서 솔직히 인정한다.

저런 미인을 앞에 두고, 불타는 혀를 가진들 무슨 소용인가!

저 여자는 그 옛날부터 찬양받아 왔지.

보는 순간 정신이 황홀해진다.   (6485)

저 여자를 가졌던 자, 너무나 좋았겠다.

파우스트

내 눈을 믿으란 말인가? 마음속 깊은 곳에서

아름다움의 샘물, 철철 넘쳐 나지 않는가?

벌벌 떨며 갔다 왔더니 엄청난 축복의 선물을 가져왔구나.

지금까지 세상은 너무도 보잘것없고 꽉 막혀 있었다!   (6490)

그런데 내가 사제[407]가 되고 나니 세상이 이렇게 변해 버리는가?

이제야 세상은 바람직스럽고, 근본이 있고, 영속적인 것이 되었다!

내가 그대와 떨어져도 아무렇지 않다면,

내 생명의 호흡은 꺼져 버려도 좋으리! -

일찍이 마법의 거울 속에서 나를 매혹하고,   (6495)

---

407 헬레네에 봉사하는 미의 사제.

나를 기쁘게 했던 그 아름다운 자태도, **408**

이 미녀에 비하면 한낱 거품이로다! –

그대야말로 꿈틀거리는 내 모든 힘을,

정열의 정수(精髓)를,

관심과 사랑, 숭배와 광신을 바쳐야 할 상대로다. (6500)

메피스토펠레스 (프롬프터의 상자에서)

정신 차리시오! 자기 역할을 잊지 마시오!

중년의 귀부인

키도 크고 몸매도 날씬한데, 머리가 너무 작아.

젊은 귀부인

저 발 좀 봐요! 저렇게 볼품없다니!

외교관

제후의 마나님들이 저런 모습이지요.

제가 보기엔 머리부터 발끝까지 다 아름답군요. (6505)

궁신

잠든 총각한테로 살금살금 다가가는군요.

귀부인

총각의 순결한 모습에 비하면 추하기 짝이 없어!

시인

그녀의 아름다움 때문에 총각이 빛나는 겁니다.

귀부인

엔디미온과 루나**409**! 그들을 그려 놓은 것 같아요!

---

408 『파우스트』 1부 '마녀의 부엌'에서 파우스트가 거울 속에서 보았던 미녀.
409 파리스와 헬레네는 우선 미소년 엔디미온과 달의 여신 루나의 동작을 취한다. 루나는 영원히

시인

옳거니! 여신이 하늘에서 내려와, (6510)

총각한테 몸을 숙이고, 그의 숨결을 마시는군요.

질투 난다! - 입 맞춘다! - 이거 해도 해도 너무한데.

상궁

사람들 다 보는 데서! 정말 미쳤나 봐!

파우스트

꼬맹이한테는 과분한 애정이야! -

메피스토펠레스

쉿! 조용!

유령들이 하는 대로 내버려 두시오. (6515)

궁신

그녀가 물러나네요, 사뿐하게. 총각이 깨어났어요.

귀부인

여자가 돌아보는군요! 내 그럴 줄 알았어.

궁신

총각이 깜짝 놀라는군! 그에겐 기적 같은 일이 일어난 거지.

귀부인

여자에겐 눈앞의 일이 기적도 아니지.

궁신

그녀가 총각한테로 얌전하게 돌아가는군요. (6520)

귀부인

내가 보기에 여자가 그를 가르치려 드는군요.

잠들어 있는 목동인 엔디미온에게 입을 맞추기 위해 밤마다 내려온다.

이런 경우 남자들은 모두 바보가 돼요.

저 총각도 자신이 여자의 첫 남자라고 생각하는 거죠.

기사

저 여잔 완전 내 스타일. 기품 있고 섬세해! ─

귀부인

화냥년인걸요! 저런 걸 천박하다고 하는 거예요! (6525)

시동

내가 그 짝이라면 얼마나 좋을까!

궁신

저 그물에 걸려들지 않을 자 누구인가?

귀부인

저 보물은 벌써 여러 남자의 손을 거쳤어요.

금박도 심하게 닳아 버렸고요.

다른 귀부인

저 여잔 열 살 때부터 몸을 버렸지요.**410** (6530)

기사

누구라도 기회가 닿으면 최상의 것을 취하기 마련이지요.

나는 저 미인의 찌꺼기라도 차지하겠소.

학자

저 여자를 똑똑히 지켜보지만, 까놓고 말해

진짜인지 가짜인지 의심스럽군요.

---

410 헬레네 전설에 따르면 아테네의 왕 테세우스가 열 살 때의 그녀를 아티카로 유괴하였다. 파리스는 메넬라오스로부터 그 아내인 헬레네를 트로이로 데려갔다. 파리스가 죽은 후 파리스의 동생인 데이포보스가 그녀를 아내로 삼았다. 그러고 나서 메넬라오스가 그녀를 다시 데려갔다. 그녀는 죽은 후 아킬레우스와 함께 로이케에서 살았다.

눈앞의 것은 과장되기 마련이라,   (6535)

난 무엇보다 기록된 것을 중히 여깁니다.

그래서 읽어 보았더니,[411] 저 여자는 정말이지

잿빛 수염을 한 트로이의 영감들한테서 각별한 사랑을 받았네요.

그리고 이번에도 그렇군요.

젊지 않은 나도 저 여자가 맘에 쏙 드니까요.   (6540)

천문박사

이제는 소년이 아니오! 대담한 영웅이 되어

여자를 끌어안으니, 꼼짝달싹 못하네요.

억센 팔로 여자를 번쩍 들어 올리는군요,

유괴라도 하려는 걸까요?

파우스트

　　　　　　　　　　　　　　　　　　　뻔뻔한 멍청이 녀석!

어디서 감히! 들리지 않느냐! 멈춰라! 그건 지나치다!   (6545)

메피스토펠레스

도깨비 장난질은 바로 당신이 하고 있소!

천문박사

한마디만 더! 지금까지 벌어진 일로 보건대,

저는 이 연극을 헬레네의 납치라고 부르겠습니다.

파우스트

납치라니! 여기 있는 나를 우습게 보느냐!

내 손에 있는 이 열쇠를 똑똑히 보거라!   (6550)

이것이 나를 인도하여 고독의 공포와 파도와 물결을 헤치고

---

411 호메로스의 『일리아스』를 가리킨다. 제3권 pp. 154~158.

여기 안전한 해변으로 이끌어 주었다.

여기에 나는 발을 딛고 있다! 이 모든 것은 현실이다.

여기에서 정신은 정령들과 싸울 수 있고,

위대한 이중의 왕국412를 세울 수 있다. (6555)

저 여자는 그리도 멀리 있더니, 지금은 이렇게 가까이 있구나!

내가 그녀를 구하겠다. 그러면 그녀는 이중으로 나의 것이다.

자, 과감하게! 어머니들이여! 어머니들이여 허락해 주소서!

그녀를 알게 된 자, 그녀를 결코 놓칠 수 없으리.

천문박사

무슨 짓이오, 파우스트! 파우스트! ― 완력으로 (6560)

그녀를 잡다니. 어느새 형상이 흐려진다.

열쇠를 젊은이한테로 가져가

그의 몸에 대는구나! ― 저런, 저런! 순식간에! 순식간에!

(폭발. 파우스트는 바닥에 누워 있다.413

유령들은 안개 속으로 사라진다.)

메피스토펠레스 (파우스트를 어깨에 둘러메고서)

이런 꼴을 당하다니! 바보 녀석을 떠맡으면

악마조차도 결국 손해 보게 된다니까. (6565)

(암흑, 소란)

---

412 마법이 불러일으킨 가상의 세계와 생동하는 현실.
413 『파우스트』의 상징 체계를 깊이 연구한 엠리히(Wilhelm Emrich)는 파우스트가 내동댕이쳐
진 것을 성숙, 발전, 완성의 단계 없이 이념의 무시무시한 영역으로부터 곧장 시간의 심연을 넘어, 미
의 꽃을 손에 넣으려는 무모한 결행에 대한 대답으로 해석한다.

제2막

높고 둥그런 천장의 좁은 고딕식 방

이전에 파우스트가 쓰던 방으로 옛날 그대로의 모습이다.

메피스토펠레스 (커튼 뒤에서 나타난다. 그가 커튼을 걷어 올렸다가

뒤돌아보는 순간, 아주 고풍스러운 침대 위에 파우스트가 뻗은 채로 누

워 있는 게 보인다.)

여기 누워 있게, 불행한 친구!

헤어나기 어려운 사랑의 굴레에 유혹된 자여!

헬레네 때문에 마비되었으니,

쉽게 정신 차리지는 못할 거다.

        (주위를 둘러보며)

저 위쪽으로, 이쪽으로, 저쪽으로 보아도,   (6570)

모든 게 옛날 그대로구나.

채색 창유리가 좀 흐려진 것 같고,

거미줄이 늘어나고,

잉크는 말라붙고, 종이가 누렇게 변색되긴 했다.

하지만 모든 게 원래 자리에 그대로 있다. (6575)

파우스트가 악마한테 계약서를 써 주었던 그 펜도,

여기 그대로 있구나.

그래! 내가 그놈을 유혹하여 뺏은 한 방울의 피가

펜대 깊숙이 들어 있을 거다.

이렇듯 하나뿐인 진품(珍品)이라면, (6580)

최고의 수집가조차도 반색할 테지.

저 낡은 모피 코트까지 오래된 걸개 못에 그대로 걸려 있군.

저걸 보니 그 옛날 내가 소년을 가르쳤던,

장난질이 떠오른다.

그 애송이는 아직도 그걸 되씹고 있을 테지. (6585)

정말이지 갑작스럽게 욕구가 치밀어 오른다.

따뜻한 외투여, 내 너를 걸치고

다시 한 번 대학교수로서 으스대고 싶다.

으레 그러지들 않는가.

학자들이야 그런 식으로 폼 잡는 게 예사지만, (6590)

악마에겐 이미 오래전의 일이다.

(그가 모피 외투를 내려서 턴다.

귀뚜라미, 딱정벌레, 작은 나방이들이 튀어나온다.)

벌레들의 합창

　　　환영하옵니다! 환영하옵니다,

우리의 오랜 보호자이시여,[414]

우리는 붕붕 떠다니고, 윙윙거리며

금방 당신을 알아봅니다. (6595)

당신은 남몰래 한 마리씩 한 마리씩

우리를 심어 놓으셨지요.

이제 수천의 무리가 되어,

아버지시여, 우리는 춤을 춥니다.

장난꾸러기 악당[415]은 가슴속에 (6600)

꼭꼭 숨어 있지만,

이들은 외투 밖으로

잘도 기어 나오는군요.

메피스토펠레스

놀랍다, 이 어린것들이 나를 기쁘게 해 주다니!

씨만 뿌려 놓으면 언젠가는 수확을 얻는 법. (6605)

이 낡은 털옷을 다시 털어 보자.

여기서도 한 마리, 저기서도 한 마리 펄쩍 튀어나오는구나. ─

뛰어올라라! 사방으로 흩어져라! 이 구석 저 구석으로,

사랑스러운 것들아, 서둘러 몸을 숨겨라.

낡은 상자들이 있는 저곳으로, (6610)

여기 누렇게 바랜 양피지 속으로,

낡은 항아리들의 파편 위에 쌓인 먼지 속으로,

---

414 메피스토펠레스가 처음 이 옷을 입었을 때 벌레들을 옮겨 놓았고, 그 벌레들은 그동안에 수천
으로 불어났다.
415 메피스토펠레스의 본질은 그 가슴속에 있다는 말이다.

저 해골들의 쾡하게 뚫린 눈구멍 속으로.
이렇게 너저분하고 곰팡이 낀 곳에는
벌레들이 우글거려야 제격이니라.   (6615)
        (모피 외투를 껴입는다.)
자, 다시 한 번 내 어깨를 감싸 다오!
오늘 이 몸은 또다시 왕초가 되는구나.
하지만 그렇게 자처해 본들 무슨 소용인가.
날 알아줄 사람들은 어디 있는가!
(그가 초인종의 줄을 잡아당기자, 날카롭게 귀를 파고드는 소리가 울
려 퍼진다. 온 집 안이 흔들거리고 문들이 와락 열린다.)

조수 (길고 어둠침침한 복도를 비틀거리며 걸어온다.)
이게 무슨 소린가! 온몸이 오싹하다!   (6620)
계단이 흔들리고 벽이 진동하는구나.
부르르 떨리는 채색 유리창으로
번쩍이는 번갯불 같은 게 보인다.
마룻바닥이 갈라지고, 천장에서
석회와 흙덩이가 쏟아져 내린다.   (6625)
단단히 걸어 두었던 문들은
이상한 힘 때문에 빗장이 풀렸다. ―
저기 봐라! 정말 무시무시하군! 어떤 거인이
파우스트 선생님의 모피 외투를 입고 서 있네.

그 눈길, 그 손짓에   (6630)

주저앉을 것만 같다.

달아나야 하나? 그냥 서 있어야 하나?

아! 나한테 무슨 일이 일어나는 건가!

메피스토펠레스 (손짓하며)

여보게, 이리 오게! - 자네 이름이 니코데무스[416]지.

조수

존경하는 선생님! 제 이름이 맞습니다 - 오레무스.[417]   (6635)

메피스토펠레스

그런 건 집어치우게!

조수

기쁩니다! 저를 아신다니요.

메피스토펠레스

알고말고. 나이깨나 먹었는데 아직 학생이군.

늙다리 학생 양반! 글줄이나 읽은 서생이라도 달리 할 게 없으니

그렇게 공부나 계속하는 거지.

그리하여 나름대로 카드로 만든 집을 세우긴 하지만,   (6640)

아무리 위대한 인간도 그걸 완성할 순 없는 걸세.

어쨌거나 자네 선생은 대가이네.

고귀한 바그너 박사를, 지금 학계의 제 일인자를

그 누가 모른단 말인가!

홀로 학계를 짊어지고,   (6645)

---

416 「요한복음」 3장 1절 참조.
417 '기도합시다'의 뜻.

날마다 지혜를 증진시키고 있는 분 아닌가.

온갖 지식에 굶주린 청강생들이

구름처럼 그분 주위로 몰려들지 않는가.

오직 그분만이 강단에서 빛을 발하는 존재이네.

성 베드로처럼 열쇠를 사용하여,   (6650)

지상의 것이든 천상의 것이든 모조리 다 설명해 준다네.[418]

어느 누구보다 찬연히 타오르고 반짝거리기 때문에

어떤 명성도 어떤 명예도 그의 앞에선 맞설 수 없는 걸세.

파우스트의 이름조차도 희미해졌으니,

이제 독창적인 인물은 오로지 그분뿐일세.   (6655)

조수

죄송합니다만! 존경하는 선생님! 한 말씀 드리고자 합니다.

감히 거역하는 것 같습니다만,

그 모든 걸 그분은 하찮게 여기십니다.

겸손이야말로 그분의 천성이니까요.

그 고매하신 분이 묘연하게 자취를 감춘 후   (6660)

그분은 어쩔 줄 몰라 하고 계십니다.

박사님이 돌아오시는 것만이 그분에게 위안이고 은총입니다.[419]

이 방도 파우스트 박사님이 계시던 때 그대롭니다.

안 계시는 동안에도 손끝 하나 대지 않고,

옛 주인을 기다리고 있습니다.   (6665)

---

418 로마이어(D. Lohmeyer)의 해석에 따르면, 새로운 창조자로서의 자연과학자, 즉 호문쿨루스를 제조하고 있는 바그너는 유기적인 '상부'의 세계와 비유기적인 '하부'의 세계를 해명하고 있다.
419 바그너가 파우스트를 기다리는 것을, 사도들이 부활한 예수를 기다리는 것에 비유하는 해석들도 있다.

저 같은 건 감히 이곳에 들어오지도 못합니다.

그런데 지금 별자리가 어떻게 된 걸까요? –

사방의 벽들이 공포에 질린 듯하고,

문설주들이 부르르 떨고, 빗장들도 튕겨 나갔군요.

안 그랬다면 선생님께서도 들어오시지 못했겠지요.　　　(6670)

메피스토펠레스

자네 선생은 뭐하고 계시는가?

나를 그에게 데려가거나, 아니면 그를 이리로 모셔 오게!

조수

아이코! 그분이 엄명을 내리셔서,

제가 감히 그래도 될지 모르겠습니다.

여러 달 동안 위대한 작업420 때문에　　　(6675)

쥐 죽은 듯 정적 속에서 지내십니다.

학자들 가운데서도 상냥하기 그지없는 분이,

지금은 영락없는 숯쟁이 꼴이랍니다.

귀에서 코까지 온통 시커먼 검정을 덮어 쓰고 있어요.

불을 불어 대느라 두 눈은 빨갛게 충혈되고,　　　(6680)

단 일 초라도 내버릴라 부심하십니다.

부집게의 짤그랑거림은 음악처럼 울려 퍼지고요.

메피스토펠레스

내가 들어가는 걸 그가 막지는 않을 테지.

나야말로 그의 성공을 촉진시켜 주는 존재가 아닌가.421

---

420 인조인간 호문쿨루스를 제작하는 일.
421 메피스토펠레스도 바그너와 더불어 호문쿨루스의 제작에 관여한다는 암시이다.

(조수는 퇴장하고, 메피스토펠레스는 거드름을 피우며 자리에 앉는다.)

자리에 앉자마자   (6685)

저쪽에서 아는 놈이 나타나는군그래.

하지만 녀석이 지금은 최신 학파에 속해 있으니,[422]

한도 없이 뻔뻔하게 굴 테지.

학사(學士)[423] (복도를 내달려 온다.)

　　대문도 방문들도 활짝 열렸구나!

　　마침내 희망이 보인다.   (6690)

　　지금까지 그랬듯이 곰팡이 속에서

　　살아 있는 자가 죽은 자처럼

　　퇴화하고, 썩어 들어가

　　산 채로 죽어 가는 일은 없으리라.

　　이 담들도 이 벽들도[424]   (6695)

　　비스듬히 기울며 마침내 무너지려 한다.

　　곧장 피하지 않으면

　　우린 그 아래 깔려 죽고 말 거다.

　　이 몸은 어느 누구보다 대담하건만,

　　더 이상 들어가지 못하겠다.   (6700)

　　오늘은 기분이 왜 이렇지!

---

422 제1부의 학생 장면에서 공손한 대학 초년생으로 등장했던 인물이 이제는 진보적인 청년 학파의 당당한 구성원 행세를 하며 등장한다.

423 Baccalaureus(학사)는 13세기 이후 대학에서 사용되었던 말. 일정한 구두시험을 치르고 합격한 후 초심자들을 가르칠 수 있는 자격을 가지게 된 사람을 지칭한다.

424 케케묵은 학설들을 가리킨다.

이곳은 벌써 몇 해 전,

내가 순진한 신입생[425]으로

가슴 졸이고 두려워하며 왔던 곳이 아닌가?

수염 기른 늙다리들을 믿고   (6705)

그들의 헛소리에 감명받았던 곳이 아닌가?

놈들은 낡은 책갈피에서 알아낸 것들로

나를 잘도 속여 먹었지.

자기들이 아는 걸 자기들도 믿지 않으면서,

자기들의 삶과 나의 삶을 함께 앗아 가 버렸지.   (6710)

　　　　　어라, 저게 뭔가? – 저기 방 안 뒤편

어둠 속에서 희끄무레하게 누군가가 앉아 있네!

가까이 다가가서 보니 놀랍구나.

그때 그자가 누런 모피 외투를 걸친 채 앉아 있다니.

내가 그자를 떠났을 때와 마찬가지로,   (6715)

아직도 저 거친 털옷을 두르고 있다니!

그때는 내가 뭘 몰라

놈이 노련한 학자로 보였지만,

오늘은 말려들지 않을 거다.

놈에게 당당히 부딪쳐 보겠다!   (6720)

노(老)선생님, 망각의 강 레테의 흐릿한 물결이

선생님의 갸우뚱 숙인 대머리를 푹 적시지 않았다면,

---

425 Fuchs(신입생)은 속어로, 첫 두 학기에 재학 중인 대학생을 가리킨다.

여기 옛날의 그 학생을,

이제 대학의 채찍질에서 벗어난 학생을 알아보시겠지요?

제가 보기에 선생님은 옛날 그대로시지만,   (6725)

저는 다른 사람이 되어 다시 나타난 겁니다.

메피스토펠레스

초인종 소리에 곧장 달려와 주어 고맙네.

물론 당시에도 자네를 가볍게 여긴 건 아니었어.

애벌레나 번데기만 보더라도 장차

오색찬란한 나비가 되리란 걸 알 수 있지 않은가.[426]   (6730)

곱슬머리에다 옷깃에 레이스를 달고서,

자네는 어린애같이 들떠 있었지. ─

자네는 머리를 땋은 적이 한 번도 없었던가?

그래, 오늘은 스웨덴식 머리[427]를 하고 있군.

아주 단호하고 씩씩해 보여서 좋아.   (6735)

하지만 절대주의자[428]가 되어 집으로 돌아가는 일만은 없도록 하게.

학사

노선생님! 장소는 옛날 그대로지만,

시대의 새로운 흐름을 생각하시어

애매한 말씀은 삼가시지요.

---

426 괴테 문학에 있어서 중요한 개념인 '변형'을 메피스토펠레스의 입을 통해 반어적으로 암시하고 있다.

427 18세기 후반 이후 군인과 학생들의 (가발과) 땋은 머리를 대신해서 유행한 '신식'의 짧게 깎은 머리.

428 앞서 말한 땋은 머리, 그리고 짧은 머리에 이어서 빡빡 깎은 머리를 가리킨다. 또한 괴테 당시의, 모든 경험 영역과는 독립된 이상주의적 인식의 중심 개념이기도 하다. 피히테, 셸링 등의 철학.

이제 우리는 완전히 다른 관점으로 보고 있으니까요.   (6740)

이전엔 착하고 성실한 젊은이를 마음껏 조롱하셨고,

그것도 아무 재주도 없이 성공하셨지만,

이젠 누구도 감히 그렇게 못하실 겁니다.

메피스토펠레스

젊은이에게 순수한 진리를 말해 주면,

주둥이도 아직 노란 것들이 조금도 좋아하질 않아.   (6745)

하지만 그 후 여러 해가 지나

그 모든 걸 자신의 피부로 직접 겪고 나면

그게 자신의 머리에서 나온 걸로 착각하고,

선생은 멍청이였다고 나발을 부는 거라네.

학사

사기꾼이 더 적절한 말일 테죠! — 도대체 그 어떤 선생이   (6750)

우리의 면전에다 대고 곧장 진리를 말해 준답니까?

누구나 늘였다 줄였다 마음대로 하면서

순진한 아이들을 때로는 진지하게, 때로는 유쾌하고 재치 있게

다루는 거지요.

메피스토펠레스

물론 배움에는 때가 있는 법이야.

보아하니 자네는 가르칠 자신이라도 있는 모양이군.   (6755)

그동안 여러 달 여러 해가 지났으니,

자네도 경험깨나 쌓았겠군그래.

학사

경험**429**이라고요! 그건 거품과 먼지에 지나지 않아요!

정신과는 견줄 바가 못 되는 겁니다.

고백하시지요! 지금까지 알았던 것은   (6760)

전혀 알 필요가 없는 것들이었다고 말입니다…… .

메피스토펠레스 (잠시 쉬었다가)

오래전부터 그런 생각이 들었지. 나는 멍청이였어.

이제는 내가 정말 진부하고 우둔하다는 생각마저 드네.

학사

정말 반가운 말씀이네요! 분별 있는 말씀을 들었습니다.

이렇게 이성(理性)적인 노인장은 처음입니다.   (6765)

메피스토펠레스

나는 숨겨진 황금의 보물을 찾으려 했건만,

끔찍하게도 석탄만 계속 캐내었던 걸세.**430**

학사

고백하세요. 선생님의 두개골과 대머리가

저기 저 텅 빈 해골보다 더 낫다곤 못하시겠죠?

메피스토펠레스 (느긋하게)

이봐, 자네는 자신이 얼마나 난폭한지 모르겠는가?   (6770)

학사

독일어에서 점잖다는 말은 곧 거짓말한다는 뜻이지요.**431**

---

429 사실 지각에 토대를 둔 경험. 선험적 인식이나 사변적 형이상학과 정반대되는 것.

430 메피스토펠레스가 파우스트 역할을 하면서 내뱉는 모호한 발언. 피쳐(Pfitzer)의 『파우스트 책(Faustbuch)』에서는 파우스투스가 돈을 벌기 위해 메피스토펠레스의 지시에 따라 보물을 캐내지만, 그 단지에는 석탄만 들어 있을 뿐이었다. 그리고 그 단지를 집에 가져가자 석탄은 동전으로 바뀐다.

431 '공손한(höflich)'과 '속이는(verlogen)'이라는 단어는 오랫동안 같은 의미로 쓰였다.

메피스토펠레스 (바퀴 달린 의자를 점점 더 무대 앞쪽으로 밀고 나오면서,

관중석을 향해)

여기 위쪽은 눈도 부시고 답답하군요.

저도 여러분들 사이에 앉으면 안 될까요?

학사

주제넘은 짓입니다. 시대에 완전히 뒤떨어져,

아무것도 아니면서 그 무엇인 양 행세하다니요.   (6775)

인간의 생명은 핏속에서 살아 있는 법,

청년한테서보다 피가 더 끓어오르는 곳이 어디 있단 말인가요?

싱싱하게 살아 있는 피는

생명으로부터 새로운 생명을 창조해 내지요.

거기서 모든 게 꿈틀거리고, 무언가가 이루어지며,   (6780)

약한 것은 쓰러지고, 유용한 것은 새롭게 등장합니다.

우리가 세상의 절반을 정복하는 동안**432**

당신네들은 도대체 무얼 했답니까? 고개를 끄덕이며 졸고, 생각하고,

꿈꾸고, 궁리나 하며 날이면 날마다 계획만 세웠지요.

그렇습니다, 늙음이란 차가운 열병**433** 같아서   (6785)

변덕스러운 고민의 한기(寒氣) 속에 있는 것입니다.

누구든 나이 서른이 지나면**434**

---

432 1813년 독일의 청년들이 해방전쟁에 참여한 것을 가리키는 것으로 보인다. 1829년 12월 6일, 에커만의 기록에 따르면 독일 이상주의의 승리의 행진을 가리키는 것으로 볼 수도 있다.

433 열이 지속되는 것이 아니라, 차갑게 식어 버리는 중간 단계를 거치는 것을 말한다.

434 피히테가 1806/1807년 독일 청년들의 민족의식을 고취시키기 위해서 쓴 글 「공화주의 작가의 입장에서 본 우리 시대에 대한 이야기」에서 젊은이들이 세상에 적응하느라 조로해 버리는 현상을 경고하며 "인간이 30세가 넘어 자신과 주변을 악화시키며 살아가기에만 급급하다면, 그들

이미 죽은 거나 마찬가지지요.

그러니 당신네들은 적당한 때에 때려죽이는 게 상책이지요.

메피스토펠레스

악마라도 이쯤 되면 더 이상 할 말 없다.   (6790)

학사

내가 원치 않으면, 악마도 존재할 수 없는 겁니다.

메피스토펠레스 (조금 떨어져)

그 악마가 머잖아 네놈의 다리를 걸어 넘어뜨릴 거다.

학사

이것이야말로 청년들의 가장 고귀한 사명입니다!

세상은, 내가 창조하기 전까지는 존재하지 않았습니다.**435**

태양은 내가 바다에서 끌어올렸지요.   (6795)

달이 차고 이지러짐도 나와 함께 시작되었고,

하루하루의 나날은 나의 길을 장식해 주었으며,

대지는 나를 위해 푸르러지고, 꽃을 피웠지요.

저 모든 별들도, 저 첫날 밤에

나의 손짓에 따라 찬란하게 빛났지요.   (6800)

나 말고 그 누가 당신들로부터

답답하고 속물적인 사상의 굴레를 벗겨 주었던가요?

그러나 나는 정신이 일러 주는 대로 자유롭게

의 명예를 위해, 또한 세상을 위해 죽어 버리는 편이 좋다"라고 한 적이 있었고, 이 말은 괴테의 귀에까지 흘러들어 갔다. "서른이 넘은 자들은 믿지 말라!"는 구호는 1968년 독일 청년들의 저항운동의 구호로도 등장했고, 이것은 당시 미국의 히피들에게도 전파되었다. 세대 갈등과는 별개로 괴테는 『베네치아 경구』에서 서른 살을 중요한 나이 경계선으로 보았다. 괴테는 『누가복음』 3장 23절을 인용한다. "예수가 가르침을 펴기 시작했을 때는 나이 서른에 들어서였다!"
435 당대의 자아(自我) 철학에 대한 비판.

그리고 기뻐하며 내면의 빛을 따라갑니다.

나만의 황홀경에 사로잡혀 신속하게 나아갑니다.　　　　(6805)

밝음은 내 앞에,**436** 어둠은 내 뒤에 있지요.

　　　　(퇴장)

메피스토펠레스

괴짜 녀석, 네 멋대로 해 보렴! — **437**

하지만 사실을 제대로 알면 속깨나 쓰릴 거야.

제아무리 어리석은 일도 제아무리 똑똑한 일도,

옛사람들이 이미 생각해 보지 않은 게 어디 있었단 말인가? (6810)

하지만 저런 녀석 때문에 걱정할 필요는 없어.

놈은 몇 년 지나지 않아 달라질 게 뻔하니까.

포도즙이 아무리 괴상하게 부글거려도,

끝내는 포도주가 되는 법이지.

　　　　(박수를 치지 않는 젊은 관객을 향해)

자네들은 내 말에 냉담하기만 하군.　　　　(6815)

착한 애들이라 그냥 넘어가지만,

깊이 생각들 해 보게. 악마는 늙은이란 말이야.

자네들도 늙으면 악마의 말을 이해할 거야!

---

436 태양을 가리키는 것이 아니라, 내면의 빛을 가리킨다.
437 '천재' 운동의 중심 개념에 대한 메피스토펠레스의 평가 절하는 "소위 자기 자신으로부터의 창조란 보통 거짓 독창성과 매너리즘일 뿐이다"라는 노년의 괴테의 생각과 일치한다.

실험실

중세 분위기를 풍기는 실험실.

공상적인 목적을 위한, 다루기 까다로운 커다란
기구들이 있다.

바그너 (화로 옆에서)

초인종이 울린다. 섬뜩한 종소리에

그을린 벽들이 부르르 떤다. (6820)

바라고 또 바라던 희망을

더 이상 불확실한 상태로 내버려 둘 순 없는 법이다.[438]

칠흑같이 어두웠던 것들이 어느새 환해진다.

시험관 깊숙한 곳에서 무언가가

불타는 석탄처럼 이글거린다. (6825)

그래, 찬란하기 그지없는 석류석(石榴石) 같은 것이

어둠을 뚫고 번쩍거린다.

밝고 하얀 빛이 나타난다!

---

[438] 연금술을 포함하여 생명의 탄생에 대한 당대의 생물학 지식들을 괴테는 열심히 공부하였다.

아아, 이번만은 잃지 말았으면! **439** –

그런데 제기랄! 문이 왜 저렇게 덜컹거리는 건가?　　　(6830)

메피스토펠레스 (안으로 들어오면서)

안녕하시오! 혹여 도움이나 될까 해서 왔소이다.

바그너 (불안하게)

어서 오시오! 별자리가 좋을 때 오셨군요!

　　　　　　(목소리를 낮추어)

하지만 입 다물고 숨을 죽이세요.

곧 엄청난 일이 벌어집니다.

메피스토펠레스 (더 낮은 목소리로)

도대체 무슨 일이지요?　　　　　　　　　　　(6835)

바그너 (더 낮은 소리로)

　　인간이 만들어지고 있는 중입니다.

메피스토펠레스

인간이라고요? 그렇다면 사랑에 빠진 한 쌍을

이 연기 나는 구멍**440**에 집어넣기라도 했단 말인가요?

바그너

천만에요! 지금껏 유행하던 생식(生殖) 방법을

우스꽝스러운 장난이라고 선언하는 바입니다.

생명이 튀어나온 부드러운 점이라든가,**441**　　　(6840)

내부로부터 밀치고 나와 받거니 주거니 하며

---

439 임산부가 유산을 걱정하는 어투로 말하고 있다.
440 연금술사의 화로 배기 구멍 혹은 연기 자욱한 실험실 전체를 말한다.
441 생명의 씨앗에 중점을 두는가(생명 발생의 실체론) 아니면 나중에 차츰차츰 외부의 영향을 받아 생명이 탄생하는가(생명 발생의 환경론) 하는 문제는 당대 생물학의 중요한 테마였다.

자신의 모습을 스스로 만들어 내고,

처음엔 가까운 것을, 나중에는 낯선 것을 자기 것으로 만드는[442]

그런 사랑스러운 힘 따위는 이제 의미가 없어졌습니다.

동물이라면 계속 그런 걸 즐기겠지만,　　　　　　　　　　　　(6845)

위대한 천분을 타고난 인간이라면

장차, 보다 고상하고 보다 고귀한[443] 근원으로부터 태어나야

겠지요.

　　　　　　　　　　(화로 쪽으로 몸을 돌리며)

번쩍거립니다! 보세요! 이젠 정말 희망이 보입니다.

수백 가지 물질을 혼합해서,

이 의미심장한 혼합을 통해서,　　　　　　　　　　　　　　(6850)

우리는 인간의 원소를 느긋하게 구성해 냅니다.

그리고 그것을 시험관 속에 넣어 밀봉하고

적당하게 증류시키면,

과업은 은밀하게 이루어지는 것이지요.

　　　　　　　　　　(화로 쪽으로 몸을 돌리며)

되어 갑니다! 덩어리가 더 분명하게 움직이고 있어요!　(6855)

확신했던 것이 점점 더 진실이 되어 갑니다!

우리가 신비에 찬 자연의 비밀이라고 찬양하던 걸

이제 감히 이성의 힘으로 실험해 봅니다.

지금까지 자연이 유기적으로 구성했던 것을,

우리는 결정(結晶)화시켜[444] 만들어 냅니다.　　　　　　　(6860)

---

442 영양분의 흡수를 가리킨다.

443 동물적인 생식 방식보다 고상한 생식 방식을 말한다.

444 비유기체의 형성 법칙을 유기체의 영역에 적용하고 있다.

메피스토펠레스

　　오래 살다 보면 경험도 많은 법,

　　그런 사람에게 이 세상에 새로운 것이란 있을 수 없지요.

　　내 일찍이 주유천하하던 시절에,

　　결정으로 만들어진 인종[445]을 본 적이 있소이다.

바그너 (그때까지 시험관을 주의 깊게 바라보다가)

　　올라옵니다. 번쩍번쩍 빛을 내며 한군데로 모입니다.　　(6865)

　　일은 순식간에 이루어질 것입니다.

　　위대한 계획은 처음에는 미친 짓으로 보이지요.

　　하지만 앞으로는 우연[446]을 비웃어 줄 겁니다.

　　뛰어난 생각을 하는 두뇌 같은 것도,[447]

　　앞으로 사상가가 만들어 낼 것입니다.　　(6870)

　　　　　　(황홀하게 시험관을 바라보며)

　　부드러운 힘으로 유리 시험관이 울리는군요.

　　흐려졌다 이내 맑아집니다. 이젠 틀림없이 생겨납니다!

　　저런, 사랑스럽게 꼼지락거리는

　　귀여운 남자아이가 보이네요.[448]

　　우리가 더 바랄 게 뭐가 있고, 세상이 더 바랄 게 뭐가 있겠

　　어요?　　(6875)

---

445 그리스 신화에 나오는 인물들을 가리키는 것으로 보인다. 예컨대 세리포스의 왕인 폴리데크
테스는 다나에를 그의 아내로 삼으려 했으나, 그녀의 아들인 페르세우스가 메두사의 머리를 쳐들
어 보여 주자 그 백성들과 함께 돌로 변해 버렸다. 『천일야화』에도 벌을 받아 돌로 변한 인간들의 이
야기가 나온다.

446 자연적인 짝짓기는 우연에 의해 이루어질 수밖에 없다.

447 보캉송(Vaucanson)과 라메트리(Lamettrie)의 저작 『기계 인간』(1748년)의 자동인형에서 자
극받은 것으로 보인다. 말도 하고 생각도 하는 기계 인간이 나올 것으로 예언하고 있다.

448 무려 200년 전에 괴테는 시험관 아기의 실험을 상상하고 있다!

생명의 신비가 백일하에 드러났는데 말이오.

이 소리에 가만히 귀 기울여 보세요.

그 소리는 목소리가 되고, 말이 됩니다.

호문쿨루스[449] (시험관 속에서 바그너에게)

아빠! 안녕? 농담 아니에요.

이리 와서 저를 포근히 안아 주세요.   (6880)

하지만 너무 세게 껴안지는 말아요. 유리가 깨지니까요.

사물의 특성이란 원래 그런 거잖아요.

자연적인 것에겐 우주 공간 전체도 좁지만,

인공적인 것은 한정된 공간을 필요로 한답니다.[450]

(메피스토펠레스에게)

어라, 장난꾸러기 아저씨,[451] 당신도 계셨군요?   (6885)

제시간에 와 주셨네요, 고맙게도.

운수가 좋으려니 마침 우리한테 오셨네요.

저도 살아 있는 동안엔 활동해야 하니까,

당장 일할 준비를 갖추고 싶어요.

아저씨는 노련하시니, 빠른 길을 일러 주시겠죠.   (6890)

바그너

한마디만 해야겠다! 지금까지 나는 수모를 당해 왔어.

---

449 1829년 12월 20일 괴테는 에커만에게 이렇게 말했다. "바그너는 시험관을 손에서 놓으면 안 되네. 목소리가 시험관에서 울려 나오는 것처럼 들려야 하니까 말이야. 그는 내가 들었던 적이 있는 일종의 복화술사 역할을 해야 하는 것일세." 호문쿨루스의 존재는 파라켈수스의 이론에서 힌트를 얻었던 것으로 보인다. 파라켈수스에 따르면 남성의 정자를 밀폐된 시험관에 넣어 두면 생기를 얻게 되고, 거기에 사람 피의 진액을 섞어 40주 동안 배양하면 인간의 모습이 된다.

450 인공물인 자신의 존재는 유리관 속에서 보존되어야 함을 말하고 있다.

451 독일어 Vetter는 먼 친척 아저씨를 가리키기도 하지만, 대부(代父), 대자의 뜻으로도 쓰인다. 메피스토펠레스도 호문쿨루스의 탄생에 어느 정도 관여하고 있다는 암시이기도 하다.

늙은이나 젊은이나 까다로운 문제들을 가지고 나한테로 몰려

들었지.

예컨대 영혼과 육체는 그렇게 서로 잘 어울리고

결코 헤어질 수 없도록 단단히 결합되어 있건만,

어째서 날이면 날마다 서로를 싫어하는 걸까 하는 문제는 (6895)

아직 아무도 풀 수 없었어.

그리고 또 —

메피스토펠레스

잠깐! 나라면 차라리 이렇게 묻겠소.

어째서 남자와 여자는 그렇게 사이가 나쁜가, 라고 말이오.

친구여, 당신은 이 질문에 결코 명쾌하게 답하지는 못할 거요. (6900)

그리고 해결할 일이 하나 있는데, 바로 이 꼬마한테 부탁할까 하오.

호문쿨루스

제가 할 일이 뭐죠?

메피스토펠레스 (옆쪽 문을 가리키며)

자, 여기서 네 재주[452]를 보여 다오!

바그너 (여전히 시험관을 들여다보며)

정말, 사랑스럽기 그지없는 아이구나!

(옆문이 열리고, 침상에 뻗은 채 누워 있는 파우스트가 보인다.)

호문쿨루스 (깜짝 놀라며)

굉장하군요! —

---

452 기절한 상태로 누워 있는 파우스트 위를 떠돌면서 호문쿨루스는 파우스트가 꾸는 꿈의 영상들을 포착하여 시구로 보여 준다. 괴테의 이러한 착상은 파라켈수스에게서 얻은 것이다.

(시험관이 바그너의 손에서 미끄러져 나와
파우스트의 위를 떠돌며 그를 환하게 비추어 준다.)

아름다운 경치로다! 맑은 물,

무성한 숲, 여인들이 옷을 벗는다.

너무도 사랑스러운 여인들! ─ 볼수록 황홀해진다.　　　　(6905)

그중에서도 유난히 빛나는 한 여인,

뛰어난 영웅의 혈통인가, 아니면 신의 혈통인가?[453]

여인이 투명하고 맑은 물속에 발을 담근다.

고귀한 육체의 부드러운 생명의 불길을

찰랑거리는 수정의 물결에 식힌다.　　　　(6910)

돌연 빠르게 날개 치는 소리가 들린다.

그 무엇이 잔잔한 수면을 휘저으며 쏴쏴거리고 철벅거리는가?

소녀들은 기겁하며 달아난다.

하지만 여왕만은 홀로 그윽하게,

자랑스럽다는 듯 여자다운 만족감에 넘쳐,　　　　(6915)

백조들의 왕이 치근거리며 무릎에 달라붙는 것을 바라본다.

백조는 이런 일에 이골이 난 것 같다. ─

그런데 갑자기 안개가 피어오른다.

촘촘하게 짠 비단 천으로

아름답기 그지없는 장면을 덮어 버린다.[454]　　　　(6920)

메피스토펠레스

이것저것 잘도 지껄이는구나!

---

453 백조로 변한 제우스와 스파르타의 왕 틴다레오스의 아내 레다와의 신화적인 사랑의 결합은
수많은 예술적 영감의 원천이었다.
454 호메로스는 제우스와 헤라가 이다 산에서 사랑을 나누는 장면을 황금의 구름으로 덮어 버렸다.

넌 몸집은 작아도, 대단한 공상가다.

내 눈에는 아무것도 안 보이는데 ─

호문쿨루스

그럴 거예요. 아저씨는 북쪽 출신으로,

자욱한 안개 속에서 어린 시절을 보냈고,

기사와 승려들이 득실대는 황무지에서 자랐으니   (6925)

어떻게 눈이 트이겠어요!

암흑세계만이 당신의 고향이잖아요.

(주위를 돌아보며)

곰팡이 끼고 역겹고 누르스름한 돌들이

뾰족한 아치를 이루었다가 구불구불 내려오는 이곳! ─

이분은 깨어나자마자 새로운 고통에 시달리며,   (6930)

이 자리에서 금방 죽어 버릴 거예요.

숲 속의 샘, 백조들, 벌거벗은 미녀들,

이런 것들이 이분의 예감에 찬 꿈이었죠.

그러니 어찌 이런 곳에서 살려고 하겠어요!

아무 데서나 잘 지내는 저도 참기 어려운데 말예요.   (6935)

자, 이분을 데리고 나가요!

메피스토펠레스

그 방법도 마음에 드는군.

호문쿨루스

병사들에겐 출정 명령을 내리고,

여자애들은 윤무를 추게 하세요.

그러면 모든 게 해결되죠.

방금 막 생각났는데, 오늘은 마침   (6940)

고전적 발푸르기스의 밤이군요.

어쩌다 보니 딱 들어맞았어요.

이분의 성품에 맞는 곳으로 데려가는 겁니다!

메피스토펠레스

그런 건 금시초문인데.

호문쿨루스

그런 이야기가 어찌 아저씨의 귀에까지 들어가겠어요? (6945)

아저씨가 아는 건 낭만적 유령들**455**뿐이에요.

진짜 유령은 고전적이어야 한다고요.

메피스토펠레스

도대체 어느 쪽으로 가란 말인가?

고대의 친구들이라는 말만 들어도 역겨운데.

호문쿨루스

악마 아저씨, 당신의 낙원은 서북쪽이지만,   (6950)

이번엔 동남쪽으로 항해하도록 해요 –

드넓은 평원에 페네이오스 강**456**이 유유히 흐르고,

수풀과 나무들이 둘러싼 조용하고 습기 찬 만(灣)으로 가는 거예요,

평원이 산골짜기까지 펼쳐져 있고,

그 위에 구(舊)파르살루스 시와 신(新)파르살루스 시가 **457** 자

---

455 고전적인 것을 이교도적이고 고대적인 것과 연관시키고, 낭만적인 것을 기독교–중세적인 것 그리고 현대적인 것과 연관시키고 있음에 유의할 것. 괴테는 "낭만적인 것은 병적이고, 고전적인 것은 건강하다"라고 한 적이 있다.
456 테살리아의 핀두스 산맥에서 발원하여 템페 계곡을 지나 에게 해 서쪽 테르마이코스 만으로 흘러가는 강의 이름.
457 기원전 48년 9월 그리스 북쪽에 있는 테살리아의 도시 파르살루스에서 카이사르와 폼페이우

리 잡은 곳으로요.   (6955)

메피스토펠레스

이런! 그만두거라!

폭군 정치와 노예제도 사이의 싸움질458은 보고 싶지도 않아.

지루하기 짝이 없어. 겨우 끝나는가 하면

다시 처음부터 시작하니까 말이야.

실은 악마 아스모데우스459가 뒤에 숨어 농간을 부리는 건데 (6960)

아무도 못 알아차린단 말이야.

그들은 얼핏 보면 자유권을 위해 싸우는 것 같지만,460

자세히 보면 노예와 노예의 전쟁일 뿐이지.

호문쿨루스

인간의 으르렁대는 본성은 어쩔 수 없어요.

누구나 어린 시절부터 있는 힘을 다해 자신을 지켜야 하고 (6965)

그러다가 마침내 어른이 되니까요.

지금 중요한 문제는 이분을 어떻게 치유하느냐잖아요?461

방법이 있다면 한번 시험해 보세요.

할 수 없거든 저한테 맡기시고요.

스가 패권을 걸고 싸운 결전의 장소. 카이사르는 그의 군대보다 배나 많은 폼페이우스의 군대를 교
묘한 전술로 격파하였다. 이 전투의 결과 카이사르에게는 독재의 길이 열렸고, 로마공화정은 붕괴의
발을 내딛게 되었다. 그 회전(會戰)을 기념하여 6월 8일에서 9일 밤에 걸쳐 발푸르기스의 축제가 열
리는데, 여기에 그리스의 정령들이 모여든다.

458 카이사르와 폼페이우스의 싸움은 결국 제정과 삼두정치, 즉 폭군 정치와 노예제도의 싸움이
었다.

459 유대교에서 전승되는 악마의 왕. 『탈무드』에서는 음욕의 악마로 묘사되어 있다.

460 1821~1829년 사이의 터키에 대항한 그리스의 해방전쟁을 가리키며, 괴테는 이 전쟁을 공화국
을 노예화하는 데 서로 경쟁했던 독재자들인 카이사르와 폼페이우스 사이의 전투의 재판이라고 보
았다. 파르살루스 일대는 또한 터키 군대의 작전 구역이기도 했다.

461 저명한 문예비평가 카타리나 몸젠은 '고전적 발푸르기스의 밤' 장면 전체를, 『천일야화』에서처
럼 사랑에 병든 자를 '환몽적인' 마술 처방을 통해 치유하는 것으로 해석한다.

메피스토펠레스

　　브로켄 산에서의 마술이라면 이것저것 시험해 보겠지만, (6970)

　　여기는 이교도의 빗장이 가로질러져 있군.**462**

　　그리스인들은 뭐 그렇게 쓸모도 없는 종족이야!

　　그런데도 뻔뻔한 관능의 유희로 너희들을 마비시키고,

　　인간의 마음을 명랑한 죄악으로 유혹하거든.

　　그리하여 우리의 죄악은 더욱 음침하게 보이게 되는 거지. (6975)

　　그건 그렇고, 이제 어떻게 한다?

호문쿨루스

　　　　　　　아저씨는 이전엔 그렇게 수줍지 않았어요.

　　제가 테살리아 마녀들 이야기를 꺼냈다면,

　　할 말은 이미 다했다고 생각하는데요.

메피스토펠레스 (호색적인 표정으로)

　　테살리아 마녀들이라! 그거 좋지!

　　내가 오랫동안 찾던 계집들이다.　　　　　　　　　(6980)

　　그년들과 밤마다 같이 지낸다는 게

　　그렇게 썩 내키지는 않지만,

　　그래도 한번 찾아가 보자! 어디 시험 한번 해 보자!

호문쿨루스

　　　　　　그 외투를 이리 가져오세요.

　　이 기사님**463**을 둘러싸세요.

　　이 넝마가 예전처럼　　　　　　　　　　　　　　(6985)

---

462 기독교적인 브로켄의 악마를 저지하는 그리스 이교도의 빗장.
463 파우스트가 유괴 직전의 헬레네를 구하려 했기에 갖다 붙인 칭호.

두 분을 날라다 줄 겁니다.

저는 앞에서 불을 밝히겠어요. **464**

바그너 (걱정스러워)

그럼 나는?

호문쿨루스

아, 그렇죠.

아빠는 집에 남아 중요한 일을 하세요.

오래된 양피지 책을 펼쳐 놓고,

처방대로 생명의 원소들을 모으세요. (6990)

그러고는 조심스럽게 이것저것을 보세요.

무얼 할 건지 생각해 보시고, 어떻게 할 건지는 더 깊이 생각해

보세요.

그동안 저는 여기저기 세상을 돌아보고

아이(I) 자 위의 점을 발견해 내겠어요.**465**

그렇게 되면 위대한 목적**466**이 달성되는 거죠. (6995)

노력하면 그만큼 보상도 따르는 법이에요.

황금과 명예, 명성과 건강한 장수(長壽)의 삶,

그리고 학문과 덕망까지도 얻을 거예요 - 아마도.

안녕히 계세요!

바그너 (우울하게)

잘 가거라! 억장이 무너지는 것 같구나.

---

464 호문쿨루스는 여기서 발푸르기스의 밤에 도깨비불이 파우스트와 메피스토펠레스의 길을 비추어 주었던 역할을 한다.
465 연금술사인 바그너가 '현자의 돌'을 만들 수 있도록 하는 비밀의 첨가제를 발견하겠다는 의미.
466 실제의 유기적인 생명체로의 발전을 의미한다.

다시는 널 못 볼 것 같아 걱정이다.   (7000)

메피스토펠레스

자, 페네이오스 강으로 기운차게 내려가자!

이 조카 녀석 그렇게 만만하지는 않군.

                              (관객들을 향해)

결국 우리는 자기가 만든

인간들한테 매이는 거요.

고전적 발푸르기스의 밤[467]

파르살루스의 들판

암흑.

마녀 에리히토[468]

음침한 마녀인, 나 에리히토는 전에도 종종 그랬듯이   (7005)

오늘 밤 저 무시무시한 축제에 참석하렵니다.

저 심술 맞은 시인들이 과장해서 험담도 하지만,

나는 그 정도로 흉하진 않아요…… 시인들의 칭찬과 비난이란 게

원래 밑도 끝도 없잖아요…… 저 멀리 골짜기가

넘실거리는 잿빛 천막들로 뿌옇게 보이는데,   (7010)

그것은 근심과 공포로 가득 찼던 그날 밤의 잔영(殘影)이랍니다.[469]

---

467 이전의 발푸르기스의 밤은 전제군주적이어서, 악마가 우두머리로서 존경을 받지만, 고전적 발
푸르기스의 밤에서는 공화주의적이어서 모든 것이 다 평등하다, 라고 괴테는 말한다.
468 앞에서 호문쿨루스가 언급했던 테살리아의 마녀들 중의 하나. 카이사르와 폼페이우스의 싸움
에서 카이사르의 승리를 예언했다고 한다.
469 이 밤의 시각은 파르살루스에서 카이사르와 폼페이우스가 전투 준비를 하던 때와 시각이 겹

너무도 자주 되풀이되었던 일이지요!

앞으로도 영원토록 되풀이되겠죠…… 그 누구도

폭력으로 빼앗고 폭력으로 지배하는 자에게

나라를 그저 내줄 리는 없어요.   (7015)

알고 보면 자신의 내면을 다스릴 줄 모르는 자들일수록

자신의 오만한 뜻에 따라 이웃의 의지를 마음대로 지배했지요……

그 옛날 이곳에서의 전투도 좋은 예랍니다.

폭력이 보다 큰 폭력에 맞섰던 거지요.

천 송이 꽃으로 엮은 자유의 아름다운 화환은 찢겨졌고, (7020)

딱딱하게 굳어 버린 월계관이 승자의 머리에 씌워졌죠.**470**

여기서 폼페이우스는 그 옛날의 위대한 황금 시절을 꿈꾸었고,**471**

저기서 카이사르는 흔들거리는 운명의 저울침 소리에 귀 기

울이며 밤을 지새웠죠.

운명을 기다렸던 거예요. 누가 이겼는지는 세상이 다 아는 일

이고요.

화톳불이 타오르고 빨간 불꽃이 흩날립니다.   (7025)

대지는 쏟아진 피로 번들거리며 냄새를 풍깁니다.

희귀하고 놀라운 밤의 광채에 이끌려

그리스 전설의 무리들이 몰려드네요.**472**

화톳불마다 그 옛날 전설의 형상들이

친다, 라고 괴테는 작품 초안에서 설명하고 있다.
470 폼페이우스는 공화국의 패배에 책임이 있고, 카이사르는 황제국의 도래에 책임이 있다.
471 폼페이우스는 젊은 시절의 첫 번째 승리의 행진을 꿈꾸었다.
472 파우스트와 메피스토펠레스, 그리고 호문쿨루스가 앞으로 만나게 될 다수의 신화 속 인물들.

불안하게 흔들거리거나 편하게 앉아 있군요…….   (7030)

완전히 둥글진 않지만 밝은 달이 환하게 떠올라

부드러운 광채를 사방으로 뿌려 주니,

천막들의 환영은 사라지고 화톳불은 파랗게[473] 타오릅니다.

그런데! 저 위를 보세요! 웬 유성(流星)일까요?

반짝거리며 둥그런 몸뚱이 같은 것을 비춰 주네요.[474]   (7035)

살아 있는 물체 같아요. 나는 생명체에 해로운 존재니까,

가까이 가지 않는 게 좋겠어요.

괜히 소문만 나빠지고, 내게 이롭지도 않으니까요.

벌써 내려앉는군요. 조심스럽게 피하는 게 낫겠어요!

                (멀어져 간다.)

                (공중에서 날아가는 자들)

호문쿨루스

        다시 한 바퀴 빙 돌아요.   (7040)

        화톳불 위로, 저 무시무시한 것들 위로요.

        하긴 골짜기에서나 땅 위에서나

        유령들이 득실거리네요.

메피스토펠레스

        그 옛날 창문을 통해

---

473 괴테의 『색채론』이 말하는 유색 음영의 전형적인 사례. 화톳불이 노란 달빛을 받아 파랗게 보이는 것을 말한다. 보름달 아래서 유색 음영의 가장 아름다운 사례를 관찰할 수 있다. 촛불이 던진 그림자는 달빛 아래서 푸르게 빛난다.
474 호문쿨루스가 빛을 내고, 그 빛은 파우스트를 감싸고 있는 외투를 비추어 준다.

북방의 황무지와 공포를 보았듯이,**475**   (7045)

온통 흉측한 유령들만 보이는군.

이곳도 저곳도 내 집 같구나.

호문쿨루스

보세요! 저기 껑다리 여자**476**가

성큼성큼 저 앞에서 가고 있어요.

메피스토펠레스

저 여자는 겁을 먹은 것 같아.   (7050)

우리가 공중을 나는 걸 보고 말이다.

호문쿨루스

가는 사람은 내버려 두어요! 그분이나 내려놓고요.

아저씨의 기사 말입니다.

금방 살아날 거예요.

허구의 나라**477**에서 생명을 찾는 분이니까요.   (7055)

파우스트 (땅에 내리자마자)

그 여자**478**는 어디 있는가?

호문쿨루스

그건 몰라요.

하지만 여기서 물어볼 순 있겠죠.

날이 밝기 전에 서둘러,

이 화톳불에서 저 화톳불로 다녀 보세요.

---

475 북방의 하늘을 날면서 뚫린 구름 사이로 본 풍경.
476 마녀 에리히토를 가리키는 것으로 보인다.
477 서양 문명의 원천인 그리스의 세계로 돌아온 것을 가리킨다.
478 파우스트는 기절 상태에서 깨어나자마자 헬레네를 찾는다. Ⅱ부 1막과 바로 연결된다.

어머니들의 나라에까지 다녀오신 분이니   (7060)

더 이상 두려울 건 없죠.

메피스토펠레스

나도 여기서 볼일이 있어.

우리가 즐겁게 지내려면,

각자가 화톳불 사이로 돌아다니며

따로따로 모험해 보는 게 제일 낫겠어.   (7065)

그러고 나서 다시 만나기로 하지.

꼬마야, 너는 소리를 내며 불빛을 비추도록 해라.

호문쿨루스

이렇게 번쩍거리고, 이렇게 소리를 울리겠어요.

(유리병이 윙윙거리며 강렬하게 빛을 발한다.)

자, 그럼 기운을 내어 신기한 것들을 구경하러 떠나요!

파우스트 (혼자서)

그 여자는 어디 있나? – 이제 더 이상 묻지 않겠다……   (7070)

이 흙덩이, 그녀가 밟았던 게 아니고,

이 파도, 그녀에게 밀려왔던 게 아니지만

이 공기만은 그녀의 말을 전해 주었던 것이다.

여기! 기적에 의해, 나 여기 그리스에 왔노라!

발이 닿자마자 그리스 땅이라는 게 실감난다.   (7075)

잠자던 내가 새로운 정신으로 불타오르고,

생기를 되찾은 안타이오스[479]처럼 일어선다.

---

[479] 바다의 신 포세이돈과 대지의 여신 가이아 사이에 태어난 거인. 안타이오스는 그의 어머니, 즉 대지에 발이 닿을 때마다 더욱 힘이 세어진다. 헤라클레스가 안타이오스의 발을 땅에서 떼어 내 격

하지만 여기 제아무리 진기한 게 모여 있다 하더라도,

우선은 저 불꽃들의 미로를 샅샅이 뒤져 보기로 하자.

(멀어진다.)

메피스토펠레스 (주변을 살피면서)

화톳불 사이를 돌아다녀 보니 　　　　　　　　　　　(7080)

정말 낯설다, 낯설어.

거의 다 홀라당 벗었고, 몇몇만 속옷을 입었군그래.

스핑크스**480**들은 부끄러움을 모르고, 그라이프**481**들도 뻔뻔하
긴 마찬가지.

아무리 봐도 곱슬머리에다 날개를 단 것들뿐일세.

앞을 봐도 뒤를 봐도 말이야…… 　　　　　　　　　(7085)

우리도 마음속으로야 음탕하지만,

그리스 것들은 아예 내놓고 설치는구나.

최신 감각으로 이것들을 다루어

유행에 맞게 알록달록 덧칠해야겠다.**482**

역겨운 족속! 하지만 싫은 표정을 할 순 없지. 　　　　(7090)

새로운 손님으로 점잖게 인사를 건네야지……

안녕들 하시오, 아름다운 여성분들 그리고 현명하신 그라이

퇴시킨다.

480 그리스의 오이디푸스 전설에 나오는 스핑크스를 모방한 것이다. 가슴을 드러낸 사자의 모습을 하고 있다.

481 독수리 머리에 사자의 몸을 한 괴물로 북방의 보물을 수호한다.

482 괴테의 미출간 원고에는 다음의 네 줄이 포함되어 있었으나, 자기 검열로 삭제되었다. "눈은 무언가를 은근히 바라는군. / 벌거벗은 들판에서 무얼 하란 말인가? / 몸에 걸친 걸 벗어던지자. / 그래야 사랑이라도 한번 나눌 거 아닌가."

스**483**들이여!

그라이프 (투덜대며)

그라이스가 아니요! 그라이프! –

누구라도 늙은이라 부르면 안 좋아하지.

어떤 말이든 원천이 있고, 그에 따라 울리게 마련이오.   (7095)

회색의, 언짢은, 까다로운, 소름 끼치는, 무덤, 격노한**484** 등은

어원적으로 같은 음(音)에 속하는 것들로,

들기만 해도 우리를 불쾌하게 만들어.

메피스토펠레스

하지만 옆길로 새진 마시고요.

존함인 그라이프**485**에서 '그라이'는 마음에 드실 텐데요.

그라이프 (위에서와 같이 계속해서)

물론! 그 말의 친족들은 다 확인되었어.   (7100)

종종 욕도 먹긴 했지만, 칭찬은 더 많이 들었지.

여자애도 왕관도 황금도 모조리 움켜잡는 거야.

움켜잡는 자에겐 대개 행운의 여신이 미소를 보낸다고.

개미들 (거대한 종류의 것들)

황금 이야기로군요. 우리는 그걸 잔뜩 끌어모아

바위틈과 동굴에 몰래 숨겨 놨었죠!   (7105)

그런데 아리마스펜 – 족**486**이 냄새 맡고 훔쳐 가서는

---

483 독일어 그라이스(Greis)는 늙은이라는 뜻. 그라이프(Greif)와 비슷한 발음이라 이를 이용해 빈 정거리고 있다.

484 독일어로 Grau, grämlich, griesgram, gräulich, Gräber, grimmig이다.

485 독일어 greifen은 움켜잡는다의 뜻이다.

486 헤로도토스에 의하면 거대한 개미 족들이 모래에서 금을 모았고, 그것을 스키타이(지금의 우랄) 지방에 사는 외눈박이 종족인 아리마스펜 족이 발견하여 빼앗아 달아났다고 한다.

먼 곳으로 달아나 그곳에서 웃고 있다오.

그라이프들

우리가 놈들을 잡아와 자백케 해 주지.

아리마스펜

이렇게 흥겨운 축제의 밤엔 참아 주세요!

내일이면 다 써 버릴 텐데, 뭘 그러세요. (7110)

이번엔 왠지 한 건 할 것 같은데.

메피스토펠레스 (스핑크스 사이에 앉아 있다.)**487**

여기라면 어렵지 않게 지낼 수 있겠어!

이놈 저놈이 말하는 게 다 이해되는군.

스핑크스

우리는 영들의 소리를 내뿜었을 뿐인데,

당신들이 그 소리에다 몸을 부여한 거지요.**488** (7115)

이것저것 알게 되겠지만 우선 이름이나 말해 주시지요!

메피스토펠레스

사람들은 나를 여러 이름으로 부르지 –

영국인은 여기 없는가? 그들은 여행을 아주 좋아해서,

전쟁터든 폭포든 허물어진 성벽이든,

유서 깊고 음산한 장소들이라면 모조리 찾아다니거든. (7120)

여기도 그들이 좋아할 만한 곳이야.

그들답게 지어낸 것이지만, 옛날 연극에서

그들은 나를 늙은 너구리**489**로 만들기도 했지.

---

487 고대 이집트의 스핑크스들은 대개는 짝을 지어 나타난다.
488 스핑크스는 영적인 존재일 뿐인데, 거기다가 몸을 부여했다는 뜻이다.
489 Old iniquity. 영국의 중세 교화극에서 악덕을 연기하는 배우로, 종종 늙은 너구리의 형상으로 등장한다.

스핑크스

왜 그랬을까요?

메피스토펠레스

왜 그랬는진 나도 몰라.

스핑크스

그럴 수도 있겠죠! 그런데 별에 대해서는 좀 아시나요?　(7125)

지금의 시간은 어떻게 보세요?

메피스토펠레스 (위쪽을 쳐다보며)

별들이 별들을 쫓아 떨어지고,**490** 초승달은 밝게 빛나는구나.

나는 이 정겨운 자리가 마음에 들어.

자네의 사자 가죽에 기대어 있으니 몸이 따뜻하군.

하늘로 올라가 봤자 손해만 볼 게 뻔하니,　　　　(7130)

수수께끼나 내 보게. 글자 맞추기도 괜찮아.

스핑크스

당신 자신에 대해 이야기하면 그게 어느새 수수께끼지요.

당신의 마음속 깊은 곳을 한번 풀어 보세요.

"착한 자에게도 악한 자에게도 필요한 존재로서,

착한 이에겐 금욕을 도와주는 든든한 갑옷이 되고,　　　(7135)

악한 이에겐 미친 짓을 함께하는 동료가 된다.**491**

그리고 두 가지 다 제우스 신을 기쁘게 하는 것이다."

첫 번째 그라이프 (윙윙거리는 소리로)

---

490 19세기까지는 지상에서 올라온 수증기들이 고공에서 끈적끈적한 덩어리로 뭉쳐졌다가, 불이 붙어서 유성처럼 떨어지는 것으로 알았다. 괴테는 파르살루스 전투 이틀 후인 매년 8월 11일에 페르세우스 자리의 유성들과 함께 일 년 중 가장 많은 수의 별똥별들이 지상으로 떨어진다고 알고 있었다.
491 세계라는 극장에 있어서의 메피스토펠레스의 이중적 기능.

저놈이 싫어!

두 번째 그라이프 (더욱더 윙윙거리는 소리로)

저놈이 우리한테 뭘 바라는 거야?

둘이 함께

저 역겨운 놈을 그대로 둘 순 없어!

메피스토펠레스 (포악하게)

네놈은 이 손님의 손톱이   (7140)

네놈의 날카로운 발톱만큼 할퀼 수 없다고 생각하는 건가?

어디 한번 시험해 보자!

스핑크스 (부드럽게)

마음대로 머물러도 좋아요.

하지만 결국은 당신이 우리한테서 달아날걸요.

당신네 나라에선 꽤나 즐기며 사셨던 것 같은데,

가만히 보니까, 여기는 영 마음에 안 드시는 것 같네요.   (7145)

메피스토펠레스

네 상반신은 보기만 해도 구미가 당기지만,

하반신의 짐승 꼴은 끔찍하구나.**492**

스핑크스

당신 같은 사기꾼은 쓰디쓴 대가를 치를 거예요.

우리 앞발은 억세니까요.

당신의 쭈그러든 말발굽 따위론   (7150)

우리 사이에서 마음 놓고 지낼 순 없어요.

---

492 스핑크스는 두 가슴이 여성의 가슴이고, 얼굴과 두 손은 처녀의 것이지만, 개의 몸뚱이, 인간의 목소리, 용의 꼬리, 사자의 발톱 그리고 새의 날개를 하고 있다.

(세이렌들이 위쪽에서 전주곡을 노래한다.)

메피스토펠레스

강가의 포플러 가지에 앉아 흔들거리는

저 새들은 무언가?

스핑크스

조심하세요. 날고 긴다는 양반들도

저 노랫소리에 넘어가고 말았으니까요.　　　　　(7155)

세이렌들

아아, 어찌하여 당신네들은

추하고 – 이상한 것들과 어울리나요!

들어 보세요, 여기 떼를 지어 몰려와

아름다운 가락으로 노래를 부르니,

이것이 세이렌의 본성이랍니다.　　　　　(7160)

스핑크스들 (같은 멜로디로 세이렌들을 조롱하며)

저것들을 끌어내려 보세요!

역겨운 매 발톱을

나뭇가지 사이에 감추고 있답니다.

당신이 귀를 기울이는 순간,

당신을 곧장 파멸로 이끌지요.　　　　　(7165)

세이렌들

버리세요! 미움도 질투도 버리세요!

하늘 아래 사방으로 흩어진,

가장 깨끗한 기쁨을 우리는 모은답니다!

물 위에서나 땅 위에서나

가장 명랑한 태도로   (7170)

손님을 맞지요.

메피스토펠레스

그런대로 괜찮은 신곡**493**들이군.

목구멍에서 나오는 소리, 현에서 나는 소리,

서로가 서로를 감싸는군.

하지만 노랫가락은 별로야.   (7175)

귓전을 간질이긴 해도,

가슴속까지 스며들지는 않아.

스핑크스들

가슴이라니요! 주제넘어요.

쪼글쪼글한 가죽 주머니라고 말하는 게

당신 얼굴에 어울려요.   (7180)

파우스트 (다가오면서)

놀랍다! 보기만 해도 흐뭇하다.

혐오스러운 것 속에 위대하고 힘찬 것이 깃들어 있다니.

뭔가 행운이 다가오는 것 같아.

이 엄청난 광경이 나를 어디로 데려가는 걸까?

(스핑크스들을 향해)

그 옛날 오이디푸스가 이것들 앞에 서 있었지.**494**   (7185)

(세이렌들을 향해)

---

493 북방의 악마에게는 낯선 고대 그리스의 음악. 혹은 당시 낭만파의 매끄럽긴 해도 심금을 울리
지 못하는 시구들을 가리킨다.

494 그리스 신화에 따르면, 오이디푸스가 스핑크스가 낸 문제, 즉 아침에는 네 발로, 점심때는 두
발로, 그리고 저녁에는 세 발로 걷는 게 무엇인가 하는 수수께끼를 풀자, 살인을 일삼던 스핑크스는
테베의 바위에서 뛰어내렸다.

이것들이 두려워 오디세우스는 삼끈으로 자기 몸을 묶었지.**495**

(개미들을 향해)

이것들이 최고의 보물을 보관하고 있었지.

(그라이프들을 향해)

이것들이 보물을 든든하게 실수 없이 보관했었지.

맑은 정신이 온몸으로 스며드는 느낌이다.

형상들이 위대하면, 기억도 위대한 법이지.   (7190)

메피스토펠레스

이전 같으면 저주하며 물리쳤을 텐데,

이제는 이런 것들이 마음에 드시는 모양이오.

하긴 사랑하는 여인을 찾으러 온 마당이니,

괴물들을 만나도 반가울 거외다.

파우스트 (스핑크스들을 향해)

여자 석상들아 내게 말해 다오.   (7195)

너희들 중에서 누가 헬레네를 보았는가?

스핑크스들

우리는 그녀의 시대까지 거슬러 올라가지 못해요.

우리의 마지막 후손을 헤라클레스가 때려죽였기 때문이에요.**496**

케이론**497** 선생한테나 물어보세요.

그분은 유령들이 축제를 벌이는 이런 밤엔 여기저기 뛰어다녀요.(7200)

그분을 만나기만 하면 유익한 이야기를 들을 텐데요.

---

495 오디세우스는 피해를 당하지 않고 세이렌의 노래를 듣기 위해 자신의 몸을 돛대에 묶었고, 다른 선원들의 귀는 밀랍으로 틀어막았다.
496 헤라클레스가 스핑크스의 마지막 후예를 때려죽였다는 것은 괴테의 창작이다.
497 상반신은 인간, 하반신은 말인 켄타우로스 족의 현자. 음악가이며 천문학자로서 헤라클레스, 아킬레우스 등 많은 영웅들의 스승으로 등장한다.

세이렌들

　　당신한테도 있는 그대로 말씀드리겠어요! ……

　　오디세우스는 실은 우리 곁에 머물렀고,

　　우릴 업신여기며 지나치진 않았죠.

　　그분은 많은 얘기를 들려주었어요. 　　　　　　　　(7205)

　　그 모든 얘기를 들려드릴 테니,

　　녹색의 바닷가,

　　우리의 고향으로 찾아오세요.

스핑크스

　　귀하신 분, 저런 말에 속으면 안 돼요!

　　오디세우스처럼 몸을 묶는 대신에 　　　　　　　　(7210)

　　우리의 친절한 충고를 무조건 따르세요.

　　케이론 선생만 찾을 수 있다면,

　　제가 장담하는 이유를 알게 될 거예요.

　　　　　　　(파우스트, 멀어진다.)

메피스토펠레스 (무뚝뚝하게)

　　까옥까옥 울고 날개를 퍼득이며 지나가는 저게 무언가?

　　너무 빨리 날아 잘 보이지도 않는구나. 　　　　　　(7215)

　　한 놈 한 놈 줄지어 날아가는 통에

　　사냥꾼도 지쳐 버리겠다.

스핑크스

　　겨울 폭풍처럼 빨라,

　　알키데스[498]의 화살도 맞히지 못하는 놈들로,

---

498 헤라클레스의 다른 이름.

날쌔기 그지없는 슈팀팔리덴499의 새들이지요. (7220)

독수리 부리에 거위 발을 가진 저것들이

까옥까옥 하며 호의를 표하는군요.

우리들 패거리에 끼어들어

한집안500의 후손임을 증명하고 싶은 거랍니다.

메피스토펠레스 (겁을 먹은 채)

또 뭔가가 그 사이에서 쉿쉿거리고 있어. (7225)

스핑크스

그것들은 겁낼 필요 없어요!

저건 레르나의 뱀 대가리들501이랍니다.

몸통에서 분리되었는데도, 살아 있는 줄 알고 꿈틀거리는 거지요.

하지만 당신은 왜 그래요?

무엇 때문에 안절부절못하는 거죠? (7230)

어디로 가려고 그러세요? 그럼 곧장 떠나세요!……

아, 그렇군요, 저 합창단 쪽으로

목을 길게 빼고 있군요. 참지 말고,

얼른 가 보세요! 매력적인 얼굴들에게 인사하세요!

저건 라미에502들이에요. 쾌락을 주는 갈보들이죠. (7235)

미소 짓는 입과 오만한 이마에,

---

499 아르카디아의 호수 이름. 그곳에 철로 된 날개와 부리와 발톱을 가진 괴조들이 살았다고 한다.
500 그리스 신화의 세계. 마찬가지로 날개를 가진 스핑크스는 사자 발톱을 가졌기 때문에, 거위 발을 가진 괴조들을 한집안 식구로 받아들이지 않으려 한다.
501 아르골리스 지방의 레르나 늪지대에 사는 머리 아홉 개가 달린 독사. 목을 잘라도 다시 생겨나고, 가운데 머리는 죽지 않았기 때문에 헤라클레스는 미네르바의 충고에 따라 그것들의 목을 쳐서 불로 지지고, 죽지 않는 가운데 머리는 파묻어 버렸다.
502 지나가는 남자들에게 하얀 가슴을 드러내어 유혹하는, 젊고 아름다운 모습을 한 마녀. 남자들의 피와 살을 빨아 먹고 사는 그리스 신화의 여자 흡혈귀.

사티로스 족[503]들은 사족을 못 쓰지요.

염소 발굽을 가진 자[504]라면 거기서 무슨 짓이라도 해 볼 수 있답니다.

메피스토펠레스

그대들은 여기 그대로 있을 건가? 다시 만날 테지.

스핑크스

그럼요! 어서 가서 저 바람둥이 여자들[505] 사이에 끼어들어요!(7240)

우리는 이집트 시대부터 수천 년 동안

한 곳에 앉아 있는 데 익숙해졌어요.

하지만 우리의 위치를 주목하세요.[506]

우리가 음력과 양력을 조정하고 있거든요.

우리는 피라미드 앞에 앉아,   (7245)

　　민족들의 최후의 심판을 보지요.

　　대홍수에도, 전쟁과 평화에도 –

　　우리는 얼굴 한 번 찡그리지 않는답니다.

페네이오스 강가

(늪과 물의 요정들에 둘러싸여 있는 페네이오스 강가)

---

503 반인반양(半人半羊)의 모습을 하고 있는 음탕한 숲의 신.
504 메피스토펠레스를 가리킨다.
505 라미에들을 가리킨다.
506 스핑크스 중의 하나는 동쪽 지평선을, 다른 하나는 정반대의 서쪽 지평선을 가리킨다. 이것을 기준으로 달의 움직임과 해의 움직임을 측정한다.

페네이오스

일렁거려라, 속삭이는 갈대여!

나지막이 숨 쉬어라! 갈대의 누이들이여,   (7250)

가볍게 살랑거려라, 늘어진 버들가지여,

소곤거려라, 떨고 있는 포플러 가지들아.

깨어져 버린 꿈[507]을 향해!……

그러나 무시무시한 예감과

은밀히 세상을 뒤흔드는 소리가[508]   (7255)

고요히 흐르는 물결로부터 나를 깨우는구나.

파우스트 (강가로 걸어가며)

내 귀가 잘못 듣지 않았다면,

이 무성한 나뭇잎과,

이 나뭇가지와 이 수풀 어딘가에서

사람 소리 같은 걸 들은 것 같다.   (7260)

물결도 무어라 재잘거리고,

산들바람도 이야기를 즐기는 것 같다.

님프들 (파우스트에게)

진심으로 바라건대,

여기 편히 누워

시원한 그늘에서   (7265)

지친 육신을 풀어 주세요.

---

507 강 자체가 꿈을 꾸고 있음이 분명하다. 7011행에서와 같이 일종의 밤의 잔영에서 깨어나는 것
으로 볼 수 있겠다.
508 지진의 전조.

비켜 가기만 하던

휴식을 마음껏 즐기세요.

살랑대고, 졸졸거리며

당신의 귓전에 속삭입니다. (7270)

파우스트

꿈이 아닌 생시로다! 오, 저 여인들[509]이,

비할 데 없는 저 자태,

내 눈에 비친 그대로 저기서 놀고 있구나!

놀라운 느낌이 온몸으로 파고든다.

꿈인가? 기억인가?[510] (7275)

언젠가 이런 행운을 누린 적 있었지.

부드럽게 흔들거리는 무성한 수풀,

시원한 그늘 사이로 개울물은 구불구불 흘러간다.

쏴쏴거리지 않고, 졸졸졸 흘러간다.

수많은 물줄기 사방에서 모여들어 (7280)

밝고 깨끗한 웅덩이를 이루니,

편평하여 목욕하기에도 안성맞춤.

건강하고 젊은 여인들의 육신이

거울 같은 수면에 반사되어

내 눈을 황홀케 한다! (7285)

희희낙락 어울리다 멱을 감고,

대담하게 헤엄치다 살금살금 물을 건너고,

---

509 파우스트가 꿈속에서 보았던 강변의 여인들.
510 페네이오스 강의 꿈에 참여하고 있는 자신의 꿈일 수도 있고, 혹은 호문쿨루스를 매개로 하여 보았던 꿈에 대한 기억일 수도 있다.

마침내 소리 지르며 물싸움을 벌인다.

이것들을 보며 만족하고,

눈요기나 하면 좋으련만,   (7290)

내 마음 점점 앞으로 내달린다.

내 눈길 저쪽 은밀한 곳을 날카롭게 응시한다.

저기 무성하고 푸른 잎사귀들이

고귀한 여왕님을 숨기고 있을 것이기 때문이다.

놀랍기도 하지! 백조들도   (7295)

이 구석 저 구석에서 헤엄쳐 온다.

당당하고 거침없는 모습.

유유하게 떠다니고, 정답게 어울리지만,

오만한 동작으로 뽐내며

머리와 주둥이를 움직인다……   (7300)

그중에서도 한 마리가 유달리

가슴 쫙 펴고 자신만만하게

다른 무리 사이를 재빨리 헤엄쳐 나간다.

깃털을 잔뜩 부풀려

물결을 일으키고, 그 물결 위로 물결을 일으키며   (7305)

성스러운 장소로 돌진해 간다……

다른 백조들은 그윽하게 깃털을 반짝이며

이리저리 헤엄치며 돌아다닌다.

그러다가 이내 푸드득거리며 싸움을 벌여

수줍은 처녀들의 시선을 빼앗는다.   (7310)

처녀들이 자신의 안전만 생각하게 만들어,

여왕 지키는 임무를 잊게 만드는 것이다.

님프들

자매들이여, 강변의 푸른 경사지에 대고

귀 기울여 보아요.

내 귀가 바르다면, (7315)

말발굽 소리[511]가 울리는 것 같아요.

누가 이 밤중에

급한 소식이라도 들고 오는 걸까요?

파우스트

급히 내달아 오는 말발굽에

대지가 우르릉거린다. (7320)

저쪽이구나!

행운에 찬 운명이 벌써

나를 찾아온 걸까?

아아, 비할 데 없는 기적이로다!

지혜와 용기를 갖춘 것 같은 (7325)

기사 하나가 달려온다.

눈부시게 하얀 말을 타고 있다……

그렇구나. 내가 이미 아는 사람이다.

필리라의 유명한 아들[512] 아닌가!

멈추시오, 케이론! 그대에게 할 말이 있소…… (7330)

---

511 케이론은 켄타우로스의 일원으로 반인반마의 모습을 하고 있다.

512 필리라는 대양의 신 오케아노스와 테티스 사이에 태어난 딸로서, 케이론의 어머니이다.

케이론

　무슨 일인가? 왜 그러는가?

파우스트

　　　　　걸음을 멈추시오!

케이론

　나는 쉴 수가 없네.

파우스트

　　　　　제발, 부탁이오! 날 데려가 주시오!

케이론

　그럼, 올라타게! 그래야 내가 맘 놓고 물어볼 수 있지.

　어디로 가는 길인가? 강가에 서 있군,

　강을 건너겠다면 기꺼이 도와주지.　　　　　　　　(7335)

파우스트 (올라타면서)

　가고 싶은 대로 가시오. 은혜는 결코 잊지 않겠소……

　당신은 위대한 인물이며, 고귀한 교육자이지요.

　영웅들을 길러 명성을 드높였고,

　아르고호에 탔던 용맹한 무리들**513**과

　시인들이 만들어 낸 모든 영웅들을 가르쳤지요.　　　(7340)

케이론

　그런 이야기라면 그만두게!

　팔라스**514**조차도 스승으로 존경받지는 못했어.

---

513 이아손을 대장으로 하여 아르고호를 타고 금양 모피를 찾으러 떠났던 영웅들.
514 지혜의 여신 아테나는 『오디세이아』에서 종종 스승의 모습으로 나타나 텔레마코스나 오디세우스에게 충고를 주었고, 그것을 지키지 않으면 화를 내곤 했다.

결국 제자들은 자기 방식대로 발전해 가는 거네.

누구의 교육도 받지 않은 것처럼 말일세.

파우스트

당신은 온갖 초목에 이름을 붙인 의사지요. (7345)

그 뿌리들의 비밀을 속속들이 알아,

아픈 자를 낫게 해 주고, 상처의 고통을 덜어 주지요.

내 온몸과 마음으로 이렇게 당신을 껴안고 있습니다!

케이론

내 옆의 영웅이 다치면,

치료하고 도와주었지. (7350)

하지만 내 의술도 결국엔

무녀(巫女)나 목사한테로 넘어가 버렸어.[515]

파우스트

당신은 진정 위대한 분입니다.

칭찬의 말은 아예 듣지도 않으시는군요.

겸손하게 말을 피하기만 하면서, (7355)

자기 같은 인물은 얼마든지 있다는 태도군요.

케이론

아첨에 능숙한 걸 보니,

왕이나 백성의 비위는 잘도 맞춰 주겠군.

파우스트

그래도 이것만은 인정하시겠지요.

당신은 당신 시대의 가장 위대한 인물들을 보았고, (7360)

---

515 전설적인 의사인 케이론이 죽고 나서, 그 의술이 제대로 전해지지 않았다는 말이다.

가장 고귀한 자들의 행동을 본받으려 애썼으며,

반신(半神)처럼 진지하게 하루하루를 살았던 겁니다.

그렇다면 많은 영웅들 중에서

누가 가장 뛰어나다고 생각하십니까?

케이론

아르고호에 탔던 고귀한 용사들은   (7365)

모두가 나름대로 용감했지.

각자가 타고난 힘에 따라

다른 사람에게 없는 것을 보충할 수 있었어.

생생한 젊음과 아름다움으로 말할 것 같으면,

디오스쿠로이 형제[516]가 언제나 최고였지.   (7370)

과감하고 신속하게 다른 사람을 구할 때는

보레아스의 두 아들[517]이 자기 몫을 다했고.

사려 깊고, 강하고, 총명해서 임기응변에 능한 데는,

여인들에게 인기 있었던 이아손을 따를 자가 없었지.

오르페우스로 말할 것 같으면, 섬세한데다 늘 조용하고 신중

했으며,   (7375)

칠현금을 누구보다 뛰어나게 다루었어.

천리안인 링케우스[518]는 밤낮으로

아무 사고 없이 암초와 해변을 지나며 배를 몰았지……

서로 사이가 좋아야 위험을 벗어날 수 있는 법.

한 사람이 행동을 개시하면, 다른 사람은 기꺼이 따랐지. (7380)

---

516 헬레네의 형제로서 쌍둥이인 카스토르와 폴룩스.
517 북풍의 신 보레아스의 쌍둥이 아들 칼라이스와 제테스.
518 아르고호의 조타수로 눈이 밝아 천리안이라고 불렸다.

파우스트

　헤라클레스에 대해선 한마디도 안 하실 건가요?

케이론

　아아, 슬프다! 나의 그리움을 건드리지 말게!

　나는 태양의 신 포이보스를 결코 본 적이 없고,

　아레스[519]며 헤르메스[520]라고 불리는 자들도 못 보았지만,

　그만은 바로 내 눈앞에서 보았어.　　　　　　　　(7385)

　모든 인간이 신으로 받드는 그를 말이네.

　그는 타고난 왕자였어.

　젊었을 땐 바라보기에도 눈부셨고,

　형님에겐 늘 공손했지.

　사랑스럽기 그지없는 여인들에게도 물론 그랬고.[521]　(7390)

　가이아[522]도 다시는 그런 자를 낳지 못할 것이며,

　헤베[523]도 다시는 그런 자를 하늘로 데려가지는 못할 거네.

　그를 보려고 노래 지어도 헛일이고,

　돌에 새기려 해도 헛고생일 뿐이지.[524]

파우스트

　조각가들이 제아무리 용을 써도,　　　　　　　　(7395)

---

519 전쟁의 신. 라틴어로는 마르스.
520 신들의 사자(使者). 라틴어로는 메르쿠리우스.
521 헤라클레스는 리디아의 음란한 여왕 옴팔레를 위해 물레를 잣기도 했다.
522 대지의 여신.
523 제우스와 헤라 사이의 딸로 청춘의 여신. 올림포스에서 헤라클레스와 결혼하여 그를 하늘로 데리고 올라갔다.
524 시로도 조각으로도 그를 표현할 수 없다는 말.

그의 당당한 모습을 제대로 보여 주진 못할 겁니다.

잘난 남자 이야기는 하셨으니,

이제는 잘난 여자 얘기도 해 주시지요!

케이론

뭐라!…… 여인의 아름다움이란 아무짝에 쓸모없는 거네.

여차하면 굳은 모습이 돼 버리거든. (7400)

내가 찬양하는 것은 오로지

기쁨에 넘쳐 삶을 즐기는 가운데 솟아나는 것이네.

아름다운 여인은 자기도취에 빠지기 쉬운 법,

우아함[525]이야말로 진정 거역할 수 없는 것이지.

내가 태워다 주었던 헬레네처럼 말이야.[526] (7405)

파우스트

당신이 그녀를 태워다 주었다고요?

케이론

　　　그렇네, 바로 이 등에.

파우스트

안 그래도 마음이 안절부절못하더니,

알고 보니 그런 행복한 자리였군요.

케이론

그녀도 내 머리카락을 꼭 잡았지.

지금 그대처럼 말이야. (7410)

파우스트

　　　아아! 참으로 진정으로

---

525 독일어 Anmut를 번역한 것이다. 빙켈만은 고전 예술의 특성을 우아함과 존엄이라고 했다.
526 괴테가 마음대로 지어낸 장면이다.

까무러치고 말겠어요! 어찌된 연유인가요?

그녀만이 나의 유일한 갈망입니다!

어디에서? 어디로? 아아, 그녀를 태워다 주었지요?

케이론

그거야 쉬운 질문.

저 디오스쿠로이 형제가 그 당시에 (7415)

누이동생을 강도들527의 손에서 구해 냈던 거야.

저 본 일이라곤 없는 강도들은

분기탱천 뒤를 쫓았지.

그런데 남매들의 바쁜 걸음을

엘로이시스 근처의 늪들이 가로막았던 거야. (7420)

형제들은 첨벙첨벙 걸었고, 나는 찰싹찰싹 물을 치며 헤엄쳐 건넜지.

껑충 뛰어내린 그녀는 내 젖은 갈기를 쓰다듬으며

미소 지었고, 또 고마움을 표했어.

귀엽고 영리하고 당당한 그 모습.

참으로 매력적이었어! 젊은 그 모습은 늙은이의 기쁨이었지!(7425)

파우스트

겨우 일곱 살이었을 텐데요!……

케이론

내가 보기엔, 문헌학자들이

그대는 물론이고 자신들까지 속였던 거네.

신화 속의 여인이란 아주 독특한 존재여서

---

527 헬레네는 스파르타의 디아나 신전에서 춤을 추다 유괴되었고, 그 쌍둥이 형제인 카스토르와 폴룩스가 그녀를 구출했다.

시인들은 필요에 따라 제멋대로 그려 내지.

어른이 되지도 않고, 늙지도 않은 채, (7430)

항상 구미 당기는 모습을 하고 있는 걸세.

어려서는 유괴당하고, 나이 들어서는 청혼 받는 여인으로 말이네.

그래, 시인들은 시간에 구애 받지 않아.

파우스트

그렇다면 그녀도 시간에 구속되지 말아야지요![528]

아킬레우스가 페레에서 그녀를 만난 것도[529] (7435)

모든 시간을 초월해서였지요. 참으로 드문 행복이었어요.

운명에 맞서 사랑을 쟁취한 겁니다!

나도 사무치는 그리움의 힘으로

세상에 하나밖에 없는 그녀를 살아나게 할 순 없을까요?

신들과 맞먹는 그 영원한 존재를, (7440)

위대하면서도 상냥하고, 고상하면서도 귀여운 그녀를?

당신은 '옛날'에 보았지만, '오늘' 나는 그녀를 만났어요.[530]

아름답고 매력적이고, 사무치게 아름다웠어요.

내 마음도 몸도 온통 사로잡혔으니,

그녀를 얻지 못한다면, 이제 더 이상 살아갈 수 없습니다!(7445)

케이론

---

[528] 자기도 시간에 상관없이 그녀를 만나고 싶다는 말이다. 영원한 만족의 치명적인 적은 결국 유한성이며 시간이다. 완전한 인간 해방은 필연적으로 시간과의 투쟁에 대한 통찰력을 포함한다. 실러는 "시간 안에서 시간을 폐기하고" 존재와 생성, 변화성과 동일성을 화해시키는 능력을 유희충동에 돌렸다.

[529] 아킬레우스는 죽은 후 어머니의 탄원으로 다시 지상에 나와 지하 세계로의 출입구인 페레에서 헬레네와 결혼을 한다.

[530] 제1막에서 있었던 일을 가리킨다.

낯선 친구! 그대는 인간으로선 매력적이나,

정령들 사이에선 미친 놈 대접을 받을 거네.

어쨌거나 그대는 때맞추어 잘 왔어.

나는 해마다, 아주 잠깐 동안이긴 하지만,

아스클레피오스의 딸인 만토[531]에게 들르거든.   (7450)

그 애는 마음속으로 조용히

아버지를 위해 기도하네. 아버지가 명예를 걸고

의사들의 마음을 환하게 밝혀,

그들이 무모한 살생을 저지르지 않게 해 달라고 말이야.

무녀들 중에서 내가 제일 좋아하는 그 애는   (7455)

이맛살 한 번 찌푸리지 않고, 온화한 마음으로 봉사한다네.

다행스럽게 그 애 곁에 며칠 머무를 수 있다면,

그대의 병은 약초의 힘으로 완치될 거네.

파우스트

치료 같은 건 받고 싶지 않아요. 내 심신은 건강합니다.

치료를 받는다면 나도 다른 이처럼 천박하게 되겠지요.[532] (7460)

케이론

고귀한 샘물의 영험을 하찮게 여기지 말게!

얼른 내리게! 이제 다 왔네.

파우스트

말해 봐요! 이 으스스한 밤에

자갈 깔린 강을 건너 날 어디로 데려오셨나요?

---

531 의술의 신 아스클레피오스의 딸로 등장하는 만토는 아폴론의 예언자이자 무녀이다.
532 헬레네를 향한 상사병을 치료받고 싶지 않다는 말이다.

케이론

여기는 로마와 그리스가 서로 싸웠던 곳이네.[533]　　　(7465)

오른편으론 페네이오스 강이 흐르고, 왼편으론 올림포스 산

을 끼고 있지.[534]

그 위대한 제국은 모래 속으로 사라져 버렸어.

왕은 달아났고, 백성들은 만세를 불렀지.

저 위를 보게! 바로 가까이

달빛 속에 영원의 신전[535]이 서 있네.　　　(7470)

만토 (몽롱하게 꿈에 잠겨)

말발굽 소리에

성스러운 계단이 울리는구나.

반신(半神)들께서 들어오시는군.

케이론

바로 그래!

눈을 떠 보거라!　　　(7475)

만토 (깨어나면서)

어서 오세요! 오실 줄 알았어요.

케이론

당연하지, 너의 신전이 그대로 서 있는 동안엔!

만토

---

533 기원전 168년 로마의 집정관 파울루스의 지휘를 받은 로마인들이 마케도니아 국왕 페르세우
스의 군대를 물리쳤던 곳. 이 전투에서 마케도니아는 알렉산드로스 대왕으로부터 물려받은, 에게
해 해변의 영토를 상실했다.

534 실제로 전투가 벌어졌던 곳은 여기보다 훨씬 북쪽이었다. 케이론은 대강의 지리를 말하고 있
을 뿐이다.

535 올림포스의 아폴론 신전을 가리킨다.

여전히 피곤도 모르고 돌아다니시나요?

케이론

네가 평화 속에서 늘 조용히 사는 것처럼

나는 세상을 돌아다니는 게 즐겁단다. (7480)

만토

제가 기다리는 동안에 시간이 제 주위를 돌지요.

그런데 이분은 누구시죠?

케이론

소문도 자자한 오늘밤 축제가

이 사람을 여기로 휘몰아 온 거야.

헬레네에게 단단히 미쳐

그 여자를 얻으려 하지만, (7485)

어떻게, 어디에서 시작해야 할지 모른단다.

다른 누구보다도 아스클레피오스의 치료가 필요한 사람이야.

만토

불가능한 것을 갈망하는 자, 그런 사람을 저는 사랑해요.

(케이론은 어느새 멀리 가 버렸다.)

만토

들어오세요, 용감한 분, 기뻐하셔도 될 거예요!

이 어두운 길은 페르세포네[536]에게로 통해요.[537] (7490)

그녀는 올림포스의 텅 빈 굴속에서

---

536 제우스와 데메테르 사이에 태어난 딸로 꽃을 꺾고 있다가 저승에 붙들려 가 하데스의 왕비
가 됨.

537 그리스 신화에 나와 있지 않은 설정. 여기서 죽은 자들의 영역은, 고전적 발푸르기스의 밤의 축
제가 열리고 있는, 올림포스 신들의 산 아래쪽에 위치하고 있다.

금지된 인사를 남몰래 엿듣고 있답니다.

여기서 제가 오르페우스를 몰래 들여보낸 적이 있죠.

그런 기회를 더 잘 이용해 보세요! 기운 차려요! 마음 굳게 먹고요!

(그들은 아래로 내려간다.)

세이렌들 (페네이오스 강 상류에서 그전과 같이)

페네이오스 강의 물결 속으로 뛰어들자! (7495)

거기서 첨벙첨벙 물 튀기며 헤엄을 치자.

노래 부르고 또 노래 불러

불행한 뭍사람들을 달래 주자.

물이 없으면 행복도 없는 법![538]

우리들 모두 명랑하게 (7500)

서둘러 에게 해로 흘러가면,

온갖 즐거움이 기다린다네.

(지진이 일어난다.)

세이렌들

거품 일으키며 파도는 되밀려 오고,

강바닥엔 더 이상 물이 흐르지 않네.

땅이 솟아나고, 물길은 막히고, (7505)

자갈밭과 강변이 쩍쩍 갈라지며 연기를 뿜는구나.

달아나자! 모두들 서둘러요! 어서요!

이 괴변은 누구도 봐 주지 않아요!

---

538 지각 형성에 있어서 수성론(水成論)의 입장.

어서요! 유쾌하고 귀한 손님네들,

바다의 명랑한 축제를 보러 가요.   (7510)

흔들거리는 물결 반짝거리고,

강변을 적시며 조용히 굽이쳐 가네요.

달이 이중으로**539** 빛나는 그곳에서

우리는 성스러운 이슬에 흠뻑 젖어요.

그곳엔 자유로이 출렁이는 삶이 있지만,   (7515)

여기엔 불안한 지진이 있을 뿐이에요.

현명한 분이라면 서둘러 떠나요!

여긴 너무도 끔찍해요.

사이스모스540 (땅속 깊은 곳에서 으르렁 쿵쾅거리며)

다시 한 번 힘껏 밀어 올리자.

어깨로 힘차게 들어 올리자!   (7520)

우리가 땅 위로 올라가면,

모두들 우리를 피해 달아나게 마련이다.

스핑크스들

참으로 역겨운 진동,

추악하고 무시무시한 느낌!

마구 요동치고 마구 흔들거리고   (7525)

그네 타듯 밀려갔다 밀려왔다!

견딜 수 없이 불쾌하다!

---

539 하늘의 달 그리고 물에 비친 달.
540 지진을 가리키는 그리스 어로 여기선 대지를 뒤흔드는 포세이돈을 가리킨다.

하지만 지옥이 한꺼번에 나온다 해도,
우리는 꼼짝달싹 안 한다.

둥근 지붕 같은 게 올라온다.[541]   (7530)
놀랍구나. 저 사람은 바로 그 노인,[542]
오래전에 백발이 된 그 늙은이 아닌가.
산고(産苦) 겪는 여인[543]을 위해
일렁이는 파도를 헤치고
델로스 섬을 솟아오르게 했지.   (7535)
노인은 있는 힘을 다해 밀치고 떠받들고,
두 팔을 쭉 뻗고 등을 구부려
마치 아틀라스 같은 자세로
땅바닥과 풀밭과 흙더미를,
자갈과 자갈 섞인 모래, 모래 섞인 진흙을,   (7540)
우리의 고요한 강변을 위로 밀어 올린다.
그리하여 조용한 계곡의 일부를
비스듬히 찢어 놓는다.
지침 없이 용틀임하는 그 모습
마치 거대한 카리아티드[544] 같구나.   (7545)

---

541 지각 형성에 있어서의 화성론(火成論)을 가리킨다. 땅속에서 이미 완전하게 형성되어 있던 덩어리가 저항할 수 없는 힘에 의해 지표를 뚫고 나타난다는 것으로(『빌헬름 마이스터의 편력시대』), 고대에서는 아낙사고라스가 그 이론의 대표자이다.
542 포세이돈을 가리킨다.
543 아폴론과 아르테미스의 어머니인 레토를 가리킨다. 헤라 여신의 질투 때문에 쫓기며 해산의 진통을 겪고 있을 때, 델로스 섬이 바다 한가운데에서 솟아나 그녀를 도왔다.
544 고대 건축에서 여신의 모습을 조각한 기둥.

아직도 가슴까지 땅속에 묻힌 채

무시무시한 석조 들보들을 떠받치고 있다.

하지만 더 이상은 올라오지 못할걸.

우리 스핑크스들이 의연하게 자리 잡고 있으니까.

사이스모스

오로지 나 혼자 이 일을 해냈다는 걸 (7550)

결국엔 모두 인정할 거다.

내가 마구 뒤흔들어 놓지 않았다면,

이 세상이 어찌 이토록 아름다울 수 있단 말인가?

저 장엄하고 맑은 창공으로

내가 밀어 올리지 않았더라면, (7555)

저 산들이 어찌 저리 그림처럼 황홀할 수 있단 말인가!

태고의 선조들과

밤과 카오스가[545] 보는 앞에서

힘차게 행동하며, 거인들과 더불어

펠리온 산과 오사[546] 산을 (7560)

공놀이하듯 마구 내던졌지.

청춘의 열기로 미친 듯 날뛰다가

마침내 싫증 나자

우리는 파르나소스 산[547] 위에 두 개의 모자를 씌우듯

무엄하게도 두 개의 봉우리를 올려놓지 않았던가…… (7565)

---

545 그리스 신화에서 이 세상은 밤과 카오스로부터 생겨났다.

546 테살리아에 있는 산들의 이름.

547 코린트 만 북쪽의 델포이에 있는 산. 아폴론 신전이 거기에 있다. 두 개의 봉우리 중 하나는 아폴론과 뮤즈에, 다른 하나는 디오니소스에 봉헌되었다.

지금은 아폴론[548]이 행복한 뮤즈의 무리와 함께
그곳에서 즐겁게 노닐고 있지.
나는 번갯불을 들고 있는 주피터[549]를 위해서도
의자[550]를 높이 들어 올려 주었어.
그래, 나는 지금도 무시무시한 용틀임으로   (7570)
심연에서 밀치고 올라와, 소리 높여 요구한다.
새로운 삶을 살라고
쾌활한 주민들을 향해 외친다.

스핑크스들

사람들은 여기 우뚝 솟은 산맥들이
태곳적부터 있었던 거라고 우길 거야.   (7575)
땅속에서 꿈틀거리며 나오는걸
우리가 직접 보지 않았더라면 말이야.
무성한 숲은 연이어 퍼져 나가고,
바위들은 아직도 줄 지어 몰려오지 않는가.
하지만 스핑크스는 그런 일쯤에 개의치 않아.   (7580)
우리는 성스러운 자리를 지키며 꿈쩍도 않을 거야.

그라이프들

종잇장 모양으로, 장신구 모양으로
황금이 바위틈에서 꿈틀거린다.
저런 보물은 절대로 빼앗겨선 안 돼.
개미들아, 어서! 파내거라.   (7585)

---

548 로마식 이름으로는 아폴로.
549 제우스를 말한다.
550 올림포스 산을 말한다.

개미들의 합창

> 거인들이 이 산을
> 밀어 올렸듯이,
> 우리도 부지런히 발 놀려
> 신속하게 올라가자!
> 잽싸게 들락날락거리자!   (7590)
> 이런 바위틈의
> 부스러기들은
> 무엇이든 모아 둘 가치가 있다.
> 제아무리 작은 것도
> 샅샅이 찾아라.   (7595)
> 바삐 서둘러
> 구석구석 뒤져라.
> 바글거리는 무리들아,
> 쉬지 말고 일하자.
> 황금만 물어 오고!   (7600)
> 돌덩어리는 버려라!

그라이프들

> 들어와라! 들어와! 황금만 쌓아 올려라!
> 우리가 발톱으로 그것들을 누르고 있으면,
> 그게 바로 최상의 자물쇠.
> 아무리 큰 보물도 보관은 걱정 없다.   (7605)

피그미들[551]

---

[551] 고대 전설의 난쟁이 족인 피그미는 평화적인 백로들을 상대로 전쟁을 일으키고, 학들은 그 피

우리가 이렇게 자리 잡았지만,

어찌된 영문인진 모르겠어요.

우리가 어디서 왔는지 묻지 말아요.

어쨌든 지금 여기 있잖아요!

인생을 신나게 즐길 곳이라면,　　　　　　　　(7610)

그 어떤 나라인들 어떻겠어요.

바위 틈새가 보이기라도 하면

어느새 난쟁이가 차지하지요.

난쟁이 부부는 날래고 부지런해

모든 쌍들의 모범이지요.**552**　　　　　　　(7615)

옛 낙원에서도 그랬는지,

그건 잘 모르겠어요.

하지만 아무리 봐도 여기가 가장 좋아,

우리 별에 감사할 따름이지요.

동쪽에서든 서쪽에서든　　　　　　　　(7620)

어머니 대지는 기꺼이 생명을 낳으니까요.

닥틸레553

어머니 대지는 하룻밤 사이에

어린것들**554**을 낳았지요.

아주 작은 꼬마들**555**도 낳을 테고,

그미들을 상대로 복수를 한다.

552 드넓은 세계로의 동경 없이 현실 세계에 안주해 사는 부르주아, 속물 시민의 상징.

553 그리스 신화에 나오는 솜씨 좋은 대장장이. 피그미보다 더 작은 종족. 닥틸로스는 손가락이라는 뜻이다.

554 피그미들을 가리킨다.

555 닥틸레들을 가리킨다.

그 꼬마들도 어울리는 짝을 찾아내겠죠.   (7625)

최고령의 피그미들

서둘러서 안락한

자리 하나 마련하라!

잽싸게 착수하라.

힘 대신에 속도다!

아직은 평화롭지만,   (7630)

미리미리 대장간을 지어라.

갑옷과 무기를 만들어

군대를 무장시켜라!

너희 모든 개미들은

와글와글 떼를 지어   (7635)

쇠붙이를 마련하라!

아주 작긴 해도 숫자가 많은,

너희 닥틸레들은,

명령을 받들어

장작을 가져와라!   (7640)

장작을 층층이 쌓고

은근히 불에 구워

숯을 만들어라!

총사령관[556]

---

[556] 총사령관은 개미들과 닥틸레들이 만든 갑옷과 무기로 무장한 피그미들의 군대를 지휘하여, 평화적인 백로들을 공격해 그 깃털로 투구를 장식하려고 한다.

활과 화살을 들고

힘차게 나서라! (7645)

저기 연못가에

무수히 둥지를 튼 채

교만하게 뽐내는

저 백로들을 쏘아라.

한꺼번에 요절내라! (7650)

남김없이 쏘아라.

그 깃털로 우리는

투구를 장식한다!

닥틸레들

누가 우리를 구해 줄 것인가!

우리가 쇠붙이를 마련하면 (7655)

놈들[557]은 쇠사슬을 만든다.

뿌리치고 해방되기엔

아직 때가 무르익지 않았으니,

고분고분 참도록 하자!

이비쿠스의 학들[558]

살인자의 고함과 단말마의 비명, (7660)

두려움에 떨며 날개 퍼덕이는 소리!

---

557 피그미 족을 가리킨다.
558 실러의 동명의 담시는 기원전 6세기 그리스의 시인 이비쿠스의 죽음을 형상화한다. 그의 담시
에 의하면, 이비쿠스의 억울한 죽음을 목격한 학들이 그 진상을 폭로해 복수의 계기를 마련한다. 여
기서는 피그미들이 백로를 죽여 투구의 장식으로 삼았으므로 이에 대한 복수를 요청하는 것이다.
괴테는 『일리아스』에서 묘사되었던 이러한 동물 우화를 통해, 폭발적으로 진행되었던 프랑스 혁명
과 그에 대항하여 유럽의 동맹 군주국들이 복수의 전쟁을 벌이는 것을 암시하고 있다.

그 무슨 신음과 그 무슨 탄식이

이 높은 데까지 들려오는가!

백로들은 어느새 모조리 살해되어

호수는 피로 물들었다. (7665)

비뚤어진 탐욕이

백로들의 고상한 장식을 강탈한다.

그 깃털은 어느새 휘날린다.

배불뚝이 – 꾸부정 다리 – 악한들**559**의 투구 위에서!

너희들, 우리 무리의 동지들이여, (7670)

바다 위를 줄지어 나는 새들이여,

그대들에게 복수를 요청하노라.

우리와 너무도 가까운 친지들의 일이 아닌가.

모두들 힘과 피를 아끼지 말라,

이 족속은 우리와 불구대천의 원수다! (7675)

　　　　(깍깍 울면서 공중으로 흩어진다.)

메피스토펠레스 (들판에서)

북쪽 마녀들은 마음대로 다뤘는데,

이 낯선 유령들은 만만치 않아.

브로켄 산은 정말 편안한 곳이지.

어디를 가든 자기가 어디에 있는지를 아니까.

일제 아줌마**560**는 그녀의 바위 위에서 우리를 지켜 주고, (7680)

하인리히는 자기 언덕 위에서 늘 기분이 좋고,

---

559 피그미들을 가리킨다.

560 제1부 '발푸르기스의 밤'에서 일첸슈타인이라는 이름으로 나온다. 하인리히 언덕도 브로켄 산에 있는 언덕의 이름. 드르렁 바위는 쉬르케의 남쪽 마을인 엘렌트에 있는 바위이다.

드르렁 바위는 엘렌트 마을을 향해 요란하게 코를 골고 있으니,

천 년이 가도 모든 게 변함없이 그대로야.

그런데 여기에선 어디로 가거나 어디에 서 있거나,

발밑의 땅이 언제 부풀어 오를지 모르지 않는가?…… (7685)

편평한 골짜기를 따라 유쾌하게 산보라도 하노라면,

뒤쪽에서 갑자기 무언가가 솟아오른단 말이야.

산이라고 부르기까진 좀 그래도,

스핑크스들과 나를 갈라놓을 만큼은

충분히 높지 – 여기 골짜기를 따라 내려가다 보니 (7690)

아직도 여기저기 화톳불이 활활 타오르며 기이한 광경들**561**

을 비춰 주는구나……

게다가 요염한 계집들이 날 유혹하는 듯 날 피하는 듯,

교활한 자태로 춤추며 둥실둥실 떠다닌다.

슬며시 다가가 보자! 날름날름 훔쳐 먹는 데 익숙한 자라면

여기가 어디건 일단 가로채고 보는 거다. (7695)

라미에들 (메피스토펠레스를 유혹하며)

　　　　빨리, 더 빨리!

　　　　계속 그렇게!

　　　　그러다가 잠시 멈칫거리고

　　　　다시 재잘재잘 떠들자.

　　　　너무너무 신나요. (7700)

　　　　죄 많은 저 늙은이,

　　　　살살 꼬드겨

---

561 지진에 의해 생겨난 융기 지형들을 가리킨다.

사정없이 죗값 치르게 하자.

군어 버린 발을 끌고,

비틀비틀 절뚝절뚝 (7705)

이쪽으로 다가온다.

질질 발을 끌며,

우리가 달아나는 쪽으로

뒤쫓아온다.

메피스토펠레스 (걸음을 멈추며)

운수 사납군! 속아 넘어간 사내 꼴이다! (7710)

아담 때부터 사내란 유혹당하기 마련!

나잇살깨나 먹는다고, 그 누가 똑똑해지던가?

그만하면 바보 노릇 어지간히 했지!

허리는 불끈 졸라매고, 얼굴은 덕지덕지 분칠한 계집들,

쓸모라곤 도대체 없다는 걸 누구나 알지. (7715)

팽팽한 데는 단 한 군데도 없어.

어디를 만져도 썩어 문드러졌으니까.

보기만 해도 만지기만 해도 알 수 있어.

그런데도 저 썩은 고기들이 피리를 불면 우리는 덩달아 깨춤

춘단 말이야!

라미에들 (걸음을 멈추고)

잠깐! 저놈이 생각에 잠겨 머뭇거리며 서 있다. (7720)

내빼지 못하도록 놈에게 다가가자!

메피스토펠레스 (계속 걸어가며)

에라, 그냥 가 보는 거다! 요리조리 의심만 하다

바보 꼴 돼선 안 되지.

이 세상에 마녀들이 없다면,

어떤 악마가 악마 노릇 하고 싶겠나! (7725)

라미에들 (한껏 교태를 부리며)

이 신사분을 빙 둘러 에워싸자!

이분의 마음에 사랑이 움트면

우리들 중 하나에게 고백할 거야.

메피스토펠레스

비록 희미하게 남은 불꽃이긴 해도,

그대들은 귀여운 여인네. (7730)

그래, 비난할 마음 조금도 없어.

엠푸제[562] (밀치고 들어오며)

나한테도 욕하지는 말아요! 이 아가씨들처럼

나도 당신을 따르게 해 줘요.

라미에들

이 여자애는 우리 패거리에 넣을 수 없어요.

우리의 놀이를 망치기만 하거든요! (7735)

엠푸제 (메피스토펠레스에게)

사촌 누이 엠푸제가 인사드려요.

당나귀 발굽을 가진 친척이에요!

그런데 당신은 말발굽이 하나뿐이군요.

하지만, 사촌오라버니, 제 인사를 받으세요!

---

562 라미에들과 동류. 발을 하나만 가지고 있거나, 한쪽만 청동제 당나귀 발을 가진 그리스 신화에 나오는 여자 괴물로 식물, 암소, 뱀, 파리, 아름다운 여인 그리고 그와 비슷한 것들의 모습으로 변한다.

메피스토펠레스

이 동네엔 낯선 자들만 있는 줄 알았더니,　　　　　(7740)

어렵쇼, 가까운 친척도 있었구먼.

족보(族譜)라도 들추어 봐야겠어.

하르츠에서 헬라스까지 온통 친척들이 우글거리다니!

엠푸제

금방이라도 보여 드릴 수 있어요.

전 온갖 것으로 탈바꿈할 수 있답니다.　　　　　(7745)

지금은 오라버니한테 경의를 표하려고

당나귀 대가리로 둔갑했어요.

메피스토펠레스

알고 보니, 이 족속들 사이에선

친척이라는 게 커다란 의미가 있구먼.

그래, 무슨 일이 있어도 상관없지만,　　　　　(7750)

그 당나귀 머리만은 꼴같잖다.

라미에들

그 역겨운 여자는 내버려 두어요.

아름답고 사랑스러운 건 다 쫓아 버리거든요.

아름답고 사랑스러운 게 있다가도,

저 여자만 나타나면 사라져 버린다니까요!　　　　　(7755)

메피스토펠레스

이 상냥하고 나긋나긋한 사촌들도

내가 보기엔 모두 수상쩍다.

저 탐스러운 장밋빛 뺨 뒤에

뭔가 다른 걸 숨기고 있을 거다.

라미에들

한번 해 봐요! 여럿 중에서 골라 보세요.   (7760)

잡아 봐요! 당신이 운수 좋다면

이 놀이에서 제일 좋은 제비를 뽑을 거예요.

탐 내면서도 우물쭈물하다니요?

난봉꾼치고는 변변찮네요.

우쭐거리고 돌아다니며 잘난 척만 하다니요! –   (7765)

자, 저놈은 이제 우리한테 걸려들었다.

차례차례 가면을 벗어던지고

너희들의 진짜 모습을 보여 주어라.

메피스토펠레스

제일 예쁜 걸로 골랐다……

　　　　(그녀를 껴안는다.)

이런, 맙소사! 비쩍 마른 빗자루구나!   (7770)

　　　　(다른 여자를 붙들며)

그럼 요걸로?…… 맙소사, 얼굴이 영 아니야!

라미에들

더 나은 애를 바란다고요? 꿈도 야무지시군.

메피스토펠레스

작은 걸로 하나 잡으려 했더니……

도마뱀[563]처럼 손아귀에서 빠져나간다!

머리채가 뱀처럼 매끄러웠어.   (7775)

---

[563] 괴테는 『베네치아 경구』에서 창녀들을 도마뱀이라고 불렀다.

그래서 키다리를 잡으려 했더니……

손에 잡힌 건 바쿠스 신의 지팡이!

한쪽 끝엔 솔방울 같은 머리통이 달렸구나.**564**

그럼, 어쩐다?…… 뚱뚱보라도 하나 잡을까 보다.

어쩌면 재미 볼지도 모르지.　　　　　　　　　　　　(7780)

자, 마지막이다! 어디 한번!

물컹물컹 피둥피둥하군.

동양인이라면 돈깨나 내겠어……

그런데 이런! 말불버섯**565**이 두 동강 나고 말았네!

라미에들

자, 이제 흩어져 두둥실 떠다니자.　　　　　　　　(7785)

번갯불처럼, 검은 날개를 펼쳐

굴러들어 온 마녀의 자식 놈을 에워싸자!

불안하고 무시무시한 원을 만드는 거다!

소리 없이 날개 쳐, 박쥐처럼!

하지만 녀석은 슬쩍 빠져나갔군.　　　　　　　　(7790)

메피스토펠레스 (몸을 떨며)

난 똑똑해지려면 한참 멀었어.

북쪽에서도 멍청하더니, 여기서도 마찬가지군.

유령들이란 거기서나 여기서나 뒤틀려 있고,

보통 사람들도 시인 놈들도 상스러워.**566**

---

564 그리스의 디오니소소 신(로마 신화에서는 바쿠스 신)의 의식에서는 무화과나무로 조각한 남성의 성기가 사용되었는데, 그 한쪽 끝에 종종 솔방울이 달려 있었다.

565 건드리면 터지면서 포자를 흩뿌리는 둥근 모양의 말불버섯은 민간설화에서는 악마의 불알 혹은 악마의 방귀로 여겨졌다.

566 그러한 유령들을 만들어 내는 민중들의 미신과 문학 작품들을 가리킨다.

여기서도 방금 가장무도회가 열렸지만,   (7795)

어디서나 그렇듯 온통 관능적인 춤판이군.

귀여운 가면들을 보고 손을 뻗었지만

손에 잡히는 건 소름 끼치는 것들뿐……

그나마 속아 주는 척이라도 하려 했건만,

너무도 빨리 본색을 드러내는군.   (7800)

                    (바위들 사이를 헤매며)

여기가 어딘가? 어디로 가야 하나?

조금 전엔 오솔길이더니, 이제 깨진 자갈밭.

평탄한 길을 걸어왔는데,

이제는 커다란 돌들이 앞을 가로막는다.

헛되이 오르락내리락하고만 있으니,   (7805)

스핑크스들은 어디서 다시 만난단 말인가?

황당하기 짝이 없어,

하룻밤 사이에 이런 산이 생기다니.

억세게 달려온 마녀들이

브로켄 산이라도 날라 온 건가.   (7810)

오레아스[567] (천연의 바위로부터)

이리로 올라오세요! 나의 산은 오래되었고,

태고의 형태 그대로 서 있답니다.

가파른 바윗길을 존경하세요.

핀두스 산맥[568]에서 뻗어 나온 마지막 줄기니까요.

---

567 그리스의 산의 요정. 자연적으로 형성된 오래된 바위에 대해서 설명한다.
568 테살리아와 에피루스 사이에 걸쳐 있는 산맥으로, 페네이오스 강의 발원지이다.

폼페이우스가 나를 넘어 달아났을 때에도   (7815)

난 꼼짝 않고 그대로 서 있었지요.

내 옆에 있는 환상의 모습은

첫닭의 울음과 함께 사라져 버리지요.

그런 동화 같은 이야기들은 종종 생겨났다간

갑자기 다시 사라져요.**569**   (7820)

메피스토펠레스

삼가 경의를 표하노라, 거룩한 산봉우리여!

높다란 참나무 숲으로 덮인 산이여.

맑디맑은 달빛조차도

그 어둠 속으로 뚫고 들어가진 못하는구나. –

하지만 저 숲 가장자리에서   (7825)

불빛 하나가 가냘프게 빛난다.

이 모든 게 도대체 무슨 일인가!

그래! 저건 호문쿨루스다.

어이, 꼬마 친구, 어디서 오는 길인가?

호문쿨루스

나는 가장 의미 있게 태어나고[生成] 싶어   (7830)

이곳저곳 이렇게 떠돌아다녀요.

나를 둘러싼 유리를 깨뜨려야만 해요.

하지만 지금까지 둘러보았던 곳으로는

그 어디든 들어가고 싶지 않아요.

다만, 당신한테만 살짝 말씀드리는데   (7835)

---

569 화성론의 입장에서 주장하는 산의 생성은 수성론의 입장 앞에서 힘을 잃는다는 의미.

나는 지금 두 철학자⁵⁷⁰의 뒤를 따라가고 있답니다.

귀 기울여 듣자니, 이렇게 외치더군요. 자연! 자연!

이 두 사람을 놓치지 않으려고 해요.

그들은 지상의 일을 잘 알 테니까요.

어느 방향으로 가는 게 가장 현명한가는   (7840)

결국 그들에게서 배우겠죠.

메피스토펠레스

그런 건 네 힘으로 하거라.

유령들이 활개 치는 곳에선

철학자들도 환영받는 법이지.

자신의 재주와 호의로 사람들의 마음을 끌려고   (7845)

그들은 언제라도 한 다스의 유령⁵⁷¹을 만들어 내지.

방황해 보지 않으면 자각에 도달할 수 없는 법!

태어나기를 원한다면 네 힘으로 태어나도록 하거라!

호문쿨루스

하지만 좋은 충고도 무시해선 안 되죠.

메피스토펠레스

그럼 곧장 떠나거라! 후일을 기약하지.   (7850)

　　　(서로 헤어진다.)

아낙사고라스⁵⁷² (탈레스에게)

---

570 아낙사고라스와 탈레스를 가리킨다. 괴테는 아리스토파네스의 철학자 희극인 『구름』에 나오는 첫 번째 논쟁 장면을 모범으로 삼아, 아낙사고라스와 탈레스 사이의 논쟁을 전개시킨다.
571 당대의 새로운 학설들에 대한 야유. 『색채론』의 맥락에서, 괴테는 뉴턴의 프리즘에 의한 빛의 분광을 망상이라고 비판하면서 '스펙트럼'이란 단어를 종종 '유령'으로 번역하였다.
572 아낙사고라스는 태양이 달아오른 금속 덩어리라고 주장했으며, 아이고스 포타모이 지역에 유성이 추락할 것임을 예언하기도 했다. 여기서는 지각 형성에 있어서 화성론자(火成論者)로 등장한다.

자네 고집은 굽힐 줄 모르는군.

더 어떻게 설명해야 자네를 설득할 수 있겠나?

탈레스

파도는 모든 바람에 기꺼이 순종하지만,

험한 바위는 멀찍이 피해 간다네.

아낙사고라스

그 바위는 화염 속에서 생겨난 걸세.   (7855)

탈레스

생명체는 습기 속에서 생겨났지.

호문쿨루스 (두 사람 사이에서)

저도 두 분 곁을 따르도록 해 주세요.

저 자신이 생성되기를 간절히 바라고 있어요!

아낙사고라스

아아, 탈레스, 자네는 하룻밤 사이에

진흙573으로부터 이런 산을 만들어 낸 적이 있는가?   (7860)

탈레스

자연과 그 생생한 흐름은

낮이든 밤이든 시간에 결코 구애받지 않네.

자연은 어떤 형상도 규칙에 따라 만들어 내며,

아무리 거대한 것도 폭력으로 이뤄지지는 않네.

아낙사고라스

그러나 여기선 그랬어! 플루토의 격노한 불길과   (7865)

아이올로스의 연기가 무시무시하게 폭발하고,

탈레스는 지구를 원시 태양 위에 떠 있는 부유하는 원반으로 보았다. 여기서는 수성론자로 등장한다.
573 수성론자들은 원시 바다의 진흙이 층을 이루어 산이 이루어졌다고 본다.

편평한 땅의 낡은 껍질을 뚫고 올라와,

순식간에 산 하나가 새로 생겨났던 걸세.**574**

탈레스

그래서 그다음엔 어떻게 되었는가?

그래, 산이 거기에 있다. 그걸로 끝이 아닌가.   (7870)

그런 논쟁이나 벌이느라 우리는 시간도 여유도 잃게 되는 걸세.

참을성 많은 대중을 밧줄에 매어 이리저리 끌고 다니는 꼴이지.

아낙사고라스

순식간에 산에는 미르미돈 족**575**이 생겨나

바위들 틈새에 살게 되었지.

피그미들, 개미들, 난쟁이들,   (7875)

그 밖에도 부지런히 활동하는 자그마한 종족들이.

            (호문쿨루스에게)

너는 단 한 번도 커다란 일은 해 보지도 않고

은둔자처럼 좁은 영역에 갇혀 살았구나.

네가 지배자의 삶**576**에 익숙해질 수 있다면,

네게 왕관을 씌워 주겠다.   (7880)

호문쿨루스

탈레스 선생님은 어떻게 생각하세요? —

탈레스

---

574 고대 자연과학의 개념에 따르면, 지구 내부의 동굴과 틈새에 물과 공기가 고여 있다가, 폭발적인 가스를 형성한다.

575 개미로부터 생겨난 테살리아의 종족들로 트로이전쟁 때 아킬레우스의 휘하에 있었다. 여기서는 피그미, 개미들, 닥틸레들을 총칭한다.

576 혁명적으로 그리고 화성론적으로 생겨난 피그미들의 왕국을 가리킨다. 탈레스는 폭력적이고 거대한 것을 추구하는 대신에 작은 것에서부터 시작하라고 충고한다(7882행 이후).

별로 충고하고 싶지 않아.

작은 놈들과는 작은 일밖에 못하고,

큰 놈을 상대해야 작은 놈도 커지는 걸세.

저길 보게! 구름처럼 모인 검은 학들 말이야!

저들은 흥분한 군중도 위협하고,　　　　　　　　　　(7885)

왕에게도 위협을 가할 거야.

날카로운 부리와 사나운 발톱으로

난쟁이 족들을 내리 덮치니

벌써 불길한 운명이 번뜩이는구나.

무엄하게도 평화로운 연못을 포위하고,　　　　　　(7890)

백로들을 살육했던 죗값을 치르는 거야.

비 오듯 퍼부은 살육의 화살들이

결국엔 잔인하고 피비린내 나는 복수심을 불러일으킨 거지.

백로의 이웃인 학들의 분노를 자극해

피그미 족의 악행에 대한 피의 요구를 하게 된 걸세.　(7895)

이런 형국에 방패며 투구며 창 따위가 무슨 소용인가?

백로에게서 뺏은 깃털 장식이 난쟁이들에게 무슨 도움이란

말인가?

닥틸레와 개미들이 숨는 꼴 보게,

난쟁이들의 군대는 어느새 흔들리고 달아나고 무너지고 있어.

아낙사고라스 (잠시 후 엄숙하게)

나 지금까지는 지하 세계를 찬양했지만,　　　　　　(7900)

이번에는 하늘을 향해 기도해야겠다……

그대여! 저 높은 곳에서 영원히 늙지 않는 분이시여,

세 가지 이름으로 불리고 세 가지 모습을 지닌 분이시여,

우리 종족의 고통 때문에 당신을 부르나이다.

디아나, 루나, 헤카테[577]여!   (7905)

그대, 가슴을 활짝 펴고 깊이 생각하는 자여,

그대, 말없이 빛을 발하는, 강력하면서도 내성적인 자여,

그대 그림자의 무서운 입을 한껏 벌려

그 옛날의 위력을 마술의 도움 없이[578] 보여 주소서!

(잠시 후)

벌써 내 말이 들렸단 말인가!   (7910)

저 하늘을 향한

나의 기도가

자연의 질서를 어지럽혔단 말인가?

더 크게, 점점 더 크게 다가온다.

둥근 테두리로 둘러싸인 여신의 옥좌가.   (7915)

보기에도 무시무시하고 엄청나구나!

불빛이 검붉게 변한다……

더 가까이 오지 말라! 강력하고 위협적인 너, 둥근 달이여![579]

그대는 우리와 땅과 바다를 파멸시키려는가?

---

577 세 개의 머리를 가진 달의 여신(상현달, 보름달, 하현달)은 하늘에선 루나, 지상에서는 디아나,
지하 세계에서는 헤카테 혹은 페르세포네라고 불린다.
578 테살리아 마녀들의 주문 없이.
579 운석이 떨어지는데 아낙사고라스는 달이 떨어진다며 환상에 사로잡혀 있다.

그렇다면 그게 사실이었던가? 테살리아의 마녀들이 　(7920)

무엄하게도 친한 척 마술을 부려,

노랫소리로 그대를 궤도에서 끌어내렸단 말인가?

그리하여 그대에게 커다란 재앙을 안겼단 말인가?……

환하게 빛나던 원반이 어두워지더니,

갑자기 폭발한다. 번쩍번쩍 불꽃이 튄다. 　(7925)

마구 타오른다! 쉭쉭거린다!

그사이로 천둥소리, 폭풍 소리! ─

공손하게 옥좌의 계단 앞에 엎드리자! ─

용서하소서! 제가 불렀나이다.

(땅에 얼굴을 대고 엎드린다.)

탈레스

이 사람한테는 모든 게 다 들리고 다 보이는 모양이다! 　(7930)

무슨 일이 일어났는지 난 정말 모르겠어.

그가 말한 걸 느끼지도 못하겠다.

그래, 어처구니 없는 순간이다.

달의 신 루나는 옛날 그대로

자기 자리에서 아주 느긋하게 떠 있지 않은가. 　(7935)

호문쿨루스

피그미들이 있던 자리를 한번 보세요!

둥그렇던 산이 이제는 뾰족해졌어요.

저는 엄청난 충격을 느꼈어요.

바위가 달에서 떨어져,**580**

인정사정없이 친구건 적이건 짓이겨 죽였어요.　　　　(7940)

하지만 전 그런 재주를 찬양해요.

단 하룻밤 만에 창조력을 발휘해

아래로부터 그리고 위로부터

이런 산을 만들어 내었으니까요.　　　　(7945)

탈레스

진정해! 그건 그냥 환상이었어.

어쨌거나 저 역겨운 피그미 족은 사라져야 해.

네가 왕이 아니었던 건 다행이다.

그럼, 이제 유쾌한 바다 축제에나 가 보거라.

그곳에선 특별한 손님들을 환영하고 존경한단다.　　　　(7950)

　　　　　　　(함께 퇴장한다.)

메피스토펠레스 (반대쪽에서 기어올라 가며)

내가 어쩌다가 가파른 바위 계단을 오르고,

늙은 떡갈나무들의 딱딱한 뿌리 사이를 헤매 다니게 되었던가!

내 고향 하르츠 산에서는 송진 냄새도

내가 좋아하는 역청 냄새를 풍겼지.

무엇보다도 유황 냄새가 최고였지…… 그런데 여기 그리스에선 (7755)

그런 냄새는 흔적조차 없어.

그래서 은근히 호기심이 생겨.

그들이 무엇을 사용해**581** 지옥의 고통과 불꽃을 지펴 내는지

---

580 화산 폭발로 인한 운석의 발생 혹은 이전의 이론을 뒤집고 운석이 지구 밖으로부터 유래했을 것이라는 이론은 1794년 클라드니(Ernst Florens Chladni)가 처음으로 제기하였고, 괴테는 그 이론을 알고 있었다. 대부분의 평자들은 운석의 추락을 프랑스 혁명의 돌발과 연결 지어 해석한다.
581 고향에서의 역청과 유황 대신에.

알고 싶단 말이야.

나무의 요정 드리아스[582]

당신 나라에선 아무리 똑똑했을지 몰라도,

낯선 곳에 오니 당신도 어쩔 수 없군요. (7960)

그렇게 고향 생각에만 빠져 있지 말고,

여기 신성한 떡갈나무의 가치도 좀 알아주세요.

메피스토펠레스

누구든 떠나온 곳을 그리워하는 법.

정들어 살던 곳이 언제나 천국이지.

그런데 저기 동굴 속, (7965)

흐릿한 불빛 속에 웅크리고 있는 세 인물은 누군가?

드리아스

포르키스의 딸들[583]이랍니다! 두렵지 않으시다면,

다가가 말을 걸어 보세요.

메피스토펠레스

뭐, 그 정도야! ─ 하긴 쳐다보기만 해도 놀랍군!

자부심깨나 있는 나도 저런 것들은 (7970)

난생처음 본다고 털어놓을 수밖에.

그래, 알라우네[584]보다 더 지독해······

태곳적부터 비난받은 죄악들조차,

조금도 추하게 느껴지지 않을 정도야.

---

582 그리스 신화에 나타나는 떡갈나무의 요정.
583 바다의 신 포르키스와 그의 누이 케토 사이에 태어난 세 딸 그라이아이를 가리키며, 추(醜)함을 상징한다. 그들은 한 개의 눈과 한 개의 이빨만을 가졌기 때문에 무엇을 먹고 볼 때에 눈과 이를 번갈아 가며 쓴다. 각각 에니오, 팜프레도, 데이노라 불린다.
584 4979행 각주 참조.

저 세 겹의 괴물을 보고 나니 그런 느낌이 들어.　　　　(7975)

우리의 지옥들 중 가장 무시무시한 지옥도

문간에 저런 걸 놓아두곤 배기지 못할 거다.

여기 미(美)의 나라에 저런 게 뿌리박고 있는데도,

고전적이라 불리며 명예를 누리다니……

저것들이 움직인다. 나를 알아차린 모양이다.　　　　(7980)

저 박쥐 – 흡혈귀들이 찍찍거리며 지껄인다.

포르키스의 딸들 중 하나

동생들아, 눈을 좀 다오.

누가 감히 우리 성전에 다가왔는지 봐야겠다.

메피스토펠레스

친애하는 여인들이여! 가까이 다가가

당신들의 축복을 삼중으로 받고 싶습니다만.　　　　(7985)

이렇게 낯선 얼굴로 불쑥 나타나긴 했으나,

내 생각이 틀리지 않다면, 우린 아마도 먼 친척[585] 사이일 거요.

예로부터 존경받는 신들은 그동안 모두 찾아뵈었지요.

오프스와 레아 신에게도 정중히 인사드렸고요.

혼돈의 아이이자 당신들의 자매인　　　　(7990)

운명의 세 여신[586] 도 어제, 아니 엊그제 만났지요.

하지만 당신 같은 분들은 여태껏 본 적 없소이다.

그저 말문이 막히고, 그저 황홀할 따름이오.

---

585 '서재' 장면에서 파우스트는 이미 메피스토펠레스를 혼돈의 자식이라고 불렀다. 그러므로 포르키스의 딸들과 자기는 먼 친척이 된다는 것이다.

586 그리스 신화에 나오는, 인간의 운명을 관장하는 세 여신(女神). 인간의 탄생을 지배하며 생명의 실을 잣는 클로토(Clotho)와 인간의 일생을 마음대로 조종하는 라케시스(Lachesis), 그리고 인간의 죽음을 관장하며 그 생명의 실을 끊어 버리는 아트로포스(Atropos)를 가리킨다.

포르키스의 딸들

이 유령 놈은 분별력이 있는 편이군그래.

메피스토펠레스

어떤 시인도 당신들을 찬양하지 않다니 놀랍군요.　　　　(7995)

말해 보시지요! 어째서 그리되었고, 어째서 그리될 수 있었는지?

어떤 그림에서도 당신들처럼 고귀한 모습은 본 적 없소이다.

조각가의 끌도 유노,**587** 팔라스,**588** 비너스 같은 것보다는

당신들의 모습을 새겨야 했어요.

포르키스의 딸들

고독과 적막한 암흑 속에 파묻혀 있느라　　　　(8000)

우리 셋은 아예 그런 생각조차 못했지요!

메피스토펠레스

어떻게 그런 생각이나 할 수 있었겠소? 이렇게 세상과 떨어져

아무도 못 보고, 또 아무도 당신들을 볼 수 없는데 말이오.

실은 당신들이야말로 그런 자리에,

화려함과 예술이 나란히 옥좌에 앉은 곳,　　　　(8005)

대리석 덩어리가 날마다 민첩한 영웅의 모습으로 걸어 나오는 곳,**589**

그런 곳에 살아야 마땅하지요.

그곳에선 ―

포르키스의 딸들

그만 입 닥쳐요. 괜히 헛바람 들게 하지 말아요!

---

587 로마 신화의 유피테르의 아내. 그리스 신화의 제우스의 아내 헤라에 해당한다.
588 그리스 신화에 나오는 메가라 왕 판디온의 아들.
589 해방전쟁 이후 프로이센 장군들의 모습을 새긴, 베를린 승리의 탑과 동상들에 대한 반어적 표현으로 해석할 수도 있다.

우리가 사실을 제대로 안다 한들, 무슨 소용이 있겠어요?

밤에 태어나고, 밤의 것들과 친척이 되어 (8010)

아무도 우리를 알지 못하고, 우리조차도 우리를 거의 알지 못

하는데 말이오.

메피스토펠레스

그렇다면야 별로 할 말 없소.

하지만 자신을 남에게 맡겨 볼 수는 있을 거요.

당신네 셋은 눈 하나 이빨 하나로도 족하니,

신화적으로 무리 없는 방법을 택해 봅시다. (8015)

즉, 여러분 세 사람의 본질을 두 사람 안에 담아 놓고,

세 번째 분의 모습만 내가 빌리는 겁니다.**590**

잠시 동안만 말이오.

포르키스의 딸들 중 하나

　　　어떻게 생각해? 문제없겠지?

다른 포르키스의 딸

한번 해 보자! - 하지만 눈과 이빨만은 안 돼요.

메피스토펠레스

하필이면 가장 좋은 걸 빼놓는구려. (8020)

그렇다면 어떻게 해야 빼닮은 모습이 될 수 있단 말이오?

포르키스의 딸 중 하나

한쪽 눈을 감아요. 그건 쉽게 할 수 있지요.

---

590 포르키스의 딸들 중의 하나의 외관을 메피스토펠레스에게 빌려준다는 말이다. 그리스 신화
에서 세 고르곤 중의 하나인 메두사를 찾으러 나선 페르세우스는 포르키스의 딸들을 만나 그들의
이와 눈을 빼앗고는, 고르곤이 어디 있는지를 말해 주면 그것들을 도로 돌려주겠다고 약속한다. 여
기서 새로운 페르세우스(즉, 메피스토펠레스)는 이 신화를 모방하여 포르키스의 딸로 분장한다.

그러고는 곧장 뻐드렁니 하나를 내보이세요.

그러면 옆모습이 금방 비슷해지지요.

우리와 자매처럼 꼭 닮을 거예요. (8025)

메피스토펠레스

정말 영광이오! 한번 해 봅시다!

포르키스의 딸들

해 보세요!

메피스토펠레스 (옆모습이 포르키스의 딸이 되어)

자, 나는 이렇게 하여 어느새

혼돈의 사랑스러운 아들이 되었구나!**591**

포르키스의 딸들

우리는 엄연히 혼돈의 딸들이지요.

메피스토펠레스

좀, 창피하군! 이제 세상은 나를 반양반음(半陽半陰)이라고 비

난하겠군.

포르키스의 딸들

새로 생겨난 세 자매는 너무도 미인이야! (8030)

우린 이제 눈도 두 개, 이빨도 두 개잖아.

메피스토펠레스

이제는 사람들의 눈을 피해 숨어 있어야겠군.

---

591 10038행 이후의 연출 지시에서 보듯이, 여기서 메피스토펠레스는 자신에게 걸맞은 마스크를 쓰고, 고대 비극에 나오는 굽 높은 신발을 신는다. 악은, 그리스어로 번역하면, 심연의 추(醜)이다. 8031행 이후에 옮겨 쓰기의 실수로 4행의 메피스토펠레스 시구가 빠진 것으로 보인다. 미출간 원고에 따르면, 다음의 구절이 포함되어 있다. "나는 이제 재빠른 걸음으로 / 최신형의 대담한 끝을 찾아 나선다. / 너희들은 신과 여신의 마음에 들도록 / 성스러운 신전에 모여들도록 하라." 즉, 전위적인 조각술의 가장 과격한 대표만이 포르키스의 딸들의 절대적 추(醜)를 형상화할 수 있음을 암시하고 있다.

지옥의 늪에 사는 악마들까지 놀래 자빠질 정도니 말이다.

(퇴장한다.)

에게 해의 바위 만(灣)

달이 중천에 걸려 있다.

세이렌들 (바위 절벽 위 여기저기 앉아 피리 불고 노래한다.)

  그전까지는 으스스한 밤중에

  테살리아의 마녀들이 무엄하게도   (8035)

  당신[592]을 아래로 끌어내렸죠.

  오늘은 당신의 둥그런 밤하늘에서

  흔들거리는 물결을 평화롭게 바라보세요.

  은은하게 비치는 빛의 산란(散亂)을 지켜보세요.

  저기 파도를 헤치고 어지럽게 솟아 나오는 무리를 (8040)

  밝게 비춰 주세요.

  당신을 위해 무슨 일이든 할 테니,

  아름다운 루나여, 자비를 베푸소서!

네레우스[593]의 딸들과 트리톤[594]들 (바다의 요괴들로서)

---

592 달의 여신, 루나를 가리킨다.
593 호메로스가 '바다의 노인'이라고 부른 해신(海神)으로, 현명하고 온화하며 예언 능력이 있었
다. 오케아노스의 딸 도리스를 아내로 삼아 50명의 딸, 즉 네레이데스의 아버지가 되어, 그녀들과 함
께 에게 해(海)에서 살았다. 그는 선원들의 보호자였으며, 자신의 모습을 마음대로 바꿀 수 있었다.
594 그리스 신화의 해신 포세이돈과 암피트리테 사이의 아들로, 상반신은 인간이고 하반신은 물고

더 요란하고 더 날카롭게 소리 내어

드넓은 바다가 우르릉 울리도록 해요.   (8045)

그리하여 바다 깊은 곳의 무리들을 불러내어요!

폭풍우의 무시무시한 나락을 벗어나

고요하고 잠잠한 해변으로 피했더니,

감미로운 노래⁵⁹⁵가 우리를 끌어당기네요.

보세요! 우리는 너무도 황홀해   (8050)

황금의 사슬로 단장했어요.

왕관과 보석은 물론이고

팔찌와 허리띠까지 갖추었어요!

이 모든 게 그대들 덕분이라오.

가라앉아 여기에 묻힌 보물들은   (8055)

그대들이 노래 불러 우리에게 모아 준 거지요.

그대들, 우리 만(灣)의 정령들이어.

세이렌들

우린 알아요. 시원한 바다 속에서

물고기들은 유유하게,

근심 없이 떠다니죠.   (8060)

하지만! 축제를 즐기러 모인 분들이여,

오늘 우리는 알고 싶어요.

기 모양인 바다의 괴물. 평소에는 해저 궁전에 살지만 바다가 조용할 때는 해면에 나와 소라고둥을
불며 네레이데스 등과 같이 논다고 함.
595 세이렌들의 노래.

그대들이 물고기 그 이상의 존재라는 것을.

네레우스의 딸들과 트리톤들

여기 오기 전부터

우린 벌써 그 생각을 했어요.   (8065)

자매들아, 형제들아, 어서 서둘러라!

오늘은 잠시 길을 떠나

완전무결하게 증명해 보이자.

우리가 물고기 이상의 존재라는 걸.

(멀어져 간다.)

세이렌들

순식간에 사라지는구나!   (8070)

곧장 사모트라케**596**를 향해

순풍을 타고 사라지는구나.

고귀한 카베이로스**597**들의 나라로 가서

무슨 일을 할 작정인가?

그들은 놀랍고 신기한 신들!   (8075)

끊임없이 자신을 생성하면서도

그들 자신이 누구인지는 결코 모르지요.

창공에 그대로 머무세요,

사랑스러운 루나여, 자애롭게 그대로 계세요.

언제까지나 밤이 계속되고,   (8080)

낮이 우리를 쫓아내지 못하게 해 주세요.

---

596 에게 해의 북동쪽에 위치한 섬.
597 북에게 해의 사모트라케 섬에서 숭배되는 요정.

탈레스 (해변에서 호문쿨루스에게)

너를 네레우스 영감한테로 데려갈 거야.

그의 동굴이 여기서 멀진 않지만,

원체 옹고집이야.

깐깐하기 짝이 없는 심술쟁이지. (8085)

이 까다로운 영감탱이는

인간 족속을 조금도 좋아하지 않아.

하지만 다가올 일을 훤히 알기에**598**

누구나 그 점에서 영감탱이를 존경하고,

지금처럼 대접하는 거야. (8090)

실은 여러 사람에게 좋은 일도 많이 했어.

호문쿨루스

시험 삼아 한번 두드려 보아요!

유리와 불꽃**599**이 금방 잘못되는 일은 없겠죠.

네레우스

내 귀를 울리는 게 인간의 목소리가 아닌가?

금방 가슴속에서 열불이 나는구나! (8095)

저것들은 신의 영역에 도달하려 애쓰지만,

언제나 그 자리에 머물도록 저주받았지.

그 옛날부터 나는 신들처럼 편히 쉴 수 있었지만,

어쩐지 뛰어난 놈들에겐 잘해 주고 싶었어.

---

598 예언가로서 네레우스는 파리스에게 헬레네를 납치하면 그의 조국에 어떤 비극이 초래될지를 말해 주었다.

599 호문쿨루스가 들어 있는 시험관을 가리킨다.

하지만 결국 놈들이 해 놓은 걸 보면,   (8100)

아무 충고도 안 해 준 거나 꼭 마찬가지였어.

탈레스

하지만 바다의 영감님, 우리 모두는 당신을 믿습니다.

당신은 현자시니 우리를 여기서 몰아내진 마세요!

이 불꽃을 보시지요. 인간과 닮았긴 해도,

영감님의 충고엔 두말없이 따를 겁니다.   (8105)

네레우스

뭐라, 충고라고! 인간들이 충고를 따르기나 했던가?

제아무리 현명한 말에도 마이동풍이야.

자신의 행동에 화를 내고 자책도 하곤 하지만,

인간이란 족속은 예나 다름없이 고집불통이야.

파리스한테도 내가 정말이지 아버지처럼 경고했었지.   (8110)

한 이방(異邦)의 여성이 그놈에게 욕정의 올가미를 씌우기 전
에 말이야.

녀석이 그리스 해변에 대담하게 서 있었을 때,

나는 마음으로 본 걸 그놈에게 일러 주었어.

연기는 뭉게뭉게 피어오르고, 불길은 사방으로 번지고,

서까래는 불타고, 그 아래에서 살육과 죽임이 벌어진다고 말
이야.   (8115)

트로이 최후의 날은 시구에 그대로 담겨

수천 년을 두고 무시무시한 사실로 널리 전해질 거라고 말했지.

하지만 그 건방진 녀석은 늙은이의 말을 웃음거리로만 받아
들였어.

자신의 욕망을 따랐고, 일리아스**600**는 끝내 멸망하고 말았지 –

오랜 고통 끝에 굳어 버린 거인의 시체는　　　　　　　(8120)

핀두스**601**의 독수리들에겐 반가운 먹잇감이었지.

오디세우스도 마찬가지야! 내가 그놈에게 미리 알려 주지 않

았던가?

키르케**602**의 간계와 키클롭스**603**의 잔인함을 조심하라고 말이야.

그의 우유부단함과 부하들의 경솔함까지도

다 얘기해 주었어! 하지만 무슨 소용 있었던가?　　　(8125)

수없이 풍랑에 시달리고 너무도 늦게야 겨우

파도 덕분에 호의(好意)의 해안**604**에 다다를 수 있었던 거지.

탈레스

현자께서 그렇게 고통받으셨군요.

하지만 선량한 분이시니 다시 한 번 애써 주시겠지요.

아주 작은 감사의 말씀이나마 현자를 기쁘게 하고,　　(8130)

크나큰 배은망덕마저도 완전히 잊게 할 테지요.

이렇게 말씀드리는 건 작지 않은 청이 있어서입니다.

---

600 트로이를 가리킨다.

601 테살리아의 산 이름. 여기서 핀두스의 독수리는 실제의 독수리 떼도 그리스의 군대도 아니다. 뮤즈의 산인 핀두스에 거처하고 있는 시인들을 가리킨다.

602 오디세우스의 동료들을 돼지로 변화시킨 마녀.

603 호메로스의 『오디세이아』에 나오는 외눈박이 거인. 그들은 애꾸눈의 거인족으로, 법도 경작도 알지 못하고, 양을 키우면서 살았다. 그들이 사는 섬에 도착한 오디세우스와 그 부하들은 폴리페모스라는 이름의 키클롭스의 동굴에 잘못 들어가 차례차례로 잡아먹히자, 오디세우스의 계략으로 거인의 눈을 찌르고 도망을 갔다

604 『오디세이아』에서 오디세우스가 오랜 여행 끝에 마지막으로 도착한 곳이 파이아케스 부족이 살던 섬이었다. 당시 파이아케스 부족은 알키노오스가 통치하고 있었는데, 해안에 표착한 오디세우스를 알키노오스의 딸인 나우시카가 발견해 그를 궁전으로 안내했다. 알키노오스 왕은 오디세우스를 환대했으며 그에게 이타카로 갈 수 있는 배를 주었다. 하지만 오디세우스를 도와준 대가로 파이아케스 부족은 포세이돈 신의 분노를 샀다.

실은 여기 이 아이가 지혜롭게 생성되기를 원합니다.

네레우스

아주 드물게 맛보는 이 유쾌한 기분을 망치지 말게!

오늘 내게는 전혀 다른 볼일이 있네.   (8135)

내 딸들을 모두 불렀어.

바다의 우아한 아가씨들, 저 도리스의 딸들[605]을 말이네.

올림포스 산에도, 너희 인간들의 땅에도

그렇게 귀엽게 구는 미녀들은 없을 거야.

그 애들은 너무도 우아한 몸짓으로   (8140)

해룡(海龍)으로부터 해신(海神)[606]의 말 위로 날렵하게 옮겨 타지.

바닷물과 혼연일체 되어,

물거품조차 그 애들을 두둥실 싣고 가는 거 같네.

비너스의 영롱한 조개[607] 마차에 몸을 싣고,

제일 예쁜 딸 갈라테이아[608]가 올 거야.   (8145)

그 애는 키프로스[609]가 우리를 버리고 떠난 후

파포스에서 여신으로까지 숭배되었지.

그 귀여운 애는 벌써 오래전부터

상속녀의 자격으로 신전(神殿)의 도시와 수레의 옥좌를 차지

하고 있어.

---

605 네레우스 자신의 딸들을 가리킨다.
606 로마 신화의 넵투누스, 그리스 신화의 포세이돈을 가리킨다.
607 고대로부터 여성 음부의 상징.
608 '젖빛 여인'이라는 뜻으로 바다의 신 네레우스와 도리스 사이에서 태어난 딸. 시칠리아 섬 앞바
다에 살면서 목신(牧神) 판의 아들인 양치기 미소년 아키스를 사랑하였다. 여기서는 거품에서 태어
난 비너스의 섹스 심볼 역할을 하고 있다.
609 기독교화되기 전까지 키프로스의 파포스에서 비너스로 숭배를 받았다.

썩 물러나게! 아비로서의 기쁨을 누리는 이 순간에, (8150)
가슴에 증오를 품는 것도 입에 욕설을 올리는 것도 당치 않네.
프로테우스**610**한테로 가게! 그 괴상한 자한테 물어보게.
어떻게 해야 생성되고 변신(變身)할 수 있는지 말이야.

(바다 쪽으로 사라진다.)

탈레스

이번엔 헛걸음했군.
프로테우스를 만난다 해도 금방 사라지고 말 거야. (8155)
잠시 머물며 우릴 만나 준다 하더라도, 결국 그의 말은
우리를 놀라게 하거나 혼란스럽게 할 거야.
어쨌거나 자네에겐 그의 충고가 필요하니,
일단 시험 삼아 발길을 돌려 보기로 하세!

(같이 퇴장한다.)

세이렌들 (바위 위에서)

저 멀리 넘실대는 파도 사이로 (8160)
미끄러지듯 달려오는 게 무얼까?
바람을 조절하며 달려가는
하얀 돛배들처럼,
보기에도 눈부시구나,
바다 처녀들의 자태는…… (8165)

---

610 『오디세이아』에 나오는 해신으로 불과 물, 나무와 사자, 그리고 용 등으로 변신한다. 여기서는 변신(메타모르포제)의 알레고리. 괴테는 『이탈리아 기행』에서 이렇게 말한다. "우리가 보통 잎이라고 부르는 식물의 바로 그 기관 속에 진정한 프로테우스가 숨겨져 있다. 그것은 모든 형상 속에 숨겨져 있고, 또 그 속에서 모습을 드러낸다."

어서 아래로 내려가

저들의 음성을 들어 보도록 해요.

네레우스의 딸들과 트리톤들

우리들이 손으로 떠받들고 온 것이

여러분 모두를 기쁘게 해 줄 거예요.

거대한 거북 켈로네⁶¹¹의 등 위에서 (8170)

엄숙한 모습이 환하게 빛을 발해요.

우리가 모셔 온 신(神)들이니

고귀한 노래들로 맞아 주세요.

세이렌들

덩치는 작아도

힘은 장사지요. (8175)

난파한 자들을 구조하며,

옛날 옛날부터 존경받는 신들이지요.

네레우스의 딸들과 트리톤들

우리가 카베이로스들을 모셔 온 건,

평화로운 축제⁶¹²를 벌이기 위해서예요.

이분들이 성스럽게 다스리는 곳에선 (8180)

---

611 켈로네(Chelone)는 고대 그리스 어로 '거북'이라는 뜻이다. 켈로네는 원래 인간 여성이었다고 한다. 제우스 신과 헤라 여신이 결혼할 때 신들의 전령인 헤르메스가 모든 신들과 인간, 동물들에게 반드시 참석하라고 명하였다. 하지만 켈로네는 헤르메스 신의 초대를 무시하고 결혼식에 참석하지 않고 집에 머물러 있었다. 그것을 알게 된 헤르메스 신은 켈로네를 거북으로 변하게 했다. 그리하여 신의 분노를 산 거북이는 자신의 집을 언제나 등에 짊어지고 다니게 되었다고 한다.

612 고대 후기에 사모트라케 섬을 중심으로 하여 그리스 전역에 이 카베이로스 신들을 모시는 신비의 예배가 널리 퍼져 있었다. '고전적 발푸르기스의 밤'에서 괴테는 그 예배를 재현하고 있다. 신화 연구가인 셸링(Friedrich Wilhelm Schelling)은 이 카베이로스들을 창조되기를 갈망하는 그 어떤 존재로 묘사하였고, 괴테는 그것을 빌려와 호문쿨루스가 실제의 생명으로 태어나려고 하는 욕망에 다 비유하고 있는 것이다.

해신 넵튠도 온순해져요.

세이렌들

우리는 그저 당신들 뒤를 따르겠어요.

배가 난파하면

당해 낼 수 없는 큰 힘으로

뱃사람들을 지켜 주세요.   (8185)

네레우스의 딸들과 트리톤들

세 분을 우리가 모셔 왔어요.

네 번째 분은 오시려고 하지 않았어요.

그분의 말로는, 자기야말로

모두를 대신하는 진정한 신이라는군요.

세이렌들

한 신이 다른 신을   (8190)

놀리는 모양이네요.

하지만 당신들은 모든 은총을 공경하고,

모든 재앙은 두려워하지요.

네레우스의 딸들과 트리톤들

원래는 모두 일곱 분이지요.

세이렌들

그럼 다른 세 분은 어디 계셔요?   (8195)

네레우스의 딸들과 트리톤들

우리도 그건 모르니,

올림포스 산으로 가 물어보세요.

거기엔 누구도 생각지 못한

여덟 번째 신도 계실 거예요.

모두들 자비롭게 우리를 보살펴 주지만,   (8200)

그분들 모두 완성된 건 아네요.

이 비교할 데 없는 분들은

언제나 앞으로 나아가려 하지요.

갈증에 시달리며,

다다를 수 없는 곳을 그리워하죠.   (8205)

세이렌들

우리는 늘 익숙하게,

신이야 어디 앉아 계시든

해와 달 아래서 기도해요.

그건 보람 있는 일이에요.

네레우스의 딸들과 트리톤들

우리의 명성은 드높이 빛날 거예요.   (8210)

이런 축제를 이끌고 있잖아요!

세이렌들

그 옛날 영웅들이

어디서 얼마만큼 빛났다 하더라도

이런 명성을 누리지는 못했죠.

영웅들은 황금 모피를 얻었지만,   (8215)

그대들은 카베이로스 신들을 모셔 왔어요.

(모두들 합창을 반복한다.)

영웅들은 황금 모피를 얻었지만,

우리와! 그대들은! 카베이로스 신들을 모셔 왔어요.

(네레우스의 딸들과 트리톤들이 지나간다.)

호문쿨루스

　저 못난이들[613]은 제가 보기에,

　흙으로 구운 형편없는 항아리들 같아요. 　　　　　　　(8220)

　그런데도 현자들이 그 항아리들에 부딪쳐

　자기들의 단단한 머리를 깨뜨리네요.

탈레스

　바로 그거야말로 사람들이 탐내는 거란다.

　동전도 녹슬어야 비로소 값이 나가거든.

프로테우스 (모습을 감춘 채)

　나처럼 늙은 공상가에겐 저런 게 마음에 들어! 　　　(8225)

　괴상하면 괴상할수록 더욱 존경스럽단 말이야.

탈레스

　어디 계시는 거요, 프로테우스?

프로테우스 (복화술로 때로는 가까이 때로는 멀리에서)

　　　　여기야! 그래, 여기!

탈레스

　당신의 해묵은 농지거리를 용서야 하겠지만,

　친구한테 실없는 소리일랑 말아 주시오!

613　텍스트 내에서는 카베이로스 신들을 숫자로 헤아리려고 하는 멍청한 화자들을 비꼬고 있고, 텍스트 외적으로는 크로이처(Georg Friedrich Creuzer)와 셸링이 시대착오적으로 카베이로스라는 신들의 정체를 파고드는 것을 괴테가 야유하고 있는 장면이다. 크로이처가 페니키아인들은 흙으로 만든, 때로는 금으로 만든 항아리들을 들고 다닌다고 말한 것을 비꼬고 있다.

나는 당신이 엉뚱한 곳에서 말하고 있다는 걸 알아요.　　(8230)

프로테우스 (먼 곳에서인 양)

안녕하신가!

탈레스 (나지막하게 호문쿨루스에게)

그는 아주 가까이에 있어. 밝게 불을 비춰 보거라!

이 양반은 물고기처럼 호기심이 많아,

어디에 어떤 모습으로 숨어 있든 간에

불빛으로 꾀어낼 수 있어.

호문쿨루스

당장 환하게 빛을 쏟아 낼 수도 있지만,　　(8235)

조심하는 게 좋아요. 유리가 깨질지도 몰라요.

프로테우스 (거대한 거북의 모습을 하고서)

저토록 우아하고 아름답게 빛나는 게 뭐지?[614]

탈레스 (호문쿨루스를 못 보게 가리면서)

좋아요! 보고 싶거들랑 가까이 다가오시오.

힘이야 조금 들더라도 싫어하지 말고,

사람처럼 두 발로 선 모습을 보이시지요.　　(8240)

우리의 호의를 얻으려면, 우리가 감춘 걸 보려면

우리 뜻을 따라야지요.

프로테우스 (기품 있는 모습으로)

자네의 약삭빠른 처세술이야 알고 있지.

탈레스

아직도 재미 삼아 모습을 바꾸시는군요.

---

614 호문쿨루스를 보고 하는 말이다.

(호문쿨루스의 모습을 보여 준다.)

프로테우스 (깜짝 놀라며)

빛을 발하는 난쟁이라! 난생처음 보는 거다!   (8245)

탈레스

이 친구는 생성되고 싶어 조언을 구하고 있는 거요.

그 애한테 들은 바로는,

정말 이상하게도 절반만 세상에 태어났다는 거요.

정신적인 면에서야 모자라는 데 없지만,

손에 잡힐 만한 실용성은 전혀 없어요.   (8250)

지금까지는 유리만이 그 애의 무게라,

우선 육체를 가지고 싶어 한다오.

프로테우스

너야말로 참으로 동정녀의 아들이구나.**615**

태어나선 안 될 때에 벌써 태어났으니 말이다!

탈레스 (나지막하게)

녀석은 다른 면에서도 이상스러운 데가 있어.   (8255)

아무래도 자웅동체(雌雄同體) 같단 말이야.

프로테우스

그렇다면 차라리 잘된 거지.

어디로 가건 내키는 대로 적응할 수 있으니까.

하지만 여기선 요리조리 궁리할 필요도 없어.

드넓은 바다에서 첫발을 내디디지 않았는가!   (8260)

우선 작은 몸으로부터 시작하여

---

615 동정녀 마리아의 아들 '예수'라는 믿음을 조롱하고 있다.

아주 작은 것들을 기꺼이 삼키는 거다.

그리하여 차츰차츰 자라나

보다 높은 완성에 도달하는 거다.

호문쿨루스

여기엔 부드러운 바람도 불어오네요.　　　　　　　(8265)

싱그러운 풀 냄새가 정말 좋아요!

프로테우스

아마 그럴 거다, 요 귀여운 녀석!

하지만 앞으론 훨씬 더 기분이 좋아질 거야.

이 좁다란 해변의 곳에선

공기가 말할 수 없이 쾌적하단다.　　　　　　　　(8270)

그런데 저기 앞쪽에 행렬이 보이는구나.

일렁거리며 가까이 다가온다.

자, 함께 가 보자꾸나!

탈레스

　　　　　　　　나도 함께 갑시다.

호문쿨루스

이건 삼중으로 희한한 유령들[616]의 행차네요!

(로도스 섬의 텔키네스[617]들이 해마[618]와 해룡 들을 타고 넵튠의 삼
지창을 휘두르며 등장한다.)

---

616 탈레스, 호문쿨루스, 프로테우스는 해변의 좁은 곳으로부터 생명을 선사하는, 안개 서린 바다
의 영역으로 들어간다.
617 로도스 섬 최초의 원주민으로 해신 넵튠의 삼지창을 만들었고, 여기서는 해마를 타고 다가온다.
618 말발굽과 돌고래의 꼬리를 가졌다.

합창

우리는 미쳐 날뛰는 파도를 달래라고 (8275)

넵튠에게 삼지창을 만들어 주었어요.

우레의 신이 온 하늘에 먹구름 펼쳐 놓으면,

넵튠은 무시무시한 천둥소리에 대꾸하지요.

위로부터 번갯불이 갈지자로 번쩍거리면,

아래에선 거센 파도가 연이어 튀어 오르지요. (8280)

그러는 동안 불안에 떨며 비틀거리던 무리들은,

이리저리 내동댕이쳐지다 마침내 깊은 물속으로 삼켜지지요.

오늘은 넵튠이 우리에게 왕홀(王笏)을 넘겨주었기에,

우리는 축제의 기분으로 편안하고 경쾌하게 떠돌아다닌답니다.

세이렌들

헬리오스[619]에 귀의한 자들이여, (8285)

밝은 대낮의 축복을 받은 자들이여,

달의 여신 루나를 찬양하는 이 시간에,

정말 잘들 오셨어요!

텔키네스들

하늘 저 높이 떠 계신 사랑스러운 여신이여!

그대의 오라버니[620]를 찬양하는 노래를 기꺼이 들어 주옵소서.(8290)

축복받은 로도스에 귀를 기울이시면,

거기서 헬리오스를 찬미하는 영원한 노래가 울려 퍼질 겁니다.

하루의 운행을 시작하여 중천에 도달하면,

---

619 로도스 섬에서 숭배를 받던 태양의 신.
620 헬리오스를 가리킨다.

그분은 이글거리는 빛의 눈길로 우리를 내려다보십니다.

산과 도시, 해변과 파도는   (8295)

신의 눈길로 사랑스럽고 환하게 빛납니다.

어떤 안개도 우리를 감싸지 않고, 어쩌다 잠시 스며들어도

한 줄기 햇살과 산들바람에 섬은 이내 맑아집니다!

거기서 숭고한 신은 수많은 형상[621]으로 모습을 드러내지요.

젊은이, 거인, 위대한 자, 그리고 온유한 자의 모습으로 말입니다. (8300)

우리가 처음으로, 신들의 위력을

고귀한 인간의 모습[622]으로 만들어 보여 주었지요.

프로테우스

마음껏 노래하고 마음껏 자랑하렴!

태양의 성스러운 생명의 빛에 비하면

생명 없는 작품들이야 그저 장난일 뿐.   (8305)

쉬지 않고 만들었다 녹였다,

청동을 부어 무언가를 주조해 놓곤,

그게 무엇이나 되는 듯 생각하다니.

저 오만한 족속들도 결국 어떻게 되었던가?

신들의 형상이 거대한 모습으로 서 있었지만, ―   (8310)

결국엔 지진 한 방에 파괴되고 말았지.

다시 녹아 버린 지도 벌써 오래전이야.

---

621 로도스 섬에 세워진 헬리오스 돌기둥들 그리고 텔키네스 족이 만든 불가사의한 거대 석상을 가리킨다.

622 태양의 신 아폴론의 동상은 수없이 많지만, 기원전 303년 로도스 섬에 세워진 거대한 석상은 고대의 7대 불가사의 중 하나로 꼽힌다. 신상을 인간의 모습으로 만든 것은 텔키네스 족이 처음이었다.

지상(地上)의 일이란 그 무엇이든

언제나 헛수고일 뿐.

삶을 살아가는 덴 파도가 더 유익할 것이니,　(8315)

이 프로테우스 – 돌고래**623**가

너를 영원한 물의 세계로 데려가리라.

(그가 변신한다.)

자, 이제 되었다!

네게도 이제 커다란 행운이 찾아올 거다.

널 내 등짝에 태워

저 넓은 바다와 인연을 맺어 주마.　(8320)

탈레스

생명의 창조를 처음부터 시작하려는

그 기특한 소망을 실천토록 하거라.

이제 신속하게 행동할 준비를 갖추거라!

영원한 규범들에 따라 움직이며

수천, 수만의 형태를 거쳐　(8325)

인간이 되기까진 꽤나 시간이 걸릴 거다.

호문쿨루스 (프로테우스 – 돌고래의 등에 올라탄다.)

프로테우스

정신적 존재로서 축축한 물의 세계로 가자.

---

623 돌고래로의 변신은 마지막 장면의 에로틱한 특성을 간접적으로 암시하고 있다. 수많은 그리스 신화에서 돌고래는 난파 선원들을 구조한다. 예컨대 돌고래들은 제물로 바쳐진 애인을 구하려고 바다로 투신한 청년 에날로스를 구한 후 연인들을 레스보스 섬으로 데려간다.

거기선 곧장 종횡무진 살아가며,

마음먹은 대로 활동할 수 있을 거다.

다만 더 높은 단계로 올라가려 하진 말거라.　　　　(8330)

일단 인간이 되고 나면,

그걸로 너는 끝장이니 말이다.

탈레스

그건 그때 닥쳐 봐야 알겠지요.

한 시대의 총아(寵兒)가 되는 것도 괜찮은 일 아니겠소.

프로테우스 (탈레스에게)

자네 같은 유형**624** 말인가!　　　　(8335)

하기야 한동안은 버틸 테지.

창백한 유령 무리들 속에 끼여 있는 자네를

벌써 수백 년도 넘게 보아 왔으니 말이야.

세이렌들 (바위 위에서)

달님 주위로 두터운 원을 그리며,

구름의 고리처럼 둘러싼 건 무얼까요?　　　　(8340)

그건 사랑에 불타오른 비둘기들.

날개가 하얀 빛처럼 눈부셔요.

그건 바로 파포스**625**가 여기로 보내온,

정열적인 새 떼들이죠.

우리의 축제는 이제 무르익어,　　　　(8345)

쾌활한 기쁨으로 넘쳐흘러요!

네레우스 (탈레스에게 다가가며)

---

624 고대의 철학자들 그리고 그 영향이 오래 남아 있는 것을 반어적으로 표현하고 있는 장면.

625 그리스의 옛 도시 파포스에는 미와 사랑의 신 아프로디테(비너스)를 숭배하던 유적이 남아 있다.

밤길을 가던 어떤 나그네,

저 달무리를 대기의 현상이라고 불렀다지.

우리 정령들의 생각은 전혀 다른데,

실은 그게 단 하나의 올바른 생각이야.　　　　　(8350)

저건 조개 수레에 탄 내 딸을 안내하는,

바로 그 비둘기들이란 말이다.

그것들은 그 옛날부터 익힌

독특한 방법으로 날아가지.

탈레스

내가 보기에도 그 생각이 최선이고,　　　　　(8355)

정직한 사람의 마음조차 사로잡습니다.

성스러운 것은 조용하고 따뜻한 보금자리 속에

살아서 유지되어야 하지요.**626**

프실로이 족과 마르시 족627 (바다소, 바다송아지, 숫양을 탄 채로)

키프로스 섬의 거친 동굴 속에서

바다의 신에 의해 파묻히지도,　　　　　(8360)

지진의 신에 의해 파괴되지도 않은 채,

영원한 대기에 둘러싸여,

까마득한 옛날 그대로

고요한 가운데서도 깨어 있는 즐거운 마음으로

우리는 키프로스의 수레628를 지키고 있어요.　　　　　(8365)

---

626 고대의 유익한 신화가 합리적인 견해에 의해 훼손되지 않는 것을 말한다.

627 고대의 북아프리카와 이탈리아에 살았던 부족들로 뱀을 불러내는 마술로 잘 알려져 있다. 여기서는 아프로디테 신의 수레를 수호하는 무리로 묘사되었다.

628 아프로디테의 수레를 가리킨다.

산들산들 바람 부는 밤이면,

다정하게 일렁이는 파도를 넘어

새로운 종족의 눈을 피해

사랑스럽기 그지없는 따님을 안내하지요.

묵묵히 맡은 일만 하는 우리들은 (8370)

독수리도, 날개 달린 사자도,

십자가도, 달님도 두렵지 않아요.**629**

저 높은 곳에 살며 지배하는 자들이

제아무리 교체되고 흔들리고,

서로 쫓아내고 죽이고, (8375)

나라와 도시들이 멸망한다 하더라도,

우리는 변함없이

사랑스럽기 그지없는 아가씨를 모셔 오지요.

세이렌들

사뿐사뿐 알맞은 속도로

겹겹이 수레를 둘러싼 채, (8380)

때로는 행렬이 뒤섞이지만,

뱀처럼 꼬리에 꼬리를 이으며

네레우스의 씩씩한 딸들이 다가오네요.

거칠면서도 사랑스러운 야성녀들이여,

도리스의 상냥한 딸들이여, (8385)

어머니를 빼닮은 갈라테이아 아가씨를 데려오세요.

---

629 키프로스는 기원전 58년 이후 독수리로 상징되는 로마, 날개 달린 사자로 상징되는 베니스, 십자가로 상징되는 기독교 기사단, 그리고 반달로 상징되는 터키 족의 지배를 차례대로 받았다.

신들을 닮아 진지한 모습에다,

영원불멸의 품위까지 갖추었어요.

하지만 사랑스러운 인간의 여인처럼

매혹적인 우아함도 갖추었군요.　　　　　(8390)

도리스의 딸들 (합창을 부르며 네레우스 곁을 지나간다.)

루나여, 우리에게 빛과 그림자를 빌려주시어,

이 꽃 같은 젊은이들을 선명히 드러나게 하소서!

사랑스러운 총각들을 보여 드리며

우리 아버지에게 간청하겠어요.

　　　　　　　(네레우스를 향하여)

이 젊은이들은 우리가 구했어요.　　　　　(8395)

파도의 성난 이빨로부터 말예요.

갈대와 이끼 위에 뉘어 놓고

따뜻한 햇볕을 쪼이게 했죠.

이제 그들은 뜨거운 키스로 답하며

진심으로 우리에게 감사하고 있어요.　　　(8400)

사랑스러운 이들을 자비롭게 보아 주세요!

네레우스

이런 게 바로 일거양득.

인정도 베풀고 자신도 즐거우니까 말이다.

도리스의 딸들

아버님, 우리가 한 일을 칭찬하시고,

우리가 얻은 기쁨을 허락하신다면,　　　　(8405)

이들을 불사의 몸으로 만들어

영원히 젊은 우리 가슴에 꼭 안게 해 주세요.

네레우스

잘생긴 포로들과 즐겁게 어울리고,

그 젊은이들을 너희들 남자로 만들려무나.

하지만 제우스 신만 베풀 수 있는 걸   (8410)

내가 줄 수는 없구나.

너희들을 싣고 일렁거리는 파도는

사랑 역시 영속하도록 놔두진 않을 게다.

덧없는 사랑의 꿈에서 깨어나거든

그들을 편안히 육지로 돌려보내거라.   (8415)

도리스의 딸들

　　　　　사랑스러운 당신들, 너무도 소중하지만,

　　　　　슬프게도 우린 헤어져야 해요.

　　　　　우린 영원한 정절을 갈망하지만,

　　　　　신들이 그걸 허락하지 않네요.

젊은이들

　　　　　앞으로도 그렇게 젊은 뱃사공들에게,   (8420)

　　　　　기운을 불어넣어 주세요.

　　　　　우린 이렇게 멋진 행운을 가져 본 적도 없고,

　　　　　더 이상 바랄 것도 없답니다.

(갈라테이아, 조개 수레를 타고 다가온다.)

네레우스

너로구나, 내 사랑스러운 딸아!

갈라테이아

아, 아버님! 반가워요!

돌고래야, 멈춰라! 아버님의 눈길이 나를 붙든다.　　　　(8425)

네레우스

아이들이 어느새 다가왔다 간 훌쩍 지나가는구나.

빙글빙글 원을 그리며 떠나는구나.

내 마음의 동요를 알기나 하는 걸까!

아아! 애들이 날 데리고 갔으면!

하나 단 한 번 바라본 것만으로도　　　　(8430)

일 년은 참고 견딜 수 있어.

탈레스

만세! 만세! 만만세!

내 마음은 꽃 피어나듯 기쁘다.

아름다움과 진실에 온몸은 전율한다……

만물은 물에서 생겨났다!!**630**　　　　(8435)

만물은 물로써 유지된다!

바다여, 그대는 우리의 영원한 지배자.

그대가 구름을 보내지 않았다면,

수많은 실개천을 흐르게 하지 않았다면,

개천을 이리저리 굽이치게 하지 않았다면,　　　　(8440)

강들을 완성시켜 놓지 않았다면,

산들은 어찌 되고, 들판과 세계는 어찌 되었을 텐가?

---

630 『파우스트』 전체에서 느낌표가 연달아 나오는 유일한 경우이다.

싱싱한 생명을 지켜 주는 건 바로 그대뿐.

메아리 (모든 등장인물의 합창)

그대로부터 싱싱한 생명이 흘러넘친다네.

네레우스

파도에 흔들거리며 내 딸들이 저 멀리로 돌아가니,　　　(8445)

눈길과 눈길을 마주칠 순 없구나.

기다랗게 줄지어 원무를 추고

축제답게 흥을 돋우며

무수하게 무리 지어 빙글빙글 돌아간다.

갈라테이아의 조개 옥좌는　　　(8450)

사라졌다 보이곤 또 사라졌다 보이는구나.

무리 한가운데서

별처럼 반짝이는구나.

사랑스러운 그 모습 무리 가운데서 유달리 빛나고,

저렇게 멀리 있어도　　　(8455)

밝고 분명하게 빛난다.

언제나 가까이 있는 듯 진실하다.

호문쿨루스

이렇게 은혜로운 물속에선

내가 어떤 것을 비추어 주어도

모든 게 매혹적이고 아름다운걸.　　　(8460)

프로테우스

이러한 생명의 물속에서라야

네가 발하는 빛도

멋진 소리로 울리는 거야.**631**

네레우스

저 무리들의 한가운데서 그 어떤 새로운 비밀이

우리 눈앞에 모습을 드러내는 걸까?   (8465)

조개 수레 옆 갈라테이아의 두 발 앞에서 무엇이 타오르는 건가?

때론 강렬히 때론 사랑스럽게 때론 달콤하게 불타오르며

사랑의 요동으로 뒤흔들리는 듯한 저것은 무어란 말인가?

탈레스

저건 프로테우스의 꼬임을 받은 호문쿨루스……

거역할 수 없는 그리움의 징조들이지.   (8470)

불안에 찬 신음인 양 쟁쟁히 들리는군.

곧 찬란한 옥좌에 부딪쳐 부서지고 말 테지.

저런, 불타오르고, 금방 번쩍거리다가, 어느새 쏟아진다.**632**

세이렌들

파도를 훤히 비추는 저 이상한 불길은 무얼까요?

서로 부딪치고 불꽃 튀기며 파도는 부서집니다.   (8475)

불길은 빛을 발하고 넘실거리며 환하게 밝아지네요.

저 몸체들은 어두운 물길 위에서 뜨겁게 타오르는군요.

사방은 온통 불에 싸여 흘러내려요.

에로스여,**633** 지배하세요, 만물을 시작한 이여!

---

631 물속으로 잠겨 들고, 빛을 발하고, 소리를 내는 호문쿨루스는 촉각, 시각, 청각을 동시에 건드린다. 공감각.

632 여성의 음부, 성교, 오르가슴을 상징하는 장면으로 호문쿨루스의 사정(射精)을 암시한다.

633 '고전적 발푸르기스의 밤'의 마지막 시구는 고대 그리스의 창조 이론을 합창으로 보여 주고 있다. 플라톤의 『향연』에 의하면 에로스는 혼돈으로부터 최초로 생성되었다. 에로스는 본래 결합, 융합의 의미이다.

바다여, 만세! 파도여, 만세!　　　　　　　(8480)

성스러운 불길에 둘러싸였군요.

물이여, 만세! 불이여, 만세!

진귀한 신의 위업이여, 만세!

모두 함께![634]

부드럽게 불어오는 바람이여, 만세!

비밀에 가득 찬 동굴이여,[635] 만세!　　　(8485)

이 세상 모든 것 축복을 받으라.

지수화풍(地水火風) 4대 원소여!

---

634 『파우스트』 전체에서 여기에서만 화자에 느낌표가 붙어 있다. 거대한 합창을 마지막 찬가로 이끌어 가는 지휘자의 열광적인 몸짓을 암시한다. 괴테가 필사본에서 이 느낌표를 빠뜨리지 말라고 일부러 강조하고 있다.

635 엠페도클레스에 의하면, 동굴은 지상에 존재하는 모든 것들의 원천이다.

제3막

스파르타 메넬라오스 왕[636]의 궁전 앞

헬레네 등장,[637] 포로가 된 트로이 여인들의 합창대도 함께 등장.

판탈리스가 합창대의 지휘자.

헬레네

>칭찬도 많이 듣고 욕도 많이 먹은 헬레네입니다.

>방금 해안에 상륙해 오는 길이에요.

>일렁거리는 파도에 시달려 아직도 어지러워요.　　　　　(8490)

>프리기아 평원[638]을 떠나 솟구치는 파도의 등에서 흔들리며,

>포세이돈의 은총과 오이로스[639]의 힘을 입어

---

636 그리스 신화에 나오는 스파르타의 왕. 아트레우스의 아들이며 미케네의 왕 아가멤논의 동생이다. 절세 미녀 헬레네를 아내로 삼고, 외동딸 헤르미오네를 낳았다. 트로이의 왕자 파리스가 헬레네를 유혹해 트로이로 데려가자 형인 아가멤논을 중심으로 그리스 각지에서 군대를 모아 트로이 전쟁을 일으켰다. 파리스와의 단독 승부에서 이겨 파리스의 목숨을 막 앗으려고 할 때, 아프로디테 여신이 나타나 파리스를 훔쳐 달아나 버렸다.

637 호문쿨루스와 갈라테이아의 에로틱한 결합 이후 곧장 헬레네가 등장한 것에서 헬레네 존재의 본질을 미루어 짐작할 수 있다.

638 트로이가 있는 서부 소아시아의 프리기아 평야 지대.

639 오이로스는 남동풍을 뜻한다.

이곳 고향의 만(灣)에 도착했답니다.

저 아래에선 지금 메넬라오스 왕이

용감무쌍한 전사들과 더불어 개선을 축하하고 있어요.　　(8495)

너, 높다란 궁궐아, 나를 환영해 다오.

나의 아버지 틴다레오스께서 돌아오시어

팔라스의 언덕[640] 가까운 산등성이에 너를 세우지 않았던가.

나는 여기서 클리템네스트라[641]와 자매의 정을 나누었고,

또 카스토르와 폴룩스[642]하고도 신나게 놀며 자랐지.　　(8500)

그때 우리 궁궐은 스파르타의 어느 집보다 화려하게 꾸며져 있었지.

너희 청동의 문짝들아, 그동안 잘 있었느냐!

그 옛날 너희들이 손님을 맞으러 활짝 열렸을 때,

많은 남자들[643] 중에서 뽑힌 메넬라오스 님이

눈부신 신랑의 모습으로 나타나셨지.　　(8505)

이제 다시 한 번 문을 열어 다오. 전하[644]의 급한 분부를

아내로서 충실히 수행해야겠다.

나를 들여보내 다오! 지난날 불운하게도 나를 덮쳤던 것들은,

모조리 내 뒤에 남겨 두겠다.

내가 무심결에 이 문지방을 넘어,　　(8510)

---

640 스파르타의 수호신 아테나의 신전이 있는 곳.

641 틴다레오스 왕과 레다 사이에 난 딸로 헬레네의 동생이며 아가멤논 왕의 아내. 틴다레오스는 레다와의 사이에서 많은 자식을 낳았는데, 헬레네와 쌍둥이 형제 카스토르와 폴룩스는 실은 백조로 변한 제우스가 레다와 정을 통하여 낳은 자식이다.

642 제우스 신의 쌍둥이 아들, 즉 헬레네의 동생들.

643 40여 명의 남자들이 틴다레오스 가문의 헬레네에게 구혼을 했다.

644 메넬라오스를 가리킨다.

성스러운 의무를 지키려 키테라의 신전을 찾았다가,

프리기아의 한 도둑놈에게 붙들려 갔었죠.

산전수전 다 겪었고, 온갖 소문이 사람들의 입에 오르내렸어요.

하지만 즐겨 들을 만한 이야기는 아녜요.

이야기에 또 이야기가 보태져 황당한 소설이 되었으니까요. (8515)

합창

귀하신 왕비님, 가벼이 여기지 마세요,

당신이 가진 최고의 명예로운 보물을!

크나큰 행복은 당신만의 것이고,

미인의 명예 앞에선 모두들 고개 숙인답니다.

영웅은 이름을 앞세우고, (8520)

자랑스럽게 활보하지만,

제아무리 고집 센 남자도

절세미인 앞에선 뜻을 굽히지요.

헬레네

그만! 남편과 같이 배를 타고 왔는데,

그이가 나를 성내로 먼저 들여보냈다. (8525)

그이가 도대체 무슨 생각을 하는지 모르겠어.

나는 아내로 돌아온 걸까? 왕비로 돌아온 걸까?

아니면 왕의 쓰라린 고통을 달랠 제물로, 그리고

그리스인들의 인고의 세월을 달랠 희생물로 온 걸까?

되돌아온 신세인지, 포로 신세인지 나는 모르겠네! (8530)

저 불사의 신들은 이 미녀에게 명성과 운명이라는,

이중적이고 우려스러운 동반자를 정해 주셨지.

이것들은 지금도 이 문지방 옆에서

음침하고 위협적으로 내 옆에 서 있는 것 같아.

텅 빈 배 안에서도 남편은 날 거의 외면했고,　　　　　(8535)

위로의 말 한마디 건네지 않았어.

내 앞에 마주 앉아 그 어떤 불길한 생각에 잠긴 것 같았어.

그러더니 에우로타스 강645의 깊은 만에서

앞서가던 배들의 뱃머리가 육지에 닿자마자

그이는 신의 계시라도 받은 듯 말했지.　　　　　(8540)

여기서 나의 병사들은 질서 정연하게 내릴 거요.

바닷가에 나란히 정렬시켜 그들을 사열할 생각이오.

하지만 당신은 계속 앞으로 가도록 하시오.

성스러운 에우로타스 강의 비옥한 강변을 거슬러 올라가며,

이슬 젖어 축축한 초원 위로 말을 몰도록 하시오.　　　　(8545)

그러다 보면 아름다운 평원에 도달할 거요.

엄숙한 산들이 가까이서 에워싸고 있는 그곳은

그 옛날 라케다이몬646이 비옥하고 드넓은 옥토를 이루어 놓

았던 곳이라오.

그러고는 높은 탑들이 있는 궁성으로 들어가,

내가 그곳에 두고 온 궁녀들을 점검하시오.　　　　　(8550)

늙고 영리한 상궁(尙宮)도 물론 만나 보시오.

---

645 스파르타를 흘러 라코니아 만으로 들어가는 강.
646 그리스 신화에서 라케다이몬은 제우스와 타이게테 사이에 태어난 아들로, 에우로타스의 딸
스파르테를 아내로 삼아 에우로타스로부터 지배권을 승계받았다. 호메로스의 서사시에서는 이 두
명칭이 구분 없이 사용되었다. 그러나 고전 시대에는 라케다이몬은 도시국가의 정식 명칭으로, 스파
르타는 중심 도시의 명칭으로 구별하여 사용되는 경우가 많았다.

그리고 상궁더러 풍성하게 모아 놓은 보화들을 보여 달라고

하시오.

그건 당신 아버님이 물려주신 거고,

또한 나 자신이 전쟁 때건 평화 때건 끊임없이 불려서 쌓아 둔

것이오.

아마도 모든 게 잘 정돈되어 있을 거요.   (8555)

왕의 특권이란 바로 그런 것이니까.

그가 돌아왔을 때 궁성의 모든 게 충실하게 그대로 있고,

두고 왔던 모든 게 원래 그대로 있음을 확인하는 거 말이오.

신하들은 무엇 하나도 함부로 변경시켜서는 안 되오.

합창

　　계속해서 불어난 눈부신 보화로   (8560)

　　왕비님의 눈과 마음을 달래 보세요!

　　예쁘장한 목걸이, 왕관 장식,

　　그것들은 무어라도 되는 양 거만을 떨고 있겠죠.

　　하지만 왕비님이 납시어 분부만 내리시면

　　그것들은 후다닥 모습을 드러낼 거예요.   (8565)

　　벌써 기대되어요. 왕비님의 아름다움을,

　　황금과 진주와 보석과 견주어 보다니요.

헬레네

그리고 나서도 폐하의 분부는 계속되었지.

모든 게 잘 정돈되어 있는지 두루 살펴본 다음,

필요하다고 생각되는 삼발이 향로와   (8570)

성스러운 제사를 지낼 때 제주(祭主)가 쓰는

갓가지 제기들을 준비해 놓구려.
가마솥과 접시와 납작한 주발647은 물론,
신성한 샘에서 흘러나온 가장 정결한 물로
커다란 항아리들을 채워 놓으시오.   (8575)
또한 재빨리 불길을 일으키는 마른 장작도 준비하시오.
무엇보다도 날이 잘 선 칼을 빠뜨리지 마시오.
그 밖의 다른 것은 당신 재량에 맡기겠소.
그이는 이렇게 말하곤 내게 이별을 재촉했지.
하지만 올림포스 신들을 위해 그이가 도살할   (8580)
살아 숨 쉬는 제물에 대한 얘기는 없었어.
그 점이 미심쩍긴 하지만, 더 이상 근심하진 않을 거야.
모든 것을 고귀한 신들의 손에 맡기겠어.
인간들이야 좋게 보든 나쁘게 보든
신들은 언제나 뜻한 대로 해 버리고 말아.   (8585)
그러니 죽을 운명의 우리가 견디는 수밖에.
이따금 제주가 묵직한 도끼를 치켜들어
푹 수그린 동물의 목을 겨누긴 했지만,
가까이 있던 적의 방해나 신의 간섭으로
내려치지 못한 적도 있었지.   (8590)

합창

어떤 일이 벌어질지 알 수 없으니,
왕비님답게 용기 내어
힘차게 나아가세요.

---

647 호메로스의 서사시에 자주 나오는 희생 의식에 등장하는 필수적인 제기들이다.

좋은 일도 나쁜 일도

불시에 오는 것이니,   (8595)

예언조차 믿을 수 없는 거랍니다.

트로이가 불타올랐을 때, 우리는 하마터면

죽음을, 치욕스러운 죽음을 당할 뻔했어요.

그런데 지금은 여기서 기쁜 마음으로

왕비님 시중을 들고 있어요.   (8600)

저 하늘의 눈부신 태양을,

지상에서 가장 아름다운 당신을,

그리고 행복한 우리 자신을 다정하게 바라보고 있어요.

헬레네

될 대로 되라지! 무슨 일이 있을지 몰라도,

지금은 곧장 궁성으로 올라가는 게 맞아.   (8605)

오랫동안 애타게 그리워했고, 잃은 거나 마찬가지였던 궁성을,

다시 눈앞에서 보다니, 내 마음 나도 모르겠어.

높다란 계단을 올라가는 발걸음이 그렇게 내키진 않아.

어릴 땐 가뿐하게 뛰어올랐건만.

(퇴장)

합창

아아, 너희들,   (8610)

가련한 포로가 되었던 자매들이여,

너희들의 고통을 저 멀리 던져 버려라.

이제 여왕님과 행복을 나누자.

헬레네와 행복을 나누자.

때늦은 귀향이긴 하지만   (8615)
여왕님은 그만큼 더 믿음직하게,
발걸음도 즐거이
고향 집으로 다가가신다.

성스러운 축복을 내려,
고향으로 인도하시는   (8620)
신들을 찬양하자!
해방된 자는 날개라도 달린 듯
거칠고 험한 곳 너머로
훨훨 날아가지만,
갇힌 자는 그리움을 못 이겨   (8625)
감옥 벽담 너머로 팔을 뻗은 채
괴로움에 여위어 간다오.

다행히도 신께서
저 먼 땅의 여왕님께 손을 내밀어,
일리아스의 폐허로부터   (8630)
이곳 새로 단장한
옛 조상의 궁성으로.
그분을 데려오셨네.
형언할 수 없는
기쁨과 고통을 겪으셨으니,   (8635)
여왕님은 이제 젊은 시절을

새롭게 기억하시리라.

판탈리스[648] (합창을 지휘하는 여인으로서)

기쁨에 찬 노래 울려 퍼지는 골목길을 벗어나,

이제 궁성의 커다란 대문 쪽으로 눈길을 돌려 보세요.

자매들이여, 이게 무슨 일이죠? 왕비님께서   (8640)

흥분하신 듯 격한 걸음으로 되돌아오시는 게 보이나요?

어인 일이세요, 위대한 여왕님,

궁성의 홀에서 시녀들의 인사 대신에

그 무슨 놀라운 일이라도 당하셨나요? 숨기지 마세요.

이마에 불쾌한 기색이 역력하시네요.   (8645)

고귀한 분노와 놀라움이 맞붙어 싸우는 것 같아요.

헬레네 (문을 열어 놓은 채 흥분하여)

제우스의 딸인 내게 천박한 두려움 따윈 어울리지도 않고,

불현듯 닥치는 공포의 손길도 나를 건드리진 못해.

하지만 태초의 오래된 밤, 그 품에서 솟아나고,

뜨겁게 달아오른 구름처럼 갖가지 모양으로 변하며,   (8650)

화산 분화구(噴火口)에서 뭉게뭉게 솟구치는 듯한 놀라움이라면,

어떤 영웅의 가슴이라도 흔들어 놓을 거야.

오늘은 오싹하게도 지옥의 무리들이

내가 궁성으로 들어가는 걸 알아차렸나 봐.

그래, 자주 드나들던 그리웠던 문지방을,   (8655)

내쫓긴 손님처럼 이제 멀리 떠나고만 싶구나.

하지만 안 돼! 밝은 곳으로 일단 피하긴 했어도,

---

648 헬레네를 받드는 궁녀들 중 한 사람.

너희들이 누구든 더 이상은 날 몰아내진 못해.

일단 축원부터 드려야겠다. 그러면,

정화(淨化)된 아궁이 불이 이 몸을 주인으로 맞아 줄 테지. (8660)

합창을 지휘하는 여인

여왕이시여, 당신을 모시는 우리 시녀들에게

무슨 일이 있었는지 말씀해 주세요.

헬레네

내가 보았던 것을 너희들도 보게 될 거야.

저 오랜 어둠이 그가 낳은 형상들을

자신의 깊고 깊은 품속으로 당장 되삼키지 않는다면 말이다. (8665)

하지만 너희들도 알아야 하니 몇 마디 해 주마.

당장에 해야 할 일들을 생각하며

왕궁의 엄숙한 내실로 기운차게 들어갔다가,

황량한 복도의 적막감에 그만 놀라고 말았어.

부지런히 오가는 사람들의 소리도 안 들렸고, (8670)

바쁘게 일하는 모습들도 보이지 않았어.

예전에는 어떤 손님이든 다정하게 맞아 주었던

궁녀도 상궁도 안 보였어.

그래서 부엌 아궁이 쪽으로 갔더니,

미지근하게 식은 잿더미 옆에 (8675)

어떤 덩치 큰 여자가 얼굴을 가린 채 바닥에 앉아 있는 거야.

잠자는 여자가 아니라 생각에 잠긴 여자 같았어.

나는 주인다운 어투로 일어서라고 명했지.

매사에 빈틈없는 남편이 고용해서 남겨 둔,

나의 상궁이라고 짐작하고서.   (8680)

하지만 그 여자는 옷을 꽁꽁 감싼 채 꼼짝 않고 앉아 있었어.

내가 위협하니까 여자는 마침내 오른팔을 움직였는데,

마치 나를 부엌과 홀에서 쫓아내려는 것 같았어.

화가 난 나는 몸을 돌려 곧장 층계 쪽으로 달려갔어.

그 위쪽엔 화려하게 장식한 높다란 침상이 있고,   (8685)

바로 그 옆엔 또 보물 창고가 있지.

그런데 괴물이 그 순간 바닥에서 후다닥 일어서더니,

거만한 몸짓으로 내 앞을 가로막는 거야.

키가 크고 비쩍 말랐고, 눈빛은 퀭하고 핏발이 서고 흐릿했어.

눈과 마음을 어지럽히는 괴상한 몰골이었지.   (8690)

말로는 설명해 봤자 헛일이야. 아무리 말로 표현해도

형상들을 조물주처럼 만들어 낼 수는 없는 법이니까.

저기 그 여자가 나타났어! 마침내 밝은 곳까지 나왔군!

어쨌거나 여기선 폐하가 돌아오실 때까지 우리가 주인이다.

저 소름 끼치는 밤의 괴물을 아름다움의 친구인 포이보스가(8695)

동굴로 쫓아 버리든지, 아니면 꽁꽁 묶어 버릴 거야.

(포르키스의 딸**649**이 문기둥들 사이로 해서 문지방에 나타난다.)

합창

>   관자놀이에 청춘의 고수머리가 굽이치긴 해도

>   난**650** 많은 일을 겪었어!

---

649 메피스토펠레스가 포르키스의 딸로 분장하고 있다.

650 고대 비극에서 흔하게 보듯이, 합창단은 여기서 단수로 지칭된다. 그러다가 8744행에서 다시

일리아스가 함락되던 밤,
무시무시한 장면들을, 전쟁의 참혹함을   (8700)
셀 수도 없이 보았어.

자욱한 먼지구름 뚫고
전사들이 미친 듯 몰려왔지.
신들은 무섭게 부르짖었고,
전투를 부추기는 청동 음성**651**은,   (8705)
들판을 지나 성벽 쪽으로 울려 퍼졌어.

아아, 일리아스의 성벽은 건재했지만,
어느새 타오르는 불길이
이 집에서 저 집으로,
이곳에서 저곳으로 번져 나갔고,   (8710)
덩달아 일어난 세찬 바람으로
밤의 도시는 불길에 휩싸여 버렸지.

연기와 화염을 뚫고 달아나면서,
날름거리는 불꽃 사이로
노기에 찬 신들이 다가오는 걸 보았어.   (8715)
거인처럼 거대하고 기이한 모습들이,

복수로 지칭된다.
651 『일리아스』에서 불화의 여신 에리스는 그리스 군대가 일리아스의 성벽을 오르는 동안, 그리스 진영과 들판에서 소음을 일으킨다.

불길 번쩍이는 음산한 연기 속으로
성큼성큼 다가왔어.

그러한 대혼란을 내 눈으로 본 걸까?
아니면 겁에 질린 내 마음이   (8720)
상상한 것일까?
결코 단정할 순 없지만
그 무서운 광경은 여기서도
내 눈앞에 또렷이 보여.
두려움 때문에 내가 그 위험한 것으로부터   (8725)
뒷걸음치지만 않는다면.
두 손으로 그걸 잡을 수도 있을 것 같아.

포르키스의 딸들 가운데서
넌 도대체 누구냐?
네가 그 족속과   (8730)
너무 닮았기에 물어본다.
넌 백발(白髮)로 태어나고,
눈 하나와 이빨 하나를
교대로 사용한다는,
그라이아이들 중 하나인 것 같구나.   (8735)

너 같은 요괴가 감히
아름다운 여왕님 곁에,

형안(炯眼)을 지니신 포이보스 앞에

얼쩡거린단 말인가?

하지만 모습을 드러낼 테면 드러내 보거라.　　　　　(8740)

포이보스는 추한 것을 보지 않으니,

그분의 신성한 눈은

단 한 번도 그늘을 보지 않았도다.

하지만 유감스럽게도 슬픈 운명은

아아, 유한의 존재인 우리를 강요하여　　　　　(8745)

형언할 수 없는 눈의 고통을 느끼게 하는구나.

그것은 저주받은 존재, 영원히 – 불행한 존재가

아름다움을 사랑하는 자에게 주는 고통이라네.

좋다, 네가 뻔뻔하게도 우리 앞에 나서겠다면,

저주의 말 정도는 각오하거라.　　　　　(8750)

신들의 손으로 빚은,

복받은 인간들이 저주하며 내뱉는,

온갖 비난과 협박을 들어 보아라.

포르키스의 딸

부끄러움과 아름다움이 손에 손을 맞잡고,

대지 위의 푸르른 들길을 함께 가는 일은 결코 없다는 말은,(8755)

오래되었으면서도 여전히 귀하고 참된 말이지.

둘 사이의 해묵은 증오는 너무도 뿌리 깊어,

길을 가다 우연히 마주치더라도,

적대감에 서로 등을 돌려 버린다.

각자는 걸음을 서둘러 더 휑하게 더 멀리 떠나가 버린다. (8760)

부끄러움은 슬퍼하기라도 하지만, 아름다움은 잘난 척 건방을 떤다.

늙어서 힘 빠져 버리기에 망정이지, 그렇지 않다면,

그 둘은 지하 세계[652]의 텅 빈 어둠에 휩싸일 때까지 계속 그럴 것이다.

보건대, 너희 뻔뻔스러운 계집들은 낯선 고장에서 왔구나.

건방지기 짝이 없는 꼴이, 꽥꽥거리며 나는 두루미 떼 같군.(8765)

우리 머리 위로 기다란 구름처럼 줄을 지어

아래쪽으로 꽥꽥 소리 보내면,

말없는 방랑자 고개 들어 위를 쳐다볼 수밖에.

하지만 두루미 떼는 가던 길을 가고,

방랑자도 자신의 길을 갈 것이며, 우리 또한 그럴 것이다.   (8770)

너희들은 도대체 누구냐? 거룩한 왕궁 앞에서

마이나데스[653]처럼 거칠게, 술주정뱅이들처럼 미쳐 날뛰다니.

너희들은 도대체 누구냐? 개 떼가 달을 보고 짖어 대듯,

감히 왕실 상궁에게 소리 질러 대다니.

전쟁이 낳고 전투가 길러 낸 애송이들아,   (8775)

너희들이 무슨 족속인지 내게 감출 수 있다고 생각하느냐?

이 화냥년들, 유혹당하는 척 유혹하는 것들아,

---

652 죽은 자들의 세계.
653 그리스 신화에서 주신(酒神) 디오니소스(바쿠스)의 시중을 드는 무녀들. 단수(單數)로는 마이나스이고, 마이나데스는 '광란하는 여자들'이라는 뜻이다.

병사와 시민의 진을 빼놓는 것들아.

떼거리 지은 너희들을 보자니,

영판 푸른 논밭을 뒤덮으며 달려드는 메뚜기 떼로구나. (8780)

다른 사람의 노력을 좀먹는 것들!

번영의 싹을 야금야금 갉아먹어 파괴하는 것들!

약탈당해 장터에서 거래되는 물건 같은 것들!

헬레네

안주인이 보는 데서 하녀들을 꾸짖는 자는

무도하게 주부의 권리를 침해하는 것이오. (8785)

칭찬할 건 칭찬하고 벌 줄 건 벌 주는 것,

그건 안주인에게만 주어진 권한이지요.

막강한 일리아스가 포위되어 멸망했을 때,

이들이 내게 해 준 봉사에 나는 만족해요.

우리가 길을 잃어 잇달아 죽을 고생했을 때도, (8790)

이들은 변함없이 충실했어요.

저마다 제 몸 하나 돌보기에도 급급한 때에 말이오.

또한 여기서도 나는 이 유쾌한 무리의 봉사를 기대하고 있어요.

주인은 하인이 어떻게 봉사하는지 물을 뿐, 그가 어떤 사람인
지 묻지 않는 법이오.

그러니 그대는 입 다물고 더 이상 저들을 비웃지 마오. (8795)

그대가 지금껏 안주인 대신

왕궁을 잘 지켜 온 공로는 인정받아 마땅해요.

하지만 이제 안주인이 돌아왔으니, 물러나,

벌어 놓은 칭찬 대신 벌받는 일은 없도록 하오.

포르키스의 딸

집안 식구들을 꾸짖는 건 왕비님의 당연한 권리지요.　　(8800)

신의 축복을 받은 군주의 고귀한 아내로서

오랜 세월 지혜롭게 다스려 얻게 된 커다란 권리이죠.

이제 당신은 인정받은 왕비님!으로,

왕비이자 안주인이라는 옛 자리로 새로이 돌아오셨나이다.

그동안 느슨해졌던 고삐를 다잡고 새롭게 다스리시며,　(8805)

보화는 물론 우리까지 거두어 주옵소서.

무엇보다도 이 늙은 것을 저 거위 떼로부터 지켜 주십시오.

백조처럼 아름다운 당신 곁에서

털도 듬성듬성한 것들이 꽥꽥거리는군요.

합창을 지휘하는 여인

추물이 아름다운 분 옆에 서 있으니 더욱 추해 보여.　　(8810)

포르키스의 딸

멍청이가 총명한 분 옆에 서 있으니 더욱 멍청해 보여.

　　　　　　　　(여기서부터 합창대에서 한 사람씩

　　　　　　　　앞으로 나서며 응답한다.)[654]

합창대 여인 1

아비는 에레보스[655]이고, 어미는 밤이라고 고백하라.

포르키스의 딸

그럼 너와 자매인 스킬라[656]에 대해 말해 보시지.

---

654 에우리피데스의 시구 문답을 모방한 이러한 대구들은 욕설을 주고받기에 적당한 형식이다.

655 태초의 암흑의 신 에레보스는 카오스에서 태어났고, 밤의 여신과 교접하여 낮을 출생시켰다.

656 원래는 아주 아름다운 여인이었으나, 키르케가 그녀의 하반신을 여섯 마리의 개 머리가 달린

합창대 여인 2

> 너의 집 족보엔 괴물이 한둘이 아니다.

포르키스의 딸

> 지옥으로나 꺼져! 거기서 네 패거리나 찾아라.　　　　(8815)

합창대 여인 3

> 그곳에 사는 것들은 너에 비하면 너무 젊을걸.

포르키스의 딸

> 티레시아스[657] 노인하고나 붙어먹어라.

합창대 여인 4

> 오리온[658]의 유모가 네 고손녀(高孫女)라며.

포르키스의 딸

> 하르피아이[659]들이 네년을 똥오줌 먹여 길렀을 거야.

합창대 여인 5

> 무얼 먹었기에 그렇게 비쩍 말랐니?　　　　(8820)

포르키스의 딸

> 네년이 그렇게 탐내는 피 따위는 안 마셔.[660]

합창대 여인 6

> 역겨운 송장 주제에 송장을 탐내다니!

포르키스의 딸

괴물로 만들어 버렸다.

657 그리스 신화에 나오는 테베의 예언자. 장님으로 오디세우스는 이 노인에게 지옥으로 가는 길을 물었다.

658 그리스 신화의 거대한 체구를 한 미남 사냥꾼. 포세이돈의 아들로 키오스의 왕녀 메로페에게 난폭한 짓을 하여 왕녀의 아버지 오이노피온에 의해 장님이 되었다.

659 단수형은 하르피아이며 '약탈하는 여자'라는 뜻이다. 아르고호 전설에 나오는 괴조로 남의 음식을 빼앗고 더럽힌다. 여기선 남의 애인을 가로채는 호색녀로 비유된다.

660 하르피아이들은 피를 마셔야, 지옥의 그림자들에게 말을 걸 수 있었다.

네 뻔뻔스러운 아가리 속에 흡혈귀 이빨이 번쩍이는구나.

합창을 지휘하는 여인

네 정체를 폭로해 네 주둥이를 틀어막겠다.

포르키스의 딸

네 이름을 대 봐라. 그러면 수수께끼가 저절로 풀릴 거다.**661** (8825)

헬레네

화나서가 아니라 슬픈 마음으로 너희들 앞에 나서

거친 말다툼을 금하노라!

충직한 하인들 사이에 곪아 있는 불화만큼

주인을 해롭게 하는 건 없노라.

그렇게 되면 명령의 메아리는 더 이상   (8830)

재빠른 실천이 되어 화답하며 돌아올 수 없게 되는 법이니,

허둥대며 공연히 욕설만 퍼붓는 주인을 에워싸고,

제멋대로 윙윙거리며 날뛸 뿐이다.

그뿐 아니다. 너희들이 무례하게 화를 내며

불길하고 무시무시한 형상들을 불러냈기에,   (8835)

그것들이 우르르 몰려와, 고향 땅을 딛고 있는데도

나 자신은 지옥으로 끌려들어 간 기분이다.

이것은 기억인가? 아니면 날 사로잡은 망상이었나?

도성을 황폐케 했던 저 여인의 꿈 같은 모습, 무시무시한 모습,

그 모든 것은 과거의 나였던가? 현재의 나인가? 미래의 나

인가?   (8840)

시녀들은 덜덜 떨고 있는데, 제일 연장자인 그대는,

---

661 합창을 지휘하는 여인도 메피스토펠레스, 즉 포르키스의 딸도 모두 지하 세계에서 왔다.

태연하구나. 내게 알아듣도록 말해 다오.

포르키스의 딸

오랜 세월 누렸던 이런저런 행복을 돌이켜 보면,

지고한 신들의 은총도 결국 일장춘몽과 같지요.

하지만 당신은 한도 없이 커다란 은혜를 입었고,　　　　(8845)

일생 동안 연이어 만난 당신의 연인들은 사랑에 불타

어떤 대담한 모험도 거침없이 해치웠지요.

일찍이 테세우스가 애욕에 불타 당신을 데려갔는데,

그는 헤라클레스만큼이나 힘세고 정말 잘생긴 남자였어요.

헬레네

날씬한 사슴 같던 열세 살의 나를 납치해　　　　(8850)

아티카의 아피드누스 성에 가두어 놓았었지.

포르키스의 딸

하지만 곧 카스토르와 폴룩스의 손에 구출되었고,

뛰어난 영웅들은 당신에게 구애의 손을 내밀었지요.

헬레네

그러나 기꺼이 고백하자면, 내가 누구보다 은근히 끌렸던 건

펠레우스를 꼭 닮은 파트로클로스[662]였지.　　　　(8855)

포르키스의 딸

하지만 당신은 아버님의 뜻에 따라,

---

[662] 아킬레우스의 절친한 친구로서 트로이 전쟁에도 함께 나가 싸웠다. 호메로스의 『일리아스』에 따르면, 아킬레우스가 총지휘관 아가멤논과의 불화로 전투에 참가하지 않자 그리스군은 연패하였다. 이에 파트로클로스는 자신이 아킬레우스의 대역을 맡겠노라고 갑옷을 빌려 달라고 하였고, 거절할 수 없었던 아킬레우스는 갑옷을 빌려주는 대신 트로이군이 퇴각하면 더 이상 추격하지 말라고 당부하였다. 파트로클로스가 아킬레우스의 갑옷을 입고 싸움에 나서자 진짜 아킬레우스가 나타난 것으로 오인한 트로이군은 두려움에 떨며 도망쳤다. 파트로클로스는 아킬레우스의 당부의 말을 잊고 도주하는 적군을 추격했고, 트로이 최고의 용사 헥토르와 대적하다 전사하였다.

대담한 항해자이자 나라 살림에도 밝은 메넬라오스와 결혼
하셨죠.

헬레네

아버님은 그에게 딸을 주시고, 나라의 통치권도 넘겨주셨어.

그리고 그 결혼 생활에서 헤르미오네[663]가 태어났지.

포르키스의 딸

하지만 왕이 크레타의 유산을 찾으려고 대담하게도 먼 길을

떠났을 때,   (8860)

고독한 당신 앞에 너무도 아름다운 손님[664]이 나타났죠.

헬레네

어찌하여 그대는 과부나 다름없던 그때 일을 들추어내는가?

또 거기서 생겨난 무시무시한 재앙을 상기시키는가?

포르키스의 딸

그 원정 때문에 크레타의 자유로운 여인이었던 제가

포로가 되어 오랜 세월 노예 생활을 하게 되었죠.[665]   (8865)

헬레네

그분은 너를 즉시 이곳의 상궁으로 임명하고,

성채와 용감하게 획득해 온 보물 등 많은 것을 맡기셨어.

포르키스의 딸

그런데도 당신은 이 성채를 떠났고,

탑들이 즐비한 일리아스의 궁궐에서 사랑의 환락에 빠졌죠.

---

663 헬레네와 메넬라오스 사이에 태어난 딸. 헬레네는 헤르미오네가 아홉 살 때 트로이 왕자 파리
스와 사랑에 빠져 함께 스파르타를 떠났다.
664 트로이의 왕자 파리스를 가리킨다.
665 포르키스의 딸, 즉 메피스토펠레스가 상궁 역할을 하고 있는데, 그 상궁은 원래 메넬라오스가
크레타 섬에서 노예로 데리고 온 여성이었다.

헬레네

> 환락이라니 가당치도 않다!　　　　　　　　　　　　　　　(8870)
>
> 쓰디쓴 고통이 끝도 없이 이 가슴과 머리 위로 쏟아졌노라.

포르키스의 딸

> 하지만 소문에 따르면, 당신은 두 개의 모습으로,
>
> 일리아스에서도 그리고 이집트에서도 나타났다고 하더군요.[666]

헬레네

> 미치도록 황폐해진 내 마음을 제발 어지럽히지 말라.
>
> 지금까지도 어느 게 진짜 나인지 나도 모르노라.　　　　　(8875)

포르키스의 딸

> 이런 소문도 있죠. 텅 빈 저승에서 올라온
>
> 아킬레우스가 당신을 열렬히 쫓아다녔다지요.[667]
>
> 그는 이전에도 온갖 운명을 거슬러 당신을 사랑했었죠.

헬레네

> 그림자인 내가 그림자인 그분과 맺어졌던 것이다.
>
> 그건 꿈이었을 뿐이라고 옛이야기들도 말하지.　　　　　(8880)
>
> 아, 나 이대로 쓰러져 그림자가 될 것 같구나.
>
> (합창대 한쪽 사람들의 팔에 쓰러진다.)

합창

> 닥쳐라! 입 닥쳐라!
>
> 눈길은 흉측하고, 입은 험담만 쏟는구나!

---

666 에우리피데스의 작품 『헬레네』에 나오는 전설에 따르면, 유괴된 헬레네는 메넬라오스가 그녀를 고향으로 데려갈 때까지 이집트에 머물러 있었다. 그러므로 파리스가 일리아스로 데려간 것은 헬레네가 아니라 그녀의 허깨비였다는 것이다.

667 저승의 세계에서 한동안 올라와 있던 아킬레우스는 마찬가지로 저승에서 올라와 있던 헬레네와 함께 살 수 있었다.

이 하나뿐인 징그러운 입술,

그처럼 무시무시하고 끔찍한 목구멍에서 (8885)

무슨 좋은 말이 나올까 보냐.

선한 척하는 악당,

양털 가죽을 두른 늑대의 음흉한 심보.

내게는 머리 셋 달린 개[668]의 아가리보다

훨씬 더 끔찍하다. (8890)

우린 불안하게 서성이며 신경을 곤두세운다.

언제? 어떻게? 어디서?

깊숙이 숨긴 저 괴물의

음흉한 심보가 터져 나올지 모르니까.

다정하게 달래 주고 위로하고, (8895)

근심을 잊게 하는 부드러운 말 대신에,

너는 과거의 일을 모조리 들추어내고,

좋은 일보다는 나쁜 일만 찾아내는구나.

그렇게 하여

현재의 광휘는 물론이고 (8900)

미래를 은은히 비추는 희망의 빛까지도

모조리 어둡게 만드는구나.[669]

---

668 그리스 신화에서 지옥의 문을 지키는 개인 케르베로스를 가리킨다.
669 포르키스의 딸, 즉 메피스토펠레스는 끊임없이 시간과 역사를 환기시키는 매개자 역할을 하고 있음에 유의할 것.

닥쳐라! 입 닥쳐라!

왕비님의 영혼이

훅 불면 꺼질 것만 같다.   (8905)

하지만 아직은 단단히 붙들어야 해.

지금까지 태양이 비추어 주었던

인간들 중에서 가장 아름다운 인간이시다.

(헬레네가 그동안에 기운을 차리고 다시 한가운데에 선다.)**670**

포르키스의 딸

덧없는 구름을 헤치고 나오라, 드높은 오늘의 태양이여,

가려졌을 때도 매혹적이더니, 이제 눈부시게 빛을 발하는구나.(8910)

그대 앞에 펼쳐진 세상을, 그대 자신이 다정한 눈길로 쳐다보

는구나.

저들은 나를 추하다고 하지만, 나도 아름다운 건 잘 알고 있다오.

헬레네

현기증으로 아득해졌다가, 비틀비틀 빠져나왔더니,

다시 또 쉬고 싶다. 온몸이 피곤하다.

하지만 여왕이라면, 아니 인간이라면   (8915)

그 어떤 위험 앞에서도 정신을 가다듬고 용기를 내야마땅한 법.

포르키스의 딸

당당하고 아름답게 우리 앞에 서 계시지만,

당신의 눈빛은 무언가를 분부하시는군요. 무슨 말씀이신지?

내려만 주시지요.

---

670 괴테는 연출에 있어서 왕비와 시녀들에게 어울리는 태도를 연기하도록 지시한다. "자연을 모
방할 뿐 아니라 이상적인 것도 연기해야 하며, 그렇게 하여 참된 것을 아름다운 것과 결합시켜야 한
다…… 그래야만 아름다운 것이 의미를 가지게 된다"라고 괴테는 말한다.

헬레네

　너희들의 무례한 말다툼으로 시간만 허비했노라.

　서둘러서 왕께서 명하신 대로 제물을 마련하라.　　　　　(8920)

포르키스의 딸

　모든 것이 여기 준비되어 있나이다. 접시, 삼발이 향로,

　날카로운 도끼, 뿌릴 물, 피울 향료. 그러니 바칠 제물만 말씀

　하세요!

헬레네

　왕께선 그건 말씀하지 않으셨는데,

포르키스의 딸

　　　　　말씀 안 하셨다고요? 저런 딱한 일이!

헬레네

　무엇이 그리 딱하단 말인가?

포르키스의 딸

　　　　　여왕님, 당신이 제물이옵니다!

헬레네

　내가?　　　　　　　　　　　　　　　　　　(8925)

포르키스의 딸

　　　　　그리고 저 계집들도!

합창

　　　　　아이고, 이를 어째!

포르키스의 딸

　　　　　도끼에 목이 떨어지는 거죠.

헬레네

끔찍하구나! 짐작은 했다만, 가련한 내 신세!

포르키스의 딸

피할 도리 없는 것 같군요.

합창

아! 그럼 우리는? 어떻게 되는 거야?

포르키스의 딸

왕비께선 고상한 죽음을 맞으시겠지만,
네년들은 지붕 박공을 받치는 저 안 높은 대들보에
새 잡는 덫에 걸린 지빠귀처럼 줄줄이 매달려 버둥거릴 거다.

(헬레네와 합창대는 놀라서 굳은 표정으로 서 있다.
미리 준비한 듯한 의미심장한 자세들을 하고 있다.)

포르키스의 딸

이 허깨비들아! - - - 금방 뻣뻣하게 얼어붙었구나.　　(8930)
너희들의 것도 아닌 대낮과 헤어진다고 그렇게 놀라느냐.
하긴 너희 같은 허깨비 인간들도
고귀한 햇빛을 단념하기는 꺼리지.
하지만 너희 같은 년들을 위해 애원하거나, 죽음에서 구해 줄
자는 없어.
모두들 그걸 알면서도 인정하려는 자는 몇 안 되지.　　(8935)
어쨌거나 너희들은 끝장이다! 그럼 슬슬 시작해 볼까나.

(손뼉을 친다. 그러자 문간에 가면을 쓴 난쟁이들이
나타나 하달된 명령을 즉시 수행한다.)

자, 이리 오너라, 음침하고, 공처럼 둥근 도깨비들아!
이리로 굴러 오너라. 여기 너희들 마음대로 망가뜨릴 게 있다.

황금 뿔이 달린 희생(犧牲)의 제단을 가져다 놓고,

도끼는 은빛 가장자리에 번쩍번쩍 빛나도록 올려놓아라.(8940)

항아리마다 가득 물을 채워,

검은 피로 참혹하게 얼룩진 곳을 씻어 낼 준비를 하라.

여기 먼지 구덩이에 양탄자를 멋지게 쭉 펼쳐라.

제물이신 왕비님이 무릎 꿇은 채

머리가 떨어지면 둘둘 말아,   (8945)

지체에 어울리도록 즉시 장사 지내도록 하라.

합창을 지휘하는 여인

왕비님은 생각에 잠겨 한쪽 옆에 서 계시고,

시녀들은 베어 놓은 목초처럼 시들시들하구나.

고조할머니, 제일 맏이인 제가 나서서

당신과 얘기를 나누는 게 저의 신성한 의무라고 생각되는군요.(8950)

당신은 경험도 많고 현명하고 우리에게 호의적이신 것 같아요.

그런데도 이것들이 잘못 알고 버릇없이 굴었어요.

혹시라도 우리가 살아날 방법은 있는지요.

포르키스의 딸

말하기야 쉽지. 그건 오로지 왕비님께 달렸어.

왕비님 자신은 물론이고 너희들 목숨까지 덤으로 지키는 길

이 있긴 있지.   (8955)

결심이 필요해. 그것도 당장에.

합창

운명의 여신들[671] 중에 가장 존귀하고 현명한 예언자시여,

---

[671] 그리스 어로는 모이라이, 라틴 어로는 파르카이라고 불린다.

황금 가위[672]는 내버려 두시고, 우리에게 구원의 길을 일러 주세요.

우리 몸이 벌써 떠다니고 흔들거리고 볼품없이 축 늘어진 느낌이에요.

춤추며 즐기고 또 즐기다   (8960)

사랑하는 이의 품에 안겨 푹 쉬고 싶은데 말예요.

헬레네

이 아이들이야 당연히 불안하겠지! 난 고통스럽긴 해도 두렵진 않다.

하지만 그대가 살아날 방도를 안다면, 고맙게 받아들이겠노라.

신중하게 앞일을 내다보는 현자에겐 불가능한 것도

때때로 가능해 보일 테지. 어디 말해 보아라.   (8965)

합창

말해 주어요, 어서 말해 주어요.

사악한 목걸이가 되어 우리 목을 졸라맬,

저 무섭고 역겨운 올가미를 어떻게 피할 수 있나요?

가련한 우리는 벌써 숨이 끊어져 질식할 것 같아요.

모든 신들의 위대한 어머니이신 레아[673]여, 우리를 가엽게 여기소서.   (8970)

포르키스의 딸

이야기가 좀 늘어져도 참고 조용히 들을 텐가?

이런저런 얘기들이 있어서 그러는데.

합창

---

672 운명의 여신들 가운데 명줄을 끊는 아트로포스를 가리킨다.
673 그리스 신화에 나오는 대지(大地)의 여신.

참고말고요! 이야기 듣는 동안은 살아 있잖아요.**674**

포르키스의 딸

집에 머무르며 귀한 보물을 지키고,

높다란 대궐 벽의 갈라진 틈을 메우며,　　　　　　　　(8975)

빗물이 스며들지 않게 지붕을 잘 보전하는 자,

그자는 평생을 무탈하게 살 수 있지.

하지만 문지방의 신성한 경계선을

경솔한 걸음으로 함부로 넘어가는 자는,

다시 돌아와 옛 장소를 보노라면,　　　　　　　　(8980)

파괴되진 않았더라도 모든 게 변했다는 걸 알게 되지.

헬레네

그따위 뻔한 얘기를 늘어놓아 어쩌자는 건가.

이야기한답시고, 불쾌한 일을 들추지는 마라.

포르키스의 딸

있었던 일을 말씀드린 거지, 결코 비난이 아닙니다.

메넬라오스 왕께선 해적질을 하며 이 만(灣)에서 저 만으로, (8985)

해변과 섬들을 휩쓸고 다녔고,

약탈품을 가지고 돌아와 궁궐에 쌓아 두었지요.

일리아스 침략엔 10년이란 긴 세월이 걸렸지만,

귀국길은 또 얼마나 걸렸는지 나는 모릅니다.

그런데 왕비님의 부왕이신 틴다레오스의 이곳 장엄한 궁전은

어찌 되었나요?　　　　　　　　(8990)

그리고 주변의 영지는요?

---

674 『천일야화』의 맥락을 빌려 온 것으로 보이는 장면.

헬레네

그대는 험담이 온통 몸에 배었어.

입만 열면 비난이구나.

포르키스의 딸

스파르타 뒤쪽의 북방에 높이 솟아 있고,

타이게토스[675] 산을 등지고 있는 험준한 산과 계곡 지대는 (8995)

오랜 세월 내버려져 있었지요. 에우로타스 강은

그곳 협곡을 콸콸거리며 내려가고, 그런 다음 계곡을 지나,

드넓은 갈대밭을 감돌아 흘러가며 백조들을 키우지요.

그곳 뒤편의 산간 지방에 한 용감한 부족[676]이 소리도 없이

북쪽 어둠의 나라로부터 이주해 왔답니다. (9000)

그들은 그곳에 난공불락의 성곽을 쌓아 놓고

나라와 백성을 함부로 괴롭히는 중이지요.

헬레네

감히 그런 짓을 할 수 있단 말인가? 불가능해 보이는데.

포르키스의 딸

오래전부터의 일이지요. 한 이십 년[677]은 됐을 겁니다.

헬레네

두목은 있는가? 도적들의 수는 많은가? 패거리들인가? (9005)

포르키스의 딸

---

675 그리스 펠로폰네소스 반도 남부에 위치한 산지 이름.

676 파우스트가 이끄는 무리를 말한다. 13세기 초 십자군 전쟁에 참가했던 프랑켄과 노르만의 기사들이 펠로폰네소스 반도로 몰려온 역사적 사실을 배경으로 한다. 그중의 한 귀족이 타이게토스 산지의 동쪽 지방에 바위 성을 쌓고 미스트라 시를 건설하여 살았다는 고사를 인용한 것이다.

677 파리스가 나타날 때까지의 헬레네의 10년 동안의 결혼 생활. 그동안 메넬라오스는 왕비와 나라를 내팽개친 채 해적질을 하고 다녔다. 그리고 나서 10년 동안의 전쟁. 합하여 20년.

도적 떼는 아니지만 두목은 하나 있더군요.

저도 습격을 받은 적이 있지만, 그자를 욕하고 싶진 않아요.

몽땅 다 빼앗을 수도 있었지만, 그자는

선물 조금만으로도 만족하더군요. 그걸 공물(貢物)로 여기지

도 않았어요.

헬레네

생긴 건 어떻던가? (9010)

포르키스의 딸

나쁘진 않았어요! 제 마음엔 들더군요.

쾌활하고 대담하고 교양도 있어,

그리스인 가운데선 보기 드문, 분별력 있는 남자였어요.

그 종족을 야만족이라고 욕하지만, 내 생각은 달라요.

일리아스 전쟁 때 많은 영웅들이

식인종처럼 잔인했던 걸 떠올려 보세요.**678** (9015)

나는 그자의 그릇을 주목하고, 그자를 신뢰합니다.

그리고 그자의 성채도! 왕비님은 두 눈으로 보셔야 합니다.

당신네 선조들이 거친 돌 위에 거친 돌을 마구 쌓아,

키클롭스가 아무렇게나 지은 것처럼,

누가 보아도 볼품없는 담벼락과는 차원이 달라요. (9020)

그자의 성채를 보면

모든 게 수직이고 수평이고 규칙적입니다.

밖에서 보면 엄청나지요! 하늘 높이 치솟은 데다,

너무도 견고하고 이음매가 깔끔하여 강철처럼 반들거리지요.

---

678 『일리아스』에 실제로 나오는 내용과 달리 메피스토펠레스는 과장해서 말하고 있다.

거길 기어오른다고요? 그런 생각조차 미끄러지고 말 겁니다.(9025)

성채 안쪽엔 널따란 마당을 가진 건물들이 여기저기 있고,

그 주위를 갖가지 용도의 부속 건물들이 둘러싸고 있지요.

크고 작은 기둥, 크고 작은 홍예,

밖으로도 안으로도 시야가 트여 있는 발코니와 회랑들,

그리고 문장(紋章)[679]도 보입니다.

합창

> 문장이란 건 뭐지요?

포르키스의 딸

> 아이아스[680]가 방패에다 (9030)

구불구불 휘감긴 뱀을 새겨 넣은 걸 너희들도 보았을 거다.

테베를 공략한 일곱 용사도

각각 자기 방패에 의미심장한 문양을 새겨 놓았지.

그중엔 밤하늘에 빛나는 달과 별도,

여신과 영웅과 사다리, 검과 햇불, (9035)

그리고 강력한 도시들을 위협하는 공격 무기도 있었지.

우리의 용사들[681]도 선조 대대로 물려받은,

현란한 빛깔의 문양들을 새기고 다니지.

사자와 독수리, 발톱과 부리,

물소 뿔과 날개, 장미와 공작새 꼬리, (9040)

황금빛과 검정, 은빛과 푸른빛과 붉은빛 줄무늬가 눈에 선하군.

그런 것들이 방마다 줄줄이 걸려 있어.

---

679 유럽에서 문장은 십자군 원정 때 처음으로 등장한다.
680 트로이 전쟁의 영웅들 중 한 사람.
681 파우스트 일행을 가리킨다.

이 세상처럼 끝도 없이 넓은 방들에 말이다.

거기서 너희들은 춤도 출 수 있어!

합창

말해 봐요, 거기엔 춤추는 남자들도 있나요?

포르키스의 딸

일류급들이지! 물결치는 금발의 싱싱한 젊은이들이야. (9045)

걔들은 파리스만 가졌던 청춘의 향기를 풍긴단다.

파리스가 여왕께 다가갔을 때의 그 향기 말이다.

헬레네

그대는 엉뚱한 소리만 늘어놓고 있다.

딱 잘라 결론을 말하라.

포르키스의 딸

결론은 왕비님이 내리시지요. 진심으로 좋다고 하시면,

당장 그 성으로 모시겠사옵니다. (9050)

합창

어서 말씀하세요.

짤막한 한마디로 왕비님과 우리를 구하세요!

헬레네

어찌 그런 말을? 메넬라오스 왕께서 나를 해칠 만큼

그렇게 잔인하게 행동하실 리 있느냐?

포르키스의 딸

잊으셨나요, 왕께서 전사한 파리스의 동생 데이포보스**682**를

참혹하게 난도질했던 일을? (9055)

---

682 트로이의 왕 프리아모스의 아들.

고집 센 과부인 당신을 복도 많게 첩으로 삼았기 때문이었죠.

코와 귀를 잘라내고 다른 곳도 불구로 만들었지요.

보기에도 차마 끔찍했어요.

헬레네

그렇게 하신 건 나 때문이었어.

포르키스의 딸

바로 그 때문에 당신에게도 똑같이 할 겁니다.   (9060)

아름다움은 나누어 가질 수 없는 법. 그것을 독점했던 자는,

다른 모든 공유자를 저주하며 차라리 그 아름다움을 파멸시

켜 버리지요.

(멀리서 나팔 소리. 합창대가 놀라 움찔한다.)

저 나팔 소리가 귀와 창자를 갈가리 찢을듯 날카롭게 울리는

것처럼,

그 남자의 가슴속엔 질투심이 억센 발톱을 세우고 있어요.

그 남자는 결코 잊지 못할 겁니다.   (9065)

한때 소유했다 이제 잃어버린 것을 다시는 소유하지 못한다는 걸.

합창

저 뿔피리 소리가 안 들리세요? 번쩍이는 무기들이 안 보이세요?

포르키스의 딸

어서 납시지요,[683] 폐하, 기꺼이 보고 드리겠나이다.

---

683 헬레네를 파우스트의 성채로 데려가기 위해, 메피스토펠레스는 메넬라오스가 바로 코앞에 있

합창

우리는 어떻게 되는 거야?

포르키스의 딸

뻔할 뻔이지. 왕비의 죽음을 코앞에서 볼 거고,

너희도 저 안에서 죽는 거다. 피할 도리는 없어.　　　　(9070)

(잠시 후)

헬레네

지금 당장 어떻게 해야 할지 곰곰이 생각해 봤다.

그대는 악령이고, 나는 그걸 잘 안다.

그대가 선을 악으로 돌려놓을까 두렵기도 하다.

하지만 우선은 그대를 따라 성채로 가겠다.

그 후로 내가 할 일은 알고 있다. 이럴 경우에 왕비로서　　(9075)

가슴속 깊이 은밀하게 숨기고 싶은 것을,

누구에게도 말하고 싶지 않다. 자, 할멈, 앞장서게!

합창

아아, 갈 수 있다니 다행이다.

발걸음을 서두르자.

뒤에선 죽음이 쫓고,　　　　　　　　　　(9080)

우리 앞에는

치솟은 성채의

는 것처럼 말하며 트로이의 여인들을 극도의 공포 속으로 몰아넣는다.

오를 수 없는 성벽.

일리아스의 성벽처럼

왕비님을 지켜다오. (9085)

그 성도 결국

비열한 책략[684]에 무너지고 말았지만.

(안개가 퍼지며 배경을 가린다. 가까운 곳도 적당하게[685] 가린다.)

어머? 이게 어찌 된 걸까?

언니야, 동생아, 주위를 둘러봐!

밝은 대낮이었잖아? (9090)

에우로타스의 성스러운 물결에서

짙은 안개가 모락모락 피어오르네.

갈대 뒤덮인 사랑스러운 강변도

어느새 사라졌어.

자유롭게, 우아하게, 오만하게, (9095)

무리 지어 즐겁게 헤엄치며,

부드럽게 미끄러지던 백조들도,

어머나, 더 이상 안 보여!

그런데, 어머나, 그런데,

백조들이 우는 소리가 들려.[686] (9100)

멀리서 목쉰 소리가 들려!

---

684 그리스군이 목마를 이용하여 트로이 성을 점령한 것을 가리킨다.
685 무대 연출 방식을 가리킨다.
686 그리스와 게르만의 민간 설화에서 백조의 노래는 그것들의 임박한 죽음을 알린다.

저 소리는 죽음을 예고한다는데,

아아, 저 소리가,

파멸의 예고가 아니라,

구원을 약속하는 복음이었으면. (9105)

백조처럼 늘씬하고

새하얀 목을 가진 우리, 그리고

아아! 백조의 딸인 우리 왕비님,

운명이 가련하구나, 가련하다, 가련해!

이제 온 사방이, (9110)

안개로 뒤덮여 버렸다.

우리도 서로를 알아볼 수 없다!

무슨 일일까? 우리는 가고 있는 걸까?

종종걸음으로 땅을 스치며

어디론가 둥둥 떠가는 걸까? (9115)

아무것도 안 보이나? 헤르메스**687**가 앞장서서

떠가고 있는 걸까? 번쩍이는 황금 지팡이로

우리더러 되돌아가라 명령하는 게 아닐까?

불쾌한 잿빛 날씨의 나라로,

알 수 없는 형상들로 가득한, (9120)

영원히 공허한 지옥으로?

어머, 갑자기 어두워지네. 안개가 사라지고,

---

687 헤르메스는 죽은 자들의 영혼을 지옥으로 데려간다.

광채 없는 짙은 잿빛이, 담벼락의 갈색이 나타났어. 단단한 성
벽이 바로 눈앞에,
탁 트인 시선 앞에 보여. 안마당인가? 깊은 웅덩이 속인가?
어쨌든 무서워! 아아, 언니야, 동생아, 우린 사로잡혔어. (9125)
예전처럼 우린 또 잡혀 버렸어.

성채 안마당[688]

중세의 환상적인 건물들이 안마당을 줄지어 둘러싸고 있다.

합창을 지휘하는 여인

성급하고 어리석은 게 여자의 본래 모습이던가!

순간의 기분에 좌우되어 행복과 불행의 징조에 끌려다니면서,

너희는 둘 중 어느 것에도 의연히 맞설 줄은 모르는구나.

하나는 다른 하나를 언제나 격렬하게 거부하고,   (9130)

그러다가 그 둘은 서로 섞여 버린다.[689]

그러면 기쁠 때도 슬플 때도 너희는 같은 가락으로 울부짖고

또 웃어 대는구나.

자, 입을 다물라! 왕비님의 말씀에 귀를 기울여라.

---

688 인물들이 장소를 바꾸지 않고(메피스토펠레스만 사라진다), 무대가 마법적인 방식으로 변화한다. 즉, 고대 스파르타의 메넬라오스 궁전 앞 파우스트의 성채 안마당으로 변한다. 그리하여 괴테는 의도적으로 고대 비극의 '장소의 일치' 법칙을 정확하게 지킨다.
689 행복과 불행의 감정이 서로를 격렬하게 거부하는 바람에, 결국은 어느 게 행복이고 어느 게 불행인지 모르게 된다. 그래서 기쁜 일일 때도 울부짖고, 슬픈 일일 때도 웃어 댄다.

왕비님이 자신과 우리를 위해 어떤 고매한 결정을 내리실지
보자꾸나.

헬레네

피토니사[690]인지 뭔지 하는 무당은 어디에 있느냐?   (9135)

음침한 성채의 둥근 천장에서 나오너라.

내가 온 걸 알리고, 환영 준비도 할 겸,

그 훌륭한 영주에게 갔을 테지.

고맙게 생각하고 있으니, 나를 얼른 그분에게 데려가 다오.

방황을 끝내고, 쉬고 싶을 뿐이다.   (9140)

합창을 지휘하는 여인

왕비님, 주변을 아무리 둘러봐도 안 보입니다.

그 흉측한 자의 모습이 사라졌어요.

혹시 저 안개 속에 뒤처져 있을지도 모르겠네요.

우린 영문도 모른 채 이상한 걸음으로 허둥지둥 빠져나왔지만요,

어쩌면 여러 건물을 놀랍게도 하나의 성채로 연결하는 미로를,(9145)

이리저리 헤매 다닐지도 모르죠.

성주님을 찾아 왕후에게 걸맞은 영접을 해 줄지 확인하려고
말예요.

그런데 저길 보세요. 저 위에서, 떼를 지어,

회랑에서, 창가에서, 문간에서

수많은 하인들이 바삐 오가고 있어요.   (9150)

손님을 정중하게 맞이할 모양이에요.

---

690 델포이의 신전에서 아폴론에 봉사하는 무녀. 여기서는 포르키스의 딸로 변장한 메피스토펠레
스를 가리킨다.

합창

어머나, 가슴이 다 시원해지네요! 저쪽을 보세요.

젊고 귀여운 남자애들이 느릿느릿

단정하게 열 지어 걸어오고 있어요.

어떻게 저럴 수가? 그 누구의 명으로   (9155)

또래 중에서도 가장 멋지고, 가장 조숙한 애들이

저렇게 열 지어 나타난 걸까요?

그중에서도 가장 경탄스러운 건? 우아한 걸음걸이?

빛나는 이마 주위로 물결치는 고수머리?

아니면, 부드러운 솜털이 송송 덮고 있는   (9160)

복숭아처럼 빨간 두 뺨?

꼭 깨물어 주고 싶지만, 왠지 겁나요.

그 옛날 비슷한 경우가 있었는데, 입에 담기도 끔찍해요!

입속이 재로 가득 찼었죠.**691**

    그런데 제일 잘생긴 애들이   (9165)

    이쪽으로 오는구나.

    무얼 나르는 거지?

    옥좌에 오르는 계단,

    양탄자와 의자에다

    휘장까지.   (9170)

    천막처럼 생긴 장식은

    구름 모양으로

---

691 소돔국 주민들이 천사 소년들조차 욕보이려고 했던 고사에서 온 이야기. 그 소돔의 사과 속이 먼지로 가득했다고 한다.

화환을 이루며
왕비님의 머리 위에서 너울거린다.
왕비님은 어느새 영접을 받으며   (9175)
화려한 옥좌에 오르신다.
우리도 앞으로 나가자.
한 계단 한 계단
엄숙하게 줄을 지어 오르자.
아아, 고상해, 너무너무 고상해.   (9180)
이런 영접 세상 어디에 있을까!

(합창대가 말한 모든 것이 차례차례 이루어진다.)

(소년과 시동 들이 긴 행렬을 이루어 내려온 다음, 파우스트가 중세
기사들의 궁중 예복을 입은 채로 계단 위쪽에 나타나서는 위엄 있
게 느릿느릿 내려온다.)

합창을 지휘하는 여인 (그를 유심히 살피면서)
신들이 종종 그랬듯이,
참으로 당당한 모습과 고귀한 몸가짐,
그리고 사랑스러운 인품을 이분에게 아주 잠깐 동안만
임시로 빌려준 게 아니라면, 이분은 무엇을 시작해도   (9185)
매번 성공할 거예요. 남자들 사이의 싸움이든,
아름다운 여인을 둘러싼 사소한 다툼이든 말예요.
명성이 자자한 분들을 이 눈으로 수없이 보았지만,

이분은 정말이지 그 누구보다 뛰어나시네요.

느릿느릿 진지하고 공경심 가득한 걸음으로 (9190)

성주님께서 오십니다. 몸을 돌리세요, 왕비님!

파우스트 (포박당한 자를 옆에 데리고 온다.)

장중한 인사와 공경심 가득한 환영이

마땅합니다만, 저는 그 대신

이 하인 놈을 사슬로 단단히 묶어 데리고 왔습니다.

이자가 의무를 소홀히 해 저도 의무를 못하게 되었던 것이옵

니다. (9195)

여기 무릎을 꿇어라! 이 고귀한 부인께

네놈의 죄를 실토하라.

존귀한 여왕이시여, 이자는 유달리 시력이 좋아,

높은 탑에서 사방을 살피는 임무를 맡았지요.

거기서 온 하늘과 (9200)

드넓은 땅을 예리하게 살피다가

여기서 혹은 저기서 무슨 일이 일어나는지,

빙 둘러싼 언덕에서 골짜기의 견고한 성에 이르기까지,

가축 떼건 군대건 움직이는 모든 걸 보고해야 했지요.

가축이면 보호하고, 군대면 대적토록 말입니다. (9205)

그런데 오늘은, 근무 태만입니다!

당신이 오시는데도 보고하지 않아

이처럼 귀한 손님에게 마땅한, 정중한 영접을 못하게 된 것이옵니다.

무엄한 죄의 대가로 벌써

죽음의 피 속에 누워 있어 마땅하나, (9210)

아직 살려 두었으니, 처벌하시든 자비를 베푸시든

오로지 당신의 뜻에 맡기겠나이다.

헬레네

너무도 막중한 권한을 주시는군요.

생사여탈권을 가진 재판관이 되라니요.

저를 떠보려고 그러시는 것 같사온데,　　　　　　(9215)

우선은 재판관의 첫 번째 의무로서

피고인의 진술을 듣고 싶네요. 자, 그럼 말해 보아요.

망루지기 링케우스[692]

무릎을 꿇리시든, 우러러보게 하시든,

죽이시든 살리시든 마음대로 하옵소서.

신께서 보내신 이 귀부인께　　　　　　(9220)

하찮은 이 몸을 이미 바쳤으니까요.

아침의 환희를 고대하며

동쪽 방향으로 일출을 살피고 있었는데,

놀랍게도 남쪽 방향에서

태양이 불쑥 떠올랐던 겁니다.　　　　　　(9225)

그쪽으로 눈길을 돌려 보니,

골짜기도 아니고, 산도 아니고,

---

692 그리스어로 살쾡이의 눈을 가진 자를 가리킨다. 파우스트와 마찬가지로 헬레네로부터 사랑의
화살을 맞은 링케우스를 통해 파우스트는 간접적으로 자신의 심정을 토로하고 있다. 괴테는 중세
독일의 궁정 연애 문학 형식을 빌리고 있다.

드넓은 들판도, 드넓은 하늘도 아니고
오로지 당신의 모습만 보였습니다.

높다란 나무 위의 살쾡이처럼   (9230)
빛나는 안광(眼光)을 가졌건만,
이번만은 깊고 어두운 꿈에서 빠져나오려는 듯
애를 써야만 했습니다.

도대체 내가 어디에 있는 건가?
성가퀴? 탑? 닫힌 성문?   (9235)
안개가 흔들거리더니 사라지고,
홀연히 이 여신께서 나타나신 겁니다!

눈과 가슴을 그녀에게로 향한 채,
저는 부드러운 광채를 마음껏 들이마셨습니다.
그 눈부신 아름다움에   (9240)
가련한 자의 눈은 완전히 멀어 버렸사옵니다.

그로써 망루지기의 의무도,
뿔피리를 불겠다는 맹세도 잊었던 겁니다.
제게 마땅히 죽음을 내려 주옵소서.
아름다움은 그 어떤 분노도 눌러 버리옵니다.   (9245)

헬레네
　저 때문에 지은 죄를 벌할 순 없어요.

슬퍼요! 저는 너무도 가혹한 운명에 쫓긴답니다.

가는 곳마다 남자들의 마음을 어지럽혀

그들 자신뿐 아니라

그들의 고귀한 임무마저 저버리게 했으니까요.　　　　　　(9250)

반신들, 영웅들, 신들, 때로는 악령까지도[693]

강탈하고 유혹하고 싸우고 이리저리 감추면서

저를 정처 없이 끌고 다녔어요.

제가 세상을 어지럽힌 게 단 한 번만은 아니었어요.

두 번, 세 번, 네 번 재앙에 재앙을 가져왔어요.　　　　　　(9255)

이 착한 사람을 데려가 풀어 주세요.

신에 의해 현혹된 사람을 욕보이는 건 당치 않아요.

파우스트

놀랍습니다. 아아, 여왕이시여. 여기 한자리에서

명중의 화살을 쏘는 여인과 그 화살에 맞은 자를 보다니요.

화살을 날려 저자의 가슴에 상처를 낸 그 활을,　　　　　　(9260)

바로 눈앞에서 보는군요. 그 화살 연달아 날아와,

나를 맞힙니다. 성안의 온 사방에

깃털 달린 화살이 윙윙 날아다니는 것 같습니다.

이제 나는 무엇이란 말입니까? 당신은 순식간에

가장 충직한 신하를 불충하게 만들었고, 나의 성벽도 위태롭

게 했습니다.　　　　　　(9265)

벌써 두렵습니다. 나의 군대가,

승리를 거듭하며 패배를 모르는 부인께 복종할지도 모르니까요.

693　테세우스, 파리스, 메넬라오스, 이집트로 사라진 정령, 그리고 악령인 포르키스의 딸 등을 가리킨다.

내게 무엇이 남은 건가요? 나 자신은 물론 내 것이라 망상하던
모든 걸
당신께 바치는 수밖에요.
그대 발 앞에 엎드려 간곡하게 비오니,   (9270)
나타나시자마자 모든 재산과 옥좌를 차지하신
당신을 주인으로 모시게 하옵소서.

링케우스 (상자 하나를 들고 등장하고, 다른 상자를 든 남자들이 그 뒤를
　　　따른다.)

여왕님, 다시 알현하옵니다!
부자인 이 몸이 애걸하오니 잠시 시간 내어 주옵소서.
당신을 바라보는 순간 저는,   (9275)
자신이 거지처럼 가난하면서 동시에 제후처럼 부유하다
고 느낍니다.

과거의 저는 무엇이었을까요? 지금의 저는요?
무엇을 바랄 수 있을까요? 무엇을 할 수 있을까요?
두 눈의 날카로운 시력은 무슨 소용일까요!
당신의 옥좌에 부딪쳐 튕겨 나오고 마는데요.   (9280)

우리는 동쪽에서 접근했어요.
서쪽 사람들은 난리가 났죠.
백성들의 행렬은 길고 또 폭이 넓어,
첫 사람이 끝 사람을 못 알아볼 정도였지요.

앞 사람이 쓰러지면 둘째 사람이 일어섰고,　　　　　(9285)
셋째 사람은 창을 들고 앞으로 나섰지요.
모두들 용기백배 기운이 올라,
천 명이 죽어도 알아차리지 못했어요.

우리는 돌진하며 물밀 듯이 나아갔고,
가는 곳마다 주인이 되었습니다.　　　　　　　　　(9290)
오늘 제가 다스리며 명령 내렸던 곳에서,
내일이면 다른 자가 빼앗고 도둑질했지요.

우리는 신속하게 사방을 살폈습니다.
어떤 자는 절세미녀를 붙들었고,
어떤 자는 우직하게 걷는 황소를 붙들었으며,　　　(9295)
말들은 누구나 끌고 갔사옵니다.

하지만 제가 유심히 살폈던 것은,
누구도 본 적 없는 천하의 진품이었습니다.
다른 사람도 가진 거라면,
그건 제게 마른 풀잎과 같았으니까요.　　　　　　(9300)

전 보물을 좇았습니다.
날카로운 시선을 따르기만 하면 되었거든요.
주머니란 주머니는 다 들여다보았고,
모든 장롱을 꿰뚫어 보았습니다.

산더미 같은 황금이 제 것이 되었지만,   (9305)
가장 화려한 건 보석이었어요.
그중에서도 이 에메랄드만이
당신의 가슴을 푸르게 장식할 자격이 있사옵니다.

그리고 귀와 입 사이에서 흔들거리기엔**694**
바다 밑바닥에서 온 진주가 안성맞춤이옵니다.   (9310)
홍옥쯤이야 당신의 붉은 뺨에 눌려
희미하게 바래고 말 겁니다.

저는 이렇게 최고의 보물을
당신의 옥좌 앞에 바치옵니다.
유혈 낭자한 전투와 전투에서 얻은 것들을   (9315)
당신의 발 앞에 놓습니다.

이렇게 많은 궤짝을 끌고 왔지만,
철제 궤짝은 더 많이 있사옵니다.
당신의 뒤를 따르게 해 주신다면,
보물 창고를 가득 채워 드리겠나이다.   (9320)

당신이 옥좌에 오르자마자
지혜도 부도 권력도

---

694 기다란 귀고리를 가리킨다.

유일무이한 당신의 자태 앞에서
어느새 머리 숙이고 허리를 굽히옵니다.

제가 단단히 붙들고 있는 모든 것은   (9325)
이제 풀려나 당신의 소유가 됩니다.
귀하고 고상하고 순수하다 여겼는데,
이제 보니 다 보잘것없군요.

제가 소유했던 것은 사라져 버렸고,
베어져 시든 풀이 되고 말았나이다.   (9330)
아아, 환한 눈길을 보내시어,
그 모든 것이 가치를 되찾게 하옵소서!

파우스트

용감히 싸워 얻은 그 궤짝들을 얼른 치워라.
나무라긴 그렇지만, 쓸데없는 짓이다.
성안에 있는 모든 게 이미 이분의 것일진대,   (9355)
특별나게 무언가 바친다는 건 필요 없는 일이니라.
당장 가서 보물을 차곡차곡 쌓아 올려라.
이제껏 보지 못한 호화로움과
장엄한 모습을 선보이도록 하라!
원형 천장을 별이 총총한 하늘처럼 빛나게 하고,   (9340)
생기 없는 것을 생명으로 빚어 내는 낙원을 이루도록 하라.
여왕님보다 한 걸음 앞서가서
꽃무늬 찬란한 양탄자를 연이어 펼쳐 놓아라.

여왕님의 발걸음은 부드러운 바닥에 닿게 하고,

여왕님의 눈길에는, 눈부시지 않게 최상의 광채를 비춰 드려라.(9345)

링케우스

    성주님의 분부는 식은 죽 먹기이어서,**695**

    하인인 저한테는 장난이나 마찬가지옵니다.

    하지만 이 아름다운 분의 형언할 수 없는 위력은

    모든 재산과 생명을 지배합니다.

    군대 전체가 이미 양순해졌고,   (9350)

    검도 모두 무디어져 쓸모없게 되었나이다.

    찬연한 자태 앞에서

    태양조차도 생기를 잃고 식어 버립니다.

    눈앞에 보이는 것이 너무도 풍요로워

    모든 것이 공허하고 모든 것이 무의미하옵니다.   (9355)

(퇴장)

헬레네 (파우스트에게)

    당신과 이야기를 나누었으면 해요.

    제 옆으로 올라오시지요! 여기 빈 자리에

    주인이 앉으시면, 제 자리도 안전해지겠죠.

파우스트

    우선 무릎을 꿇고 당신께 충절을

    맹세하겠나이다. 고귀한 부인이시여.   (9360)

    저를 당신 곁으로 이끄는 손에 입맞춤하게 해 주십시오.

    저를 무변광대(無邊廣大)한 이 나라의 공동 통치자로 인정해

---

695 사랑에 눈먼 링케우스가 성주의 말을 고분고분 따르지 않고 자꾸 이의를 제기하고 있다.

주시고,

제 한 몸을 당신의 숭배자이자 하인으로,

그리고 수호자로 받아들여 주시오.

헬레네

기적 같은 일을 많이도 보고 듣다 보니, (9365)

제 자신도 놀라워, 이것저것 물어보고 싶네요.

저 남자의 말이 어째서 기이하게 들리는지,

아니, 기이하면서도 정답게 들리는지 알고 싶어요.

하나의 소리가 다른 소리와 편안하게 어울리고,

한마디의 말이 귓전을 간질이면, (9370)

다음 말이 따라와 그 앞의 말을 애무하는 것 같아요.[696]

파우스트

우리 백성의 말투가 마음에 드신다니,

우리의 노랫가락도 틀림없이 당신을 황홀케 할 것이옵니다.

귓속 깊이 마음속 깊이 만족을 얻으실 겁니다.

하지만 확실하게 하려면 당장 시험해 보는 게 우선이지요.(9375)

서로 말을 주고받으며[697] 신명을 이끌어 내고 불러내는 겁니다.

헬레네

말씀해 줘요. 어떻게 하면 저도 저렇게 아름답게 말할 수 있나요?

파우스트

정말 쉬운 일이지요. 마음에서 우러나와야만 합니다.

---

696 링케우스의 말이 그리스 말에는 없는 중세 게르만 운율을 사용하고 있어 헬레네에게 그렇게 들린 것이다. 헬레네가 에로틱한 은유를 사용하고 있는 장면이다.
697 고대 그리스의 미를 상징하는 헬레네와 중세 게르만 정신을 대표하는 파우스트가 시와 언어를 통해 서로 교감하는 장면.

그리움이 가슴에 넘쳐흐르면,

누구라도 주위를 둘러보며 묻게 되는 거지요 −

헬레네

　　　　　함께 즐길 사람은 누구인가요.　　　　　(9380)

파우스트

이제 마음은 앞으로도 뒤로도 보지 않습니다.

오로지 현재만이 −

헬레네

　　　　　그것만이 우리의 행복이지요.

파우스트

현재만이 보물이고 최고의 소득이고 재산이며 담보물이라면,

보증은 누가 서나요?

헬레네

　　　　　제 손으로 보증 서겠나이다.

합창

　　　　　왕비님을 의심하시다니요.　　　　　(9385)

　　　　　그분은 성주님께 이미

　　　　　은근한 속마음을 보이셨어요.

　　　　　우리 모두 예전에 종종 그랬듯이

　　　　　지금 다시 포로 신세잖아요.

　　　　　일리아스가 굴욕적으로 멸망한 후　　　　　(9390)

　　　　　근심 걱정에 사로잡혀

　　　　　우리는 미로와도 같은 유랑의 길을 떠났던 거예요.

남정네의 사랑에 길든 여인은

이것저것 따지진 않아도,

남자가 무언지는 제대로 알죠.   (9395)

금발의 고수머리 목동이든

검은 수염 텁수룩한 판 신이든 차별 않고,

기회만 주어지면,

풍만한 육체를

온통 내맡겨 버리죠.   (9400)

두 분은 어느새 점점 가까이 다가앉아

서로 몸을 기대는군요.

어깨와 어깨, 무릎과 무릎을 맞붙이고,

손과 손을 꼭 잡은 채

화려하고 푹신푹신한 옥좌 위에서   (9405)

두 분의 몸이 이리저리 출렁거려요.

지체 높으신 분들이라 다르군요.

은밀한 쾌락도 가리지 않고

다른 사람들 눈앞에서

거리낌 없이 보여 주시네요.   (9410)

헬레네

아주 먼 곳에 와 있는 것인지 아주 가까이에 와 있는 것인지 모르겠어요.[698]

---

698 헬레네와 파우스트의 만남, 그리스 문화와 중세 게르만 문화의 만남. 낯설음과 친숙함이 교차하는 교류의 장면.

하지만 이렇게 말할래요. 나는 여기에 있다! 여기에![699]

파우스트

> 나는 숨 막히고 몸 떨리고 말문이 막히오.
>
> 시간도 장소도 사라져 버린 꿈속 같소이다.

헬레네

> 삶이 끝난 줄 알았더니 이제 새롭게 시작하는 것 같아요. (9415)
>
> 낯선 당신을 모시며 당신 속으로 섞여 들어갑니다.

파우스트

> 단 하나밖에 없는 운명에 대해 너무 골똘히 생각진 마시오.
>
> 존재함은 의무인 거요. 비록 순간일지라도.

포르키스의 딸(허둥지둥 들어오며)

> 사랑의 입문서를 더듬더듬 읽으시는군요.
>
> 시시덕거리고 농탕질하면서도 요모조모 생각
>
> 하고, (9420)
>
> 요모조모 생각하면서도 한가하게 농탕질하시는데,
>
> 지금은 그럴 때가 아니외다.
>
> 저 둔탁한 천둥소리가 들리지 않습니까?
>
> 요란하게 울리는 나팔 소리 들어 보세요.
>
> 파멸은 멀지 않았어요. (9425)
>
> 메넬라오스의 군대가 밀물처럼
>
> 당신네를 향해 쳐들어오고 있으니,
>
> 한바탕 전투 치를 준비나 하시지요!
>
> 우글거리는 승리자의 무리에 에워싸인 채

---

699 사랑의 직접적인 느낌은 늘 현재에 있다. 영원한 현재.

데이포보스처럼 난도질당해 (9430)

여자 납치의 대가를 치를지도 모릅니다.

우선 경박한 계집들이 목매달려 대롱거릴 테고,

곧 제단에 바쳐질 부인을 위해서도,

새로 반들반들하게 간 도끼가 준비되리다.

파우스트

감히 훼방 놓다니! 성가시게도 몰려오는구나. (9435)

위험에 처했더라도 함부로 날뛰지는 않겠다.

불행한 소식을 가져오면 아무리 아름다운 전령도 미워지는

법인데,

추악한 네놈은 나쁜 소식만 가져오는구나.

하지만 이번만은 네가 틀릴 거다. 네놈은 실없는 한숨으로

허공만 흔들어 놓을 거다. 여긴 위험이 없어. (9440)

설혹 있다 하더라도 실없는 위협일 뿐이야.

(신호 소리, 망루에서 들리는 폭발음, 나팔 소리와 관악기 소리,[700]

전투적인 음악, 막강한 부대의 행진 소리)

파우스트

그래요, 용사들이 일치단결

하나로 뭉친 모습을 당장 보여 드리리다.

드센 힘으로 여인을 지킬 수 있는 자만이

사랑을 얻을 자격이 있는 거라오. (9445)

---

[700] 아군이 포탄을 쏘아 대는 소리.

(대열을 떠나서 다가오는 지휘관들에게)
지그시 억눌렀던 분노로써 나아가면,
승리는 틀림없이 우리의 것.
그대들, 북방의 젊은 꽃이여.
그대들, 동방의 꽃다운 용사여.

철갑을 두르고 빛으로 둘러싸인 채   (9450)
나라와 나라를 쳐부수었던 용사들,
그들이 나타나면 대지가 우르릉거리고,
그들이 진군하면 우레 소리 요란하다.

우리가 필로스[701]의 해안에 상륙했을 때,
늙은 네스토르는 거기에 없었어.   (9455)
자그마한 왕국들을
거침없는 우리 군대가 모조리 쳐부수었지.

이제는 메넬라오스를 이 성벽에서
가차없이 바다로 내몰아라.
바다에서 헤매고 강도질하고 잠복하는 것이   (9460)
놈의 버릇이고 운명 아니던가.

---

701 펠레폰네소스의 스파르타와 인접한 항구도시로, 트로이 전쟁 때의 지장이었던 늙은 네스토르
의 성이 있었다.

스파르타 왕비님의 명을 받들어,

너희 장수들에게 인사를 전하노라.

산과 계곡은 정복하여 왕비님께 바치도록 하라.　　　　(9465)

그 땅의 전리품은 그대들이 갖도록 하라.

게르만 인들이여! 그대들은 방어벽을 쌓아

코린트 만을 방어토록 하라!

수많은 협곡을 가진 아카이아는

그대들 고트 족이 지키도록 하라.

엘리스 쪽으로는 프랑켄 족 군대가 진격하며,　　　　(9470)

메세네는 작센 족에게 맡기노라.

노르만 족의 군대는 바다를 평정하고,

아르골리스 반도를 얻어 영토를 넓혀라.**702**

그리하여 모두들 그 땅에 정착하게 되면,

국력과 국위를 밖으로 떨치도록 하라.　　　　(9475)

다만 왕비께서 오랜 세월 그 옥좌에 계셨던

스파르타만은 그대들 위에 군림할 것이다.

어떤 결핍도 없는 그 땅에서

---

702 어떤 비평가는 정복한 펠레폰네소스 반도를 다섯 종족에 나누어 주는 장면에서 유럽의 다섯 문명국가의 기원을 본다. 즉, 게르만 족에서는 독일인을, 고트 족에서는 스페인인을, 프랑켄 족에서는 프랑스인을, 작센 족에서는 영국인을, 노르만 족에서는 이탈리아인을 본다. 그러니까 유럽의 분열은 고대에서처럼 결국 원래대로 하나로 통합될 수 있다는 괴테의 이념을 드러내고 있는 장면이다.

그대들 하나하나 모두가 복락을 누리는 것을 왕비님은 보
시리라.

그대들은 안심하고 왕비님의 발 앞에 엎드려   (9480)
신분 보장과 권리와 광명을 찾도록 하라.

(파우스트는 자리에서 내려오고,
영주들은 더 자세한 명령과 지시를 듣기 위해 그를 빙 둘러싼다.)

합창

최고의 미녀를 갈망하는 자는
무엇보다도 유능해야 하고,
무기 들 때를 슬기롭게 알아차려야 해요.
애교까지 떨어 가며 세상 최고의 미녀를   (9485)
손에 넣었더라도 말이에요.
미녀란 안심하고 소유하기 어려운 법이죠.
살금살금 접근하여 교활하게 유인해 가는 자도,
대담하게 약탈해 가는 강도도 있으니,
그걸 막아 낼 방도를 신중하게 생각해야죠.   (9490)

그러기에 우리는 성주님을 찬양하고,
다른 누구보다 뛰어난 분으로 보아요.
성주님은 용감하시면서도 현명하시므로,[703]
어떤 지시를 받더라도 용사들은

---

[703] 고대에는 용감함과 지혜로움을 겸비하는 것이 위대한 군주의 요건이었다.

복종하며 순순히 따르지요.   (9495)
그분의 명령을 충실히 완수한다는 것은
곧 자신의 이익을 도모하는 것이니까요.
성주님도 고맙게 여겨 보상하시니,
결국은 양쪽 다 커다란 명예를 얻게 되지요.

이제 그 누가 왕비님을
저토록 막강한 주인으로부터 앗아 갈 수 있을까요?   (9500)
왕비님은 저분의 것이고 저분에게 주어져야 해요.
우리는 곱으로 그렇게 되기를 빌어요.
왕비님과 우리를 안에서는 단단한 성벽으로,
밖에서는 막강한 군대로 에워싸 주시네요.   (9505)

파우스트

이 자리에서 이들 모두에게
풍요로운 땅 하나씩 내리노니,
크고 훌륭한 선물이 아닌가. 자, 이제 진군하라!
우리는 중앙을 맡는다.

이들이 앞다투어 지켜야 할 곳은,   (9510)
사방에서 거친 파도 출렁이는 반도 땅.
나지막한 언덕 줄줄이 이어지고,
유럽의 마지막 산줄기와 연결된 곳이로다.

태양이 내리쬐는 그 어떤 나라보다도,

이 나라의 모든 종족에 영원한 행복이 내려지기를.　　　(9515)
일찍이 왕비를 우러러보았던 이 나라,
이제 왕비님의 나라가 되었다.

에우로타스 강 갈대의 속삭임과 더불어
광채를 발하며 알껍데기를 깨고 태어났을 때,**704**
왕비님의 눈빛은 고귀한 어머니**705**와 자신의 형제들**706**보다(9520)
더욱 눈부시게 빛났지.

오로지 당신만을 우러러보는 이 나라,
태평성대의 꽃을 활짝 피우리다.
온 세상이 당신에게 속한다 할지라도,
아아, 우선은 조국을 소중히 여기소서!　　　(9525)

산등성이의 뾰족뾰족한 봉우리들
아직은 태양의 차가운 화살을 참고 있지만,
이제 바위가 파릇파릇해지니,
염소들은 얼마 나지도 않은 풀을 게걸스럽게 뜯어 대는구나.

샘물이 솟고, 그것들이 모여 냇물로 흘러가니,　　　(9530)
골짜기와 산비탈과 풀밭은 어느새 푸르다.

---

704 헬레네는 백조의 모습으로 변신한 제우스와 레다 사이에 알로 태어났다.
705 레다를 가리킨다.
706 카스토르와 폴룩스를 가리킨다.

수많은 언덕 위의 좁다란 평지 위에서
양 떼들은 이리저리 흩어져 다니는구나.

서로 흩어져 조심조심 신중하게
뿔 달린 황소들이 험준한 절벽 길을 걸어가지만,   (9535)
암벽들이 아치형의 동굴을 수도 없이 만들어,
모두에게 피난처를 마련해 준다.

거기서 판 신은 그들을 지켜 주고, 생명의 요정들도
수풀 우거진 골짜기의 축축하고 시원한 공간에 산다.
드높은 창공을 그리워하며,
빽빽하게 자란 나무들도 저마다 가지 뻗으며 솟아오른다.(9540)

저런 것이 바로 태고의 숲이다! 떡갈나무 억세게 자라,
고집스럽게 가지와 가지를 들쭉날쭉 뻗고 있다.
단풍나무는 마음씨도 넉넉하게 달콤한 수액을 머금고
순결하게 솟은 채 이파리들을 살랑거린다.   (9545)

숲의 고요한 음지에선 따뜻한 젖이 샘솟아
어머니처럼 어린아이와 양을 길러 준다.
들판의 풍성한 음식인 과일도 멀지 않은 곳에 있고,
움푹 파인 나무둥치에선 꿀이 뚝뚝 떨어진다.**707**

---

707 젖과 꿀이 흐르는 이상향인 아르카디아.

이곳은 안락함이 대대로 이어져 오는 곳,   (9550)

뺨도 입도 생기에 넘치며,

누구나 자신의 자리에서 영원불멸이로다.

그들은 만족을 누리며 건강하도다.

순결한 나날을 보낸 귀여운 아이들은

무럭무럭 자라 아버지로서 힘을 얻는다.   (9555)

우리는 놀라며 그저 물을 뿐이다.

그들은 신인가? 아니면 인간인가?

아폴로는 목동의 모습을 하고 있었으니,

그는 가장 아름다운 목동들 중 하나를 닮았도다.

자연이 순수하게 작용하는 곳에서는   (9560)

모든 세계가 서로 결합하기 때문이다.

        (헬레네 옆에 앉으며)

이렇게 나도 당신도 일을 이루었으니,

과거는 우리 뒤로 묻어 버립시다!

아아, 당신이 최고의 신에게서 태어났음을 느끼시오.

오로지 당신만이 최초의 세계에 속하오.[708]   (9565)

견고한 성에 당신을 가두어 둘 수는 없어요!

---

[708] 제우스에게서 태어났기 때문에 헬레네는 결코 최초의 세계에 속하지 않는다. 하지만 이 천국의 황금 세계는 아르카디아에서 새로이 생겨나며, 그곳이 헬레네의 진정한 고향이다.

스파르타의 이웃인 아르카디아[709]는
아직도 영원한 청춘의 힘을 지닌 채
우리가 맘껏 기뻐하며 머물도록 기다리고 있어요.

축복의 땅에 살도록 권유받아   (9570)
당신은 더없이 밝은 운명 속으로 피신하는 겁니다.
옥좌가 변해 정자가 되니,
우리의 행복도 아르카디아처럼 자유롭기를!

---

[709] 스파르타의 북쪽, 펠로폰네소스의 중앙에 있는 산악 지대. 소박하고 명랑하며 음악을 좋아하는 주민들이 사는 낙원으로 알려져 있다. 파우스트가 아르카디아로 가기로 결심하는 순간, 헬레네는 페르세포네와 맺었던 약속을 어기게 된다. 페르세포네로부터 헬레네가 지상의 세계로 돌아갈 수 있도록 허락을 받았지만, 그 장소는 스파르타에 국한되어 있었다. 그러므로 헬레네는 페르세포네의 금명을 어기게 되어 결국엔 다시 하데스로 돌아갈 운명에 처하게 되는 것이다.

아르카디아 지방

무대 장면이 완전히 바뀐다. 줄지어 늘어선 암벽 동굴에 문 닫힌 정자들이 기대어 있다. 그늘진 숲이 주위를 빙 에워싼 절벽까지 이어진다. 파우스트와 헬레네는 보이지 않는다. 합창대는 잠이 든 채 여기저기 누워 있다.

포르키스의 딸

    이 계집들이 얼마나 오래 자고 있는지 모르겠군.

    내가 두 눈으로 밝고 선명하게 본 것을   (9575)

    이 계집들도 꿈에서 보았는지, 그것도 모르겠어.

    일단 이것들을 깨우자. 이 젊은것들을 깜짝 놀라게 해 줘야겠다.

    그럴듯한 기적의 결말을 끝내 보고야 말겠다고,

    저 아래 죽치고 있는 당신네 털보들[710]도 놀랄 거외다.

    자, 일어나라! 일어나! 헝클어진 머리를 빨리 추슬러라!   (9580)

---

710 늙수그레한 관객들을 가리킨다. 고대 희극의 기법.

눈에서 잠을 쫓아내라! 게슴츠레하게 쳐다보지 말고 내 말 잘
들어라!

합창

말해 주세요, 어떤 놀라운 일이 있었는지 얘기해 주세요, 얼른요!
도저히 믿을 수 없는 일이 벌어졌다는 걸 우선 듣고 싶어요.
이 암벽들만 쳐다보고 있자니 지겨워 죽겠어요.

포르키스의 딸

이제 막 눈을 비비며 일어났는데 벌써 지루하다니!　　　(9585)
그럼 들어 봐라. 이 구멍, 이 동굴, 이 정자 속에
우리 성주님과 왕비님이 한 쌍의 목가적 연인처럼
세상의 눈을 피해 안전하게 계신다.

합창

뭐라고요, 저 안에요?

포르키스의 딸

속세를 떠나신 거지.
오로지 나 하나만을 불러 조용히 시중들게 하신단다.
영광스럽게도 바로 곁에서 모시긴 하지만, 그 신임에 어울리게(9590)
나는 딴 일을 찾아 이리저리 살피지. 이곳저곳 돌아다니며,
약효 좋은 풀뿌리와 이끼와 나무껍질 따위를 찾는 거야.
그래야 두 분만 호젓이 남게 되니까.

합창

당신은 저 안에 온 세상이 다 들어 있는 듯 말하는군요.
숲과 초원, 냇물과 호수가 다 있다니, 동화 같은 이야기를 지어
내는군요!　　　(9595)

포르키스의 딸

아무렴. 이 철부지들아! 저곳은 알 수 없는 깊은 곳이란다.

홀과 홀, 뜰과 뜰이 연이어 있는 것을 나는 유심히 살폈지.

그런데 갑자기 커다란 웃음소리가 동굴 속에서 메아리쳤어.

쳐다보니, 한 사내애가 왕비님 품에서 성주님 품으로,

아빠로부터 엄마에게로 뛰어다니는 거야.   (9600)

장난치듯 쓰다듬고 사랑스러워 죽겠다는 듯 놀려 대고,

농지거리를 퍼붓고 즐겁게 외쳐 대는 바람에 내 귀가 멀 지경

이었지.

벌거숭이로 날개 없는 천사 같았지. 판 신을 닮았지만 짐승은

아니었어.

단단한 바닥에서 뛰는데도 탄력이 붙어

그 애는 공중 높이 솟구쳐 올랐고,   (9605)

두 번째 세 번째 펄쩍 뛰니까 높은 천장까지 가 닿았어.

엄마가 걱정되어 소리쳤어. 얼마든지 뛰어도 좋지만,

날지는 않도록 조심하거라. 마음대로 나는 건 금지야.

아빠도 진심 어린 경고를 하더군. 땅에는 탄력이 있어

널 위로 튀어 오르게 한단다. 발가락을 땅에 대기만 해도 (9610)

대지의 아들인 안타이오스[711]처럼 곧장 힘을 얻는단다.

그런데도 아이는 높다란 암벽 위로 뛰어올라

---

[711] 포세이돈과 대지의 여신 사이의 아들. 땅에 발을 딛고 있을 때는 괴력을 발휘하나 떨어지는 순간 무력해지는 것을 간파한 헤라클레스는 그를 땅에서 떼어 내 목 졸라 죽였다. 안타이오스는 고대 그리스어로 '청춘, 한창인, 만개한'이라는 뜻으로, 아테네 사람들은 그 이름을 디오니소스 신의 별칭으로 사용하기도 했다.

부딪쳐 튀어 오르는 공처럼 이 끝에서 저 끝으로 뛰어다녔지.

그러다가는 갑자기 거친 바위틈으로 사라져 버리는 거야.
그 애는 끝장났다고들 생각했지. 엄마는 비통하게 울고, 아빠
는 달래고,   (9615)
나도 걱정되어 어깨를 으쓱하며 서 있는데, 그 애가 희한한 꼴
로 다시 나타난 거야!
그 속에 보물이라도 숨겨져 있었던가?
아이는 꽃무늬 진 옷을 걸치고 위엄 있는 모습으로 나타났어.
양쪽 소매엔 술이 흔들리고, 가슴엔 리본이 나풀거리고,
손에 황금의 칠현금을 든 영락없는 어린 아폴로의 모습이었어.(9620)
아이는 명랑한 표정으로 돌출한 암벽 끝에 서 있었어.
우린 그저 놀랄밖에.
양친은 기쁜 나머지 서로 얼싸안았어.
그 애의 머리는 어디서 온 건지는 몰라도 눈부시게 빛났지.
황금 장식이었던가? 강렬한 정신력의 불꽃이었던가?
아이는 아직 소년이면서도 당당하게 행동하며 예고했어. (9625)
온몸에 영원의 선율 흘러넘치고,
온갖 아름다움을 구현한 대가가 될 거라고 말이야.
너희들도 그 애의 목소리를 듣고, 그 애의 모습을 본다면, 찬탄
을 금치 못할 거야.

합창

당신은 그런 걸 기적이라 부르나요,

크레타 출신의 아주머니?**712**   (9630)

시로 쓰인 교훈적인 말에

단 한 번도 귀 기울인 적 없는 모양이죠?

이오니아와 헬라스**713** 땅에

조상 대대로 풍성하게 전해져 오는

신과 영웅들의 전설을   (9635)

단 한 번도 들은 적 없나요?

오늘날 일어나는

모든 일들은

저 찬란했던 조상들 시절의

슬픈 여운이랍니다.   (9640)

당신이 해 준 이야기는

마이아가 자신의 아들**714**에 대해서

진실보다 더 그럴듯하게 노래했던

사랑스러운 거짓말과는 비교도 되지 않아요.

이 아이는 귀엽고 튼튼했지만   (9645)

막 태어난 젖먹이라,

조잘대기 좋아하는 유모들이

---

712 포르키스의 딸의 출생지를 가리킨다.
713 이오니아는 그리스 서쪽의 섬들이고, 헬라스는 그리스의 옛 이름.
714 봄의 여신 마이아와 제우스 사이에 난 아들 헤르메스를 가리킨다. 그도 아르카디아의 동굴에서 태어났다.

잘못 생각해

솜털처럼 포근하고 깨끗한 기저귀에 싸고는

값비싼 장식끈으로 꽁꽁 묶어 놓았죠.   (9650)

하지만 귀여우면서도 기운이 팔팔한

이 장난꾸러기 아기는

부드러우면서도 탄력 있는 사지를

살그머니 빼내고는,

걱정스러워 푹 싸 두었던 진홍빛 포대기를   (9655)

그 자리에 내버려 두었다지요.

마치 성숙한 나비가

딱딱하고 답답한 고치에서

날개를 펴고 잽싸게 빠져나와[715]

햇빛 두루 비치는 대기 속으로   (9660)

대담하게 그리고 제멋대로 훨훨 날아가는 것 같았죠.

민첩하기 그지없는 그 애는

도둑이나 악당에게,

이익만을 좇는 모든 욕심쟁이에게[716]

자신이 영원히 은혜로운 정령이라는 것을,   (9665)

교묘하기 짝이 없는 솜씨로

곧 확인시켜 주었답니다.

---

715 괴테는 이러한 변신의 순간을 유기적인 자연 속에서 자신이 알고 있는 가장 아름다운 현상으로 보았다. 학사, 오이포리온, 심산유곡 장면에서 파우스트가 이러한 변신의 순간들을 보여 준다.
716 헤르메스도 사기와 절도, 음모와 속임수에 능한 면모를 가지고 있다.

바다의 지배자로부터는 재빨리

삼지창을 훔쳐 내고, 아레스로부터는

쥐도 새도 모르게 칼집에서 검을 뽑았지요.　　　　(9670)

포이보스에게서는 활과 화살을,

헤파이스토스**717**에게서는 불집게를 훔쳐 냈죠.

불[火]만 두렵지 않았다면,

아버지인 제우스의 번갯불도 빼냈을 거예요.

하지만 에로스와 싸울 땐　　　　(9675)

다리걸기 시합에서 승리했고,

키프로스 여신**718**이 그를 애무하는 사이에

그녀의 가슴에서 허리띠를 훔쳐 내기도 했죠.

(매혹적이고 순결한 멜로디의 칠현금 소리가 동굴에서 울려나온다. 모두 귀를 기울이다 곧 진심으로 감동받은 듯이 보인다. 여기서부터 다음에 나올 '휴식'**719**까지 완전한 화음의 음악이 계속 연주된다.)

포르키스의 딸

저토록 아름다운 음악에는 귀를 기울이되,

제멋대로 꾸민 이야기들은 당장 집어치워라!　　　　(9680)

너희들의 낡아 빠진 신들을 물리쳐라.

---

717 그리스 신화의 불과 대장장이의 신. 로마 신화의 불카누스(Vulcanus)에 해당한다. 호메로스에 의하면, 제우스와 그 아내 헤라의 자식.
718 키프로스 섬에서 숭상했던 아프로디테(비너스)를 가리킨다. 그녀의 허리띠는 우아함의 상징으로 모든 남성을 매혹하는 힘을 가지고 있다.
719 9938행의 완전한 휴식. 음악이 그친다, 를 가리킨다.

그들의 시대는 지나갔느니라.

아무도 너희들을 알아주지 않을 거다.

우리의 요구는 보다 높다.

마음에서 우러나와야만,   (9685)

마음을 움직일 수 있는 법이니라.

(바위 쪽으로 물러난다.)

합창

무시무시한 존재인 당신도

이처럼 알랑거리는 음악은 좋아하는군요.

우리는 생생하게 다 치유되어,

울고 싶을 정도로 마음이 부드러워졌어요.   (9690)

태양의 광채 따위는 아무것도 아니죠.

우리의 영혼에 날이 밝으면,

우리의 좁은 마음속에서

온 세상이 거절하는 걸 찾게 돼요.

(헬레네와 파우스트, 그리고 위에서 묘사한 복장을 한 채 오이포리온 등장)

오이포리온

아이가 부르는 노래를 듣는 것,   (9695)

그건 바로 두 분만의 즐거움이죠.

제가 박자에 맞춰 뜀박질하면,

부모님의 마음도 덩달아 두근거릴 거예요.

헬레네

인간다운 행복을 누리게 하려고
사랑은 고귀한 두 사람을 가깝게 만들지만,　　　　(9700)
신과 같은 환희를 맛보게 하기 위해선
사랑은 소중한 세 사람을 만들어 놓아요.

파우스트

이로써 모든 게 갖추어졌소.
나는 당신의 것, 당신은 나의 것.
이렇게 서로 결합되었으니　　　　(9705)
이제 다시 변해서는 안 되오!

합창

몇 년간의 행복한 생활이
아드님의 온화한 모습에,
그리고 두 내외분에게 그대로 비치는군요.
아아, 세 분의 결합은 감동이에요, 감동!　　　　(9710)

오이포리온

이제 마음대로 껑충껑충 뛰고 싶어요.
어디든 공중 높은 곳으로
튀어 오르고 싶어요.
위로 솟구쳐 오르는 게
저의 소망이에요.　　　　(9715)
전 이 소망에 사로잡혔어요.

파우스트

절제하거라! 절제!

무모한 짓은 말아라.

추락도 사고도

있어선 안 돼.   (9720)

그런 일이 생기면 귀한 아들이

우리를 파멸시키는 거란다.

오이포리온

더 이상 땅바닥에

주저앉아 있고 싶진 않아요.

제 손을 놓아주세요.   (9725)

제 머리카락을 놓아주세요.

제 옷을 놓아주세요!

그것들은 모두 제 거예요.

헬레네

아아, 생각해 보렴! 생각을!

네가 누구의 아들인지!   (9730)

아름답게 이루어 놓은

나의 것을, 너의 것을, 저분의 것을

네가 부수어 버린다면

우리의 마음이 얼마나 슬프겠니.

합창

저들의 결합이 금방이라도   (9735)

깨어질까 걱정되네요!

헬레네와 파우스트

참아 다오! 참아 다오!

네 부모를 위해.

정도를 넘어서는,

격렬한 충동만은 참아 다오!　　　　　　　　　(9740)

이 조용한 전원의

평평한 땅에 머물러 다오.

오이포리온

오로지 두 분을 위해

참을게요.

(합창대 사이를 이리저리 돌아다니며 그들을 춤추도록 이끈다.)

여기 명랑한 것들 주변을　　　　　　　　　(9745)

빙빙 돌아다니는 게 더 쉽네요.

이 멜로디는요?

이 몸짓은 어때요?

헬레네

그래, 안성맞춤이다.

그 예쁜이들을 잘 이끌어　　　　　　　　　(9750)

멋진 윤무를 추어 보아라.

파우스트

이 순간이 얼른 지나갔으면!

이런 어지러운 놀이는

조금도 즐겁지 않아.

(오이포리온과 합창대, 춤추고 노래하며 서로 얽혀 빙빙 돌아간다.)

합창

> 그대가 두 팔을   (9755)
>
> 사랑스럽게 놀리고,
>
> 빛나는 고수머리를
>
> 물결치듯 흔들고,
>
> 발걸음도 가볍게
>
> 땅 위를 미끄러지고,   (9760)
>
> 이리저리 손발을
>
> 흔들고 다니면,
>
> 그대의 목적은 이루어진 거예요.
>
> 사랑스러운 아기님.
>
> 우리 모두의 마음이   (9765)
>
> 그대에게 기울었어요.

(잠시 후)

오이포리온

> 그대들은 모두
>
> 발걸음도 가벼운 노루들.
>
> 새로운 놀이를 할 테니
>
> 얼른 참가하렴.   (9770)
>
> 나는 사냥꾼,
>
> 그대들은 들짐승.

합창

> 우리를 잡으시려거든

너무 서두르지 말아요.

우리가 원하는 건 (9775)

결국 단 하나,

그대를 품에 안아 보는 거랍니다.

잘생긴 도련님!

오이포리온

숲 속으로 마구 달려라!

그루터기와 바위를 향해 달려라! (9780)

쉽게 손에 넣은 건

별로 재미도 없어.

강제로 빼앗는 것만

정말로 나를 즐겁게 한다고.

헬레네와 파우스트

이 무슨 방자한 짓이냐! 이 무슨 미친 짓이냐! (9785)

방정한 품행은 바랄 수도 없구나.

뿔피리라도 불어 대는 것처럼

온 숲과 골짜기가 왱왱거리는구나.

이 무슨 못된 짓이냐! 이 무슨 비명이냐!

합창 (한 사람 한 사람 급하게 등장하며)

우리 곁을 그냥 지나가셨어. (9790)

우릴 경멸하고 조롱하셨어.

많은 무리 가운데 하필이면

제일 왈가닥을 끌고 오시네.

오이포리온 (한 어린 소녀를 안고 나타난다.)

이 거친 계집을 끌고 가

강제로 재미 좀 봐야겠다.   (9795)

엄청 즐겁고 엄청 재밌을 거야.

반항하는 가슴을 짓누르고

요리조리 피하는 입에 키스하며

나의 힘과 의지를 보여 줄 테다.

소녀

놓아주세요! 이 가련한 몸속에도   (9800)

정신의 용기와 힘이 들어 있답니다.

당신의 것과 마찬가지로 우리의 의지도

그렇게 쉽사리 뺏어 가진 못해요.

날 궁지로 몰았다고 생각하나요?

당신 팔을 너무 믿으시네요!   (9805)

단단히 잡아요. 나도 장난 삼아

바보 같은 당신을 불에 그을려 줄게요.

            (소녀는 불꽃으로 변하여 공중으로 타오른다.)

가벼운 공기 속으로 날 따라와요.

단단한 무덤 속으로 날 따라와요.

사라진 목표를 붙들어 보세요!   (9810)

오이포리온 (마지막으로 남은 불꽃을 털어 버리며)

여기는 우거진 수풀 사이,

바위들이 빽빽이 들어찬 곳.

이 좁은 곳에서 무얼 한담.

젊고 싱싱한 내가 말이다.

바람은 쏴쏴,   (9815)

파도는 철썩철썩,

하지만 둘 다 멀리서 들려오니

좀 더 가까이 다가가고 싶어.

       (그는 바위 위에서 점점 더 높이 뛰어오른다.)

헬레네, 파우스트, 그리고 합창대

산양을 닮고 싶은 거니?

추락할까 봐 오싹해지는구나.   (9820)

오이포리온

더욱더 높이 올라갈 거야.

더욱더 멀리 바라볼 거야.

이제야 내가 어디에 있는지 알겠네!

섬의 한가운데로군.

육지와도 바다와도 친숙한   (9825)

펠롭스 반도의 한가운데야.

합창

산과 숲 속에서

평화롭게 살지 않을래요?

그러면 우리가 곧장 찾아볼게요.

줄지어 늘어선 포도나무도,   (9830)

언덕 가장자리의 포도나무도,

무화과나무와 황금빛 사과도요.

아아, 이 안락한 땅에

얌전하게 머물러 줘요!

오이포리온

그대들은 평화의 날을 꿈꾸는가?**720**   (9835)

꿈꾸고 싶은 자, 꿈이나 꾸어라.

전쟁! 이것이 우리의 암구호.

승리! 이것이 뒤따르는 대답.**721**

합창

평화 속에 살면서도

전쟁으로 되돌아가려는 자는   (9840)

희망에 찬 행복과

멀어진 사람이에요.

오이포리온

이 나라가 낳았던 용사들,

산전수전 다 겪은 사람들,

자유롭고 무한한 용기를 지니고서,   (9845)

자신의 피를 아낌없이 흘린 사람들,

억누를 수 없는

거룩한 충동에 따라 싸운 사람들,

그들에게 보답 있어라!   (9850)

합창

위를 보세요. 얼마나 높이 올라갔는지!

---

720 터키에 대항한 그리스인들의 해방전쟁(1821~1829)을 암시하고 있다.

721 병영의 초소에서 주고받는 암구호.

하지만 작게 보이진 않아요.

갑옷을 입은 것처럼, 승리를 위해 나선 것처럼,

청동과 강철로 둘러싼 듯하네요.

오이포리온

보루도 성벽도 소용없다.　　　　　　　　　　(9855)

각자는 자신만을 믿어라.

끝까지 살아남는 견고한 성은

사나이의 강철 가슴뿐.

정복되지 않고 살려면,

가벼이 무장하고 재빨리 전쟁터로 가라.　　　(9860)

여인네들은 아마조네스[722]가 되고,

모든 아이들은 영웅이 되라.

합창

성스러운 시[723]여,

하늘로 드높이 오르세요.

찬연한 빛이여, 가장 아름다운 별이여,　　　(9865)

그대는 멀고 먼 곳에서 빛나지만,

그래도 우리에게 와 닿아요.

우리는 언제나 그 시를 들어요,

즐겨 귀를 기울여요.

오이포리온

아니다, 난 어린애로 온 게 아니다.　　　　　(9870)

---

[722] 소아시아 지방에 살았다고 전해지는 용맹한 여인족.
[723] 오이포리온은 시문학을 상징하는 존재로서, 영국의 시인 바이런이 그 모델이었다. 바이런은 터키의 압제에 대항하는 그리스의 해방전쟁에 참전했다가 사망했다.

무장한 젊은이로 온 것이다.

강한 자, 자유로운 자, 대담한 자들과 어울려

정신 속에선 이미 행동하였다.

자, 앞으로!

자, 이제 저곳에   (9875)

명예로운 길이 열려 있다.

헬레네와 파우스트

세상에 태어나자마자,

밝은 빛을 보자마자,

너는 어찔어찔 위태로운 계단에 올라

고통에 찬 영역을 그리워하는구나.   (9880)

그렇다면 우리는 네게

아무것도 아니란 말이냐?

단란했던 인연도 일장춘몽이란 말인가?

오이포리온

저 바다에서 우르릉거리는 소리가 들리세요?

저기 골짜기마다 천둥소리가 메아리치고,   (9885)

자욱한 먼지와 일렁이는 파도 속에서 군대들이 맞붙어

일전일퇴를 거듭하며 악전고투하고 있어요.

죽음이란

천명(天命).

그건 너무도 자명해요.   (9890)

헬레네, 파우스트, 그리고 합창대

놀랍구나! 끔찍하구나!

죽음이 네겐 천명이라고?

오이포리온

멀찍이서 보고만 있으라고요?

아녜요! 저는 근심과 고통을 함께 나누겠어요.

앞에 나온 사람들

만용이야, 위험해. (9895)

죽을 운명이야!

오이포리온

그래도 가야 해요! 양쪽 날개를

활짝 펼치겠어요!

그곳으로! 가야 해요! 가야 해요!

날도록 허락해 주세요! (9900)

(그가 공중으로 몸을 던진다. 옷자락이 한순간 그를 떠받쳐 준다. 그의 머리가 빛나고, 불빛이 기다란 꼬리를 남긴다.)

합창

이카로스**724**다! 이카로스!

너무도 슬프구나.

(아름다운 청년이 양친의 발 앞에 떨어진다. 죽은 자를 보니 한 유명한 사람**725**의 모습과 같다. 하지만 육신은 이내 사라지고 후광이 혜성처럼 하늘로 올라간다. 옷과 외투와 칠현금만 남아 있다.)

---

724 오비디우스의 『변신 이야기』에 나오는 다이달로스의 아들. 아버지의 경고를 무시하고 밀랍으로 만든 날개를 달고 태양 가까이로 날아갔다가 밀랍이 녹아서 추락해 죽었다.
725 바이런을 가리킨다.

헬레네와 파우스트

기쁨에 뒤이어 곧장

무서운 고통이 따르는구나.

오이포리온의 목소리 (깊은 땅속에서 들려온다.)

어머니, 저를 이 어두컴컴한 나라에   (9905)

혼자 내버려 두지 마세요!

(잠시 후)

합창 (애도가)

혼자가 아네요! 어디에 계시더라도,

우리는 그대를 보고 있다고 생각하니까요.

아아, 그대가 이 세상을 서둘러 떠날지라도,

그 누구의 마음도 그대와 헤어지진 않아요.   (9910)

우리는 비탄에 잠기기는커녕

그대의 운명을 부러워하며 노래 부를 거예요.

맑은 날에도 흐린 날에도

그대의 노래와 용기는 아름답고 위대했노라고.

아아! 이 세상의 행복을 누리도록,   (9915)

고귀한 조상, 위대한 능력을 갖추고 태어났건만,

슬프다! 그대는 일찍이 세상을 떠나고,

청춘의 꽃은 꺾이고 말았네!

세상을 투시하는 날카로운 눈길로,

모든 이의 가슴에 넘치는 충동을 함께 느끼며,   (9920)

훌륭한 여인들과 사랑을 불태우셨고,
더없이 독창적인 노래도 지으셨죠.

그러나 그대는 억제할 길 없이 자유롭게
무정(無情)한 그물 속으로 과감히 뛰어들어
인습이며 법률과 가차 없이   (9925)
결별하고 말았어요.
마침내 고귀한 생각으로
순수한 용기에 박차를 가하여,
장엄한 과업을 이루려 했지만,
끝내 성공하진 못하셨어요.   (9930)

이룰 수 있는 자 누구인가? — 이 슬픈 물음에
운명은 얼굴을 가린답니다.
비길 데 없이 불행했던 그날,
온 국민이 피 흘리며 침묵할 때에도.
하지만 새로운 노래들을 되살리시고,   (9935)
더 이상 머리를 숙이진 마세요.
대지는 지금까지도 그랬듯이
장차 그것들을[726] 다시 태어나게 할 테니까요.

(완전한 휴식. 음악도 그친다.)

---

726 노래를 가리키는 것 같지만, 분명한 지시 대상이 없다. 괴테 후기 문체의 특징.

헬레네 (파우스트에게)

　행복과 아름다움은 오래도록 함께 누릴 수 없다는 옛말이

　제게서도 사실이 되고 말았어요. (9940)

　생명의 끈도 사랑의 끈도 끊어졌으니,

　두 가지를 애통해하며 이제 쓰라린 이별을 고하겠어요.

　다시 한 번만 당신 품에 안기고 싶어요.

　페르세포네여, 아들과 나를 데려가소서!

　　　(헬레네가 파우스트를 포옹하자 육체는 사라지고,

　　　옷과 면사포만 그의 팔에 남는다.)

포르키스의 딸 (파우스트에게)

　당신 손에 남은 것은 단단히 붙들도록 해요. (9945)

　그 옷은 놓치지 말아요. 악령들이 어느새

　옷자락을 잡아채고 지옥으로 끌고 가려 하니까요. 단단히 붙

　들어요!

　당신이 잃어버린 것이 여신[727]은 아닐지라도,

　신성한 것이올시다. 헤아릴 수도 없이 고귀한

　은혜의 힘을 빌려 저 위로 오르시오. (9950)

　그것은 모든 세속적인 것 저 너머로 재빨리

　당신을 저 천공(天空)[728]으로 데려다줄 거외다.[729]

---

727 헬레네를 가리킨다.

728 에테르를 번역한 것이다.

729 엠리히의 해석에 의하면, 신성한 것으로서의 면사포는 괴테가 헬레네와 예술의 현현에 부여한 궁극적인 신성이다. 천공을 나는 파우스트에게는 면사포와 옷만 남아 있는데, 이것들은 영원히 자신을 베일로 가리며 상승하려고 하는 예술혼이다.

당신이 참아 낼 수 있는 한 말이오.

우리 다시 만나기로 합시다. 여기서부터 아주 먼 곳에서.

(헬레네의 옷이 구름으로 해체되면서 파우스트를 감싼다.

그리고 그를 하늘 높이 들어 올려 함께 날아간다.)

포르키스의 딸

(오이포리온의 옷과 외투와 칠현금을 땅에서 집어 들고 무대 전면으로 나온다. 그리고 그 유품들[730]을 치켜들며 말한다.)

운 좋게도 이것만은 찾았군요!　　　　　　　　　　　　　　(9955)

물론 불꽃은 사라졌어도,

세상이 그렇게 불쾌하지만은 않아요.

기법을 전수받을 시인들도 충분히 있고,

조합원과 수공업자의 질투도 불러일으킬 수 있지요.

소생이 재능을 부여해 줄 순 없어도　　　　　　　　　　　(9960)

최소한 이 옷만은 빌려줄 수 있으니까요.

(그녀는 무대 전면의 기둥 하나에 기대어 앉는다.)

합창을 지휘하는 판탈리스

자, 애들아, 서둘러라! 우리는 이제 마술에서 풀려났고,

늙은 테살리아 마녀[731]의 난폭한 정신적 억압에서도 벗어났다.

귀뿐 아니라 마음까지 더욱 어지럽히던

저 시끄럽고 혼란스럽기 짝이 없는 음악의 도취[732]에서도 깨

---

730 천재적인 소질도 없는 바이런의 후계자들에 대한 풍자로 해석되기도 한다.
731 포르키스의 딸로 위장한 메피스토펠레스를 가리킨다.
732 그리스인의 귀에 낯설고 혼란스러운, 오페라 스타일의 낭만과 음악을 가리킨다.

어났다. (9965)

저승으로 내려가자! 왕비님은 엄숙한 걸음으로

서둘러 내려가셨다. 충실한 시녀라면

곧장 그분의 발자취를 따라가야지.

우리는 헤아릴 길 없는 분의 옥좌⁷³³ 곁에서 왕비님을 만날 것이다.

합창

왕비님들이야 어디든 기꺼이 가시겠지요. (9970)

저승에서도 윗자리를 차지하고,

비슷한 신분의 높은 분들과 당당히 어울리고,

페르세포네와도 더없이 친밀하게 지낼 테지요.

하지만 우리야 수선화⁷³⁴가 무성한 초원의

저 뒤편에서, (9975)

길게 쭉 뻗은 백양나무나,

열매도 못 맺는 수양버들과 어울리면서

무슨 재미를 보겠어요?

박쥐처럼 찍찍거리며 울거나

유령들처럼 불쾌한 소리로 속삭일 테지요. (9980)

판탈리스

이름도 얻지 않고, 고귀함도 원치 않는 자는

원소들에 속할 뿐이다. 그러니 갈 테면 가거라!⁷³⁵

---

733 페르세포네를 가리킨다.
734 저승에 피어 사자들의 넋을 위로한다는 꽃. 열매를 맺지 못하는 땅의 상징으로서 지하 세계의 초원에서 자란다.
735 지상의 육신과 결합되어 있으면서도, 자립적으로 그 육신을 넘어서서 완성을 향하여 노력하는 내적인 힘을 괴테는 (아리스토텔레스에게서 빌려 와) '엔텔레키'라고 불렀다. 그리고 그것이 우리의 개별적인 인격을 지속시켜 준다는 것이다. 라이프니츠는 그 엔텔레키를 '모나드'라고 불렀다. 『괴테와

나의 뜨거운 열망은 왕비님과 함께하는 것이니,

공적뿐 아니라 충직함도 우리의 개성을 지켜 주는 법이다.

(퇴장)

모두 함께

우리는 햇빛 밝은 곳으로 돌아왔어요.   (9985)

더 이상 인간이 될 수 없다는 걸,

우리는 느끼기도 하고 알기도 해요.

하지만 저승으론 결코 돌아가지 않겠어요.

영원히 살아 있는 자연이

우리 정령들에게 요구하듯이,   (9990)

우리도 자연에게 당연한 요구를 할 거예요.

합창대의 첫 번째 부류[736]

우리는 무수한 나뭇가지들이 속삭이고 살랑거리며 흔들리는 가운데

장난치고 간질이며, 생명의 샘물을 뿌리에서 가지 쪽으로

조용히 끌어올리죠. 때로는 무성한 잎으로, 때로는 만발한 꽃들로

나풀거리는 머리카락을 치장하여 자유로이 공중으로 자라나게 하지요.   (9995)

열매가 떨어지면, 즐겁게 살아가는 사람들과 가축 떼가

그것을 집으려고, 냠냠 먹으려고, 서둘러 달려오고 부지런히 밀려오지요.

의 대화』(1829년 9월 1일)에서 괴테는 이렇게 말한다. "나는 우리의 지속성을 의심하지 않네. 자연은 엔텔레키 없이는 존재할 수 없으니까. 하지만 우리 모두가 같은 방식으로 불멸인 것은 아닐세. 장차 위대한 엔텔레키로서 자신을 드러내려면 그 사람 자신이 하나의 엔텔레키여야만 하네."

736 합창대의 첫 번째 부류는 나무와 함께 생겨나고 다시 사라지는 숲과 나무의 요정으로 변한다.

그러곤 최초의 신들을 앞에 모시기라도 한 듯 모두가 우리를
향해 허리를 굽힌답니다.

두 번째 부류[737]

우리는 매끄러운 거울처럼 반짝이는 이 암벽에

잔잔한 파도 속에서 흔들리듯 애교 부리며 매달려 있어요.(10000)

새의 노래든, 갈잎 피리 소리든, 혹은 무시무시한 판 신의 음성이든

모든 소리에 귀 기울이고는, 답장으로 곧장 메아리를 마련한

답니다.

살랑대는 소리에는 살랑대며 화답하고, 천둥소리에는

두 곱, 세 곱, 열 곱으로 우렁차게 천둥소리를 되돌려 보내요.

세 번째 부류[738]

자매들이여! 마음 급한 우리는 냇물과 함께 서둘러 갑니다.(10005)

저 먼 곳의 풍성하게 치장한 언덕들이 우리를 끌어당겨요.

더 아래로 더 깊이 우리는 메안더[739] 강물처럼 굽이치며,

처음에는 풀밭을, 이어서 목장을, 이윽고 집 주변의 정원을 적

셔 줍니다.

저기 측백나무의 날씬한 우듬지들이 주변 풍경과

강변과 반들반들한 물 위로 치솟아 천공을 향하고 있군요.(10010)

네 번째 부류[740]

모두들 가고 싶은 데로 흘러가세요. 우리는,

---

737 두 번째 부류는 '메아리'의 요정으로 변한다. 매우 수다스러워 유노 신에 의해 돌로 변해 버렸
다. 그래서 목소리만 남게 되어, 앞선 소리들의 마지막 말이나 음절만 반복할 수 있다.
738 세 번째 부류는 샘물이나 그와 비슷한 물길의 요정으로 변한다.
739 소아시아의 옛 프리기아를 흐르는 구불구불하기로 유명한 강 이름.
740 달콤하고 유혹적이고 부글거리는 포도즙을 발효시키는 요정.

받침대 위에서 푸른 포도 덩굴이 무성히 자라는 저 언덕을 감돌아 흐르겠어요.

거기선 포도 재배자가 온종일 열정을 다해 부지런히 일하면서도 수확을 염려하는 모습을 볼 수 있어요.

때로는 괭이로 때로는 삽으로 흙을 북돋우고 자르고 묶으면서(10015) 모든 신들에게, 특히 태양신에게 열렬히 기도해요.

여자의 얼굴을 한 바쿠스는 충직한 하인은 돌보지도 않고,

정자에서 쉬거나 동굴에 기대 앉아 어린 판과 잡담이나 지껄이지요.

주신(酒神)이 해롱해롱 취하는 데 필요한 술은

가죽 자루나 항아리나 술통에 담겨,   (10020)

서늘한 지하실 좌우에 영원토록 저장되어 있어요.

모든 신들이, 특히나 태양의 신 헬리오스가

공기와 습기, 온기와 열기를 주며 포도송이들을 산처럼 쌓아 올리면,

포도 재배자가 조용히 일하던 곳은 아연 활기를 띠지요.

정자마다 떠들어 대고, 그 소리는 줄기에서 줄기로 바스락거리며 번져 갑니다.   (10025)

바구니는 삐걱삐걱, 들통은 덜걱덜걱, 멜통은 삐꺼덕삐꺼덕,

포도는 모두 큰 통으로 옮겨지고, 즙 짜는 일꾼들은 활기차게 춤을 추지요.

그리하여 순결하게 태어난 즙 많은 신성한 포도알들이

마구 밟혀 거품을 내고 사방으로 물을 튀기며 으깨어져 한데 섞인답니다.

그러다가 마침내 심벌즈와 징 소리가 귓속을 쟁쟁하게 파고
드는데,   (10030)
그것은 주신 디오니소스가 신비의 장막을 걷고 나타났기 때
문이지요.
염소 발굽을 한 남녀들도 몸을 비틀거리며 함께 나타나는데,
그사이에서 실레노스**741**를 태운, 귀가 큰 짐승이 찢어지는 소
리로 마구 울어 댑니다.
아수라장이 따로 없어요! 갈라진 발굽들은 모든 예의범절을
짓밟고,
온갖 관능은 어지럽게 소용돌이치며, 그 거친 소리는 귀를 먹
먹하게 해요.   (10035)
주정꾼들은 더듬더듬 술잔을 찾고, 머리와 배에는 술이 가득,
한두 사람 염려가 되어 소리치기도 하지만, 소란만 더 크게 할
뿐이죠.
새 술을 담으려면 묵은 술 부대는 얼른 비워야 하지 않겠어요!

(막이 내린다.)

(포르키스의 딸이 무대 전면에서 거인의 모습으로 일어난다. 그러나
굽 높은 장화는 벗어 버리고 가면과 베일을 뒤로 젖히며 메피스토펠
레스의 정체를 드러낸다. 필요한 경우에 에필로그에서 이 연극에 대
한 논평을 하기 위해서이다.)

---

741 디오니소스의 스승으로 늘 술에 취해 나귀를 타고 다닌다.

제4막

험준한 산악 지대

뾰족뾰족 우뚝하게 솟은 암벽 꼭대기.

한 덩어리의 구름이 가까이 날아와 암벽에 기대 있다가,

앞으로 튀어나온 너럭바위에 내려앉는다. 구름이 갈라진다.

파우스트 (앞으로 나온다.)

깊고 깊은 고독을 발아래로 내려다보며,

나 조심스럽게 이 꼭대기의 바위 끝에 섰노라.　　　　　　(10040)

청명한 날에 육지와 바다를 건너

부드럽게 나를 실어다 준 구름 수레여 안녕.

구름은 흩어지지 않고 천천히 내게서 멀어져 간다.

그 덩어리 둥글게 뭉쳐 동쪽으로 향하니,

내 눈은 휘둥그레 그 뒤를 좇는다.　　　　　　　　　　(10045)

구름은 물결치듯 유유히 흘러가고 시시각각 모양이 달라진다.

무슨 모습인가를 만들려 한다. 그렇다! 내 눈은 못 속이지!

햇빛 반짝이는 보료 위에 눈부시게 누워 있는,

거인처럼 웅대하면서도 신을 닮은 여인의 모습이,

보인다! 유노와도, 레다와도, 헬레네와도 닮은 듯 　　　　(10050)

위엄에 넘치면서도 사랑스러운 모습이 눈앞에 어른거린다.**742**

아아, 벌써 흩어지는구나! 형체를 잃고 드넓게 치솟아 올라

아득한 곳의 빙산들처럼 동쪽 하늘에 머물며,

무상(無常)한 나날들의 심장한 의미를 눈부시게 보여 주는구나.

보드랍고 밝은 안개 자락이 　　　　　　　　　　　(10055)

내 가슴과 이마 주위를 감싸 돌고 알랑거리며 마음을 시원하

고 즐겁게 해 준다.

이제 안개는 가벼이 그리고 머뭇머뭇 점점 더 위로 올라가더니

하나로 합쳐진다. 마침내 황홀한 모습이 나를 현혹한다.

저건 잃은 지도 오래된 아득한 옛 시절의 최고 보물 아닌가?

가슴 깊숙한 곳에서 그 옛날의 보물들이 솟아오른다. 　　(10060)

저건 가슴을 풋풋하게 했던 오로라**743**의 사랑을 보여 주는구나.

얼핏 느끼긴 했어도, 거의 알아보지 못했던 첫 눈길,

그걸 단단히 붙들었더라면 그 어느 보석보다 빛났을 테지.

사랑스러운 저 모습, 아름다운 영혼처럼 승화하고,

흩어지지 않은 채 창공으로 떠오르며, 　　　　　　(10065)

내 마음속 가장 소중한 것을 함께 데려가는구나.

---

742 이 구름의 형상은 방금 사라진 헬레네의 모습이기도 하고, 제1부에서 만났던 그레트헨의 모습
이기도 하다. 또한 마지막 심산유곡 장면에서 벌어질 일을 미리 보여 주는 것이기도 하다.
743 오로라는 아침노을의 여신. 그레트헨과의 첫사랑.

(마법의 7마일 장화[744] 한 짝이 엉거주춤 나타난다. 다른 한 짝이 곧 뒤따라온다. 메피스토펠레스가 장화에서 내리자 장화 두 짝은 급히 자리를 떠난다.)

메피스토펠레스

이쯤이면 서둘러 온 셈이다!

그런데 도대체 무슨 생각을 한 거요?

이런 소름 끼치는 곳 한가운데,

흉측하게 아가리 벌리고 있는 바위 틈새에 내리다뇨? (10070)

내가 잘 알지만, 여기는 내릴 만한 데가 아니오.

원래는 지옥의 밑바닥이었소이다.[745]

파우스트

자네한테는 어리석은 전설 이야기가 동날 때가 없군.

그 따위 이야기를 다시 늘어놓기 시작하다니.

메피스토펠레스 (진지하게)

주님께서 – 소생도 그 이유를 잘 알고 있지만 – (10075)

우리를[746] 하늘에서 깊고 깊은 지하 세계로 추방했지요.

그 한가운데서[747] 영원한 불길이 활활 타오르며

뜨거운 불꽃을 사방으로 튀기고 있었는데,

---

744 메피스토펠레스는 독일 동화에 나오는 한 걸음에 7마일을 가는 마법의 장화를 신고 그리스에 서부터 파우스트를 뒤따라 독일로 왔다.
745 메피스토펠레스는 지진과 화산 등 급격한 변화에 의해 지각이 형성된다는 괴테 당대의 화성론을 대변한다.
746 루시퍼는 원래 대천사였으나 신에게 반역을 하여 지옥으로 쫓겨남.
747 불덩이가 이글거리는 지구의 중심을 가리킨다.

우리에겐 그 불빛이 너무도 환해

아주 불편한 자세로 웅크리고 있었지요.   (10080)

악마들은 모두 기침을 시작했고,

위에서든 아래서든 [748] 불을 끄려고 후후 불어 댔지요.

지옥은 유황 냄새와 황산으로 가득 찼고,

마침내 가스가 발생했지요! 그리고 그게 엄청나게 팽창하더니,

이곳저곳 대지의 평평했던 지각(地殼)이, 아주 두꺼웠는데도,(10085)

곧장 굉음을 내며 파열하고 말았지요.

이제 우리는 다른 쪽 끝에 매달린 셈인데,

옛날에는 맨 밑바닥이었던 게 이제 봉우리가 된 거지요.

가장 낮은 것이 가장 높은 것으로 뒤바뀐다는,

저 그럴듯한 학설 [749] 도 여기서 생겨난 거올시다.   (10090)

어쨌거나 우리는 노예처럼 억눌려 있던 뜨거운 동굴로부터

자유로운 공기가 충만한 곳으로 빠져나온 것이지요.

이건 공공연한 비밀이지만, 잘 간직하고 있으면,

훗날 백성들에게 제대로 알려질 거외다. (「에베소서」 6장 12절)

파우스트

거대한 산은 의연히 침묵하고 있으니,   (10095)

산이 어디서부터, 왜 생겨났는지 묻지 않겠다.

자연이 자신으로부터 자신을 만들었을 때,

자연은 무심한 손길로 지구를 둥글게 다듬었노라.

---

748 입과 항문을 가리킨다.

749 18세기 후반부터 지각을 형성하는 자연의 돌발적인 재앙은 혁명의 은유로 묘사되었다(디드로, 달랑베르 등). 프랑스와 독일의 자코뱅파들은 폭력적인 정치적, 사회적 변혁에 이러한 은유를 빌어 자연법적인 합당성을 부여하였다.

산봉우리와 계곡을 만들며 즐거워했고,

암벽과 암벽, 산과 산을 줄지어 늘어놓았지. (10100)

그러고 나서 언덕들은 쾌적할 정도로 기울었고,

부드러운 선을 그리며 골짜기로 흘러내렸지.

거기에서 초목이 절로 푸르게 자라고 있으니,

스스로를 즐기는 자연은 광란에 찬 소용돌이를 원치 않는 법이다.

메피스토펠레스

물론 그렇게 말씀하시겠지요! 당신한테야 명명백백하겠지만,(10105)

그 자리에 있었던 자는 다르게 알고 있소이다.

소생이 저 아래에 있었을 때, 심연은 부글거리며 부풀어 올랐고

불꽃은 강물을 이루어 흘러갔지요.

더불어 몰록 신**750**의 쇠망치는 바위와 바위를 두들겨 대며

산의 파편들을 저 먼 곳으로 날려 보내더군요. (10110)

이 땅엔 낯선 데서 온 육중한 바위들이 아직 널려 있는데,

그 누가 이런 걸 내던질 수 있는 힘을 설명할 수 있을까요?

철학자도 왜 그런지 알 수는 없을 거외다.

거기에 바위가 놓여 있으니, 그냥 거기에 놔두라는 식이지요.

우리도 요모조모 생각해 봤지만 말짱 꽝이었소이다. (10115)

우직한 일반 백성들만 그것을 제대로 이해하고,

자신의 생각**751**에 방해받지 않지요.

그것은 기적이며, 악마의 공로라는 지혜를

그들은 오래전부터 터득했던 거지요.

---

750 구약에 나오는 소의 몸집을 한 호전적 악령. 신과 싸울 때 망치로 바위를 깨뜨려 지옥의 주위에 보루를 쌓았다고 한다. 밀턴의 『실락원』과 클롭슈토크의 『메시아』에서도 등장한다.
751 화성론을 가리킨다.

그래서 소생을 신봉하는 순례자들은 믿음의 지팡이를 짚고,(10120)
악마의 바위를 향해, 악마의 다리(橋)를 찾아 절뚝거리며 돌아
다니는 거지요.

파우스트

하긴, 악마가 자연을 어떻게 바라보는지 알아보는 것도
가치 있는 일이긴 하겠구나.

메피스토펠레스

나하고는 상관없는 일이오! 자연이야 그냥 자연이지요!
다만 중요한 점은! 악마도 그때 한몫 거들었다는 거올시다.(10125)
우리는 큰일을 해내는 무리라는 거지요.
소동과 폭력과 야단법석! 그 증거가 바로 눈앞에 있지 않소!**752**
그래요, 단도직입적으로 묻겠는데,
우리가 만든 이 지표면에서 마음에 드는 게 하나도 없었단 말이오?
당신은 무진장 넓은 이 세상에서   (10130)
여러 나라와 그 영화로움을 보지 않았던가요.(「마태복음」 4장)**753**
하지만 당신은 만족을 모르는 사람이니,
탐낼 만한 걸 찾지는 못했을 테지요?

파우스트

아니, 있었어! 굉장한 게 내 마음을 끌었네.
맞춰 보게!   (10135)

메피스토펠레스

---

752 신이 대홍수 후에 인간과의 결속의 표지로 무지개를 보여 주었던 것과 마찬가지로, 메피스토
펠레스는 악마들이 폭력적인 방식으로 형성한 거친 암석을 자신의 표지로 내세운다.
753 「마태복음」 4장 8절 "악마 또한 예수를 높은 산으로 데리고 가 세상의 온 나라와 그 영화를 보
이고……"라는 구절.

그야 별로 어렵지 않지요.

소생 같으면 이런 대도시를 찾겠소이다.

중심가에 시민들의 식료품 가게들이 무시무시할 정도로 복작

거리고,

꼬불꼬불 골목길, 뾰족한 박공지붕들에다,

비좁은 장터엔 배추, 무, 양파가 쌓여 있고,

푸줏간엔 쇠파리들이 모여들어   (10140)

기름진 불고기로 잔치를 벌이는 곳,

그런 곳을 찾으면 언제나

냄새가 진동하고 활기가 넘쳐 나지요.

그다음엔 커다란 광장과 넓은 길들도

의젓하게 자리 잡고 있고,   (10145)

마지막으로 커다란 성문이 가리지 않은 곳에선

외곽 도시가 끝없이 뻗어 있는 걸 볼 수 있지요.

그곳에서 소생은 바퀴 달린 마차들이 덜커덩거리며

굴러가고 굴러 오는 양을 즐거이 바라보겠소이다.

사람들이 여기저기 개미 떼처럼 바글거리며   (10150)

끝없이 왕래하는 광경도 볼 테지요.

마차를 끌거나 말을 타거나

소생은 언제나 그들 한가운데에 나타나,

수많은 군중의 존경을 받을 것이외다.

파우스트

그 정도론 만족할 수 없네.   (10155)

인구가 늘어나고, 누구나 자기 방식대로 편안히 먹고살고,

교육까지 받아 학식마저 높아지면

모두들 좋아할 테지.

하지만 그게 실은 반역자를 길러 내는 거네.

메피스토펠레스

그런 다음 내 뜻대로[754] 호화스럽게 (10160)

유원지에다 환락의 별장을 짓겠소이다.

숲과 언덕, 평야와 초원 그리고 들판을

화려한 정원으로 바꿔 놓을 거요.

푸른 나무숲 앞에는 벨벳 같은 잔디밭을,

실 같이 이어진 길들, 인공적으로 드리운 나무 그늘, (10165)

바위와 바위를 서로 이어 주며 떨어지는 폭포수,

그리고 온갖 종류의 분수도 만들 거요.

물줄기 힘차게 솟구치지만, 그 옆구리 쪽에선

수천의 작은 물방울이 쉬쉬 소리 내며 흩어져 내리지요.

그리고 나서는 절세미녀들을 위해 (10170)

정답고 아늑한 집을 짓게 할 거요.

거기서 한도 없이 기나긴 세월을 소생은

때로는 오순도순 때로는 고독하게[755] 지낼 거요.

미녀들이라고 말했는데, 그건 소생이

미녀들을 언제나 복수(複數)로 생각하기 때문이올시다. (10175)

파우스트

---

754 프랑스의 루이 14세와 "짐이 국가다"라는 절대왕정을 가리키는 것으로 보인다.
755 메피스토펠레스가 상상하는 로코코 시대의 군주는 여름이면 별궁으로 떠나기 때문에 궁성이 고독해진다는 의미.

고약하면서도 현대식이야! 사르다나팔 왕**756**이 따로 없군!

메피스토펠레스

당신이 무엇을 갈망했는지 알아맞혀 볼까요?

그건 정말이지 숭고하고 대담한 시도였소이다.

거의 달에까지 날아갔던 적도 있으니,**757**

그 고질병이 다시 당신을 몰아대는 모양이구려?　　　　　(10180)

파우스트

천만의 말씀! 이 지상엔 아직도

위대한 일을 할 여지가 남아 있네.

경탄을 자아낼 만한 일을 하고 싶다.

대담하게 노력하고 싶은 힘이 느껴진다.

메피스토펠레스

그렇다면 명성을 얻고 싶은 게로군요?　　　　　(10185)

그럴 만도 하지요. 당신은 여걸들과**758** 헤어졌으니까요.

파우스트

지배도 하고, 소유도 하는 거다!

행위가 전부이며, 명성이란 아무것도 아니다.

메피스토펠레스

하지만 시인들이 나타나서

후세에 당신의 영광을 알리고,　　　　　(10190)

---

756 아시리아의 마지막 왕으로 극도의 향락을 누렸다. 바이런이 괴테에게 헌정한 『사르다나팔 비극』은 이 주제를 다루고 있다. 혁명 후 프랑스에서 이 주제가 널리 유행되었다.
757 그리스에서 수레 구름을 타고 독일로 돌아왔던 것을 가리킨다.
758 헬레네 혹은 무대 위에서의 여배우를 가리킨다.

바보 같은 이야기로 바보 같은 일을 부추길걸요.**759**

파우스트

네놈이 제대로 알 수 있는 건 아무것도 없어.

인간의 갈망이 무엇인지 너 따위가 알겠느냐?

자네처럼 심술궂고 가혹하고 냉정한 자가

인간이 무엇을 꼭 필요로 하는지 알기나 하겠는가?　　(10195)

메피스토펠레스

좋을 대로 하시구려!

어디 당신의 황당무계한 계획이나 들어 봅시다.

파우스트

내 눈길은 저 거친 바다에 사로잡혔다.

바다는 자기 안에서 절로 솟구치고 부풀어 오른다.

가라앉는가 했더니 다시 거대한 파도를 쏟아 내며,　　(10200)

넓고 편평한 해변을 덮친다.

나는 그 점이 언짢아. 오만불손한 마음이

정열적으로 요동치는 혈기를 못 이겨,

온갖 권리를 존중하는 자유정신을

불쾌한 감정으로 바꿔 버린 꼴이란 말이야.　　(10205)

우연일 거라 생각하고 날카로운 눈길로 바라보았더니,

파도는 멈췄다가 다시 되돌아 굴러가며,

당당하게 도달했던 목표에서 멀어져 가는 거야.

시간은 언제나 다가오고, 이 유희를 되풀이하는 거네.

메피스토펠레스 (관객을 향해)

---

759 빈정거리는 메피스토펠레스로 하여금 괴테 자신의 『젊은 베르터의 고통』을 상기하게 한다.

그런 거라면 내겐 조금도 새롭지 않아.　　　　　　　(10210)

십만 년 전부터 알고 있는 사실이니까.

파우스트 (격정적으로 말을 이어 간다.)

파도 자체는 비생산적인데도 그 비생산성을 퍼뜨리기 위해

사방팔방에서 살금살금 다가온다.

부풀어 오르고 커지고 구르면서

황량한 해변의 역겨운 지역⁷⁶⁰을 뒤덮는다.　　　　(10215)

연이어 밀려오는 파도는 힘에 넘쳐 그곳을 지배하지만,

물러가고 나면 아무것도 남는 게 없구나.

그것이 날 절망케 하고 불안하게 한다.

제어할 수 없는 원소들의 맹목적인 힘이여!

그리하여 나의 정신은 감히 날아오르고자 한다.　　　(10220)

여기서 투쟁하고 싶다. 이것을 이겨 내고 싶다.

물론 가능할 것이다! 파도가 아무리 흘러넘쳐도

언덕을 만나면 휘감아 돌아가는 법이니까.

파도가 제아무리 오만하게 날뛴다 하더라도

조금만 높은 언덕이면 그것과 당당하게 맞설 수 있고,　(10225)

조금만 깊은 웅덩이라면 그것을 힘차게 끌어들일 수 있다.

마음속으로 어느새 이런저런 계획이 떠올랐다.

참으로 값진 즐거움을 누리려면,

저 광포한 바다를 해변에서 몰아내야 한다.

습기 찬 지대의 영역을 좁혀야 한다.　　　　　　(10230)

---

760 물에 잠기는 모래톱을 가리키는 것으로 보인다.

파도를 저 멀리 바다 속으로 밀쳐 내는 거다.

나는 이 계획을 하나하나 검토해 보았다.

이게 나의 소망이니 과감하게 추진토록 하거라.

(북소리와 군악대의 음악이 관객의 뒤편 저 멀리

오른쪽에서 들려온다.)

메피스토펠레스

그거야 식은 죽 먹기지요! 그런데 저 멀리 북소리가 들리시나요?

파우스트

다시 또 전쟁이란 말인가? 현명한 자라면 듣고 싶지 않은 소

리인데.   (10235)

메피스토펠레스

전쟁이면 어떻고 평화면 어때요! 약삭빠르게 처신하여

자기한테 이익이 되는 무언가를 이끌어 내는 게 중요하지요.

정신 차리고 호시탐탐 유리한 순간을 기다리는 겁니다.

자, 이제 기회가 왔소이다. 파우스트 선생, 단단히 붙들도록 하시오!

파우스트

그런 수수께끼 같은 말장난은 집어치워라!   (10240)

단도직입적으로 말하라, 어쩌라는 건가? 설명해 보거라.

메피스토펠레스

여기로 오는 도중에 들었습니다만,

저 착한 황제가 깊은 시름에 빠져 있나 봅니다.

선생도 그를 아시겠지만, 우리가 그를 도와

가짜 재산을 손아귀에 쥐어 주었을 때는,　　　(10245)
온 세상이라도 다 사들일 기세였지요.
하지만 어린 나이에 옥좌에 올랐기에,
제멋대로 오판한 겁니다.
통치하면서 동시에 향락을 누리는 것이
양립할 수 있으며,　　　(10250)
또한 바람직하고 멋진 일이라고 말이오.

파우스트

커다란 잘못이다. 명령을 내려야 하는 자는
명령하면서 커다란 기쁨을 느껴야 하는 법.
가슴속에 고매한 뜻이 가득할지라도,
자신의 소망을 그 누구도 알아차려선 안 되는 법이다.　　　(10255)
그가 가장 충직한 신하의 귀에 속삭였던 일은,
우선 성취되어야 하고, 그러면 온 세상이 놀라게 되리라.
그렇게 하여 그는 언제나 최고의 통치자,
최고로 존엄한 자가 되는 거네.
향락은 사람을 쾌락에 빠뜨려 놓을 뿐이야.

메피스토펠레스

그자는 그렇지 못했소이다! 자신이 마구 향락을 누렸으니
까요!　　　(10260)
그러는 동안 나라는 무정부 상태에 빠졌고,
높은 놈도 낮은 놈도 뒤죽박죽 엉켜 싸움질하고,
형제끼리도 서로 몰아내고 서로 죽였지요.
성채는 성채와, 도시는 도시와,

조합은 귀족과 반목하고,   (10265)

주교는 성당참사회나 교구와 알력을 벌이니,

얼굴만 맞대면 서로 으르렁 원수 사이가 되었죠.

교회 안에서도 살인과 살해가 자행되었고,

성문 밖에선 상인과 나그네가 실종되곤 했지요.

그러니 모두들 적잖게 대담해질 수밖에요.   (10270)

산다는 건 곧 방어를 의미했지요. 바로 그렇게 된 겁니다.

파우스트

그랬을 테지. 절뚝거리다 쓰러지고, 다시 일어났다간 곤두박질치며

볼품없는 덩어리가 되어 굴러갔겠지.

메피스토펠레스

그런 상태가 되었다고 누구를 탓할 순 없었지요.

모두들 잘난 척했고, 또 그럴 수 있었으니까요.   (10275)

가장 보잘것없는 놈조차도 젠체했지요.

마침내 선량한 자들은 이건 너무 미친 상태라고 생각했죠.

유력한 자들이 완력으로 봉기하고는,

이렇게 외쳤지요! 군주는 우리의 안녕을 보장하라.

하지만 황제는 그럴 능력도 그럴 의지도 없다.   (10280)

그러니 우리가 새 황제를 선출하여 나라에 새로운 기운을 불어넣자.

새 황제가 우리 모두를 안전하게 하면,

새롭게 세운 이 나라에서

평화와 정의는 하나로 결합할 것이다.[761]

파우스트

---

[761] 「시편」 85장 10절 참조.

성직자 냄새가 풀풀 나는 말이군.

메피스토펠레스

                실은 성직자들이었지요.   (10285)

놈들은 잘 먹어 통통한 배를 안전하게 지켰던 거지요.

그 때문에 누구보다도 그자들이 더 많이 가담했던 것이올시다.

폭동은 확산되었고, 폭동은 신성한 것으로 대접받았지요.

우리가 기쁘게 해 주었던 그 황제가 여기로 진군해 오고 있군요.

아마도 최후의 결전이 될 듯싶소이다.   (10290)

파우스트

딱하구나. 아주 선량하고 생각이 트인 사람이었는데.

메피스토펠레스

자, 살펴보러 가시지요! 살아 있다는 건 희망을 가진다는 거지요.

이 좁은 골짜기에서 그자를 구해 냅시다!

이럴 때 한번 구해 주면, 그건 천 번을 구해 준 셈이올시다.

주사위가 어떻게 나올지 누가 안답니까?   (10295)

운이 좋다면 그자의 부하도 그를 따를 테지요.

(그들은 중간에 놓인 산을 넘어가 골짜기에 포진한 군대의 배치를 관찰한다. 아래쪽에서 북소리와 군악이 들려온다.)

메피스토펠레스

보아하니, 진용(陣容)은 훌륭하게 짜였군요.

우리가 가담하면, 승리는 따 놓은 당상이올시다.

파우스트

네게서 뭘 기대하란 말인가?

사기! 요망한 눈속임! 아니면 허망한 그림자겠지.　　　(10300)

메피스토펠레스

전투에서 이기는 전략이지요!

당신도 목적한 바를 생각하시고,

큰 뜻을 지키도록 마음을 굳게 먹으시오.

우리가 황제의 옥좌와 나라를 지켜 준다면,

당신은 무릎을 꿇고 더없이 넓은 해안 지대를　　　(10305)

봉토로 하사받을 겝니다.

파우스트

자네는 이미 많은 일을 해냈어.

그러니 이번 전투에서도 이기도록 하게!

메피스토펠레스

아니오, 당신이 이겨야 합니다! 이번에는

당신이 총사령관이올시다.　　　(10310)

파우스트

내가 높은 자리를 차지하는 건 몰염치가 아닐까?

아무것도 모르는 주제에 명령을 내리다니.

메피스토펠레스

참모부에 일 처리를 맡기면,

야전 사령관인 당신은 안전해요.

오래전부터 전쟁이 불리하다고 느껴　　　(10315)

소생이 산악 지대의 원시 인간들로

참모진을 미리 짜 두었더랬지요.

그들을 긁어모은 쪽이 행운을 잡는 것이올시다.

파우스트

저기 무기를 들고 있는 자들은 누군가?

자네가 산악 주민들을 부추겼는가? (10320)

메피스토펠레스

아니올시다! 하지만 온갖 놈팡이들 가운데서

페터 스켄츠**762** 같은 정예들을 뽑은 거지요.

(세 사람의 용사**763**가 등장한다.) 「사무엘 하」 23장 8절)

저기 내 졸개들이 오고 있소!

보다시피 나이도 아주 다르고,

옷과 무기도 제각각이지만, (10325)

거느리고 다니기엔 그리 나쁘진 않을 거요.

　　　　　　(관객을 향해)

요즈음 젊은것들은 모두

갑옷이나 기사들의 옷깃 따위를 좋아하더군요.

게다가 이 건달들은 비유적인 존재들이라,

그만큼 더 마음에 드실 거외다. (10330)

싸움꾼 (젊은이로 가벼운 무장에 화려한 복장을 하고 있다.)

---

762 바로크 시대의 작가 안드레아스 그리피우스(1616~1664)의 동명 작품에 나오는 주인공으로, 그는 아주 졸렬하고 서투른 수공업자들을 무대에 등장시켰다. 셰익스피어의 『한여름 밤의 꿈』에서도 이 인물이 수공업자들의 아마추어 연극을 주도한다.
763 구약성서에 나오는 다윗의 세 용사를 모방하여 창작된 인물들. 가볍게 무장을 한 싸움꾼은 청춘의 야만적인 공격성의 알레고리이며, 날치기는 성인들의 소유욕, 뚝심쟁이는 노인들의 집착에 대한 알레고리이다.

누구든 내 눈을 똑바로 쳐다보는 놈은

당장에 주먹으로 아가리를 갈겨 버릴 거다.

비겁하게 줄행랑치는 놈이라면,

뒤통수의 머리카락을 낚아챌 거다.

날치기 (중년 나이로, 제대로 무장하고 호사스러운 옷을 입고 있다.)

그런 실속 없는 싸움은 장난질이고,   (10335)

시간 낭비에 불과해.

오로지 날치기에만 몰두하란 말이다.

다른 건 모두 나중 문제니까.

뚝심쟁이 (노년으로 중무장 한 채, 옷을 걸치지 않았다.)

그래 봤자 별 소득도 없을걸!

막대한 재산도 곧 녹아 버리고,   (10340)

흘러가는 인생 속에서 덩달아 흘러가 버리지.

날치기도 괜찮지만, 뚝심 좋게 붙들고 있는 게 더 나아.

이 늙은이에게 맡겨만 주신다면,

어떤 놈도 당신 것을 앗아가지는 못하게 하리다.

(그들 모두가 아래쪽으로 내려간다.)

앞산 위에서

북소리와 군악 소리가 아래쪽에서 울려온다.

황제의 천막이 설치된다.

황제와 총사령관과 친위병들.

총사령관

요충지인 이 골짜기로 (10345)

우리의 전군을 후퇴시켜 촘촘하게 집결시킨 것은

용의주도한 전략인 듯합니다.

이 선택이 행운을 가져다줄 것으로 확신하옵니다.

황제

전세가 어떻게 돌아갈지는 곧 알게 될 테지.

하지만 짐은 패주나 다름없는 퇴각이 불쾌하오.**764** (10350)

---

764 괴테의 『프랑스 원정기』에 유사한 기록이 나와 있다. 괴테도 참전했던 동맹군의 총사령관인 브라운슈바이크 공작이 너무도 소심하여 결정적인 전투 한 번 벌이지 않고 군대를 프랑스에서 라인

총사령관

폐하, 저기 아군의 우익(右翼) 쪽을 보시옵소서!

저런 지형이야말로 전략상으로 바람직하옵니다.

언덕이 가파르지도 않지만, 접근하기도 그렇게 쉽지 않아,

아군엔 유리하고 적군엔 난처하옵니다.

파도 모양의 지형을 이용해 아군을 반쯤만 매복시켜 놓으면 (10355)

적군의 기병대도 함부로 접근하지 못할 것입니다.

황제

칭찬 빼놓고는 할 말 없소.

이곳에서 기량과 용기를 시험해 보도록 하오.

총사령관

저기 한가운데 초원의 평평한 지대에서

밀집 방진(方陣)[765]을 펴고 용감하게 싸우는 모습을 보시옵
소서.   (10360)

기다란 창의 끝부분이 아침 안개 속에서 햇빛을 받아

반짝반짝 빛나고 있사옵니다.

네모꼴로 정렬한 막강한 보병이 검게 물결치는 모습을 보시지요!

수천의 군사가 큰 공을 세우고자 분전하고 있나이다.

저 정도면 폐하께서 우리 군대의 위용을 확인하신 것이옵니다.(10365)

소신은 우리 군대가 적의 병력을 능히 갈라놓으리라 믿나이다.

황제

저렇게 아름다운 광경은 처음이오.

강변으로 다시 철군시킨 것을 괴테는 강력하게 비판한다.
765 팔랑크스(Phalanx)는 18세기에 사용된 군사 전문용어로서, 긴 창으로 중무장한 보병들의 밀
집대형 방진을 가리킨다.

저런 군대라면 곱절로 위력을 발휘할 수 있을 것이오.

총사령관

아군의 좌익(左翼)에 대해선 보고드릴 것도 없나이다.

험준한 암벽을 용감무쌍한 병사들이 지키고 있사옵니다.(10370)

지금 무기들로 번쩍이는 저 층암절벽이

좁은 협곡의 중요한 통로**766**를 지키고 있는 형국이라,

여기서 적군이 예기치도 못하고

혈전을 벌이다 패배할 것임은 자명하옵니다.

황제

저기 사이비 친인척들이 오는구나.　　　　　　　　(10375)

저들은 짐을 숙부니 사촌이니 형제라 부르며,

날이 갈수록 더욱더 방자해지더니,

왕홀에서는 권위를, 옥좌에선 존경심을 앗아갔도다.

마침내 저희들끼리 불화를 일으켜 나라를 황폐케 하더니,

이번에는 모두 한통속이 되어 짐에게 반기를 들었노라.(10380)

백성들은 갈피를 못 잡고 흔들리다

결국 물결 흐르는 대로 휩쓸려 갈 뿐이로다.

총사령관

충직한 병사 하나를 첩자로 보냈사온데,

급히 암벽을 내려옵니다. 좋은 소식을 가져왔을 테지요!

첫 번째 첩자

　교묘하고 대담한 우리의 계교는　　　　　　　(10385)

---

766 1806년 예나 전투에서 프로이센 군대는 처음에는 바이마르의 고원으로 통하는 길의 중요성을 알아차리지 못하고 그곳을 점령하지 않았다.

다행히 성공을 거두어,

여기저기로 잠입해 들어갔사오나,

신통한 정보는 얻지 못했나이다.

여러 충직한 자들처럼 폐하께

충성을 맹세하는 자들도 많기는 했지만,   (10390)

실제로 행동은 않고 변명만 늘어놓으며

내란의 조짐이니 백성의 위협이니 하며 떠들어 대고 있

사옵니다.

황제

자기만 살아남겠다는 건 이기주의자의 신조이니만큼,

감사할 필요도 없고, 정이니 의무니 명예니 거론할 것도 없다.

앞뒤 계산 잘해 본다면, 이웃집 화재가   (10395)

너희까지 삼켜 버린다는 걸 왜 생각지 못하느냐?

총사령관

두 번째 첩자가 옵니다. 아주 천천히 내려오고 있사옵니다.

피곤에 지쳐 그런지 사지를 부르르 떨고 있나이다.

두 번째 첩자

우리는 처음엔 느긋한 마음으로

난동 분자들이 헤매는 꼴을 관망했사옵니다.   (10400)

그런데 예기치도 않게 불쑥

새로운 황제가 나타났습니다.

다수의 백성들이 미리 정해진 길로

들판을 가로질러 행진해 가더군요.

모두가 새로 펼쳐진 가짜 깃발을   (10405)

따라가더군요. 바로 양 떼의 근성입지요!

황제

반역 황제의 등장은 짐에게 오히려 득이 되나니,

이제 비로소 짐은 자신이 황제임을 실감하노라.

짐은 그저 군인으로서 이 갑옷을 입었는데,

이제는 보다 고귀한 목적을 위해 입은 것이 되었도다. (10410)

잔치를 벌일 때마다 모든 게 호사스럽고 모자라는 게 없었지만,

위험을 감수하는 놀이만은 없어서 실은 아쉬웠노라.

경들이 즐기면서 짐에게도 고리 꿰는 놀이[767]를 권했을 때,

짐은 가슴 설레며 오히려 마상(馬上) 무술시합을 하고 싶어 안

달했었지.

경들이 짐에게 전쟁을 말리지만 않았더라면,   (10415)

지금쯤 짐은 벌써 혁혁한 전공(戰功)으로 빛나고 있을 것이오.

저 옛날 사방의 불길 속에서 자신의 모습을 비춰 보았을 때,[768]

짐은 가슴속에서 절절이 자립심을 느꼈노라.

무시무시하게 짐을 덮쳤던 불길은

환영(幻影)에 불과한 것이긴 했지만, 그래도 대단한 환영이었

지.
                                                        (10420)

그래, 승리와 명성을 막연히 꿈꾸어 왔거니와,

함부로 게을리했던 것을 이제는 되찾을 작정이오.

(반역 황제에게 전쟁을 통고하기 위해 사신들이 파견된다.

파우스트가 갑옷 차림에 투구로 얼굴을 반쯤 가린 채 등장.

---

767 말을 타고 달리며 긴 창으로 고리를 꿰는 시합.
768 '가장무도회의 밤'에 플루토스가 화염 마술을 부렸을 때 불길에 갇혔던 일을 회상하고 있다.

세 용사는 앞에서와 같은 무장과 옷차림을 하고 있다.)

파우스트

저희들이 나섰다고 나무라지 마시길 바라옵니다.

위급하지 않더라도 만사 조심이 상책이옵니다.

폐하께서도 아시다시피 산악 지대 사람들은 생각이 깊고, (10425)

자연의 부호나 암석에 나타난 부호에도 통달해 있사옵니다.

정령과도 같이 그들은 이미 오래전 평지를 떠나,

이전보다도 더 바위산에 전념하고 있지요.

그들은 금속 냄새 진동하는 가스 속에서

미로 같은 골짜기를 누비며 조용히 활동하고 있사옵니다. (10430)

끊임없이 분석하고 시험하고 결합시키는

그들의 유일한 욕망은 새로운 것을 발명하는 것이지요.

그들은 영적인 힘이 깃든 조용한 손가락으로

투명한 형상들을 만들어 내고,

영원히 침묵을 지키며 수정(水晶) 속에서 (10435)

지상 세계의 사건들을 살피고 있사옵니다.

황제

짐도 그런 이야기를 들은 적이 있어 그대의 말을 믿겠소.

하지만 용기 있는 자여, 말해 보시오. 그게 여기서 무슨 소용이

란 말인가?

파우스트

노르치아[769]의 무술사(巫術師)는 사비니 사람으로

---

769 이탈리아 중부 지방의 도시로, 예로부터 무술사가 많기로 소문이 난 곳.

폐하의 충직하고 성실한 신하이옵니다.**770**   (10440)

한때 잔인한 운명이 그를 위협했었지요.

섶나무가 타닥타닥 타오르고, 어느새 불길이 날름거리는데,

주위에 이리저리 쌓아 올린 마른 장작더미엔

역청과 막대 모양의 유황 다발이 함께 섞여 있었지요.

인간도 신도 악마도 그를 구할 수 없었는데,   (10445)

때마침 폐하께서 달아오른 쇠사슬을 끊어 주셨나이다.

로마에서 있었던 일이지요. 그리하여 커다란 은혜를 입은 그는

언제나 걱정스럽게 폐하의 거취에 마음을 쓰고 있었던 것이

옵니다.

그때부터 그는 자신을 완전히 잊어버린 채,

오로지 폐하를 위해 별자리와 지리를 살피고 있나이다. (10450)

화급한 일이 생겼으니 폐하를 도우라고 저희를 보낸 것도

바로 그 사람이옵니다. 무엇보다도 산의 힘은 대단하옵니다.

거기서 자연은 참으로 강력하고 자유롭게 작용하는데,

우둔한 성직자들은 그것을 마술이라고 비난하지요.

황제

즐거운 날 신나게 즐기려고   (10455)

유쾌하게 찾아오는 손님들을 맞이할 때,

홀 안이 비좁도록 사람들이 밀고 밀리더라도,

우리 모두는 기쁘기 마련이오.

하물며 있는 힘 다해 우리를 돕고자 찾아온

---

770 악마인 메피스토펠레스가 황제를 돕는다는 사실을 숨기기 위해 다른 마술사로부터 위임받았노라고 둘러대고 있는 장면이다.

성실한 사람이라면 최고의 환영을 받아 마땅하오.　　　(10460)
운명의 저울이 어느 쪽으로 기울까,
마음 졸이고 있는 이 아침 시간에 말이오.
하나 절체절명의 이 순간 여기에선
드센 팔로 칼 빼어 드는 걸 멈추게 하는 것이 시급하다.
수천 병사가 짐의 편에서 혹은 짐에 대항하여　　　(10465)
진군하려는 이 순간을 존중토록 하라.
자립은 사나이의 운명! 왕관과 옥좌를 탐내는 자는,
개인적으로 그럴 만한 자격이 있어야 할 것이오.
우리를 거역하고 일어나 황제를 참칭하고,
나라들의 왕이니, 군대의 사령관이니,　　　(10470)
귀족들의 군주[771]니 자칭하는 저 괴물을,
짐은 이 주먹으로 죽음의 나라에 처넣어 버리겠다.

파우스트

위대한 일을 이루기 위해선 지당한 말씀이오나,
폐하께서 목숨을 건다는 건 당치 않사옵니다.
투구는 닭 벼슬과 깃털로 장식되는 법이고,　　　(10475)
그것들은 우리의 용기를 북돋우는 머리를 보호하지요.
머리가 다치면 팔다리가 무슨 일을 해내겠나이까?
머리가 잠들면 모든 것이 축 늘어져 버리고,
머리가 상처 입으면, 당장에 모든 것이 상처 입게 되지요.
머리가 빨리 건강해지면 팔다리도 싱싱하게 회복되는 것이옵
니다.　　　(10480)

---

771 귀족들에게 봉토를 수여할 수 있는 군주의 지위.

팔은 재빨리 자신의 강력한 권리를 행사하여,

두개골을 지키려 방패를 들어 올릴 것이고,

칼도 즉시에 자신의 의무를 알아차려,

힘차게 되받아치고는 거듭 내리칠 것입니다.

튼튼한 발도 그들의 행운에 한몫 끼어들어 (10485)

쓰러진 적군의 목덜미를 짓밟아 버릴 것이옵니다.

황제

짐의 노여움이 바로 그거다. 놈을 그렇게 다루어

오만한 대갈통을 납작한 발판으로 만들 테다.[772]

사신들 (돌아온다.)

우리는 저쪽에서 존경도,

대접도 받지 못했나이다. (10490)

우리의 강력하고 고귀한 선전포고를

실없는 농담이라며 웃어 댔나이다.[773]

"너희들의 황제는 행방불명이다.

비좁은 골짜기에서 메아리만 칠 뿐이다.

우리더러 그자를 생각해 보라 하지만, (10495)

동화에서 말하듯, 그건 그 옛날의 일이었느니라."

파우스트

굳세고 충직하게 폐하 편에 서 있는,

최정예 병사들의 소망대로 된 것이옵니다.

저기 적군이 다가옵니다. 폐하의 군사는 사기충천 기다리고

---

772 「시편」 110장 1절에 유사한 표현이 나온다. "내가 적들을 너희들 발의 발판에 놓을 때까지."
773 중세의 기사도 정신에 입각한 선전포고와 근대 전술의 차가운 전략을 대비시키고 있는 장면.

있나이다.

공격을 명하십시오. 유리한 순간입니다.   (10500)

황제

짐이 직접 지휘를 하지는 않겠소.

(총사령관에게)

후작, 이런 임무는 그대 손에 달려 있소.

총사령관

자, 우익군은 전진하라!

지금 막 기어오르는 적의 좌익을

한 발짝도 내딛지 못하게,   (10505)

충성심과 젊은 패기로 물리쳐라.

파우스트

그렇다면 이 용맹한 용사가

곧장 당신의 전열 속으로 들어가게 해 주시오.

그렇게 대열의 병사들과 긴밀하게 하나가 되면,

그자의 막강한 본성이 마음껏 발휘될 것입니다.   (10510)

(파우스트가 오른쪽을 가리킨다.)

싸움꾼 (앞으로 나선다.)

나한테 낯짝을 보이는 놈은 누구든

위턱 아래턱이 박살 나지 않고는 돌아가지 못합니다.

나한테 등짝을 보이는 놈은 당장에 목이고 대갈통이고 머리채고

처참하게 목덜미에 축 늘어지게 될 거요.

아군 병사들도 내가 날뛰는 것처럼   (10515)

칼과 몽둥이를 휘둘러 댄다면,

적병은 한 놈 한 놈 고꾸라져

자기들의 피바다에 빠져 죽고 말 겁니다.

(퇴장)

총사령관

아군 한가운데 밀집 방진을 조용히 따르다가

적군을 만나거든 사력을 다해 기민하게 대처하라. (10520)

저기 조금 오른쪽에선 이미 아군의 전투부대가

사투를 벌이며 적의 진지를 뒤흔들고 있다.

파우스트 (가운데 사나이를 가리키며)

그럼 이 사내도 장군의 명령에 따르게 해 주시오!

동작이 아주 빨라 무어든 낚아채 올 수 있습니다.

날치기 (앞으로 나선다.)

황제군의 영웅적인 용기엔 (10525)

약탈 욕구도 당연히 짝을 이루어야지요.

모든 병사들의 목표는 이제,

반역 황제의 풍성한 천막이 되어야 합니다.

그자도 그 자리에서 오래 뻐기지는 못할 거외다.

내가 밀집 방진의 선두에 서리다. (10530)

들치기 (종군 행상, 날치기에게 바짝 다가선다.)

내가 이 양반의 여편네가 된 건 아니지만,

이 양반은 내겐 꼭 맞는 서방이라고요.

우리도 이제 한몫 잡게 되었어요!

여자란 움켜쥘 때도 지독하지만,

빼앗을 땐 인정사정없어요. (10535)

무조건 이기는 편에 붙는다! 그래야 무어든 할 수 있어요.

(날치기와 들치기 퇴장한다.)

총사령관

예상했던 대로 우군 좌익 쪽으로

적군 우익이 맹렬하게 덤벼드는군.

암벽 협로를 차지하려고 미친 듯이 달려드는 적군에게

우리 모두 일치단결하여 버틸 것이오. (10540)

파우스트 (왼쪽을 향해 손짓한다.)

그러면, 장군, 이자도 눈여겨봐 주십시오.

강한 것을 더 보강한다고 손해 볼 일은 없으니까요.

뚝심쟁이 (앞으로 나선다.)

좌익 쪽은 염려 놓으십시오!

제가 있는 곳이라면, 가진 것은 안전합니다.

늙은이의 가치는 가진 걸 잘 지키는 데 있지요. (10545)

제가 가진 건 그 어떤 번갯불도 앗아 가지 못할 겁니다.

(퇴장)

메피스토펠레스 (위에서 아래쪽으로 내려오면서)

자, 보십시오. 우리들 뒤쪽의

모든 뾰족뾰족한 바위틈에서

무장한 병사들이 쏟아져 나와

좁은 오솔길이 더욱 복작거립니다. (10550)

그들은 투구와 갑옷, 칼과 방패로써

우리 뒤쪽에 성벽을 쌓은 채,

공격 신호만을 기다리고 있소이다.

(사정을 아는 관객들에게[774] 낮은 소리로)

저것들이 어디서 왔는지는 묻지 말아 주시오.

소생은 물론 망설이지 않고   (10555)

주변의 무기고란 무기고는 몽땅 털었소이다.

거기엔 보병도 있고 기병도 있었는데,

아직도 이 세상의 주인인 양 행세하고 있더군요.

전에는 기사니, 왕이니, 황제니 했지만,

이젠 속이 텅 빈 달팽이 껍데기에 불과하지요.   (10560)

거기에다 이런저런 유령들을 끼워 넣어 단장했더니,

중세가 생생하게 살아난 듯했지 뭡니까.

어떤 악마가 저 안에 끼어 있든,

이번만은 상당한 효과를 볼 것이외다.

(큰 소리로)

들어 보시오. 저것들이 벌써 분기탱천   (10565)

서로 부딪치며 요란한 쇳소리를 내고 있소이다!

깃대에 달린 깃발 조각들도 펄럭거리며

신선한 공기 좀 마셔 보자며 초조하게 기다리고 있어요.

옛날의 백성들이 지금 준비를 갖추고

새 시대의 전투에 기꺼이 뛰어들려 하는 겁니다.   (10570)

(위쪽에서 무시무시한 나팔 소리가 들려오고,

적군 진영에서 현저한 동요가 일어난다.)

---

774 메피스토펠레스가 마법으로 도깨비 군대들을 숨겨 놓고 있다는 사실을 아는 관객들 혹은 독자들.

파우스트

　지평선이 어두워졌다.

　여기저기 예감에 찬 붉은 불빛만이

　심상찮게 빛날 뿐이다.

　창검들은 어느새 핏빛으로 번쩍이고,

　바위도 숲도 대기도,　　　　　　　　　　　　　　(10575)

　온 하늘까지도 싸움에 휘말려 들었다.

메피스토펠레스

　우익은 완강하게 버티고 있소이다.

　하지만 소생이 보기에 그중에서도 뛰어난 건

　날쌘 거인인 싸움쟁이 한스올시다.

　늘 하던 대로 종횡무진이올시다.　　　　　　　　(10580)

황제

　처음에는 팔 하나만 쳐든 줄 알았더니

　지금은 열두 개가 미친 듯이 날뛰는구나.

　이건 자연스러운 일은 아니야.

파우스트

　폐하께서는 시칠리아 해변을 떠돌고 있는

　안개 띠[775]에 대해 아무것도 못 들으셨는지요?　(10585)

　거기선 밝은 대낮에 기이한 광경이

　흔들리면서도 뚜렷하게,

　중천으로 드높이 떠오르고는

---

[775] 괴테가 그의 『색채론』에서 인용하고 있는 것으로, 시칠리아 해변의 대기 중에 도시와 정원의 형상이 안개 속에 희미하게 비치는 현상을 가리킴.

이상한 안개에 반사되어 나타난다고 하옵니다.

여기저기서 도시들이 나타났다 사라지고 (10590)

정원들이 떠올랐다 가라앉았다 하며,

여러 형상들이 대기를 뚫고 나타난다는 것이옵니다.

황제

하지만 왠지 괴이쩍다! 긴 창끝마다

번갯불이 번쩍이지 않느냐.

아군 밀집 방진의 창끝에서도 (10595)

작은 불꽃들이 휙휙 춤추는데,

어쩐지 도깨비장난 같다는 생각이 드오.

파우스트

폐하, 황공하오나, 저것은 이미 사라진

정령들의 흔적이옵니다.

모든 뱃사람들이 축원을 올리는 (10600)

디오스쿠로이 형제의 반사광으로,**776**

저 병사들은 여기서 최후의 힘을 다 기울이는 것입니다.

황제

하지만 말해 보시오.

자연이 우리를 위해 영험한 힘을 모아 주는 것이

누구의 덕택이란 말이오? (10605)

메피스토펠레스

폐하의 운명을 가슴으로 걱정해 주는

---

776 황제를 불안하게 만드는 마적인 전기현상을 파우스트는 행운을 가져오는 성(聖) 엘모의 불이라고 설명하고 있다. 뇌우 때 첨탑이나 산꼭대기 혹은 돛대의 꼭대기에 나타나는 전광.

저 고귀한 무술사 말고 누가 있겠나이까?

적들이 폐하를 마구 위협하는 걸 보고

그분은 마음속 깊이 격분하였나이다.

그리하여 자신이 파멸한다 할지라도　　　　　　　　(10610)

폐하를 구해 은혜를 갚으려는 것이옵니다.

황제

백성들이 환호하며 짐을 에워싸고 안내했을 때,

짐은 우쭐한 기분에 자신의 권위를 시험해 보고 싶었노라.

그래서 이거 잘됐다 싶어 별생각도 없이

백발노인에게 시원한 바람을 선사해 주었던 거네.　　　(10615)

그 결과 성직자들의 즐거움을 망쳐 버렸고,

짐은 물론 그들의 호의를 얻을 수 없었지.

한데 여러 해가 지난 지금 새삼스럽게

짐이 좋아서 한 일로 보답받으란 말인가?

파우스트

사심 없는 선행은 이자가 많은 법입니다.　　　　　(10620)

저 위쪽을 보십시오!

무술사가 무슨 신호를 보내는 것 같습니다.

주의해 보십시오. 곧 징조가 나타날 것이옵니다.

황제

독수리 하나가 하늘 높이 떠돌고,

괴조 그라이프가 사납게 위협하며 그 뒤를 따르는구나.[777](10625)

파우스트

---

777 고대 점술에서 전령 역할을 하는 이 새들의 싸움은 전투의 결말을 알리는 전조로 여겨졌다.

주의 깊게 보십시오. 저건 분명 길조(吉兆)이옵니다.

그라이프는 옛날 우화에나 나오는 동물인데,

어찌 제 주제를 까맣게 잊고

진짜 독수리와 감히 겨룰 수 있겠나이까?

황제

이제는 더 커다랗게 원을 그리며   (10630)

빙빙 도는구나. 그런데 순식간에

놈들은 서로 덤벼들어

가슴과 목을 찢어발기려 드는구나.

파우스트

잘 보시옵소서. 저 흉측한 그라이프가

찢기고 뜯기고 상처만 입은 채   (10635)

사자 꼬리를 축 늘어뜨리곤

산봉우리의 숲으로 떨어져 사라졌습니다.

황제

그래, 저 징조대로 됐으면 좋겠다!

좀 이상하긴 하다만 일단 믿어 두겠다.

메피스토펠레스 (우익 쪽**778**을 향해)

맹렬하게 거듭되는 공격에   (10640)

적군은 물러나지 않을 수 없습니다.

적군은 허둥지둥 싸우며

오른쪽으로 밀려갔기 때문에,**779**

---

778 승리의 진군을 하고 있는 황제 군대의 우익을 향하여.

779 적의 좌익 쪽 방향이다.

주력부대의 좌익은

전투 중 일대 혼란을 일으켰나이다.   (10645)

아군 밀집 방진의 견고한 선봉은

우측으로 진군하여, 번개와도 같이

적의 약한 곳을 공략하고 있사옵니다.

이제 백중지세 쌍방의 병력이

폭풍을 만난 파도처럼 날뛰고 흩어지며   (10650)

곱으로 격렬하게 싸웁니다.

이보다 더 장렬한 광경은 생각할 수도 없습니다.

이 전투는 아군이 이긴 것이옵니다!

황제 (왼편에서 파우스트에게)

보라! 짐이 보기엔 저쪽이 염려스럽다.

아군 진지가 위태위태하다.   (10655)

돌을 던지지도 않는구나.

낮은 암벽엔 적군이 기어올랐고,

높은 암벽에선 아군이 벌써 후퇴하였구나.

저럴 수가! 적들이 한 덩이로 총집결하여

점점 가까이 육박해 온다.   (10660)

협로도 이미 점령해 버린 것 같다.

불경(不敬)한 술수의 당연한 결과로다!

그대들의 마술은 말짱 도루묵이다.

(잠시 후)

메피스토펠레스

저기 소생의 까마귀[780] 두 마리가 날아옵니다.

무슨 소식을 가지고 오는 걸까요?   (10665)

나쁜 소식이나 아닐지 두렵군요.

황제

저 흉측한 새들은 정체가 뭐냐?

전투가 치열한 바위 절벽을 떠나

검은 돛을 달고 이리로 날아오는구나.[781]

메피스토펠레스 (까마귀들에게)

내 귀 바로 가까이에 앉아라.   (10670)

너희가 지켜 주는 자는 실패할 리가 없어.

너희의 충고는 늘 시의적절하니까.

파우스트 (황제에게)

폐하께서도 비둘기 이야기는 들으셨겠지만,

그것들은 머나먼 땅에 가 있더라도

새끼와 먹이가 있는 보금자리로 돌아옵니다.   (10675)

여기에 중대한 차이점이 있사온데,

비둘기는 평화 시에 봉사하는 전령이며,

까마귀는 전쟁 시에 명을 받드는 전령이옵지요.

메피스토펠레스

아주 불길한 보고가 전달되었나이다.

---

780 북부 게르만 지방의 전쟁의 신인 '오딘(보탄 혹은 보덴이라고도 불린다)'이 데리고 다니던 전설상의 까마귀. 독일의 악마도 이 까마귀를 데리고 다닌다.
781 그리스 신화에서 집으로 돌아오던 테세우스는 그의 배에서 검은 돛을 떼어 내지 않아, 아테네의 왕이었던 그의 아버지는 아들이 미노타우로스와의 싸움에 패해 죽은 걸로 착각하고 바다에 몸을 던져 죽었다.

저편을 보십시오! 저 암벽의 가장자리에서 (10680)

아군 용사들이 곤경에 처해 있군요.

가까운 고지들엔 벌써 적병들이 올라왔어요.

적들이 저 협로를 점령하면,

아군은 난처한 지경에 빠지게 됩니다.

황제

그렇다면 결국 짐이 속은 거로구나! (10685)

그대들이 짐을 함정에 빠뜨렸다.

감히 짐을 옭아매다니 두렵도다.

메피스토펠레스

용기를 내십시오! 아직 패한 건 아니올시다.

마지막 고비에선 인내와 책략이 필요한 법입니다!

대개는 막바지에 가서야 결판나니까요. (10690)

소신에겐 든든한 전령들이 있사오니,

소신에게 명령권을 가지라고 명을 내려 주옵소서!

총사령관 (그사이에 다가와 있다.)

폐하께서 이자들과 손잡으신 것 때문에,

신은 줄곧 고통스러웠나이다.

속임수론 결코 확실한 행운을 얻지 못하옵니다. (10695)

신으로서도 전세(戰勢)를 돌이킬 방도가 없나이다.

저자들이 시작했으니 저자들이 끝내도록 하옵소서.

신은 이 지휘봉을 반납하겠나이다.

황제

형편이 좋아질 때까지 지휘봉은 경이 맡아 두오.

행운이 돌아올지도 모르지 않소.   (10700)

짐은 저 역겨운 떠돌이 녀석도,

놈이 까마귀와 정답게 구는 수작도 심히 불쾌하오.

　　　　　　　(메피스토펠레스에게)

지휘봉을 그대에게 맡길 순 없노라.

짐이 보기에 그대는 적임자가 아닌 것 같다.

하지만 명령을 내려 우리를 구하도록 시도는 해 보라!   (10705)

이왕에 벌어질 일이라면 벌어질 테지.

　　　　　　(황제, 총사령관과 함께 천막 안으로 사라진다.)

메피스토펠레스

저 뭉툭한 막대기가 그를 지켜 줄 수 있단 말인가?

우리한테는 아무짝에도 쓸모없어.

어떻게 보면 십자가 같기도 하고.

파우스트

이제 어떻게 할 건가?

메피스토펠레스

　　　　　　벌써 다 준비해 놓았소이다! –   (10710)

자, 검둥이 사촌들아,[782] 긴급한 볼일이다.

산중의 큰 호수로 가거라! 물의 요정 운디네들에게 내 안부를 전하고,

홍수의 가상(假象)[783]을 부탁토록 하라.

그것들은 알기 어려운 계집다운 비술로써

---

782 까마귀들을 가리킨다.
783 독일어 Schein을 번역한 것이다.

실재[784]로부터 가상을 떼어 놓을 줄 아느니라. (10715)

모두들 그 가상을 보고 실재라고 믿는 거다.

(잠시 후)

파우스트

우리 까마귀들이 물의 요정들에게

온갖 아양을 다 떤 모양이다.

저쪽에서 벌써 졸졸 물이 흐르기 시작하는걸.

여기저기 메마르고 황량한 바위틈에서 (10720)

물줄기가 콸콸 흘러넘치니

적의 승리도 이제 끝장이군.

메피스토펠레스

저토록 유별난 인사를 받게 되면,

제아무리 용감하게 기어오르던 적들도 혼비백산이지요.

파우스트

어느새 한 줄기 냇물이 여러 갈래로 세차게 흘러내리고,(10725)

여기저기 골짜기들에서 곱절이 되어 다시 쏟아진다.

물줄기가 아치형 폭포를 이루기도 하고,

돌연 편평하고 넓적한 바위를 덮치거나

이리저리로 쏴쏴 소리 내고 거품 튀기며,

층층이 골짜기로 떨어져 내린다. (10730)

영웅답게 용감히 맞서보려한들 무슨 소용이랴?

거센 물결에 휩쓸려 갈 뿐.

---

784 독일어 Sein을 번역한 것이다.

저렇게 거센 홍수를 보니 나도 모골이 송연하다.

메피스토펠레스

내겐 이런 물의 속임수가 통하지 않소이다.

오로지 인간의 눈만 속아 넘어가지요.   (10735)

하긴 기묘한 광경을 보니 재미는 있네요.

놈들이 무더기 무더기로 떨어져 내리는 걸 보시오.

저 멍청이들은 물에 빠졌다고 생각하는 겁니다.

단단한 땅 위에서 마음껏 헐떡거리고,

헤엄치는 동작을 하며 달려가는 꼴이 너무도 우스꽝스럽소

이다.   (10740)

이제 온 사방이 대혼란이요.

                    (까마귀들이 되돌아온다.)

저 고매한 무술사를 만나면 너희들을 칭송해 주마.

하지만 너희들 자신이 무술사 노릇을 해 보고 싶다면,

불길이 이글거리는 대장간으로 곧장 달려가거라.

그곳에서는 난쟁이 족속들이 지치지도 않고,   (10745)

쇠붙이와 돌을 두드리며 불꽃 튀기고 있을 게다.

그들을 간곡히 타일러,

기특한 마음으로 품고 있는,

빛나고 번쩍거리고 불꽃을 튀기는 불씨 하나를 얻어 오너라.

먼 하늘에서 번개가 치고,   (10750)

아득한 하늘 높이 떠 있던 별들이 별안간에 떨어지는 것은

여름밤이면 늘 일어나는 일이지만,

제멋대로 헝클어진 숲 속에서 번개가 치고

축축한 땅 위에서 별이 쉭쉭 소리 내며 지나가는 일은
그렇게 쉽사리 볼 수 있는 것은 아니지.   (10755)
그러니 너희들은 너무 용쓸 것도 없이
일단은 부탁해 보고, 안 되면 명령을 내리도록 해라.

(까마귀들 퇴장. 지시한 대로 사건이 전개된다.)

메피스토펠레스

적들은 짙은 암흑에 둘러싸였다!
한 걸음 한 걸음이 아슬아슬한 낭떠러지 위다!
온 사방에 도깨비불이 일어나고,   (10760)
돌연 눈부신 불꽃이 번쩍인다.
모든 게 멋지게 되었다.
이제 무시무시한 소리만 들려주면 된다.

파우스트

동굴의 무기고에서 나온 유령의 무기들이
시원하게 불어오는 바람에 기운이라도 차린 모양이다. (10765)
저 위에서 아까부터 달그락거리고 삐걱거리며,
괴상하고 공허한 소리를 내고 있구나.

메피스토펠레스

정말 그렇군요! 이제 저들을 막을 도리는 없소이다.
어느새 기사들이 치고받는 소리가 들리는군요.
그리운 옛 시절에 그랬듯이 말이오.   (10770)
팔 가리개나 다리 가리개까지도

교황파와 황제파로 나뉘어,
곧장 끝없는 싸움을 새로이 시작하는군요.
선조 대대로 물려받은 정신을 완고하게 지키며
화해할 기색이라곤 조금도 없군요.   (10775)
벌써 광란의 소리가 사방으로 울려 퍼집니다.
악마들이 잔치를 벌일 때마다 그렇지만,
마침내 파당 간의 증오가 극에 달해,
최후의 끔찍한 결과를 초래하지요.
서로를 해치는 목신 판의 역겨운 괴성과,   (10780)
이따금 악마의 것처럼 째지는 듯한 날카로운 소리가
공포심을 불러일으키며 온 골짜기로 울려 퍼지는군요.

　　(관현악이 전쟁의 아수라장 소리를 연주하다가,
　　이윽고 경쾌한 군악으로 넘어간다.)

반역 황제의 천막, 옥좌

실내가 으리으리하게 꾸며져 있다.

날치기, 들치기.

들치기

우리가 제일 먼저 왔네요!

날치기

어떤 까마귀도 우리보다 빨리 날진 못해.

들치기

어머나! 보물이 무더기로 쌓였어요!　　　　　　　　(10785)

어디서부터 시작하죠? 어디서 끝내죠?

날치기

천막 안이 가득하구나!

뭐부터 챙겨야 할지 모르겠는걸.

들치기

이 양탄자가 제일 좋겠어요.

내 잠자리가 대개는 너무 형편없거든요. (10790)

날치기

여기에 강철제 금성봉(金星棒)[785]이 걸려 있군.

진작부터 이런 걸 갖고 싶었어.

들치기

금실로 단을 박은 붉은 외투[786]도 있어요.

이런 걸 갖는 게 내 꿈이었어요.

날치기 (금성봉을 집어 든다.)

이것만 있으면 문제없어. (10795)

한 놈 한 놈 쳐 죽이며 돌진하는 거다.

넌 이것저것 집어 들긴 했지만,

제대로 된 건 하나도 못 챙겼구나.

그런 잡동사니는 그냥 놔두고

이 궤짝이나 하나 가져가! (10800)

병사들 봉급인데,

그 속에 순금만 들어 있어.

들치기

엄청나게 무거워요!

들어 올릴 수도 가져갈 수도 없어요.

날치기

---

785 끝 부분에 별 모양의 돌기가 있는 철퇴의 일종.
786 붉은색은 왕, 귀족 등 신분이 높은 사람을 상징하는 색이다.

얼른 허리 굽혀! 몸을 숙여! (10805)

억센 네 등짝에 지워 줄 테니까.

들치기

아이고, 아파! 아이고, 안 되겠어요!

너무 무거워 허리 끊어지겠어요.

(궤짝이 떨어져 뚜껑이 열린다.)

날치기

번쩍이는 금화가 무더기로 쏟아진다.

냉큼 달려들어 주워 담아. (10810)

들치기 (쪼그리고 앉는다.)

얼른 이 앞치마에 담아 주세요!

이만하면 충분하겠죠.

날치기

그래 충분해! 자, 서둘러 가자!

(들치기가 일어선다.)

저런, 저런, 치마에 구멍이 났다!

걸어가나 서 있으나 (10815)

씨 뿌리듯 보물이 마구 샌다.

친위병들 (아군 황제의)

이 신성한 곳에서 무슨 짓들 하는 게냐?

어찌하여 황제 폐하의 보물을 뒤지느냐?

날치기

우리도 품을 팔았으니,

우리 몫으로 전리품 챙기는 거야 당연지사. (10820)

적군 천막에서는 이런 일이야 예사지요.

그리고 우리도, 군인은 군인이란 말이오.

친위병들

우리 군대는 그런 짓을 용납하지 않는다.

군인이면서 도적질이라니 당치도 않다.

우리 황제께 충성하려면 (10825)

정직한 군인이어야 한다.

날치기

정직이라, 그런 것쯤 아다마다요.

정직이란 바로 징발세[787]를 두고 말하는 거요.

당신네도 알고 보면 모두 같은 짓을 하는 거요.

여기로 바쳐라! 이게 동업자들의 인사지요. (10830)

(들치기에게)

자, 가자, 네 거는 그대로 끌고 가거라.

여기선 우리가 불청객인 모양이다.

(날치기와 들치기 퇴장)

첫째 친위병

이봐, 저렇게 뻔뻔한 녀석한테

왜 곧장 따귀를 갈기지 않았나?

둘째 친위병

어찌 된 일인지 힘이 쭉 빠지던걸. (10835)

놈들은 아무래도 도깨비 같아.

셋째 친위병

---

[787] 패배자 혹은 피점령자들이 내야 하는 세금.

눈앞이 이상해지더니,

가물가물 앞이 안 보였어.

넷째 친위병

어떻게 말할지 모르겠네만,

온종일 몹시 뜨겁고,   (10840)

몹시 불안하고, 몹시 답답하고 숨이 막혔네.

어떤 놈은 서 있고 어떤 놈은 쓰러져 있었어.

더듬더듬 다가가 곧장 내리쳤더니,

그때마다 적병이 쓰러지는 거야.

눈앞에선 베일 같은 게 어른거리고,   (10845)

귓속에선 윙윙, 쏴쏴, 쉿쉿 하는 소리만 들렸어.**788**

계속 그런 꼴이었는데, 이제는 여기에 와 있군.

도대체 영문을 모르겠어.

(황제가 네 명의 제후들과 등장한다.

친위병들은 물러간다.)

황제

좌우간! 전투는 우리의 승리로 끝났다.

적은 뿔뿔이 흩어져 들판으로 도주했다.   (10850)

여기 옥좌는 텅 비어 있고, 반역도의 보물은

양탄자에 싸여 주변을 빽빽하게 메우고 있다.

우리 친위병의 영예로운 호위를 받으며,

---

788 메피스토펠레스의 마술로 감각기관이 현혹되어 일어난 현상들.

짐은 황제답게 여러 민족의 사절들을 기다리고 있노라.

방방곡곡에서 즐거운 소식이 당도하니,   (10855)

온 나라가 평온해졌고, 모두들 우리에게 귀의한다고 한다.

우리 전투에 요술도 끼어들긴 했지만,

결국 우리는 우리들만으로 싸웠던 것이다.

물론 전투 중에 우연의 도움을 받기도 했어.

하늘에서 돌이 떨어지고, 적군 위에 피의 비가 쏟아지고, (10860)

바위 동굴로부터 괴상한 소리가 마구 울려 나와

아군의 사기는 북돋워 주고, 적군의 사기는 꺾어 버렸으니까.

패자는 쓰러져 끝도 없이 반복되는 조롱을 받고,

승자는 의기양양 신의 은혜로움을 찬양하는구나.

그리하여 짐이 명을 내릴 필요도 없이 수백만이   (10865)

이구동성으로 외치지 않는가. "주여, 우리는 당신을 찬양하나이다!"

하나 짐은 최고의 포상을 위해,

비할 데 없이 경건했던 눈길을 이제 짐의 마음속으로 돌리노라.[789]

젊고 활달한 군주는 나날을 함부로 허비할 수도 있겠으나,

세월은 그에게 순간의 중요함을 가르쳐 주는 법.   (10870)

하여 짐은 지체 없이 왕가와 조정과 나라를 위해

그대들, 네 공신과 당장 인연을 맺으려 하노라.

(첫째 공신에게)

오, 후작이여! 그대는 군사를 지휘하여 현명하게 배치했고,

절체절명의 순간에 영웅적으로 대담한 조치를 취해 주었소.

---

[789] 주님에게 은혜를 돌리던 눈길을 이제 현실적인 문제, 즉 공신들을 포상하는 문제로 돌린다는
의미이다.

이제 시대의 요청에 따라 평화 시의 일을 맡아 주오.　　　(10875)

경을 궁내상에 제수하고 이 검을 하사하노라.

궁내상

지금까지 국내 치안을 맡던 충성스러운 군대가

이제는 국경에서 폐하와 옥좌를 굳게 지키고 있사오니,

대대로 내려온 드넓은 성채의 홀에서 축하연이 있을 때면

우리가 그 성찬을 차리도록 허락해 주옵소서.　　　(10880)

신은 빛나는 검을 빼어 들고 언제까지나 곁을 지키며

지엄하신 폐하를 영원히 모시겠나이다.

황제 (둘째 공신에게)

용감한 군인이면서도 심성이 온후한 그대!

임무가 쉽지는 않겠지만, 그대는 시종장을 맡아 주오.

궁중에서 일하는 모든 이의 우두머리가 되는 것이라,　　　(10885)

그들 사이에 분란이 생기면 그건 짐에 대한 불충이 되는 것이오.

그러니 경은 왕과 조정 백관과 모든 이의 마음에 들도록

모범을 보이도록 하오.

시종장

폐하의 큰 뜻을 받드는 것이 곧 은총을 받음이오니,

착한 자는 도와주고, 악한 자라도 해치지 않으며,　　　(10890)

술수 대신에 공명정대함을, 기만 대신에 온화함을 택하겠나이다!

폐하께서 소신의 마음을 헤아려 주신다면 그것으로 족하나이다.

그리고 저 축하연에 대해 소신의 상상을 펼쳐도 되는지요?

폐하께서 성찬에 임하시면, 소신은 황금 대야를 받쳐 들겠나이다.

환희의 시간을 위해 손을 씻으실 때,　　　(10895)

반지[790]를 받아 들고 폐하의 용안을 기쁜 마음으로 뵙고자 하옵니다.

황제

축제를 생각하기엔 짐의 기분이 너무 엄숙하도다.

하나 어쩌겠는가! 유쾌한 출발에 도움이 될 것이로다.

(셋째 공신에게)

그대를 대전선사(大典膳司)에 제수하노라! 앞으론

사냥과 가금(家禽) 관리와 채소밭 일을 맡도록 하라.　　　(10900)

다달이 나오는 것들 중에서 짐이 좋아하는 것을 골라

어느 때고 신중하게 수라상을 차리도록 하라.

대전선사

어전에 차려진 성찬이 폐하의 마음에 드실 때까지

엄하게 단식함을 소신의 즐거운 의무로 삼겠나이다.

주방의 일꾼들과도 손발을 맞추어　　　　　　　　　　(10905)

먼 곳의 진품을 가져오고, 철 이른 성찬도 올리겠사옵니다.

폐하께옵선 멀리서 오거나 철 이른 음식으로 차린 수라상보다는

소박하고 영양가 있는 것을 즐겨 드시는 줄로 아옵니다만.

황제 (넷째 공신에게)

이제 축하연에 관한 이야기를 피할 도리가 없으니,

젊은 용사여, 그대는 헌주관(獻酒官)을 맡도록 하라.　　　(10910)

헌주관은 앞으로 지하 창고에

맛좋은 포도주가 가득 차 있도록 유념하라.

물론 그대 자신은 절제할지니,

---

790 황제 권력의 상징으로 인장이 달려 있고, 손을 씻을 때만 이 반지를 빼 놓는다.

혹시라도 유혹을 못 이겨 지나친 흥취에 빠지는 일이 없도록 하라!

헌주관

폐하, 젊은이라도 신임을 얻게 되면,   (10915)

누구도 모르는 새에 어른으로 성장하는 법이옵니다.

소신도 성대한 축하연을 미리 상상해 보겠나이다.

어전의 잔치상은 금제와 은제의 호사스러운 그릇들로

으리으리하게 장식하겠사옵니다.

폐하를 위해선 참으로 우아한 술잔을 미리 골라 놓겠나이다.(10920)

반짝이는 베네치아의 유리잔**791**은 술맛을 돋우긴 하지만,

차분함이 거기에 깃들어 있어, 결코 취하게 만들지 않사옵니다.

사람들은 종종 그런 놀라운 보물에 지나치게 의존하옵니다만,

폐하께옵선 부디 절제로써 옥체를 보존하소서.

황제

이 엄중한 순간에 짐이 말하려 했던 것을   (10925)

경들은 신뢰 깊은 입을 통해 분명히 들었을 것이오.

황제의 말은 중천금이라 하사한 모든 게 그대로 실행되겠지만,

그것을 보증하려면 기품 있는 서류도 서명도 필요할 것이오.

마침 그런 형식을 갖추는 데 필요한

적임자가 알맞은 때에 나타나는군.   (10930)

(대주교 겸 대재상**792**이 등장한다.)

---

791 중세의 미신에 의하면, 베네치아 산의 술잔에는 기적의 힘이 깃들어 있어 포도주에 섞인 독을
보여 주며 취하는 것을 막아 준다.
792 황금칙서(1356년 카를 4세가 제정하였고 1806년까지 신성로마제국의 기본법으로 작용했다)
에 따르면 마인츠의 대주교가 황제의 직인을 보관하는 대재상으로 임명되었다.

황제

둥근 천장도 종석(宗石)에 의지하면,

언제까지나 안전하게 유지될 수 있는 법이니,

여기 있는 네 사람의 제후를 보시오!

우리는 우선 황실과 궁궐의 보전에 필요한 일을 의논하였소.

이제 나라 전체를 보전하는 일은   (10935)

그대들 다섯 신하에게 엄중히 맡기겠노라.

경들의 봉토(封土)는 어느 누구의 것보다 빛날 것인즉,

짐을 배반한 자들의 땅으로 지금 당장

경들이 소유할 땅의 경계를 넓혀 주겠소.

충성스러운 그대들에게 많은 옥토를 하사하고   (10940)

아울러 귀속[793]과 매입과 교환을 통해 기회 닿는 대로

토지를 확장해 나갈 수 있는 소중한 권리를 부여하노라.

그뿐 아니라 그대들 영주의 권한에 속하는 것은

아무 지장 없이 행사할 수 있도록 분명히 허락하노라.

재판관으로서 그대들은 최종 판결을 내리도록 하라.   (10945)

상고(上告)를 통해 그대들의 최고 권위가 훼손되는 일은 없을
것이다.

그리고 세금과 이자와 헌납물, 소작료와 통행세와 관세,

채광권, 제염권, 화폐주조권도 경들의 것이다.

이는 짐의 고마운 마음을 온전하게 보여 주기 위해

경들의 지위를 황제 바로 아래까지 끌어올리려 하기 때문이노라. (10950)

---

[793] 상속, 결혼, 봉토 증서 등에 의한 토지 소유를 가리킨다.

대주교

소신들 모두의 이름으로 폐하께 깊은 감사의 마음을 드리옵니다!

폐하께서 우리를 강하고 견고하게 하심은 곧 폐하의 권위를

강화시키는 것이옵니다.

황제

그대들 다섯 공신에게 짐은 더 높은 권리를 부여코자 하오.

짐은 지금까지는 나라를 위해 살고 있고 앞으로도 그렇게 살

고 싶소.

허나 대대로 이어온 선조님들은 눈앞의 일을 위한 성급한 노

력보다는   (10955)

미래에 닥칠 위험 쪽으로 신중하게 눈길을 돌리라고 하시는구려.

짐도 언젠가는 충성스러운 신하들과 헤어질 것이니,

그때 후계자를 지명하는 일은 경들의 의무로다.

황제의 관을 씌우고 그를 신성한 제단에 오르게 하여,

폭풍처럼 어지러운 현시대를 평화로 끝맺도록 하시오.(10960)

대재상

깊은 가슴속에 품은 긍지와 공손한 태도로

지상에서 으뜸가는 제후들이 폐하 앞에 허리를 굽히고 섰나이다.

충성스러운 피가 혈관 가득히 흐르고 있는 한,

신들은 폐하의 뜻을 흔쾌히 따르는 육신이옵니다.

황제

그럼, 마지막으로 우리가 지금껏 말했던 것을   (10965)

앞날을 위해 문서와 서명으로 보증해 두겠노라.

경들은 영주로서 자신의 토지를 완전히 자유롭게 다스릴 수

있지만,

그것을 분할할 수 없다는 조건을 달도록 하겠노라.

경들은 짐에게서 받은 것을 얼마든지 늘릴 수 있긴 하지만,

그 전체를 장남에게 그대로 물려주어야 할 것이니라.　(10970)

대재상

나라와 신들의 안녕을 위한 이 소중한 규약을

소신은 기꺼운 마음으로 곧장 양피지에 기록하겠나이다.

정서(淨書)와 봉인은 관방(官房)에 시켜 작성케 하겠사오니,

폐하께서는 신성한 서명으로 확인해 주옵소서.

황제

그럼, 경들은 이만 물러가도록 하오. 오늘은 중요한 날이니,(10975)

모두들 마음을 가다듬고 깊이 생각해 보도록 하오.

(세속의 제후들**794** 물러간다.)

대주교 (뒤에 남아서 비장한 어투로 말한다.)

재상으로선 물러갔습니다만, 주교로선 그대로 남아,

폐하의 귓전에 엄숙한 경고의 말씀을 드리고자 하옵니다!

어버이 같은 마음으로, 폐하의 일이 진정 걱정되옵니다.

황제

이 즐거운 날 뭐가 그리 걱정된다는 말이오? 말해 보오! (10980)

대주교

폐하의 너무도 신성한 머리가 이 시간에도

---

794 성직을 겸하지 않은 제후들을 가리킨다.

악마와 결탁하고 있다는 사실이 몹시도 괴롭사옵니다!

겉보기엔 안전하게 옥좌에 계신 것 같지만, 유감스럽게도!

주님이신 하느님과 아버지이신 교황님은 모독을 당한 것이옵니다.

교황님께서 이 사실을 아신다면 당장에 벌을 내리시어, (10985)

신성한 빛으로 죄 많은 이 나라를 파멸시킬 것이옵니다.

교황님께서는 최고의 순간이었던 폐하의 대관식 날

폐하께서 그 마술사를 풀어 주셨던 일을 아직도 잊지 않고 계십니다.

폐하의 왕관에서 처음으로 비친 은총의 빛이

저주받은 자의 머리 위로 떨어진 것은 기독교를 해치는 것이었나이다. (10990)

그러니 가슴을 두드려 참회하시고, 불경(不敬)하게 얻은 행운 가운데서

소액의 기부금이나마 즉시 성스러운 사원에 헌납하옵소서.

폐하의 천막이 세워졌었던 저 넓은 언덕 지대엔

악령들이 폐하를 지키기 위해 운집했었고,

폐하께서도 그곳에서 가짜 제후들의 말에 다소곳이 귀를 기울이셨나이다. (10995)

그러니 그 땅을 신성한 일에 쓰도록 경건한 마음으로 기부하옵소서.

아득하게 뻗어 나간 산과 울창한 숲,

언제나 풀을 뜯을 수 있는 푸르른 초원으로 이루어진 언덕,

물고기들이 넘치는 맑은 호수, 서둘러 굽이치며

골짜기로 쏟아져 내리는 무수한 개울들,   (11000)

초원과 평원과 저지대를 끼고 있는 저 넓은 골짜기 전체를 기부하옵소서.

그렇게 참회를 표현하시면, 비로소 은총을 받게 되는 것이옵니다.

황제

짐은 자신의 중대한 과실로 인해 심히 놀라고 있소.

그런즉 헌납할 땅의 경계는 경의 재량에 맡기겠소.

대주교

우선은! 그러한 죄를 저질러 부정(不淨)해진 그 지대를 (11005)

드높으신 주님께 바치겠노라고 공고하옵소서.

제 마음속에서 홀연 벽들이 힘차게 솟아오르고,

아침 태양의 눈길이 벌써 성단(聖壇)을 비추는 듯하며,

점점 커져 가는 건물은 십자형으로 넓어져 갑니다.

본당(本堂)이 길어지고 높아져 가자 신도들은 기뻐합니다.(11010)

그들은 웅장한 정문을 통해 활기차게 몰려듭니다.

첫 번째 종소리가 산과 골짜기로 울려 퍼지고,

하늘에 닿으려는 듯 높다란 탑에서 종소리 울려오면,

참회자는 새로이 창조된 삶을 향해 다가옵니다.

그 장엄한 헌당식에, 그날이 빨리 왔으면 좋겠나이다! (11015)

폐하께서 친히 참석하시어 더없는 영광을 베풀어 주옵소서.

황제

그처럼 거대한 공사(工事)는 경건한 신앙심을 널리 퍼뜨리고,

주님을 찬양함과 아울러 짐의 죄를 씻게 할 것이니,

그로써 족하오! 짐의 마음이 벌써 고양됨을 느끼노라.

대주교

　　그럼 재상으로서 결재와 형식상의 절차를 추진하겠나이다.(11020)

황제

　　교회에 헌납한다는 공식 문서를 제출토록 하라.

　　짐은 기쁘게 서명하겠노라.

대주교 (하직하고 나가려다 출입구에서 다시 돌아선다.)

　　그뿐 아니라 장차 건립될 교회를 위해서는,

　　십일조, 임대료, 헌납금 등 일체의 수익금을 영구히 헌납하시

　　옵소서.

　　품위 유지에 많은 돈이 필요하고,　　　　　　　　　　(11025)

　　세심한 관리에도 막대한 비용이 들 것이옵니다.

　　게다가 저렇게 황량한 땅에다 급하게 공사하는 것이오니,

　　폐하의 전리품 중에서 얼마간의 황금을 기부해 주옵소서.

　　그밖에도 말씀드리지 않을 수 없는 것으로는,

　　먼 지방에 있는 목재와 석회와 석판 같은 것들이 필요하다는

　　것입니다.　　　　　　　　　　　　　　　　　　　　(11030)

　　운반은 설교단에서 지도하여 백성들에게 맡길 것이오니,

　　교회는 교회를 위해 봉사하는 자에게 축복을 내릴 것이옵니다.

　　　　　　　　　　　　　　　(퇴장)

황제

　　내가 짊어진 죄가 실로 크고 무겁구나.

　　그 불쾌한 마술사가 내게 가혹한 손해를 입혔어.

대주교 (다시 돌아와 깊이 머리를 숙이면서)

황공하옵니다, 폐하! 평판이 몹시도 나쁜 그 사내**795**에게 (11035)
이 나라의 해안 지대를 하사하셨는데, 폐하께서 참회의 뜻으로
그곳에서도 십일조, 임대료, 헌납금, 그리고 수익금을 거둬
거룩한 교회에 바치지 않으시면 그자는 파문을 당할 것이옵니다.

황제 (불쾌하게)

그 땅은 아직 있지도 않아. 바닷속에 잠겨 있단 말이다.

대주교

권리와 인내심을 가진 자는 언젠가 때를 만나는 법이옵니다. (11040)
소신들은 폐하의 말씀이 효력을 발생한 것으로 믿사옵니다!

황제 (혼자서)

이러다간 머잖아 온 나라를 다 넘겨주겠군.

---

795 파우스트를 가리킨다.

제5막

사방이 탁 트인 지방

나그네

그렇다! 바로 저 짙푸른 보리수들이다.

저기, 노령에도 꿋꿋이 서 있구나.

그토록 오랜 방랑 후에 (11045)

다시 보게 될 줄이야!

폭풍우에 날뛰는 파도가

저 모래언덕 위로 날 팽개쳤을 때,

나를 구해 주었던 오두막도,

옛날 그곳에 그대로 있다! (11050)

그 주인들에게 축복이 내렸으면.

남을 돕기 좋아하는 반듯한 부부였는데,

오늘 다시 만날 수 있을까?

그때 이미 늙었었지.

아아! 정말 경건한 사람들이었어! (11055)

문을 두드릴까? 불러 볼까? ─ 안녕들 하세요?

손님을 다정히 맞으며, 오늘도

선행의 기쁨을 누리시는군요.

바우치스 (꼬부랑 할머니. 매우 늙었다.)

반가워요, 손님! 조용! 조용!

가만히! 영감이 주무셔요! (11060)

푹 자고 나면 늙은이라도

잠깐 깨어 빨랑빨랑 일할 수 있다오.

나그네

말씀해 보세요, 할머니, 바로 당신이,

저의 감사를 받아야 할 분이군요.

그 옛날 영감님과 함께 (11065)

젊은이의 목숨을 구해 주신 분이죠?

다 죽어 가던 저의 입맛을 서둘러

생생하게 살려 놓았던 바우치스 할머니시죠?

　　　　　　　　(남편이 등장한다.)

당신이 그처럼 기운차게 제 보물을

바다에서 건져 주신 필레몬이시죠? (11070)

재빨리 불을 피우고,

은빛 종소리 낭랑히 울려 주시고,

끔찍한 조난의 뒤처리까지

두 분이 맡아 주셨지요.

이제 다시 저 밖으로 나가 (11075)

끝없는 바다를 바라보게 해 주세요.

무릎 꿇고 기도하고 싶어요.

가슴이 너무도 벅차오릅니다.

    (나그네, 모래언덕 위에서 앞쪽으로 걸어간다.)

필레몬 (바우치스에게)

꽃들이 싱싱하게 핀 정원에

어서 식탁을 차리도록 하오.   (11080)

저 사람은 그냥 여기저기 뛰어다니며 놀라도록 내버려 둡시다.

눈에 보이는 걸 믿을 수 없을 테니까.

(나그네 곁에 나란히 서면서)

사납게 거품 내며 밀려오고 밀려오던 파도가

그대를 무자비하게 내동댕이쳤었지.

이제 정원으로 변하여 당신을 맞아들이니,   (11085)

이것이 천국의 모습이 아니겠소.

나도 이제 늙어 예전처럼

바로 가까이에서 도와줄 순 없지만,

내 힘이 쇠약해졌듯이

파도 또한 저 멀리 물러가 버렸소.   (11090)

현명한 영주님의 대담한 충복들이

도랑을 파고 둑을 쌓아 올려

바다의 세력권을 밖으로 밀어내고는

그 대신 자기가 주인이 되려 하는 거지요.

연이어 뻗은 푸르른 초원들,   (11095)

목장과 정원, 마을과 숲을 보시구려. −

하지만 해도 금방 떨어질 테니 –
이제 들어가 뭘 좀 들기로 합시다.
저 멀리 돛단배들이 움직이는 걸 보시오!
밤을 지낼 안전한 항구를 찾는 거지요.   (11100)
새들이 자기 보금자리를 알고 찾아가듯이,
이제 저곳이 항구가 된 거요.
저 멀리 아득한 곳에
바다의 푸른 가장자리만 보이지만,
그 광활한 지대의 오른편에도 왼편에도   (11105)
인간들이 빽빽이 들어차 살고 있다오.

(세 사람이 정원의 식탁에 앉는다.)

바우치스

왜 아무 말도 안 하세요?
입이 근질근질한데도 왜 아무 말 안 하는 거예요?

필레몬

이분이 그 기적 같은 일에 대해 알고 싶은 모양이니,
말하기 좋아하는 당신이 좀 들려드리구려.   (11110)

바우치스

그래요! 그건 정말 기적 같은 일이었어요.
지금도 그 생각만 하면 마음이 가라앉질 않아요.
어쩐지 그 일은 처음부터 끝까지
온당하게 진행되지 않았으니까요.

필레몬

이 해안 지대를 그에게 하사하신 황제께서   (11115)

그런 죄를 지으실 리 있겠소?

전령관이 나팔을 불고 지나가며

그 일을 널리 알리지 않았던가요?

우리 집 모래언덕과 그리 멀지 않은 곳에서

공사의 첫 삽을 떴지요.   (11120)

천막을 친다! 오두막을 짓는다! — 하더니 어느새

푸른 초원에 궁전이 떡하니 들어섰지요.

바우치스

낮에는 일꾼들이 괭이와 삽을 들고

뚝딱뚝딱 공연히 소란만 피워 댔는데,

밤이면 작은 불꽃들이 떼 지어 와글거리더니,   (11125)

다음 날 어느새 둑이 하나 서 있더란 말예요.

사람을 제물로 바쳐 피를 흘린 게 틀림없어요.[796]

밤이면 고통으로 울부짖는 소리가 들렸거던요.

활활 타오르는 불꽃들이 바다 쪽으로 흘러가면,[797]

다음 날 아침엔 운하 하나가 뚝딱 생겨나는 거예요.   (11130)

그는 신을 모독하는 사람으로,

우리 오두막과 우리 숲까지 탐내고 있어요.

이런 사람이 이웃으로 거들먹거리고 있으니,

---

796 대형 공사를 완성하기 위해 작업을 재촉하다 인명이 손상된 것을 의미한다. 1782년 당시 바르테와 네체 사이를 연결하는 운하를 건설하는 공사에 전국에서 몰려온 인부들이 동원되었는데, 16개월의 공사 기간 동안에 무려 1,500명의 인명이 희생당했다.
797 18세기와 19세기 초기에 광산업, 운하 건설 등 대형 공사장에 동원되었던 증기기관들의 존재를 암시하는 것이다.

우리야 그저 굽실거릴 수밖에요.

필레몬

하지만 그분이 제안했다오.   (11135)

새로 만든 땅에 멋진 토지를 주겠다고 말이오!

바우치스

물에서 온 전령⁷⁹⁸ 따위를 믿어선 안 돼요.

당신의 이 높은 언덕을 지켜야 돼요!

필레몬

자, 예배당 쪽으로 갑시다!

거기서 마지막 햇빛을 바라봅시다.   (11140)

종을 울리고 무릎 꿇고 기도합시다!

오래된 우리의 신에 의지합시다!

---

798 파우스트가 바다로부터 새로 얻어 낸 땅에서 보내온 전령을 가리킨다.

궁전[799]

드넓은 유원지, 거대한 운하

고령[800]이 된 파우스트가 생각에 잠겨 거닐고 있다.

망루지기 링케우스 (메가폰을 통하여)

해는 넘어가고, 마지막 배들이

활기차게 항구로 들어온다.

커다란 화물선 한 척이 운하를 따라   (11145)

이쪽으로 들어오려 하는구나.

오색찬란한 깃발들은 신나게 펄럭이고,

배를 묶을 튼튼한 말뚝들은 이미 준비를 갖추었다.

---

799 1821년 베를린 극장에서의 공연을 앞두고 괴테는 이 유원지가 자연성을 살린 영국식 정원이라 기보다는 공학적으로 설계한 프랑스식 정원이 되어야 한다고 말한다.

800 괴테는 에커만에게 5막에 등장하는 파우스트의 나이는 자신의 의도대로라면 백 살 정도일 것이라고 말한다(1831년 6월 6일).

배에 탄 선원은 복에 겨워 어쩔 줄 모르니,

최고의 순간[801]에 행운이 그대를 맞이하였도다.　　　　(11150)

(모래언덕 위에서 종소리[802]가 울린다.)

파우스트 (화들짝 놀라며)

빌어먹을 종소리! 음흉한 화살처럼

너무도 치욕스러운 상처를 내게 입히는구나.

눈앞에 내 영토는 끝없이 펼쳐져 있는데,

등 뒤에선 불쾌감이 나를 조롱하는구나.

저 시샘에 찬 종소리는 이런 생각을 불러일으킨다.　　　　(11155)

나의 막대한 영토도 완전치는 못하다.

저 보리수 언덕, 저 갈색 오두막,

저 쓰러져 가는 교회당도 나의 것이 아니다.

저곳에 가 좀 쉬려 해도,

낯선 그림자[803] 때문에 소름이 오싹 돋는다.　　　　(11160)

저것은 내 눈의 가시며 발바닥의 가시로다.

아아, 여기서 먼 곳으로 떠나 버리고 싶다!

망루지기 (앞에서와 같이)

오색찬란한 배가 상쾌한 저녁 바람을 타고

신명나게 이쪽으로 달려온다!

---

801 파우스트가 고령에 달한 것을 반어적으로 표현하고 있다.
802 파우스트의 종말을 알리는 종소리로 해석하기도 한다.
803 그곳에 살고 있는 필레몬과 바우치스를 가리킨다.

궤짝이며 상자며 자루들을   (11165)
엄청 높다랗게 쌓고서 저렇게 빨리 달리다니!

(호화로운 화물선에 풍성하고 다채로운 온갖 외국산 물품들이 실려 있다.)

(메피스토펠레스와 세 명의 폭력배들 등장)

합창

            자, 상륙이다.
            벌써, 도착이다.
            우리의 보호자이신
            선주님께 행운을!   (11170)

(그들은 배에서 내리고, 화물들은 육지로 옮겨진다.)

메피스토펠레스

이 정도면 우리 실력도 증명된 셈이니까,
주인님이 칭찬만 해 주신다면 만족이다.
단 두 척의 배로 떠났던 우리가
스무 척의 배를 끌고 항구로 돌아왔지 않느냐.
우리가 얼마나 큰일을 해냈는가는   (11175)
신고 온 짐을 보면 알 거다.
자유로운 바다는 정신도 자유롭게 하는 법,
사리 분별 따위는 집어치워라!

닥치는 대로 날래게 잡아채어
물고기도 잡고 배도 낚아채는 거다.　　　(11180)
우선 배 세 척이 수중에 있다면,
네 번째 배는 쇠갈고리로 낚아 오고,
다섯 번째 배는 저절로 걸러드는 거지.
힘을 가진다면, 그것이 곧 정의란 말이다.
무엇을 잡느냐?가 문제지, 어떻게?는 중요치 않아.　　(11185)
내가 항해에 문외한이라면 또 모를까.
전쟁과 무역과 해적질,
그것은 떼어 놓을 수 없는 삼위일체.

세 명의 폭력배들

감사도 없고 인사도 없어!
인사도 없고 감사도 없어!　　　(11190)
주인님께 구린내 나는
물건이라도 가져왔단 말인가.
저분이 못마땅한 듯
얼굴을 찡그리시니,
왕실의 보물인들　　　(11195)
주인님 마음에 들긴 글렀다.

메피스토펠레스

더 이상의 보상은
기대도 말아라.
그래도 네놈들 몫은
챙기지 않았느냐?　　　(11200)

폭력배들

> 그건 그냥
> 심심풀이 땅콩에 불과한 거지요.
> 우리 모두는
> 똑같은 몫을 바라오.

메피스토펠레스

> 우선은 저 위의   (11205)
> 즐비한 홀에다
> 값진 물건들을
> 몽땅 늘어놓아라!
> 주인님이 납시어
> 풍성한 보화를 보시고   (11210)
> 모든 걸 하나하나
> 세밀히 헤아려 보신다면,
> 틀림없이 인색하게
> 굴지는 않으실 거다.
> 모든 선원들에게   (11215)
> 잔치를 베풀고 또 베푸실 게다.
> 내일은 예쁘장한 계집들도 올 거니까,
> 내가 다 알아서 챙겨 주마.

> (짐들이 운반된다.)

메피스토펠레스 (파우스트에게)

당신은 자신의 엄청난 행운에 대해 들으면서도

이맛살을 찌푸리고 눈길은 어둡군요. (11220)

실은 드높은 지혜가 월계관을 쓰게 되었으니,

마침내 해변이 바다와 화해를 맺은 것이올시다.

바다가 빠른 뱃길을 마련해 주어

해변에서 기꺼이 배를 맞아들일 수 있게 된 거지요.

말하자면 여기 이 궁전으로부터 (11225)

당신의 팔이 전 세계를 껴안은 것이올시다.

이곳에서부터 공사가 시작되었고,

여기에 인부들을 위한 첫 번째 판잣집이 세워졌었죠.

좁다랗게 파내기 시작했던 도랑에서

이제는 노(櫓)가 부지런히 물방울을 튀기는군요. (11230)

당신의 고상한 뜻과 신하들의 부지런한 노력으로

바다와 육지의 영광을 차지한 것이외다.

바로 여기서부터 –

파우스트

하지만 이곳은 저주스럽다!

바로 이곳이 나를 견딜 수 없게 괴롭힌다.

세상만사 처세에 능한 자네에게 고백하지만, (11235)

무언가가 내 가슴을 쿡쿡 찌르고 있어,

견디기 어렵다!

이런 말 하는 게 부끄럽네만,

저 언덕 위의 노인네들을 몰아내고

보리수가 서 있는 곳을 내 자리로 삼고 싶다. (11240)

나의 소유가 아닌 저 몇 그루 나무들이

세계를 차지한 나의 만족감을 망치고 있으니 말이다.

그래, 저곳에서 사방팔방을 둘러볼 수 있도록

이 가지와 저 가지에 걸쳐 발판을 만들고 싶다.

멀리까지 시야가 확 트이게 하여   (11245)

내가 이룬 모든 것을 바라보겠다.

인간 정신의 위대한 걸작을

한눈에 둘러보고 싶은 거다.

현명한 뜻을 실천하여

백성들에게 마련해 준 드넓은 땅을 말이다.   (11250)

부유한 가운데 느끼는 결핍은

우리가 받는 고통 중에 가장 혹독한 것.

저 작은 종소리 저 보리수 향기가

나를 교회 안으로, 무덤 속으로 몰아넣는 것 같구나.

더없이 강력한 의지의 결단도   (11255)

여기 이 모래에 부딪히면 산산이 부서진다.

어떻게든 저걸 내 마음속에서 몰아내야겠다!

저 종소리에 미칠 것만 같다.

메피스토펠레스

당연하지요! 불쾌감이 그처럼 크다면야,

인생이 쓰디쓸 수밖에요.   (11260)

누가 부정하겠소! 저런 종소리라면

그 어떤 고상한 귓전[804]에도 불쾌하게 들릴 게요.

저 빌어먹을 딩 – 댕 – 동 소리는

명랑한 저녁 하늘을 안개로 감싸버리고,

세례식 때부터 장례식에 이르기까지,   (11265)

세상만사에 끼어들지요.

인생이란 딩 – 댕 – 동 사이에 있는

한바탕 덧없는 꿈과 같다는 듯 말이외다.

파우스트

저런 반항, 저런 완고함이

찬란한 성공마저 망쳐 버리는구나.   (11270)

고통이 너무 깊고 지독하면,

정의를 지키려는 마음도 지치게 마련이지.

메피스토펠레스

이런 판에 왜 망설이는 겝니까?

오래전에 그들을 이주시켰어야지요.

파우스트

그럼 자네가 가서 저들을 몰아내 주게!   (11275)

저 노인네들을 위해 내가 마련해 놓은

좋은 땅을 자네는 알고 있잖은가.

메피스토펠레스

저들을 번쩍 들어다가 내려놓기만 하면 되지요.

물론 뒤도 돌아보기 전에 저들은 다시 기운을 차릴 테지만요.

---

804 악마는 교회의 종소리를 싫어한다. 괴테 자신도 집필에 몰두하고 있는 이른 새벽에 울리는 교회 종소리에 대한 불쾌감을 종종 피력했다.

강제로 이사당했더라도 (11280)

아늑한 거처를 보면 화도 풀릴 거고요.

(메피스토펠레스가 날카롭게 휘파람을 분다.

세 폭력배가 나타난다.)

자, 가자! 주인님의 분부대로 거행토록 하라.

내일이면 주인님이 선원들에게 잔치를 베풀어 주실 게다.

세 폭력배

늙은 주인께서 우리를 홀대하셨으니,

뱃놈들을 위한 잔치쯤이야 당연히 있어야죠. (11285)

메피스토펠레스 (관객을 향하여)

옛날 옛날에 있었던 일이 여기서도 벌어지는군요.

나봇의 포도밭 **805** 사건은 벌써 있었던 얘기지요. (「열왕기 상」

21장)

(퇴장)

깊은 밤

망루지기 링케우스806 (성의 망루에서 노래를 부른다.)

보기 위해 태어난 운명,

---

805 구약성서 「열왕기」에 나오는 이야기. 사마리아의 왕 아합이 궁전 옆에 포도밭을 가지고 있는
나봇을 신과 왕을 모독했다는 거짓 죄목으로 처형하고 포도밭을 강제로 빼앗는다.
806 괴테가 망원경을 발명한 갈릴레오 갈릴레이를 염두에 두었다는 설도 있다. 갈릴레이의 별명
이 링케우스였다.

철저하게 살피라는 분부를 받았다.

망루지기로서 맹세하노니 (11290)

이 세상은 괜찮은 곳이다.

저 먼 곳을 바라보고

가까운 곳도 살펴보며,

달도 보고 별도 보고

숲이며 노루도 본다. (11295)

삼라만상 속에서

영원한 장식(裝飾)[807]을 보고 있자니,

만물이 내 마음에 들듯이

나란 존재도 내 마음에 드는구나.

복 받은 두 눈아, (11300)

지금까지 너희들이 보았던 것은

그것이 무엇이든 간에

참으로 아름다웠도다!

(잠시 후)

물론 나 혼자만 즐기자고

이 높은 곳에 있는 건 아니지. (11305)

그런데 참으로 무시무시한 공포가

어둠의 세계로부터 나를 덮치는구나!

보리수나무의 곱으로 짙은 어둠으로부터

---

807 화엄(華嚴)의 세계.

불꽃이 사방으로 튀어 오른다.
몰아치는 바람에 휩쓸려   (11310)
불길은 점점 세차게 넘실거린다.
아아! 이끼 끼어 축축하게 서 있던
오두막이 안에서부터 불타오른다.
재빨리 손을 써야 하는데,
구조의 손길은 전혀 없다.   (11315)
아아! 저 착한 노인들은
평소에 그렇게도 불조심했건만,
이제 화염의 희생물이 되는가 보다!
이 무슨 끔찍한 재앙인가!
불길이 솟아오르고, 검게 이끼 덮인 오두막은   (11320)
시뻘건 불길에 휩싸인다.
광포하게 타오르는 지옥 속에서
저 착한 노인들이라도 살아남아야 할 텐데!
나뭇잎 사이로 나뭇가지 사이로
훤한 불길이 혀를 날름날름 타오른다.   (11325)
바싹 마른 가지들은 타닥타닥 타오르다
순식간에 시뻘건 불덩이가 되어 떨어진다.
내 눈으로 저런 광경을 보아야 하다니!
어쩌자고 나는 멀리까지 보는 눈을 가졌던가!
떨어져 내리는 나뭇가지들의 무게에   (11330)
자그마한 교회당도 무너진다.
뾰족한 불길들이 뱀의 혀처럼 날름날름

나무 꼭대기까지 칭칭 감아 버렸다.
속이 텅 빈 나무등치들도 그 뿌리까지
시뻘건 화염 속에서 이글이글 타오른다.   (11335)

(오랜 휴식, 노랫소리)

내게 언제나 정다웠던 곳,
수백 년 세월**808**과 함께 사라졌구나.

파우스트 (발코니에서 모래언덕을 향해)
저 위에서 들려오는 구슬픈 노랫소리는 뭐냐?
말로 해도 노래로 불러도 이젠 너무 늦었다.
망루지기도 슬퍼하지만, 나도 마음속으론   (11340)
성급한 행동에 분통 터진다.
하지만 보리수나무 숲이 소름 끼치게도
반쯤 숯검정이 되어 사라졌으니,
그곳에 곧 전망대를 세워,
끝없이 먼 곳까지 볼 수 있게 하겠다.   (11345)
저 늙은 부부를 감싸 줄
새로운 보금자리도 보이는 듯하구나.
노부부도 관대한 배려에 고마워하며
즐겁게 여생을 보낼 테지.

---

808 보리수와 함께 보리수가 살아 있었던 수백 년의 세월. 다시 말해, 오두막과 교회당, 필레몬과 바우치스로 대변되는 중세의 세계.

메피스토펠레스와 세 폭력배 (아래쪽에서)

저희들은 전속력으로 달려왔습니다만,   (11350)

용서하십시오! 일이 원만하게 처리되질 못했소이다.

두드리고 또 두드렸지만,

어디 문이 열려야 말이죠.**809**

문을 흔들어 대고 계속 두드리니까

썩은 문짝이 그냥 그 자리에서 쓰러집디다.   (11355)

고함도 지르고 위협도 했지만,

들어줄 생각이 전혀 없더군요.

이런 경우에 흔히 있는 일이지만,

그것들은 듣지도 않았고, 들으려고도 하지 않았소이다.

우리는 조금도 꾸물거리지 않고,   (11360)

그것들을 곧장 몰아내 버렸지요.

부부는 별로 괴로워하지는 않았지만,

놀란 나머지 기절해 쓰러지더군요.

거기에 숨어 있던 나그네 한 놈은

싸우려고 덤비기에 그냥 해치워 버렸죠.   (11365)

잠깐이지만 거세게 싸우는 동안

숯불이 사방으로 흩어져 지푸라기에 옮겨 붙었지요.

그러자 불길이 활활 타오르고,

그 셋은 화형당한 꼴이 되었소이다.

파우스트

네놈들은 내가 말할 때 귓구멍을 틀어막았더란 말인가? (11370)

---

809 「마태복음」 7장 7절, "두드려라, 그러면 열릴 것이다!"에서 따온 것.

나는 바꾸려 했던 거지, 강탈하려 했던 건 아니다.

그렇게 야만적인 짓거리를 하다니, 저주스럽다.

이 저주는 네놈들끼리 나누어 가져라!

합창

오래된 옛말이 울리는구나.

폭력에는 순순히 복종하라! (11375)

그대가 용감하여, 저항이라도 하면,

집과 땅을, 그리고 그대의 목숨까지 걸어야 하리라.

(퇴장)

파우스트 (발코니에서)

별들은 반짝이던 눈길을 감추고,

불길도 가라앉아 잔불로 남았구나.

한 줄기 소름 끼치는 바람이 부채질하여 (11380)

연기와 냄새를 내게로 날려 보내는구나.

명령도 성급했고, 행동은 더 성급했다!

그런데 저기 그림자처럼 흔들거리며 다가오는 건 무언가?

한밤중

잿빛의 네 여인이 등장한다.

첫째 여인

내 이름은 결핍이에요.

둘째 여인

나는 죄악이라고 해요.

셋째 여인

내 이름은 근심이에요.

넷째 여인

나는 곤궁이라고 해요. (11385)

셋이 함께

문이 닫혀 있어서, 우린 들어갈 수 없네요.

안에 부자(富者)가 살고 있어서 들어가고 싶지 않아요.

결핍

그럼 나는 그림자가 되겠어요.

죄악

나는 사라져야지.

곤궁

호강에 젖은 사람들은 날 싫어하는데.

근심

언니들은 들어갈 수도 없고, 들어가서도 안 돼요. (11390)

근심인 나는 열쇠 구멍[810]을 통해 살짝 들어가지만요.

(근심, 사라진다.)

결핍

잿빛 언니들아, 여기서 물러나자.

---

[810] 민간 전설에 의하면 열쇠 구멍은 모든 종류의 마적인 힘이나 악령이나 유령이 침입하는 통로이다.

죄악

> 나는 네 곁에 바싹 붙어 다니겠다.

곤궁

> 나는 네 발꿈치만 졸졸 따라다니마.

셋이 함께

> 구름이 몰려오자, 별들이 사라지네요!　　　　　　　　　　(11395)

> 저기 저 뒤쪽! 멀고 아득한 곳에서

> 그가 와요, 오라버니가 와요, 오라버니가 − − − − − − 죽음 말예요.

파우스트 (궁전 안에서)

> 넷이 오는 걸 봤는데, 셋만 가는구나.

> 그들이 하는 말은 종잡을 수 없었다.

> 귓전에 남은 여운은 − 곤궁**811** 하고 울린 것 같았는데,　(11400)

> 뒤따르는 음침한 운자(韻字)는 − 죽음**812** 하고 울린 것 같았다.

> 소리는 공허하고, 유령처럼 둔탁하게 울렸다.

> 아아, 나는 싸워 왔지만 아직도 자유의 경지에 도달하지 못했다.

> 어떻게든 나의 길에서 마법을 제거하고,

> 주문(呪文) 따위를 완전히 잊어버릴 수 있으면 좋으련만.**813**(11405)

> 자연이여! 나는 그대 앞에 사내로서 홀로 마주 서고 싶다.

> 그러면 한 인간으로 존재하려는 나의 노력도 보람 있으련만.

> 무엄한 말로 나 자신과 세계를 저주하며,

---

811 독일어로 곤궁은 Not(노트)이다.
812 독일어로 죽음은 Tod(토트)이다. 그러므로 노트와 토트는 각운이 맞는다.
813 메피스토펠레스로부터 그동안 받아 왔던 봉건적 특혜 혹은 자본주의적 생산력 등을 가리키는 것일 수도 있고, 혹은 자연과 자연 앞에 홀로 선 인간의 이성 이외는 모든 것이 다 유령이고 주문에 불과한 것이다, 라는 뜻일 수도 있다.

암흑 속을 헤매 다니기 전까지는 나도 그랬었다.

그런데 이제 공중에 저런 유령들이 가득 차 있는데도, (11410)

어떻게 그것들을 피해야 할지 아무도 모르지 않는가.

대낮은 우리에게 환하고 이성적인 웃음을 던져 주지만,

밤은 우리를 악몽의 그물 속으로 몰아넣지 않는가.

신선한 들판⁸¹⁴으로부터 즐거운 마음으로 돌아오는데,

까옥까옥 새가 울어 댄다. 뭐라고 우는 건가? 재앙, 하고 울어

댄다. (11415)

낮이고 밤이고 미신에 얽매여 살다 보니

허깨비도 보이고, 징조도 나타나고, 경고도 울려오는 것이다.

우리는 이렇게 겁에 질린 채 홀로 서 있는 것이다.

문이 삐걱거리는 소리가 났는데도 아무도 안 들어오는구나.

(몸을 떨며)

거기 누가 왔느냐? (11420)

근심

그 물음엔 네!라고 대답해야겠네요.

파우스트

넌 도대체 누구냐?

근심

일단 여기 와 있는 존재지요.

파우스트

썩 물러가거라!

근심

---

814 파우스트가 바다를 막아 만들어 낸 새로운 땅을 의미하는 듯하다.

제가 있을 곳에 있는걸요.

파우스트 (처음엔 화를 내다가 다음엔 마음을 가라앉히고 혼잣말로)

조심, 정말이지 주문 따위는 외우고 싶지 않다.[815]

근심

　　　　내 목소리, 귀로는 듣지 못해도,

　　　　마음속으론 쟁쟁히 울릴 거예요.　　　　　　(11425)

　　　　이리저리 모습을 바꾸며

　　　　나는 무서운 힘을 발휘한답니다.

　　　　오솔길에서도 파도 위에서도

　　　　영원히 불안케 하는 길동무로서,

　　　　결코 찾지 않았는데도 늘 나타나고　　　　　(11430)

　　　　저주도 받지만 아첨도 받는답니다.

　　　　그런데 당신은 근심이란 걸 모르시나요?

파우스트

　　나는 오로지 이 세상을 줄달음쳐 왔다.

　　쾌락이라면 모조리 그 머리채를 움켜잡았고,

　　마음에 들지 않는 것은 놓아 버렸으며,　　　　(11435)

　　내게서 빠져나가는 것은 내버려 두었다.

　　나는 오로지 갈망하고 오로지 성취해 왔다.

　　또한 소망을 품고 그토록 힘차게

　　평생을 질주해 왔다. 처음엔 원대하고 힘에 넘쳤지만,

　　지금은 현명하고 신중하게 행동한다.　　　　　(11440)

　　이 지상의 일은 충분히 알고 있지만,

---

815 위에서 마법과 주문을 멀리하고 싶다는 소망을 바로 실천한다.

천상을 향한 전망은 사라져 버렸다.

저 하늘을 향해 눈을 깜박거리는 자,

구름 위에 자신과 같은 존재가 있다고 꿈꾸는 자는 멍청이로다!

바로 여기에 군건히 서서 주위를 둘러볼 일이다. (11445)

유능한 자[816]에게 이 세상은 침묵하지 않는 법.

무엇 때문에 영원 속을 헤매 다닌단 말인가.

인식한 것은 모두 손에 넣을 수 있으니,

이렇게 지상의 나날을 보내도록 하라.

유령들이 날뛴다 해도 내 갈 길을 가는 거다. (11450)

어떤 순간에도 만족을 모르는 그자!

그가 당당히 나아가는 길엔 고통도 행복도 함께 있으리라!

근심

누구든 나한테 한번 붙잡히면

그자에겐 온 세상이 소용없게 되지요.

영원한 암흑이 내려와 (11455)

태양은 뜨지도 지지도 않아요.

바깥의 감각은 멀쩡해 보이더라도

안으로는 이미 어둠이 깃들어 있지요.

온갖 보화들 중 그 어느 것도

제 것으로 소유할 수 없게 됩니다. (11460)

행복이든 불행이든 시름으로 변하여,

풍요 속에서 굶주릴 뿐이지요.

---

816 독일어 tüchtig를 번역한 것이다. 유능한, 올곧은, 우직한 등의 뜻이 있다. 망상과 관념에 매몰되
지 않고 우직하게 실사구시하는 유형의 인간을 가리키는 것으로 보인다.

즐거운 일이든 괴로운 일이든

다음 날로 미루며

하염없이 앞날을 기다리기만 하니 　　　　　　(11465)

결코 아무 일도 끝맺지 못해요.

파우스트

닥쳐라! 그런다고 해서 난 꿈쩍도 않는다!

그따위 허튼소리는 듣고 싶지도 않다.

썩 꺼져라! 그런 고약한 푸념을 계속 늘어놓으면,

제아무리 영리한 자도 헷갈리겠다. 　　　　　　(11470)

근심

가야 하나 와야 하나?

그런 자는 결단을 못 내려요.

훤히 뚫린 길 한복판에서

더듬거리며 이리 반 발짝 저리 반 발짝.

점점 더 깊이 혼란에 빠져 　　　　　　(11475)

모든 것을 비뚤게 보게 되지요.

자신에게나 남에게나 성가신 존재가 되어

숨을 헐떡이다 숨이 막혔다 하니

질식까진 안 해도 생기가 없고,

절망하지도 몰두하지도 못하지. 　　　　　　(11480)

줄곧 이리 뒹굴 저리 뒹굴,

내버려 두자니 괴롭고, 하자니 싫은 거지요.

때로는 해방이요, 때로는 억압이라

몽롱한 잠에 빠져 기운도 못 차리고

꼼짝없이 제자리에 묶여   (11485)

지옥에 갈 준비나 하지요.

파우스트

이 빌어먹을 유령들! 너희들은 그런 식으로

천 번 만 번이고 인간을 괴롭히는구나.

무사태평한 날까지도 너희들은

그물처럼 얽힌 고통의 불쾌한 혼란으로 바꿔 버린다.   (11490)

악령에게서 벗어나기 어렵다는 걸 나도 알아.

정령과 맺은 엄격한 유대도 풀 수 없느니라.

하지만 아아, 근심아, 슬며시 기어드는 너의 커다란 힘을,

나는 결코 인정하지 않겠다.

근심

내가 저주의 말을 남기고 재빨리   (11495)

당신을 떠날 때, 비로소 나의 위력을 알 거예요!

인간이란 한평생 앞을 보지 못하니,

파우스트여, 당신도 이제는 장님이 되세요!

　　　　(파우스트에게 입김을 내뿜는다.)

파우스트 (눈이 먼다.)

밤이 점점 더 깊어 가는 것 같은데,

마음속에선 오히려 밝은 빛이 환하게 빛나는구나.**817**   (11500)

내가 생각했던 것을 서둘러 완성해야겠다.

---

817 장님이 되면서 내적 개명의 상태에 도달했다고 해석하기보다는, 안과 밖의 균형을 상실함으로써 나중에 악령인 레무르들을 자신이 부리는 인부로 착각하게 되었다고 보는 것이 괴테다운 사고방식일 것이다. 이 구절이 『파우스트』 해석에 있어서 가장 논란이 많은 부분이다. 『색채론』에서 괴테는 "내부와 외부의 총체성은 눈을 통해서 실현된다"라고 말하고 있다.

주인의 말씀, 그것만이 위력이 있는 것이니,

여봐라, 하인들아! 모두들 자리에서 벌떡 일어나거라!

내가 대담하게 계획했던 일을 멋지게 이루어다오.

연장을 잡아라, 삽과 괭이를 들어라!　　　　　　(11505)

정해진 목표는 당장에 해치워야 한다.

엄격하게 규칙을 지키고, 부지런히 일하면,

최고의 보수를 받을 것이다.

이 위대한 사업을 완성하는 데는

천 개의 손을 부리는 하나의 정신으로 족하리라.[818]　　(11510)

궁전의 넓은 앞마당

　　횃불들.

메피스토펠레스 (감독관으로 선두에 서서)

　　이쪽이다, 이쪽! 들어와라, 들어와!

　　흐물흐물한 죽음의 정령, 레무르[819]들아.

　　힘줄과 뼈다귀만으로

　　얼기설기 만들어진 얼간이들아.

---

818 파우스트의 이 마지막 선언을 생시몽주의의 초기 사회주의 이론을 뒷받침하는 증거의 하나로 내세우는 해석자들이 많다. 사회 발전의 마지막 단계에서는 주도적인 엘리트가 대중들에게 일일이 작업을 할당한다는 것이다.

819 라틴어로 레무르는 나쁜 영향을 끼치는 망령(亡靈)이나 잡귀를 뜻한다.

레무르들 (합창으로)

    당장에 분부 받들겠나이다.   (11515)

    우리가 얼핏 들은 바로는

    �꽤나 넓은 땅이 있는데,

    그걸 우리가 맡는다지요.

    측량에 쓸 뾰족한 막대기와

    기다란 사슬[820]도 가져왔습니다.   (11520)

    하지만 우리가 왜 불려 왔는지

    깜빡 잊어버렸네요.

메피스토펠레스

    여기서는 측량할 필요 없다.

    그냥 몸뚱이로 재면 된다!

    키가 제일 큰 놈을 눕게 하고,   (11525)

    다른 놈들은 그 둘레의 잔디를 벗겨 내도록 해라.

    우리 애비들을 파묻었을 때처럼,

    기다랗게 네모꼴로 파란 말이다!

    궁전에서 이 좁은 집으로 들어가게 되다니,

    결국은 이처럼 멍청하게 끝나는 거다.   (11530)

레무르들 (익살스러운 몸짓으로 땅을 판다.)

    나도 젊어서 팔팔하게 사랑했을 땐,

    정말 달콤하다 생각했었지.

    흥겨운 노랫가락 울리고 신나게 돌아가면,

    내 발길 저절로 그쪽으로 향했지.

---

820 뾰족한 막대기와 기다란 사슬은 당대에 측량술에 사용되었던 도구들이다.

이제 음흉한 늙음이 찾아와 (11535)

나를 지팡이로 후려치는구나.

비틀거리며 묘지 문 앞으로 넘어졌는데,

하필이면 그때 문이 열려 있었더란 말인가!821

파우스트 (궁전에서 나오며 문설주를 더듬는다.)

저 삽질 소리, 기분 좋구나!

저들은 날 위해 부역하는 무리들, (11540)

물이 빠진 땅을 고루 다듬고,

파도가 못 들어오게 경계를 정해,

튼튼한 제방으로 바다를 둘러막고 있다.

메피스토펠레스 (옆을 향해 혼잣말로)

네놈은 둑도 쌓고 방파제822도 만들지만,

결국은 우리를 위해 애썼을 뿐이다! (11545)

바다의 악마인 넵튠을 위해

미리 성대한 잔치823를 마련해 준 꼴이다.

어떤 형태로든 네놈들은 끝장나는 거다.

4대 원소들이 우리와 작당하고 있으니,

네놈들은 결국 파멸의 길로 갈 수밖에. (11550)

파우스트

감독관!

메피스토펠레스

---

821 셰익스피어 『햄릿』의 '무덤 파는 사람들'의 노래에서 차용한 것이다.
822 둑과 직각 방향으로 세워 해변을 보호하는 방파제의 일종.
823 바닷물이 매립지의 둑을 뚫고 다수의 주민들을 휩쓸어 가는 것을 말한다.

여기 있소이다!

파우스트

될 수만 있다면,

인부들을 달달 긁어모으도록 하라.

향락으로 기운을 북돋우고 엄벌로 다스리며,

돈도 뿌리고, 꼬이기도 하고, 쥐어짜기도 해라!

계획한 수로가 얼마나 길어졌는지, (11555)

매일매일 내게 보고하라.

메피스토펠레스 (목소리를 살짝 낮추어)

소생이 받은 보고에 따르면

수로가 아니라 무덤이올시다.

파우스트

저 산자락에 늪이 하나 있어

이미 개간한 땅을 모조리 더럽히고 있다. (11560)

그 썩은 웅덩이에서 물을 빼는 것이

마지막이자 최대의 공사가 되리라.

이로써 나는 수백만에게 땅을 마련해 주는 것이니,

백성들은 거기서 안전치는 않더라도 자유롭게 활동하며 살

수 있을 것이다.

들판은 푸르고 비옥하여, 인간도 가축도 (11565)

새로 개척한 땅에 금방 정이 들 것이니,

모두들 대담하고 부지런한 일꾼들이 쌓아 올린

튼튼한 언덕으로 곧 이주해 오리라.

밖에선 거센 파도가 제방을 때리며 넘실거려도,

여기 안쪽은 천국의 땅이 될 것이다.   (11570)
성난 파도가 밀려와 제방을 갉아먹는다 해도
협동의 정신은 서둘러 그 구멍을 막아 버릴 거다.
그렇다, 나는 이런 뜻을 위해 모든 걸 바쳤으니,
지혜의 마지막 결론은 이렇다.
자유도 생명도 날마다 싸워서 얻는 자만이   (11575)
그것을 누릴 자격이 있는 것이다.
그리하여 위험에 둘러싸여 있으면서도 여기에선
아이도 어른도 노인도 보람찬 나날을 보내는 것이다.
나는 이러한 인간의 무리를 지켜보며,
자유로운 땅에서 자유로운 백성과 살고 싶다.   (11580)
그러면 나는 순간을 향해 이렇게 말해도 좋으리라.
멈추어라, 그대는 너무도 아름답구나!
내가 이 지상에서 이루어 놓은 흔적은
영원토록 사라지지 않을 것이니, ─
이러한 드높은 행복을 예감하며   (11585)
나는 지금 최고의 순간을 맛보고 있노라.

　　　(파우스트, 뒤로 쓰러진다.
　　　레무르들이 그를 붙잡아 땅바닥에 눕힌다.)

메피스토펠레스

어떤 쾌락에도 어떤 행복에도 만족하지 못하고,
줄곧 이 여자 저 여자 쫓아다니더니,

이 가련한 자는 하찮고 허망한 이 최후의 순간을

억세게 붙잡으려 드는구나.   (11590)

내게는 그렇게도 억세게 저항하더니,

세월 앞엔 별 수 없어, 백발로 여기 모래밭에 누웠구나.

시계는 멈추었다 –

합창

　　　　　　멈추었다! 한밤중인 것처럼 고요하다.

시곗바늘이 떨어진다.

메피스토펠레스

　　　　　　바늘은 떨어지고, 일은 끝났다.

합창

지나가 버렸다.

메피스토펠레스

　　　　　　지나가 버렸다니! 멍청한 소리.   (11595)

어째서 지나갔단 말인가?

지나갔다는 것과 완전한 무(無)는 전적으로 동일한 것이다!

영원히 창조한다는 것은 도대체 무엇인가?

창조된 것은 무(無) 속으로 휩쓸려 가 버리지 않는가?

지나가 버렸다! 여기에 도대체 무슨 뜻이 있단 말인가? (11600)

아무것도 없었다는 것과 마찬가지가 아닐까.

그런데도 마치 무언가가 있는 양 뱅뱅 맴돌고 있다니.

난 오히려 영원한 – 공허(空虛)가 좋단 말이다.

매장(埋葬)

레무르 (독창)

　　삽과 괭이로 이 집을

　　누가 이렇게 형편없이 지었는가?　　　　　　　　　(11605)

레무르들 (합창)

　　삼베옷을 걸친 둔감한[824] 손님에겐,

　　이 정도만 해도 과분한 거다.

레무르 (독창)

　　누가 홀[825]을 이처럼 형편없이 꾸몄을까?

　　탁자와 의자들은 어디에 있던 건가?

레무르들 (합창)

　　이것도 잠시 빌린 거야.　　　　　　　　　　　(11610)

　　빚쟁이들이 아주 득실거리는구나.

메피스토펠레스

　　육신은 누웠는데, 영혼은 달아나려 한다.

　　피로 서명한 증서를 얼른 보여 주어야겠다. ―

　　짜증스럽게도 요즘엔 악마한테서

　　영혼을 가로채 가는 수단이 너무 많아졌어.　　　(11615)

　　옛날 방식대로 하자니 모두들 싫어하고,

　　새로운 방식엔 내가 아직 서투르다.

　　예전 같으면 나 혼자서도 해치울 텐데,

---

824 죽어서 감각이 없는 상태를 가리킨다.
825 조금 전까지만 해도 파우스트는 궁전의 화려한 홀에서 살았다.

이젠 조수의 조수[826]라도 데려와야겠다.

　　만사가 우리한테 점점 더 불리하게 되어 가고 있어. (11620)
종래의 관습도, 오래된 권한도,
그 어떤 것도 더 이상 믿을 수 없다.
예전 같으면 숨 끊어지고 영혼이 빠져나올 때,
지키고 섰다 날랜 쥐새끼 잡듯이
확! 낚아채어 단단히 움켜쥐기만 하면 됐지.　　　　　　(11625)
요즘은 영혼이 멈칫멈칫 음산한 곳에서,
흉측한 송장들의 구역질 나는 집에서 잘 나오려고 하지
않아.[827]
결국엔 서로 증오하는 원소(元素)들[828]에 의해
처참한 꼴로 쫓겨나지만 말이다.
그래서 날이면 날마다 언제? 어떻게? 어디서? 하며　　　(11630)
나는 노심초사하거니와, 이것은 까다로운 문제로다.
죽음은 순식간에 온다는 종래의 생각은 힘을 잃었어.
정말 죽은 것인가? 하고 한참 동안 의심을 품어야 하니 말이다.
이따금 뻣뻣하게 굳은 몸뚱이를 호시탐탐 바라보고 있자면,
겉모습만 그럴 뿐, 다시 꿈틀꿈틀하는 놈도 있었거든.　　(11635)

---

826 영혼을 빼 가는 조수의 역할을 하고 있는데 또 다른 조력자가 필요하다는 말.
827 생과 죽음의 경계가 의학 지식의 발달로 점점 더 불확실해졌다는 의미. 당시 바이마르에 살던 의학자 크리스토프 빌헬름 후펠란트는, 생과 죽음 사이의 경계는 불확실하고, 죽음은 순간의 작품이 아니라 점진적인 단계라고 생각했다. 그래서 산 사람을 혹시라도 죽었다고 착오하지 않기 위해서는 부패의 징조가 분명해질 때까지 '죽은 자의 집'을 갖추어 놓자고 주장했고, 그의 주장은 실제로 받아들여졌다.
828 죽음을 육신과 영혼의 분리가 아니라, 화학적 변화의 과정으로 본다는 말인 것 같다.

(행렬을 이끄는 향도병처럼 악귀들을 불러내는

환상적인 몸짓을 한다.)

자, 튀어들 나와라! 곱절로 빠른 걸음으로 나오너라.

너희들 뿔이 곧은 놈도 뿔이 구부러진 놈도,

모두 유서 깊은 악마의 명문거족들이다.

오는 길에 지옥의 아가리들도 갖고 오너라.[829]

하긴 지옥엔 아가리가 많고! 많아!   (11640)

직위와 신분을 가려 가며 삼키지 않느냐.

하지만 이번 협조를 마지막으로

앞으론 그리 세심하게 구분 안 해도 될 게다.[830]

(왼편에서 무시무시한 지옥의 아가리가 열린다.)[831]

송곳니들이 쩍쩍 솟는구나. 둥근 천장 같은 목구멍에서

광란의 불길이 노도처럼 솟구친다.   (11645)

그 뒤쪽으로 뭉게뭉게 피어오르는 연기 속에

영원히 타오르는 화염의 도시가 보인다.

새빨간 불길이 이빨 있는 데까지 넘실거리고,

저주받은 놈들이 구원을 바라며 헤엄쳐 나온다.

하지만 하이에나 같은 입이 무지막지하게 물어뜯으니   (11650)

---

829 조수의 조수들이 무대 인부처럼 지옥의 아가리를 마련하고 있다. 바로크 시대의 드라마에서
흔히 보는 연출 방식이다.

830 계급과 신분 차별이 점점 없어지는 시대이므로, 지옥의 아가리를 신분에 따라 구분할 필요는
없다는 반어적 표현.

831 17~18세기 바로크 양식의 무대장치에서 지옥의 아가리는 무시무시한 턱과 송곳니를 드러내
고, 그 안으로 불길에 휩싸인 도시가 보이도록 했다.

놈들은 대경실색 뜨거운 불길 속으로 되돌아간다.

구석구석에 이것저것 보이는데,

저처럼 비좁은 공간에 무시무시한 것들이 어찌 저리도 많단

말인가!

너희는 죄인들을 놀라 자빠지게 하려고 용을 쓰지만,

요즘 사람들은 이것을 거짓이고 속임수고 꿈이라 여기니 어쩌랴.(11655)

    (짧고 곧은 뿔을 단 뚱뚱보 악마들에게)

자, 자, 불의 뺨을 가진 배불뚝이 악당들아!

지옥의 유황을 처먹고 통통하게 살쪄 잘도 타오르는구나.

통나무 밑동처럼 작달막해 목이 뻣뻣한 놈들아!

여기 숨어서 인광처럼 반짝이는 게 없는지 살펴보아라.

그게 바로 혼이다. 날개 달린 영혼이란 말이다.   (11660)

날개를 뜯어내면 역겨운 구더기 꼴이지.[832]

내가 도장 찍어 보증해 줄 테니,

너희는 소용돌이치는 불길 속으로 그것을 가지고 내빼도록 하라!

놈의 몸뚱이 아래쪽을 잘 살펴라.

배때기 축 처진 뚱보들아, 그게 너희들 임무다.   (11665)

영혼이 그런 곳에 살기 좋아하는지

잘은 모르겠다만,

그게 배꼽 속에 있기를 좋아한다니,

---

832 그리스 신화에서 영혼은 날개 달린 나비의 모습으로 나타나는데, 날개가 떨어지면 흉한 벌레의 모습으로 변한다.

거기서 빠져나오는지 주의 깊게 살펴라.

(길고 구부러진 뿔을 단 말라깽이 악마들에게)
향도병처럼 허우대만 멀쩡한 허접쓰레기들아,   (11670)
허공을 움켜잡아라, 쉬지 말고!
팔을 쭉 뻗치고 날카로운 발톱을 내밀어
너울너울 달아나는 영혼을 붙들어라.
놈은 필시 낡은 집구석이 싫어졌을 거다.
게다가 영혼이란 놈은 곧장 위로 오르려 하는 법이다.   (11675)

(오른쪽 위**833**에서 영광의 빛이 비친다.)

천사의 무리

하늘의 사자(使者)들이여,

천상의 겨레들이여,

유유히 날개를 펴고 따르라.

죄지은 자는 용서하고,

먼지가 된 자**834**에겐 생기를 불어넣어라.   (11680)

느긋하게 줄지어

둥실둥실 떠돌며,

삼라만상에

다정한 자취를 남겨라.

메피스토펠레스

---

833 연극 기법상의 표현. 괴테는 존경받는 사람, 노인이나 귀족은 무대의 오른편에 위치해야 한다고 말한다.
834 죽은 자를 가리킨다.

구역질 나는 불쾌한 소음이 (11685)

반갑지 않은 빛과 더불어 위쪽에서 내려온다.

사내놈인지 계집앤지 구분도 안 되는 것들의 서투른 노래,

경건한 척하는 놈들이나 좋아하겠다.

너희도 알다시피, 저 극악무도한 순간에도

우린 인간 족속들을 멸망시키려 했었지. (11690)

그런데 놈들은 우리가 고안한 가장 치욕스러운 죄악[835]까지도

예배에 적절하게 써먹는단 말이야.

저 멍청이들이 경건한 척 꼴값 떨며 다가온다!

저런 식으로 많은 영혼들을 가로채 갔으니,

우리의 무기를 가지고 우리를 잡는 꼴이다. (11695)

알고 보면 저것들도 악마란 말이다. 가면을 썼다뿐이지.[836]

이번에도 진다면 영원한 수치가 될 테니,

무덤 가까이 다가와 가장자리를 단단히 지켜라!

천사들의 합창 (장미를 흩뿌리며)

　　　　장미여, 너는 눈부시게 빛나며

　　　　향기를 풍기는구나! (11700)

　　　　너울너울 춤추고 떠돌며

　　　　남몰래 생기를 주는 꽃이여.

　　　　작은 가지를 날개 삼고,

　　　　봉오리를 활짝 펴서,

---

835 인간의 타락, 예수의 십자가 처형, 성자들의 순교, 합창단의 거세가수 등을 가리킨다.
836 악마 자신도 원래는 천사였음을 고백하고 있다. 타락한 천사.

서둘러 꽃을 피워라. (11705)

봄이여, 싹 트게 하라.

진홍빛과 초록빛[837]으로.

편히 쉬는 자[838]에게

낙원을 가져오라.

메피스토펠레스 (악마들에게)

왜 웅크리고 떨고 있느냐? 그게 지옥의 관습이냐? (11710)

뿌릴 테면 뿌리라고 딱 버티고 서라.

이 가뢰[839] 같은 놈들, 모두 제자리를 지키란 말이다!

놈들은 저 따위 꽃송이를 눈송이처럼 뿌려

뜨거운 악마들을 묻어 버릴 모양이지만,

너희들의 입김에 녹아 오그라들고 말 거다. (11715)

자, 불어라, 풀무 귀신[840]들아! – 좋아, 좋았어!

너희들의 입김에 날아오던 꽃들이 모조리 창백해진다. –

너무 세게 불지는 말아라! 입은 닫고 코는 막아라.

이런이런, 네놈들은 너무 세차게 불어 댔다.

네놈들은 적당히 해 두는 것도 모르는구나. (11720)

오그라들기만 해야 하는데, 갈색으로 바싹 말라 타오른다!

어느새 독기 서린 밝은 불꽃이 되어 이리로 날아온다.

---

837 진홍빛과 초록빛은 괴테의 『색채론』에서 서로가 서로를 부르는 상보색의 관계에 있다. 천상에서 진홍빛이 내려오고 지상에서 초록빛이 올라오는 미묘한 통합의 관계.

838 파우스트를 가리킨다.

839 파리와 유사한 해충. 지독한 냄새를 풍기며 종종 장미 덩굴 사이에 쪼그리고 앉은 모습으로 발견된다.

840 팔이 짧고 볼이 불룩한, 불을 뿜는 정령.

모두 단단히 뭉쳐 저것들에 대항하라!

이런, 기운이 빠진다! 용기도 다 사그라진다!

악마 놈들이 별스럽게 아양 떠는 불 냄새라도 맡은 건가. (11725)

천사들

> 꽃잎들은 성스럽고,
>
> 불꽃들은 즐겁다.
>
> 마음 가는 대로
>
> 사랑을 퍼뜨리고
>
> 기쁨을 선사한다. (11730)
>
> 진실한 말씀,
>
> 맑은 창공에서 울리면,
>
> 영원의 무리에게
>
> 어디서나 빛이 된다!

메피스토펠레스

> 이런, 저주받을 놈들! 창피하구나, 이런 멍청이들! (11735)
>
> 악마란 것들이 머릴 처박고 거꾸로 서다니.
>
> 꼴사납게 곤두박질치다
>
> 궁둥이부터 지옥으로 떨어지다니.
>
> 자업자득, 열탕이나 뒤집어써라!
>
> 하지만 나는 내 자리를 지킬 테다. ― (11740)
>
> (흩날리며 다가오는 장미꽃을 이리저리 내치며)
>
> 도깨비불아, 썩 꺼져라! 네놈들이 아무리 빛을 발한다 해도,
>
> 움켜쥐면, 한줌 구역질 나는 아교 덩어리.
>
> 왜 나풀대고 있느냐? 얼른 사라지지 못할까! ―

어어, 이것들이 역청이냐 유황이냐, 내 목덜미에 달라붙는다.

천사들의 합창

> 그대에게 어울리지 않는 것이라면,[841]　　　　(11745)
>
> 그대는 피하도록 하라.
>
> 그대의 마음을 어지럽히는 것을
>
> 그대는 참을 수 없네.
>
> 그래도 난폭하게 덤벼든다면,
>
> 우리는 씩씩하게 싸워야 하리.　　　　(11750)
>
> 사랑만이 사랑하는 사람을
>
> 천국으로 인도하리라!

메피스토펠레스

> 내 머리가 탄다. 심장도, 간장도 탄다.[842]
>
> 악마쯤은 가볍게 능가하는 불길이다!
>
> 지옥의 불길보다 훨씬 더 따갑다! ─　　　　(11755)
>
> 그러기에 실연 당한 불행한 연인들은
>
> 몸서리치게 괴로워하는구나! 소박 당하고도,
>
> 고개를 돌려 애인의 눈치를 살피는구나.
>
> 나도 뭔가 이상한데! 무엇이 내 머리를 저쪽으로 잡아끄는 걸까?
>
> 나와 저것들은 불구대천의 원수 사이인데 말이다!　　　　(11760)
>
> 예전엔 보기만 해도 적개심이 부글부글 끓어올랐는데,

---

841 천사들끼리 하는 말이다.
842 인간의 분별력, 감각, 관능 등을 가리킨다. 민간 신앙에 의하면 간장은 육욕이 자리 잡고 있는 곳이다.

그 무슨 야릇한 기운이 내 몸 깊숙이 배어든 건가?

저 사랑스러운 애들이 보고 싶어 못 견디겠는걸.

내가 저주하지 못하도록 방해하는 건 뭘까? –

내가 유혹이라도 당하면,   (11765)

앞으로는 누구든 나를 멍청이라고 할 테지?

내가 싫어하는 악동 놈들이

너무도 사랑스럽게 여겨지는구나! –

사랑스러운 아이들아, 내게 좀 알려 다오.

너희들도 루시퍼**843**의 친족이 아니더냐?   (11770)

너무 귀엽구나. 정말이지 뽀뽀라도 하고 싶다.

너희들 때마침 잘 온 것 같다.

너희들을 벌써 천 번이라도 본 것처럼

내 기분 너무도 유쾌하고 너무도 자연스럽다.

은근히 고양이 같은 욕정이 솟구친다.   (11775)

보면 볼수록 더더욱 예쁘구나.

아아, 가까이 오너라, 아아, 어디 한 번만 보자!

천사들

가고말고요. 그런데 왜 뒷걸음치세요?

다가갈 테니, 가능하다면 그대로 계세요!

(천사들이 빙빙 돌며 무대 전체를 차지한다.)

---

843 루시퍼도 대천사였지만, 신을 배반하여 지옥에 떨어져 악마가 되었다.

메피스토펠레스 (무대 앞쪽으로 밀려나서)

너희들은 우리를 저주받은 악령이라 비난하지만,   (11780)

실은 너희들이 진짜 마법사들이다.

사내고 계집이고 모조리 홀려 버리다니. ―

이 무슨 빌어먹을 괴상한 일인가!

이것이 바로 사랑의 원소라는 겐가?

온 몸뚱이가 불구덩이 안에 있으면서   (11785)

목덜미가 타는 것도 못 느끼다니. ―

이리 둥실 저리 둥실 떠다니는 아이들아, 이리 내려와

귀여운 사지를 좀 더 야하게 움직여 보렴.

실은 엄숙한 표정이 너희에게 어울리지만,

한 번만이라도 살짝 미소 짓는 모습을 보고 싶다!   (11790)

그러면 나도 영원히 황홀할 텐데.

연인들이 서로 바라볼 때처럼 해 보란 말이다.

입 언저리를 약간만 빙긋해 보란 말이야.

이봐, 껑다리 소년, 네가 제일 맘에 들어.

하지만 성직자 같은 표정은 네게 조금도 안 어울려.   (11795)

좀 더 음탕한 눈길로 나를 쳐다보란 말이다!

좀 더 살을 드러내고도 단정하게 다닐 수 있을 텐데,

주름 잡힌 기다란 옷은 지나치게 점잖아 ―

저것들이 돌아서네, 어라, 뒤쪽을 보여 주는군! ―

저 개구쟁이 녀석들 정말 입맛 당기네!   (11800)

천사들의 합창

너희, 사랑의 불꽃들아,

청명한 곳으로 향하라!

스스로 저주받았다고 여기는 자,

진리는 그들을 구원해 주리라.

그들은 악으로부터 (11805)

즐거이 구원받고,

만물 속에서 하나 되어

복되게 살리라.

메피스토펠레스 (정신을 가다듬으며)

내가 어떻게 된 건가? – 욥처럼 온몸에 종양이 생겨[844]

내가 봐도 끔찍하다. (11810)

그래도 내 마음을 깊이 들여다보고,

나와 나의 친족을 믿는다면 승리할 수도 있을 게다.

악마의 소중한 부분들이 구원받았다고 하지만,

사랑의 도깨비는 살갗만 살짝 스쳤을 뿐이다.[845]

그 빌어먹을 불꽃 벌써 다 타 버렸으니, (11815)

이제 나는 너희들 모두를 저주하겠다!

천사들의 합창

성스러운 불길이여!

이 불길에 휩싸이는 자,

착한 이들과 더불어 살며

스스로 행복을 느끼리라. (11820)

모두들 하나가 되고

---

844 「욥기」 2장 7절. "사탄은 욥을 때려 발끝에서 머리끝까지 지독한 종양이 생기게 하였다."
845 피상적으로만 구원을 받았다는 의미. 그러므로 악마가 승리했다고 우기는 것임.

다 같이 일어나 찬양하자!

대기도 맑아졌으니

영혼이여, 숨을 쉬어라!

(천사들, 파우스트의 불멸의 영혼을 인도하며 하늘로 오른다.)

메피스토펠레스 (주위를 둘러보며)

어라, 이게 어떻게 된 영문인가? ─ 모두들 어디로 가 버렸나?(11825)

철부지 아이놈들이 별안간에 나타나더니,

내 노획물을 가지고 하늘로 올라가 버렸다.

그래서 고것들이 이 무덤가에 와 입맛을 다셨던 거야!

젠장, 둘도 없는 귀한 보물을 놓치고 말았어.

내가 담보로 잡아 두었던 귀중한 영혼을   (11830)

놈들이 교활하게 낚아채고 말았어.

[천사들 (그동안에 둥둥 떠오르며)

은총에 넘치는 사랑,

품어 주고 활동하고,

사랑을 베풀고,

용서를 베푸는 은총이

둥실둥실 우리를 안내해요.

지상(地上)의 베일,

굴레는 떨어져 나가고,

구름 옷이

그분을 하늘로 데려가요.[846]

메피스토펠레스]

이제 누구한테 하소연하나?

누가 나의 기득권을 되찾아 준담?

낫살깨나 처먹은 내가 감쪽같이 속다니,

자업자득이라지만 기분 참 더럽다.　　　　　　　(11835)

창피스럽게도 일 처리를 잘못해,

엄청난 비용만 치렀군. 치욕이다.

노회한 악마인 내가 천박한 음욕과

당치도 않은 연정(戀情)에 사로잡힐 줄이야.

유치하고 같잖은 수작에　　　　　　　　　　(11840)

노련한 이 몸이 걸려들 줄이야.

내가 저지른 이 바보짓이

정말이지 작은 일은 아니로다.

---

846 천사들이 하늘로 떠올라 가는 이 장면은 다른 판본들에는 나오지 않는 부분이다. 알브레히트 쇠네가 여러 필사본에 이 부분이 들어 있는 것을 확인하고 삽입시켰다.

심산유곡, 숲, 바위, 황무지

거룩한 은둔자들이 산 위로 올라가 흩어져서 바위들 틈에 자리 잡는다.

합창과 메아리

숲은 이쪽을 향해 손을 흔들고,

암벽은 육중하게 내리누르지만,　　　　　　　　　　(11845)

뿌리들은 서로 얽히고설키고,

나무둥치와 나무둥치는 빽빽이 솟아 있네.

개울물은 연달아 물을 튀기고,

깊고 깊은 동굴은 우리를 지켜 준다.

사자들은 아무 말 없이 다정하게　　　　　　　　(11850)

우리들 주위를 맴돌며,

축복받은 이곳을,

이 거룩한 사랑의 보금자리를 우러러본다.

환희에 잠긴 교부(教父)[847] (아래위로 떠다니며)

영원한 환희의 불길,

불타오르는 사랑의 인연,   (11855)

끓어오르는 가슴의 고통,

거품처럼 넘쳐흐르는 신의 기쁨,

화살이여, 나를 꿰뚫어라.

창이여, 나를 찔러라.

몽둥이여, 나를 마구 두들겨라.   (11860)

번갯불이여, 나를 태워라!

모든 것은 참으로 허망하며,

무상하게 지나가는 것,

영원한 사랑의 핵심만은

구원(久遠)의 별로서 빛나리.   (11865)

깊은 곳에서 소리치는 교부 (깊은 곳에서)

기암절벽이 내 발밑에서

깊은 심연 위로 묵직하게 걸쳐 있듯이,

천 갈래의 개울물이 반짝이며 흐르다

무시무시한 폭포 되어 물거품을 흩뿌리듯이,

나무둥치가 자신의 힘찬 충동으로   (11870)

하늘을 향해 꼿꼿이 솟아오르듯이,

전능한 사랑의 힘은

만물을 형성하고 만물을 품어 주도다.

---

847 은둔처의 교부들은 신앙 성숙의 여러 단계를 대변한다. 1800년 괴테는 바르셀로나의 은자들이 산속에서 수도하고 있는 장면들을 기록한 빌헬름 폰 훔볼트의 여행기를 입수했다. 이 장면은 그것들을 토대로 형상화한 것이다.

사방에서 사납게 물결치는 소리 들려,

숲이며 기암절벽이 출렁이는 듯하나,   (11875)

실은 넘실넘실 물줄기

정답게 쏴쏴 심연으로 떨어져,

골짜기를 곧장 적신다.

번갯불도 불꽃을 튀기며 내려쳐,

독기와 악취 품은   (11880)

대기를 맑게 한다.

이들은 사랑의 전령, 영원히 창조하며

우리 주변을 떠도는 존재를 알려 준다.

나의 내면에도 불을 붙여 다오.

내 정신은 혼미하고 차가우니,   (11885)

우둔한 관능의 굴레에 갇힌 채,

날카롭게 죄어드는 사슬에 괴로워한다.

아아, 신이여! 이런 사념을 달래 주시고,

가난한 마음에 빛을 밝혀 주소서!

천사와 닮은 교부[848] (중간 지대에서)

아침녘 작은 구름, 전나무의   (11890)

하늘거리는 이파리들 사이로 떠도는구나!

저 구름 안에 무엇이 살고 있는 걸까?[849]

---

848 「이사야서」에 나오는 천사 세라핌과 연관이 있으며, 상당한 정도로 계시를 받은 교부. 가톨릭에서는 아시시의 성 프란치스코를 '천사 같은 교부'라고 부른다.
849 신플라톤주의의 신비주의적 관점에 의하면, 천사와 닮은 교부가 승천한 소년들의 합창에서 본다고 믿는 것은 다름 아니라 자신의 내면에서 보고 있는 것이다.

어린 영혼들의 무리로구나.

승천한 소년들 [850]의 합창

아버지,[851] 우리가 어디를 떠도는지 말씀해 주세요.

착한 분이여, 우리가 누군지 말씀해 주세요.　　　　(11895)

우리는 행복해요. 누구에게나

누구에게나 세상은 참으로 안락해요.

천사와 닮은 교부

아이들아! 한밤중에 태어난 아이들아,

정신도 감각도 반만 열린 채,

부모 곁을 금방 떠나 버렸지만,　　　　(11900)

천사들이 너희를 얻었노라.

사랑하는 사람이 여기 있다는 걸

너희는 느낄 테지, 자, 가까이 오라.

험난한 인생길을 헤쳐 온 흔적 하나 없으니,

너희는 복받은 거다!　　　　(11905)

세상만사를 아는 데 적합한 도구인

내 눈 속으로 내려오너라.[852]

이 눈을 너희 것으로 사용해도 좋으니,

이 고장을 두루 살펴보도록 하라.

---

850 태어나자마자 죽은 아이들은 영세를 받지는 않았으나 현세에서 죄를 짓지 않았기 때문에 승천할 수 있다는 것임. 신비주의자 스베덴보리(Emanuel Swedenborg)에 의하면 이런 아이들은 세상 경험이 없기 때문에 차후적으로 가르침을 받아야 한다.

851 교부에게 말을 건네고 있다.

852 스베덴보리의 영향을 받은 부분이다. 스베덴보리는 『천상여행기 *Arcana coelestia*』에서 이렇게 말한다. "내가 처음으로 내면의 눈이 열리고, 천사와 정령들이 나의 눈을 통해서 세상에 존재하는 것들을 보았을 때, 그들은 놀라움에 차 이것이야말로 기적 중의 기적이다, 라고 말했다."

(소년들을 자신 속으로 받아들인다.)

이것은 나무요, 저것은 바위란다. (11910)

저 물줄기는 아래로 떨어져,

무시무시하게 굴러가며

가파른 산길을 단축해서 달린단다.

승천한 소년들 (몸 안에서)

구경거리가 엄청나긴 해도,

여기는 너무 음산해요. (11915)

놀랍고 두려워 몸이 떨려요.

고귀하고 착하신 분, 우리를 내보내 주세요!

천사와 닮은 교부

그럼 더 높은 곳으로 올라가거라.

언제나 자기도 모르게 성장하는 법이니,

신께서 영원히 순수한 방식으로 (11920)

현현(顯現)하여 힘을 주시기 때문이란다.

그것은[853] 더없이 자유로운 대기 속에 살아 있는

정령들의 양식(糧食)이며,

천상의 환희로 피어날

영원한 사랑의 계시란다. (11925)

승천한 소년들의 합창 (가장 높은 산봉우리 주위를 빙빙 돌며)

손에 손을 잡고

신나게 윤무를 추어요.

거룩한 느낌을

---

853 신의 현현을 가리킨다.

노래로 불러요.

신의 가르침을 받았으니　　　　　　　　　　　　(11930)

우리는 믿을 수 있어요.

우리가 우러러보는 신의 모습을

우리는 볼 수 있어요.**854**

천사들(파우스트의 불멸의 영혼**855**을 인도하며, 더 높은 대기 속을 떠돈다.)**856**

영들의 세계의 한 고귀한 사람이

악으로부터 구원되었도다.　　　　　　　　　　(11935)

'언제나 갈구하며 노력하는 자,

그 자를 우리는 구원할 수 있노라.'

그에겐 천상으로부터도

사랑의 손길이 내려졌으니,

축복받은 무리가 그를　　　　　　　　　　　　(11940)

진심으로 환영하리라.

어린 천사들

사랑스럽고 거룩한 속죄의 여인들,

그 손에서 얻은 장미꽃들이

---

854 「마태복음」 5장 8절. "마음이 순수한 자는 복이 있나니, 하느님을 볼 수 있음이라."

855 원래는 아리스토텔레스의 용어인 '엔텔레스'를 사용하였으나, 나중에 '불멸의 영혼'으로 바꾸었다. 완전한 상태로 존재하는 것이란 의미의 엔텔레키를 괴테는 라이프니츠의 '파괴할 수 없는 단자'의 의미로 사용하였다. 1829년 괴테는 에커만에게 말한다. "나는 우리의 영속을 의심하지 않네. 자연은 엔텔레키 없이는 존재할 수 없기 때문일세."

856 '아포카타스타시스(만물회귀설)'는 원 상태 혹은 원위치로 복귀하는 것을 뜻하며, 세상의 종말에 만물이, 특히 천사와 인간, 그리고 악마조차도 타락하기 이전 상태로 돌아가 구원을 받게 된다는 것이다. 특히 3세기의 교부 오리게네스는 더럽혀진 영혼이나 죄악도 피안에서는 완전한 상태로 돌아간다고 보며 만물회귀설(萬物回歸說)을 주장하였고, 괴테는 이 교부의 학설을 높게 평가하였다. 『파우스트』의 마지막 장면은 이런 관점에서 구성되어 있다. 믿지 않는 자와 악마는 구원을 받지 못한다는 정통 교리의 입장에서 보면 이단적이라고 할 수 있다.

우리의 승리를 도왔지요.

우리가 고귀한 일을 이루도록,   (11945)

이 영혼의 보배[857]를 획득하게 했지요.

꽃을 흩뿌리자 사악한 자들이 물러갔고,

꽃으로 내려치자 악마들이 달아났어요.

익숙했던 지옥의 형벌 대신에

악령들은 사랑의 고통을 느꼈던 거예요.   (11950)

그 늙다리 악마 두목까지도

쓰라린 고통에 꿰뚫리고 말았답니다.

이렇게 신날 수가! 성공입니다.

성숙한 천사들

지상의 찌꺼기를 나른다는 건

아무래도 우리에겐 고통스러워요.   (11955)

비록 석면(石綿)[858]으로 되어 있다 하더라도

정결하지 못하니까요.

강력한 정신의 힘이

온갖 원소를

자기 쪽으로 끌어당기고 있다면,   (11960)

그 어떤 천사라도

정신과 물질이 긴밀하게 합일된

이중체(二重體)를 분리할 순 없지요.[859]

---

857 파우스트의 영혼을 가리킨다.

858 불에 타지 않는 섬유로 시신을 화장할 때 입히는 수의의 옷감으로 쓰임. 시신의 재를 다른 재와 구분하기 위해 사용한다.

859 정신과 물질의 구분이라는 조야한 이원론은 괴테적인 사고방식이 아니다. 정신에 들러붙은 찌

영원한 사랑만이 그걸

갈라놓을 수 있답니다. (11965)

어린 천사들

암벽 꼭대기를 안개처럼 감돌며

가까이에서 움직이는 정령들.

그것들의 활동을

우리는 또렷이 느껴요.

작은 구름들은 맑게 개고, (11970)

승천한 소년들이 무리 지어

움직이는 게 보여요.

그들은 지상의 속박에서 벗어나

둥그렇게 원을 그리고,

하늘나라의 (11975)

새 봄과 장식을 즐기며

원기를 북돋우고 있어요.

이분도 차츰차츰

완성의 경지에 이를 때까지

이 소년들과 함께했으면 좋겠어요! (11980)

승천한 소년들

번데기 상태인 이분을

기쁘게 맞겠어요.

우리가 더불어 천사가 될 담보물을

손에 넣은 셈이니까요.

꺼기를 정화한다는 의미로 보아야 할 것이다.

이분을 에워싸고 있는   (11985)

솜털 고치를 벗겨 주세요.

성스러운 삶을 누릴 수 있을 만큼

어느새 아름답고 크게 자랐어요.

마리아를 숭배[860]하는 박사 (가장 높고 가장 정결한 암자에서)

여기는 전망이 탁 트여,

정신까지 고결해진다.   (11990)

저기 여인들이 위를 향해

둥실둥실 떠가는구나.

그 한가운데에

별들로 장식한 관을 쓰신 고귀한 분,

빛나는 광채를 보니,   (11995)

하늘나라 여왕님이시구나.

                    (황홀해하며)

세계를 다스리는 지엄한 여왕이시여!

푸르게 펼쳐진

하늘의 천막 속에서

당신의 신비를 보여 주소서!   (12000)

이 사내의 가슴을

진지하고 부드럽게 일렁이게 하시어,

성스러운 사랑의 기쁨[861]을 느끼며

---

860 마리아 숭배의 전통은 중세 말에 시작되었다.

861 원래 초고에는 열정과 사랑의 기쁨이라고 되어 있었던 걸로 보아, 천상의 사랑과 지상의 사랑을 포괄하는 것으로 보인다.

당신께 다가가게 하소서.

당신이 엄하게 명을 내리시면　　　　　　　　　　(12005)
우리는 용기백배해지고,
당신이 우리에게 평화를 주시면
타오르는 열정도 순식간에 진정되옵니다.
가장 아름다운 의미에서의 순결한 동정녀,
우러러 마땅한 어머니,　　　　　　　　　　　(12010)
우리를 위해 선택된 여왕님,
신들과 동등한 분이시여.
　　　　　　성모님을 에워싼
　　　　　　가벼운 구름들은
　　　　　　속죄하는 여인들이구나.　　　　(12015)
　　　　　　다정다감한 무리들,
　　　　　　그분의 무릎 근처에서
　　　　　　신성한 대기를 마시며
　　　　　　은총을 갈구하는구나.
당신께 다가가기 어렵지만,　　　　　　　　　(12020)
쉽사리 유혹에 빠지는 자들이
믿고 의지하며 당신께 나아감마저
금지된 건 아닙니다.

저들은 약한 마음으로 빠져들었으니,
구원받기 어렵나이다.　　　　　　　　　　　(12025)

어느 누가 자신의 힘으로

정욕의 사슬을 끊을 수 있을까요?

매끄럽고 기울어진 바닥에서

발은 얼마나 쉽게 미끄러집니까?

눈짓과 인사, 그리고 아양 떠는 말에 (12030)

누군들 유혹되지 않겠나이까?

(영광의 성모, 두둥실 떠온다.)

속죄하는 여인들의 합창

당신은 영원의 나라로,

하늘나라로 떠오르십니다.

우리의 간청을 들어주소서.

비할 데 없는 분이시여, (12035)

자비에 넘치는 분이시여!

죄 많은 여인862 (「누가복음」 7장 36절)

바리새인의 조소에도 아랑곳하지 않고,

신으로 변용(變容)하신 아드님863의 발에

눈물을 흘려 향유로 삼았던,

그 사랑에 걸고 당신께 비옵나이다. (12040)

그다지도 풍성하게 방울방울 향료를 떨어뜨렸던

---

862 마리아 막달레나를 가리킨다. 죄 많은 여인이었지만 바리새인의 집에 머물던 예수를 찾아가, 발을 씻어 주고, 향유를 발라 주어 죄를 용서받았다.

863 예수를 가리킨다. 정통 기독교 교리에서 아버지와 아들의 존재를 동일시하는 아리안 전통의 교리.

항아리에 걸고 비옵나이다.

그렇게도 부드럽게 성스러운 손발을 말려 주었던

고수머리에 걸고 비옵나이다 –

사마리아의 여인[864] (「요한복음」 4장)

옛날 아브라함이 양 떼를 몰고 갔던   (12045)

그 샘물에 걸고 비옵나이다.

구세주의 입술에 시원하게 닿았던

그 두레박에 걸고 비옵나이다.

이제 그곳에서 솟아나와,

영원토록 맑게 넘쳐흐르며   (12050)

온 세상을 적셔 주는

그 정갈하고 풍부한 샘물에 걸고 비옵나이다.

이집트의 마리아[865] (「사도행전」)

주님을 앉아서 쉬게 했던

지극히 성스러운 그 장소에 걸고 비옵나이다.

경고하며 문전에서 저를 밀어내었던   (12055)

그 팔에 걸고 비옵나이다.

제가 사막에서 40년 동안

충실히 행했던 속죄를 걸고,

제가 모래 속에 적어 놓았던

복된 작별 인사에 걸고 비옵나이다 –   (12060)

---

864 예수에게 시원한 샘물을 바쳤던 여인.
865 알렉산드리아에서 창녀 생활을 하던 여인으로 예수의 묘지로 들어가려다 알 수 없는 힘에 의해 거절당하자, 동정녀 마리아에게 기도하여 47년간 이집트의 사막에서 속죄하도록 허가를 받았다. 사후에 성녀의 칭호를 받았다.

셋이 함께

> 큰 죄를 지은 여인들이
>
> 당신에게 다가가는 것도 거절하지 않으시고,
>
> 속죄의 공덕을
>
> 영원의 영역으로 높여 주시는 당신,
>
> 단 한 번 자신을 잊어버리고, (12065)
>
> 자신의 죄를 미리 알아차리지 못했던
>
> 이 착한 영혼**866**에게도
>
> 합당한 용서를 베풀어 주소서!

속죄하는 한 여인 (한때 그레트헨이라 불렸던 여인, 성모에게 매달리며)

> 굽어보소서, 굽어보소서,
>
> 비할 데 없는 분이시여, (12070)
>
> 광명으로 가득한 분이여,
>
> 자애로운 얼굴로 제 행복을 보살펴 주소서!
>
> 그 옛날에 사랑했던 사람,
>
> 이제 혼미함**867**에서 벗어난 사람이
>
> 돌아왔나이다.**868** (12075)

승천한 소년들 (원을 그리며 가까이 다가온다.)

> 이분은 우리를 앞질러 자라서
>
> 팔다리가 어느새 튼튼해졌어요.

---

866 일반적으로 그레트헨의 영혼을 가리키는 것으로 해석한다. 하지만 그레트헨의 영혼은 이미 구원받았으므로(4611행) 그레트헨에게 다른 이들의 속죄를 빌어 줄 수 있는 힘을 허락해 달라고 하는 것으로 해석하기도 한다. 혹은 파우스트의 영혼을 가리킨다고 보기도 한다.

867 괴테의 『색채론』에서 말하는 '흐림'의 상태를 가리킨다. 흐림은 부정적인 개념이 아니라 빛이 그 한가운데를 통과하면서 다채로운 색을 드러내게 하는 '원 현상'의 일종이다.

868 이로써 그레트헨이 "우린 다시 만날 거예요(4585행)"라고 했던 말이 실현된다.

우리가 충실히 보살펴 드렸으니

풍족한 보상은 당연하겠죠.

우린 일찍부터 (12080)

지상의 살아 있는 무리를 멀리했지만,

이분은 학식도 높으셨으니,

우리를 가르쳐 주실 거예요.

속죄하는 한 여인 (한때 그레트헨이라 불렸던 여인)

고귀한 영들에 둘러싸인 채,

새로 온 저분은 자신을 느끼지 못하고, (12085)

새로운 삶도 알아차리지 못하지만,

어느새 신성한 무리를 닮아갑니다.

보세요! 저분은 지상의 모든 인연과

낡은 껍질을 벗어던졌나이다.

신성한 대기[869]로 이루어진 옷자락으로부터 (12090)

최초의 청춘의 힘이 솟아납니다.[870]

새로운 빛에 아직 눈 부신 모양이니,

저분을 가르치도록 허락해 주옵소서.

영광의 성모

자, 오너라! 더 높은 하늘로 오르라!

그 사람도 널 알아보면 뒤를 따를 것이다.[871] (12095)

마리아를 숭배하는 박사 (얼굴을 들어 올려 기도한다.)

---

869 에테르를 번역한 것이다.

870 아우구스티누스는 『신국』에서 이렇게 말한다. "그 모두가 청춘 시절의 모습을 다시 가지게 된다면……."

871 파우스트와 그레트헨의 영혼은 만물회귀의 완성 상태로 돌아간다.

참회하는 모든 연약한 자들아,

거룩한 섭리를 따르라.

감사의 마음으로872 자신을 변용(變容)하려면

구원자의 눈길을 우러러보라.

보다 착하게 살려는 모든 사람이   (12100)

당신을 받들어 모시도록,

동정녀여, 어머니여, 여왕이여,

여신이여,873 길이 은총을 베푸소서.

신비의 합창

모든 무상(無常)한 것은

비유874에 지나지 않는 것,   (12105)

도달할 수 없는 것,

여기서 실현되고,

말로 나타낼 수 없는 것,

여기서 이루어진다.

영원히 여성적인 것이   (12110)

우리를 이끌어 가도다.

대미(大尾)

---

872 원래는 '믿음을 가지고', '완전하게' 등의 단어를 썼다가 최종 원고에서 '감사하며'로 바꾸었다.
873 정통 가톨릭의 의식에서는 동정녀(virgo), 어머니(mater), 여왕(regina)의 세 용어를 사용한다.
그런데 괴테는 여기에다 '여신'이라는 단어를 추가하였다. 아브라함–유일신을 믿는 세 종교는 지중
해와 소아시아에서의 종교의식에 사용되는 위대한 '어머니 신'이라는 관념을 이단으로 배격하였다.
괴테는 비너스와 유사한 갈라테이아(8147행), 그리고 제우스의 딸인 헬레네(9237, 9949행)를 '여신'
으로, 사랑의 여신으로 명명하였다는 점에 유의할 것. 슈미트(2001년) 같은 비평가는 이 부분을 신
플라톤주의적 체계에서 해석하면서, 여신으로서의 마리아를 인간 최고의 완성 단계에 대한 상징으
로 해석하기도 한다.
874 참된 것은 신적인 것과 마찬가지로 결코 직접적으로는 인식할 수 없으며, 반사광, 상징 속에서
만 직관할 수 있다는 괴테의 일관된 생각.

부록_발푸르기스의 보따리

발푸르기스의 밤[1]

하르츠의 산중. 쉬르케와 엘렌트 지방.

파우스트와 메피스토펠레스 등장.

메피스토펠레스

빗자루[2] 같은 거라도 필요하실 텐데요?

소생은 아주 억센 숫염소라도 있었으면 합니다.

목적지까지 가려면 아직도 멀었으니까요.

---

1 바이마르 판본을 비롯한 괴테 전집의 정본들에는 들어 있지 않은 이 부분은 괴테가 미풍양속을 저해할까 우려하여 미출간 원고로 남겨 놓았던 부분이다. 괴테 자신이 '발푸르기스의 보따리'라고 부른 이 부분들을 알브레히트 쇠네 교수가 새롭게 보충해 넣고 또 '발푸르기스의 밤' 장면 전체의 순서를 일부 재배열하여 공연용으로 새롭게 각색하였다. 관능적인 요소들이 가감 없이 드러나 있는 사탄 장면과 그레트헨 처형 장면을 추가함으로써 괴테의 원래 의도에 더 가까이 접근할 수 있을 것으로 기대되어 여기에 추가적으로 싣는다. [ ] 부분은 쇠네가 보충한 것이다. 이 관능적인 사탄 장면이 빠지지 않았다면, '천상의 서곡' 장면과 더불어 쌍두마차가 되어 파우스트 드라마가 좀 더 박진감 있게 전개되었을 것이라며 아쉬워하는 비평가들이 다수 있다.

2 남성 성기를 상징.

파우스트

나의 두 다리가 아직도 팔팔하다고 느끼기에,

울퉁불퉁 마디 많은 이 지팡이[3]로도 충분하다.　　　　　(5)

길을 바삐 간다고 무슨 재미가 있겠느냐! –

미로와 같은 골짜기들을 천천히 걸어가고,

끊임없이 샘물이 솟아나고 흘러내리는

이 암벽을 타고 오르는 것이,

홍겹게 길을 찾아가는 즐거움이 아니겠느냐!　　　　　(10)

봄은 자작나무 숲에서 이미 꿈틀거리고,

전나무까지도 어느새 봄을 느끼고 있다.

그러니 우리의 팔과 다리도 그 기운을 느끼지 않겠는가?

메피스토펠레스

사실이지 소생은 아무 느낌도 없소이다!

이 몸뚱이 속은 아직도 한겨울이어서,　　　　　(15)

이 길에 차라리 눈과 서리라도 내렸으면 좋겠소이다.

이지러진 저 붉은 달은 처량맞게도

느지막이 빛을 발하며 떠오르는군요.

하지만 그 빛도 신통찮아 걸음을 옮길 때마다

나무에도 걸리고, 바위에도 걸리는군요![4]　　　　　(20)

미안하지만 도깨비불을 좀 부를까 합니다!

저기 마침 활활 타오르는 놈이 하나 있군요.

어이! 친구! 우리한테로 좀 와 줄래?

---

3 발기한 성기에 핏줄이 울룩불룩 솟아 있는 모습.
4 청춘의 힘이 빠져 직진할 힘이 없다.

아무 소용도 없이 타오르면 뭐하나?

인심 써서 우리가 올라가는 길을 좀 비춰 주게!　　　　(25)

도깨비불

받들어 모시지요. 경박하게 흔들거리는 제 천성을

잘 조절하도록 애써 보겠습니다.

지그재그로 가는 게 보통 우리 발걸음이라서요.

메피스토펠레스

아이고! 이런! 이놈이 인간 흉내를 다 내는구나.

똑바로 걸어라, 악마의 이름으로 명한다!　　　　(30)

안 그러면 깜박거리는 네 생명의 불꽃을 훅 불어서 꺼 버리겠다.

도깨비불

나리가 우리 문중의 어른이라는 건 잘 알고 있어요.

기꺼이 어른의 말씀을 따르지요.

하지만 유념하세요! 오늘은 온 산이 난리법석입니다.

도깨비불이 그 와중에 어른의 길을 밝혀 주는 것이니　　(35)

그렇게 까다롭게 굴지만 말아 주셨으면 합니다.

파우스트, 메피스토펠레스, 도깨비불

(교대로 노래를 부른다.)

[파우스트]

꿈의 나라로 마법의 나라로

어느새 우리 들어왔나 보다.

[메피스토펠레스]

우리를 잘 모셔라. 영광스런 마음으로!

그러면 우리들 곧 앞으로 내달아　　　　(40)

넓고 황량한 공간에 다다르리라.

[도깨비불]

나무들 뒤에 또 나무들

연이어서 재빨리 스쳐 지나가고,

허리를 굽힌 암벽들,

기다란 바위의 콧날들,5   (45)

드르렁 코를 골고, 드르렁 숨을 쉰다!

[파우스트]

돌 사이로 풀밭 사이로

개천과 실개천은 바삐 흘러내린다.

철벅거리는 소리를 듣는 걸까? 노랫소리를 듣는 걸까?

달콤한 사랑의 탄식을,   (50)

저 천국 시절의 소리를 듣는 걸까?

우리가 희망하고, 우리가 사랑하는 것!

태곳적의 전설처럼 메아리 되어

울려 퍼진다.

[도깨비불]

으윽! 쓰윽! 가까이서 들려오는   (55)

올빼미와 푸른 도요와 어치의 울음소리.

너희들 모두 깨어 있느냐?

[파우스트]

덤불 속을 기어가는 건 도롱뇽인가?

---

5 여성 성기의 소음순, 대음순 부분을 가리키는 것으로 보인다.

다리는 길고, 배는 볼록!⁶

암벽과 모래밭에서 뱀처럼   (60)

비비 꼬며 뻗은 나무뿌리들,

이상한 띠를 내밀어

우리를 놀래키고 우리를 붙든다.

[메피스토펠레스]

살아 있는 듯 거친 옹이 자리에서

해파리 같은 섬유질이 손을 내밀어   (65)

나그네를 붙든다.

형형색색의 쥐들⁷은 떼를 지어

이끼와 풀밭 속을 들락날락!

반딧불도 이리저리

무리 지어 날며   (70)

나그네의 갈 길을 혼란케 한다.

[파우스트]

아아, 말해다오. 우리는 서 있는 것이냐?

아니면 앞으로 나아가고 있는 것이냐?

모든 게 제자리에서 빙빙 도는 것 같다.

얼굴을 찡그린 암벽과 나무들,   (75)

점점 숫자가 늘어나고 부풀어 가는

도깨비불들도.

메피스토펠레스

---

6 남성 성기의 모양.
7 남성 성기마다 가진 다양한 모양과 색깔.

내 옷자락8을 꽉 잡으세요!

여기가 가운데 산9이올시다.

이곳에선 모두들 놀란 눈으로,   (80)

산중에서 마몬 신이 번쩍이는 것을 바라보지요.

파우스트

저 깊은 계곡에서 희미하게, 먼동이 틀 때처럼

연분홍빛10이 비쳐 나오는 게 놀랍기만 하다!

심연의 깊은 목구멍 속까지

그 빛은 은은히 스며드는구나.   (85)

한편에선 증기가 피어오르고, 다른 편에선 김이 모락모락,

이편에선 자욱한 안개 속에서 불꽃이 활활.

불꽃은 부드러운 실처럼 살살 기기도 하고,11

샘물처럼 콸콸 솟구치기도 한다.

여기선 수많은 광맥을 이루며   (90)

계곡을 온통 감아 돌기도 하고,

저기 좁다란 구석에서 막히면,

순식간에 뿔뿔이 흩어진다.

그러면 불꽃들은 황금빛 모래라도 흩뿌린 듯

바로 가까이서 튀어 오른다.   (95)

보라! 저 바위 절벽엔 온통

불이 활활 타오르는구나.

---

8 독일어 Zipfel은 옷자락이면서 또한 남성의 성기를 의미한다.
9 남성의 발기한 신체 부위.
10 여성의 분홍빛 질구.
11 성행위의 쾌감이 전해지는 양상.

메피스토펠레스

마몬 신께서 오늘의 축제를 위해

궁전을 휘황찬란하게 밝혀 놓은 게 아닐까요?

저런 걸 다 구경하다니, 당신은 복도 많소이다. (100)

벌써 구경꾼들이 날뛰며 몰려드는 게 느껴지는군요.

파우스트

회오리바람이 미친 듯이 몰아치는구나!

거센 힘으로 내 목덜미를 후려치는구나!

메피스토펠레스

암벽의 늙은 갈비뼈를 꼭 붙드시오.

안 그러면 저 깊은 나락으로 떨어지고 말거요. (105)

안개 때문에 밤이 더욱 어둡소이다.

들어보시오, 숲 속에서 우지끈 와지끈 난리가 났군요!

부엉이들이 혼비백산 날아가네요.

들어 보시오, 영원히 푸른 궁전들[12]의

기둥들이 쪼개지고 무너지는 소리를.[13] (110)

나뭇가지들은 빠지직 부러지고,

나무둥치들도 꽈당 쓰러집니다!

뿌리도 뿌지직 아가리를 벌리네요!

무시무시하게 뒤엉켜 쓰러지고,

모든 것들이 엎치고 덮치며 비명을 질러 댑니다![14] (115)

---

12 생명의 탄생지인 자궁.
13 남성 성기의 돌진과 그 저돌적 본성.
14 여성의 동굴 안팎에서 벌어지는 성행위 장면.

파편들로 가득한 골짜기엔

바람 소리만 윙윙 울부짖는군요.

저 높은 곳에서 들려오는 소리가 들립니까?

먼 곳에서, 그리고 가까운 곳에서 들려오는 소리도?

그렇소이다. 온 산을 뒤흔들며   (120)

마법의 노래가 미친 듯이 울려 퍼지는군요!

마녀들 (합창)

　　마녀들 브로켄 산으로 모여드네.

　　그루터기는 노란색, 묘목은 초록색.

　　거기에 엄청난 무리가 모여 있네.

　　우리안 나리께서 상석에 오르시네.   (125)

　　돌부리 나무 부리에 걸리고 넘어지며

　　마녀는 방귀를 끼고, 숫염소는 악취를 풍기네.

목소리

　　늙은 바우보[15] 할멈이 혼자 오신다.

　　어미 돼지를 타고 오신다.

합창

　　존경할 만한 분은 존경해야지!   (130)

　　바우보 할머니 앞장서서! 안내하신다!

　　튼튼한 어미 돼지를 타시고.

　　마녀들 모두 그 뒤를 따른다.

마녀들 (합창)

　　길은 넓고, 또 길은 먼데

---

15 바우보(Baubo)는 여성의 외음부(Vulva)를 의인화한 것이다. 음탕한 마녀들의 우두머리.

왜 그렇게 밀쳐 대며 야단인가? (135)

쇠스랑은 찌르고, 빗자루는 할퀸다.

애새끼는 질식하고, 어미는 배 터진다.

남자마귀 (절반의 합창)

우리는 껍질을 쓴 달팽이처럼 엉금엉금 가는데,

계집들은 모조리 앞서갔구나.

계집들이란 악마의 집을 찾을 때면, (140)

천 걸음이나 앞서가니까.

나머지 절반

여자들이 천 걸음이나 앞서간다 해도,

우리는 개의치 않아.

그것들이 제아무리 서둘러도,

남자들은 한달음에 따라잡으니까.[16] (145)

양쪽의 합창

빗자루가 태워 주고, 막대기가 태워 준다.

쇠스랑이 태워 주고, 숫염소도 태워 준다.

오늘 오를 수 없는 자는

영원한 낙오자가 된다.

마녀들의 합창

연고(軟膏)[17]는 마녀들에게 용기를 준다. (150)

넝마 한 조각이면 돛으로 달 수 있고,

어떤 통이든 좋은 배가 된다.

---

16 남자는 한번의 사정으로 오르가슴에 도달한다.
17 마녀들이 겨드랑이나 음부에 발라 더 빨리 환상과 도취의 세계로 빠져든다.

오늘 날지 않았으면, 영원히 날지 못한다.

(마녀들, 내려앉는다.)

메피스토펠레스

밀치고 부딪치고 사부작거리고 덜거덕거린다!

식식거리고 빙빙 돌고, 잡아당기고 종알거린다!   (155)

빛나고 불꽃을 튀기고 악취를 풍기고 뜨겁게 타오른다!

이런 게 진짜 마녀들의 본성이다!

날 꼭 잡아요! 안 그러면 금방 이별이외다.

그런데 어디 있는 거요?

파우스트 (멀리 떨어진 곳에서)

여기다!

메피스토펠레스

저런! 벌써 거기까지 밀려갔나요?

이쯤 되면 문중 어른의 권한을 행사해야겠다.   (160)

비켜라! 폴란트[18] 공자께서 납셨다. 비켜라! 귀여운 것들아, 비

켜라!

여기요, 박사님, 날 꼭 잡으시오! 이제 한걸음에 펄쩍 뛰어

이 혼잡한 곳을 벗어납시다.

여기선 나 같은 놈도 미치겠소이다.

저기 옆에 뭔가 아주 특별한 게 빛을 내고 있군요.   (165)

왠지 저 덤불 쪽으로 마음이 끌리는데요.

얼른, 얼른 오시오! 저 안으로 슬쩍 들어가 봅시다.

파우스트

---

18 악마의 옛 이름.

하지만 나는 저 위쪽19으로 가고 싶네!

어느새 불꽃이 튀고 연기가 소용돌이치는구나.

수많은 무리가 악마가 있는 그곳으로 몰려가는 걸로 보아, (170)

거기서 수수께끼들이 절로 풀리지 않겠느냐.

메피스토펠레스

온 무리가 소용돌이치며 위쪽으로만 올라가려 하는군요.

당신은 밀고 있다고 생각하지만, 실은 밀리고 있는 겁니다.

고물상 마녀

신사 양반들, 그냥 지나가지 마오!

기회는 한 번 가면 안 와요! (175)

우리 집 물건들을 잘 보오.

별의별 게 다 있어요.

우리 가게에 있는 것들은 하나하나가

이 세상의 다른 물건하고는 달라요.

한 번이라도 인간과 세상에 (180)

커다란 해를 끼치지 않은 건 없으니까요.

비수라면 피를 보지 않은 건 여기에 없고,

술잔이라면, 생생한 육신에다

생명을 갉아먹는 뜨거운 독약을 쏟아 넣지 않은 건 없다오.

패물이라면 사랑스런 계집을 유혹하지 않은 건 없고, (185)

칼이라면 맹약을 깨뜨리지 않았거나,

상대를 등 뒤에서 찌르지 않았던 건 없다오.

메피스토펠레스

---

19 사탄과 마녀들이 광란의 축제를 벌이는 곳.

여봐요, 아줌마! 세상 물정 잘 모르시네.

저지른 일은 이미 지난 일! 이미 지난 일은 저지른 일!

좀 더 새로운 걸 내놓도록 하시오! (190)

새것만이 우리의 마음을 끄니까.

파우스트

그런데 우리가 여기에 끼어들려면,

자네는 마법사 노릇을 할 텐가, 악마 노릇을 할 텐가?

메피스토펠레스 (갑자기 아주 늙은 꼴을 하고 나타난다.)

이 군중에게 최후의 심판날이 다가온 것 같소이다.

소생이 마지막으로 이 마녀의 산에 올라 보니 말이오. (195)

내 술통에서 탁한 게 흘러나오는 걸 보니,

세상도 마찬가지로 기운 모양이오.

산정에서

[소용돌이치는 군중 속의 목소리]

보아라, 그분이 산을 올라온다.

저 멀리 사람들이 떼거지로 몰려 있다.

[모두 함께]

경건한 자들이 놀라며 축원을 한다.   (200)

틀림없다, 그분이 승리자로서 왕림하신다.

(트럼펫 소리, 번갯불, 위쪽에서 천둥이 친다. 불기둥들이 일어나고 연기와 수증기가 퍼져 나간다. 그곳에서 우뚝 솟은 바위. 사탄이 거기에 있다. 거대한 군중이 그를 둘러싸고 있다.)

[무릎을 꿇은 남자]

…… 제가 간청드렸던 대로 이 부근을

마음껏 살펴보아도 될까요.

타고난 민주주의자인 제가

이제 독재자인 당신의 발톱에 충심으로 입맞춤 하나이다. (205)

[의전관 역할을 맡은 메피스토펠레스]

발톱이라고! 그 정도론 약하지!

자넨 더 이상의 결심을 해야 할 거네.

[무릎을 꿇은 남자]

이 행사에서 무엇이 더 필요한가요?

의전관

주군의 엉덩이에다 키스하도록 하게!

[무릎을 꿇은 남자]

그 정도는 별거 아닙니다요. (210)

뒤쪽이든 앞쪽이든 키스하겠나이다.

(사탄이 몸을 돌린다.)

위쪽을 보니 주군의 코가

온 세상을 향해 돌진할 태세군요.

아래쪽을 보니 여기 구멍이

온 우주를 삼키고도 남음이 있겠나이다. (215)

거대한 입에서 풍기는 냄새가 죽이는군요!

천국에서도 맡을 수 없는 냄샙니다.

이 멋지게 만들어진 계곡을 보니

그 속으로 기어 들어가고 싶은 욕구가 솟구칩니다.

    (숨 막히는 정적. 이윽고 군중들이 광적으로 괴성을 지른다.)

제가 더 무엇을 해야 하나요?   (220)

사탄 (몸을 일으키면서 동시에 몸을 돌린다.)

        나의 종이여, 그대의 충성심을 확인했노라!

그런고로 그대에게 수백만의 영혼들을 맡기겠다.

악마의 엉덩이를 그대처럼 높이 찬양하는 자라면,

멋진 아첨도 빠질 순 없을 테지.

밤

여기저기 무리를 지은 거대한 군중.

  [사탄이 왕좌에 앉아 있다.]

사탄

숫염소는 오른쪽,

암염소는 왼쪽!   (225)

암염소는 냄새를 맡고,

숫염소는 냄새를 풍기는구나.

숫염소가 더욱 독하게

냄새 풍기더라도

암염소는 숫염소 없이는   (230)
지낼 수 없지.

합창

온몸을 숙여 경배하나이다.
주군을 찬양하라!
그분은 백성을 가르치시고,
또 기꺼이 가르치신다. (235)
귀 기울여 말씀을 들어라.
그분은 그대들에게
영원한 삶의 실마리를
깊디깊은 본성의 실마리를 보여 주신다.

사탄(오른쪽으로 몸을 돌리며)

너희들 앞에 두 가지가 있으니   (240)
너무도 찬란하고 위대한 것이니라.
하나는 번쩍이는 금이요.
다른 하나는 여자의 음부라.
하나로는 무엇이든 구할 수 있고,
다른 하나는 삼키기를 잘하니,   (245)
행복할지어다, 두 가지를
한꺼번에 얻는 자는.

목소리

도대체 주군께서 무슨 말씀을 하시는가? ─
장소가 너무 멀어
귀중한 말씀을   (250)
잘 듣지 못했다.

찬란한 실마리가

뭔지 모르겠고,

깊은 본성의 삶은

보이지도 않는다. (255)

사탄(왼쪽으로 몸을 돌리며)

너희들 앞에 두 가지가 있으니

귀하고 빛나는 것이니라.

하나는 번쩍이는 금이요.

다른 하나는 번들거리는 음경이다.

그러니, 너희 계집들아, (260)

황금을 마음껏 누리되,

황금보다 더

남자의 음경을 제대로 알도록 하라.

합창

온몸을 숙여 경배하나이다.

성스러운 이곳에서! (265)

아아, 행복하도다.

바로 가까이서 그분의 말씀을 듣는 자는.

목소리

멀리 떨어져 있어,

귀를 쫑긋 세우고 있지만,

말씀의 대부분은 (270)

놓쳐 버렸다.

누가 내게 분명히 말해 줄 건가?

　　　누가 내게

　　　영원한 삶의 실마리를

　　　깊디깊은 본성의 실마리를 보여 줄 건가?　　　　(275)

메피스토펠레스 (어린 소녀를 향해) [목소리를 낮추어]

왜 우는 거니? 귀여운 아이야.

눈물은 여기서는 어울리지 않아.

군중들 속에서 너무 심하게 시달린 거니?

소녀

아니, 아니에요! 저기 있는 분의 말씀이 너무 이상해요.

황금과 음경, 황금과 음부가 뭐죠.　　　　(280)

모두들 기뻐 날뛰는 거 같아요!

그런 건 어른들만 이해하는 거예요?

메피스토펠레스

그렇지 않아, 애야, 그렇게 울지는 말아라!

악마의 말을 이해하고 싶다면,

이웃 남자의 바지 속에 손을 넣어 보기만 하면 되는 거란다!(285)

사탄 (똑바로 앞을 향해)

　　　소녀들아, 너희들은

　　　바로 한가운데에 있구나.

　　　내가 보니 너희들 모두는

　　　빗자루를 타고 달려오더구나.

　　　낮엔 정숙하게 굴고,　　　　(290)

　　　밤엔 질탕하게 놀도록 하라!

그래야 이 지상에서

가장 멋지게 사는 거란다.

[광란의 도가니. 다수의 사람들이 원무를 추는가 하더니, 곧 집단 난음
(亂淫)으로 넘어간다.]

파우스트

이거 영 정신을 못 차리겠는 걸!

시끌벅적한 장터에라도 온 거 같구나! (295)

메피스토펠레스

자, 갑시다! 우리는 자리를 잡읍시다.

저런 멍청한 짓거리엔 섞이지 말아야지요!

세상이 썩은 고기처럼 흐물거리는 판에,

우리가 향유를 뿌려 줄 게 뭐 있겠소.

저기 홀라당 벗은 젊은 마녀들도 있고, (300)

살짝 몸을 가린 늙은 마녀들도 보이질 않소.

소생의 체면을 봐서라도, 좀 친절하게 대해 주시지요.

조금만 공을 들여도, 재미는 엄청날 거요.

오래된 관습대로,

커다란 세계 속에서 작은 세계를 만드는 거지요.20 (305)

자, 갑시다! 이 불에서 저 불로 돌아다닙시다.

소생은 뚜쟁이고, 당신은 고객이올시다.

파우스트

그런데 저건 누군가?

메피스토펠레스

---

20 인간이 무언가를 만든다는 건 생식을 의미한다.

잘 보세요!

저건 릴리트올시다.

파우스트

누구라고?

메피스토펠레스

아담의 첫 번째 마누라요.   (310)

그 여자의 아름다운 머리카락을 조심하시오.

유별스럽게 뽐내는 보물이올시다.

저걸로 젊은 놈을 한 번 호리면,

다시는 놓아 주질 않아요.

파우스트

저기 둘이 앉아 있구나. 늙은 것하고 젊은 게.

벌써들 어지간히 흔들어 댄 모양이다!   (315)

메피스토펠레스

오늘 같은 날엔 휴식이 없는 법이지요.

춤이 새로 시작되는군요. 자, 가시죠! 우리도 끼어듭시다.

파우스트 (젊은 마녀와 춤을 추며)

한때 나는 아름다운 꿈을 꾸었네.

사과나무 한 그루를 보았지.

예쁜 사과 두 개**21**가 반짝반짝.   (320)

너무도 맘에 들어 그 위로 올라갔다네.

아름다운 마녀

당신네들은 사과를 무척이나 탐냈어요.

---

21 여성의 젖가슴.

저 천국 시절부터 그랬어요.

너무나 좋아 가슴이 막 울렁거려요.

내 정원에도 그런 게 달렸잖아요.   (325)

메피스토펠레스 (늙은 마녀와 함께)

언젠가 나는 거친 꿈을 꾸었네.

갈라진 나무 한 그루를 보았지.

거기에 무시무시한 구멍 하나가 있었네.

아주 크긴 했지만, 내 마음에 쏙 들었지.

늙은 마녀

두 팔 벌려 환영합니다,   (330)

말발굽을 가진 기사님!

꼭 끼는 마개가 있다면 준비해 주시지요.

커다란 구멍이 싫지 않다면요.

[아름다운 마녀의 윙윙거리는 노랫소리, 파우스트와 함께 추는 그녀의
음탕한 춤은 성교에 가까워진다. 그 순간에 파우스트가 몸을 뗀다.]

메피스토펠레스 (그동안 춤추는 데서 빠져나온 파우스트에게)

그런데 그 예쁘장한 계집은 왜 그냥 보내주었소?

춤추고 노래도 썩 귀엽게 부르던데.   (335)

파우스트

제기랄! 한참 노래하는데

계집의 입에서 빨간 쥐새끼[22] 한 마리가 튀어나오지 뭔가.

---

22 마녀와 정반대의 인물인 그레트헨의 등장으로 파우스트에 대한 마녀의 관능적인 지배가 상실

메피스토펠레스

　　그런 일이! 하지만 심각하게 생각할 거는 없소이다.

　　그 쥐새끼가 회색이 아닌 것만 해도 다행이 아니오.

　　한참 재미 보는 참에 그 정도야 뭐 별일이겠어요?　　　(340)

파우스트

　　그다음에 본 게 문젤세 -

[멀리서 그레트헨의 모습이 보인다.] 벌거벗은 채 두 손을 등 뒤로 하고 있다. 얼굴도 가리지 않고 부끄러움도 없다.

메피스토펠레스

　　뭘 보셨나요?

파우스트

　　　　　메피스토, 자네한테도 보이는가,

　　창백한 얼굴의 어여쁜 아이가 저기 멀리 혼자 있지 않나?

　　천천히 발을 끄는 걸로 보아,

　　두 발이 묶인 채 걷는 것 같아.

　　솔직히 말하자면,　　　　　　　　　　　　　　(345)

　　착한 그레트헨을 닮은 것 같아.

메피스토펠레스

　　그냥 내버려 둬요! 누구한테도 좋을 게 없소이다.

　　저건 마법이 만든 허깨비고, 생명 없는 환영에 불과해요.

　　저런 것과 부딪치면 안 좋아요.

되었음을 의미한다.

뚫어져라 쳐다보는 저 눈길과 마주치면 인간의 피는 굳어 버리고, (350)

자칫하면 그자는 돌로 변해 버리지요.

메두사 이야기는 물론 들어 보았을 테지요.

파우스트

정말이지 저건 죽은 여인의 눈이다.

사랑하는 사람의 손길로 감겨 주지 못한 눈이다.

저건 그레트헨이 내게 허락했던 가슴이고, (355)

내가 즐겼던 달콤한 육신이다.

메피스토펠레스

그냥 마술이라니까요, 잘도 넘어가는 멍청이 양반!

저건 누구 눈에나 자기 애인처럼 보일 거요.

파우스트

참으로 기쁘다! 참으로 괴롭다!

저 눈길로부터 헤어날 수 없구나. (360)

도대체 무슨 일일까. 저 아름다운 목이

단 하나의 붉은 끈²³으로만 장식되어 있다.

칼등보다 넓지 않은 끈으로 말이다!

최후의 심판 장면

[배경에 재판관, 사형집행인, 집행인의 보좌들. 회색 제복을 입은 프란

---

23 그레트헨이 형장에서 목이 잘려 죽는 것을 예견한 장면이다.

체스코회 수도사들 그리고 검은색의 두건 달린 수도복을 걸친 도미니크회 수도사들. 그레트헨이 그들에게로 다가간다. 군중들. 마녀들의 무리가 단두대를 옮긴다.]

파우스트와 메피스토펠레스.
(검은 말들을 타고 재빨리 지나간다.)

파우스트

저기 형장 근처에서 부지런히 움직이는 게 뭔가?

메피스토펠레스

무얼 끓이고 무얼 하는지 모르겠소이다.   (365)

파우스트

위로 떠올랐다가 아래로 내려가고, 몸을 숙이고 고개도 숙이는구나.

메피스토펠레스

마녀들의 무리올시다.

파우스트

물을 뿌리고 축원을 드리는구나.

메피스토펠레스

얼른 지나갑시다! 지나가요!

마녀들 (합창)

이제 집으로 가다가 보니,   (370)

씨앗은 노랗고, 그루터기는 파랗다.

도대체 어떤 인간도 자세히 보지 않는다.

마녀가 침을 뱉고, 암퇘지가 똥을 싼다.

운집한 군중. 사람들의 웅성거림.

[그레트헨이 단두대 앞에 무릎을 꿇고 있다.]

노랫소리(군중들이 나직이 부른다.)

[……]

[프란체스코회 수도사들과 도미니크회 수도사들로 이루어진 심문관들의 합창]

뜨거운 인간의 피가 흐르는 곳에선

연기가 그 모든 마법에 어울리지요.   (375)

회색과 검은색의 수도복을 입은 형제들은

새로운 과업을 위해 힘을 쏟지요.

피가 의미하는 것, 그것은 우리 마음에 들어요.

피를 흘리게 하는 것, 그것은 우리 마음을 편하게 하지요.

화염과 피 주위로 무리들이 모이고,   (380)

화염 속에서 피가 쏟아집니다.

   (머리가 떨어진다. 피가 솟구치며 불길을 끈다.)

솟구치는 피는 한 가닥으로 흐르지 않고,

여러 줄기를 이루며 흘러내려요.

이곳저곳 휘감아 돌며,

핏줄기는 또 여러 핏줄기로 나누어지며 흘러내려요!(385)

한밤중

영상들이 사라진다. 화산 폭발.

인파가 사방으로 흩어진다. 폭풍우가 휘몰아친다.

[흐릿하게 밝아 오는 아침. 흐린 날, 벌판 장면이 이어진다.]

착한 인간은 어두운 욕망 가운데서도 올바른 길을 알고 있다

장희창(동의대학교 독문과 교수)

1. 근대적 삶의 일리아스

중세 봉건사회 말기에서 근대 자본주의 사회로 이행하는 시기, 근대 유럽 정신의 방황과 모험을 추적하고 있는 『파우스트』는 괴테가 60여 년의 장구한 세월 동안 갈고 다듬어 완성한 것이다. 이후 『파우스트』는 세계문학의 고전이 되었고 그 주인공인 파우스트는 세계문학의 한 전형적인 인물로 부동의 자리를 차지하게 되었다. 파우스트 상(像)은 물론 괴테 단독의 창작에 의해서 이루어진 것은 아니며 수세기 동안 문학사, 정신사적으로 끊임없이 변모해 갔던 것이다. 그것은 중세 말기의 주로 기독교 신앙과 연관된 악마 존재에 대한 믿음, 정통 교리에서 벗어나 개인의 무한한 자유를 추구하는 르네상스적 거인 존재에 대한 동경, 근대 자연과학의 선구자들 중 하나였던 연금술사 및 악마와 계약을 맺었다고 하는 마술사들에 대한 전설 등으로부터 비롯되었다. 괴테는 이러한 민간신앙이나 전설을 바탕으로 쓰인 기존의 대중소설이나 통속극을 소재로 삼아 자신의 파우스트 상을 완성하였는데, 그 결정적인 차이점은, 이전의 것들이 악마에게 영혼을 판 파우스트를 중세 기독교의 정통 교리라는 관점에서 구원 불가능한 존재로 보았음에 반해, 괴테는 파우스트를 구원 가능한 존재로 형상화했다는 데에 있다. 원래는 괴테보다 앞서 레싱이 무한한 인식 욕구에 넘치는 파우스트 존재의 근대성을 간파하고 그 구원 가능성을 계몽주의의 입장에서 형상화하려고 했으나 시도에 그치고 말았다. 그리하여 괴테가 이 근대적 인간의 종잡을 수 없는 행보를 본격적으로 형상화하는 역할을 맡게 되었던 것이다. 러시아의 국민작가 알렉산드르 푸시킨이 『파우스트』를 두고 '근대적 삶의 일리아스'라고 부른 것은 그 때문이다.

'천상의 서곡'에서 주님과 악마인 메피스토펠레스는 인간이 구원 가능한 존재인가를 둘러싸고 내기를 벌인다. 허무주의자이자 냉소주의자인 메피스토펠레스가 보기에 인간은 천상의 빛, 즉 이성을 다른 동물보다 더 동물적이 되기 위해서 사용할 뿐이며 결국은 동물이 될 수밖에 없는 존재이다. 그러나 주님이 보기에 인간은 노력하는 한 방황하며 어두운 욕구 가운데서도 올바른 길을 찾아가는 존재이다.

주님과의 내기를 실현하기 위해 메피스토는 파우스트를 만난다. 그는 패기만만한 학자이긴 하나 곰팡내 나는 좁은 연구실에 갇혀, 대자연의 살아 있는 힘 자체인 지령(地靈), 즉 대지의 영 앞에서는 움츠러들고 마는 관념적 지식인의 한 전형이다. 「요한복음」 1장 1절을 번역하며 로고스를 '말씀'이 아니라 '행위'로 번역하는 데서도 인식 너머의 생동하는 삶, 실천의 삶에 굶주린 파우스트의 욕구를 미루어 짐작할 수 있다. 파우스트는 끊임없이 출렁거리며 생성하는 지령의 영역을 그리워하지만 감히 가까이 다가가기도 힘들다. 마침내 자살까지 시도하지만 직전에 울려온 부활절 종소리에 독배를 거둔다. 예수의 부활이 아니라 새봄과 더불어 찾아오는 자연의 부활이다. 격한 성질을 누그러뜨리고 다시 삶의 의지를 회복한 파우스트 앞에 이제 악마가 나타나 살아 있는 동안 세상 구경을 마음껏 시켜 주고 욕망은 다 채워 줄 테니 죽은 후 영혼은 자기가 가져가겠다는 통 큰 계약을 제의한다. 피안의 삶 따위엔 조금도 관심 없는 현세의 인간 파우스트는 서슴없이 동의한다. 그리하여 영혼을 저당 잡힌 파우스트는 악마인 메피스토를 동반한 채 천상에서 지상을 거쳐 지옥까지의 주유천하에 나선 것이다.

2. 그레트헨 비극의 사회적 의미

메피스토펠레스의 명을 받은 마녀가 조제한 회춘약을 먹고 파우스트는 30년 젊어진다. 계약의 파트너인 메피스토는 주님과의 내기에서 장담했던 대로 파우스트의 정신을 꺼꾸러뜨리기 위해 관능의 세계를 첫 번째 시험 무대로 택한 것이다. 파우스트의 평생 동안의 편력을 뒷바라지했으니, 메피스토 마술의 동력은 결국 돈인 셈이다. 그 돈으로 성형수술도 시키고, 회춘제를 먹여 파우스트를 다운타운으로 진출시킨 것이다. 귀족인 파우스트는 메피스토의 주선으로 순진한 평민 처녀인 그레트헨을 만나 연애를 하게 되고 그 결과는 그레트헨 가족의 몰살이다. 파우스트와 그레트헨이 몰래 만나기 위해 잠을 재운다는 게 수면제를 과도하게 먹여 그레트헨의 어머니가 죽고, 그레트헨의 혼전 임신에 격분한 오빠는 파우스트와 대결하다 칼에 찔려 죽는다. 파우스트와 그레트헨 두 사람 사이의 사랑의 열매인 아이는 그레트헨이 물에 빠뜨려 익사시킨다. 그리고 그레트헨 자신은 감옥에 갇혔다가 사형에 처해진다. 당대 사회는 또는 지배 권력은 남녀에게 지워야 할 책임을 왜 여성에게만 지웠던가? 신분이 다른 두 남녀, 파우스트와 그레트헨 사이의 사랑은 처참한 결과로 끝난다. 그레트헨 비극의 소재가 되었던 괴테 당대의 영아 살해범 이야기는 신분 차별, 남녀평등이라는 문제의 시대적 배경을 선구적으로 보여 준다.

계급이 다른 두 연인 사이의 사랑이라는 관념은 18세기 후반 근대사회의 현상이었다. 18세기 중반 이전까지는 사랑에 대한 유희적, 전원적, 궁정적 혹은 플라톤적 관념화의 경향은 있었으되 사랑을 신성과 동일시하는 그런 경향은 없었다. 내적으로는 영혼의 숭고함에 의해 외적으로는 가차 없는 운명에 의해 정신화되는 사랑의 이념은 단지 귀족 계층의 영역일 뿐이었다. 이성 간의 혼외 사랑은 그 밖의 계층에서는 범죄에 지나지 않았으며 사회를 파괴하고 자연법을 무시하는 것이었다. 에로티시즘에 대한 우리들 현대의 낙관적인 가치 평가는 18세기에 있어서는 독립적이고 보편적인 어떠한 타당성도 갖지 못했으며, 그것은 이따금 폭발적인 방식으로만 천재적인 작품들에서 나타났던 것이다. 플로베르의 『마담 보바리』, 보들레르의 『악의 꽃』, 조이스의 『율리시스』 등이 그것이다. 현대인에게는 지상에서의 사랑의 이러한 무제한적인 신성은 부동의 믿음이지만 그것은 사실상 루소의 『신(新) 엘로이즈』, 『젊은 베르터의 고통』과 함께 18세기 이래로 서서히 형성된 것이다.

두 남자, 파우스트와 메피스토는 그레트헨의 참혹한 희생을 아는지 모르는지 또다시 마녀들이 광란의 잔치를 벌이는 '발푸르기스의 밤'에 브로켄 산으로 향한다. '발푸르기스의 밤' 장면의 은유적이면서도 노골적인 성 묘사는 그레트헨을 희생시킨 관능의 힘을 보여 주기 위한 치밀한 관찰이다. 황금과 광란의 성욕과 맹목의 권력의지가 지배하는 밤. 그것이 발푸르기스의 밤이 베일로 살짝 가린 채 숨기고 있는 욕망의 맨 얼굴이다. 당대의 교회나 관습은 그 힘의 희생자를 마녀로 몰아 처벌했던 것이지만, 괴테의 관점에서는 오히려 그레트헨의 피야말로 성욕의 노예였던 파우스트를 구원하는 힘이다. '미출간 원고'에서 괴테가 그레트헨의 처형 장면을 예수의 십자가 처형과 오버랩시킨 것은 그 때문일 것이다. 그레트헨의 희생 이후 파우스트의 편력은 그 사건과 결코 분리될 수 없고 끊임없이 거기로 돌아갈 수밖에 없다. 그것이 안과 밖, 과거와 현재가 분리되지 않고 서로를 비추어 주는 온전한 역사의식일 것이다.

3. 궁정 사회와 발흥하는 초기 자본주의

미필적 고의의 범죄자인 파우스트는 대자연 속에서 휴식을 취한다. 자연의 정령은 선악을 가리지 않고 불운한 자라면 모두 달래 준다. 대지의 기운은 파우스트로 하여금 그레트헨 비극을 넘어 다시 최고의 존재를 향해 끊임없이 노력할 용기를 불어넣어 준다. 『파우스트』 I부가 파우스트의 내면을 비추는 주관적이고 어스름한 세계라면, 『파우스트』 II부의 세계는 드넓고 투명한 객관의 세계이다. 그가 이제 마주한 궁정 사회는 그 속악한 실상을 적나라하게 보여 준다. 악당들이 오히려 설쳐 대고, 불법이 합법으로 군림하는 오류의 세상이 눈앞에 전개된다. 대의를 앞세운 당파들은 몸을 사린 채 일신의 안일만 도모한다. 보란 듯이 더러운 짓과 무도한 짓을 일삼는 자는 권세 있는 공범자의 비호를 받고, 유죄 언도를 받는 자는 죄가 없는데도 자신만을 의지하기 때문에 유죄이며, 처벌 내리지 못하는 재판관은 결국 범죄자와 한통속이 되는 그런 세상이다.

법이 옷이라면 경제는 속살이다. 로마 사육제를 모델로 하여 펼쳐 보이는 가장무도회 장면은 발흥하는 초기 자본주의의 생산력과 생산 관계를 은유적으로 보여 준다. 가장무도회의 주인공이며 부귀의 신인 플루토스로 등장하는 파우스트 존재는 초기 자본주의를 의인화한 알레고리적인 인물이다. 개인들의 경제적 정체성이라는 것은 다만 경제적 관계들의 의인화일 뿐이라는 마르크스의 명제를 뒷받침하는 장면이다. 마르크스는 경제와 그 주체의 관계를 알레고리적인 표현으로 보여 주고, 괴테의 알레고리는 다시 역할극의 경제적 조건들을 테마로 삼음으로써 『자본론』과 『파우스트』 II부는 서로에 대한 주석본 역할을 한다. 요컨대 가장무도회는 몰락해 가는 봉건사회가 다가오는 부르주아-자본주의 시대와 조우하는 장면인 셈이다.

재정난에 빠진 궁정은 세입(歲入)을 담보로 대금업자에게 돈을 빌려 해마다 일 년씩 앞당겨 먹는 실정을 해결하기 위해 작위적인 조치를 취하기도 하는데 그 대표적인 것이 지폐 발행이다. 이는 인위적인 조작에 의한 중단 없는 발전과 연속적인 성장이 가능한 것인가를 묻고 있는 장면으로 괴테는 신용 경제의 등장이 초래할 인플레이션을 비롯한 금융자본주의의 위기를 선구적으로 보여 주고 있다. 생산력의 토대가 없는 조작에 의해 뒷받침되는 성장 이데올로기의 허구는 예나 지금이나 깨어질 수밖에 없다. 화려한 가장무도회도 결국엔 환상일 따름이다. 가장무도회를 이끌어 가는 의전관은 말한다. "호사스러운 황제의 영화도 내일이면 / 하룻밤 사이에 잿더미가 되는 법입니다."

4. 파우스트와 메피스토펠레스

그레트헨을 첫 번째 희생양으로 삼고 세계 편력에 본격적으로 나선 두 주인공, 파우스트와 메피스토펠레스가 내뿜는 에너지의 길항 관계 속에서 근대 유럽 정신의 구원과 몰락, 그리고 현대와의 연속성이 파노라마처럼 펼쳐진다. 극중 인물의 변증법적 분할인 파우스트와 메피스토는 서로 당기고 서로 밀치면서 파우스트 드라마를 이끌어 간다. 메피스토는 '영원한 공허'를 사랑한다고 공언하는 허무주의자이며 물신주의자이다. 파우스트는 결국엔 '영원히 여성적인 것'에 의해 구원받을 가능성이 주어진 존재이다. 메피스토를 향하여 파우스트가 "네놈이 말하는 무(無) 속에서 나는 삼라만상을 찾아내리라"고 하는 데서 두 존재의 차이는 명백하게 드러나며, 그 차이가 파우스트 드라마의 내용과 형식을 이끌어 가는 실제적인 동력이다.

여성을 희롱하는 장면에서도 두 인물은 분명한 차이를 보인다. 파우스트는 성욕을 어느 정도 은유화시켜 표현하는 데 반해 메피스토는 성에 대해 노골적이고 해부학적인 관점을 보인다. 파우스트는 젊은 마녀와 춤을 추면서 자신이 아름다운 꿈을 꾸고 있다는 생각에 빠지며 여자의 가슴을 예쁜 사과에 비유한다. 반대로 늙은 마녀와 짝을 이룬 메피스토는 사랑의 행위를 거친 행위로 여자의 성기를 갈라진 나뭇가지 사이의 커다란 구멍으로 표현한다. 성행위에서 그 어떤 아름다움을 상상한다는 것은 메피스토에게는 당치도 않은 일이다. 그러나 현실 원칙의 냉혹한 집행자로서 메피스토는 그의 영역 내에서는 많은 것을 경험한 영리한 존재이고 재기에 넘치는 발랄한 풍자가이다. 그러므로 때로는 악역으로 설정된 메피스토의 언설이 역설적이게도 괴테의 은밀한 심중을 반영하는 것으로 보인다. 특히 정치적으로 예민한 부분에서 괴테는 '언제나 부정하는 정신'인 메피스토로 하여금 발언케 한다.

악역으로서의 메피스트에 대한 긍정, 선을 이루기 위해 오히려 악을 계기로 삼는 이러한 사고방식은 18세기 독일 계몽주의 사상이 전진하면서 점차 확고해진 생과 인식의 토대로서의 모순에 대한 자각에 연유한 것이다. 특히 루소와 스피노자의 변증법에서 커다란 영향을 받은 젊은 괴테는 모순이 생과 인식의 중심이라는 생각을 확고히 굳혔던 것이다. 루카치는 이러한 세계관의 의식적인 형성을 괴테의 전 생애에 걸친 『파우스트』 창작의 토대로 해석한다. "선과 악의 변증법이라는 이러한 새로운 형식이 자본주의적 발전에 대한 날카로운 관찰자들에 의해서 처음으로 인식되었다는 것은 우연이 아니다. 사탄의 황금에 대한 노골적인 요구는 광범하고 보편적인 것이어서 모든 계급사회들에 통용된다. 그리고 메피스토에게 비로소 처음으로 인간의 연장(延長)으로서, 다시 말해 인간과 사회에 대한 지배력으로서의 돈의 특별한 자본주의적 의미가 부여된다(『파우스트와 파우스투스』)."

그러나 메피스토는 상술한 긍정적 역할에도 불구하고 파우스트와의 내기에서 패할 수밖에 없다. 파우스트로 하여금 죄를 짓게 하여 메피스토가 자신의 승리를 확인하려는 순간마다 파우스트의 내면에서는 매번 전회(轉回)가 일어나기 때문이다. 메피스토는 파우스트를 노골적인 성적 향락에 빠뜨려 재기 불능으로 만들려고 하나,

파우스트는 관능의 열기로 가득한 발푸르기스의 밤에도 자기가 버린 그레트헨을 다시 생각한다. 마음속에 따스함이 없다면 그 불씨마저 꺼진다면 그게 인간이겠는가? 같이 춤추던 젊은 마녀의 입에서 빨간 생쥐가 튀어나오자 기겁하는 파우스트는 결코 그레트헨의 존재를 잊을 수 없다. 5막에서 메피스토는 파우스트를 강도와 살인자를 고용하는 전제 군주로 만들려고 하나 파우스트는 '자유로운 대지 위의 자유로운 민중'이라는 고귀한 정치적 이상을 꿈꾸게 되는 것도 같은 맥락이다.

파우스트의 이러한 비극으로부터의 전회 능력은 어디에서 오는 것인가? 한마디로 메피스토가 매개적이고 계기적이며 오성적인 존재임에 반하여 파우스트는 끊임없이 상승 발전하는 이성적이고 창조적인 주체이기 때문이다. 메피스토는 부분적, 분리적 인식의 소유자이다. 이와 반대로 파우스트는 피안과 차안, 기쁨과 고통, 증오와 사랑, 위와 아래의 구분을 넘어 지상의 삶을 천상의 삶으로 하며 성속 일치의 사상을 체화하고 있는 통일적 인식의 소유자이다. 부정하는 정신인 메피스토는 오히려 자기를 매개로 하여 상승 발전해 가는 파우스트의 역동적 정신세계에 대한 몰이해라는 한계에 갇혀 있다. 괴테는 이 점을 오성적 인간과 이성적 인간의 차이로 구분한다. 오성(悟性, Verstand)의 인간은 이미 굳어진 것을 이용하려는 인간이고, 이성(理性, Vernunft)의 인간은 변화하고 생성하려는 인간이다. 악마인 메피스토는 변하지 않는 존재이므로 행동과 결단의 순간에 선택의 주도권은 파우스트에게 주어져 있는 것이다.

노년의 괴테는 오랜 자연 관찰의 결과, '양극성과 고양'이 모든 자연의 위대한 동륜(動輪)이라는 결론을 내리고 양극성은 지속적인 수축과 팽창, 고양은 끊임없는 상승이 그 본질이지만 정신없는 물질, 물질 없는 정신은 존재하지도 않고 작용할 수도 없기 때문에 물질조차도 고양된다고 말한다. 요컨대 양극성은 수축 팽창을 근간으로 하는 물질의 본성으로서 자연과 인간에게 있어서 고양 가능성을 인정하지 않는 메피스토가 그것의 표상이다. 그러나 괴테에 의하면 자연과 인간은 끊임없는 상승 발전의 도상에 있으며 극중에서 파우스트가 이러한 고양의 표상이다. 반면에 자연과 인간에 있어서 양극성의 분열만 보는 것이 메피스토의 한계이다.

그러므로 파우스트의 편력 과정은 수많은 양극적 모순 대립들을 관통하며 점차로 드높은 완성에 도달하려는 근대 인간의 우화이다. 물질의 화신인 메피스토의 유혹에도 불구하고 끊임없이 상승하려는 정신인 파우스트의 본질은 변함없이 유지된다. 때로는 메피스토 쪽으로 끌려가 악을 저지르기도 하지만 그 본성은 변함없이 선한 것으로서 그것은 호문쿨루스의 생성으로부터 헬레네와의 만남에 이르기까지 자연의 생성 법칙에서 연원하는 것이다.

5. 성욕에서 에로스로

파우스트 박사의 제자인 바그너가 인공적으로 만들어 낸 인조인간 호문쿨루스, 그리고 파우스트와 메피스토는 서양 문명의 원천인 고대 그리스로 여행을 떠난다. 제1부의 발푸르기스 밤의 연장전이 이제 그리스 에게 해의 드넓고 환한 빛 아래에서 펼쳐진다. '고전적 발푸르기스의 밤'에서 성욕은 에로스로 승화된다. 파우스트의 들끓어 오르는 성욕은 이제 생명이라는 드넓은 차원에서 조명된다. 프로이트에 의하면 더 큰 통일체를 향한 충동은 에로스 자신의 생물학

적이고 유기적인 본질이다. 그러나 '고전적 발푸르기스의 밤'에서도 메피스토의 욕망은 날것 그대로 변함이 없다. 발푸르기스의 밤에서와 마찬가지로 상대를 무자비하게 물화시키며 음탕한 정령들인 라미에들과 거친 육담을 거침없이 주고받는다. 메피스토 존재에게는 리비도의 승화 과정이 없다. 파우스트도 물론 그런 관능의 출렁이는 바다를 건너기 쉽지 않다. 남성성의 상징인 호문쿨루스와 여성성의 상징인 갈라테이아의 결합 이후 곧장 미의 화신인 헬레네가 등장하는 것에서도 생동하는 에로스와 그 지향점인 아름다움은 동전의 양면이라는 것을 알 수 있다. 관능과 에로스와 아름다움의 경계는 혼돈의 소용돌이 속에 있다. '고전적 발푸르기스의 밤' 장면이 에로스의 합창으로 끝나는 것은 그 때문이다.

전설상의 미인인 헬레네까지 불러내어 결혼할 정도로 여인에 대한 파우스트의 욕망은 끝을 헤아리기 어렵다. 그러나 파우스트의 사랑은 메피스토와 달리 승화의 과정 속에 있다. 플라톤에 의하면 사랑은 육체의 유한함을 자각한 인간이 좋은 것을 자신 속에 영원히 간직하려는 행위이다. 에로스는 유한한 인간에게 불멸의 길을 열어 준다. 이러한 인간의 불멸은 육체적으로는 생식을 통해 정신적으로는 창조를 통해 이루어진다. 그리고 이때 인간을 이끌어 가는 것이 아름다움이다. 아름다움과 창조는 불가분의 관계에 있다. 그러므로 에로스와 아름다움에 도달하는 길은 육체적 아름다움을 깨닫는 데서 시작하여 영혼의 아름다움, 아름다움 자체 그리고 변함없는 사랑을 향해 한 계단씩 오르는 것이다(플라톤『향연』).

미의 화신 헬레네의 존재는 에로스와 아름다움과 구원이 하나로 합쳐진 형상이다. 드라마의 마지막 구절인 신비의 합창 바로 직전에 마리아를 숭배하는 박사가 "보다 착하게 살려는 모든 사람이

/ 당신을 받들어 모시도록 / 동정녀여, 어머니여, 여왕이여 / 여신이
여, 길이 은총을 베푸소서"라고 기도한 것에서도 괴테의 의도를 읽
을 수 있다. 정통 가톨릭 의식에서 동정녀(virgo), 어머니(mater), 여
왕(regina)만을 부르는 것과 달리 괴테는 성의 상징인 비너스와 유
사한 갈라테이아, 그리고 제우스의 딸인 헬레네를 여신으로, 사랑의
여신으로 부르며 구원자의 대열에 추가함으로써 에로스, 즉 지상에
서의 사랑과 천상에서의 사랑이 하나임을 말하고 있는 것이다.

　니체라면 이렇게 말했을 것이다. 유한한 것들이 구체성과 유한성
을 지닌 채 영원히 회귀하는 것을 있는 그대로 직시하라. 일체의 도
피와 부정을 물리치는 삶의 본능들을 전적으로 긍정하라! 허무주
의자 메피스토의 비전과 같은 단순 반복이 아니라 파우스트적인
진정한 재생은 의지와 소망이 깃든 재창조를 통해서 가능하다는 말
이다.

6. 인간은 노력하는 한 방황한다

　그러나 헬레네의 세계는 어디까지나 가상(假像)의 세계이다. 4막
에서는 보란 듯이 전쟁의 아수라장이 펼쳐진다. 파우스트 문학은
끝으로 갈수록 점점 더 그 시대를 닮아 간다. 전쟁의 구체적인 진행
과정과 봉토 분할의 정치적 필연성이 세밀하게 묘사된다. 자본주
적 부의 원천이란 결국은 전쟁과 약탈과 세습에 있음을 말하고 있
는 것이다. 그러므로 메피스토 마술의 본질은 부를 지키기 위한 경
제적, 사회적 권모술수의 표상이기도 하다.

　자본주의는 팽창하면서 점점 더 제국주의라는 노골적인 얼굴을

하고 전개된다. 힘이 곧 정의이고, 전쟁과 무역과 해적질은 서로 떼어 놓을 수 없는 삼위일체이다. 시장자본주의와 관료주의의 효율적 결합을 극대화시키려는 파시즘이 본격적으로 대두할 무렵, 알버트 슈바이처는 괴테 사망 100주년을 맞아 프랑크푸르트에서 행한 기념 연설에서 자기 시대의 위기를 필레몬과 바우치스 장면을 빌려 신랄하게 꼬집는다. "도대체 이게 어떻게 된 일인가. 이 끔찍한 시대에 벌어지고 있는 일은 세계라는 무대에서의 파우스트 드라마의 거대한 반복이 아닌가? 필레몬과 바우치스의 오두막은 천 배의 불길 속에서 타오른다. 천 배의 폭력과 살인을 자행하면서 인간성을 상실한 정념은 무도하기 짝이 없는 연기를 감행한다! 메피스토가 천 배나 찌그린 얼굴로 우리를 향해 씩 웃는다! 천 개의 방식으로 인류는 현실에 대한 자연스러운 관계를 포기하고, 그 어떤 경제적, 사회적 마술이라는 마법의 주문들로 구제책을 마련해 보려고 하지만, 그럴수록 경제적, 사회적 비참함에서 벗어날 가능성은 점점 더 요원해질 뿐이다!" 메피스토 마술의 정체를 꿰뚫고 있는 슈바이처의 이러한 발언은 초국적 자본, 환율 조작 등 금융자본주의가 판치는 오늘의 관점에서 보아도 대단히 시사적이다.

파우스트도 보란 듯이 간척 사업을 통한 영토 확장에 나선다. "돈도 뿌리고, 꾀이기도 하고, 쥐어짜기도 해라!" 하고 일꾼들을 독려한다. 파우스트의 시선은 자본과 권력의 무자비한 속성을 그대로 보여 준다. "부유한 가운데 느끼는 결핍은 / 우리가 받는 고통 중에 가장 혹독한 것"이다. 그리하여 자신의 소박한 보금자리를 지키려고 했던 노부부는 무지막지한 개발주의자인 파우스트와 메피스토의 폭력에 의해 불태워진다. 상대를 무자비하게 물화시키는 도구적 이성의 종말은 점점 더 가까이 다가온다. 눈이 먼 파우스트가 귀에 들려오는 삽질 소리를 제방 공사 현장에서 들려오는 것으로 생각했지만 사실은 악령들이 파우스트를 묻을 무덤을 파는 소리였다는 역설, 즉 건설의 순간이 파괴의 현장이 되는 산업 문명의 운명을 괴테는 꿰뚫어 보고 있었던 것이다. 그렇다면 파우스트 존재는 우리가 따라야 할 모범인가, 아니면 극복해야 할 타산지석인가? 이 문제는 『파우스트』 연구사에서 끊임없이 제기되는 화두이다. 파우스트는 긍정적 인물은 아니지만 그의 비전만큼은 유효하다는 정도에서 어정쩡하게 타협하고 말아야 할 것인가?

괴테는 물질에 대한 정신의 지배를 확인하는 것이 자신이 평생을 바친 일이며 그 무엇보다도 자신의 몫으로 주어진 일이었노라고 말한다. 물질에 대한 정신의 지배란 곧 물신주의의 극복을 의미하므로 괴테의 평생에 걸친 노고는 물신주의의 극복 과정이었다는 말이기도 하다. 서구의 근대 이성은 물질에 대한 정신의 지배가 아니라 무엄하게도 자연에 대한 정신의 지배를 도모함으로써 오늘날 인류는 환경 대재앙의 위기에 직면하게 되었다. 노동을 통해서 인간은 자신의 고향인 자연을 자각하고 자연과 소통하기 마련이지만 그 노동이 도구적 이성에 의해 왜곡되고 자연과의 친화력을 상실한 것이 근대 산업문명의 비극이었던 것이다.

"인간은 노력하는 동안엔 방황하는 법"이라는 주님의 말대로 『파우스트』 드라마는 오류와 방황의 세계 체험이다. 오류와 방황의 자각은 곧 진리에 접근하려는 윤리적 파토스이며 방황은 이성을 전제로 한다. 세계 편력의 마지막 단계에서 파우스트는 마침내 메피스토적 마술과 주문에서 벗어나 맨몸으로 자연 앞에 홀로 선다. 그 모든 미신과 허깨비를 물리친 텅 빈 그 자리로 이제 구원의 빛이 비쳐든다. 『파우스트』의 대미를 이루는 '심산유곡' 장면은 그러한 변전의 순간을 종교의 외피를 빌어 형상화한 것이다.

지식에의 무한한 갈구, 끝없는 욕망과 탐욕, 자본과 권력과 전쟁이라는 지옥 불에 달구어진 근대 인간 파우스트의 운명, 그것은 또한 현대 문명의 향방을 가늠하는 지렛대일 것이다. 파우스트 존재는 과연 메피스토펠레스의 허무의 세계를 내파(內破)하고 다시 지령의 영역에서 대지의 아들로 태어날 수 있을 것인가. 반성과 성찰과 따스한 온기 없이 도구적 이성으로 마구 내달리는 오늘의 현실. 스스로를 구원하지 않는 인간에게 어떤 구원의 가능성이 남아 있단 말인가? 자유도 생명도 날마다 싸워서 얻는 자만이 그것을 누릴 자격이 있는 것이다. 그 모든 물신주의의 한계를 돌파하며 인간 정신의 '고양 가능성'을 확인해 나간 끈질기고 기나긴 여정. 이것이 『파우스트』가 오늘 우리에게 던지는 메시지일 것이다.

2015년 2월 청사포 '곰' 카페에서

판본 소개

    이 책은 2003년 알브레히트 쇠네(Albrecht Schöne)가 편집한 『파우스트』(Faust. Texte und Kommentare. Insel Verlag. Frankfurt am Main und Leipzig 2003)를 우리말로 옮긴 것이다.

    『파우스트』 판본에는 여러 종류가 있다. 바이마르 판본, 프랑크푸르트 판본, 함부르크 판본 등이 대개 표준적인 정본으로 알려져 있다. 그러나 2003년 괴팅겐 대학의 게르만어문학자인 알브레히트 쇠네 교수는 보수적인 틀을 과감하게 탈피하여 괴테의 원래 의도에 더 가까이 접근하려는 시도의 일환으로 기존 판본에서 제외되었던 초기 필사본을 복원하여 싣는다. 예를 들면, 괴테가 미풍양속을 해칠까 우려하여 '발푸르기스의 보따리'라고 칭하며 빼놓았던 부분을 쇠네 교수는 과감하게 복원하여, '사탄 장면'과 '그레트헨 처형 장면'을 텍스트에 추가한다. 그리고 이 추가된 부분과 정본에 실린 장면들을 재구성하여 파우스트 무대 공연본으로 재구성하기도 한다(이 책의 부록에 그 전문을 실어 놓았다). 일부 학자들의 비판은 있었지만, 보수적이고 정통적인 파우스트 해석에서 벗어나 괴테의 의도를 살리려는 쇠네의 시도와 해석은 많은 독자들의 공감을 얻었다. 「슈피겔」지는 "알브레히트 쇠네의 판본은 옛 텍스트가 새로운 텍스트일 수 있고, 우리의 텍스트일 수 있다는 것을 가르쳐 준다"라고 그 현대성을 높이 평가하였다. 「디 차이트」지는 "괴팅겐의 게르만어 문학자인 쇠네 교수의 책은 하나의 사건이다. 근래에 들어 한 명의 교수가 발표한 연구 작업이 전체 국민을 위해 그렇게 커다란 역할을 한 적은 없었다. 쇠네는 우리에게 독일 문학의 주요 작품을 새로운 눈으로 보도록 가르친다"라고 하며 파우스트를 보는 새로운 시각을 제공한 쇠네의 판본에 고마움을 표한다. 다수의 평자들도 괴테의 『파우스트』가 쇠네 교수에 의해 새로 태어났다고 평가하기도 한다. 쇠네의 판본의 기본 의도는 이렇다. 괴테의 의도대로 독자들에게 초기 모습을 그대로 보여 주고 해석은 미래의 독자에게 맡기자는 것이다.

옮긴이는 '발푸르기스의 보따리'를 비롯하여 이 책의 편집자인 알브레히트 쇠네의 판본이 지향하는 의도를 살려 원문을 있는 그대로 옮기려고 했으며, 각주와 그 각주를 참조한 번역을 통해 괴테의 본래 의도에 보다 가까이 다가가려고 노력했다.

1749 8월 28일 프랑크푸르트암마인에서 요한 카스파르 괴테와 그의 아내 카타리나 엘리자베트(친정의 성은 텍스토르)의 아들로 태어남.

1750 12월 7일 괴테의 여동생 코르넬리아 출생.

1755 부친의 감독 하에 가정교사에게 교육을 받음. 11월 1일 리스본 대지진.

1764 요셉 2세가 신성로마제국의 황제로 대관식을 올림.

1765 라이프치히 대학에서 법학, 철학, 의학을 수강함.

1768 무절제한 생활로 병약해져 프랑크푸르트로 돌아옴.

1770 슈트라스부르크 대학에서 의학과 역사학 수강. 헤르더의 영향을 받음. 프리데리케 브리온을 알게 됨.

1771 법학 학위를 받고 프랑크푸르트로 돌아와 배심재판소에서 변호사 활동을 시작함.

1772 베츨라의 제국대법원에서 법관 시보 생활. 샬로테 부프를 알게 됨. '독일 건축술에 관해서' 탈고.

1773~1775 '초고 파우스트', '프로메테우스', '마호멧' 완성.

1774 7~8월 라바터 및 바제도우와 함께 라인 지방 여행. 12월 작센 바이마르 아이제나흐 공국의 황태자 카를 아우구스트를 만남.『젊은 베르터의 고통』 발표.

1775 4월 릴리 쇠네만과 약혼. 5~7월 슈톨베르크 형제와 함께 스위스 여행. 9월~10월에 카를 아우구스트 공작이 괴테를 바이마르로 초대. 가을에 릴리 쇠네만과 파혼.

1776 1월~2월 바이마르에 장기간 체류하기로 결심. 6월 바이마르 공사관의 추밀참사관으로 임명됨.

1777 아이제나흐 바르트부르크 방문(첫 번째 하르츠 여행).

1778 카를 아우구스트 대공과 함께 베를린, 포츠담 여행.

1779 전쟁 및 도로 건설 위원회 위원장으로 임명됨과 동시에 추밀고문관이 됨. 대공과 함께 스위스 여행.

1780 광물학 연구를 시작함.

1782 요셉 2세로부터 귀족 작위를 받음. 5월 괴테의 부친 사망. 6월 프라우엔플란에 있는 집으로 이사.

1783 두 번째 하르츠 여행.

1784 악간골(顎間骨) 발견. 세 번째 하르츠 여행.

1785 식물학 연구 시작. 카를스바트에 체류. 『빌헬름 마이스터의 연극적 사명』완성.

1786 카를스바트로부터 이탈리아로 은밀하게 여행을 떠남. 9~10월 베네치아를 거쳐 10월 29일 로마에 도착. 화가 요한 하인리히 빌헬름 티쉬바인의 집에서 지냄.

1787 2~6월 티쉬바인과 함께 나폴리 여행. 크니프와 함께 시칠리아 여행. 팔레르모의 식물원에서 원형식물(原形植物)의 원리를 포함한 자연형태학 연구. 『에그몬트』,『공범자』발표.

1788 4월 로마를 떠남. 공무에서 해방됨. 루돌슈타트에서 처음으로 실러를 만남. 『토르콰토 타소』발표.

1790 3~6월 베네치아 여행. 색채론 연구 시작.

1791 바이마르 궁정극장의 감독을 맡음.

1792 8~10월 대공을 수행하여 프랑스로 종군.

1793 마인츠 공위(攻圍)에 참전.

1794 실러와의 친교 시작.『여우 라이네케』발표.

1795 실러가 발행하는 잡지『호렌』지에 관여함.『빌헬름 마이스터의 수업 시대』,『로마비가』발표.

1797 세 번째 스위스 여행. 8월 프랑크푸르트에서 마지막으로 모친을 만남.『헤르만과 도로테아』발표.

1798 잡지『프로필렌』발행.『코린트의 신부』발표.

1799 실러가 바이마르로 이사를 옴.

1801 안면 단독(丹毒)을 앓음.

1803 아들 아우구스트의 가정교사로 프리드리히 빌헬름 리머를 채용. 예나 대학의 자연과학연구소 감독관에 임명.

1804 추밀고문관에 임명.『친딸』발표.

1805 신장 산통을 심하게 앓음.

1806 크리스티아네 불피우스와 결혼.『연인의 변덕』발표.

1807 카를 아우구스트 공의 모친 안나 아말리아 사망.

1808 에어푸르트와 바이마르에서 나폴레옹을 여러 차례 접견함.『파우스트』(제1부) 발표.

1809 학문 및 예술 총감독관에 임명.『친화력』발표.

1810 『색채론』발표.

1811 『시와 진실』제1부 발표. 괴테 부부와 베티나 폰 아르님의 절교.

1812 『시와 진실』제2부 발표.

1814 『시와 진실』제3부 발표.『서동시집』발표. 첫 번째 라인-마인 강 지역 방문. 하이델베르크에서 부아세르 형제를 방문.

1815 두 번째 라인-마인 강 지역 여행.

1816 『이탈리아 기행』발표.

1817 궁정극장의 운영 책임을 맡음. 형태론에 관한 잡지 발행(1824년까지 지속됨).

1819 『서동시집』완결.

1821 『빌헬름 마이스터의 편력시대』발표.

1822 『프랑스 종군기』, 『마인츠 공위』 발표.

1823 심낭염에 걸림. 6월 요한 페터 에커만이 찾아옴. 11월 심한 천식을 앓음.

1827 『중국-독일 계절시』 발표.

1828 '노벨레' 완성. 카를 아우구스트 대공 사망.

1830 11월 10일 아들 아우구스트의 사망(10월 28일) 소식을 들음. 11월 말경 각혈.

1831 『파우스트』 제2부 완성.

1832 3월 16일 마지막으로 발병. 3월 22일 11시 30분경 자택 침실의 안락의자에 기댄 채 영면. 3월 26일 왕실 묘지의 실러의 관 옆에 안치됨.

파우스트 삽화

라이프치히의 아우어바흐 지하 술집. 1625년에 그려진 그림을 바탕으로 새긴 동판화. 위의 것은 대학생들과 술을 마시고 있는 파우스트와 그의 강아지. 아래의 동판화는 포도주 통을 타고 나오는 파우스트.

파우스트 1부의 연구실 장면 1250~1255행을 묘사한 동판화(17세기 중반의 작품).

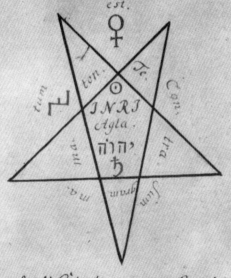

파우스트 1부의 연구실 장면 1258행 그리고 1395행 이후(17세기 중반의 작품).

발푸르기스의 밤 장면을 새긴 동판화(17세기 중반 미카엘 헤르의 작품).

발푸르기스의 밤과 발푸르기스의 꿈 장면(17세기 중반 미카엘 헤르의 작품).

파우스트 2부의 넓은 홀 장면 5393행 이후. 샤를 르브룅의 동판화.

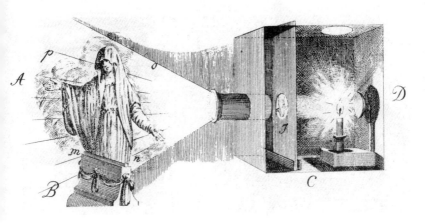

파우스트 2부의 기사의 홀 장면에 나오는 환영을 연출하기 위한 마술환등. 크리스트리프 베네딕트 풍크의 작품, 1783년.

파우스트 2부의 기사의 홀 장면에 나오는, 환영을 연출하기 위한 석탄 화로와 연통. 크리스트리프 베네딕트 풍크의 작품, 1783년.

파우스트 2부 실험실 장면 6903~6920행. 레다와 백조로 변장한 주피터.

파우스트 2부 페네이오스 강가 장면. 7519~7547행. 지진으로 감옥에서 풀려나는 바울을 새긴 동판화. 라파엘로의 양탄자 그림이 원작.

파우스트 2부 에게 해의 만 장면. 라파엘로의 벽화 「갈라테이아의 승리」를 원작으로 쿠네고가 새긴 동판화.

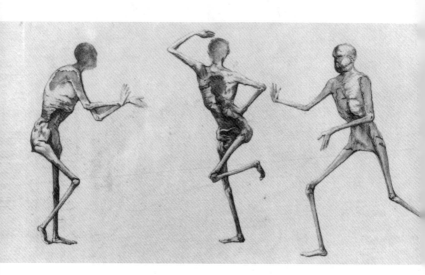

파우스트 2부 궁전의 넓은 앞마당 장면에 나오는 악령 레무르들, 1832년 베를린.

파우스트 2부 매장 장면. 안드레아 오르가나의 동판화, 1822년 피렌체.

파우스트 2부 심산유곡 장면. 피에트로 라우라티의 동판화, 1822년 피렌체.

파우스트 2부 심산유곡 장면. 1595년에 베네데토 칼리아리가 그린 그림을 원작으로 새긴 동판화.

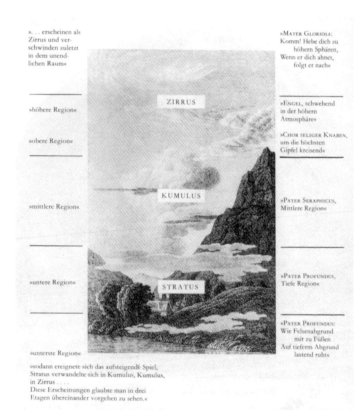

»... erscheinen als Zirrus und verschwinden zuletzt in dem unendlichen Raum«

»höhere Region«

»obere Region«

»mittlere Region«

»untere Region«

»unterste Region«

ZIRRUS

KUMULUS

STRATUS

»MATER GLORIOSA: Komm! Hebe dich zu höhern Sphären, Wenn er dich ahnet, folgt er nach«

»ENGEL, schwebend in der höhern Atmosphäre«

»CHOR SELIGER KNABEN, um die höchsten Gipfel kreisend«

»PATER SERAPHICUS, Mittlere Region«

»PATER PROFUNDUS, Tiefe Region«

»PATER PROFUNDUS: Wie Felsenabgrund mit zu Füßen Auf tieferm Abgrund lastend ruht«

»sodann ereignete sich das aufsteigende Spiel, Stratus verwandelte sich in Kumulus, Kumulus, in Zirrus ....
Diese Erscheinungen glaubte man in drei Etagen übereinander vorgehen zu sehen.«

파우스트 2부 심산유곡 장면. 괴테의 기상학 논문에 나오는 동판화. 하워드의 개념에 따른 구름의 형상.

새롭게 을유세계문학전집을 펴내며

을유문화사는 이미 지난 1959년부터 국내 최초로 세계문학전집을 출간한 바 있습니다. 이번에 을유세계문학전집을 완전히 새롭게 마련하게 된 것은 우리가 직면한 문화적 상황에 적극적으로 대응하기 위해서입니다. 새로운 을유세계문학전집은 세계문학의 역할이 그 어느 때보다 중요해졌다는 인식에서 출발했습니다. 오늘날 세계에서 타자에 대한 이해는 우리의 안전과 행복에 직결되고 있습니다. 세계문학은 지구상의 다양한 문화들이 평등하게 소통하고, 이질적인 구성원들이 평화롭게 공존할 수 있는 문화적인 힘을 길러 줍니다.

을유세계문학전집은 세계문학을 통해 우리가 이런 힘을 길러 나가야 한다는 믿음으로 만들어졌습니다. 지난 5년간 이를 준비하기 위해 많은 노력을 기울였습니다. 세계 각국의 다양한 삶의 방식과 문화적 성취가 살아 있는 작품들, 새로운 번역이 필요한 고전들과 새롭게 소개해야 할 우리 시대의 작품들을 선정했습니다. 우리나라 최고의 역자들이 이들 작품 속 한 문장 한 문장의 숨결을 생생히 전하기 위해 심혈을 기울였습니다. 또한 역자들은 단순히 번역만 한 것이 아니라 다른 작품의 번역을 꼼꼼히 검토해 주었습니다. 을유세계문학전집은 번역된 작품 하나하나가 정본(定本)으로 인정받고 대우받을 수 있도록 최선을 다했습니다. 세계문학이 여러 경계를 넘어 우리 사회 안에서 주어진 소임을 하게 되기를 바라며 을유세계문학전집을 내놓습니다.

을유세계문학전집 편집위원단(가나다 순)
김월회(서울대 중문과 교수)
김헌(서울대 인문학연구원 교수)
박종소(서울대 노문과 교수)
손영주(서울대 영문과 교수)
신정환(한국외대 스페인어통번역학과 교수)
정지용(성균관대 프랑스어문학과 교수)
최윤영(서울대 독문과 교수)

을유세계문학전집

을유세계문학전집은 계속 출간됩니다.

을유세계문학전집 연표